U0881215

绿 宝 石

Fall into your light

履卿星河上

上

黎青燃
Li Qing Ran
|著|

北京联合出版公司
Beijing United Publishing Co.,Ltd.

他愿意把他命运的终点交付于她，
在那之前，他将所向披靡，无所畏惧。

目录

第一卷 星卿宫

他毫无理由地、坚定不移地、始终如一地偏爱她。

楔子

◇◇◇

复生

“不计私仇，专心弄钱，纸醉金迷，逍遥人间。”

很久之后即熙想，她说不定是被唾沫星子喷到起死回生的。

如今，这太平世道有两条通天大道，为人的走一条，修仙的走一条。为人的读圣贤书考功名，便是要济世救民、名垂青史。修仙的学习术法、精进修为，为的是长生不老、得道成仙。

若是有人走在这两条道之外，不免让人觉得怪异。

若是有人走在这两条道之外，不仅名声不好听，更叫人嫌恶、担忧。

于是，当走在这两条道之外的悬命楼楼主去世的消息传来时，人们不禁喜上眉梢，奔走相告这甲子年开春以来最振奋人心的好消息，仿佛心头大患终于被消除，碗里的饭都能多盛二两。

这悬命楼楼主禾枷祖上是苗疆异族，上承荧惑星命，主灾祸，只要一声诅咒，便可使生灵涂炭、灾祸横行。禾枷爱财如命，建了悬命楼拿灾祸做起生意，谁给的钱够多，就帮谁咒人降灾。他还招徕了一帮朝廷的通缉犯做帮手，数十年间作恶多端，从平民到修士，无人不痛恨之。

天道好轮回，禾枷终于在咒杀星卿宫宫主之后犯了众怒，被仙门百家一起讨伐而死。从此世间再无灾星，可谓大快人心。

可叹的是，人们不知道，这位荧惑灾星只消失了短短七天，就在众人的咒骂声中打着喷嚏醒了过来。

恶名远扬的“禾枷”即熙打喷嚏倒不是因为众人骂她，而是被香火味儿呛的。她心说，这阴曹地府又不是星卿宫，香火味儿怎么这么浓？她眼前是一片虚虚的黑暗，但并不是毫无光亮。即熙眼睛疼脑子也疼，开始迟钝地想这是什么情况。

她最后的记忆是，那天悬命楼下围了数不清的修士，她站在楼顶观察形势，想着该用哪条地道逃跑，结果出乎意料地被一箭穿心。

彼时，站在楼下的白衣男子放下手中的弓，面无表情地抬头看着她。在如血残阳中，他衣袂飘飘，纤尘不染，一如七年前。从前他笑起来时眉眼弯弯，是那么好看。

即熙不知道当时她心里是个什么滋味，估计那颗被贯穿的心还没工夫伤感，她就从楼上掉了下来，失去意识。

无论怎么看，她都死得透透的。

正在即熙思索之际，她眼前的黑暗被挑开，烛火温暖的光芒从被挑开的黑暗边沿蔓延进来。即熙意识到，那黑暗乃是盖在她头上的一块布造成的。

随着布被挑开，和烛火一起映入她眼帘的还有一双红底金纹的软靴，包裹到小腿一半的位置，衬得对方腿部纤长。再往上去便是同样红底金纹的衣袍、大袖，然后是白皙的脖颈儿和那人的脸庞。

站在即熙面前的男子眉骨饱满，鼻梁挺拔，飞眉入鬓，微微低着的眼眸明亮而温柔。清冷月光下，他的气质如白玉，但红色婚服加身就多了一分旖旎，绝色不似凡人。

烛火亮起来的时候，即熙隐约能看见他右脸上纤细的银色纹路。那纹路从他的右额角一直延伸到右眼下方，只有在他眨眼的瞬间才能看清全貌。

那是南斗星图。

他比七年前清瘦了些，但更成熟、更好看了。

即熙恍惚了片刻，随即吓出一身冷汗。

这世上有什么事比看到一个刚刚杀死你的人站在你面前更让人惊悚的吗？更何况这个人还穿着婚服，正在揭开你的盖头？

眼前的男子——星卿宫的天机星君睢安——没有说话。四下安静，即熙只觉得茫然。

所以这……是什么情况，她该说什么？

“哎呀，好巧，你也死了？你的箭法长进不少啊，为什么我们俩在阴曹地府穿上婚服了？”

从她脑海里掠过的每一句话都非常尴尬。即熙决定保持沉默，以不变应万变。

“师母请节哀。”

睢安将那盖头平整地放于床边，先开口说话了。他嗓音低沉，如同古琴声。

这久违的声音让即熙恍惚了片刻，方才抓到他话里的重点。

“师……师母？”她震惊地重复了一遍，然后被自己陌生又娇柔的声音再次震惊到。

即熙僵硬地环顾四周，这里的摆设、布置果然是星卿宫简单、雅致的风格。桌上的喜烛之间摆着一个牌位，牌位上写着“星卿宫第四十七代宫主桑野之位”。

所有前因后果、小道消息立刻在即熙脑子里飞速旋转。

先前听说星卿宫宫主旅居秣陵苏家，苏家小姐苏寄汐对他一见钟情，非要嫁给他。宫主与原配妻子太阴星君伉俪情深，妻子过世二十年不曾再娶，如今女儿都和苏寄汐同龄了，自然是不肯娶她的。但苏家先辈对星卿宫有恩，苏寄汐又一哭二闹三上吊，雪地里等整夜，孤身私奔追宫主……被她追了半年，宫主最后答应了婚事。

此事之前闹得沸沸扬扬的，即熙一直在兴致勃勃地嗑瓜子看戏。没想到宫主还没来得及结婚就去世了，她这看戏的倒莫名其妙地被推上了戏台。

她可太冤了，让六月飘雪的窦娥都没她冤。

即熙迟疑地望向睢安，说道：“我太过伤心，最近有点忘事……我……我叫苏寄汐，是吗？”

睢安有些惊讶地抬眸，眼里映着烛火：“那是师母的名字。”

“所以你这副打扮是替你师父和我拜堂成亲？”

“是。”

“今天是什么日子？”

“甲子年九月初八。”

这是她被一箭穿心后的第七天，也是她的二十四岁生日。

……老天爷啊，她这是做了什么孽，死在星卿宫手里，一眨眼又嫁了回来？还是结冥婚？人死不能复生是天地纲常，便是再厉害的修士、星君都是人死灯灭，她这算怎么回事？

这种情况让即熙一时不知道该开心还是忧伤。她的心情在“复生成谁也不能是苏寄汐啊”和“能活过来还挑三拣四个什么劲”之间来回打转，直到她的目光落回面前的雎安身上。她后知后觉地发现，雎安的目光有些奇怪。

他仿佛在看她，又仿佛什么都没看。烛火安静地在他温润的眼睛里摇曳，他的瞳孔如同被水浸没的黑色碧玺，太过漆黑。

“你的眼睛怎么了？”那些纠结、复杂的心事立刻被即熙抛在脑后，她伸出手在雎安眼前轻轻晃了晃。

雎安的目光呆滞不动，即熙的心沉了下去。他淡淡一笑，说道：“前些年出了点意外，失明了。”

他语气平和，不卑不亢，似乎这只是一件平常事。

即熙在他面前打转的手僵了僵，有点不知所措地放了下来。

雎安的眼睛从前总是温润如水，明亮又敏锐。他能准确地挥剑划破飘飞的花瓣，也能从她满篇的蝇头小楷里一眼揪出错别字，怎么会突然失明？

她下意识地想问这是怎么回事，话到嘴边却又沉默了。

假设你的杀身仇人站在你面前，他对你毫无防备而且双目失明，而你恰好顶了二斤重的头饰，里面不乏尖利之物。按照套路来说，你是不是得拔支簪子报仇雪恨，再逃之夭夭呢？

即熙漫不经心地拔下一支簪子，定睛看去不禁倒吸了一口气。

哎呀，这不是上好的南海珍珠吗？！这和田白玉！这栩栩如生的仙鹤！这绝了的鎏金！

即熙眼冒金光，家族祖训在心中回荡：“不计私仇，专心弄钱，纸醉金迷，逍遥人间。”苏家的嫁妆这么丰厚，星卿宫的日子这么舒坦，她又成了众人的师母，管他三七二十一，先享受着再说。

她默默地把簪子插了回去，清了清嗓子，道：“行了，师母要休息了，你走吧。”

雎安微微低首行礼，然后转身离开。他轻轻掩上门，红色的身影消失在门口，只剩几不可闻的“咔嗒”声。这一系列动作流畅而从容，如果不是他的目光没有焦点，旁人应该很难察觉他眼盲。

如今雎安双目失明，她总能打赢他一次了吧？

不过，就算她赢了，难道她真能下得去手杀他？

即熙叹息一声，站起来活动筋骨。她走到窗边一掌推开窗户，屋外大好的月光倾泻而入。

其实，那众所周知的恶名“禾枷”是即熙的姓，随她爹的苗姓，她的名则是汉人母亲起的“即熙”二字。不过，因为荧惑灾星依靠血统代代相传，名字又不为人知，世人便只叫他们“禾枷”。老禾枷死了，小禾枷继承，世世代代无穷尽——哦，不，很可能断在她即熙这一辈。

她一低头发现窗台上有群蚂蚁，正将一只黄蜂的尸体往蚁穴搬，密密麻麻的蚂蚁形成一条黑色长线。

即熙趴在窗台上看着那群蚂蚁，用手指划开窗台上的墙灰画符咒，口中念道：“太昭在上，荧惑有命，令尔众蚁迷失其途，为时一刻，速应我咒。”

即熙话音刚落，那群井然有序的蚂蚁就突然从中间分开，开始原地绕圈圈。即熙托着下巴耐心地等着，一刻之后它们便又恢复了秩序，开始连接起来，继续搬黄蜂的尸体。

如果有人知道大名鼎鼎的恶徒正趴在窗台上咒蚂蚁找不到路，恐怕会大跌眼镜。

即熙看着这光景，忍不住长长地叹息一声。

得了，她还是荧惑灾星，一点没变。难道是因为他们禾枷一脉绝后，没有继承人了，荧惑才把她整活过来继续担着星命？

即熙抬头，在满天星斗中找到了荧惑星的所在。沉默片刻后，她慢慢地举起手，握拳行礼："您是不是忒懒了点？再换个血脉比起死回生难吗？"

然后，她大大咧咧地拜了一拜："多谢您的生辰贺礼，以后还要请您继续关照。"

第一章

◇◇◇

星河

原来善良也可以长出獠牙，与凶狠相生，却又不减温柔。

虽然星卿宫的星君们走的也是修仙这条路，但又和其他修仙者不太一样。

星卿宫有件镇宫之宝——星命书。它平时看起来就是一块其貌不扬的石头，每三年开封一次，显露真身，选择凡人中可担大任者授予星命，令其执掌天下运势。

运势是个很玄妙的东西，普普通通的人若是交了好运便能飞黄腾达，而再厉害的英雄也怕时运不济。执掌了天下运势，就隐隐约约有了成仙的意味。

普通修士尚有能飞升成仙的机会，但若成了星君，就意味着你将永远处于凡人和神明之间，生死如常。星君看似离神明最近，其实也离神明最远。

更何况如果星君职责有失，便会被星命书判为失格，被夺去性命。所以，这其实是个危险的头衔。

当年即熙隐瞒身份混进星卿宫，听了柏清师兄介绍星卿宫的由来，不屑道："什么嘛，外面那些修仙修道的，动辄呼风唤雨、点石成金。这星卿宫左一个星君、右一个星君，除了寿命长点、容颜不老，也没什么厉害的。不就是仙门百家中的吉祥物吗？"

当即把柏清师兄气得眉毛不是眉毛，鼻子不是鼻子，指着雎安说："师弟，不是我不给你面子，这孩子性子又野又邪，哪儿来的你给我送回哪儿去！”

思薇也跟着挤对即熙，要她走。

雎安只是微微一笑，回应道：“即熙说得也没错。”

那时候，十六岁的他已经是最负盛名的天机星君，主良善之势。只要他活在世上，人们便会心存善念，世间少有战乱人祸。

从梦里醒来后，即熙迟迟没回过味儿来，不明白自己怎么会梦到那么久之前的事情，梦见十几年前的柏清、雎安、思薇和她自己。

她拍拍自己的脸颊，翻身起床。洗漱后，即熙看着铜镜里那个如花似玉的美人，啧啧感叹苏寄汐怎么长得这么好看。

虽说星君们容颜不老，但按星卿宫宫主的岁数算，他都可以做苏寄汐的爹了。她这个出了名的美人要死要活地嫁过来守寡，图什么呢？虽然星卿宫有钱，但苏家也不缺钱啊。更何况按星卿宫“凡事必躬亲”的规矩，除了饭不用自己做，其他的内务都必须自己料理，阖宫上下没有一个奴仆。苏寄汐这个娇小姐嫁过来，多半是孤零零的，连一个仆人都没有，实在是太可怜了。

即熙向来舍不得美人被糟蹋，不免抚摩着铜镜替苏寄汐惋惜，恨不能把她再召回来，摇着她的肩膀问她是怎么想的。

这要是复生成别人的寡妻，第二天即熙就能给众人表演一出红杏出墙。可现在她是星卿宫宫主的寡妻、众弟子的师母大人，短时间内她还不想再死一次……

即熙叹息一声，从柜子里翻出衣服和发冠。秋季五行属金，故而星卿宫的秋季宫服乃白底金纹，上面绣的是凤凰振羽。星卿宫保持了一贯的一视同仁，除了星君的衣服会加绣星图，弟子们的宫服都一模一样，就连她这个师母大人的衣服也不例外。

即熙抖抖衣服，熟练地穿好，一推门就走进了暖暖的秋阳中。她舒展四肢，伸了个大大的懒腰，然后背着手晃悠悠地四处闲逛。她拐过一道弯，来到授学殿的后面，看到一棵高大粗壮的山楂树，上面结了满树的山楂。

这棵树好像是她很久以前种的哟?

即熙的眼睛陡然一亮，她将衣摆往腰间一系，“噌噌噌”地爬上树，兴致勃勃地摘起山楂来。

按她的发小儿贺忆城的话，即熙就是忒俗气一人，爱美人，爱歌舞，爱钱，爱酒，爱吃。在吃的方面，她又嗜酸甜，尤其喜欢吃冰糖葫芦。

“昨天第一次见掌门师兄穿红衣，也太好看了。”一个稚嫩、雀跃的女声传来。

即熙低头看去，几个身穿宫服的女弟子正围在树边说闲话。当然，她们并没有发现头顶的树上趴着一个人。

刚刚称赞雎安的是其中看起来年龄最小的一个姑娘，大概就十三四岁，满脸仰慕。即熙对她的评论深表认同，她一向知道雎安容颜绝佳，但从没想过他穿婚服的样子也这样好看。

要知道，她十岁就混入了星卿宫，直到十七岁被封贪狼星君后才溜回悬命楼。这七年里，她眼见着雎安拒绝了不知道多少追求者，燕瘦环肥、男女老少皆有，基本囊括了已知人类的所有品种。而雎安也没有对动物或者妖魔鬼怪表现出什么特殊爱好，以至于即熙一直觉得他会孤老终生。

他好歹算穿了一次婚服，虽说是替师父跟她这个冒牌师母成婚的。

即熙决定靠在树干上听一听墙角。

另一个年岁稍小的姑娘面含痛惜，说道：“昨天师兄拿绸子的时候，第一下没拿到，我看得心都揪起来了。来星卿宫之前，我都不知道雎安师兄失明了。怎么会这样呢？”

好问题!

即熙直起身来，竖着耳朵不放过一点声音。

一个稍微年长的女孩子叹了口气。她进宫的时间应该最长，显示出几分权威者的样子，慢慢地说道：“大概三年前，师兄一夜之间双目失明，谁也不知道原因，师兄也不愿意多提。这到现在一直是个谜，但是……”

即熙伸长了脖子，等着“但是”后面的内容。

“但是你们想啊，如果是急病导致失明，定然有征兆。师兄失明前后都好好的，不应该是急病所致。”

年轻的姑娘们点头称是，即熙也跟着点头。

“要说是走火入魔，星君失格所致，必然有缘由。可那些天师兄哪里都没去，起居如常，也不会是失格。”

“是啊是啊……”

“以师兄的身手，加之不周剑，谁能行刺他？”

“是啊是啊……”

“所以，只有一种可能——定然是那荧惑灾星诅咒了师兄！”

“是啊是啊……”

“是啊……啊哈？”

树下的姑娘们被树上传来的声音吓到，纷纷抬头看去，只见一个年轻貌美的女子挂在树上，表情十分扭曲。

“你一本正经地推论，怎么得出个狗屁不通的结果？”

年长的姑娘后退了几步，怒目圆睁：“你是谁？！你……你居然敢爬掌门师兄的树，还偷果子？！”

这话真有意思，她种的树怎么就成雎安的了？

即熙大大咧咧地靠着树干：“这树是雎安的？让他叫一声，看这树应不应啊。”

年长的姑娘气得不行，拔剑就要赶即熙下来。年轻的女弟子拉住她的袖子，小声道：“她长得这么好看，不会是师母吧……”

“什么师母？那苏寄汐再不讲道理，好歹也是个大家闺秀，怎么会是这种地痞无赖？！”

哟呵，这小姑娘说苏寄汐不讲道理？

虽然即熙也觉得这实在是一桩强买强卖的婚事，但她借这个身份过活，自然要替苏寄汐说两句话。于是她俯身丢了几个山楂给她们。

“别气啊，一起吃呗。虽然苏寄汐任性、闹腾了点，但她对紫微星君一往情深，不可自拔。他死了，她也要做他的妻子，情深至此有什么错吗？小姑娘，你那么仰慕雎安，若是有办法嫁给他，你嫁不嫁？”

年幼的几个姑娘接住果子，觉得吃也不是，糟蹋了也不行，正在为难。又见即熙说着话指向她们，顿时羞红了脸。

年长的姑娘不由得更气了："才不是呢！她早先看上的是睢安师兄，后来知道睢安师兄失明了，嫌弃师兄看不见，才转而要嫁师父的。"

什么？

苏寄汐敢嫌弃睢安？

即熙立刻怒火中烧，如同奓了毛的猫，差点没一蹦三尺高。

"睢安看不见怎么了？她苏寄汐有眼无珠，还不如瞎了！这世上美女成千上万，天机星君三百年来就出睢安一个。她是个什么玩意儿，也好意思挑睢安的毛病？我呸！"

姑娘们被即熙变脸之迅速惊得无言以对。正在此时，即熙听到有人远远地喊了一声："师母？"

她抬头看去，只见两个长身玉立的白衣男子站在远处的屋檐下，正是天梁星君柏清和天机星君睢安。柏清吃惊地看着她，而睢安眼眸低垂，神色淡淡。

树下的姑娘们不可置信地重复着"师母"二字。即熙这才意识到，她刚刚好像把自己狠狠地骂了一顿。

即熙没想到会被柏清和睢安撞见这一幕。她思忖着苏寄汐这种大家闺秀着实不该爬树，于是边想着如何圆话，边从树上往下跳。一时分神，她脚下一空，手忙脚乱地从树上掉了下来。她听见自己的骨头发出清脆的咔嚓声。

……苏寄汐的身体也太脆弱了吧？

甲子年开春以来，柏清就没闲下来过，事情一件接一件，看不到尽头。师父猝然去世，仙门百家诛杀灾星，新师母闹着嫁过来……如今新师母竟然从树上掉下来晕了过去……

他快步穿过长廊拐角，在金色的银杏树和红墙之间看到了提着木盒子悠悠前行的睢安。柏清与他并肩而行，说道："听说师母醒了，你也是去看师母的？"

睢安微微侧过头，目光转向柏清的方向，就像能看见他似的点了点头："苏家的人也来了，你多留心。"

睢安边说边灵活地避开了身前的一个花坛，他似乎已经对星卿宫的构造了如指掌。柏清却差点被旁边的枝丫绊倒。柏清长年以来身体不协调，不要说撞树、撞墙，甚至会左脚绊右脚。有时候他甚至怀疑自己才是瞎子。

正在柏清暗自郁闷之时，睢安说道："禾枷的尸体带回来了吗？"

柏清心里一紧，说话都不利索了："运……运回来了……放了好些冰，尸身还完好。怎么了？"

"她名声不好，尸体若是落入别家手里，可能会被侮辱、践踏。我们运回来，就将她好好安葬吧。"顿了顿，睢安轻轻一笑，淡然地道，"怎么我每次提到禾枷，你都这么紧张？难道……"

一时间，柏清的心又提到了嗓子眼儿。

"……难道你也觉得，师父不是她杀的吗？"睢安的下半句话让柏清的心落回了肚子里。

他们的师父死得离奇而突然。一时间"灾星诅咒说"甚嚣尘上，仙门百家借此讨伐悬命楼，星卿宫几乎是被裹挟着参与的。实际上，对于禾枷，睢安一直持保留态度。

柏清清清嗓子，说道："那日你令问命箭诛杀害死师父之人，问命箭径直取了禾枷的性命。以问命箭的灵识，若它认定禾枷是凶手，便不会有错。"

睢安皱皱眉头，应道："确实如此。"

"……那你为什么觉得师父不是禾枷杀的？"

"只是感觉而已，并无实证。"

"哈哈……你又不认识禾枷，哪里来的感觉？"柏清觉得自己的声音有些发干。

睢安只笑了笑，右脸上的南斗星图若隐若现。他道："也是。"

柏清却有些笑不出来。他神色复杂地看着身边笑意恬淡的睢安，心中有些悲哀。

那天他看到禾枷的尸体，发现她居然是他们失踪多年的故人时，震惊到无法言语，下意识地阻止走过来询问情况的睢安靠近尸体。

睢安只是疑惑地皱起眉头，神情平和，如同往常。他的眼睛就像一面透不过光的镜子，里面映着那具血肉模糊的尸体。然后，他以平静甚至天真的语气问道："怎么了？"

那一刻，柏清看着茫然无所知的睢安和死去的即熙，头一次由衷地庆幸睢安已经失明。

有些事还是永远看不见、不知道的好。

◇◇◇

"夫人，您只是崴了脚……"

"不不不，我头疼头晕脑子涨，我肯定是磕到头了……"

"您头上都没伤……"

"那兴许是内伤啊！"

看到柏清和睢安走进房间，大夫终于从与即熙的纠缠中解脱出来，如见亲人般向他们行礼，说道："夫人不知怎么的，一醒过来就嚷嚷头疼，还说想不起事情来了。可老身怎么也查不出来夫人有什么问题。"

即熙拥着被子，对他们露出一个标准的微笑。

这种藏着狡黠的笑容让柏清一瞬间想起了那位死去的故人，身上有些发毛。

他看见睢安往前走了两步，而师母非常自然地把旁边的椅子拉开，以防止绊到他。

这样自然的关怀再次让柏清感到似曾相识。

"师母感觉如何？"睢安问道。

即熙清清嗓子，笑道："好多了，就是头疼……以前的事情记不太清楚了。听说我是从山楂树上摔下来的？我都想不起来我为什么会去爬山楂树了。"

她眨巴着眼睛，一脸纯良。

"您似乎是去摘果子的。"睢安并不深究，只是笑着说，"我吩咐弟子买了一些新鲜山楂给您，以后您想吃什么或有什么需要，可以随时跟我和柏清说。”

睢安将手里的木盒子递过来，即熙立刻伸手接过盒子，抱在怀里打开，里面果然是一盒子水灵灵的山楂。

即熙喜笑颜开，心中感叹睢安果然会做事。她正想说几句道谢的话，却听见一个带着怒气的刺耳男声。

“舍妹受伤，尊上却只用一盒山楂来敷衍？这般欺负人的架势，我可真是大开眼界！”一个身着姜黄常服的高大男子怒气冲冲地走进屋子，长相和苏寄汐有几分相似。

即熙闻言默默地放下了递到嘴边的山楂，心想：来送嫁的苏家人还没走啊？这不是增加她的表演难度吗？

苏寄汐的哥哥站在即熙床头，转身对睢安和柏清说：“我一向听说尊上们德行高尚，历来尊重有加，才放心将舍妹嫁入星卿宫。谁知第一天她便坠树受伤，甚至昏迷，实在让人担忧。”

即熙举起手：“这个其实……”

“舍妹年纪虽小，但辈分上已经是尊上们的师母，尊上们就是这么尊敬、照顾她的？”

“我坠树是……”即熙继续试图插话。

“天机星君，我尊你为天下楷模、良善之基，没想到你也这般恃强……”

即熙终于忍不了了，伸手拍拍她义愤填膺、慷慨陈词的哥哥：“你闭嘴听我说好吗？”

此言一出，她哥立刻停了话头，和柏清一起向她投来诧异的目光。睢安也将脸转向这边。

即熙也知道自己刚刚语出惊人，于是清了清嗓子。苏寄汐是江南女子，即熙最熟识的江南女子便是那教坊里的歌姬、舞伎，于是揣摩了一下她们的神态、语气后才缓缓开口。

“刚刚妹妹情急之下言辞失礼了。兄长，妹妹知道您是心疼我，但这番话未免小题大做。这件事是意外，罪责在我，两位星君实属无辜。您不要挂心我，早日回家为好。”

她自认把那迂回客套、楚楚可怜的劲儿学了个十成十。

“确实是我们照顾不周，没有来得及给师母介绍星卿宫。师母在陌生的环境里，难免会惊慌不安。”睢安也开口，并认真地抬手行礼，表示歉意。

他的白色衣袖上绣着秋季宫服上的凤凰振羽，另有恢宏的三垣二十八宿星图沿着衣襟蔓延到看不见的后背，如同一幅画卷。

睢安这个人有种莫名的力量，你听他道歉，自己反而会有负罪感。好像这个温柔、俊朗的男子生来就该高高在上，不能低头。无论他低头的对象多么高贵，都是对他的玷污。

这种气质往往能不战而屈人之兵，即熙以前不知道栽过多少次了。

苏家兄长果然也无法在睢安面前保持愤怒。他面色稍霁，但仍然不快地看了睢安和柏清几眼，说：“既然寄汐这么说，那我也不过多追究了。我还有些事情要与妹妹说，请二位回避一下。”

睢安笑笑，悠然行礼，然后和柏清一起离开了房间。

确认睢安和柏清已经走远后，苏章才坐在她床边的椅子上，低声说道：“你闹这一出是想干什么？我听说你记不起事情了，不会把我们的约定也忘了吧？”

眼前这个妹妹露出奇怪的表情，身体微微前倾，似乎对这个话题很感兴趣：“记不太清楚了，你再跟我说说呗。”

他觉得有些不对劲，但又说不出来哪里不对，只说道：“当初说好的，我们帮你嫁给星卿宫宫主，你找机会把星命书拿出来。”

即熙的表情凝滞了片刻，继而大笑起来。

“……哈哈哈哈哈……抱歉抱歉，没控制住……”即熙笑得呛住了自己。

星命书封星君并非真的从芸芸众生中大海捞针。星卿宫每三年会举行一次大考，排名前五十的弟子才有资格进入封星礼。一般来说，星命书会从这五十人里选人封为星君。

当然，也有像睢安这种刚出生就被星命书指定为天机星君唯一候选人的异类。

有些修士觉得星卿宫拥有星命书，垄断了星君的来源，对此颇有微词。这都是明面儿上的话，暗地里谁不想掌握星命书，让封星礼上只有自家人呢？

苏章惊诧又狐疑地看着乐不可支的即熙。即熙稳住表情，真诚地说："哥，这事儿我是真记不清了。这种痴人说梦的事情，你也趁早忘了为好。"

苏章立刻从椅子上站起来，愤怒使他忽略了这个妹妹身上不同寻常的地方，只怒道："你这是得偿所愿了想反悔？别忘了是谁出主意帮你得到这师母之位的，别忘了你母亲还在家里巴望着你！"

即熙抬头看了他一会儿，然后打开木盒子，开始漫不经心地吃山楂："这种故事我听过不少，我猜猜看啊。是不是苏寄汐的亲生母亲另有其人，她只是被认到了嫡母膝下？按照这个背景，她很可能为了给自己和生母争口气，被你们怂恿着去追求星卿宫宫主。所以，那些一哭二闹三上吊、在大雪里等一晚上、私奔追随的戏码，也是你们教她的？"

苏章冷哼一声，答道："别阴阳怪气了，你不是记得很清楚吗？"

即熙叹息一声，拿了两个山楂在手里，然后将盒子盖好放到一边，微笑着看着苏章："哇，我真是好久没见过你这样货真价实的畜生了。"

"你……你！"

"我就说嘛，中原姑娘一向重名节，很矜持，怎么追求爱人追出了我们苗疆女子的气势？你但凡真当她是你妹妹，就不该这么利用她，还拿她母亲相威胁，也太下作了吧？"

苏章怒不可遏："你信不信我……"

即熙敷衍道："信信信……"

她说着用手捏碎山楂，飞快地在苏章前襟上划了几下，收回手念道："此人若害苏寄汐之母，害一分则自己反受十分……"

苏章惊恐地后退几步，上下打量即熙："你……你……"

"……此人若泄露我的身份，则……嗯……七窍流血，疯癫而死。"即熙还思考了一下什么样的结果比较有威慑性，然后冲着脸色苍白的苏章嫣然一笑，"灾祸之主是为荧惑，厄运之令皆由我出，接令！"

苏章前襟沾了果汁的地方发出红光，继而消失不见。

死咒结成。

“怎么可能……荧惑灾星……禾枷……你是谁？你不是死了……苏寄汐呢？”苏章语无伦次地喃喃道。

即熙没有回答他的问题，只是笑嘻嘻地说：“怎么了，哥哥，坐呀？”

苏章被她拉着僵硬地坐下，刚想说什么就见即熙做出嘘声的动作：“哥哥从今往后可要谨言慎行，当心祸从口出。”

苏章的脸唰地变白了，身体也开始哆嗦，丝毫没了刚刚盛气凌人的样子。即熙拍了拍他的肩膀，叹息道：“已经很多年没人敢威胁我了，倒是挺有趣的。哥，回秣陵路途遥远，你注意安全，回家别忘了替我向母亲问好啊。我觉得明天你就可以出发了。”

她放下手，又拿起盒里的山楂开始吃：“你觉得呢，哥哥？”

苏章第二天就启程回秣陵苏家了，动作快得像是有恶鬼在后面追着他似的。即熙懒得表演什么兄妹情深，借口说自己脚崴了不方便，躺在房间里吃山楂，送都没去送。

那天对即熙出言不逊的姑娘登门来给她赔罪，向她行礼道歉。小姑娘叫织晴，不过十六七岁，红红的眼睛里有些含糊的歉意和委屈。即熙看着她默然无语。当织晴越来越紧张，脸越来越红时，即熙伸手拍了拍她的肩膀。

“柏清训了你一顿吧？柏清这迂腐、古板的性子怎么一点没变，长辈怎么了？长辈就不会犯错吗？被小辈说坏话也是正常的嘛！”即熙把一脸茫然的织晴拉到身前，让她坐在床边的椅子上，顺手给了她一把山楂。

织晴拿着山楂，迟疑地打量着即熙。

“怎么，觉得我没安好心？”即熙拿了一颗山楂吃。

织晴把头摇成了拨浪鼓。她沉默了片刻，说道：“我说师母是无赖，师母不生气吗？”

若这种程度就生气，那她被骂了这么多年，恐怕早就被气死了。

“嘴长在你身上，你爱怎么说就怎么说，我可管不过来。”顿了顿，她决定岔开话题，说道，“我听说你在星卿宫待了四年。你对这里的状况应该挺熟的吧，你给我说说呗？”

这个话题显然是织晴擅长的，很有可能还刚刚考过。她挺了挺腰板，说：“星卿宫建宫有千年之久，位于太昭山南麓。现有弟子三百人、星君三十六人，其中甲等主星星君七人，分别为天机、天梁、天同、巨门、武曲、贪狼和廉贞。宫主历来由紫微星君或者太阳星君担任，但如今这两星都星位空悬，所以由雎安师兄暂代宫主之位。”

即熙疑惑地脱口而出：“贪狼星君也在？”

她死前身上有两重星命，如今荧惑星命仍然跟随着她，而贪狼星命已经消失。想来是被星命书收回了，而他们还没有发现。

织晴皱皱眉头，道：“七年前贪狼星君突然失踪，至今未归，不知去向。我从未见过她。”

言罢，她靠近即熙，小声说道：“我听说贪狼星君最是桀骜不驯，刚来的时候把星卿宫闹得天翻地覆，只有雎安师兄能管住她。雎安师兄亲自教导了她七年，可她得了贪狼星命没多久就不辞而别，谁都不知道她去了哪里。听说那时候雎安师兄挺伤心的。我还从没见过雎安师兄伤心呢。”

即熙心情微妙，低头掰手指。

“前几天我听见柏清师兄跟思薇师姐说什么别告诉雎安师兄，怕他难过。也不知道是什么事情。”织晴想起了什么，补充道。

这话在即熙脑子里转了一圈，被她品出了不同的意味。她蓦然想起自己弥留之际，眼前的画面里除了平静的雎安，还有睁大了眼睛、惊愕至极的柏清。

柏清为什么那么惊讶？简直就像不知道她就是禾枷似的。

即熙越想越觉得不太对劲。

难道思薇没告诉他们她的身份？

不可能吧，思薇不是最讨厌她吗？

◇◇◇

说起来，思薇和即熙简直就是冤家路窄的死对头。她们血缘里就带了互相看不惯的因子，它大概来自她们那性格和为人都截然相反的父亲。

即熙对星卿宫的最初认识来自她的母亲——星卿宫的太阴星君。

她母亲刚生下她就跟她爹和离了，以至于即熙对母亲没啥印象。只记得小时候她爹一提起她娘就一顿猛夸，说什么天仙下凡、蕙质兰心、惊才绝艳，大概用尽了她爹知道的为数不多的成语。曾经有一段时间，她爹专门去看诗词，就为了跟她形容她的母亲。

所以，即熙长大后很能理解为什么仙人一般的母亲要和她爹和离——大概是文化水平不在一个层次上，没法儿交流。其实她更疑惑的是，她娘怎么会看上她爹？

她爹对此总是支支吾吾。后来他说，当年他们相遇时她娘是头一次下山游历，涉世不深，他就隐瞒了自己荧惑灾星的身份追求她。说实话，她爹长得不错，是那种狂野、潇洒的英俊男子，涉世未深的她娘栽在她爹手里也情有可原。

他们很快便私自成婚，但即熙出生后没多久，她娘就发现了她爹的真实身份，愤而和离，回了星卿宫。

这么多年里，她爹继承悬命楼赚得盆满钵满，还新建了好几个地下宝库——栏杆、房梁上都贴着金箔，就差用金砖玉石铺地了。然而，她爹总是惆怅地拉着她的手问："你说你娘到底是气我骗她，还是气我是荧惑灾星呢？"

即熙看着舞女姐姐们的翩翩舞姿，觉得这种纠结十分没必要。听说她娘早就再次婚嫁，嫁给了星卿宫宫主并育有一女。这次双方可谓金童玉女，只可惜她娘生思薇的时候难产去世了。

"按照刀疤叔叔的话，你老婆嫁了别人，如今又死了，是问也问不到、找也找不回了。你还管她干什么呢？"

即熙把这话回给她爹时，立马被他猛拍了下脑袋。她爹气道："你一个七八岁的女娃，说话怎么这么难听？！"

她爹似乎盼着她能朝大家闺秀的方向发展，可惜悬命楼里只有一堆朝廷通缉的逃犯，正经人都不敢来。所以，即熙从小学了不少打架斗殴、坑蒙拐骗的本事，与大家闺秀一点也不沾边。而且，对于她爹希望她长成大家闺秀这一点，即熙十分不满。

她爹曾说，他们家族的人天生是反骨，即熙也不例外。她十岁那年，她爹成功地把她的玩伴贺忆城骗去了私塾读书。正在她爹准备再接再厉，把她也弄去的时候，即熙干脆利落地离家出走了，跟着一个戏班子到处晃荡。

她撒谎说自己是个孤儿，那戏班子的班主看她有一手偷东西的好本事，就把她留了下来。之后班主带着戏班子到各地表演，即熙就混在看戏的人群中偷荷包，从未失过手，可谓神不知鬼不觉。钱到手后，一半给班主，一半她留着自己花。就这样，她把各地的小吃、美食吃了个遍。

开心地玩了几个月，跑得离家越来越远后，即熙慢慢发觉这个戏班子好像不太对劲。

虽然戏班子都会收很多小孩儿，为以后培养角儿做准备，但这个班主一路上未免收了太多孩子。那些孩子有的是买的，更多的则是无家可归的孤儿。即熙眼看着有好几个孩子根本没有唱戏的资质，班主却也收留了，供他们吃喝。

一个怂恿小孩儿偷钱给自己分的班主能有这么善良？

十岁的即熙不相信，毕竟她从小到大的睡前故事就是叔叔们的精彩骗局。

她旁敲侧击地打听了一阵，但戏班子的人口风都很紧，只说将来要培养这些孩子。那些被收留的孩子各个对班主感恩戴德，即熙看着只觉得头皮发麻，想让刀疤叔叔、赖皮叔叔、血手叔叔挨个儿来给他们讲讲人心险恶。

不过即熙对自己的定位很清楚。她是个灾星，按照祖上的传统收钱咒人，不负责救人。她只是好奇心作祟，想看看这班主要干什么。

老话说得好，好奇心不能太重。即熙还没探清究竟，就在戏班子里撞上了思薇。

思薇是在即熙到戏班子四个月后来到戏班的。即熙刚从外面偷了几个荷包回来，便看到一个干净、朴素的小姑娘站在脏兮兮的孩子们中间，格外扎眼。那姑娘看了一眼即熙手里的荷包，便明白她是个小偷，眼里带了几分鄙夷。

即熙跑去问唱旦角的姐姐："这新来的小姑娘是谁啊？"

姐姐说："好像是富贵人家出身，刚刚八岁，和家人走散了，无处可去，才流落到戏班子里来的。"

这种姑娘班主也收，这么缺小孩儿？

在一群脏兮兮又憨憨的孩子中，思薇显得过于聪明、清高，一看就是从小被保护得很好，很有教养，正是即熙她爹想让她变成的大家闺秀的样子。不过，既然是大家闺秀，肯定看不惯即熙这种邪路子。思薇从不拿正眼看即熙，听到即熙和孩子们吹牛，她总是冷嘲热讽地说她是"无耻小偷"。

即熙对这种正经人家出身的孩子总是有着几分怜悯，就像野猫看流落街头的家猫的那种怜悯，因此很少跟他们一般见识。她小小年纪就已经有了审美观念。因为思薇长得好看，她便对思薇多了几分宽容。除了"亲切"地回复她一句"看不惯就滚蛋"，并没有针对她。

而且即熙隐约觉得，思薇的到来没那么简单。某天清晨，即熙在洗漱时遇见了思薇，见四下无人便直接开问："这个戏班子真邪门，收了这么多小孩儿。你觉得呢？"

思薇很是惊讶，但下一秒就对即熙表示不屑："知道不对劲你还待在这里？快跑吧。"

"你不是也待在这里吗？"

"我和你能一样吗？"

"嘿哟喂，你是多了俩眼睛，还是多了个鼻子啊，怎么就与众不同了？"

思薇奇怪地瞄了她一眼，说道："你还会成语？"

"……"

"你偷东西不是很厉害吗？去做你的小偷吧，别在这儿碍眼。"思薇扬起下巴哼了一声，转头就走了。

即熙心想：这是什么大小姐脾气？谁还不是大小姐了？！

原本即熙已经觉得戏班子无聊，想走了。被思薇这么一气，她反而决定留下来。她和思薇大眼瞪小眼，三天一小吵，五天一大吵，把自己那“别和正经人家的小孩儿一般见识”的想法完全丢到了九霄云外。

两人就这样吵了一路。一个月后，戏班子到了豫州，班主转手就把这帮收来的小孩儿卖了。买小孩儿的头目是个留着络腮胡的大汉，不知是什么来头。他点了点人数，也不还价，痛快地给了班主很大一笔钱。于是即熙、思薇等人就被送上了大汉的马车，也不知道要去往哪里。

这时即熙越发觉得事情不对劲，打起了退堂鼓。她问思薇：“你留下来干吗呢？”

思薇到底是个孩子，也有几分紧张。但在即熙面前，她还是强装镇静：“我要救你们。”

“救我们？凭你？”即熙打量着思薇的细胳膊、细腿，觉得她能不能打过自己尚且是个未知数。

思薇瞪了即熙一眼，小声道：“还有别人，我是……来探路的。”

即熙又问了思薇几句，才搞明白思薇来自一个修仙的门派。他们察觉到最近有大量孩童被贩卖至此处，所以才让思薇混进来调查。不过即熙觉得，他们让思薇来探路，实在是太不靠谱了。当她提出这个质疑的时候，思薇气鼓鼓地反击：“是我自己偷偷来……”

还没说完她就止住了话头，懊悔地瞪着即熙。

即熙心想：得了，不靠谱的是这个思薇。现在她们不知道自己要被送到什么地方去，岂不是凶多吉少？

即熙当即决定跑路，思薇却不肯。她皱着小脸义正词严地说她要救苍生于水火，可话音刚落，她就被马车里其他孩子的哭声惊得直皱眉头。

……这姑娘根本就不喜欢苍生，却要搭上自己的性命来救苍生，实在是吃多了撑的！

即熙正欲翻窗逃跑，突然见思薇因为紧张手心紧紧地攥着什么，指缝间不时有金光透出。即熙愣了一瞬，然后扑上去凶狠地扒开思薇握成拳的手，看见一把小巧的金锁——做工精致，还刻了工匠的名字。

正巧，她有把一模一样的金锁。

思薇不明所以地收回手，大骂即熙。她以为即熙要偷她的金锁，气得眼睛都圆了三分。即熙却抬头狠狠地盯着思薇，问道："你是星卿宫的人？"

思薇愣住了，反问即熙是怎么知道的。

即熙摇摇手，表示她不想说话。她靠在马车壁上，脑子里一片混乱。她暗暗地拍了拍胸口处那把一模一样的金锁，那是她母亲留给她的为数不多的东西。

这个清高的大小姐居然是她的妹妹——那个活在她听过的各种传闻里、与她同母异父的妹妹。

即熙小小的脑袋无法处理这突如其来的变故，费劲地想了半天该怎么办。想着想着，她就错失了逃跑的时机。眼见着到达了目的地，思薇义无反顾地下了车。即熙咬咬牙跟着下了车，然后瞬间傻眼了。

她们身处一座大山之中，眼前是看不见尽头的黑黢黢的山洞。四周有大量士兵，手持武器严密地守卫着山洞。他们这帮从各处汇集来的几十个孩子，就如同一群被狼群环伺的小绵羊。

而且，这些士兵都很奇怪，眼睛红红的，眼神中有种野兽见到猎物的狂热，就像被主人牵着绳子的恶犬。

太邪性了！即熙不由得打了个哆嗦。这个地方煞气好重。

◇◇◇

裕德十五年，太平了许多年的世道突生变故，豫州发生叛乱，叛军声势浩大，战无不胜。叛军士兵各个能以一敌百，作战时不计生死，如猛虎下山般无人能挡。

但只要是个人，怎么可能"不计生死"？其中肯定有猫儿腻。即熙她爹打着酒嗝跟她聊这件事时，即熙完全没放在心上。豫州叛乱哪里比得上她手里的肘子香？

此时走在黑黢黢的山洞里，即熙后知后觉地有所醒悟，她是不是撞进这“猫儿腻”里了？

士兵们沉默地站在他们周围，手里举着火把。前行的过程中，许多小孩儿害怕得哭着不肯走。那些士兵恍若未闻，像拖牲口一样，拽着他们的领子往前拖，不管小孩儿被勒得面色青白、手掌磨破了皮。士兵着实力大无穷，一个人拖四五个也不费劲。

即熙暗自感受着周围的诡异气氛，心里盘算着凭她微薄的咒力能咒死几个士兵，以及把思薇打晕拖着走可不可行。

算来算去，她一个人跑倒是可以，带着思薇这个拖油瓶就不行了。就算思薇此刻幡然悔悟，愿意跟着她逃，也来不及了。

即熙看着越来越远的洞口，再回头看身边紧张得溢于言表的思薇，咬牙道：“你确定你们的人会来救我们？”

思薇点点头，逞强道：“怕了你就走，我是……”

思薇的话音未落，一个巨大的溶洞赫然出现在他们眼前。黑暗、潮湿的洞壁上挂着火把，溶洞中间有一个形状奇怪的高台，台阶缝隙里往外渗着黏稠的液体，不知道是血还是其他什么东西。虽然高台离她们有段距离，但能闻到厚重的血腥味。

更可怕的是，从他们脚下一路到高台，地上都是儿童的骸骨。

血池尸林也不过如此吧？

思薇吓傻了，后面的话没能说出来。自诩见过大世面的即熙也愣得说不出话，忍不住发起抖来。

前面，数十个孩子被绳索绑在一起，被士兵沿着石阶往高台上赶。高台中央的黑暗里时不时传来尖厉的叫声，煞气源源不断地从高台上汇聚到周围士兵的身体里。

亲娘啊，祖宗啊，老天爷啊，这是怎么回事？！

即熙也不管那么多了，看见士兵准备来捆他们，大喊一声：“快逃啊！”

然后，她拉起思薇的手就跑。孩子们原本被吓得动都不敢动，此刻被她一语惊醒，横冲直撞地四散奔逃。士兵们一时无法立即合围。即熙拉着思薇见缝插针地到处窜。思薇小脸煞白，勉强跟着即熙，像是已经六神无主。

但这些士兵本就生得魁梧，又有煞气加身，个个力大无穷，很快就抓住了不那么敏捷的思薇，将她高高地拎了起来。即熙随即也被抓住。看见思薇惊恐的眼神，即熙立刻火冒三丈，拼命地挣扎，嚷嚷着要他们把思薇放下来。

她明明从没做过姐姐，在悬命楼也是被疼爱的老幺，面对这个讨人嫌的妹妹却生出无限责任感。

正在即熙搜肠刮肚地回忆她爹教她的那些恶咒时，士兵的胸口突然被刺穿，露出一寸剑尖。那剑如同冰一般透明，剑身布满细密的红色脉络。

即熙和思薇随即跌坐在地上。怔忡之间，她们看见士兵魁梧的身体倒了下去，身后站着一个着黑袍者。

尖锐的鸟叫划破骚乱传来，一只巨大的银灰色矛隼落在着黑袍者的肩头。此鸟正是“万鹰之神”海东青。着黑袍者似乎轻微地叹息了一声，随即解开黑袍，露出一袭白衣。他长身玉立、气质卓绝，银色星图自右边额角蔓延到眼下。

少年站在煞气和黑暗里，手里的透明长剑里涌动着千丝万缕殷红的细脉，如同被冰封的心脏。

思薇怯生生地喊了一句：“雎安师兄。”

原来他叫雎安。

雎安伸手把即熙和思薇从地上拉起来。面对这短短人生中见过的最好看的人，即熙极少见地表现出拘谨和无措，甚至忘了放开雎安的手。

“阿海，你照顾她们。”

少年雎安只轻轻地拍拍即熙和思薇的头，便抽回手转身而去。那只海东青似乎有些不满，鸣叫了几声，不情不愿地落在了她们身边。

即熙仰头，看着少年提着剑一路朝高台奔去。他所过之处，煞气如畏惧似的纷纷避退。

周围的士兵仿佛受到了某种感召，也不管孩子们了，扭头一齐拥向少年，乌泱泱的，如同鬼魅。即便被睢安的剑斩断臂膀，鲜血喷涌，他们的脚步也一刻未停，仿佛感觉不到疼似的。他们面无表情，眼底都是野兽般的狂热。

即熙看呆了。这些士兵还是人吗？

睢安快奔到高台时，终于有个正常人出现在睢安面前。那是个四十多岁的中年男人，穿着一身黑衣，几乎融进黑漆漆的环境中。虽然他长相不错，但神情阴鸷。他立于石阶之上，讥诮地说："不周剑、海东青、额上星图，你果然……"

不等男人讽刺完，睢安略一侧身就绕过了他。白色衣衫扫过男人的肩膀，睢安头也不回地向前，快速奔跑的脚步丝毫没有减速。

"抱歉，借过。"

即熙和男人同时露出怀疑自己耳朵的表情。

男人气急地转过身追睢安，同时调动那些着了魔似的士兵围攻睢安。睢安身姿轻盈，剑光如电，流畅地杀出一条血路。他手里的不周剑饮血越多越是兴奋，色彩也越发鲜艳。煞气不再涌向士兵们，反而大量涌入睢安的剑中。

男人终于扯住睢安的袖子，吼道："你这乳臭未干的小兔崽子，嚣张个什么劲？！"

睢安一个旋身干脆地斩断被男人抓住的衣袖，皱着眉说道："你先稍等。"

"……"

即熙心想："都这时候了，你还讲什么礼貌？！"

睢安几步踏上高台，眼神飞快地扫视一圈，抬手将剑插入高台中央。注入剑中的煞气迸发而出，将高台生生劈成四瓣儿。震耳欲聋的轰鸣声过后，煞气快速散去，被睢安所伤的士兵如大梦初醒般发出哀号。

睢安转身，挥剑指向追在身后的男人，剑尖只余一寸便达他的咽喉。睢安淡淡地说道："现在可以了，请讲。"

"……"

即熙看着男人原本阴鸷的面部变得越发扭曲，深感他要被睢安气死了。男人站在摇摇欲坠的石阶上，色厉内荏地道："修士、仙家从不管朝廷之事，星卿宫插手算怎么回事？”

“以童男童女为祭，聚煞气养魔，招魔入体，此乃仙门禁术。修士、仙家不管朝廷之事，但要管你。”

“你真以为你一个人能全身而退？”

“众仙家已经在外面布好阵法，我只是来毁招魔台的。”

男人面色青黑，似乎知道大势已去。他沉默了一瞬，道：“你以为你天机星君天下无敌吗？我可是悬命楼麾下的。你敢动我，禾枷饶不了你！他要咒杀你，就像捏死蚂蚁一样简单！”

本来即熙正兴致勃勃地看戏，一听此言气得叉腰：“放屁！”

这谁啊？平白无故要做她叔叔？

别说长得好看的人了，悬命楼里长得好看的鸟她都能叫上名字来。这人长得怎么说都比刀疤叔叔、血手叔叔周正十几倍。她要是见过这人，能没一点印象？

再说了，咒杀哪有他说得那么简单！咒杀星君搞不好要折十年寿的！她爹开开心心地收钱咒人，都是一锤子买卖。整这又脏又累又恶心的事情干啥？怎么啥“屎盆子”都往她爹头上扣？！

“想来禾枷并非傻子。”雎安对男人的威胁无动于衷，笑着摇摇头，“我也不是。”

即熙的怒火微微平息，对雎安的回应深以为然。

远处传来人声，即熙转头看去，便见许多衣袂飘飘的修士奔进来，将那些因失了煞气痛苦不堪的士兵控制住。几个颇有威仪的长者飞至雎安身边，向他行礼道谢。雎安收剑回礼，将那男人交给长者们，走回即熙和思薇身边。

即熙抬头仰望他，看见雎安向她行礼，然后蹲下来直视她的眼睛，笑道：“多谢姑娘保护在下的师妹。”

即熙第一次被人称作姑娘，而不是丫头、女娃或小兔崽子。她突然没了伶牙俐齿，只能勉强故作高深地道：“这……这点小事，无……无足挂齿。”

雎安笑了笑，转头看向思薇：“你怎么会来这里，不是让你跟柏清先回宫吗？”

思薇低头，小声说：“我……我就是想帮忙。”

“等你的修为精进之后，自然可以帮忙，不急在这一时。量力而行，你可明白？”他的语气依然温和，神情却很严肃。

“明白……”思薇的头低得更深了。

即熙瞪大了眼睛，看着旁边这个大小姐，心想：“哎哟，这小丫头还有这么乖顺的时候呢？”

睢安又转头看向即熙，目光微变。

即熙顺着他的目光低头，发现她脖子上戴着的金锁不知什么时候露在了衣襟外。她心中大惊，赶紧把金锁塞进衣服里。

“小姑娘，你为何如此拼命地救思薇？”

“放屁，我才没拼命救她！”即熙立刻暴露本性。

思薇听见她说粗话，皱起眉头。睢安只是平静地望着即熙的眼睛，说道：“你的母亲是星卿宫的太阴星君吗？”

“不是！”即熙此地无银三百两地否认。

那时候的她还不知道，她和她母亲长得就像一个模子里刻出来的，旁人看一眼就全明白了。

睢安看着气鼓鼓的即熙，因这个小姑娘的孩子气举动笑了起来。他的眼睛发亮，弯成好看的弧度。

“你的金锁是太阴星君做的。她是你母亲，你知道的吧？”

思薇呆立了半晌，看看即熙又看看睢安，然后红着眼睛闹起来。她说那把金锁一定是即熙偷的，这个小偷不可能是她的姐姐。

思薇一脸义愤填膺，仿佛受了什么奇耻大辱似的。即熙看着这个便宜妹妹，觉得自己刚刚大概是脑子坏了才想救这个白眼狼的。她不耐烦地说：“是是是，是我偷的，我不是你姐。没事了吧？我走了。”

“你要走就走，把我母亲的金锁留下！”

见思薇要来抢金锁，即熙反手就给了她一巴掌，气道：“敢抢我的金锁？我跟你拼命！”

思薇捂着被打红的脸，罕见地没有还嘴，也没有还手，而是撇撇嘴哭了起来。她哭得那叫一个撕心裂肺，惹得旁边的修士们频频侧目。

即熙有些无奈地挠挠头。她那一巴掌没多重吧？思薇用得着这么伤心吗？

在两人之后针锋相对、谁也不饶谁的岁月里，即熙一直没告诉思薇，那天知道她是自己的妹妹时，她其实是很开心的。

◇◇◇

令人庆幸的是，太阴星君回到星卿宫后只说自己结过婚并育有一女，后来和离了。至于前夫的姓名和身份，她则只字未提。如今太阴星君已经去世，星卿宫更没人知道即熙的父亲是谁了。

雎安问到这个问题的时候，即熙选择装傻。她说自己是孤儿，父亲去世得太早，她什么都不记得了。

即熙她爹曾经叮嘱过她："见到星卿宫的人扭脸就逃；逃不了的话，千万别让他们发现你娘的身份；真被发现的话，千万别说你爹是谁。"

显然，她直接锁定了最坏的情况，然后回头再次选择了第一种应对方式——逃跑。

雎安要帮那些修士在山洞里做符咒，以净化此地的煞气。他也感到奇怪，只要自己站在那里，煞气便纷纷退避三舍，仿佛他就是一道符似的。

即熙趁雎安做符咒、思薇没注意她的时候，混在幸存的孩子们中间偷偷跑了。

重见天日后，炽热的阳光照在即熙身上，她慢慢放松下来。回头看着大山和黑黝黝的洞口，她觉得遇见思薇和雎安——一个有着臭脾气的妹妹和一个神仙般的小哥哥——都像做梦似的。

她玩够了，该回家了。想到以后再也不会见到他们，即熙下山时心里还有几分少见的惆怅。

事实证明，她这难得一见的惆怅十分没必要，因为四天后她就再次遇到了雎安。

当时她正在荒野里生火烤一只拔了毛的麻雀。火光跳跃中，一双白色的靴子突然出现在她眼前，她一激灵抬头看去。

十六岁的少年戴着一副面具，遮了脸部的四分之一，正好遮住他右额的星图。他弯着腰低头看她，笑着说："打扰了，即熙姑娘。"

即熙噌的一下站起来，戒备地看着雎安，大声道："你……你要干吗？！"

"在下来讨自己的荷包。"雎安蹲下来，正好与即熙平视。

……被发现了。

她走的时候顺走了雎安的荷包，里面有不少银子。不过，这几天她吃吃住住都花光了。不然她也不会在荒野里烤鸟吃啊！

即熙清了清嗓子，小声嘟囔道："什么嘛，真小气，星卿宫那么有钱，还在乎这一点……"

她看了看仍然含笑注视着她的雎安，掏了掏自己空空如也的衣兜，索性一指那烤鸟："我就剩这个了，赔给你！你爱要不要！"

雎安没忍住笑出声来，笑得肩膀都颤了。

"笑什么笑！我跟你说，我烤鸟的手艺可是一绝，你花钱都买不到！"

"哈哈哈哈哈……"

"你再笑，你再笑我……"

"即熙姑娘，跟我回星卿宫吧。"雎安终于止住了笑，抬眼看向即熙。

他说得诚恳又温柔，仿佛眼前这个比自己小六岁的孩子是个值得尊重的、和自己平起平坐的同辈。

即熙愣了愣，然后抱着胳膊"哼"了一声。她往雎安身后看了看，没看见思薇的身影。雎安心领神会，道："我让师兄先带思薇回去了。"

"你要我去星卿宫，思薇能愿意？"

"思薇只是嘴倔，心却不坏。你不像是会因为害怕思薇而不去星卿宫的人。"

"我当然不怕她……不不不，我凭什么去星卿宫？！我觉得现在这样特别好，你们别来烦我。”

“回星卿宫的话，你不偷钱也可以天天吃好吃的。”睢安哄她道。

即熙不屑地转过脸去：“就好吃的？你以为我这么好打发吗？”

睢安笑了起来，眼睛弯成月牙形：“那你还喜欢什么？”

她喜欢的东西可多了。即熙扬起下巴：“我是个俗人，喜欢好吃的、好喝的、好看的，喜欢钱，喜欢金光闪闪的东西，尤其是别人口袋里的。”

她爹都嫌弃她。她自以为像星卿宫这种地方的人，应该更看不起她这样粗鄙的人。

睢安却没有如她所料那般露出轻蔑的神情。他只是想了想，然后举起右手绕到脑后，解开面具上的细绳，左手托着面具将其摘下，露出额角至眼睛处的星图。

然后，他一撩衣摆盘腿坐在即熙面前，向她伸出手：“那你要不要来看看我的口袋？”

即熙警惕地看着睢安的手，那双手白皙纤长、骨节分明，因常年握剑而有了薄茧。睢安晃了晃双手：“你怕我吗？”

即熙握住了睢安的手。

睢安笑了起来。一阵风吹灭了火堆，沉郁的黑暗笼罩过来，睢安在黑暗中闭上了眼睛。光芒沿着他额角的纹路亮起，像是燃烧的引信一般，蔓延至他的眼皮和面颊，点亮整片星图。荧荧光亮如同刀刃，划开夜幕。

即熙怔怔地看着他被微光照亮的脸颊、眉骨和鼻骨。

不敢高声语，恐惊天上人。

似乎有风吹来，云破月出，烂漫星河与睢安额上的星图交相辉映。即熙只觉得他们突然之间急速升入星空，眨眼间就置身于一片浩瀚金光中，头顶、脚下都是荧荧发亮的星星，如同站在无边无际的银河里。

时间仿佛停滞了，而璀璨星光永恒不变。

“这是你喜欢的吗？”

和她一起伫立于星海中的睢安睁开了眼睛，眼里映着万千星芒。

即熙已经看呆了，只能点头道："喜……喜欢……"

雎安笑起来。他环顾了一下四周，指向远方："那是我的星命所在。"

即熙顺着他的手指望过去，看到星河远处依稀有几颗距离较近的星星。若将它们彼此连接，形状和雎安额上的星图别无二致。他指着的，是其中的第三颗星星。

她想起了那个黑衣男对雎安的称呼，说道："天机星君。"

"是。"

"天机星君是干什么的？"

"主善。"

"善？怎么主善？"

雎安笑了笑，解释道："长以此身镇天下心魔。"

长以此身镇天下心魔。

即熙原本最讨厌这些文绉绉的话，不知为何，这句话却被她牢牢地记住。日后的岁月里，每一次目睹雎安接受试炼时，这句话总会被她反复想起。

当时她只是疑惑何为心魔。雎安拔出他身后那把奇特的剑递给即熙，说："你摸一下试试。"

近距离看到那把剑，透明的剑身里涌动着纤细的红色脉络，如同一颗跳动的心脏。

即熙试探着伸出手，慢慢移过去，放在剑身上。皮肤与剑身相触的一瞬间，灼热的气息如闪电一般直达她心底。她恍惚间看见剑光大盛，无数嘈杂的声音怂恿着她。她忽然觉得很烦躁，所有令她气愤的往事纷至沓来，愤怒无法控制地翻涌至高峰。

她动了杀意。

意识到这一点的时候，即熙吓得赶紧收回手，惊魂未定地看着雎安。她像是刚从一场狂躁的梦里醒来，大口喘着气。

"不周风居西北，主杀生。不周剑是上古凶剑，以前常作祟杀人，其戾气可挑起心魔。"

即熙后退两步，狐疑地问道："那你怎么没事？"

雎安笑了笑，把剑插回剑鞘，淡然地道："一物降一物。它在我手里只是一把锋利的剑。”

即熙突然想起睢安孤身一人去毁招魔台时的情形。他所到之处煞气都退避三舍，不敢近他的身。她爹曾说，修仙者比一般人还要忌讳煞气，若不小心被侵入则很容易走火入魔。可睢安完全不怕。

合着这个人真是一道活符咒？

即熙正嘀咕，眨眼间发现自己又回到了荒野，刚刚的璀璨星海消失得无影无踪，如同幻觉。睢安把面具戴上，向她伸出手：“在星卿宫，你若受封成为星君，便能随时看见这星海了。和我一起回星卿宫如何？”

刚刚那星海着实动摇了即熙的心。她想：混进去玩一玩也不错，可以趁他们不注意再跑回悬命楼。

于是她抱着胳膊“勉为其难”地点点头：“行吧，那我去玩一阵。”

这番拿腔拿调的话，睢安听了也不生气，只轻轻地拍了拍即熙的头。

“好啊。”他笑着说。

一声嘶鸣划破夜空，即熙曾见过的那只巨大的海东青停在了睢安肩头，然后抬头看了一眼旁边的烤鸟，又一脸不屑地看向即熙。

“介绍一下，这是阿海。”

看着这只羽毛油光水滑的帅气矛隼，即熙感到由衷地羡慕，喊道：“海哥！”

“……”

海东青像看傻子一样看着即熙。

迫于“海哥”的威压，即熙放弃了她烤得正好的麻雀。作为补偿，睢安在下一个镇子给她点了一桌好吃的。

她牵着这个小哥哥的手在路上悠闲地走着。他的手很大，很温暖，步子跟着她的，放得很慢。即熙抬头看向睢安。他似有感应，低头回应她的目光，浅浅地一笑。

如果不是他，换作其他任何人，肩上站着一只海东青，手里拿着一把凶剑，于血海之中手刃百余人，看上去肯定张牙舞爪，不像个善类。睢安做这些事情却让人觉得安心。

即熙漫无边际地想着，她以前从来没见过这样的善人。悬命楼旁边的镇子上有个落魄的老僧人，他以化缘为生，手无缚鸡之力，偏偏善心泛滥，什么都要管。她曾无数次见他去劝架，规劝恶人或替人出头，结果总被打得头破血流，可下次他还是照样。

在她心里，善良就是这种愚蠢又软弱的人为了获得一点高高在上的成就感而欺骗自己的借口。

原来善良也可以长出獠牙，与凶狠相生，却又不减温柔。

那时，在十岁的即熙眼里，善良终于变得稍微值得称赞。

第二章

◇◇◇

思薇

没有人能变成下一个睢安。

时间如白驹过隙，如今二十四岁的即熙回想起在星卿宫的事情，只觉得恍如隔世。织晴走后，即熙拄着拐杖一瘸一拐地出了门，准备去找思薇好好聊一聊。

一年前她偶然遇见思薇，被她撞破了身份。思薇逮着她一顿穷追猛打，恨不能杀她而后快。她好不容易才把思薇甩掉。即熙琢磨着思薇肯定会把她的身份告诉睢安和柏清，于是忐忑不安地等着他们来找自己算账。最后她果然等来了，虽然理由好像不太对。

现在看来，思薇有可能没告诉大家她是禾枷。

思薇已经成为巨门星君，即熙很快就找到了她住的昭阳堂。堂外种了一片浅粉色的蔷薇花，思薇对蔷薇的热爱一点没变。

即熙探了探门，门上有封门符，打不开。思薇应该是出去了。她倚着拐杖，漫不经心地看着这扇朱红色的门，心想：这丫头现在一个人住了，这封门的习惯却还没改掉。

她刚进星卿宫时被安排和思薇合住，那场面可真是鸡飞狗跳。思薇讨厌她，于是天天和她针锋相对，就想把她逼走。每次出门的时候，思薇都会用不同的封门符把院子封死，让即熙打不开门，回不了房间。

当然，即熙不会哭哭啼啼地去找宫主或者两位掌事师兄告状。她很快就学会了如何解封门符，每天见招拆招。思薇设的封门符总能被她解开。每次看见思薇青白交加的脸，即熙都觉得十分快意，以至于放下了揍这个妹妹一顿的念头。

后来，她因为无法无天——上课睡觉、打架斗殴、考试作弊——被勒令搬到了雎安的隔壁，由这个唯一能管住她的师兄看着。这一看就是七年。

即熙跟贺忆城讲她在星卿宫的经历时，贺忆城曾拍着她的肩膀说道："天机星君给你当了七年爹，实在是呕心沥血，殊为不易。"

即熙一边漫无边际地回想，一边用手指戳着门上的符，下意识地逆着封门符的气脉比画。片刻后，封门符发出"叮"的一声，继而消散。

它散了！

即熙惊得去抓那消散的封门符，然而只是徒劳。

不是吧，这就解开了？这么多年了，思薇的封门符怎么没长进啊？！

破修士的封门符等同于踹门而入，但是破都破了，她若说自己没进去，思薇肯定不信。

即熙略一思忖，觉得拄着拐杖干站着等自己肯定坚持不住，索性大大咧咧地推门进去了。只见不大不小的院子里种满了蔷薇花，浅粉、浅白一片。即熙拄着拐杖在石子路上一歪一斜地走着，拐滑来滑去。正在她努力保持平衡的时候，身后传来一声怒喝。

"谁如此无礼？！"

一道白色身影眨眼之间就出现在即熙和房门之间，二十出头的女子绑了根粉紫色的发带，颈间隐约有银色的北斗星图。她双瞳剪水，杏眼圆睁，肤色粉白，仿佛院子里的粉白蔷薇活了过来。

唉，思薇这丫头长得越来越漂亮了，也不知道将来会便宜谁。

即熙扶着拐杖拿起长辈的架子："自然是你的后母来看望一下你。"

思薇眯起眼睛，咬着后槽牙，冷笑道："入了星卿宫便要抛却姓氏，与父母、亲人断绝关系，只有天地师友。后母是什么？"

"这可是你说的，只有天地师友——那我是你师母对吧？你见了师母连招呼都不打吗？"即熙扬起下巴微微一笑。

思薇的嘴角颤抖了半天，咬咬牙，低头行礼："见过师母。"

即熙表面上风平浪静，心里却乐开了花。

"好了，我不与你计较这些。"

重活一次，她的辈分青云直上。思薇从没叫过她姐姐，现在却乖乖低头叫她师母，这真让人神清气爽。

"我是来……"

即熙正欲表明来意，拐杖在石子路上一滑，她的身体划出一道优美的弧线，头朝下"啪叽"摔在地上，热热的液体随即顺着她的鼻孔流下来。

"……"

一片静默中，即熙觉得自己很对不起苏寄汐这张美人脸。

因为她摔倒又流了鼻血，思薇终于打开房门，把她扶进房间休息，虽然有点不情愿。

即熙腹诽道："你这么不情愿，搞得像屋子里藏了男人似的。"

她坐在梨花木的椅子上喝了思薇泡给她的菊花茶，然后一边拿手绢摁着鼻子，一边说："我有件事情想问你。"

思薇坐在她对面，托着茶杯吹气，冷冷地道："你说，说完赶紧走。"

"嘿哟喂，这傲慢劲儿不减当年。"即熙暗想。思薇在宫主和师兄们面前一向乖顺，在即熙和师弟、师妹们面前却骄傲无礼，妥妥的大小姐脾气。

"禾枷就是贪狼星君即熙对吧？"

"喀喀喀……"思薇呛得直咳嗽。她抬起眼睛看向即熙，怒道："你……你胡说什么？！"

"我可没有胡说。"即熙边说边在心里过了一遍刚刚编好的胡话，悠然开口。

"星卿宫的弟子，满十八岁还未受封星君的，就要退籍离宫。如今宫里的弟子已换了好几代，此次参与讨伐禾枷的人里，认识即熙的只有你、柏清和雎安。你以为只要你们不说，便没有人会知道，事实则不然。有一位曾与即熙一同修习、后来离宫的弟子恰好与我熟识，他也参与了讨伐行动，认出了禾枷就是即熙，然后告诉了我。”

即熙以她多年坑蒙拐骗的经历一本正经地胡编乱造，脸不红心不跳，面带微笑。

思薇瞳孔收缩，手默默地握成拳头。她瞪着即熙说道：“你想干什么？”

即熙微微一笑，靠着椅背托着茶杯吹气，冷冷地道：“你说呢？”

“你不就是傲慢吗，谁不会啊？”即熙心里暗想。

思薇目光闪烁地看了即熙半天。即熙吊足了她的胃口后才故作高深地开始扣帽子：“原来你们星卿宫参与讨伐禾枷，是想赶紧清理师门，维护你们的好名声啊？”

“你休要随意污蔑！师兄们参与讨伐时根本不知道禾枷就是即熙！”思薇气愤地反驳。

即熙看着思薇流露出愤怒神色的眼睛，沉下声音道：“那你呢？”

思薇的目光有一瞬间的闪躲。她说：“我自然也是一样的。”

思薇撒谎时和说实话时的状态差别太大，即熙一眼就能看出来。

思薇没告诉雎安和柏清她就是禾枷。

即熙蓦然松了一口气。

雎安杀她时干脆利落又平静。那不是因为厌恶或憎恨她，他只是不知道那个人是她罢了。

这真是太好了。

思薇小心地观察着即熙的表情，整个人就像进攻前浑身紧绷的猫。即熙却心情大好。她放下茶杯，说道：“你放心，这事儿我已经嘱咐过那位朋友不要声张，我也会守口如瓶。来跟你说这件事就是想跟你交个心，毕竟咱们关系特殊，我也没真想做你的后母，咱就维持个表面的和平就行。”

面对态度陡然大变的即熙，思薇怔了怔，满脸怀疑地看着她。即熙笑着拍拍手，拎起旁边的拐杖对思薇挥挥手，道：“你不用送了。”

走了两步，她突然想起来什么，回头贴心地嘱咐道：“你这封门符也太弱了，功力不行，得好好练啊。”

这个莫名其妙地出现并捅出惊天秘密的女人以不熟练的姿势拄

着拐杖，哼着小曲渐渐消失。思薇看着她的背影，错愕地喃喃道：“……这个人是怎么回事？”

苏家大小姐居然是这般奇怪的女子？

即熙走后，思薇立刻走到院门口把院门关上，又回到房间关上房门，还加了一道封门符，然后慢慢转过身，看着她房间里那个梨花木大衣柜。

思薇静默无声地看了那衣柜许久，然后缓缓抬起手解了衣柜上的封门符。衣柜“吱呀呀”地打开，露出里面躺着的面色苍白的红衣男人。

他长了一张精致、俊秀的脸，即便躺在那里不言不语，也流露出几分风流和邪气。奇怪的是，他浑身上下不见伤口，气吸却很微弱。

思薇伸手查探他的脉搏，还是和之前一样孱弱。她皱皱眉头，喃喃道：“这到底是什么毛病？”而后头疼地揉着太阳穴，气道，“我干吗给自己找这么个麻烦？！”

另一边的即熙正十分开心地哼着小曲走回自己的房间。她熟练地穿过亭台楼阁，连拐杖都使得比以前顺手了。

她住的是宫主的紫薇室，旁边就是雎安的析木堂。即熙目不斜视地走过析木堂，见四下无人又偷偷退了回去。析木堂的院门开着，一只浑身银白的大狼正躺在院子里晒太阳。

金色的阳光下，它身上的绒毛仿佛泛着光，在风里轻轻摇曳。它看起来惬意极了。

即熙愣了愣，然后激动地喊道：“冰糖！”

那只威风凛凛的大狼听了这呼唤，一个激灵蹿起来，四下张望，目光很快和即熙的对上。它似乎愣了一瞬，然后喜笑颜开，“嗷呜嗷呜”地叫着朝即熙飞扑而来。

即熙哪里受得住这么大一只狼的飞扑，再一次倒地——还好这次她是仰面倒地的。冰糖开心地舔着她，尾巴摇成了一朵花。

即熙捋着它的毛感慨万千，没想到星卿宫里第一个认出她的居然是冰糖——她十二岁时捡回星卿宫养的狼。

即熙心情复杂地看着冰糖摇成一朵花的尾巴，对于狼尾巴来说，这种摇法实属不易。它这么一只威猛的雪狼，怎么被养成了狗？

其实冰糖是个“汉子”，从小被叫“冰糖”的它并不知道这是一个很“娘”的名字。

◇◇◇

冰糖对着即熙“嗷呜”了好几声。即熙当上贪狼星君后给冰糖授过灵识，所以它能跟即熙交流，就像阿海和睢安一样。

那几声“嗷呜”是在问她这些年去哪里了。

这个问题说来话长。即熙拍拍冰糖的背，让它起来。它乖顺地收了爪子，正襟危坐，尾巴仍然摇得像朵花似的。

即熙盘腿坐在地上，和它一般高。她撑着下巴思考了一阵，然后决定老老实实地跟冰糖坦白。

“冰糖啊，其实我是个细作。”

“嗷呜？！”

即熙挑重要的节点把自己混进星卿宫求学七年后溜回家、最近不幸死去又万幸死而复生的事情告诉了冰糖。冰糖一开始惊讶又困惑。听到即熙说当年她怕暴露身份，没敢把它带回家时，冰糖露出一口白森森的獠牙，“啪”一爪子又把她摁在了地上。

“嗷嗷呜！！”

即熙赔笑求饶：“糖少侠，少侠，你冷静啊。”

冰糖磨着牙，喉咙里发出“咕噜咕噜”的声音。

即熙转了转眼珠，举手正色道：“你看这样，我去参加星卿宫大考，争取进封星礼，把贪狼星命拿回来，然后顺理成章地要回你，好不好？”

“嗷呜？”

“我保证，我没骗你，我再也不会把你丢下了。”

听见即熙说“再也不会把你丢下”的时候，冰糖的眼里就含了泪，委屈巴巴地低头想舔她。

“冰糖！住手！”

一声怒喝响起，冰糖和即熙同时转头。即熙躺在地上，横着的视野里出现浩浩荡荡的一行人——柏清、雎安、思薇、武曲星君奉涯和天同星君七羽。除了外出未归的廉贞星君和“失踪”多年的贪狼星君，星卿宫的甲级主星星君都在，后面还跟着许多次级星君。

这是有什么事，居然如此兴师动众？

红鸾星君梦湘惊道：“师母，你受伤了！”

即熙感受到鼻孔里缓缓流出热血，应该是刚刚在思薇院子里摔的伤还没好。

现在她躺在地上流着鼻血，冰糖的爪子拍在她身上，还冲她张开了嘴……

这画面实在太容易让人误会了。

冰糖立刻把爪子收了回去。几个弟子跑过来把即熙扶了起来。即熙再次掏出手绢捂住鼻子，说道：“没事没事，这鼻血是我自己磕出来的。”

之前出声制止冰糖的柏清显然不相信即熙的话。他面色严峻地瞪了冰糖一眼，然后等着雎安教训冰糖。毕竟冰糖和它的主人一个样，只听雎安的话。

冰糖龇牙，委屈巴巴的。

雎安走过去，弯腰摸了摸冰糖的头，笑着说道：“冰糖是贪狼星君的灵兽，平日里性子烈，确实常与人争斗。不过这一次不同，它是喜欢您才这样的。可能它表达喜欢的方式太过激烈了，您受伤了吗？”

“没有，我没事。这方式我觉得刚刚好，很招人喜欢。”即熙忙不迭地说，发出浓重的鼻音，“你可千万别责罚它。”

“不会。”雎安笑着应道。

柏清惊诧地看着雎安，忧心他这师弟护短的毛病怎么越发严重了。

“你们这浩浩荡荡的是要去干什么啊？”即熙好奇地问道。

雎安沉默了一瞬。即熙如福至心灵般恍然大悟：“啊，对了，你们是来向我奉茶行礼的……”

当即熙端坐在紫薇室的紫檀木椅上时，已经掸好身上的灰，正好衣冠，颇有一副长者风范。任谁也看不出她一个时辰前拄着拐杖、脸朝地狠狠地摔了一跤，半个时辰前被一只雪狼拍在地上起不来。

星君们整齐地分列于紫薇室内，向即熙拱手行礼。睢安站在众人之前，双手交叠，手里捧着一杯茶，弯腰奉给即熙。

即熙像模像样地接过睢安手里的茶，睢安唤道："师母。"

众人跟着睢安一起唤道："师母。"这道礼成，即熙便正式成为星卿宫诸位星君的师母，是整个星卿宫辈分最高的人了。即熙听着这整齐的"师母"声，看着满堂俯身的人，突然有些恍惚。

她想起十四年前刚入星卿宫时她不愿意奉茶拜师，睢安和她打赌，结果她输了，只好去拜师。当时睢安俯身看着她的眼睛，笑着说："既然拜了师，就要叫我师兄了。"

她咬牙切齿地喊道："师兄师兄师兄，睢安师兄！行了吧？！"

睢安轻声笑起来，眉眼弯弯。

即熙回过神来，看向身前眼眸低垂的睢安。重生之后到现在，睢安、柏清和思薇一直叫她"师母"。她原本觉得挺威风的，现在却很想听他们叫她一声"即熙"。

可能以后再也不会有人喊"即熙"这个名字了吧？

"即熙"真的死了。

忧伤片刻后，即熙猛地放下茶杯，心想她怎么还咒上自己了？她这不是活得好好的，没人知道她是即熙，她就不是即熙了？弄这些伤春悲秋的多矫情。

礼成之后，众位星君离去，即熙单独叫住了睢安。她客客气气地请睢安坐在她旁边的座位上，关怀道："睢安，最近忙不忙啊？"

"有柏清师兄在，诸事还算稳妥。师母有什么事情吗？"

即熙清了清嗓子，理了理思路，说道："睢安啊，你看师母现在也算是星卿宫的人了，半年后的星卿宫大考，我应该也可以参加吧？"

睢安笑道："自然是可以的。只是星卿宫大考非常严格，而且星命书通常挑选十八岁以下的人授予星命，受封星君并非易事。"

已经二十四岁高龄的即熙坦然地说："俗话说得好：'老当益壮。'我还是想试一试。"

"也好。"雎安并不阻拦。

"但是，我毕竟不是从小在星卿宫学习的，基础十分薄弱。武学方面嘛，我就自己摸索了。但文试的历史诗文、天象纪年、卜卦推命之类的，能不能请你帮我补一补？"即熙终于说出了她的最终目的。

她从前就严重偏科，武学和符咒的成绩排名从来没从榜首上下来过，历史诗文勉勉强强，天象纪年和卜卦推命则一向稳定地排在倒数几名。当年雎安日复一日地给她讲课，帮她补习，她才勉勉强强地踩线通过大考，得以进封星礼，受封星君。

如今七年过去，那些东西她太久没用早就忘光了，自学是万万不可能的，去听课恐怕会重蹈以前一头雾水、昏昏欲睡的覆辙，只有求助于雎安。毕竟雎安是他那年大考的全榜首获得者，这一纪录至今无人打破。

即熙满怀希望地看着雎安，只见雎安捧起茶杯悠悠地喝了一口茶，道："师母觉得星君是什么？"

"星君……"即熙想了想，咽下了本来想说的话，说了大家对星君的普遍形容，"受神明旨意，为仙门百家之道标，黎民百姓之庇佑者。"

雎安闻言莞尔。

"怎么样，你可以帮我补习吗？"

"抱歉，恕我拒绝。"

"为什么？是我刚刚回答错了吗？"

"这与刚刚的问题无关，无论您回答什么，我都是要拒绝的。"

即熙被噎得说不出话来。

几天后的早上，雎安正端坐在析木堂内吹埙，香炉里飘出袅袅白烟和檀香的香气，一首曲子还没吹完就被快步走进房间的柏清打断。

"雎安，师母要参加大考？"他坐在雎安案前，十分惊讶。

雎安放下手里的埙，点头确认："嗯。"

"她现在正在练武场，已经连续挑战了四五个弟子，说是再练几天就准备挑战榜首。之前只听说苏家大小姐长于歌舞，却不知道她的身手如此了得。”柏清感叹，“苏家原本来者不善，现在苏章却突然打道回府，师母行事又总是出人意料，实在不好琢磨。”

“师母和苏家的立场似乎并不一致。我觉得她并没有坏心，师兄不必太过紧张。”

“唉……我明白。我看冰糖也在练武场，你小心看好它，别再让它和师母起冲突。”

雎安闻言摇摇头道：“师兄，冰糖喜欢师母，并不会伤害师母。上次的事情多半只是误会。”

“你看看你，又护短了吧？冰糖又不是你的灵兽，你都不能和它交流，怎么知道它在想什么？我看它被你宠得越发滑头了。”

雎安的神情有点微妙，忍着笑说：“是我护短还是你护短？师兄，你对自己似乎没有清晰的认知。”

另一边，练武场上，织晴给即熙递了一杯茶，正经地说道：“虽然雎安师兄待人和气，从不发火，但他一旦做出决定，便是板上钉钉，无论如何都不会让步。倒是柏清师兄，虽然他平日里严肃、古板，总是教训我们，却很容易心软。师母去求一求、磨一磨，他多半会松口。雎安师兄说了不教师母，那就是不会教了。”

即熙擦着满头大汗，满怀怨念地看着练武场内正在比武的其他弟子，说道：“这是为什么呢？！”

“我们也不知道啊。”兰茵小声说道。

即熙通过织晴快速地融入了那天在树下聊天的三人小团体。兰茵就是当时那个年龄最小、仰慕雎安的姑娘，年龄位于中间的姑娘叫晏晏。这几个人的功课和武艺都是中等水平，但她们收集各种小道消息的能力则可谓一绝。

失去贺忆城这个绝好的消息来源后，即熙终于重新获得了耳听六路、眼观八方的渠道。

“我觉得啊，雎安师兄不想教您，是不想开这个先例，毕竟甲级星君们是不讲课的。若是雎安师兄教了您，那之后像兰茵这样仰慕雎安师兄的小姑娘，必定都会以补习为名去找雎安师兄。”晏晏认真地分析道，却遭兰茵怒目而视。

即熙迷惑地看着她：“是这样吗？”

那当年雎安给她讲课、补习，怎么没这么多顾虑？难道说他年龄越大越吃香，追求者竟比之前还多了？

“我也觉得是这样。”织晴附和道。

想起上次她们断言雎安失明是因为禾枷咒的，即熙大感这个推论不靠谱。她感慨道：“雎安岔开话题不肯说缘由，让人拿不准他的想法，也不知道该怎么迂回补救。从前他不是这样的。”

晏晏想了想，道：“雎安师兄好像一直如此吧？”

雎安师兄历来温柔和气、诚恳无私，教养极好，这些美好的品质包裹住了他的喜怒哀乐。

他把分寸拿捏得太好，与人交往时说话做事一向妥帖，从不逾矩，从不会让人不舒服。就连非常喜欢他的兰茵都承认，她虽仰慕雎安，却不知道他在想什么，也不知道他的喜好与憎恶。不只是她，好像绝大多数人都不知道。

或许没人知道。

◇◇◇

析木堂内，柏清正同雎安商量几天后宴会上的诸多事宜，不经意间看到了雎安手边的几枚铜钱。柏清忍不住问道：“你又卜卦了？”

这些年柏清偶尔会看见雎安卜卦，卦象每次都是“水天需”，仿佛雎安一直在问同一个问题。

这不是好兆头，对某件事情执念太深易生心魔，对于以身镇压天下心魔的天机星君来说尤其危险。

“这卦象给你的答案是什么呢？”柏清终于问出了这个问题。

雎安眨了眨没有焦点的眼睛。他沉默了片刻，之后有些无奈地笑起来：“不可深究。”

“我并非要深究你卜卦……”

“是这卦象说‘不可深究，等候机缘’。”

日复一日，年复一年，问题的答案永远是“不可深究，等候机缘”。

柏清眸光微动，担忧地道：“睢安……你……”

“我没事。”睢安微微一笑。

睢安说没事，就一定会自己处理好，不需要别人过问。

柏清不知道还能说些什么。他这个师弟一出生就被带到了星卿宫，在星卿宫里长大，聪敏、温和，从不让人操心。

他还记得睢安失明的那一天，他急急忙忙地赶到析木堂，看见从来仪态端方的睢安满身尘土，扶着门站在房前，被一大群星君和弟子围着。

在担忧的询问声中，睢安平静地抬起失去神采的眼睛，说：“我确实看不见了，我知道缘由，你们不必再询问。”

众人愕然，睢安却笑了起来，说道：“别担心，我没事。”

那时柏清蓦然发现，他已经太久没有关心过这个从不让人操心的师弟了。以至于他想关心的时候，睢安已经不再需要别人的关心，而他也看不懂睢安了。

柏清和睢安商讨的宴会将于七日后开宴。其实，星卿宫极少公开邀请宾客，这次的宴席是应仙门百家要求，为成功征讨悬命楼而设的庆功宴。毕竟这件事因星卿宫而起，又结束在星卿宫手里，不好由旁人承办。

宴会办得十分热闹，仙门百家抓住星卿宫难得一遇的开放机会，浩浩荡荡地来了不少人马，看架势都是想拐弯抹角多塞些子弟给星卿宫，好让半年之后的封星礼上有机会出现自家星君。

每当这个时候，即熙才会勉强承认星卿宫那个“拜师入宫须抛却姓氏，斩断亲缘，自此再无父母兄弟，唯有天地师友”的规矩还是有点道理的。

即熙抚摩着冰糖的头，站在宴会厅外的墙角，摇头叹息道：“我为什么非得出席一个庆祝我被杀死的宴会，还要听别人挤对我呢？”

冰糖“嗷呜”了两声，表示同情。

“唉，等我被封了贪狼星君，就弄一笔钱带你远走高飞，好不好？”

“呜呜呜……”

“什么？你舍不得睢安？他才养了你几年，你就叛变了？”即熙拍了拍冰糖的后脖颈。

旁边突然传来声音，即熙转头看去，看见几个年轻修士和一位老者从旁边走来，怕是刚刚迷了路，没找到宴会厅。看见即熙，几人纷纷上前行礼。年轻的修士自我介绍，说自己是白云门的弟子，而老者则是一位僧人。

即熙眯着眼睛看了老者一会儿，轻笑道：“僧人和修士同行，我还是第一次见。”

“这位高僧住在悬命楼旁边的镇子上，多亏他为我们引路，我们才能顺利到达悬命楼。”

悬命楼位于梁州西泽湖中心的岛上。西泽湖烟波浩渺、水势湍急，且有悬命楼布防，没有深谙水性的当地人引路，外人是无法抵达湖心岛的。

即熙冷哼一声，心想：“原来是你。”她幽幽地开口：“辛苦您从梁州远道而来，不过我听说佛法讲究普度众生，怎么就不度一度悬命楼楼主呢？”

老僧人合掌说道：“阿弥陀佛，杀悬命楼楼主便是为了度众生，救众生于水火。”

年轻的修士附和，说若这般恶人也能度化，世间就没有正法了。

被称为“水火”的即熙对此嗤之以鼻。她懒得再说，不耐烦地摆摆手，让他们先进宴会厅。看着老僧人远去的背影，即熙摸着冰糖脖颈上的毛感叹道：“今天又见着你堂兄了。”

冰糖不明所以。

“你是白狼。”即熙抬起手，指指那老僧人，“他是你堂兄，白眼狼。”

看在宴会上有美酒、美食，即熙勉勉强强地踏进了宴会厅。她在星卿宫辈分最高，坐在宫主睢安的左侧。看见自己的桌上摆满了美食，其中还有一碟糖衣山楂，即熙面色稍霁，一撩衣摆坐了下来，准备醉心美食，两耳不闻窗外事。

编钟声响起，宴会开始。即熙除了在大家一起举杯祝酒的时候配合一下，其他时间都在埋头吃东西，偶尔听听飘进耳朵里的话，了解下宴会进行到了哪一步。

啊，这烦琐的客套话，夸来夸去假不假？！

魔女、恶徒、谋财害命、为祸人间、十恶不赦……又是这些词，真没有新意！什么时候说说她茹毛饮血，吃人不吐骨头呗。

“这灾祸之主若只是谋财倒也罢了，可她竟咒死玉周城城主，导致玉周城沦为恶鬼之域；还给翡兰城降瘟疫，致使尸横遍野；还下咒害死了星卿宫宫主。这些都是有实证的，其他无法验证的灾祸更是数不胜数。真是丧心病狂啊。”

又来一个新词——丧心病狂。即熙听着头也不抬，该吃吃，该喝喝。

“悬命楼底下的地道四通八达，那帮恶徒都跑得没影儿了，连副楼主贺忆城都没抓到。让他流落在外，岂不更加为祸人间？！”

“喀喀喀……”

即熙转眼看去，靠近她左手边的思薇不知怎么呛了一下，捂着嘴连连咳嗽，咳得脸都红了。

思薇看起来怎么跟做了亏心事似的？即熙心想。

当他们提起悬命楼宝库里的财物该如何处理时，即熙两眼放光地抬起头来。

她凑近雎安，说道：“我觉得我们星卿宫是这件事的最大受害者，悬命楼的财物应该归我们才对！”

雎安微微偏过头，低声说道：“那些财物已经分给梁州百姓了。”

“……”

她的前朝老料翡翠屏风！她的彩釉八仙耳壶！她的三百箱夜明珠！她的八十五尊玉雕！她的五百箱金锭！她的……算了，数到明天也数不完。

即熙恨恨地腹诽几句，低下头继续吃，仿佛要把自己丢失的钱吃回来。

因为悬命楼的人不修仙，所藏财宝都是凡间的财物，没什么法器和灵物，各修仙门派并不是特别在乎。这个话题很快过去，众人开始为这次行动表起功来。

即熙看见那位老僧人慢悠悠地走到堂前。从前他因为贫穷气弱，总受人欺侮，身子有些佝偻，走路都是颤巍巍的；如今他衣着得体，挺胸抬头，白胡须打理得整整齐齐，走出了一种高僧的气度。

白云门的人介绍说老僧人叫悟机，是梁州的得道高僧。他一向劝人向善，若是恶人不肯听他规劝继续作恶，便会自食恶果，没有好下场。长此以往，他的声望渐高，如今正筹划在悬命楼旁边兴建庙宇，超度恶灵。这次多亏他的引导，仙门百家才能顺利到达悬命楼。

众人纷纷称赞老僧人，说虽然他们走的路不同，但只要是善举，都一样值得称赞。

即熙勉为其难地抬起手跟着众人鼓掌。她只觉得有些吃撑了，堵得慌。

在众人纷纷赞扬老僧人之时，奉涯皱着眉头说道："您说的有些奇怪。您说不听您规劝的恶人通常没有好下场，这听起来倒像是遭了诅咒似的。"

此言一出，场内气氛瞬间变得有点尴尬。谁都知道，普天之下只有荧惑灾星能对人施加诅咒。

武曲星君奉涯一向心直口快，拙于察言观色，说话从不看场合。不过，这次他总算有些后知后觉，发现大家的表情不太好，及时停住了话头。

悟机并没有表现出恼怒，而是坦然道："星君若是怀疑，可以来验验贫僧。"

柏清笑着打圆场，让奉涯向悟机道歉。悟机却坚持说："既然有疑，就不能不明不白，定要分辨清楚。"两边一时推让不下。最后，奉涯惹的麻烦还得他自己来收尾。他起身向悟机行礼，说过"得罪"后掏出一个纸人。

即熙本能地往后挪了挪，离远点，然后抱着胳膊看戏。

那纸人身上有符咒，被催动之后便直奔悟机而去。悟机气定神闲，不闪不避。那纸人在即将碰到悟机胸口时突然自焚，化为灰烬。

堂上众人脸色皆变。

只见纸人自焚后形成的白烟慢慢凝成文字，悬浮在空中——伤此人者有血光之灾，辱此人者反受十倍之辱，荧惑在上，速应我咒。

众人静默。悟机瞪大眼睛看着那纸人验出的诅咒，摇着头道："不不，这不可能……这一定是出了什么问题！"

有人打破了静默，说道："原来这所谓的高僧竟然受了荧惑灾星的庇佑，他们本是一伙的！你假意帮助我们，如今又来到星卿宫，是何居心？"

悟机一甩袖子，怒道："出家人不打诳语，贫僧与荧惑灾星势不两立，从不曾有任何关联！"

"那这诅咒做何解释？！这些年无人能对你不敬，全是因为受了诅咒，你做何解释？！"堂下某门派的掌门拍案。

"这不可能。那是因为佛祖怜我而有所加护，不可能是因为荧惑灾星！"

悟机干瘦的身体因为过于激愤而颤抖，再没了挺胸抬头的高僧气度，脸上满是惶惑、无措。

即熙抱着胳膊冷冷地看着这一幕，有些轻蔑地笑着，一言不发。

◇◇◇

众人议论纷纷。悟机手足无措地在堂中来回走着，辩白道："这一定是假的，这不可能！"

雎安微微抬手，那悬浮于空中的白烟便飘入他手边的香炉之中。雎安给香炉盖上盖子，香炉发出"叮"的一声轻响。

"悟机大师，请冷静下来。"

"星君，我真的……真的没有勾结荧惑灾星啊！"悟机凄然地道。

"我刚刚看了纸人验出的咒语，确实是依附在您身上的，但我相信您并不知情。如若您事先知道，便不会为我们引路，更不会主动要求验咒。"雎安的声音在嘈杂的环境中犹如定海神针。

他这样发话后，议论声稍稍弱下来。

悟机愣了一会儿，像是终于慢慢反应过来，喃喃道："我身上真的有禾枷的咒术……这些年欺侮、伤害贫僧之人下场惨淡，难道不是因为佛祖庇佑，而是应咒？怎……怎会如此？！"

他颓然瘫坐于地，仿佛一下子老了十岁，被什么压得抬不起头来。六七十岁的老人痛哭流涕，喊道："我曾以为是佛祖看见了我的诚心。不承想，却是禾枷以这般手段侮辱于我！我清白一世，居然要承她的恩情！我……"

悟机爬起来想去撞堂内的柱子，奉涯眼疾手快，掷了道符化为绳子绑住他。悟机便跌坐在地，动弹不得，哭道："武曲星君救得了我一时，救不了我一世。如此受辱，岂有颜面苟活？"

堂内仙门百家有劝慰悟机的，也有质疑他在演戏的。

即熙摸摸自己圆鼓鼓的肚皮，觉得自己得消消食，便站起身来活动了两下，漫不经心地道："大师也不必如此吧？那禾枷丧……啊，对，丧心病狂，说不定她是想亲手折磨你，怕你先被别人欺负死了，才给你下的咒。结果福祸相依，你反而得了好处。这有什么可羞愧的？若你自杀，反而遂了她的意。"

堂下随即有人私语，问这女子是谁。有人回答是前宫主寡妻苏寄汐。

雎安微微朝即熙的方向侧过脸，似乎有些疑惑。他沉默了一瞬，转而笑着对悟机说道："我听说，佛法说不可杀生。您也是生灵，不应自伤。善恶之间界限模糊，难以区分。禾枷也未必完全是恶人。或许这件事也是一个契机。"

"一个让您参悟善恶是非的契机。"

悟机怔怔地坐在堂下，沉默不语，也不再挣扎，满目凄凉。奉涯于是收回绳子，悟机被人搀扶着离开。

这场混乱的表功就此告一段落。即熙慢悠悠地坐下来，打了一个饱嗝。

这老头子真是运气不好，没事儿验什么咒。他本是来邀功的，结果落得个这么凄惨的下场。

真是可怜啊！

即熙撑着下巴看着堂内众人。她还不至于在这些人面前觉得冤屈，比这荒唐的事情她看得多了。反正她重生前活得潇洒恣意，现在也锦衣玉食，管他们怎么想呢。

就是食物还没消化完，胃有点堵得慌。

即熙拿起旁边的酒樽慢悠悠地晃着，漫不经心地听众人说话。

他们在猜测灾星为什么会帮助悟机，好像又在骂她？嘁，骂来骂去就那么几个词。让她来骂，不知道比这精彩多少。

啊，雎安发话了，这事儿算翻篇儿了。不骂她，他们还能聊些什么呢？

“家师醉心于修炼，不慎走火入魔，现如今自封经脉，昏迷不醒。万望宫主大人出手相助，引渡家师心魔。”

哦，他们要欺负雎安了。

什么？！

有人敢欺负雎安？

即熙反应过来，一放酒樽愤而抬头。

谁？！谁敢欺负雎安？！

堂下站着一个年轻男子，看容貌大概二十岁出头。不过修仙者的容貌和年龄并不相关，说不定他已四五十岁了。他正深深地弯腰行礼，眉头紧皱，声音凄切。

即熙冷冷地打量了一下他的衣服——黑衣浪纹，兖州郁家波远阁。她记得郁老阁主已将近两百岁了。这年头修仙不易，能修到两百岁既没飞升也没死的，也是少见。

估计这老爷子也着急，终于急得走火入魔了。

雎安还没说话，即熙就先出声了：“郁少主，你家老爷子快两百岁了，修为深厚，他尚且不能控制心魔，你却要雎安引渡，你是要雎安死吗？”

郁少主立刻弯腰行礼，说道：“绝无此意。”

他顿了顿，抬起眼眸，铿锵有力地道：“宫主大人刚出生就被星命书指定为天机星君唯一候选人，十三岁便受封星君，掌不周剑，原本就是天纵奇才。这些年星君四处游历，除邪祟、化煞气，安抚人心，如今更是功力深厚。世间万物相生相克，只有您是心魔的克星。虽然家师不能控制心魔，但以您的能力，定然能够化解。家师这些年为兖州殚精竭虑，他若离世，便再难保一方安宁。您主掌天下良善，求您看在远波阁和兖州百姓的分儿上，救救家师吧！”

郁老阁主声名在外，郁少主此番慷慨陈词引得不少人为郁老阁主说话。柏清皱起眉头，这番话黑的白的都说了，看似把雎安捧得很高，却是拿这些名头变相逼迫。柏清紧张地看着雎安，不知道他会不会答应，因为这件事情实在凶险。

自古以来，天机星君不仅是最少出世的星君，也是夭亡最多的星君。因为长年以自身镇压心魔，接受试炼，一旦心绪起伏，情绪崩溃，就容易被反噬，甚至被星命书判为失格而丧命。

引渡心魔只有雎安能做到，便是要把别人的心魔引到他自己体内，以天生与其相克的元婴净化心魔。一旦无法净化，雎安便会被反噬。老阁主的心魔已强到需要他自封经脉，若引渡不顺，弄不好就会害死雎安。

面对那一番吹捧，雎安神情不变。他正欲开口，即熙一拍桌子站了起来，把堂上众人吓了一跳。

“嘿哟喂，我可真是听不下去了，这没皮没脸的什么少阁主，还拿一方安宁来胁迫天机星君？你师父自己修炼出来的心魔，关雎安什么事啊？若你师父肯毁了一身修为与那心魔相拼，当真就拼不过吗？不过是心疼自己百年的修为，不舍得放弃罢了！你们这些修仙的，动辄就能活个百十来年。今儿炼出来一心魔，颠儿颠儿地跑来让雎安给你们收了，就算雎安镇不住，失格死了，对你们也没什么影响。等下次你们再炼出心魔，天机星君也换代了！到时仗着脸生，再求天机星君收一次心魔呗。嘴上说得好听，什么天纵奇才、功力深厚，我呸，说白了就是想让天机星君乖乖当你师父丢心魔的夜壶！”

这惊世骇俗的言论一出，仙门百家和各位星君都目瞪口呆地看着即熙。即熙自认话糙理不糙，理直气壮。

雎安怔了怔，然后轻声笑了起来，并没有阻止即熙。

郁少主估计从没对付过这种人，一时间又气又急：“夫人怎可这般说话？这般侮辱郁家与天机……”

“我怎么了？我不能说话吗？你要想不被侮辱，就别干那些恶心人的事！我是星卿宫的掌门师母，星卿宫里谁的辈分比我高？我告诉你，只要我站在这里，你们这些臭不要脸的休想占星卿宫的便宜！”

“家师德高望重，辈分……”

“是是是。你家那快两百岁的老头子，辈分肯定比我高，他人呢？那位德高望重的正人君子居然会有这么厉害的心魔，也太可笑了吧？”

郁少主哪里见识过这种架势，被即熙一句句顶得无话可说，气得昏了头，拔出剑来指向即熙：“你住口！休要侮辱家师！”

剑声一响，雎安带笑的眼神就沉了下去。

洪亮的嘶鸣声随即响起，由远及近。一只银灰色大鹰如疾风般自堂外飞入，以迅雷不及掩耳之势夺下郁少主手里的剑，叼着丢到雎安手里，然后悠然降落在雎安肩头，仰着头睥睨众人。

即熙心道：“许久不见，海哥还是这么帅气！”

郁少主的脸色黑得不能看。雎安手里握着郁少主的剑，微微笑道：“阿海，郁少主大概不知道星卿宫里除演武场外禁止动刀剑，并非有意。你这样有些失礼。”

阿海不屑地看了郁少主一眼，转过头去。

即熙默默地为“海哥”这种“老子天下第一，你算哪根葱”的态度鼓掌。

堂上众人都在观察雎安的反应，周遭十分安静。雎安拿着剑从座位上站起来，然后绕开桌子一级一级地走下台阶。或许是因为看不见，他走得慢而谨慎。

“郁少主，这件事您之前来信提过，我也已经表明态度。我曾与老阁主有过一些交往，老阁主一向严于律己，众人皆知。但也正是因为这一点，他对自身修为极度执着，这些年修为难进，他焦急、忧虑，以致滋生心魔。若执念不除，就算我这次替他引渡了心魔，不出十年心魔还将再生。世上没有两全之策，若老阁主舍得以修为与心魔相抵，虽再不能登仙，却也可终享天年。”

雎安说着走到郁少主面前，双手把剑奉上。

郁少主不肯接剑，双眼血红，道："什么天机星君，什么主掌善良、正义，受百家尊重、万民供奉，难道竟如此贪生怕死，只图自身安危？今日有理由不救，明日有理由不救，来日真能救万民吗？！"

睢安抬眸，不恼不怒地淡淡一笑，回答道："郁少主，老阁主明知执着于修为会生心魔，却仍然一意孤行。我可否说他不善不义？编织罪名，党同伐异，借势要挟，最为不义。"

阿海飞来叼过睢安手里的剑，精准地将其甩入郁少主的剑鞘中。睢安脸上仍带着笑，声音却沉了下来："郁少主，我希望你明白，善良并非软弱可欺。"

他平日待人温和，没有攻击性，此时气场却强得令人屏息。堂上众人面面相觑，就连郁家人也不敢帮腔。

即熙望着睢安挺拔的背影，突然想起刚刚离开的悟机。

她之所以偷偷给悟机下咒，是因为她对善的最初理解来自悟机。她十七岁回到悬命楼时，虽然悟机仍在劝人向善，但受尽欺侮。她觉得他可怜，暗自想着若悟机强大起来，会不会变得像睢安一样，善良、清醒、坚定。

但是并没有，镏金的石头还是石头，不会变成厚重的金子。

没有人能变成下一个睢安。

第三章

◇◇◇

睢安

“你是天机星君，你是善，只要你活在这世上，善良就永不会灭亡。”

有了这两个令人不快的插曲，宴席的下半场各仙家都安分了许多，明里暗里想塞人进来的话也有所收敛。

即熙无聊地听着大家清谈，讲什么道法，还不如骂她有趣呢。何以解无聊？唯有杜康。

平日里星卿宫对酒管控甚严，只有这样办宴会的时候才会不设限制。即熙趁机一杯接一杯地喝了个够。她向来有千杯不醉的好酒量，除了兰祁山的酒叟，没输给过任何人。

她又要添酒的时候，睢安回过头来轻声说：“师母，饮酒要适度。”

即熙摆摆手：“你放心，喝不醉。”

笑话，这才喝多少啊，开胃都不够好吗？

正在兴头上的即熙完全忘记了如今的她不比以前，已经换了个江南大家闺秀的身体。江南人的酒量一般都浅得很。

后知后觉地感到晕眩时，即熙心里咯噔了一下。然而，她已经无力回天，只能任由涌上来的酒劲裹挟着神志一路狂奔。

宴席结束，各仙门道友陆续离席，前往星卿宫的客舍休息。睢安从座位上站起来，回身向即熙的方向行礼，说道：“师母，宴会……”

只见他话还没说完，就被一双温热的胳膊抱住了脖子，浓郁的酒气扑面而来，伴随着爽朗傻气的笑声：“嗝——好喝，梅子酒真好喝！”

睢安愣在原地。

同样傻眼的，还有思薇、柏清和奉涯等一干还没走的星君和弟子。

睢安很快反应过来，拉开即熙的胳膊。即熙醉得神志不清，嘴里嘟嘟囔囔不知道在说什么，人站都站不稳了。

苏寄汐的这副身体喝酒不上脸。虽然即熙早就喝多了，但因为她脸色正常，又一直安静地神游天外，没人发现她醉了。

弟子们赶紧跑过来扶即熙。即熙却突然发起酒疯来，谁也不让碰，把想来扶她的人都打了回去，下手还没轻没重的，让人害怕。只有睢安扶着她的那只手还稳稳的，幸免于难。

“别碰我！”即熙吼了几嗓子，回过头迷糊地看向睢安，反应了好一会儿才说，“睢安？”

“师母，是我。”

虽然睢安看不见，但已经通过声音把这混乱的局势猜得七七八八了。

“行吧，我要……休息……就……就你……送我回去！”一听到师母这个称呼，即熙立刻拿起架子。

她环顾四周，只觉得举目所见之人都看不上眼，令人嫌弃。她顺手一指旁边鹰架上正啄羽毛的阿海：“还有它，你们俩送我！”

阿海闻言目光一斜，眼神仿佛能在即熙身上戳出个洞来。

即熙无惧阿海的目光，坚持要他们送，谁劝也不听。睢安只好答应她。他嘱咐劳累了一天的弟子和星君早些回去歇息，接着他和阿海一个扶着，一个拽着，送摇摇晃晃的即熙回去。

路上睢安扶着即熙的胳膊，而阿海拽着即熙的领子，保证她不会倒到睢安身上。即熙摇摇晃晃地往前走着，反复感叹菜好吃、酒好喝，问睢安明天还有没有。睢安也一遍遍地回答她：“正式宴会只今天有，明天没有了。”

即熙每次都点点头，但或许是对这个答案不够满意，过一会儿她又卷土重来，让人哭笑不得。

阿海嫌弃得恨不得把这个傻子抓起来丢到沟里。一看见紫薇室，它就撒爪把即熙丢给睢安，帅气地飞走了。

睢安把即熙扶到房间里，让她在凳子上坐下，便要告辞离去。即熙立刻脚步踉跄地站起来，说："你等……你等等！"

说着她自己把自己绊了一跤，朝睢安后背跌去。睢安快速转身抓住即熙的手臂，用了点巧劲儿，一只手就把即熙扶得稳稳的。

他的白色衣袖翻飞，甚是好看，让即熙想起自己第一次见到他时，他在无数魔兵之中左右游走、白衣纷飞的情形。

物是人非的酸楚涌上心头，她控诉睢安道："你到底为什么不愿意给我补课啊？！"

睢安因为即熙的话愣了一下。这个愣神的瞬间，即熙突然爆发，拽着领子把他推倒在地。"哐当"一声之后，即熙敏捷地骑到他身上，摁住他的手。

她原本武功就好，又使了十足的蛮力，睢安想挣脱又怕伤到她，沉声道："师母，你醉了，快放开我。"

"不！我不放！你……嗝……你是不是讨厌我，所以不教我？"

"绝非如此。"

"那是为什么？"

"我有我的原因。"

"那你就是讨厌我。"

"……"

睢安觉得现在大概无法和她讨论这个问题。

即熙撇了撇嘴，自顾自地委屈起来，竟觉得比悟机带给她的委屈还要大百倍。她说道："你讨厌我。"

这种似曾相识的语气让睢安怔忡了片刻，他叹息一声道："我为何要讨厌你呢？"

"因为你是好人，我是坏人。"即熙语气笃定地道，"但我现在是你的师母，你不许讨厌我。"

"好，我不讨厌你。师母，您能不能先起来？"睢安哭笑不得。

即熙低头看向身下的睢安，他无奈地眨着眼睛，眼神没有落点。

睢安的眼睛很好看，温润带水，就像通透的琉璃珠子，眼角微微泛红。他的脖颈因为紧绷而青筋显露，像是有人用淡紫色墨笔在白色宣纸上勾了一笔似的。

即熙的心也被勾了一下。她微微俯身靠近睢安，但看见睢安皱起眉头，她又不敢靠近了。

“你之前问我的那个问题啊，星君是什么？说实话我也不清楚，是因为是合适的人才会被选中，还是因为被选中了就要成为合适的人呢？你看大家成了星君后都挺怕失格而死的。”

即熙嘟嘟囔囔地说着。虽然她放开了睢安的手，但并没站起来，而是望着天花板说：“尤其是你，星命书对你的要求最高。之前的天机星君大多活到十七八岁就因没镇住心魔失格死了。你能活下来已经很不容易了，他们还要你做这做那的。”

睢安坐起身来，有些犹豫地伸出手，扶着即熙的肩膀把她从他身上移开。即熙也不反抗，乖乖地任他摆布。

“今日多谢师母为我说话。”睢安岔开了话题。

“没事，他们不疼你，我疼你。”即熙醉眼蒙眬，但是回答得斩钉截铁。

睢安忍俊不禁。

看见睢安笑了，即熙也跟着笑起来。她说道：“睢安，我是不是一个好人？”

“是。”

“那你要夸我。”

“好。”

“你要经常夸我，夸我……夸我……善良……还有疼人。”

“……哈哈哈，好。”

睢安终于忍不住笑出声来，他好像已经很多年没这样笑过了。

他笑着笑着突然陷入沉思。在一片黑暗里，他伸出手试探着摸到了对面那人的下颌。那里平整光滑，没有易容或戴面具的痕迹。

“师母，你到底是谁？”

睢安低声问道。即熙恍若未闻，迷迷糊糊地歪头睡着了。

◇◇◇

即熙这一觉睡得很熟，她做了个很长很长的梦。这个梦和事实没有任何出入，让她感慨自己居然没想象力到这种地步，拿回忆充梦境。

她梦见了刚到星卿宫时的自己。

跟着雎安来到星卿宫之后，即熙很快就把星卿宫闹了个天翻地覆。

星卿宫是十分传统的讲究规矩的地方，房子都建得四四方方的。这里按照阴阳五行来安排宫服和食宿，春有落樱夏有莲，秋有银杏冬有雪，言谈举止均有条条框框。而从小和通缉犯为伍的即熙天生就是反骨，无法无天，完全不吃这一套。

虽然她在武学和符咒方面天赋出众，但是武科先生左辅星君说她比武时出手狠辣，甚至阴毒，只要能赢就不管规则，也完全不留余地，屡次伤及同侪；而教符咒的天魁星君则说她画符总是犯忌讳，还差点被反噬。至于教历史诗文的文曲星君，则被她当堂顶撞，气得停了课。

除了天天和她吵架的思薇，其他弟子都避着她走。

掌事的柏清师兄总倡导以理服人，奈何即熙小小年纪就已经是诡辩高手，一张小嘴叭叭叭地把柏清噎得差点背过气去。

可她的好日子很快就到头了，柏清被气病后，替他掌事的是雎安。

即熙再次在课堂上和文曲星君大辩三十回合后，直接被阿海提溜到了雎安面前。她在半空中吓得小脸煞白，扑腾着求阿海放她下来。

她天不怕地不怕，就怕高。后来阿海的一大乐趣就是在她闯祸时提着她在半空盘旋，听她吱哇乱叫地求它落地。

雎安放下手里的书，用一双温和、水汽弥漫的眼睛看着她，道：“你又闯什么祸了？”

阿海鸣叫几声，雎安点点头。

“又让子恕师兄教不下去课了？”

即熙拍拍身上的灰，不服气地站起来，说道：“那是他自己没本事，说不过我！”

睢安把手里的书合好，好脾气地笑着问道："即熙师妹有何高见呢？"

"文曲星君说什么'达则兼济天下'，成为星君就要保护众生。我就不明白了，厉害的人就非得保护弱者？你看这世上厉害的动物，老虎、狮子、蟒蛇，哪个保护兔子、绵羊了？只有弱肉强食啊。你非得强行保护弱者，结果弱者不仅死不掉，还越来越多，还拖累强者！"

睢安认真地听她说着，并未发怒或者打断她。见她停顿，他才问："那子恕师兄说什么？"

"他说，人之所以和动物不同，便在于人心人性，明礼义，懂仁爱。我就说人和动物没两样啊，都是要吃要喝要交配的。老虎、狮子不明礼义也不懂仁爱，吃起人来还不是一口一个？比我们这些讲道理的人还威风。"即熙在睢安面前盘腿坐下，满不在乎地回答。

睢安笑起来，说道："那你觉得自己是强者喽？"

即熙挺直腰杆："那当然。我现在还小，以后会更强的。"

"何为强者，何为弱者？比如你和在饭堂做菜的王师傅。你最喜欢他烧的糖醋排骨。假以时日他肯定打不过你，但是你能烧出像他做的那样美味的菜肴吗？在做菜方面，他是强者，你是弱者。按照你的理论，他就不该给你做好吃的，好淘汰你这个弱者喽？"

睢安这个致命比喻让即熙一时半会儿无法反驳。让她放弃王师傅的糖醋排骨，这辈子都不可能。

"进一步说，若你流落荒岛，是武功重要，还是会觅食、野炊重要呢？这世上，人各有长，强、弱本无定数。强者也会落难，弱者亦会翻身。境遇不同，结果便大不一样。我们受教作为强者要保护、帮助弱者，其实是希望自己弱小时也能得到保护。这不只是为了别人，也是为了我们自己。"

睢安认真地慢慢说给即熙听。即熙有些恍惚，没有全听懂，但又觉得似乎很有道理。

她想了想，说道："那不就是说，帮助别人也是一种交易？"

"当时你在招魔台下救思薇的时候，是要从她那里得到什么吗？"

"我……"即熙答不上来。

“有时候这种帮助是交易，但更多的时候……”

睢安点点自己的胸口和她的胸口：“是以心换心。”

即熙怔了怔，逞强道：“若换不来别人的心呢？”

“自然有可能换不来。但若只想做万无一失的事，这世上便无事可做了。你说对不对？”

睢安仍然笑意盈盈。在他这样耐心的解释下，即熙终于败下阵来。她看了睢安好一会儿，悻悻地说：“我还以为你要说什么善良是人的本性之类的……”

“人的本性并无善恶之分，唯有趋利避害。如果善良像吃饭、睡觉一样是天性，那还要我做什么？难道你见过教大家吃饭、睡觉的星君？”

睢安温柔的语气中带着一丝俏皮。

即熙闻言扑哧笑出声来，说：“好吧好吧，你赢了你赢了，你说得有道理。”

辩论有了结果，她起身要离开，一转头对上了阿海犀利的眼神。睢安的声音在她身后悠悠响起：“把今天子恕师兄教的书文抄一百遍再走。”

即熙惊讶地回头，愤愤不平地道：“我都认输了！”

睢安微微一笑，好整以暇地道：“那也要抄。”

阿海使用暴力毫不留情，而即熙又不愿意在睢安面前撒泼。她只好在析木堂抄了一整天的书文。其间，她曾找各种头痛脑热、内急之类的借口开溜，不过跑几步就被阿海逮了回去，提溜到睢安面前。

检查她抄好的书文时，睢安贴心地提示道：“你这里写了错别字，这几个字太模糊了，看不清，好好改改。”

即熙只觉得这个师兄是她命中的克星。

即熙被睢安收拾得服服帖帖的，柏清如获大赦，直接把管教即熙的工作丢给了睢安，并且要她搬到睢安隔壁住。即熙在相当长一段时间内都很郁闷，她越来越觉得睢安说的话有道理，预感到自己很可能真的会变成大家闺秀。于是，她偷偷给一年多没联系的老爹写了信。

谁知她爹不但一点没担心她，还对她进星卿宫一事十分满意。回信中，他让她继续隐瞒身份在星卿宫学习，到时候骗个星命回来，正好能帮悬命楼多接生意。

这真是她亲爹?

即熙十分气恼，于是她找了个月黑风高的夜晚，收拾细软准备离开星卿宫，继续闯荡天涯。

宫规规定，三更之后禁止离宫出山，但即熙向来不把这些宫规当回事。她凭着自己多天的精心研究攻破了封门符咒，结果却在山里遇到鬼打墙，最终被值夜的睢安救出。

原来那封门符咒有好几重，第一重被破后，破咒人就会被拉进迷阵之中，并且不自知。破的重数越多，破咒人反而越危险。幸好即熙只破了一重符咒，不然小命都要搭进去。

睢安没有发火，也没有骂她。见浑身是伤的她手足无措地坐在地上，他一言不发地背起她就往回走。

即熙伏在睢安的背上，搂着他的脖子，小声说道："你生气了？"

"嗯。"

"……差点死的是我，你生什么气……"她小声嘟囔道。

"就是因为你不珍惜自己的命，我才生气。宫规再三申明，夜中宫门落符咒，凶险不可破。你是觉得我们都在骗你，还是觉得你比我们所有人都厉害，只有你能安然无恙地出去?你是不是觉得，我们是因为傻才守规矩，不守规矩就是聪明？"

睢安的话直击要害，让即熙一时无法反驳。其实初到星卿宫时，她确实对同门抱有一种"野猫看家猫"的傲慢，暗自把他们放在自己的对立面，所以才天天不服这个、不忿那个。

即熙沉默了一会儿才说："从小我就听说不要相信别人，大人的话都是骗小孩儿的。"

睢安的脚步顿了顿，叹息一声，道："这里有我在。如果你肯信任我，我便不会辜负你的信任。"

即熙鼻子一酸，说道："可要是我辜负了你怎么办？"

睢安低声笑起来："你能有这种担心，我就很欣慰了。"

那天没有月光，也没有星光，夜幕暗淡，雎安的后背宽阔、温暖。即熙小声说："好黑啊。"

顿了顿，她又说："我觉得伤口有点疼。"

雎安于是放慢步子，走得更稳了。突然，他右额的星图亮起来，萤火虫被吸引，乘风而来，包围了他们。周围金光闪闪，亮如星河。

是即熙最喜欢的那种金光闪闪。

从那以后，即熙再没起过离开的念头，在星卿宫一直待了七年。

在雎安的影响下，她对星卿宫众人的敌意和强烈的戒备心慢慢消失。虽然她在各方面仍特立独行，但也开始慢慢融入师兄妹。后来即熙想，雎安似乎是唯一一个成功改变过她的人。

◇◇◇

雎安十八岁的时候，她十二岁，那年雎安开始了每年一次的试炼。

据说每位星君冥冥之中都要接受试炼，但唯有天机星君的试炼最为具体。成年之后，天机星君每年都要接受三个月的试炼，在此期间他会失去所有记忆，根据星命的安排到人间至苦之处受难。如此九年，试炼才会结束。以前，很多天机星君都是因为在试炼中无法坚守本心，自我怀疑，以致失格而死的。

雎安似乎并不害怕，他离宫的时候如往常一般从容，甚至还在安慰紧张的即熙、柏清和思薇等人。他们的师父那时已不再闭关，他出来送雎安时嘱咐了很多话。

雎安一走，即熙就解放了，再次成了让各位先生头疼的对象。不过她已经比之前收敛多了，知道适可而止。面对气愤的柏清师兄，她也知道道歉认尿。只是很少有人能揪出她那些顽皮手段，制止她的恶作剧。

自由的时间长了，即熙反而不太想让雎安回来，暗自希望他的试炼能延期，让她再潇洒一阵。

可惜师父掐指一算，雎安的试炼即将如期结束，于是带柏清和即熙一起去接雎安。

睢安这次试炼的地方是冀州。即熙在山上时就听说冀州连年大旱，之后又遇洪灾，千里之地颗粒无收，出现百年不遇的饥荒，灾民遍地、伏尸遍野。

在此之前，“饥荒”这个词对即熙来说没有任何真实感。

她跟着师父和柏清下山，一路往冀州赶去。看到路上的乞丐越来越多，尸体也越来越多，她才有了一点概念，开始感到恐惧。

一路上，树都被逃荒者扒光了皮，举目望去看不到任何飞禽走兽，只有死气沉沉的荒芜。

许多灾民看起来并不像人。他们太瘦了，瘦得仅剩一层皮覆在骨架上，但许多人的肚子又胀得很大，极其诡异。

他们如饥饿的野兽，看着即熙等人好像在盘算这三个人身上有没有食物，或者能不能变成他们的食物。那种直白、露骨的眼神仿佛能把人扒皮抽筋，即熙不寒而栗。

他们在这些逃荒的灾民里找到了睢安。

睢安也很瘦，他从来没有这么瘦过。不过，幸而他的肚子没有胀起来，只是看上去比较羸弱而已。

他当时正在给一个老妇人喂水，灰头土脸，衣衫褴褛。师父喊了一声“睢安”，他回过头来，迷茫地看着眼前衣着整洁且看起来并不饥饿的三个人。

他看起来仍处在失忆的状态中，右额的星图被一片红色胎记取代。他的眼神原本很亮，现在却只剩下一点微弱的光芒，奄奄一息地燃烧着。

即熙无措地喊了一声：“睢安师兄。”

睢安的身体颤了颤，眼神慢慢恢复清明，额上的红色胎记渐渐消失，星图显现。他突然站起身来，拉住师父的手摇晃了两下，虚弱地说：“你们带食物了吗？”

柏清慌忙从胸口处拿出一块饼。那个瞬间，至少有三个人不要命似的扑上来抢柏清手里的饼。柏清吓了一跳，手里的饼瞬间被抢走。剩下的人乌泱泱地围上来。柏清拔剑出鞘，他们才有所收敛，去争之前被抢走的饼。

一块饼，十几个人争得你死我活、头破血流。

可这是他们身上的最后一块饼了。

睢安转身去看那个老妇人。不幸的是，就在那块饼被抢走的时候，在睢安恢复记忆的间隙，那个老妇人已经咽气了。

她的死相很痛苦。

睢安愣愣地看了那个老妇人一会儿，又抬头看了眼四周连片横陈的尸体和在那些尸体上方飞舞的成片苍蝇，以及为了一块饼自相残杀的人。他捂住脑袋，即熙看见眼泪从他的脸颊上流下来。

他哭了，睢安哭了。

和眼泪一起流下来的还有鲜血。

师父脸色一变，拽过睢安，拉开他的手，便看见他右额上的星图正在开裂、流血，不稳定的灵气从他身上一圈又一圈地动荡开来。

这是失格的先兆。

即熙的心跳几乎停了一拍，大脑一片空白。她冲上去拉住睢安的手，却不知道能说什么。

“睢安，振作起来！”

师父的怒喝响起。他拎着睢安的领口，一字一句地说：“无论你看到了什么，就算这世道无药可救，你也要心怀热忱！你是天机星君，你是善，只要你活在这世上，善良就永不会消亡。

“睢安，你责任深重，不可任性！”

睢安茫然地看着师父，眼泪和血一起顺着脸颊流淌下来。他慢慢露出痛苦的神情，当那种痛苦到达顶峰时，他额上的血不再流了。

回到星卿宫后，有半个多月，睢安反反复复地出现失格前兆。为防止他真的失格，力量不受控，伤及他人，睢安被关进了静思室，被重重符咒包围，任何人不许见他。

即熙像以前一样不守规矩，一直偷偷跑到静思室看睢安。睢安非常瘦削，比之前安静了很多，她每天都把宫里有趣的事情说个遍，甚至主动说出自己犯的错，但睢安总是浅浅地笑笑，很少回应。

他总是在出神。有时候他正出着神，额上的星图便开始流血。那血沿着他的额头、眼睫一路向下，在他白皙、俊朗的脸上形成可怖的分割线，再一滴滴地落在他的衣服上。

即熙总是胆战心惊地替他把血擦干净，然后一遍遍地告诉自己“雎安会没事的，他不会死”，虽然之前所有的天机星君都是在这个岁数亡于失格的。

有一天，雎安突然说：“你知道人肉是什么味道吗？”

即熙愣了愣，摇摇头。

后来她翻史书的时候，看见史家笔下的“大饥，人相食”，一下便想起雎安问她“人肉是什么味道”时的神情。

她觉得这五个字是这世上最精练的绝望。

那时雎安虚虚地一笑，说道：“人为了活下去，什么都干得出来。那个老妇人失去的双腿，其实是被她儿子吃掉的。”

即熙睁大了眼睛。

“后来她儿子想吃我，我反击时把他杀死了。那个老妇人就从暗处爬过来跟我说，那个人是她儿子，问我她可不可以和我一起吃掉他……这一路上，这种事情太多了……”

即熙一把抱住雎安的肩膀。雎安的语气很平静，她却在打战，最终因为无法抑制的愤怒和心疼哭了起来。

“别说了，别说了……”

这是雎安，永远眼带笑意、不卑不亢的雎安。虽然她没有说过，但她始终觉得他是从头发丝美好到脚趾尖的人，连影子里都可以开出花朵，说出的话里都带着春风，是这世上最金光闪闪的灵魂。

他怎么能受这种委屈，怎么能遭这种罪？

即熙抱着雎安，喊道：“凭什么你当个天机星君就要从小离开生身父母，来这么个无亲无故的地方？到人间至苦之处受难，还得持身守心，不能失格？我去，你是个人啊，雎安！这什么劳什子的吉祥物，不当了！”

雎安安静而缓慢地眨眨眼睛，轻声笑道：“如果不是天机星君，那我是谁？如果不能救世，那我在这世上的意义是什么？”

即熙惊慌地看着雎安的安静眼神，她想说：“你是雎安，你非要救世做什么？”

可就连睢安这个名字，也是他作为天机星君的候选人被带回星卿宫时师父给他起的，仿佛他就是为了做天机星君才出生的。

“你别这么安静……你哭吧，你软弱一点也没关系的，睢安。”

睢安慢慢地低下头，把头抵在她的肩膀上。即熙感觉肩膀处传来湿意，他一直安稳的身体终于开始轻微地颤抖起来。

他这次只是流泪，没有流血。

之后睢安的状况终于稳定下来，不再出现失格的征兆。第一次试炼，他算是挺过去了。一想到之后还有八次，即熙就替他感到绝望。

睢安解除封禁离开静思室后，师父和柏清都找他聊了很久，他一直表现得很平静，只是话少了许多。

即熙忐忑不安地观察着睢安。某天，他突然毫无征兆地离开了星卿宫。这对于一向守规矩的睢安来说是不可想象的。

于是即熙跟踪了睢安，跟着他一路朝东走去。不过，三天以后即熙放弃了暗自跟踪，大摇大摆地出现在睢安面前。

因为她没钱了。

即熙匆匆离宫，没带多少盘缠，三天就花光了，只好厚着脸皮来蹭睢安的盘缠。睢安看见她时有些意外，但并没有非常惊讶，只是无奈地笑笑，就带上她一起前行。

不久之后，他们来到临海的一座小城中。因为穿着星卿宫的宫服，他们被人认了出来。于是，星卿宫的神仙来到小城的消息马上在城里传开。百姓们见到他们无不磕头行礼，许愿祈福。

即熙感叹：“这座小城里大概很少有人修仙，大家都是一副没见过世面的样子。”

有一对乡绅夫妇来拜访他们，也是刚一见面就磕头行礼，被即熙和睢安扶起来之后，他们仍然毕恭毕敬。

寒暄过后，那乡绅的妻子犹豫地问：“星君大人可在宫里见过一个男孩子，他今年也该十八岁了，从小就被抱到了宫里。”

即熙怔住了。她意识到了什么，转头看向睢安。睢安眼眸微动，刚想说什么就听到那乡绅低声斥责他妻子："当年宫主大人说过，进星卿宫得断绝与父母的亲缘关系，你还问什么问？！"

他妻子有些委屈，小声说："我听说要是过了十八岁还封不上星君，就能退籍离宫了。"

"你还希望孩子封不上啊？一辈子留在我们这座小城里能有什么出息？"

"可……他一生下来就被抱走了……我怕他想回来也不认识……"

"胡闹！他是命定的贵人，是我李家祖坟冒青烟才出现的大人物，你怎么净说些婆婆妈妈的事情，当心惹星君大人不快！"乡绅白了他妻子一眼，回头看向睢安的时候笑得很小心。

睢安沉默了片刻，对他们微微一笑。

"你们说的那个人我知道，他已经封了星君，过得很好。你们不用担心。"

乡绅露出掩饰不住的喜悦，他的妻子一开始也笑了，之后又有点怅惘。

他们永远不会知道，站在他们面前的这个人就是他们的儿子。他们和这个儿子的缘分大约只有母亲的"怀胎十月"和生下来时的"匆匆一瞥"。他们甚至没来得及给孩子取乳名。

即熙在旁边看着，心里说不出是什么滋味。她闹脾气了就离家出走，在外面玩腻了就潇潇洒洒地回家去。她老爹生气归生气，总不会不要她。

可睢安是一个没有家、没有归处的人。

或许他违反宫规私自下山来这里，就是想来确认这一点的。

他们在那座海滨小城待了五天。那是即熙生平第一次看到海，她每天都充满了好奇，拽着睢安去海边玩，赶海拾贝壳，堆沙捉螃蟹。

那天夕阳西下，整个世界都是波光粼粼的橘红色。即熙挽着裤脚站在没过小腿的海水里，叉着腰大喊了一声："睢安，李睢安！"

身旁的睢安挽着袖子，衣服里兜着帮即熙捡的贝壳。他愣了愣，转头看向她。

“你别做天机星君了，别管星卿宫那些破事了！做普通人吧，我陪你做一辈子普通人！”即熙气吞山河地喊道。

雎安沉默了一瞬，然后眉眼一弯笑了起来。橘红色的光晕给他右额的面具染上暖色，他温柔的眼睛里盛满笑意，美好极了。

他腾出一只手揉了揉即熙的脑袋，笑道：“我离宫不是要放弃做天机星君，只是要想明白一些事情。最近我想明白了，我们回星卿宫吧。”

即熙僵硬地站在原地。

雎安心领神会，说道：“你放心，私自出宫的责罚我替你担着。”

看到雎安这样笑，她知道她熟悉的雎安又回来了，温柔又坚定的雎安回来了。

即熙整个人放松下来，突然觉得鼻子酸酸的，撩起水狠狠地泼了雎安一身。

“你这段时间吓死我了！我都睡不好觉，天天担心你！”

她瞪了雎安半天，然后扑进他怀里哇哇大哭起来。雎安无奈地笑起来，拍着她的后背轻声安抚。

之后的每一年，雎安每一次试炼结束，即熙都会第一个跑去接雎安，确保他平安无事。

即熙离开星卿宫的时候，雎安的试炼刚刚完成一半。即熙并不知道之后他每次试炼结束时，都是谁去唤醒他的。

不过，说到底星卿宫的人个个都很喜欢雎安，之前她总是太积极，挡了别人的道儿，说不定她走了，好多人争着去接他呢。

◇◇◇

即熙一边腹诽一边从悠长的梦境中醒来。她正大大咧咧地躺在自己的床上，身上还穿着昨天参加宴会时的衣服，盖了一床被子。即熙感觉头疼欲裂，睁着眼睛看向天花板，梦境里的过去在她眼前快速闪过。

然而，回忆里的怅惘只延续了一小会儿就被现实的尴尬击溃，她把头埋进枕头里哀号起来。

昨天醉酒前后发生的事她都记得，记得清清楚楚。

先来了个受过她恩惠不自知，还给人带路讨伐她的白眼狼悟机，然后出了个假借道义之名威胁雎安帮忙的小白脸郁少主，最后她这个忘记自己换过身体、高估了自己酒量的蠢货把自己灌醉了。

她发酒疯叫雎安和阿海送她回房，她把雎安推倒在地，坐在他身上……

即熙给自己心口来了一拳，默念道："别想了别想了，快忘掉快忘掉！"

不过，真不愧是她，喝醉了都守口如瓶，没把自己的身份说出来，还调戏了雎安，这真是……

不对不对，这种得意的想法是怎么回事？有什么可得意的啊！

即熙无语凝噎。

她终于在床上扑腾完，简单洗漱之后做了半天心理准备，才鼓起勇气推开门走出院子。然后，她做贼似的扒着门四下环顾，尤其关注不远处的析木堂，慢慢地一步一步地挪动。

"师母？"

即熙被吓得仨魂丢俩，回头看去，只见雎安不知什么时候出现在她的身后，面带笑容。

即熙僵硬地扯扯嘴角，回应道："早……早啊，雎安。"

"昨日您替我说话，还未正式拜谢。"他淡笑道，向即熙行礼。

即熙赶紧摆摆手，说道："不客气不客气，你谢我不如帮我补课。"

雎安沉默了一瞬。即熙心道："我怎么就嘴快说了出来？现在这种尴尬的局面，真不是提要求的好时机。"

"好。"雎安答应道。

即熙睁大了眼睛。

谁说这不是提要求的好时机？！

她忙不迭道："一言为定！你怎么回心转意了？"

"我有我的理由。"

雎安还是这一句。即熙心里估摸，雎安是因为昨天欠了她一点微薄的人情，想还给她。

她瞬间把尴尬弃置脑后，雀跃地说："那我去准备准备，我们明天就开始！"

即熙说完开心地拍拍睢安的肩膀，然后一溜烟跑开了。

睢安听着她的笑声和渐渐跑远的脚步声，无奈地笑起来，摇摇头。阿海落在他的肩头，不解地鸣叫了两声。

"你不觉得她很像一个人吗？"

阿海想了想，又叫了两声。

"我也不知道。"

睢安温润的双眼望向虚无的远方，他在虫鸣与鸟叫声此起彼伏的黑暗世界里轻声叹息。

第四章

◇◇◇

贺郎

“那只要我容她，怎会有‘世人都容她不得’？”

即熙想，既然雎安答应了给她补习，那就万事俱备，只欠东风了！所谓东风，就是思薇的注解。

思薇这丫头一向是先生们交口称赞的好学生。她和即熙完全相反，是她们那一届卜卦推命、天象纪年科的榜首。思薇听课从来认认真真，温书从来百遍不厌，注解写得工整、详细，又好理解。即熙觉得，她不出书实在是太屈才了。

当年和思薇同窗时，即熙每到小考就眼馋她的笔记。这时她们俩总能达成一致意见，进入最和谐的状态——即熙教思薇功夫和符咒，思薇把她写了注解的书借给即熙。

可见考试才是人生大敌，不管什么样的死对头，在它面前都能结为盟友。

即熙把这个好消息告诉了冰糖，然后欢乐地哼着小曲带着冰糖跑到了思薇的昭阳堂。院门上照旧贴了封门符。即熙本想这次就不破符了，等思薇回来再说，但冰糖突然变了神色，趴在门上仔细地嗅来嗅去，还不停地扒拉门。

它是在表示昭阳堂内有陌生人的气味，还隐隐有阴煞之气。

难道有什么人潜进去了？

即熙心中一紧，抬手就解了封门符，带着冰糖跑进去。

这咒比上次的难了一点，值得表扬，即熙心想。

冰糖进了院子就直奔思薇的房间而去。即熙打开房门，冰糖循着气味来到思薇的梨花木大衣柜前。这个衣柜是以前即熙和思薇合住时一起用的，宽敞又结实，别说藏一个人了，藏三个人都没有问题。

即熙站在衣柜前，冷声道："我知道你躲在里面，你最好自己出来。"

衣柜安安静静的，毫无动静。

即熙抬起手触动衣柜上的封门符，三下五除二就将其化解，然后她拉住把手一下子打开柜门。

"我倒要看看……"

即熙盯着衣柜里那个双眸紧闭的红衣男子，惊得没能说出下半句话。她"哐当"把门关上，心想这不可能，是不是她眼花了？

贺忆城不是应该和悬命楼的其他人一样跑了吗？他为什么会在思薇的衣柜里？！

即熙深吸一口气，又打开柜门。那个男人没有如她所愿地消失不见，而是如刚才一样，安静地躺在一床被子下。

"贺……"

"你在干什么？！"

一声惊天怒吼让即熙转过头去，思薇冲过来关上柜门。即熙嘴里的"贺——"卡了半天，突然想起苏寄汐应该不认识贺忆城。

她急中生智，悬崖勒马，道："贺……嗬哟喂，你还真藏了个男人？"

思薇瞪着眼睛看着即熙，她明显有点慌，但仍然强撑着气势。

"你凭什么私闯我的房间，开我的柜子？"

"冰糖闻到你房间里有陌生人，我以为是刺客……那不重要。这个人怎么了？为什么昏迷不醒？"

"关你什么事？"

"你为什么藏着他？"

"你给我滚出去！"

即熙只觉得自己脸上的青筋跳了跳。她揉揉自己的太阳穴，想着思薇这丫头吃软不吃硬，得缓缓地来。

她露出笑容，后退几步走到桌子边，坐在圆凳上，和颜悦色地道："你先冷静冷静，我真这么出去告诉别人了，你怎么办？但是你放心，我不会跟别人说的，我发誓！”

她举起手指放在自己额边，像模像样地发誓。

“我看那个人好像病了，反正我也知道了，或许我能帮忙呢？”

思薇还靠在柜门上，惊疑不定地看着即熙。这位师母一向行事古怪，思薇不由得警惕道：“你为什么要替我隐瞒？”

“我自然是有条件的……哎，你先坐下说，我又不会把人抢走。”

即熙起身把思薇拽到座位上坐下，明知故问地道：“这人是谁啊？你为什么要把他藏在这里？”

“说了你也不认识，这是我的私事。”思薇的语气有些烦躁。

真奇怪，思薇和贺忆城能有什么私事？

即熙想，平时要是有个姑娘说和贺忆城有私事，那十有八九是被他勾搭了，或者被他抛弃了。他可是百花丛中过、片叶不沾身的红衣贺郎。

虽然贺忆城风流，但还不至于胆大包天到去招惹思薇。思薇说的私事，估计跟她有关。

难道是思薇觉得她死得还不够惨，要迁怒在贺忆城身上？

这真是……天道好轮回，看谁饶过谁。她被贺忆城的烂桃花连累时，贺忆城可是说过“有福同享，有难同当”的。

即熙“啧啧”感叹了一下，道：“那他为何昏迷不醒？”

这个问题像是触到了思薇最烦恼的点，她皱起眉头沉默了一阵，说她也不知道。

从被她捡到的那天起，这个人就一直昏迷着，对外界毫无反应，呼吸微弱，脉搏微弱，身体寒凉，但人确实还活着。她偷偷请大夫看过，大夫说从没见过这样的症状。

即熙一听心下就有数了，贺忆城这是又犯病了。她喝了一口茶，安抚道：“我以前有个朋友也有这样的怪病，寻常法子没法儿治。听说最后是一位星君给了他祝符，他才好起来的。”

“祝符？”思薇愣了愣，冷哼一声，“我凭什么给他祝符？”

祝符是星君独有的相当高规格的符咒，代表了星君的庇佑。譬如，若收到武曲星君的祝符就会体魄强健；若收到太阴星君的祝符就会财源滚滚。然而，一旦被赐符的人心生邪念或作恶，星君就会被祝符反噬而受伤。

这是风险很大的符咒，星君一般只会将其赐予自己足够信任的人。

即熙心想，难道只能等她半年后得了贪狼星君的星命，再给贺忆城一次祝符，他才能醒过来？

那贺忆城就这么躺半年？也太惨了吧。

抱着对自己发小儿的怜悯之心，即熙劝思薇道："你看你把他藏在这里，还要担心被别人发现，战战兢兢的，多不好。不如早点给他个祝符让他醒过来，把你的私事处理完就放他走，这样你不就轻松了？"

思薇冷冷地看了即熙一眼，说道："我的事情用不着师母操心。说吧，你帮我隐瞒有什么条件？"

即熙只觉得这个妹妹如今越来越不好说话了，在心里为贺忆城默默叹息，然后说道："你把你的书借给我。"

思薇像是不相信自己的耳朵："什么？书？"

"我这不是要参加半年后的大考嘛，他们都说你做功课最认真，书本上的注解写得最详尽，我就想借你的书看看。"即熙说得十分诚恳，思薇看她的眼神却越来越奇怪。

她说道："你……你就想借书？"

"是啊。"

"只有这个条件？"

"你嫌不够？"

"……我借给你。这是你自己要求的，以后你要再想追加什么条件，我是不会认的。"

思薇站起身来，拖出床下的箱子，搬出厚厚一摞书给即熙。即熙翻着看了看，正是从前思薇借给她的那些，于是心满意足地说道："行了，我会替你保密的。但我还是要多劝你一句，给他个祝符把他叫醒吧。你既然救了他，何不痛快点，救人救到底？"

"生死有命，富贵在天。要是思薇不松口，贺忆城，你就先躺半年吧。"

即熙暗想，然后拍了拍冰糖的脑袋："冰糖，我们走。"

冰糖欢快地叫了两声，乖乖地跟着即熙走出了房间。

思薇站在门口看着这一狼一人的背影，不禁有些恍惚。

这位师母先在堂上出言不逊，大骂郁少主，如今发现她藏了个陌生人，又只要一点好处就替她隐瞒，行事无拘无束，匪夷所思。

可冰糖和师母好像关系很好。或许是因为师母很像那个人。

那个满嘴谎话、骗了他们所有人的家伙。

思薇咬咬唇，转身打开柜子，看向里面那个男人，不轻不重地踹了他一脚。

“你快起来，我有事要问你。

“要不是没法儿问那个骗子了，谁会救你……你个半死不活的家伙。”

思薇气得心口疼，但她不知道自己是在生那个死去的骗子的气，还是在生昏迷不醒的贺忆城的气，抑或在生自己的气？

柜子里的这个人是她唯一能找到的可以回答她心中疑问的人。

自从雎安答应帮即熙补课，接下来的几天他一直忙于处理宴会来宾的诸多事宜，五天之后才稍微闲下来。

于是，这五天里弟子们吃惊地看着新来的师母大人每天一大早去倒立、跑步、练剑，然后去挑战位于武科榜前几名的弟子。

见师母如此奋发图强，弟子们都不好意思偷懒了。

和雎安讨论宫中事情的时候，柏清忍不住提起了这位师母。当日她在殿上大骂郁少主，弟子们已经目瞪口呆。现如今她又非以二十四岁高龄准备大考，如此勤勤恳恳，人人都说苏寄汐是个怪人。

“我之前与师母有过几面之缘，只觉得她是有些傲慢的千金小姐，没想到她这么……勤奋好学，不拘小节。”柏清感叹道。

雎安写字的手顿了顿，他把笔准确地放在笔架上，说道：“师兄，你看她练武可有功底？”

“在我看来没什么功底。虽然师母的招式很标准，但气息和身体都没有接受过训练。不过，听说师母从前常跳舞，身体比较灵活、轻盈，若她真的勤勉练习，应该能大有提升。”

“也就是说，她从前不曾习武？”

“应该不曾。怎么了？”柏清有些奇怪。

睢安笑笑，答道：“没什么，随便问问。”

◇◇◇

从紫薇室出门右转，沿着一条种了银杏和松树的青砖路走一小段，就能看见析木堂的浅色木屋。

睢安说定每三天给即熙补习一次。即熙抱着一摞书走进析木堂时，悠长的埙声伴着香炉的白烟从屋内飘出。睢安在袅袅白烟里低眉敛目，神色安然。

即熙一直很喜欢他的手，细瘦、修长，捧着埙的时候尤其好看。

睢安放下埙，说道：“师母！”

“哎，别停下来啊！吹完吹完，我不差这一会儿。”

即熙在睢安的桌前盘腿坐下，把书往桌上一放，将胳膊架在书上撑起下巴，准备继续洗耳恭听。

“我不记得断在哪里了。”

这是睢安自己写的曲子，苏寄汐应该没听过。即熙这么想着，说道：“那……你就从头再吹一遍吧。”

一瞬沉默之后，悠长的埙声再次响起。

即熙想，当了师母就是好啊，想提什么要求就提什么要求，睢安大部分都会满足她。

像补课这种事情，即使他一开始拒绝，后来也答应了。不像从前，他说不行就是不行，不管她怎么请求，甚至耍赖，他也绝不让步。

“您有什么问题要问我吗？”睢安吹完一曲问道。

即熙打开书本：“别问什么问题了，我全是问题，你就从头给我讲一遍吧。从天象纪年第一册的内容星空分区开始吧。”

“……我们观星纪年，所以要将星空划分以得规律。黄道上一周天，自西向东分为二十八星宿，又分为九野。中央钧天为角宿、亢宿、氐宿；东方苍天为房宿、心宿、尾宿……”

睢安说着拿起一支笔，蘸了墨水，在面前铺开的白纸上描画。

二十八星宿一一在即熙眼前展现，横平竖直，分毫不差。要不是他全程目光都落在别处，根本没法儿看出他是个盲人。

他的声音温润、低沉，听起来十分舒适。即熙一边听他说一边看书，时不时再看看他画的草图。

“……所以说，太阳行至大火中，交什么节气？”睢安问道。

即熙一个激灵，拔出插进头发里的笔：“交……交……芒种？不对不对，大火是秋季，是……霜降！”

“对了。”睢安顿了顿，笑着说，“《国语》中说‘昔武王伐殷，岁在鹑火，月在天驷，日在析木之津，辰在斗柄，星在天鼋’，这所指的具体日期为何？”

“……我……我不行了。”即熙趴在桌子上长长地叹了一口气，“你说大考就非得考这些吗？这些学不好，未必就不能当个好星君啊？”

睢安闻言低声笑起来，他放下笔，说道：“师母，你和我认识的一个人很像。”

即熙心里咯噔一下，隐约想起那日自己喝醉酒时，睢安曾问她到底是谁。难不成睢安已经开始怀疑她了？

她略一思忖，决定先发制人：“你说的那人，可是失踪的贪狼星君？”

“您知道她？”

“哎，思薇也说我像她。”即熙自然地扯起谎来，接着说道，“但我听说她这个人任性妄为、心术不正，当年在星卿宫就是个异类。难道我在你们眼里就是这样子吗？”

她都把自己骂到这个地步了，总该洗脱嫌疑了吧？

睢安微微蹙眉，继而笑着温言道：“您也知道她是贪狼星君，贪狼星君主变革，天生与平庸世俗相斥。若非如此，如何变革？与众不同并非邪恶。”

可她到死也没做出什么变革，实在是有负星命。

即熙漫不经心地翻着书，说道：“可她任性妄为，一失踪就是这么多年。若她这些年在外面为非作歹，有辱师门，你还能容得了她吗？”

“当年是我把她带回星卿宫的，我是她的掌门师兄。她的错便是我的错，我会和她一起承担。”

“可若世人都容她不得呢？”

雎安将画满了草图的宣纸拿下来，两指一夹，干净利落地折好，淡淡地笑起来。

“我也是世人的一部分吗？”

“自然是。”

“那只要我容她，怎会有‘世人都容她不得’？”

即熙张了张嘴，却又不知能说什么。

沉默了好一会儿，她才小声说：“……就是因为你脾气太好，这也容得，那也容得，别人才欺负你。你以后别这样了，有我给你撑腰！”

说到后面，她的声音越来越大，变得理直气壮起来。

“多谢师母，师母果然善良又疼人。”雎安似乎觉得有些好笑，但并没有反驳什么。

即熙尴尬地笑笑，说道：“那是我喝醉了瞎说的……你不必真的这么夸我。”

雎安笑而不语，看起来和刚刚说“你和我认识的一个人很像”的雎安有微妙的不同。

即熙看着雎安，突然想起织晴她们描述的那个遥远得不可捉摸的雎安。

雎安好像比以前冷了一点。

他身上有种难以言明的气质，他的言语和眼神永远亲切、真诚，但由于过于礼貌又显得有些疏离。这些矛盾的因素和谐地存在于他身上，就像是春日之雪，说不清是温暖还是寒凉。

即熙几乎能确信，雎安现在并不反驳也不拒绝她的好意，只是出于礼貌而已。他若有难，并不会向她求救。

对他来说，她只是个陌生人。

贺忆城苏醒过来的时候，只觉得自己做了一场混乱又漫长的梦。他迷迷糊糊间闻到了蔷薇花香，心想他这又是躺在哪个美人的帐里睡着了？

正在他恍惚时，一道冰凉抵上他的脖颈。他睁眼望去，只见一位美人正拿剑架在他的脖子上。美人看起来很年轻，充满稚气，肤色粉白，面容姣好，抬着下巴看着他，眼里有几分倔强和傲气。

她穿了件白衣，上面绣着凤凰振羽和二十八宿星图。

贺忆城打了一个激灵，彻底清醒了。这是……星卿宫的星君？他怎么就羊入虎口了？

思薇看着面前悠悠转醒的男人，威胁道："你最好给我老实点。"

男人眯着一双凤目看了她一会儿，揉揉额角道："我认得你，一年前你曾追杀即熙到悬命楼楼下，你是她的妹妹思薇。"

"你说话注意点！"思薇怒道，剑在贺忆城的脖子上划出血痕。

贺忆城"嗞"地吸了一口气，立刻举起双手，"人畜无害"地笑起来："好好好，大小姐，我不说话了，您说您说。您要不解释一下这是怎么回事，我怎么……躺在您的衣柜里？"他环顾四周，露出疑惑的表情。

他一笑脸上就露出两个浅浅的酒窝，自带风流公子的轻佻气质。

"你有什么资格要我解释？我有问题要问你，你老老实实地回答就好了。"思薇居高临下地看着他，冷冷地说，"我师父到底是不是被即熙咒死的？"

"师父？他不是你亲爹吗？你们星卿宫都叫得这么生分啊……疼疼疼，你注意你的剑！"

"少说废话！"

贺忆城于是干脆利落地回答："不是。"

思薇目光一凝："那为什么雎安师兄催动'问命箭'，让它诛杀害死师父的凶手时，问命箭会直取即熙的性命？"

贺忆城的眸光闪了闪。他放下举着的双手，慢慢问道："即熙死了？"

"是我在问你！"思薇的眼睛微微泛红。

贺忆城不置可否地轻笑一声，说道："问命箭出错了？"

"问命箭绝不可能错杀无辜之人。"

"哦，那就是即熙咒死你师父的呗。"贺忆城如墙头草似的立刻换了说法。

看见思薇又瞪起眼睛，剑又贴近他脖子几分，他立刻补充道："你问我，我也不知道啊。你们讨伐悬命楼的时候我在外地，紧赶慢赶才赶回去，结果刚上岛就晕倒了。关于这件事，我都没来得及问即熙。"

"你是她的副楼主，真能一无所知吗？"

"我所知道的就是，悬命楼没有接咒杀你师父的生意。"贺忆城眨巴着一双真诚的眼睛说道，"我昏迷了这么久，浑身无力，跑不了的。您能不能把剑从我的脖子上挪走，怪危险的。"

思薇怀疑地看了他半天，看他真的十分虚弱，才终于收回手里的剑。

贺忆城理理衣服，确认他的宝贝短刀还在他怀里，然后好整以暇地盘腿坐在衣柜里的被褥上，说道："所以说，即熙死了，而且是被雎安杀死的？你是不是没告诉他即熙就是禾枷？"

思薇脸色微变。贺忆城点点头："你还真没说，你看看你造的这是什么孽？从前关系挺好的俩人，弄成这种结局……"

"你闭嘴！你……"思薇作势又要拔剑，"你是即熙的好友，她死了，你怎么一点也不伤心？"

"哎，我们俩这从穿开裆裤就认识的情谊，还弄什么哭哭啼啼的？我们早就说好了，谁死在前头，另一个人就天天给他烧纸钱，让他到阴曹地府做阴间首富。现在她死在前头了，我就得给她烧纸钱，以后说不定就没人给我烧了。是不是我比较惨？"贺忆城叹息。

思薇被他这番油腔滑调的话惊得说不出话来。

"她才二十四岁，而且死于非命。你就这么……"思薇已经找不到合适的形容词了。

贺忆城撑着下巴，轻描淡写地道："啧啧啧，你错了。这就是她的命，荧惑灾星因咒人而减寿，多半年纪轻轻就会去世。即熙她爹死的时候才三十五岁，她早知道自己活不长。"

"所以你……也不会为她报仇吗？"

"也不是不行，给钱就行。"贺忆城笑眯眯地说，"找上我们悬命楼的生意，多半都是要报仇的，看都看腻了。楼里的规矩是不报私仇。当然，你要是给我钱，那就是生意，我还是可以报一下的。"

“……你们这些狼心狗肺的家伙！”思薇闻言不但没有松口气，反而更加愤怒。她一巴掌打在贺忆城脸上，然后揪起他的前襟硬生生地把他提了起来。贺忆城惊诧地捂着脸，看着思薇漂亮的眼睛里慢慢盈满泪水。

“为什么……为什么所有的事情在你们眼里都跟个笑话似的？背叛不重要，真相不重要，死亡也不重要，那你们活着干什么？”思薇说着说着眼泪就流了出来，滴滴答答地落在贺忆城身上。

他沉默了很久。看着眼前这个眼睛通红、泪流满面的美丽姑娘，他最终露出天真无邪的笑容：“世事已经如此，还计较那么多干什么呢？”

◇◇◇

今天即熙走进析木堂的时候，睢安还没回来。冰糖站在堂中乖巧地等着即熙，一见到她就围着她跑了几圈，“嗷呜”了好几嗓子。

即熙摸摸冰糖的头，笑道：“那我就等等睢安吧。”

她抱着书跟着冰糖走进了房间。睢安的桌案十分整洁，和她上次来时看到的一模一样。

其实，他的文具与书册的摆放方式和七年前的并没有太大差别。她一直觉得睢安有点轻微的怪癖，所有的东西在他手上都必须有秩序，并且被放在既定的位置。就算是一直放在左口袋里的东西不小心放在了右口袋里，都会让他皱起眉头。

她放下书，走向桌子后面的书架。书架的布置也没变：这个隔间是用来放史料的，那个隔间是用来放符咒书的；这个抽屉放画册，那个抽屉放他的收藏品……

即熙拉开那个放收藏品的抽屉，意外地看见各种物件之上躺着一件禁步。

禁步是金镶玉质地，远远看去还算优雅。凑近了看清上面的花纹，它马上就变得俗气了。

这禁步一面雕刻的图案是芙蓉、桂花、万年青，寓意富贵万年；另一面的图案则是稻穗和鹌鹑，是为岁岁平安。垂穗底端拴了小小的金铃铛，走路时会发出清脆的声响。

富贵万年，岁岁平安——没错，这是她送给睢安的二十岁生日礼物。当时她做好这件禁步，被思薇嘲笑了好几天，说她的品味俗不可耐，居然连“富贵万年”都用上了。

搞得她都没好意思跟大家一起把礼物给睢安，而是趁他做晚课时翻窗到他屋里，私下给他的。她还预先申明自己的品味比较俗气，睢安看了禁步却说好看。

他眼里映着温柔的烛火，说道：“你把自己最喜欢的东西送给我，并不俗气。”

之后睢安便天天戴着它，直到她离开星卿宫时，他还随身佩戴。这次她回来却没见他戴过，原来是放在这里了。

即熙摩挲着这件禁步，触感温润、光滑，其中连接的绳子有些磨损，感觉随时会断掉似的。她想，如果她拿回去换好绳子再放回来，应该神不知鬼不觉吧。

即熙正想着，一回头就看见阿海不知何时已站在她身后的鹰架上，露出犀利的目光，亮着利爪。

“好嘞！我这就给您放回去！”即熙马上赔着笑把禁步放了回去，合上抽屉。

阿海还是一样的神出鬼没，让人害怕。即熙腹诽着走到书桌前，靠着软乎乎的冰糖坐下，撸它银白色的毛。

“冰糖，你打得过海哥吗？”她小声问道。

“嗷呜。”

“哎，你怎么就这么随你的主人！她怕的你都怕！”即熙愤愤地薅了一把冰糖的毛。

这天睢安讲课时，阿海和冰糖都陪在他们身边。即熙仿佛没骨头似的靠在冰糖身上，如同靠着个大枕头，举着书放在眼前看着。

阿海叫了几嗓子。睢安停下讲课的声音，笑着说：“师母，您这样看书对眼睛不好。”

即熙看了一眼告密的阿海，敢怒不敢言地爬起来坐好，说道：

“你平时要是都带着阿海，也就跟能看见没两样了。”

“阿海是海东青。如果不能翱翔于山林之中，而是天天被拘束在房子里，那它就不再是海东青了。”睢安边说边拿起镇纸，换掉写满字的纸张。

他伸手去拿新纸，却摸了空，皱眉道：“师母，您动了我的纸？”

睢安的话音刚落，便有一沓纸递到他手边。女子娇俏的声音传来：“我看你做事拿东西特别流畅，就像能看见似的，所以就想确认一下。你是记下来这屋子里的所有摆设的位置了吗？那星卿宫的各种房屋、路线、陈设，你也都记住了？”

“嗯。”睢安接过新纸铺在桌上，淡淡地应道。

即熙想，这像是睢安能做出来的事情，但就算是睢安来做，也是很辛苦的。

“你到底为什么会失明呢？”即熙问道。

睢安抬眸沉默了一会儿，突然淡淡一笑：“下雨了。”

即熙转眼望向窗外。果然，地上开始出现一个个圆形水印，悄无声息。

“你是怎么知道的？”

“听见的。”

他又让即熙抓了一把豆子撒在盘中，问道：“这把豆子一共有多少颗？”

即熙愣了愣，她还没来得及数完，睢安就说道：“三十二颗。”

“这也是听出来的？”

“嗯。所以不必为我惋惜，福祸相依，我没事的。”睢安笑着说道。

即熙看着那盘里安静躺着的三十二颗豆子，心想：“怎么会没关系？那可是一双眼睛。不过是你一贯会说话，有一千种方法让别人相信你没事罢了。”

即熙只顺着睢安的意思说了一句：“好吧。”

可她觉得心里不痛快。

她想吃冰糖葫芦了。

午饭后，弟子们三三两两地在授学殿外聊天，却有十几个人围着一张石桌，好像在看什么。

“符咒拼的是什么？气脉和灵力，像你们这种……不，是像我们这种未封星君的，灵力自然不足以支撑高等符咒，那就要看气脉。”

即熙边吃着织晴她们下山买来的冰糖葫芦，边拿起织晴画好的符咒，起手触发，便看见符咒上涌起气流。

织晴、晏晏、兰茵和即熙围着桌子坐了一圈，她们身后站着一圈伸长脖子的弟子，个个手里拿着符咒比对。即熙用食指在织晴的符咒上描了几下，摇头道：“不行不行，你这个气脉设计得太弱了，一眼就能看透。”

说着她打了个响指，织晴的符咒应声而破。

周围的弟子们发出赞叹之声。这已经是即熙在两笔之内破的第五道符了，晏晏、织晴和兰茵准备的符全被即熙破了。

她拿起笔在纸上画着：“写符咒这事儿啊，不能太教条，一个个画得光明正大、气脉清清楚楚，真要靠灵力取胜啊？人要学会变通，要知道讨巧，要知道设计陷阱迷惑破咒人，甚至攻击破咒人。”

诸位弟子正仔细地听着即熙的教诲，一个冷冷的声音突然传来：“没想到堂堂星卿宫先宫主夫人，居然教弟子这种阴暗的小人之道。设计陷阱或攻击破咒人，万一出错就会变成邪咒，甚至反噬施咒者。”

即熙抬眼看去，前几日在宴会上颜面扫地的郁少主正站在院门口，神色阴郁地看着她。宴会上的冲突过后，睢安这个新任宫主在众仙门面前立了威，而郁少主则迫于形势向睢安道歉，维持了表面的和平。

当然，他心里肯定还是不服的。

即熙笑道：“吃饭还会噎死，喝水也会呛死，要不您就别吃别喝了呗？陷阱设计得不好，是你的问题，又不是陷阱的问题。拉不出屎还怨茅坑啊？”

郁少主气得脸色发红：“你说话竟然如此粗俗……”

“话糙理不糙。”

说着，即熙手里的符咒就画好了。她“啪”地把咒贴在桌子上的茶壶上，对周围的人说：“千钧咒，你们谁试试破咒？”

周围的弟子纷纷围上来想提起茶壶，茶壶却突然像变成了金质的般，沉得不行，三四个人一起提都提不起来。

“你找我有什么事情吗？”即熙拍拍手站起来，问郁少主。

郁少主看了看院子里的众多弟子，咬牙道：“借一步说话。”

哟，来得正是时候，她正好不痛快。

“好说。”即熙转头对织晴、晏晏和兰茵说，“来，咱们去会会他。”

郁少主出了授学殿，拐了几个弯来到一个僻静的角落，转身看向即熙以及跟在后面的织晴等人。他拿出自己的剑，只见那剑柄上贴着一片细小的树叶，树叶上隐隐约约有符咒的痕迹。

“夫人，这剑上的封剑咒可是您放的？”

“是啊。”即熙干脆利落地承认。

“夫人为何如此针对我？请夫人解咒！”

即熙抱起胳膊，笑道：“你真以为我没发现你在我身上放了窃听咒？我破得了你的咒，你破不了我的咒，倒装得可怜巴巴地来求我了？”

即熙从腰间掏出一个纸人丢给郁少主：“这符咒做得还算精巧，我觉得有趣，暂时不和你计较了。”

郁少主捏着那纸人，面色一阵青白交加，辩解道：“休要胡言乱语，你有什么证据证明这符咒是我放的……”

即熙揉着耳朵走近他，笑眯眯地说：“算了吧，大哥，咱别欲盖弥彰了。说实话，我要是想针对你，就不光是封你的剑了，你能不能全须全尾地站在这里都难说。这只是个小小的教训。”

她用指尖在剑柄上一点，只听“叮”的一声，符咒应声而破。她拍拍郁少主的肩膀：“以后别来招惹我，还有雎安。”

即熙说这句话时压低了声音，气势惊人。郁少主敢怒不敢言，只能站在原地，看着即熙带着织晴她们扬长而去。

织晴、晏晏和兰茵哪里见过这种架势，纷纷夸赞即熙厉害，顺便骂了郁少主几句。

织晴疑惑地道：“您让我们跟着，是让我们帮您做证人吗？”

即熙摇头：“不，我想让你们学习如何撑人。”

“……”

即熙回到授学殿时，刚好听到弟子们中间爆发出一阵惊叹声。一个青衣少年坐在石凳上，指尖捏着正燃烧的即熙的符咒。

他成功地破解了即熙的符咒。

晏晏“哇”了一声，红着脸捂着嘴，小声地跟即熙说：“这是小戚公子。”

兰茵不嫌事儿大地补充道：“也是晏晏姐心里的如意郎君。”

那青衣少年见即熙来了，便起身向即熙行礼。他的气质有些冷淡，眉目间也没有笑意，只是礼貌地说道：“夫人好，在下戚家戚风早。”

即熙马上回忆起了他是谁。

这星卿宫的星君们似乎都有喜欢捡人回来的毛病。当年雎安捡了她回来，没多久柏清外出游历也捡了个两三岁的小男孩回来。

但柏清没把他留在宫里，而是送给了著名的修仙世家青州戚家收养。戚家给他起名戚风早。他从小就怕生，性情冷淡，只喜欢黏着柏清。每次到星卿宫做客，总像柏清的影子似的跟着他，寸步不离。

她那时有些嫌弃戚风早，觉得他柔弱又黏人。无论怎么看，即熙都觉得柏清捡人的眼光比雎安的差许多。

一晃许多年过去，戚风早长成了翩翩少年郎，而且看起来在符咒方面很有天分。即熙一向对美人十分宽容，看见戚风早如今长得玉树临风，马上就不嫌弃他了。

参加庆功宴的仙门百家已经陆续离去，但各门各家都留了一些弟子下来，听星卿宫讲学授道。他们算是外门弟子，不能参加大考，也不能进入封星礼。戚风早就是其中之一。

但是五个月后星命书封完星君，照例年满十八岁的内门弟子就要退籍离宫，新弟子则要开始入门，这可是三年一遇的机会。

仙门百家此时留下弟子听学，无非是想让他们混个脸熟，来年能正式拜在星卿宫门下。每逢封星礼前后，这种事情总会变着法儿出现。

即熙突然想，如果她那个藏在衣柜里的可怜发小儿能醒过来，这倒是一个很好的伪造身份的时机。

◇◇◇

看着坐在椅子上的贺忆城，思薇只觉得头疼。这个男人像是在自己家里，捏着桌上的一碟茶糕吃着，边吃边说：“你们这茶糕用的茶不错，但是跟我们悬命楼的比就差远了。”

这是她一时冲动救回来的人，现在却不知道该如何处置了。

红衣贺郎贺忆城——悬命楼副楼主——是天下闻名的人物。禾枷极少露面，凡是要抛头露面谈生意的活儿，都是贺忆城来做的。相比于面目模糊的禾枷，在很多人的心里，贺忆城才是悬命楼的象征。

他年轻，英俊，风流，精明。

他的客人们对他又爱又恨，被他撩拨的女人们也对他又爱又恨。听说梁州的名妓各个都是他的红颜知己。

他是一个轻浮又贪财的人，空有一副好皮囊，却也是即熙最好的朋友。

见思薇看着自己，贺忆城撑着下巴回望她，调笑道：“就算我长得好看，你也不能一直看吧。”

话音刚落，他就被思薇的书迎面暴击。思薇冷笑一声，说道：“吃你的茶糕！”

贺忆城揉着鼻子不知死活地说道：“你爱打人这一点真像即熙。”

思薇愣了愣。贺忆城叹了口气，说道：“虽然我早有心理准备，但即熙去世这事儿感觉还是很不真实。她还说要出钱帮我开青楼呢。唉，真可惜。”

“……”

思薇揉揉太阳穴，不想看见这个烦人的家伙。

“你打算什么时候走？”

“走？开玩笑，我为什么要走？”贺忆城咽下最后一口茶糕，抱着胳膊道，“这里有好吃的、好喝的，还有美人相伴，除了衣柜我躺着有点窄，其他的都特别舒服。”

思薇忍无可忍，站起来活动筋骨。贺忆城立刻警觉地远离她。

“君子动口不动手啊！你可是堂堂星君，不能欺负一个手无缚鸡之力的病人啊！”

“疼疼疼！我错了，我错了……大小姐，姑奶奶！我错了。”

思薇还没怎么动他，只是把他摁在了地上，贺忆城就已经完成了从劝说到投降的全部流程。

她心说，一个大男人不仅武功不行，居然还这么娇气？她都没使劲，他就嚷嚷着疼，红衣贺郎就是这么个玩意儿？

思薇冷哼一声，松开了手。她刚想站起来，贺忆城却突然绊了下她的腿。思薇没提防，一个重心不稳，摔在了贺忆城身上。

他身上有种淡淡的香气，正是她柜子里的衣物和被子的香味。

贺忆城哈哈大笑，揽住思薇的腰，眨眨眼道："我摔在地上可比你摔在我身上疼多了，别动不动就动手，多不文雅。"

"你这登徒子……"思薇准备直接打死这个不知天高地厚的家伙。这时，房门突然被推开，一个清脆、欢快的女声传来："思薇啊，你藏的那男人醒……"

贺忆城转头看去，只见门口站着个江南大美女，正目瞪口呆地看着他们。看到贺忆城的手揽着思薇的腰，美人的柳眉渐渐倒竖。

贺忆城有种不祥的预感。

"你小子！你吃了熊心豹子胆？！"即熙直接把思薇从贺忆城身上扒拉开。贺忆城灵活地滚开，躲过了即熙的攻击。

思薇觉得即熙的语气有点奇怪，又说不上哪里奇怪，只能拉着即熙说："不是你想的那样。"

即熙直接把她和被贺忆城迷惑的姑娘划为一类，一甩胳膊道："你别被他的花言巧语骗了！"

然后她转向贺忆城，提起裙子，围着桌子追着他跑："你给我过来！谁给你的胆子啊，看到好看的就忍不住啊？思薇你也敢碰啊？！"

贺忆城围着桌子跑，边跑边喊："是她压在我身上的！我冤枉啊！"

"你冤个屁！你的手都放在她腰上了，难不成是思薇强迫你放的？"

"我……那是她跌倒了，我扶她一下！"

"跌倒？正好就跌在你身上？不是你绊的？"

"……是我绊的，但是……"

"好啊你小子，你今天死定了！"

两个人围着张圆桌子你追我赶。一阵混乱之后，思薇好不容易才让他们两个安静下来，并向即熙道明原委。贺忆城和即熙分坐在桌子两边，如隔着楚河汉界一般。

贺忆城揉着自己被打得青紫的下巴，委屈地皱着眉道："思薇说的你总该相信了吧？"

即熙白了他一眼。

"师母，你为什么……这么生气？"思薇有些迷惑地问，即熙刚刚的架势简直跟护着鸡仔的老母鸡似的。

即熙不假思索地回答："什么为什么？我是你师母，怎么能让你被别人占便宜？！"

见即熙如此理直气壮，思薇将信将疑。她看了一眼贺忆城，又转向即熙："你认识他吗？你看起来和他很熟。"

"我看起来和谁不熟？我第一次见你也挺熟的，我就不是个客气的人。既然你说到这里了，他到底是谁啊？"即熙指着贺忆城，无比自然地质问道。

思薇回忆起这位师母的一系列出格举动，心想她说的……似乎也有道理。

她当然不会说出贺忆城的身份，于是岔开话题："你来找我有什么事？"

即熙沉默了。

她来找思薇，好像是……来帮贺忆城在星卿宫搞个身份的？

结果她还没来得及帮他，先把他揍了一顿？

即熙慢慢地转过头去，看向正揉下巴的贺忆城。她有点心虚地清了清嗓子，决定先挑起这个话题，再循循善诱。

"我就是想来看看你藏的这位公子醒没醒，需不需要我帮忙。"

思薇怀疑地看了即熙一会儿，说道："我想把他送走，但白日里人多，夜里又有门禁，你有没有办法？"

即熙刚想说话，贺忆城就拉住思薇的胳膊哀号道："思薇姑娘，你看我刚刚醒过来，身体这么虚弱，你忍心就这么把我丢出去吗？"

"我……"

"你给了我祝符，我才能醒过来。你现在放我出去，我身无分文，又没有一技之长，出去后不当街乞讨就得偷鸡摸狗，到时候做了恶事反噬了你怎么办？你要是收回祝符，那我就又会昏过去。像你这么善良的星君，怎么能做这么残忍的事情呢，对不对？救人救到底，送佛送到西，你就让我多留一段时间吧！”

贺忆城用力摇着思薇的手。他脸色苍白、下颌青紫，看起来真有那么点可怜劲儿，加上语气感人肺腑，眼神真挚诚恳，很难不让人动容。

即熙对贺忆城可太了解了。他演技高超，舌灿莲花，能把那些久经风月的名妓哄得团团转，这点表演不在话下。他多半是身上真的没钱了，在开辟出一条新的财路之前，准备先赖上思薇。

思薇“啪”地甩开贺忆城的手，又惊奇又愤怒，道：“你知不知道这里是什么地方？仙门百家在此，你只要被他们发现，就是死路一条！我凭什么帮你、护你？我能放了你，就算仁至义尽了。你要是敢作恶反伤我一次，我立刻撤回祝符。”

“像你这么善良的星君大人，怎么会不护着我呢？”贺忆城开始拍马屁。

即熙自斟自饮了几杯花茶。见二人已经你来我往了一个回合，她慢悠悠地提醒思薇，说贺忆城身上有她的祝符，决不能轻易放他离开。

贺忆城探究地看了即熙一眼，附和道：“这位夫人说得对啊。”

即熙于是趁热打铁，道：“我刚刚遇见了小戚公子，他要在宫里学习一阵。我突然想到，你要不也让这位红衣公子认你做师父，给他个外门弟子的身份？”

即熙终于把话题引到了她想说的地方，不出她所料，思薇露出了惊讶、嫌弃的表情。

“什么？他的年龄比我的大！而且，他也不至于没骨气到要拜我为师……”思薇的话还没说完，贺忆城已经把茶送到了她手边。

“师父在上，请受我一拜！”他流畅地鞠躬行礼。

思薇的话卡在喉咙里，愣愣地看着贺忆城的发顶。

贺忆城抬头笑起来，露出浅浅的酒窝：“骨气又不能当饭吃？”

在不要脸这方面，即熙必须承认，贺忆城已经达到了登峰造极的境界，她甘拜下风。

入夜之后，皎洁的月光透过纸门洒在地上，空气里的细小尘埃清晰可辨。衣柜里的贺忆城拉开柜门，朝着对面床上纱帐里那个模糊的人影说："大小姐，你真的要赶我走啊？"

思薇白天义正词严地拒绝了贺忆城的拜师请求，并且把他骂得狗血淋头。

"你再说我就把你交给仙门百家，让他们把你杀了。"那个人影语气硬邦邦地回答。

贺忆城枕着自己的胳膊，望着漆黑的屋顶感慨道："唉，也是啊。在这个星卿宫里，我遇见谁都是死路一条，能依靠的就只有你。你要赶我走，那我就只能走。我真是孤苦伶仃啊。"

思薇沉默了一会儿，说道："你去找你的家人就是了。"

"还是算了吧。我是私生子。我娘是通缉犯，我六岁时她就带着我投奔悬命楼了。现如今她早已去世，我爹不巧也已亡故，正室家的哥哥横竖看我不顺眼，没要我的命已经很好了。"

"你少装可怜。"思薇不为所动。

"原来你也觉得我的身世很可怜啊，考不考虑留我多住一段时间？"

"闭上你的嘴，睡觉！"

贺忆城"哈哈"笑起来，在思薇发作之前乖乖地闭了嘴。

第五章

征兆

愿岁并谢，与长友兮……年岁虽少，可师长兮。

夜半时分，思薇突然发出一声惊呼。衣柜门立刻被拉开，贺忆城带着睡意的声音传来：“怎么了？大小姐做噩梦了？”

思薇支着身子坐起来，抚着胸口平复呼吸。贺忆城悄无声息地下地，走到她的床边，问道：“你没事吧？”

思薇吓了一跳，看着纱帐外模糊的人影，声音有些发抖地说：“你……你走路怎么没声音？”

“我武功不行，但是轻功挺好，走路自然没声音。”贺忆城偏过头看了思薇一会儿，笑道，“我刚刚吓到你了？你以为我是什么，鬼？”

思薇的身影僵住了，色厉内荏地说道：“没有。”

“原来你怕鬼啊？刚刚梦到鬼，吓醒了？”

“没有！”思薇有些恼羞成怒。

“哈哈哈哈，堂堂巨门星君居然怕鬼，应该是鬼怕你才对吧？”贺忆城一边笑一边撩起衣摆席地而坐，背靠着思薇的床，“你放心，我身体这么弱，鬼来了也是先抓我。我在这里坐着，等你睡着了再回去。”

纱帐里的人转向贺忆城的方向，她看了贺忆城很久，然后躺下盖好被子，说道：“这是你欠我的。”

“是，我也没邀功。”贺忆城笑嘻嘻地说。

思薇沉默了一会儿，转过身去背对着贺忆城。在一片黑暗里，她听见了他规律的呼吸声。

这样的话，即熙也曾对她说过。

她从小就怕黑又怕鬼。她和即熙住在一起的时候，半夜她被噩梦惊醒时总会连带着把即熙也吵醒。听了她的噩梦，即熙总是揉着眼睛打着哈欠把自己的床推过来，和她的拼在一起，躺在她身边说道："你这细胳膊细腿的，鬼都嫌弃，它们来了也是抓我不抓你，你安心睡吧。"

思薇觉得即熙很奇怪，她明明是个天马行空、离经叛道的人，竟也会让人觉得可靠。

思薇听着贺忆城的呼吸声，低声道："两个月，你只能在这里待两个月，然后你就滚。如果你敢动什么歪心思，我就立刻杀了你。"

贺忆城暗自笑起来，转头望向纱帐里那个模糊的身影。这个骄傲的姑娘背对着他，说着别扭的狠话。

"多谢思薇姑娘啦。"

现在已经是深秋，晚开的桂花和错落的金色银杏树叶与深红的墙面交映成美丽的图景。织晴、晏晏和兰茵从授学殿出来，绕过墙角的山楂树，经过一棵橘子树，走上一条鹅卵石铺成的石子路。

穿过一道圆形拱门后，她们就看到了坐落在枫叶间的紫薇室。织晴上前敲门，听见门后传来一阵手忙脚乱的声音。

没多久，一个透着心虚的女声传来："谁？"

"是我们，织晴、晏晏和兰茵。"织晴答道。

门后的人松了一口气，随后门被打开一条小缝，即熙从门后探出头来："海哥不在吧？"

"海哥？"

"就是阿海。阿海没跟着你们吧？"即熙警觉地四处观察。

织晴她们蒙蒙地跟着环顾四周，并没有看见阿海的影子。即熙把门打开，让她们赶紧进来，全程鬼鬼祟祟的。

姑娘们不由得紧张起来。兰茵问道："师母，发生了什么事吗？"

即熙让她们围着桌子坐下，茶水自便，然后从抽屉里拿出一块布来："也没什么，我在给禁步换绳。"

她打开那块布，里面的玉质禁步上雕刻着“富贵万年”的图案。第一次偷取失败后，她又试了一次，终于拿到了它。

织晴瞪大了眼睛，捂着嘴巴道：“师母……你偷了睢安师兄的禁步？”

“这怎么能叫偷？我给它换下绳子就放回去，马上就弄好了！”即熙做出一个“嘘”的手势，小声争辩道。

“那睢安师兄知道吗？”

“……不知道。我马上就放回去，他根本察觉不到。我这人做好事不留名，你们别说出去啊。”

即熙说着坐了下来，戴好顶针，拿起钩针，把穿了一半的丝质金线往外钩，动作十分熟练。

织晴她们本来是找即熙请教符咒课业的，此时只能等即熙先把禁步弄好。她们围着桌子坐了一圈，看即熙穿针引线，把那些玉片、铃铛连在一起。

织晴有点担忧地说：“师母，你可要快点放回去，师兄很珍惜这禁步的。”

即熙一边穿线，一边漫不经心地道：“也不见得吧，他都不戴在身上。”

“以前师兄天天都戴着。那时候师兄远远地走过来，就能听见铃铛的轻响。宫里的弟子们见睢安师兄佩戴禁步气质卓然，都争相模仿，也在禁步上挂金铃铛呢。”

即熙的心情有点复杂，抬起头，说道：“是吗？”

当年她做好这件禁步的时候，大家都嘲笑她挂金铃铛太俗气。结果她走之后，金铃铛居然风靡，成了“气质卓然”的象征？

睢安真是在身体力行地发扬她的审美。

“那他后来怎么不戴了？”

织晴叹了一口气，说道：“三年前师兄刚刚失明时，日常活动很不适应，总是跌倒。他怕把这禁步摔坏，才将它收了起来。”

即熙的手顿了顿。

“他总是跌倒？”

丫的，哪块地砖绊的他，哪道台阶摔的他？居然敢让睢安受伤，她要去把它们都给撬了！

“是啊，师母别看现在睢安师兄举止自然、行动自如，那不知是练习了多少日子的结果。不过说来奇怪，我觉得刚刚失明那阵子，睢安师兄其实挺开心的，一点也不难过。”

织晴没察觉即熙的愤怒，托着下巴感慨道。

兰茵疑惑道：“开心？睢安师兄失明了，怎么会开心呢？”

晏晏想了想，竖起手指：“啊，我想到一种可能。是不是原本三年前荧惑灾星就要咒杀师父，师兄因为替师父挨了诅咒，成功救了师父而开心？”

“有可能。”织晴附和道。

面对这甩不掉的黑锅，即熙忍不住翻了一个白眼：“有可能就有鬼了！你们别瞎猜，实在没事就帮我放个风，看阿海在不在附近。”

织晴说阿海现在应该在忙着捉鸟，宽慰即熙放心。她还说睢安师兄一直照看着授学殿外的山楂树和橘子树。阿海也会帮忙，它经常捉一些吃害虫的鸟过来，监督那些鸟捉树上的害虫。

即熙不由得对那些鸟儿生出一些怜悯。它们得被阿海吓坏了吧？

“所以师母以后别去摘那棵山楂树上的果子了。大家都知道，那是睢安师兄精心照料的树，果子成熟时师兄自会去采，旁人都不会去摘。不过，橘子树结果时，师兄会把采来的橘子分给大家。”晏晏劝道。

即熙一边点头，一边给线打结，心想：睢安这些年变化很大啊，变得这么喜欢吃山楂了？他不是更喜欢吃橘子吗？

兰茵惊讶地看着即熙手里的线结，凑过来仔细研究：“师母，你好厉害啊，连打结方式都复原了。我以前看到这件禁步的时候就觉得这种结很特别，很少见，问了好久才知道是医者经常会打的结。”

即熙“啧啧”两声，笑道：“这结不好打，我小时候有个要好的贺姓大娘，她是个医者，这都是她教我的。”

终于给禁步重新穿好绳子后，即熙将它仔细地包好收进怀里，然后快速解决了织晴她们请教的符咒问题。即熙很想像开始时那样，静悄悄地把织晴她们送走，但她刚打开门走出去，就感觉到一股大力抓住她的肩膀将她提起，她的双脚顿时无力地悬在空中。地面上越来越小的织晴、晏晏和兰茵发出惊呼。即熙胡乱扑腾着，喊道："救命救命。"

不用猜，她被阿海逮住了。

天生神力的阿海提着即熙在山林间优哉游哉地转了一圈，才把她丢在授学殿外的橘子树旁——雎安面前。

只要楼层的高度超过三层，就连栏杆都不会去靠一下的即熙已经完全蒙了，站起来的时候险些再次摔倒。

雎安扶住了她，皱着眉对阿海道："你怎么对师母如此无礼——"

站在雎安肩膀上的阿海鸣叫了两声，不屑地用喙指指即熙。雎安转向即熙，平静地问道："我的禁步是您拿走的？"

即熙下意识地反握住雎安扶着她的那只胳膊，一边顺气一边解释道："我就是……看见它的绳子快磨断了，想给你换条新绳子，我真的是想换好就给你放回去的。"

她用另一只手从怀里掏出那块包着禁步的布，放在雎安的手心里。

雎安低眸，小心地打开那块布，摩挲着重新穿好线的禁步。他白皙的指尖在白玉上拂过，金铃铛发出轻响。他似乎微微怔了一下，然后抬起头，眼里映出即熙的样子。他说道："你……"

即熙紧张地举手发誓，一时忘记他根本看不见她的手势。

"我发誓，我没拿走你一个配件啊。你好好数数，跟原来的一模一样。我清清白白的。"

雎安沉默，他的目光落在即熙的脸上，认真得仿佛想看见她现在的模样。他眼里翻涌着一些让人看不懂的、惊涛骇浪般的情绪。

阿海又叫了几声。即熙知道它肯定没说什么好话，她忐忑地看看它，又看看雎安。

雎安却淡淡地笑了起来，仿佛那些莫名而起的情绪转瞬即逝。他从那棵树上摘下一个橘子，转身对即熙说道："谢谢你。"

即熙接过橘子，心里放松了不少，笑道："别客气，别客气……哇，这个橘子好好吃啊。"

她说着就吃上了。雎安问道："不酸吗？"

“一点也不酸。”

他沉默了一瞬，然后微微低头笑了起来。他的眼神很空，像是雨后石板上薄薄的一层水，光一照进去便会触及石壁，但异常温柔。

睢安把那禁步重新戴在了腰间。他身着一袭白衣，配着白玉和金铃铛，站在红墙和银杏之间，长发和衣带随风飘拂，铃铛轻响。

即熙看着看着就忘记吃手里的橘子了。

果然是天人之姿，气质卓然。

即熙看向旁边的橘子树，还有不远处的那棵山楂树。这两棵树是同时种下的，现在都长得很好，结了无数的果子。

当年她总是学不会控制力量，一比武就伤人，一画符就被反噬。柏清师兄说她心浮气躁，天天嚷嚷着“静则神藏，躁则消亡”，让她修身养性。她从外面捡了彼时刚刚断奶的冰糖，柏清不同意她把这样的凶兽养在宫里，说狼的凶性会影响她的身心。

但睢安说服了柏清，让即熙来抚养冰糖。不过有一个条件，养冰糖的同时，即熙要种一棵树，从幼苗开始养起。如果她把树养死了，就得把冰糖送走。

即熙当时心想，养一棵树有什么难的？她大大方方地同意了。她喜欢吃山楂，自然要求种山楂树。睢安于是在授学殿外的这个角落辟出一块地给她种树。她还跟睢安说，让睢安也种一棵，到时候他们比比谁种得好。

睢安笑着同意了。他问她种什么树好，她那时候刚刚学到《橘颂》，觉得那诗文简直就是为睢安写的，便说：“我觉得‘苏世独立，横而不流兮’很配你，不然你种橘子树好了。”

睢安愣了愣，然后轻轻地笑起来，说道：“好吧。”

那时候的即熙完全忘了，星卿宫在青州，位于淮北，根本不适合种橘子树。她的要求简直就是一种为难，但睢安还是答应了。也不知道用了什么方法，睢安把这棵橘子树养得很好，居然成功地结出了甘甜的果子。

他肯定费了很多心思，就为了她这样一个心血来潮、近乎无理的要求。

她从没想过养一棵树是这么麻烦的事情：它站在那里不会动，刮大风不能躲，被虫子咬不会还手，长不好也不会说。每季都要浇水施肥、剪枝捉虫，需要极好的耐心和细致入微的观察，才能让它好好长大。这棵树第一次结果子的时候，即熙激动得都要哭出来了。

后来，当她越来越能游刃有余地控制自己的力量，不会再随便伤人，符咒也不会随便变恶咒时，她才慢慢明白雎安的用意。

他不仅想磨炼她的耐心，更想让她知道，她遇见的每个生命在来到她面前之前，都经过了漫长且不易的岁月。

他想让她学会珍惜。

雎安不像柏清师兄，会把这些道理挂在嘴边，但即熙每次意识到这些道理的时候，它们早已融进她的骨血。

愿岁并谢，与长友兮。
淑离不淫，梗其有理兮。
年岁虽少，可师长兮。
行比伯夷，置以为像兮。

◇◇◇

思薇答应让贺忆城留下来的第三天夜里，月上中天之时，昭阳堂外突然传来三声轻微的猫叫。

衣柜门被悄无声息地打开，贺忆城看了一眼正在熟睡的思薇，轻手轻脚地推开被子下地，轻轻地推开门走出去。

猫叫声再次响起。贺忆城循着声音来到一处墙角前，隔着墙角轻声问道："你究竟是谁？"

墙外的人嗤笑一声，答道："是你大爷。"

"……"

贺忆城揉了揉太阳穴，随即看到围墙上出现个人影。那天的江南美女在围墙上坐着，晃着腿道："思薇在院子四周设了符，我要是落在墙内的地面上，她就会察觉。同样，你要是走到墙外的地面上，她也会收到警报。”

于是贺忆城也爬上了围墙，和即熙并肩坐在墙上，一个朝里一个朝外，不下地就没事。

即熙把一个纸人“啪”地贴在贺忆城身上，解释道：“隐身用的。”

贺忆城看看纸人，再看看眼前这个陌生的美人，感叹道：“还真是你！你没死？你这张脸是怎么回事，师母又是怎么回事？”

“说来话长。”

即熙简单地解释了她从中箭身亡到现在的一番奇遇。贺忆城瞪大了眼睛，惊讶这世上还有这种事情。

“幸好你没死。思薇说，你的尸体现在在星卿宫，估计要葬在后山。我想我这要给你烧纸钱，还得冒着生命危险潜入星卿宫，太难了。”

贺忆城感慨地上下打量即熙。眼前的姑娘乌发如丝，鹅蛋脸、远山眉，鼻梁秀气、挺拔，唯有一双黑白分明的眼睛隐隐透着锐气。

他说道：“你可真是赚大发了，苏寄汐长得比你原来好看多了。你长着这张脸，说粗话怪别扭的。”

即熙摸了摸自己的脸，笑道：“放屁，我原来也是美人。”

他们俩从小玩到大，熟到说话肆无忌惮。两个人的嘴都贫得很，常常正事说不上几句，笑话先说了几箩筐。

贺忆城屈起腿，手肘抵在腿上，手撑着下巴，悠悠地道：“所以你真的咒杀了星卿宫前宫主？”

即熙哼了一声，没好气地说：“我杀他，你给我钱吗？”

“那问命箭为什么认你为凶手？”

“大概是‘我不杀伯仁，伯仁却因我而死’。”

即熙说得含糊，贺忆城却马上明白过来她在说什么。他皱着眉头道：“……如果他是因为这个原因死的，应该一眼就能看出来。思薇说前宫主死时安然如睡着，身上没有任何受伤的痕迹。这定是有人栽赃你。”

即熙点点头，淡然自若地说：“是啊。”

她这么淡然，并不是善良大度到被栽赃也不生气，只是这种事情她见得太多了。

通过降灾和诅咒杀人，只要得到被咒人的生辰八字和贴身物品，就可以杀人于千里之外，且可做成任意死法，基本不会留下任何证据。

比如，她诅咒一个人走路摔跤，头磕在台阶上而死，那也是可以的。人死之后便无法验出身负咒语，所以别人很难证明这人死于诅咒。

这听起来是很完美的杀人方式，但它的弊端恰恰也是留不下证据。所以，别人栽赃、污蔑她并不需要证据，诛心就好。

这人一直好端端的，怎么就突发急病死了？一定是被诅咒了！诸如此类。

于是，无论谁莫名其妙地死了，都能赖在她的头上。自从她继任悬命楼楼主，每年都要背数不清的黑锅。她早就能一边嗑瓜子，一边笑看那些编造的故事了。

即熙很清楚，她是什么样的人不重要，在世人眼里她只是灾星。

既然是灾星，自然是邪恶的。

即熙拍了拍贺忆城的肩膀："栽赃我的人太多了，这位可能得排排队。目前我还不知道他针对的是前宫主还是我，所以我想先在暗处静观其变。"

贺忆城把目光挪到即熙身后的昭阳堂屋顶上，抬抬下巴示意，道："那思薇怎么办呢？她好像很想知道她父亲是怎么死的。"

那是自然，前宫主大人在思薇心里分量最重，思薇一直非常想得到他的认可。

即熙看了眼思薇的房间，摇着头说："与其让她知道前宫主为何亡故，还不如让她以为是我诅咒的呢。反正她本来就很讨厌我，还总说希望我去死，正好如她的愿。"

贺忆城沉默了一下，他觉得这两个人之间大概有些误会。不过"禾枷即熙"已经不在世上，追究这些可能意义不大了。

即熙说起悬命楼被攻破的那天，她把能带走的细软都分给了楼里的人。还跟他们说，若她无事，他们就有缘再聚；若她有事，大家就各奔前程。如今宝库里的财物都被分给了梁州百姓，她和贺忆城一夜之间一贫如洗。

哦，不。她还有苏寄汐的嫁妆，还是星卿宫众弟子的师母大人，一贫如洗的只有贺忆城。

当即熙喜笑颜开地说出这话时，贺忆城着实想上手掐死她。

贺忆城说，思薇已答应让他留下来。他准备易个容，在星卿宫待一阵子，然后再做打算。他问即熙以后是否要一直留在星卿宫，即熙连连摇头。

“我现在身上仍有荧惑星命，待久了迟早会被发现。我打算进封星礼，再封一次贪狼星命，之后名正言顺地把冰糖带走，就说下山游历。然后带上嫁妆和冰糖找个地方购置产业，另立门户，看大家还想不想回来。我们继续做这门诅咒人的生意，就说新出现了个灾星嘛。”即熙计划得好好的。

贺忆城听明白了，她这是想故技重施，再来一次“失踪”。

“你确定进了封星礼，你就能被星命书挑上？”

“我做贪狼星君的时候从未失格，星命书多半是很认可我的。咳，它要是不封我，我就再找别的办法呗。”

两人聊得差不多时，即熙指着贺忆城警告道：“你给我收起你那些花花肠子。思薇是正经姑娘，你可不要欺负她！”

贺忆城默默地撸起袖子，白皙的胳膊上赫然有几块青紫瘀痕，看样子都是新伤。

说实话，他一开始之所以怀疑苏寄汐是即熙，就是因为被她打的感觉太熟悉了。在这一方面，她的妹妹思薇显然随她。

即熙立刻面露怜悯之色，放下他的袖子，安抚道：“你多保重。”

贺忆城叹息一声，拍拍她的肩膀：“你也是，你还活着真是太好了。”

即熙眉眼弯弯地笑了起来。皎洁的月光下，她撑着墙头抬头看向辽阔星空，就像无忧无虑的少女。

“是啊，真是赚了。”

◇◇◇

入冬不久后的一个清晨，太阳刚刚升起，万物尚覆着一层朦胧的光亮，像是没有苏醒似的。可星卿宫里的甲级星君们已经齐聚上章殿，神色凝重。

上章殿中央有一尊青铜铸就的方鼎，方鼎之中燃着四簇蓝色火焰，无依无凭、互不相连。其中，南边的那簇火焰相比之下有些微弱，而且十分不稳定，忽明忽暗，似乎挣扎在熄灭的边缘。

原本星君议事是七日一次，但因为事出紧急，才临时一大早把大家召集起来。睢安从怀里拿出一封符书，丢出悬于半空，书信上的字迹显现：

南方大阵阵眼渡厄灯损毁，三日后取出回宫修复，速求替换之法。

睢安眼里映着蓝色的火光，平静地解释道："这是泽林加急传回的消息。"

殿中所坐思薇、柏清、武曲星君奉涯和天同星君七羽看完信，都不由得紧张起来。

泽林便是外出未归的廉贞星君。星卿宫在东南西北四方各布了一个大阵，以灵器为阵眼支持法阵，以监察四方煞气的动向，及时镇压、净化煞气。

前不久，南方法阵出现异动，力量时强时弱，泽林便受命去南方查看法阵。如今看他传回的消息，竟然是南方大阵阵眼渡厄灯遭到破坏，需要带回宫修复。

"渡厄灯一旦离开法阵，必定要有新的灵器作为阵眼才可继续支撑法阵。但目前宫中并没有同等级的灵器，只有向仙门百家借，可是时间太紧了。"柏清忧虑地道。

思薇点头赞同："这种等级的灵器，只有大的仙门才有，且都是镇门之宝，肯定不会轻易外借。我们去借，势必要经历一番推诿，三日之内不可能借到。"

她有些烦躁，语带嘲讽。思薇总觉得那些仙门向来独善其身，很不可靠，以至于在之前的宴会上她都没和他们来往。

天同星君七羽一向乐观，他试探着说道："那就先关阵几日，待修好渡厄灯再重新开启。几日之内总不会积聚太多煞气吧？"

"你想得太简单了。一旦关阵，阵中原本镇压的煞气就会四散，最坏的情况就是聚煞生魔。先前柏清师兄占星，星象显示明年下半年南方有难，大凶。虽然如今还不到时间，但若放任不管，恐怕真的会酿成大灾。"

睢安安静地听着堂下众人的发言，目光虚虚地落在地上。所有人都说完一遍后，还是没有讨论出什么好办法，一时陷入僵局。

睢安微微一笑，眼眸抬起，眼中映着鼎上的火焰。

"也不是全无办法。渡厄灯做不了阵眼，我来做便好。"

此言一出，堂下安静，众人皆惊。

自古以来并不是没有人做阵眼的先例，可人做阵眼便要损耗元婴，也就是其灵力之核。

柏清立刻站起来，有些激动："睢安，你不会是认真的吧？南方大阵复杂、庞大，你一个人撑得起来吗？"

"我的元婴天生与煞气相克，一物降一物，做阵眼未尝不可。这样吧，我们先试试看如何？"睢安也不强硬辩驳。他从怀里掏出一个纸人，两指夹住，闭上眼睛。

他额上的星图发出银色光芒，一滴血从他的眉间溢出，飘落在纸人身上，纸人瞬间被染红。

睢安睁开眼睛，将那纸人向火中一丢。纸人直奔南方那簇火而去，迅速燃起蓝色火焰。那簇火从羸弱、明暗不安的状态迅速变得强盛，和周围几簇火焰无异。

"看来可行。"睢安的脸色稍显苍白。他淡然地笑笑，像是做了没什么大不了的事情。

思薇腾地站起来走到火边，看看火焰又看看睢安，惊诧了半天才说道："这……天机星君的元婴克制煞气，居然能厉害到这种地步？"

南方大阵何等庞大，他居然一个人撑起来了，而且看起来安然无恙。

“撑不了太久，待泽林把渡厄灯拿回来修好，再放回阵中，我就得功成身退了。”睢安笑着说。

柏清几步走上前，查探睢安的脉象。没有察觉出什么异样，他才稍稍安心。

睢安拍拍柏清的肩膀，神情变得凝重：“可无缘无故渡厄灯为何会损坏？南方最近并无大灾，它的损坏多半是有人有意为之。能进入南方大阵损坏渡厄灯的，绝非等闲之辈。”

顿了顿，睢安继续说道：“十四年前，豫州叛军曾以童男童女为祭，聚煞气养魔。若魔主养成，获得灵识，便可以天下心魔为力量不断变强。当时，主谋者说他并没有养出魔主，仙门也并未查到魔主的痕迹，最终只是净化了煞气便离去。但我当时一直觉得不对劲。”

柏清抬眸看睢安，神情惊讶：“你觉得，其实魔主已经养成，而且隐匿在人间？”

“根据这次的事情和你占星的结果，我总觉得事情并不简单。”

众人面面相觑，就连一向乐观的七羽都感慨道：“诸位，我们以后要打起精神了。”

星卿宫弟子带着贺忆城穿过亭台楼阁，来到位于外宫的客舍处，行礼道：“何公子，这就是您的住所。”

贺忆城行礼道谢，那弟子便转身离去。

贺忆城背着手在这名为“客三舍”的小院子外逛了起来。思薇还是给了他一个身份，说他是她在外遇到的修士，与他有几分交情，让他留在此处养好身体再走。

于是贺忆城易了容，改名“何羿”，成了星卿宫的客人，入住外宫的客舍。思薇百般警告他隐藏好自己的身份，还要他每天傍晚去向她汇报一天的行踪。

贺忆城优哉游哉地一一答应下来。

星卿宫有内、外两道宫门。内宫是门内弟子和星君们的住所，以及教习、议事的场所。外宫是外门弟子和客人们居住的地方，雇佣师傅们的伙房、洗房也在此处。

贺忆城刚在院外转了一圈，就感觉到了熟悉的阴郁气息。它们如同污浊的流水，舔舐着他的脊背。他皱皱眉，转身说道：“别总跟着我！”

跟在他身后的一团黑气在空中转了几圈，继而消散。

贺忆城见黑气消散，眉头稍解，准备转身继续逛，却不期然地撞上一双冷峻、深黑的眼睛。

站在他面前的少年应该不超过十五岁，还未长成，故而个子不高。他长相清秀，却冷着一张脸，看起来不好接近。

“在下戚家戚风早，住三舍。”少年先行行礼，礼数还是周全的。

贺忆城还礼，道：“在下何羿，也住三舍。”

少年直起身，探究地看着他，说道：“何公子似乎很容易吸引鬼魅邪祟。”

太昭山灵气重，适合修习，但也因此容易吸引鬼魅妖邪。内宫阵法众多，它们不敢接近。虽说外宫的阵法力量减弱许多，但是鬼魅一般也不会踏入。

鬼魅邪祟冒着灰飞烟灭的风险进入外宫，跟随这个何羿，十分奇怪。

贺忆城不动声色地笑起来，大大方方地说道：“是啊，我自小体弱多病，在鬼门关来来回回了好几次，阳气不足、阴气重，自然容易吸引鬼魅邪祟。我早已经习惯了。”

戚风早定定地看了他一会儿，似乎在判断他话语的真假。贺忆城自顾自地绕过戚风早，继续逛他的院子，同时摆摆手，轻描淡写地说：“以后请多多指教，我养好身体就走啦，戚公子。”

“您这种体质养得好吗？”戚风早冷冰冰地说。

“那也要养啊。”贺忆城已经走远，只留下一句轻飘飘的话。

贺忆城沿着三舍外的小路随意地走着，穿过一道门之后，看见两个衣着华贵的修士正坐在石凳上聊天，看样子是青州云声门的弟子。

他们的对话中提到了“戚风早”这三个字。贺忆城一想，这不就是刚刚那个小公子吗？他向来喜欢并擅长听墙角，于是就轻手轻脚地靠近他们，藏于墙边。

两人并未察觉，仍然自顾自地说着。高个子少年相貌还算端正，只是面庞清瘦，以至于显得有些刻薄。他不屑地道："你看见那个戚风早了吧？行礼的时候跟蜻蜓点水似的。论辈分我们远在他之上，他居然这样敷衍、轻慢我们？"

稍矮的少年稍微胖一些，显出几分油滑。他喝着茶叹道："人家是天才，十二岁进金丹境，马上就要凝出元婴了。他做的符咒，连戚家家主都甘拜下风。众人都夸他少年英才，说他仅次于当年的天机星君。他自然傲气。"

"嘁，什么天才……"高个子少年煞有介事地环顾四周，然后靠近他的同伴，小声说道，"我之前偷听我爹和戚家家主谈话，他们说戚风早小时候，天梁星君柏清给他算过一卦，说他是不祥、早夭的命。他们都可怜他，所以瞒着他。厉害有什么用？还不是会早夭。"

柏清精于占卜推命的名声，贺忆城有所耳闻，听说从未失算过。他想起刚刚遇见的那个冷峻少年，不免觉得有些可惜。贺忆城想着转过头去，却被吓了一跳。

戚风早正站在对面的墙边看着庭中聊天的两人。感觉到贺忆城投来的目光，他转过头来，淡淡地低声说："这是云声门的少主和四弟子，行事霸道，不要招惹。"

戚风早这般冷静，像是早就知道了自己的命运。戚家和柏清想瞒他，还是没瞒住啊。

贺忆城想了想，觉得自己都听见了，还是得安慰一下，于是说道："我也有个命里不祥且早夭的朋友，但她现在还活蹦乱跳、开开心心地活着。你也不必想那么多。"

戚风早看了他一眼，微微点头。

◇◇◇

进入冬季，星卿宫的弟子们换上了冬季宫服——黑底银纹，绣的是水纹和形若游龙的美人梅。

虽然即熙对金色的俗气偏爱从未改变，但心里不得不认可设计四季宫服的那代宫主——一定是个绝顶风雅之人。

要让她来设计，那大概就是灾难，毕竟不是每个人都有睢安这样的气质，能撑得起她的审美。

睢安穿上黑底银纹的宫服，就像把一整片夜空穿在了身上，带着点冷寂、神秘。但是，当他笑起来，温柔又会立刻冲淡这种冷寂，调和出一点微妙的距离感。

八分温柔和两分疏离——这是平常对着别人的睢安。当他们两个独处的时候，即熙觉得，那两分疏离感似乎变淡了，近乎不存在。

他最近好像待她亲近了些。

即熙撑着下巴看着桌子对面的睢安，他正在给她的天象纪年课收尾，将历次大考侧重的内容一一梳理出来。

她突然直起身来，胳膊撑在桌子上，凑近睢安的脸。倏忽之间，他们的距离便不足三寸，呼吸相闻。

睢安怔了怔，向后躲避："师母？"

"别动！"即熙认真地说。

他便不再拉开距离，有些困惑地停在原地。相距这么近，即熙能看清他脸上的所有细节，鼻翼间细小的痣和皮肤上细微的纹理都生动得惊人。

他的气色比平时苍白几分，好像有点疲惫。她的呼吸拂过他的脸颊时，他的眼睛就开始快速地眨动，像是有些不安。

即熙急道："你别眨眼睛！"

睢安就定住了眼睛，一双温润带水的眼睛困惑地睁着，如被雨雾笼罩。

即熙伸手碰到了他的眼睫，他居然没有眨眼睛。即熙手中捏着飞絮，感叹道："差点被你眨进眼睛里。"

睢安的身体还是僵硬的，他沉默了一瞬，然后问道："是我眼睛上有东西？"

"睫毛上挂了飞絮。我还以为看错了，凑近一看果然是。睫毛太长就容易沾东西。这个季节还有飞絮也是神奇，你说是不是？"即熙拍拍手，拍掉那飞絮，感慨道。

睢安低头，然后轻轻一笑："是啊。"

"继续讲吧，刚刚讲到哪里来着？"即熙看着快翻完的书问。

睢安沉默了一会儿，摁摁额头，难得一见地想了很久，才想起来他刚刚断在了哪里，又拿起笔开始讲解。

"……这部分结束之后，下一门课业是卜卦推命。"睢安合上天象纪年课的书，抬眸望向即熙的方向。

那里果然发出一声哀号，然后有什么东西"咚"地砸在了桌子上——应该是她的脑袋。

桌子震颤不已，始作俑者毫无察觉，说道："要是这门课学得好，下了山我都可以摆摊算命了。像柏清那样，卜卦准得名扬四海，不管到哪里都是香饽饽。"

"是啊。其实在这方面柏清师兄比我厉害得多，他更适合来教你。"

"别了，别了。"

即熙对柏清已经习惯性地有了叛逆之心，他说什么她都想找碴儿。让他教的话，她肯定学不进去。

这门课其实是星卿宫内最受欢迎的课，毕竟谁不想预知命运呢？虽然卜卦推命的精准度会因各人能力的不同而差别很大，但是大家多多少少都能摸到一点未来的轮廓。

可即熙偏偏一点轮廓都摸不着，她对这门课没什么兴趣，卜出来的结果常错得离谱。

她将下巴支在桌子上，抬眼看着睢安拿出卜卦用的铜钱，说道："你是不是总卜卦问同一件事情？"

睢安的手顿了顿，说道："柏清告诉你的？"

"嗯，之前阿海把我抓到你面前时，好多弟子都看见了。柏清就来找我问情况。"即熙回想起柏清如临大敌的神情，不禁笑起来，说道，"放在旁人眼里，温柔知礼的天机星君居然派灵兽抓人，这人该和他有多大仇、多大怨啊？柏清一向喜欢操心，就怕我们之间有矛盾，担忧得不行。"

睢安笑笑，并没有言语。

“你在问什么呢？卜卦的结果是什么？”即熙十分好奇。

雎安似乎犹豫了一会儿，然后拿起三枚铜钱，当着即熙的面开始起卦。即熙撑着下巴认真地看着。铜钱离开雎安修长、白皙的手指，落在桌子上叮当作响。铜钱安静下来后，他以指尖一一摸过，确认卦象。

“下乾，上坎是……水天需卦？而且全是少阴少阳，没有老阴老阳。就是说，变卦还是水天需。”即熙在脑海中搜寻她记住的为数不多的卦象，只能勉强解说到这里，然后便问雎安，“你问的是什么啊？每次都是这个卦象吗？”

“嗯。水天需卦，等候机缘，不可深究。”雎安顿了顿，把铜钱一一收好，低眸道，“我问的问题，是关于一个人的。”

这个回答实在太模糊，撑着下巴的即熙偏过头去，猜测道：“你是在找人吗？”

“可以这么说。”

“咳，你想找人还不容易。现在你是星卿宫宫主，仙门百家和天下的修士们都敬重你，只要你提出请求，他们必定全力以赴地帮忙寻找，还愁找不到？”

“但这会打扰到那个人，或许她并不愿意被找到。”雎安微微一笑。

雎安的语气太温柔，即熙怔了瞬间。她低头看着纸上画出来的水天需卦，轻声说道：“这个人对你很重要啊。”

“是，很重要的人。”

“但若顾忌这个，顾忌那个，你怎么找这个人呢？”

“世人皆知我在此处，若她想见我，自然会来。”

“那你就这样等着？”

“嗯。”雎安把卜卦的书摊开放在桌面上，笑道，“我这个人，耐心还不错。”

即熙听雎安这样轻描淡写地说，觉得有点心酸。雎安要找的这个人真是不识好歹，他怎么能让雎安等这么久呢？他怎么忍心呢？他该麻溜地滚过来。

她以这种心酸的心情艰难地上完了这堂卜卦推命课，揉着发涨的脑袋抱着书离开析木堂。睢安把她送到门口，即熙看见兰茵有些不安地站在门口的银杏树下。看见睢安后，她眼神发亮，又有点踌躇。

这表情和状态，即熙可太熟悉了。

兰茵叫了一声“掌门师兄”。睢安想了想，回应道：“兰茵？”

他认出了兰茵的声音。兰茵激动得话都说不清了，一句“我有话对您说”说到舌头打结。即熙向睢安告辞，拍拍兰茵的肩膀，小声鼓励了她一番。兰茵感激地点点头，然后以破釜沉舟的神情面对睢安。

即熙想，不出意外，她将第四十三次见到睢安拒绝别人的情意。

虽然被拒绝是无法避免的，但勇气还是可嘉的。

即熙抱着书拐过一个墙角，然后迅速靠在墙上，偷偷地看着站在析木堂门口的睢安和兰茵。兰茵仰着头，期期艾艾了半天，才豁出去大声说道：“睢安师兄，我……我喜欢你。”

纷飞的落叶落在睢安的肩头，他低头轻轻笑起来，神情温柔又无奈。

即熙蓦然想起来，她像兰茵这么大的时候，好像也闹过这么一出。那时候她刚过十四周岁生日，和同门打赌输了，同门就罚她去跟睢安表白，七日之后才能告诉睢安这是假的。谁都知道她天不怕地不怕，就怕睢安。即熙恨不得能以死代罚，但愿赌服输，她不能丢了“赌品”，就硬着头皮去找睢安。

那似乎是个落英缤纷的春日，睢安当时在练剑。在星卿宫里，睢安从不用不周剑，只用木剑。她站在梨花树下等睢安，看着他的青衫在白色的花瓣间灵动地穿梭，身姿优雅得像在舞蹈，却招招精准、致命。

看见她在树下等他，睢安很快收了剑，走到她面前，微微弯腰平视她，问她：“怎么啦？”

他脖颈上的汗滚落进衣襟里看不见的地方，气息还不稳，喘息声比平时大许多。伶牙俐齿的即熙突然觉得心很慌，差点咬了自己的舌头，断断续续地说：“睢安……师兄……我……那什么……我喜欢你。”

睢安怔了怔，保持着微微俯身的姿势看了她很久。即熙感觉自己的脸热得不行，差点忍不住告诉睢安这是她输了赌局的惩罚。睢安却笑起来，摸了摸她的头。他眉眼弯弯，满目温柔，在缤纷梨花间好看得像是一幅画。他说道：“你还小，这些事情等你长大了再说。”

即熙闻言，长长地松了一口气，忙说道：“好啊好啊。”

雎安确然是个极温柔的人。她再没见过比这更委婉、温柔的拒绝方式了。因为她被拒绝了，而且之后雎安待她一如既往，并未有何改变，她也就忘了告诉他那是个游戏。

现如今兰茵和当初的她年纪相仿，估计雎安也会说：“等你长大了再说吧。”

即熙趴在墙角边，兴致盎然地观察两人。兰茵说完之后，雎安很快就回应了。他说道：“多谢厚爱。不过对我来说，你仅仅是师妹。”

兰茵红着脸小声说：“我知道我平凡，不够优秀，也不够好看……”

“不必妄自菲薄。在喜欢你的人眼里，你自然珍贵无比，你只是还没遇到这个人而已。拒绝你的原因不在你，而在我，抱歉。”雎安的语气温和而坚决。

即熙想，雎安换了一种拒绝人的话术，虽直白了很多，却还是很温柔，看来是越发熟练了。

兰茵乖巧地点点头，却已经泪水涟涟。她说：“我知道了，我……我走了。”

说罢兰茵转身而去，雎安听出了兰茵的哭腔也没有安慰她，只是安静地待她远去。然后雎安抬起头，面朝天空，金灿灿的阳光温暖地洒在他的脸上。他淡淡地一笑，像是想起了什么遥远的往事。

阿海从远方飞来落在他肩头，他抚摩了一下阿海的翅膀，然后回身走进析木堂。

很久以前，有个姑娘站在纷飞的梨花里红着脸对他说：“雎安师兄，我喜欢你。”

他马上就猜到那是个赌局。

他拒绝过许多充满热情的眼睛，或者期期艾艾的表白。唯有这句“我喜欢你”在他脑海中不停地回荡，直到被不知从何而来的心跳声淹没，那感觉陌生得令他心慌。

他看着梨花落在她的发间，落在她浅绿衣衫的肩头，看着她年轻而羞恼的眼睛，忽然不知道该如何发出声音。

他知道，这个年纪的女孩热情来得快去得也快，她们很容易喜欢上什么，转瞬又厌倦。

他也知道，这个姑娘并不是真的喜欢他，她只是敬仰他、崇拜他。

可是她说“喜欢”的时候，他还是忍不住信了。

第六章

◇◇◇

不周剑

“从此之后，你仍然要光明磊落、堂堂正正地活在这世间。”

在客舍住了小半个月后，贺忆城觉得，他的舍友可能是半个哑巴。

如果他不主动搭话，戚风早可以一整天不说一句话。而当他主动搭话时，戚风早则均以最简短的语句回应他。贺忆城慢慢地意识到，他们初见那一天，他可能赶上了戚风早话最多的时刻。

贺忆城无比怀念温香软玉在怀的日子，再不济思薇的衣柜也不错。虽然思薇脾气不好，但也是个美人啊。

他平日里并不跟那些弟子一起上课，只是到处晃悠，思索下山后的发财之道。这天正晃悠着，他突然在客舍后隐蔽的竹亭边发现了上次见过的那两个云声门的人。

这两个人一个是云声门的少主，叫云致，另一个是云声门的四弟子，叫云从。他们住在隔壁二舍，两个人都是十四岁。在贺忆城眼里，这个年纪的小屁孩最容易染上自视甚高、嚼人口舌的毛病。

显然，这两个人病得不轻。

这次亭中还有一个贺忆城没见过的少年，也差不多十四岁的样子。那少年穿着星卿宫弟子的黑色宫服，握紧拳头、双眼冒火地看着眼前的两个人。

贺忆城轻手轻脚地靠近他们，以庭中树木做遮挡，偷听他们的对话。

“怎么，予霄，你想赖账？当初是谁说三年之内必做星卿宫榜首，不然就跪下来给我们磕十个头的？现在你连通过大考都很艰难，你自己说的话都不算数了吗？”云从抱着胳膊，挑着眉毛嘲笑道。

他本只是个微胖的少年，加上这副神情，就显得油滑世故了。

贺忆城心说：修仙的人还能修成这样？

那个被称作予霄的少年似乎无可反驳，又不甘心，嘴唇都要被咬出血来。

“我确实没能兑现誓言，但我不跪你！你要杀要剐，我都随便，但我不会跪你！”他咬牙切齿地说道。

那少主云致就笑起来，语气不屑地说：“怎么？你爹是我父亲的仆人，你爹跪我父亲，你跪我，这不是正好吗？小的时候你也没少跪啊？”

“你不要欺人太甚！”予霄双目充血，拳头捏得咯咯作响。

“我欺人？既然你说要杀要剐都随我们，不跪也行，你站着让云从剐你三十刀，如何？”

予霄闻言脸色一变。

贺忆城心想：三十刀？不死也得残了吧？

正在他们对峙的时候，一个黑色身影走到竹亭之下。戚风早不知何时出现在了这里，冷冷地对云声门的二人道：“除了演武场，星卿宫禁动刀剑，你们这是要做什么？想被赶出去吗？”

云从和云致交换了一下眼神。戚风早常来星卿宫，和星君们熟识，他们对戚风早有几分忌惮。云从悠悠地发话：“予霄，既然戚小公子都这么说了，那也不要你挨剐了，你就直接跪地磕头吧。”

予霄梗着脖子道：“不，我不！除了师父、宫主和柏清师兄，我谁也不跪！”

戚风早皱着眉头看了一眼予霄。予霄正是激愤之时，对戚风早说：“戚公子莫管，他们爱剐便剐，我不怕。”

云从嗤笑一声，嘲讽道：“恐怕瞎眼的是天梁星君，不是天机星君，当年居然挑你这么个货色进宫做弟子？”

他这话一骂骂俩。贺忆城想，要是即熙在这里，听见他这么说雎安，估计得一蹦三尺高，给他施个恶咒。

云从的话音刚落，戚风早的眼神就暗了下来：“你居然这样侮辱天梁星君？”

“我们可没侮辱天梁星君，只是说他看走了眼。星君又不是真的神仙，还说不得了吗？像我太祖父那般飞升的，才是真正的神明！”云致见戚风早语气重，便也提高声音，寸步不让。

不用即熙来“一蹦三尺高”了，这里有个和柏清要好的发怒了。眼见着连戚风早都要被卷进这场争执，贺忆城揉揉太阳穴，从树后走出来，笑着走近这几人。

“怎么了这是？这么热闹？”他笑嘻嘻地说。

云从和云致不认识贺忆城，警惕又疑惑地看着他。贺忆城介绍说自己是巨门星君的客人，在此养病。

他轻松地说道：“予霄小兄弟此前发过誓，我看他也不像是食言的人。既然不愿意磕头，那就挨剐吧。星卿宫内禁动刀剑，那是禁止私斗，单方面挨剐应该不算。戚公子，你就睁一只眼闭一只眼，当作没看见好了。”

戚风早深深地看了他一眼，并没有说话。

予霄脸色发白，但仍然硬气地道：“好，就这样！”

少年意气，宁死不肯低头。贺忆城想，他在予霄这个年纪已经充分懂得“大丈夫能屈能伸”了，这孩子还是太嫩，得吃吃苦头。

眼见着云从就要拿出刀，贺忆城抬起手来，做出一副笑脸：“且慢，两位都是在星卿宫求学的人，沾上这种事端不太好，要不就让何某来代劳吧？若我来日到青州，还请云声门的两位多多照拂。”

他这般谄媚的架势让戚风早皱起眉头，云从和云致则一脸了然。云从想了想，摆摆手道：“那就有劳何公子了。”

贺忆城哈哈一笑，道：“好说好说。”

戚风早这次没有再阻拦他。贺忆城从怀里掏出一把精致的短刀，刀柄镏金，镶嵌着红宝石，刀刃极薄，寒光闪闪。

那刀在他手上转了几转，当真凶狠地捅进了予霄的腹部。予霄闷哼一声。贺忆城扶着他的肩膀拍了两下，轻声笑道：“得罪。”

傍晚时分，贺忆城端着一只烤乳猪走进思薇的昭阳堂。她正怒气冲冲地往外走，看见他便高声说道："我正要找你！我听说你……"

贺忆城目不斜视地端着烤乳猪走进思薇的房间，说道："别急别急，进去慢慢说。"

思薇瞪着眼睛跟他走进屋里。贺忆城好整以暇地将烤乳猪放在桌上，又走回去把门关好，然后回身看向思薇。

思薇抱着胳膊，嘲讽道："你帮着云声门的人欺负宫里的弟子，予霄挨了你三十刀，血流不止，都晕过去了。你居然还有心思叫厨房做烤乳猪？对了，你哪里来的钱让厨房给你加餐？"

贺忆城坐在桌子边，将两个钱袋丢在桌上，然后从怀里掏出那把精致的镶宝石短刀，开始切分那只烤乳猪，边切边说："顺手偷了云声门两位弟子的钱袋。啧啧啧，真是富裕人家。别担心，予霄受的伤只是样子吓人而已，其实是皮肉轻伤。少年人养个十天半个月的，马上就又生龙活虎了。"

思薇一见那两个钱袋子就想起即熙小时候那出神入化的偷功，只觉得这两个人不愧是一起长大的，完全是一丘之貉。

"三十刀还皮肉轻伤？你……"思薇正想继续谴责贺忆城，却见贺忆城手下那只烤乳猪被他完完整整地切出半边骨头，每刀都精准得仿佛直插骨头和肉间的缝隙，流畅得就像肉在自动剥落似的。

思薇惊住了，后面的话就止住了。

贺忆城用短刀挑起烤猪完整的身骨，望向思薇，道："庖丁解牛，你知道的吧？我每刀的位置都是拿捏好的，避开了脏腑等所有险要之处，他只是受了轻伤而已。你看，你没有被我身上的祝符反噬，就证明我没有作恶啊。"

思薇愣了愣，继而皱着眉道："庖丁解牛，那是在他杀过千百头牛的基础上……你怎么会对人体……"

她越说表情越不对劲，怀疑地看着贺忆城，喃喃道："你不会……"

"大小姐别乱猜，我可不是杀人魔。"贺忆城拿手绢擦拭刀刃上的油渍，笑道，"我娘是个医者，尤其热爱剖开人体观察、研究。我陪她偷过不知道多少尸体，不知多少次看过她解剖人体，多少得了一点真传。"

“你娘是大夫？那她怎么会被通缉？”思薇疑惑地道。

“你该听得出来，我娘是个怪异的大夫，治病救人的手段非常激进。有一次她给别人治病，那人已经病入膏肓，药石枉然，她就剖开了人家的肚子，切掉了瘤子，但一个月后那人还是死了。那户人家名望很高，说我娘开膛破腹，故意谋杀病人。我娘就被通缉了。”贺忆城将短刀插回刀鞘，语气轻松。

思薇眸光微动。她想问那个病人是否真是他娘害死的，又觉得这个问题没有答案。一个原本就快死的病人，谁能断定他娘是给他续了命，还是加速了他的死亡呢？

“悬命楼的通缉犯都是像你娘这样的吗？”思薇问道。

贺忆城突然凑近思薇的脸，看着她的表情笑嘻嘻地道：“你心疼我啦？”

“……”

在思薇打他之前，他赶紧躲开，开始正经地回答她的问题：“当然不是。最多的还是杀人越货的江洋大盗。大家都不是什么好人，不过到了悬命楼就不能再作恶了，再犯事就会被赶出去。”

“不再作恶？那他们之前的恶就能一笔勾销了吗？你们包庇这些犯人，可想过死于他们手下的冤魂？你这般满不在乎，便是同他们一起草菅人命！”

贺忆城的嬉皮笑脸，思薇看不下去，只觉得面对这么恶劣的事情，他居然也能笑得出来。

贺忆城眼里的笑意淡了些。他偏过头看向思薇，笑着说道：“大小姐，你挨过饿、受过冻吗？你知道民间疾苦吗？所谓的好人，有时只是一种高高在上的特权罢了。”

他靠在椅背上，一贯笑意盈盈的眼睛里头一次有了冷冽的嘲讽。

思薇怔了怔。看着这样一个让人感到陌生的贺忆城，她沉下声音道：“那些犯人害的不就是同样疾苦的百姓吗？自己有难处，所以去害人，这是什么道理？法度何存？”

贺忆城抬眼看了思薇一会儿，脸上再次浮现出笑容，露出浅浅的酒窝。

“你说得也对，你是巨门星君，主是非，对你来说是非对错是最重要的。我们要么是通缉犯，要么贩卖人命，自然是错的。”

即便是错的，他也不会改。

贺忆城撑着下巴，笑眯眯地看着眼前气愤的美人。

他非常厌恶孤独、阴冷、黑暗，厌恶纠缠他的那些东西。可是相比于那些，他更厌恶他母亲被通缉之后，带着他东躲西藏、饥寒交迫的日子。

他此生最厌恶的是贫穷。

◇◇◇

捅刀事件后，云从和云致被罚关禁闭，并且两个月不得入内宫学习。他们很快就意识到自己被贺忆城耍了，而另一边予霄养了七天伤就恢复得差不多了，便知道受了贺忆城的帮助，暗地里上门道谢。

贺忆城大手一挥，连说“不必不必”，还劝说了予霄一番：“君子报仇，十年不晚。意气用事要不得，保了面子，丢了里子。要想明白自己真正想要什么！”

予霄十分感激，连连答应并道谢，这才离去。

戚风早这个舍友对贺忆城一贯冷淡，看了他几眼就没再说话。

除了那天之后思薇再也没理过他，一切都很完美。

虽然两人上次不欢而散，但思薇还是践行了承诺，没把贺忆城赶走。不过，他之后若再想通过撒泼耍赖的方式延长时间，恐怕是不可能了。

两月之期临近结束时，贺忆城和即熙私下碰了个面。他说起这件事便无奈地摇头，感叹自己怎么这么爱多管闲事。

冬日寒冷的月光下，即熙缩着脖子给手哈气，边哈气边说：“再有一段日子就过年了，你去求求思薇，别让你大过年的流离失所呗。”

“就她最近对我的态度，我多说一句话，她能直接让我过清明节。”贺忆城叹道，随即拉住即熙的手，可怜兮兮地道，“我也不能重操旧业，坑蒙拐骗，要是反噬了思薇，她收回我身上的祝符，我又要犯病。事到如今，你要是不把你的嫁妆分我一点，我就只能上街卖艺了。”

“嘁，知道了，知道了。放心，你下山前我会给你一笔钱。”她伸出三根指头在贺忆城面前比了比，狡黠地笑道，“三分利，你可以用这笔钱当本金做生意。待我得封星君找你会合时，你可要连本带利还我。”

“你……这认钱不认人的家伙。”

“亲兄弟也要明算账，更何况咱还不是亲的呢。”

当年他们在悬命楼就是二八分账：贺忆城负责去谈生意，拿二成；即熙负责执行，拿八成。不过，即熙的八成里面还要分出一半养悬命楼的人。账目清清楚楚，谁的钱就是谁的钱，有借有还。

即熙正和贺忆城聊着，突然感到自不远处传来一阵诡异又剧烈的煞气。贺忆城显然也感觉到了。他们停下话头，对视一眼后立刻分开，各自奔向煞气的源头。

星卿宫内阵法强盛，还能有这么强的煞气，怕是大事不好。

待即熙飞速赶到现场的时候，混乱的形势印证了她心里的想法，引起此番动荡的正是不周剑。她远远地就看见不周剑周身红光大盛，透明的剑身融入黑夜之中，剑上细密的红色脉络此时越发妖异，膨胀、跃动，如同心脏。

不周剑是凶剑，凶剑总是喜欢饮血的。

雎安只有在下山游历时才会携带不周剑，回宫后便会将它封印起来。不知是谁破了封印，把不周剑偷了出来，却反被不周剑里的煞气控制，失去理智四处伤人。弟子们将偷剑之人团团围住，但无人敢上前。

即熙拨开人群走到最前面，看见了庭院中被黑气笼罩的少年。从周围人的议论声中，她知道了偷剑的少年叫予霄。

这个名字好生熟悉……不就是被贺忆城捅了三十刀的那位吗？这到底是怎么回事？

不周剑是何等神兵利器，任何人拥有它都能瞬间功力大增，所向披靡。这里是星卿宫弟子的住处，他们修为不足，所有试图阻止予霄的符咒和人都被震飞。唯有戚风早的十几道符咒形成结界，在煞气中摇摇欲坠。虽然结界已经出现裂纹，但暂时牵制住了予霄，没让他大杀八方。

最可怕的是，不周剑能引出人的心魔。在煞气激荡之下，已经有越来越多的弟子开始躁动，双目发红、心绪不宁。

即熙正欲冲上前去，那摇摇欲坠的结界突然破裂，戚风早吐出一口血。一时间煞气横扫而来，众人心中所有烦躁、可怕的情绪一齐上涌。即熙赶紧稳住心神，急急地画了两道符，护住周围的弟子，减弱从予霄身上激荡而来的煞气。

千钧一发之际，诸位星君赶来。雎安着一袭黑衣从空中降落，额上星图光芒大盛。他抬手间八道符咒便已做成，形成结界，稳稳地将予霄包围，煞气瞬间断绝。其余的星君则分别护住弟子们。他们也容易受煞气影响，不能靠近不周剑。

即熙松了一口气。雎安来了，就没什么好怕的了。

柏清赶过来扶起戚风早，心疼地骂道："你干什么？不要命了吗？"

"他偷了我的符咒，才破了不周剑的封印……我赶来的时候已经晚了，对不起。"戚风早低眸，轻声说道。

柏清愣了一瞬，随即说道："现在不是说这个的时候，你马上调息休养。"

戚风早点头答应。

予霄举着不周剑发疯似的破坏结界，剑上红光如同燃烧的火焰，可雎安的符咒岿然不动。雎安空茫的眼里映着殷红剑光，他走进结界中，一步接一步，走得很慢，腰间禁步上的铃铛发出清脆的声响，黑色衣裳拂过地面。他进一步，煞气便退一步。

雎安微微皱眉，额上星图的光芒在黑夜中亮如星辰。他一字一句地说道："你可知错？"

他语气淡然，并不愤怒，但是说出的每个字都带着灵力，掷地有声。

予霄手中高举的不周剑不安地颤动了一下。随着雎安的靠近，它像是感受到了某种威压，一点点地落下。剑身上原本如烈火般燃烧的煞气慢慢收敛，红色脉络也呈收缩之势。予霄像是失去了支撑，双眼迷茫，无力地跪在地上。

雎安在距离予霄五步之遥的地方站定，举起手臂于身前，掌心向上，冷冷地说道："既然知错，立刻放开他！"

不周剑发出"叮"的一声，仿佛打了个哆嗦。它在原地僵持了一瞬便脱离予霄的掌心，在空中转了三圈，落在雎安的掌心。

雎安握住不周剑的刹那，结界内的煞气烟消云散。云破月出，弟子们恍然清醒，一切寻常得仿佛这是个无事发生的夜晚。

雎安将不周剑归剑入鞘，即熙悬着的一颗心终于放下。

他对一件横行霸道的上古凶器说："你可知错？"那样的神兵利器居然立刻就怕了？

即熙想，能将不周剑掌控到这种地步，雎安才是不周剑真正的剑鞘。

雎安抬手撤了符咒。予霄已经几近虚脱，他恍然清醒过来，立刻拉住雎安的衣角，惶恐地问道："雎安师兄……我……我没杀人吧？"

雎安摇摇头。予霄松了一口气，眼里涌起悔恨、后怕的泪水，瘫倒在地。

即熙走近雎安，刚想问他这是怎么回事，就见雎安转过身对周围的弟子说道："所有人留在原地，不要离去。"

弟子们茫然地站在原地，雎安拿出纸人，沾了自己的血指向予霄，然后向上一挥。雎安衣袖翻飞间，予霄眉心涌出大量黑气，随着纸人升到半空，其间夹杂着轻微的嘈杂声。

那是予霄的心魔。他曾手握不周剑，短短的时间内已经被激起深重的心魔，此刻正被雎安的纸人渡出体外。纸人升到半空之后发出白色的光晕，在场所有人都如予霄一般眉心涌出或多或少的黑气，聚集在纸人周身，就连即熙也不例外。

即熙意识到雎安要做什么了，他要引渡众人的心魔。

修仙之人最怕心魔。心魔一旦被培养起来便难以消除，修士会因此走火入魔，而星君甚至会因此失格。这些尚未被封星君的弟子则很可能因为这意外被引出的心魔而失去受封的机会。不周剑归雎安所有，剑失窃，他有责任。按照他的性格，必定会承担起所有后果。

他要引渡在场所有人被不周剑激起的心魔。

随着黑气越聚越多，那些黑气里发出的嘈杂、愤怒、哀怨的人声渐渐高起来，如同噩梦般混乱可怖，像是万人在斥责、哭号。

睢安闭上眼睛做了几个结印，那被吸引到纸人身上的黑气便开始朝他而来，顺着他额上发亮的星图涌入他体内。

天机星君如同海洋，是唯一能稀释、净化污流之人。

即熙咬着嘴唇站在他身边，看着那些心魔源源不断地汇聚到睢安身上，消失于他额上的星图之中。她心里难受得要命。待那纸人身上的黑气完全消失，睢安慢慢睁开眼睛，眼里一派沉寂与安然。也不知是谁带的头，弟子们一个个跪下拜他："多谢天机星君。"

"谢什么谢！不如不要给他添乱！"

即熙在心里气愤地道。

柏清、思薇、奉涯和七羽来到睢安身边。连一贯乐观的七羽都显得忧心忡忡，更别说平时就担心过度的柏清了。七羽说道："师兄，你还撑着南方大阵呢……此时引渡心魔，你受得住吗？"

睢安笑笑，面色如常："若我真的受不住，也不会这么做。虽然这次的心魔数量较多，但都不强，只是需要一些时间来度化。放心，我没事的。"

一般来说，睢安说没事，就是真的没事，不会有什么差错。

"师兄，你好强啊。"思薇看了睢安半天，也只能说出这样一句话。

睢安笑笑，吩咐星君们安抚一下弟子，并把予霄带到上章殿，然后拿着不周剑转身就要离去。他走到即熙身边的时候，被即熙扯住了袖子。即熙抬眼看着平静从容、优雅如常的睢安，轻声问道："真的没事吗？"

"这种程度的心魔，我还度化得了。"

"但是你会很难受吧？"

睢安沉默了一会儿，微微一笑，澄澈的眼睛亮如星辰。

"只是会有点吵。"他低声温柔地说道。

◇◇◇

上章殿上星君齐聚。予霄被带到上章殿的时候神情已经由悲伤变成认命，他拜倒在地，对殿中站着的睢安说："予霄多谢宫主引渡心魔之恩。"

睢安微微点头。柏清恨铁不成钢地发问："你一向勤勉努力，为何要偷盗不周剑，闯下如此大祸？！"

予霄身子一颤，背伏得更低了。

"我……"

他不知道能辩解什么、该辩解什么。

他出身低微，只是云声门门主家仆的儿子，当年柏清去云声门做客，挑中了他入星卿宫做弟子。那时他为仆为奴多年的父母第一次抬起头来，露出欣喜、骄傲的眼神。

云声门门主的儿子云致没能入选。一贯颐指气使的他大发雷霆，无所不用其极地侮辱、贬低予霄和他的父母。他那时年少气盛，就在云致面前立了重誓，说有朝一日要成为星卿宫的全榜首。

他听说此前只有天机星君睢安做到了这件事，心想这一定是件了不起的事情，睢安能做到，他也能做到，他也会成为一个了不起的人。

可星卿宫是什么地方？天下英才皆汇聚此处。虽然他在云声门时是小有名气的"神童"，可到了星卿宫他才发现，他这样的人只能算是普普通通。

就像天梁星君所说的，予霄一向勤勉努力，在弟子中最早起床练武，最晚休息。他明明已经做到了自己能做的一切，可在星卿宫这一班弟子中只能勉勉强强排在中游，每次小考都进不了前五十。

他绝望地发现，他并不是什么了不起的人，天赋的差距仿佛无法填补的沟壑，做什么都是杯水车薪。

此番云致和云从来星卿宫客居，抓住机会对他百般嘲讽。他无从辩驳，唯有撑着一点自尊，宁愿挨剐三十刀也不下跪。

他想，若他的天分再高一些就好了，如果有办法让他成为真正的天才，像是睢安和戚风早那样就好了。

“一直有种说法，说不周剑虽是凶剑，但力量极强。若是能驾驭它，修为就可以大增。还说睢安师兄这么厉害，有一部分原因就是他拥有不周剑。”晏晏一边嗑着瓜子一边说道。

混乱过后，即熙找来织晴、晏晏和兰茵了解情况。她把屋里的炉火烧得旺旺的，几个人围着桌子嗑瓜子。即熙撑着下巴不屑地说：“这个说法倒是没错。但是，他居然自认为能驾驭不周剑？不周剑是什么样的神兵利器？它无法被毁掉，只能被封印，几百年间只向睢安低过头。睢安能驾驭，他就觉得自己也行了？”

织晴捧着脸叹息道：“大概是被逼急了，鬼迷心窍了吧。予霄师弟一直特别要强，我听说他父母是云声门的仆人，他当年被选入星卿宫做弟子是天大的荣耀，他父母也跟着扬眉吐气。他怎么能灰溜溜地回去？”

“那也不能偷不周剑啊？他没想过，若自己控制不住真杀人了怎么办？这是多可怕的事情啊！”晏晏就没什么同情心，愤怒占了上风。

兰茵接茬儿，有些于心不忍地说：“予霄肯定会被逐出师门的，这辈子就算完了。”

这一桌子人接二连三地叹气。虽然她们和予霄的私交不算深，心中也有愤怒，但仍觉得可惜。

即熙看她们都皱着脸，不免觉得有些好笑。她把手放在火炉边烤着，漫不经心地说：“逐出师门是免不了的，但也不至于这辈子就完了。在被不周剑控制的时候，予霄好几次差点杀人，但生生被他改变了挥剑方向。手握不周剑时，整个人会充满戾气，他在这种疯狂中能保持理智，便证明他打心底里不想伤人。他本心不坏。

“这样的人，睢安是不会放任他毁了自己的。”

上章殿内灯火灼灼，予霄坦承了心中所想，以及他偷取戚风早的符咒、破封印拿到不周剑的过程。上章殿内一片安静。

思薇看着他面露不忍之色，似有触动。

睢安沉默了片刻，之后说道：“这次虽有人受伤，但大都是轻伤，你并未杀人。然而，偷盗不周剑罪不可赦，你去静思室领鞭刑，明日便退籍离宫，下山回家吧。”

予霄伏于地上，惨淡一笑。

当年他离开家时是何等风光、体面，满怀雄心壮志，如今却因为鬼迷心窍，多年努力付之一炬。

可就算他不病急乱投医地去偷不周剑，他就能通过大考进入封星礼吗？无论怎么做，他都比不过那些聪慧、优秀的同门，一切终究是痴心妄想。

他这辈子就这么完了。

予霄这么想着，恍惚间听见了脚步声，紧接着一双黑色云靴出现在他的视野里。他抬起头来，看见睢安站在他面前，身穿一袭银纹黑衣，上面绣着他梦寐以求的二十八星宿图，如同身披一片深邃夜空。

睢安蹲下来，视线与他的平齐，神情安然。予霄心想，睢安师兄还要给他什么惩罚吗？

“予霄，按你所说，你一心想提升修为，得封星君，你可有想过，得封星君之后要做什么？扬眉吐气，让云致他们承认你的优秀，然后呢？”睢安淡淡地笑起来，语气平稳。

予霄怔了怔。

“你的不甘心并不会因为封了星君而终结，你仍然会遇到许多无能为力的事情。即便是我，在这个世上也有太多力不能及的事。那时你又要不甘心，抱怨为何不能成为真正的神明。

“这个世上没有什么终点值得你铤而走险，丢掉本心。因为除了死亡，一切都不是真的终点。”

睢安举起手，食指与中指并拢放于额上星图间，银白的光芒缠绕在他的指尖，形成复杂的符文。他将手指移到予霄的眉间，说道：“太昭在上，以天机之名赐福，以佑善良。”

予霄睁大了眼睛，愣愣地看着睢安。那银白的光芒顺着睢安的手指没入予霄的眉间。

睢安师兄没有给他惩罚，反而给了他祝符。

予霄慌忙道：“师兄……宫主，你是不是弄错了，我……”

睢安淡淡地笑了一下，条理清晰地说道：“世上生民万万，星君不过三十六人。千百年来，飞升的修士不过二十几人，这条路原本就狭窄。与其在这条窄路上痛苦挣扎，不如去寻自己的路，过自己真正想过的生活。别人眼里的好，未必就适合你。

“无论走哪条路，这一生只要对得起自己，便是成功。”雎安微微笑着，眼睛里映着予霄惊讶、羞愧的脸庞。

予霄颤声说道：“可我要是作了恶，反噬了你……”

雎安摇摇头，伸出手摸到予霄的衣襟，然后慢慢移到肩膀处拍了拍：“不周剑嗜血，除我以外的人拿到它很难不杀生，但你克制住了。予霄，虽然你做了错事，但这不代表你是恶人。

“你已经为你犯的错付出了代价。从此之后，你仍然要光明磊落、堂堂正正地活在这世间。我相信你会这样，所以给予你祝符。”

予霄怔怔地看了雎安很久，眼睛慢慢变红。

光明磊落，堂堂正正。

不知道为什么，这八个字瞬间刺中了他的心扉。他想，他这辈子居然还配得上这几个字。

能从天下最受敬仰、最良善的人口中听到这句话，这世上或许还有属于他的路可以走。

他拜倒在雎安身前，额头贴着地面，低声呜咽起来，仿佛要把这些年郁郁不得志的痛苦都哭出来一般。

“但凡有一点光亮，雎安就能从淤泥里找到金子，就像这样。”即熙扒拉着炉灰，从里面找到了晏晏刚刚掉的珍珠扣子。

晏晏感激地接过自己的珍珠扣子，擦擦灰说道：“是啊，柏清师兄之前也说，连贪狼星君那样离经叛道的人都被雎安师兄管住了呢。”

“……”

即熙揉了揉太阳穴。柏清什么时候才能不在树立反面形象的时候带上她？这七年里就没有新的案例吗？

织晴有些好奇地问即熙：“师母，你为什么对不周剑这么熟悉？”

即熙被口中的茶呛了下，心虚地轻声说：“只是有所耳闻，有所耳闻。”

她找来织晴、晏晏和兰茵，就是为了问予霄是何许人也。几碟瓜子下肚，大家闲聊得差不多了，即熙就送她们回去。

月光皎洁，姑娘们挽着手走在一起。兰茵挽着即熙的胳膊，往析木堂的方向看了看。那里一片漆黑，雎安还没有回来。

虽然表白被拒绝了，但兰茵的少女心思依然没断。她感叹道："不知道将来谁有福气和雎安师兄在一起。雎安师兄多么温柔、可靠啊！你看，今天那么多人的心魔，他说引渡就引渡了，好厉害。"

引渡来的心魔需要很久才能被完全度化。这在外人看来的强大，对雎安来说应该是不小的负担，只是他从来不提罢了。

即熙又想起了被黑气笼罩的雎安，心里有些不舒服，像是有一口气不上不下堵得慌。她说道："他就是太习惯承担责任了。若谁有心魔都可以来找他，那他要是有了心魔呢？"

他是天下人的退路，可他自己没有退路。

姑娘们闻言都十分惊讶。兰茵不假思索地笑着说："师母，您说什么呢？雎安师兄怎么会有心魔？他可是天机星君，是天下良知啊。"

兰茵的话音刚落，一向嬉皮笑脸的师母大人就停下了步子。姑娘们不解地回头看她，只见她沉默地站在月光下，双眸闪着亮光。

她严肃且掷地有声地说道："雎安也是人，他只是个凡人。"语气有些愤慨，但更多的是无奈。

她还记得有一年，雎安接受试炼的地方邪祟肆虐，许多人莫名发疯。他被当地百姓认作邪祟异端，差点被烧死。她和柏清去接雎安的时候，他甚至不能行走，只能先就地养伤。

附近几个城镇的百姓一听说他是主善的星君，都带着自己的家人过来，求他驱除煞气、引渡心魔。

她把那些差点害死雎安又过来求助的人堵在院门外，来一个骂一个，来两个骂一双，柏清都拦不住她。

她清楚地记得，有个中年男人伸着脖子扯着嗓子说道："他是天机星君啊，生来就是要做善事的。和我们计较这些过错，也太小气了吧？！

"既然他是做善事的星君，怎么能见死不救呢？！"

她看了看那个男人的眼睛，又看向他身后那些默默无语的百姓的眼睛，瞬间明白他们都是这么想的。

他们视睢安的善意为理所当然。

即熙突然理解了为何睢安出门在外时肩上总停着凶狠的海东青，手里握着上古凶剑。若他不这样强悍，不知道会被这些人怎样盘剥。

从那以后，即熙常常觉得，那些人对天机星君的夸赞是一种胁迫，是勒在睢安脖子上的绳索，是逼迫他牺牲的毒药。

所谓“他可是天机星君啊”，她讨厌这种理所应当的语气，她替睢安委屈。

◇◇◇

众位星君处理完予霄的事情时夜色已深，思薇有些心不在焉地离开上章殿，回到自己的房间。

她一推开门便看见黑漆漆的屋里坐着一个红衣男子，正悠闲地喝着她的花茶。见了她，那双凤目里就有了狡黠的笑意。

他十分自然地点燃灯火，昏黄的光芒映在他的脸上。纵使他已经易容，眉梢、眼角依然飞扬，盖不住身上的风流邪气。

“我猜你又要大发雷霆，觉得予霄这件事情和我有关，所以特地来这里等你问话，省得你再去外宫找我。怎么样，贴心吧？”贺忆城说话一贯油腔滑调，笑意狡黠。他挑起灯火，回眸看见思薇时却愣住了。

他收敛起笑意，问道：“你怎么了，怎么这副表情？”

“哪副表情？”

“要哭出来的表情啊。”贺忆城话音刚落就举起胳膊挡住自己，准备迎接思薇的拳头。

思薇并没有如往常一样打他。她看了一会儿贺忆城，然后恍若未闻般坐在了他对面的椅子上，也给自己倒了一杯茶。

“我知道这事儿和你没关系，你可以回去了。”她有些心不在焉。

“予霄怎么样了？”

“受鞭刑，退籍离宫。”

贺忆城偏过头，疑惑地道：“你和他关系很好？为他可惜？”

“从没说过话……只是……想起一些事。”思薇沉默了片刻，说出这么一句话。

予霄就像一面镜子，看见他，她仿佛看见了曾经的自己。“勤勉努力、不甘心、天赋、无法填补的沟壑……”，这些字眼多么熟悉啊。

这些字眼纠缠了她不知多少年。

在思薇那届弟子之中，她也是最认真、最努力的一个：笔记记得最工整，注解写得最翔实，每日最早开始早课，最晚结束晚课。

师父长年闭关，只有在三月一次的季考中排名前十的弟子，才有机会面见师父。在星卿宫这种人才云集的地方，她不得不加倍努力，只为了每年多见师父几次，听他夸她一句“做得好”。

在即熙来之前，她一直优秀而骄傲。

即熙这个人吊儿郎当的，做事漫不经心。除了考前，她几乎从不温书，上课也是能逃就逃，偏偏天赋好得惊人。在武学上，她有绝佳的身体素质和超快的反应速度；在符咒上，她有超强的领悟力和控制力。这让她几乎不需要努力就能摘得榜首。

那些年她们之间的种种斗争，大到演武场上的比试，小到封门符之争，总让思薇清晰地意识到两人天赋的差距。

即熙每次都抱怨小考之前补习天象纪年、卜卦推命的辛苦。思薇很想说：“你这点辛苦哪里比得上我的十分之一？”

她如此拼命努力、勤勤恳恳，才能追上即熙漫不经心的脚步。

她们有同一个母亲，若她不如即熙，就仿佛在说她的父亲不如即熙那个不知名的父亲，这是她不能接受的。

很长一段时间内，她默默地羡慕她、嫉妒她、怨恨她。她甚至无数次在争吵中口不择言地讽刺、侮辱即熙，仿佛这样就能痛快一些。

“其实细想起来，这么多年里我放不下的人就两个——即熙和师父。可他们都死了。”

思薇像在看着灯火，又像什么也没有看，声音仿佛梦呓般轻细。

贺忆城的食指有一下没一下地敲打着桌面，烛火应声跳跃。他说道：“师父？他是你父亲吧？”

思薇沉默了一下，抬起眼睛看向贺忆城："是师父。"

入了星卿宫便要抛却姓氏，与父母、亲人断绝关系……

那个人是她的父亲，她在心里喊过他千百次，年少时的努力不过是为了得到他的认可和称赞。她怕自己让他失望，所以从来不敢把这个称呼喊出口，一次也没有。

这辈子她没有喊过"母亲"，也没有喊过"父亲"。

也没有喊过"姐姐"。

贺忆城突然举起自己的衣袖，递到思薇面前。思薇怔了怔，问道："你做什么？"

"我没带手帕，你要不将就着用我的衣袖擦泪？"

"我没哭。"

"可是你要哭了。"

"你胡说。"思薇咬着唇，瞪着眼睛看着贺忆城。她的眼中已泛起水光，泪在眼睛里就是不落下来。

这姑娘未免也太倔了，可倔起来又怪好看的。

贺忆城的眼睛在灯火下灼灼发亮。他突然惑人地一笑，探过身来靠近思薇，轻声说："你这样看着我，我会心动的。"

果不其然，这次他得了思薇一巴掌，还被思薇骂作"登徒子"。贺忆城捂着脸夸张地喊"疼"，虽然思薇刚刚打的巴掌并不重。

在思薇再次举手打他之前，贺忆城说道："前些年即熙有一次遇刺险些没命。她写了遗书，说要把她那五百箱夜明珠送给你，匿名送。

"她说她有个不省心的妹妹，很怕黑。"

思薇眼睛眨也不眨地看着贺忆城，双眼慢慢红得不成样子，像是深春时节红得要落下的蔷薇花蕊。泪顺着她的脸颊流下，在贺忆城红色的衣袖上留下深色的斑点。

她的眼泪像开了闸似的，顺着眼眶簌簌落下。贺忆城耐心地一次次地帮她擦掉。

他叹息着说："我安慰你还被你打，我可太冤枉了。"

思薇默默地推开他的手，自己擦眼泪，擦得两颊一片通红。

贺忆城笑起来，说道："哭累了就去睡吧，好好睡一觉就不难过了。我等你睡着了再走，这样你就不会害怕了，好吧？”

思薇透过模糊的泪眼看着面前这个笑意盈盈的男人，他笑起来确实好看又惑人。他体贴的小心思很暖人，撩人的言语很动人。

这便是他在风月场上的手段吧？怪不得是红衣贺郎，能让那么多女子倾心相许。

思薇没有再赶贺忆城走，也没有再说什么，只是自顾自地躺到床上，盖好被子。纱帐外，贺忆城像上次一样靠着她床边坐下。

“你离开星卿宫之后，不要再做坏事了。”思薇的声音有点模糊不清。

“好。”贺忆城干脆地应下，狡黠地补充道，“大小姐救了我的命，你说什么我都答应。”

思薇哼了一声，翻过身去不再说话，悄无声息地睡着了。

柏清和睢安最晚离开上章殿。他们结伴而行，沿着松林间洒满月光的石板路回屋舍，树木的影子落在他们身上。柏清转头望向身侧步履沉稳的睢安。

睢安刚刚失明时，他总要扶着睢安送他回析木堂，睢安还会磕磕绊绊、走走停停。不知道从什么时候开始，睢安已不需要他的帮助了。

现在睢安只是行动比之前慢了一些，反而更添了沉稳的气度，经常会让人忘了他看不见。他能把星卿宫的所有路线记得清清楚楚，多少步过门、多少步转弯，想想真是匪夷所思。

但大家对此似乎很习惯了。做到这些事的人是睢安，那就没什么好奇怪的。

就像睢安能在撑着南方大阵的同时，又渡了百余名弟子的心魔。换作别人，他们肯定要惊诧不已，但是睢安来做，众人就很容易接受。他总是这样理智又强大。

睢安从不逞强，也从不示弱。可是他居然会跟师母说“会有点吵”？

像他这样待人接物界限分明的人，跟师母的关系什么时候变得这么亲近了？

“师兄，怎么了？”睢安问道。

“不是……我方才担心你会维护予霄，把他留在宫里。”柏清拿另一件他担心的事来搪塞。

睢安沉默了一瞬，松影错落地印在他的眼睛和脸上。他无奈地说：“师兄，你为何总觉得我会偏私护短？”

柏清轻笑起来，不假思索地回应道：“难道不是？即熙十三岁时偷了你的不周剑，凶性大发。虽然最后她被你制服，没有伤人，但师父雷霆震怒，要让她受刑离宫。我记得那时你在紫薇室外跪了一天一夜，求师父收回成命，后来又替即熙受了一半鞭刑。”

他还记得那时下着雪，睢安跪在一片洁白的雪地里，黑衣、黑发，如同一截深紫檀木，背挺得笔直。此前睢安从不生病，师父终于答应他之后，睢安松了一口气，之后就开始发烧。

即熙被从禁闭中放出来后，知道了睢安受的这些罪，老实了很久。

但柏清还是觉得，即熙受的惩罚太轻。虽说是睢安把即熙带入星卿宫的，对此事负有责任，但他未免也太过心软、太过护短了。柏清对这件事印象深刻，以至于这么多年都未曾忘记。

“我那时候就觉得，你这样会把她惯坏的。”柏清有些不认同地批评道。

柏清心想，她这些年在悬命楼以诅咒的方式买卖人命，又咒死师父，这残忍、娇纵一半是血统里的，一半是睢安宠出来的。

睢安偏过头，笑意明朗：“那要这么说，我确实护短了。不过，即熙并没有被惯坏。师兄，你对即熙有成见，她只是好奇心重，并且热爱自由罢了。”

柏清摇摇头，一脸的不敢苟同，还有些愤怒，说道：“你不知道……算了，你就是太偏爱她。”

睢安沉默地思考了一下，坦然道：“确实如此。”

这个话题告一段落。柏清和睢安提起自己明天要去看望戚风早，说他今天受的伤应该不轻。

戚风早能压制不周剑那么久，有这样的能力和天赋，若能活得长久，假以时日必有大成，说不定还能得道飞升。

只可惜按柏清算的卦，他活不过十八岁，而如今他已经十五岁了。

“有时候我不太敢面对小戚。”柏清叹息一声。他看着石板上反射的银白月光，问道：“雎安，你当年知道天机星君大多早亡时，是什么心情？”

“有点惊讶。”

“只是惊讶？”

“他们是他们，我是我。”雎安微微一笑。他平日总是收敛气场，谦和有礼，难得显露作为天才出类拔萃的自信。

“当时我觉得未来的路会很艰险，但我知道我可以走得比他们都远，这一点我从未怀疑过。”

柏清很少听到雎安说这样的话，有些惊讶。这些话别人说来未免张狂，雎安说来却是清醒。

因为他确实做到了。

第七章

◇◇◇

封星

时辰已到，星命自显。

第二天一大早，柏清就来到外宫客三舍探望戚风早。戚风早因为受伤被免了早课，但他已经起床，正靠在床背上看书。

柏清敲门进来的时候，戚风早放下了手里的书。

男孩十四五岁正是长身体的时候，一年一个样。柏清两年没见戚风早，觉得他又长高了很多，眉眼越发俊秀。只是性格还是一样内向、冷漠，他小时候明明很黏人的。

戚风早的眼仁很黑，深邃如夜空。当初柏清之所以把他捡回来，就是因为被这双眼睛打动了。

“天梁星君大人早。”戚风早在床上行拱手礼。

柏清在他床边坐下，皱皱眉道：“只有你、我二人在，何必叫得如此生分？”

戚风早放下手，微微笑了一下。

“星君总也不会变老，我不知道该叫你柏清叔叔还是柏清哥哥。”

若是贺忆城在此，定要大为惊叹：原来戚风早还是会笑的，而且还会说俏皮话。

柏清正色道：“我和你父亲平辈，你当然要喊我叔叔。”

“等我长得比你老了，也喊叔叔吗？”

柏清张张嘴，话却卡在嗓子里出不来了。他没法儿说出口——你永远不会长得比我老，你还没成年就会死去。

这未免太残酷了。

于是柏清转移了话题，问道："你的伤怎么样了？"

"只是受了一点冲击，不要紧。"戚风早回答道。

柏清将予霄受到的惩罚告诉了他，不过隐去了雎安给予霄祝符的事情。他问戚风早予霄偷他的符咒是什么样的，戚风早便从枕头下拿出几张符咒，从中挑出了一张。

"是这张，破火格封印的。前几天，在符咒课上他问过我这张符咒的事，没想到是用来偷剑的。"

柏清接过那张符咒，暗自惊叹其设计之精妙，纵使使用者灵力普通，也可产生极大威力。他上一次见到这样的符咒，还是批阅即熙的大考试卷时。

"还有一件事……柏清叔叔——"戚风早的神情有些犹豫，他看了一眼对面整齐的床铺，又望向柏清，说道，"我的舍友，巨门星君的客人何羿公子有点奇怪。"

柏清将心思从符咒上收回来，疑惑地道："何羿？之前伤了予霄的那位公子？"

"嗯，初见他时我发觉时常有鬼魅邪祟跟随、纠缠他，但他好像习以为常。他替云声门的人伤予霄，其实手下留情。前几日予霄上门感谢他，他们私下说了很久的话。昨天予霄偷盗不周剑，而一入夜何羿就消失不见了，一晚上不曾回来。"戚风早微微皱眉，严肃地道，"巧合太多，我总觉得有问题。"

柏清听着神情也严肃起来，说道："这事儿我得去问问思薇。"

在客三舍的屋顶上，贺忆城听完两个人的对话后放下了手中的瓦片。他叹息着抬头，看向万里无云的晴朗天空，摇摇头笑了起来。

看来这星卿宫他是待不下去喽。

柏清去问何羿的事情时把思薇吓得不轻。发觉何羿的真实身份并未暴露后，她赶紧把柏清搪塞了过去。柏清将信将疑，又去找贺忆城问话。贺忆城舌灿莲花，把话题扯出去十万八千里，柏清什么都没能问出来。

正好两个月的期限到了，贺忆城前来辞行。思薇巴不得他赶紧走，但想了想依然要求他每半个月找她汇报一次行踪。

贺忆城一律笑着应下，说自己不走远，就在太昭山脚下的奉先城里待着，随叫随到。

思薇有些担心："你想好下山后怎么生活了吗？"

"咳，我已经借了一笔钱。虽说有三分利，但先花着是没问题的。"贺忆城眯着眼睛笑得春风得意。

"……"

思薇看着贺忆城，生出一种烂泥扶不上墙的愤慨。偏偏贺忆城没有一点自觉，恍然大悟似的凑过来："你刚刚是不是要给我钱来着？哎呀，我说错话了！我一穷二白，还借了这么高的利钱，大小姐，你接济接济我呗！"

"滚！"

"哎哟！不给就不给，干吗打人啊？！"

贺忆城就这么悄无声息地来，风风火火地走了。由于没有直接证据表明他和予霄的事情有关，柏清和戚风早没有拦他，让他离宫下山了。

贺忆城走的时候，即熙遥遥地眺望了一下山下的奉先城，晕得马上收回了目光。她想登高望远这项活动注定和她无缘，但愿贺忆城在外面好好挣钱，好好攒她的利钱。

这种坐享收成的感觉一时让即熙觉得很愉快。

雎安引渡心魔之后，即熙去析木堂比以前更加勤快了。很多时候雎安只是低眉敛目、悄无声息地打坐，脊背挺拔如竹。他需要和身体里的心魔周旋，将它们一点点地度化。

这其实是个挺凶险的过程，不过雎安从未在此期间出过错。即熙经常观察他，几乎从来没见他皱过眉头。

虽说之前是即熙主动要求补课的，但上课时她总是昏昏欲睡，八句能听进去一句就不错了。课一结束她就开心地跑去打野鸡、摘果子，画符咒、练武艺，片刻都不愿意在析木堂多待。

现在她没事也待在析木堂里，安安静静地翻她最讨厌的星象和卜卦的书，时不时看看睢安。

睢安问她："师母，您为什么总是待在我这边呢？"

即熙从书本里抬起一张厌学的脸，咬牙切齿地道："我说为了学习，你信吗？"

睢安沉默了一瞬，忍不住低头轻声笑起来。

"你不必如此担心，我没有那么容易被心魔反噬。再说，若我真的被心魔反噬而失格，你待在这里也做不了什么。"

即熙"啪"地扔下笔，生气地道："呸呸呸，什么失格，马上就要过年了，说什么呢？！有我在这里，就不会让你失格的。"

"可是……"

"我是你师母，师母的话你都不听了吗？"即熙抱住胳膊拿起架子来。

睢安笑起来，眉眼弯弯，眼睫微颤。他点点头，道："好，听您的。"

"你就好好地度化心魔，我就好好地看着你。这课你有空就教，没空我就自己学，你的身体最重要。你听话，过年师母给你包一个大红包！"

即熙深感拿架子做长辈会上瘾，这样跟睢安说话可太爽了。

"好。"

睢安含笑答道。

过年的时候，即熙还真给睢安包了一个大红包。以她一向抠门的个性来说，算是花大钱了。她把红包给睢安的时候还特地嘱咐他别让其他星君和弟子知道，她可不想再给别人了。

睢安点点头，笑而不语。

"你拿了我的红包，这一年要好好的，别受伤。"

听语气，仿佛她这个大红包是向命运买睢安一整年的平安喜乐似的。

"好，我尽力。"睢安向她弯腰行礼，代替命运答应了她。

过了春节，弟子们换上了春季宫服。浅青色的衣衫配上墨兰绣纹，远远看去就像一片嫩生生的绿芽，人走到哪里，春意就跟着飘到哪里。

相比于绿芽般的弟子们，星君们就像是绿竹了。即便是一样颜色的衣衫，凭着气质和仪态，星君们从人群中走过仍能一眼被认出来。

大考即将到来，即熙待在析木堂的时间更长了，经常能和来找雎安议事的柏清打个照面。柏清一开始还有些惊讶，后来见她总是躺在冰糖身上愁眉苦脸地看书，也就慢慢习惯了。

虽然柏清觉得雎安与师母似乎太过亲近，但由于雎安过于优良的风评，他又觉得或许是自己多心了。

这天下了春雪，雪还没有积起来，地上只是有些潮湿，显得青草、青苔越发翠绿。即熙穿着一身浅绿衣衫踏雪来到析木堂的时候，雎安还在打坐静思。她不想打扰雎安，又实在不想看书。想了想，就不客气地拿起雎安挂在墙上的木剑，转身跃入庭中开始练剑。

她从小就喜欢混迹街头学艺，在星卿宫时学了几年正统剑术，回到悬命楼之后又和三教九流的人切磋学习，以至于现在她的剑术不伦不类，有些怪异。

一招一式说不上好看，但用来伤人仍然威力巨大，对付星卿宫里这些手上没沾过血的孩子绰绰有余。这段时间她有意收着力气，武科排名只要进入前五就满足了。

即熙看着那木剑的剑刃划过雪花留下深色的水印，呼吸之间都是清新、冷冽的空气，只觉得心情大好，不自觉地唱起熟知的小曲儿来。她的气息饱满、绵长，即便是在舞剑，也不显得气虚。

雎安走到廊上时刚好听见即熙以清脆嗓音唱出来的潇洒歌谣，尾音飞扬，每个字都带着似醉似醒的自由、肆意。

“适意行，安心坐，渴时饮，饥时餐，醉时歌，困来时就向莎茵卧。日月长，天地阔，闲快活！”

雎安在廊上盘腿坐下。她的歌声、旋身时衣袖裹挟的风声、落地时足间的轻响、剑尖颤抖的铮鸣，还有最安静的雪落声铺底，形成鲜活又壮阔的组乐。

她的声音里能听到明月青山、风雨溪流，能听见一望无际的自由。

他的目光无所着落，唇角却慢慢扬起。

“……南亩耕，东山卧，世态人情经历多，闲将往事思量过。

“贤的是他，愚的是我，争什么？”

歌声停止，即熙收剑入鞘，掌声随即响起。她吓了一跳，回身看去。只见廊间屋檐下落雪纷纷，睢安和冰糖并排坐着，阿海站在睢安的肩膀上，三双眼睛直勾勾地看着她。

冰糖兴奋地叫了几声，夸她剑舞得好，歌也唱得好。阿海难得没有露出嫌弃的眼神，表示她刚刚的表现尚能入眼。

睢安放下鼓掌的手，放于膝头。他眼睫上沾了一点细小的雪花，微笑着说道：“师母刚刚唱的歌很好听。”

一阵风吹来，睢安玉冠上的银白色发带随风飞舞起来，伴着飘扬的黑色发丝，像是画卷里的神仙。

即熙看得入迷，说话就没过脑子。

“咳，都是青楼的姐妹们教得好。”

那神仙皱了皱眉，笑意变得不可捉摸。

“青楼？”

◇◇◇

老天爷啊，她刚刚说了什么？

即熙心说不好，面上却仍镇定自若。她清了清嗓子，说道：“呃，就是我的一个朋友爱逛青楼，青楼的姑娘们教给他，他再教我的。”

睢安低眸，笑而不语。

即熙从来口若悬河，扯起谎来一套一套的。可不知怎么的，只要遇见睢安，她就会大失水准，说几句谎话就心虚得不行。往往睢安还没说什么，她就已经坦白从宽了。

这次也不例外，即熙心虚地扒拉开冰糖，坐到睢安身边，咬牙道：“好吧……行，逛青楼的是我，行了吧？怎么，你师母我就不能有点小癖好了？”

“自然是可以的。”

“这圣人都说了，食色，性也。男欢女爱，你情我愿，既是天性又是乐事，有什么好避讳的？你们男人喜欢美色，我们女人也喜欢美色啊！你们喜新厌旧，寻花问柳，我们也一样啊！青楼你们逛得，我们就逛不得？”即熙理直气壮地辩解道。

雎安的脸转向即熙的方向，问道：“师母喜欢美色？”

那怎么能说“喜欢”？那必须得用“热爱”来形容！她这俗人就指着美色、美酒、美食活呢。

“比较喜欢。”即熙还是克制了一下。

雎安笑了笑，没再继续这个话题。他伸出手用带着薄薄剑茧的手掌摸了摸她的头，说道：“开始上课吧。”

说罢他站起来，即熙跟在他身后，有些不安地和冰糖对视了一眼。冰糖小声“嗷呜”了一下，他们达成了一致意见——雎安的心情好像不太好。

她刚刚练完剑的时候，他分明是很高兴的。

很久很久以后，即熙回忆起这一天，问雎安当时为什么突然不开心，是不是不喜欢她逛青楼。

雎安突然偏过头靠近她，以鼻尖挨着鼻尖这样亲近的距离说道：“因为我嫉妒。”

贪狼星君是桃花主，命中注定桃花运旺盛，情债累累，他早就明白这一点。他原以为早就说服了自己，有时候却仍会冷不丁地被这种尖锐的嫉妒刺伤。

他到底还是凡人。

不过那是后话，此时的即熙并不明白雎安的心思，只以为他觉得自己行为不端、太过放荡，便有些委屈和后悔。

说来她从不在意世人对她的看法，庆功宴上甚至能当听笑话似的听众人编排她。唯有雎安例外。

雎安哪怕对她稍微皱一皱眉头，她都要心慌，这实在是太奇怪了。可即熙已经对这种反常习以为常，几乎从未察觉。

贺忆城每次来找思薇报告行踪的时候，都会偷偷和即熙碰面。

他见即熙大考准备得差不多了，便问她：“星命不二授，唯有一任星君死去，下一任星君才会出现。你有没有想过，若你真的进了封星礼，被封为贪狼星君，大家就会知道前任贪狼星君已经去世？”

即熙嘴里含着贺忆城从山下带来的酥糖，含糊不清地道：“那又怎样？”

“天机星君也会知道，你们之前感情那么好，你就不怕他难过？”

以多年的交情看，贺忆城觉得即熙天不怕地不怕，但一怕高，二怕雎安受伤。这些年在悬命楼，他听雎安的名字都听到耳朵起茧了。

即熙撑着脑袋想了想，仍不觉得这是什么大事。

“在星君们眼里，我失踪了七年，七年里杳无音信，从未联系过他们，很多人都觉得我是出意外死在外面了。想来这次如果证实了这一点，大家也不会多惊讶，雎安应该也一样吧。只要他不知道我是禾枷，那就没事。”

贺忆城手里把玩着他的宝贝匕首，好奇地道：“他以为你死了没关系，但他知道你是禾枷就不行？你是怎么想的？”

“这差别太大了，前者是世间常理，后者是欺骗、辜负。”即熙把最后一口糖咽下去，望向远处雎安的析木堂，神色复杂地道，“当然，我确实骗了雎安……但最好他永远都不知道，以为我只是因意外去世了。”

贺忆城手里的匕首慢悠悠地敲击着他们身下的围墙，他眯起眼睛看向眼前的美人。此刻他很想问出那个七年里他问过很多次的问题：“即熙，你到底把雎安当什么？师友、爱人、兄长、爹？”

当然，每次他问出这个问题，结果都是被即熙一顿暴打。即熙的回复永远如出一辙：“爹你大爷！爱你大爷！”

他觉得，这大概是史上最暴躁的一位桃花主。

大考在春日融融的二月举办，正是草长莺飞、生机勃勃的时节。即熙做试题的时候总是想：“这么好的时节，不出去踏春郊游，在这里答题，真是有病。”

虽然心里骂了千万句，但想想得封星君后马上能重获自由，她便打起精神努力答题。天象纪年一科，靠着考前死记硬背，她把那些星象、年份和对应的时运算得七七八八。

卜卦推命就难很多。主考官天巫星君出了三道题。前两题一题解梦、一题解卦，即熙看着那两页宣纸的背景论述都觉得头大。凭着睢安教她的那些知识，即熙一本正经地胡说八道。最后一题是：今年冀州大雨，黄河恐有决堤之险，七日之内是否会决堤？决堤口在何处？只要能卜到结果，占星、卜卦、奇门，任何解题方式都可。

即熙一边卜卦一边想，这事儿柏清肯定已经算过，应该已把结果给了冀州那边的知州和仙门。早知道她这段时间该多去和柏清套套近乎，看看他在算什么。

她头疼地看着自己算的不着四六的卦，努力拼凑出一个大概的结果。

到了武科和符咒考试，她就跟飞出笼子的鸟儿一样，雀跃不已，一不小心没收住，两门都是榜首。

七年前的大考和七年后的大考，结果出奇地一致。可见七年间她没什么变化，也没什么长进，该会的还会，该不会的还不会。

放榜后，她开心地跑去析木堂，也不管睢安正在和柏清、奉涯议事，一掌把门拍开，雀跃地道："睢安，我是第四十八名！我能进封星礼啦！"

柏清和奉涯都吓了一跳，纷纷站起来给即熙行礼。奉涯是武曲星君。虽然他不管武科教学和出题，但对即熙的厉害略有耳闻，好奇地道："我听说师母武科和符咒科都是榜首，居然在总榜上才排四十几名？"

即熙摇摇手，大大方方地道："我的星象和推命要是不这么差，怎么会找睢安给我上课？今年试题又难，能排四十几名已经很不容易了。"

"三台星君说，今年的符咒大考弟子们的实力大有长进，有您常常指导他们的功劳。"柏清难得地跟着夸奖即熙。

睢安微微弯腰行礼，满眼笑意："师母果然厉害，恭喜师母。"

得了三个人的夸奖，即熙十分受用地点点头，说道："那你们继续议事吧，我走了。"

说罢，即熙干脆利落地转身离开，嘴里还哼着小曲儿，留下屋里的三人面面相觑。奉涯感叹道："师母真是率真的性子啊！感觉有点像即熙师姐。"

柏清瞪了奉涯一眼。奉涯不明所以地挠挠头，不知自己哪里说错了。他没有参与对悬命楼的讨伐，并不知道即熙就是禾枷。

看不见柏清和奉涯的小动作，雎安只是轻轻一笑，说道："确实很像。"

像极了，或许就是本人。

可如果真是本人，她已经有贪狼星命在身，为何还要这样费心费力地进封星礼？

令人困惑。

封星礼是星卿宫三年一度的盛事，仙门百家都会派人来观礼，以瞻仰新任星君的风采。一般来说，封星礼上会封五六位星君，但其中通常只有一位甲等星君，或者干脆没有，这才导致如今星卿宫甲等星君的数量只占所有星君的六分之一。甲等星君主天下运势，普通星君为辅，星命书显然在挑选甲等星君方面非常谨慎。

所以，即熙也不明白谨慎的星命书怎么就挑中了她做贪狼星君。总不会因为她真的养了一头狼，所以觉得应景吧？她是灾星一事，瞒得过别人，还瞒得过星命书吗？当年十七岁的即熙得了贪狼星命，犹如天降三百两黄金砸在她头上一样，欢喜又困惑。

如今二十四岁的即熙站在五十人队伍的队尾，穿着一身绣有墨兰的浅绿色丝质宫服，觍着脸在一群十六七岁的少男、少女中间挺直腰板，沿着白石台阶走进封星殿。这殿三年才开一次，但因为有星命书的灵气维持，每次开门时殿内都纤尘不染。即熙心想，这倒是免去了许多打扫的麻烦，她悬命楼的宝库一个月不扫就有蛛网了。

封星殿两侧坐着仙门百家的来使，人数比上次庆功宴时的还要多许多。每一位都按要求着白衣、束发，远远望去，像是大雪过后的原野，给温暖春日无端添了几分冷意。众位星君坐在封星殿正上方，雎安坐于正中。即熙想，这次再有新人入宫，雎安就要成为他们的"师父"了。

虽然她从不怀疑他会成为一位很好的师父，却莫名觉得这种变化令人怅然。

殿中心有一尊石台，外形犹如一段百年老树桩，但若仔细看，就会发现上面泛着荧荧光亮——那其实是石化之木，并非人工雕琢而成，而是千万年漫长时光的鬼斧神工造就的。

石台上放着一块其貌不扬的拳头大小的灰色石头。

即熙和入选的弟子在众人的注目之下站定，一齐向殿中的星命书行礼。

那其貌不扬的灰色石头仿佛被什么驱动了似的，从台上升起，化为卷轴的模样，在空中徐徐展开，散发出璀璨的光芒，一如星芒。

时辰已到，星命自显。

◇◇◇

前排不知哪位弟子身上发出金色的光芒，那光芒穿透他的衣袖，照亮大殿——他的星图出现在胳膊上。星命书上有金色字迹显现，依稀是“天喜星君，弗希”，后面跟着他的生辰八字。

天同星君七羽随即将这句话报出，弗希应声。待他应完，星命书上的字迹渐渐隐去，另一位弟子的身上逐渐亮起金光。

一位位星君相继显现。即熙摸摸自己右边的锁骨，之前她的星图印在此处，显现的时候会有灼痛之感，冷不丁怪吓人的。因她站在队伍的边缘，离客席不远，听见客席间传来几句小声的交谈。不知是哪家门派的人说：“今年不会没有甲等星君吧？”

那人话音未落，即熙就感觉锁骨处传来了熟悉的灼烧感——行吧，星图还是在这里，挺专一的。

原本星命书一开始显字就报出星命的七羽突然沉默了。即熙抬头看去，只见七羽面色惊讶地看着星命书，又看看她，原本就圆的眼睛此刻又圆了几分。他如此反复了多次，像是要确定什么似的。

看不到星命书上字迹的雎安微微皱眉。除了柏清和思薇神色复杂，堂上星君都露出同样震惊的表情，宾客之间也有了小小的议论声。听见议论声，七羽才反应过来，清清嗓子，有些犹豫地说道：“贪狼星君……寄汐。”

“苏寄汐？那位苏家小姐？”

“半年前刚刚嫁入星卿宫的……”

“这么说，失踪的前贪狼星君已经……”

这是这年封星礼上唯一的一名甲等星君。

即熙双手平举过眉，跪于地面，掌心向上，伏身磕头行礼，最后将额头压在掌心之上。

“必守心以真，持身以诚，尽查人欲，不依陈俗，以彰星命。”

堂上安静了一阵，即熙敏感地捕捉到了雎安的声音。他不轻不重地说了一声：“贪狼星君，寄汐？”或许是“即熙”。这两个字的发音太过相像，她有点分不清。即熙抬起头来，看见雎安不知什么时候已经从封星殿的那一头走过来，走向她。

他着一身青衫，如林间之风，携着浩瀚星图而来，目光空远，神情寂然。他身上那种若有若无的疏离感突然强烈起来，仿佛这个人触不可及，让人望而生畏。

此刻他知道“即熙”已经死去了。

即熙突然有点慌，她想过雎安会有什么反应。她想，他很豁达，应该会有些伤心，但也不至于太难过。大约惆怅几天，他就可以恢复如初。

但是，现在他的表情沉郁如大雨将至。即熙看着他走向她，不知自己该说些什么。

她也没有说话的机会。

雎安径直从她身边走过，青色衣角拂过她的手面。他未曾停留，神色也不曾改变。他的身影消失在殿门外，留即熙在原地怔忡。

柏清急匆匆地嘱咐七羽继续主持封星礼，并跟宾客说道：“前贪狼星君是天机星君照看着长大的，他突闻噩耗不禁失态，请各位担待。”几番行礼之后，柏清赶紧追出去找雎安。

柏清好不容易才在封星殿外追到雎安。因为失明，雎安平日里走路总是很慢，今天却走得格外快。若不是因为雎安下台阶的时候踉跄了一下，柏清可能根本没办法追上他。柏清拉过雎安的手臂，说道：

“睢安！你要做什么？”

睢安回过头，已经失明的眼睛仿佛能看见似的，映着绿荫，映着柏清不安的神情。

“虽然即熙的去世很意外……但她毕竟已经失踪七年，这也在情理之中。众仙家都在场，你就这么一言不发地离开，未免太过失礼，你这是……”

睢安恍然无一物的眼睛里酝酿着风暴，他并没有等柏清把话说完，而是干脆地挣脱他的手，转身继续往前走。柏清顾不上责备睢安，追着他慌张地问他要去哪里。睢安只是沉默不语地走着，其间被东西绊到踉跄了几步。柏清想去扶他，被他甩开。

睢安的神情肃穆得可怕，仿佛即便他要去的地方是黄泉碧落，刀山火海也无法阻他一步。

封星礼匆匆结束之后，即熙顾不得那些前来与她寒暄的宾客，提起裙子飞奔着离去，寻找柏清和睢安的身影。

不知怎的，即熙总觉得非常不安。她从怀里掏出一个纸人，咬破手指滴了一滴血在上面。纸人内包裹的符咒被激发，瞬间发出红光。即熙说道：“去找睢安！”

那纸人便飞起来，一路穿过小道、宫门，兜兜转转来到一处偏僻、安静的所在。即熙跟着纸人一路奔跑，看到纸人停下的地方时，她的心“咚”地沉入湖底。

这是冰窖。

停放禾枷尸体的冰窖。

柏清怎么能把她就是禾枷的事情告诉睢安？睢安知道是自己亲手杀了她，肯定非常伤心。而且，他知道她欺骗了他这么多年，该对她多么失望啊！

即熙一面怒不可遏，一面又有所犹豫，不太想闯进去面对自己的“尸体”。

虽说她向来觉得人生前和死后的情形没什么两样，来处、归处皆是虚无。既然经历过生前之虚无，何必害怕死后之虚无？所以她对死亡并无畏惧。但要亲眼看自己“死去”的样子，还是怪硌硬的。

这犹豫只持续了一瞬，即熙就催动那纸人从门的夹缝中进去查看情况。

她凝神接收纸人所见的画面，短暂的黑暗过后，幽暗的灯火慢慢浮现。柏清和睢安站在冰窖里，冰窖中摆放的梨木棺材被睢安破开，她的尸体安安静静地躺在黑色棺木之中。睢安俯下身去，手指正触碰她灰暗、冰冷的脸庞。

柏清手足无措地站在睢安面前，说道：“我们怕你难过……我们也是即熙死的那天才知道她是禾枷……”

听到“死”这个字，睢安的眼睛颤了颤，触碰即熙的手指也连带着开始颤抖。他慢慢地描摹那张熟悉的脸庞，一遍又一遍，仿佛不能承认这个人就是即熙。摸到尸体颈间的红绳时，他的手顿了一下，然后慢慢地钩着红线扯出上面挂着的金锁，抚摩上面的纹路和刻字——吾女即熙，平安康乐。

这次他只摸了一遍，手就停住不动了。

睢安就这样半蹲着，仿佛时间停止一般静止不动，不言不语。好像那金锁上有什么恶咒，瞬间吸走了他的魂魄似的。

寒冷的冰窖里，墙壁上的灯幽幽地亮着，睢安的神情在这样的灯光下看不分明。柏清受不了这死一般的寂静，蹲下来扶着睢安的肩膀，小声说道：“你说句话啊，睢安？睢安！”

睢安的身体颤了颤，慢慢转过脸来对着柏清。

他仿佛刚从太过真实的梦境里惊醒，一向清透、温润的眼睛里布满血丝，水雾弥漫。然后，水雾凝结成水滴，一滴接一滴悄无声息地落下，落在乌黑的棺木上，支离破碎。

通过纸人看见这一幕的即熙愣住了，睢安居然这样泪流满面。

她还记得多年前有一次，在一个被海啸席卷的小村里，她曾在横尸遍野的海滩边把睢安唤醒。原本他的眼眶已经红了，但恢复记忆的瞬间目光再度变坚定，马上转过身，继续在尸体堆中寻找幸存者。

那时候他没有哭。自从睢安十八岁第一次接受试炼之后，她已经很多年没见过睢安的眼泪了。

“躺在这里的这个人，是即熙。”睢安低声说道。

柏清小声回答：“是她。”

“是禾枷。”

“……是她。”

睢安忽然低下眼眸笑起来，像是遭遇了这世上最可笑、最荒诞的事情。他慢慢地说道：“我杀了禾枷，我杀了她。”

“我们都很惊讶，谁也没想到她还有这个身份。她欺骗了我们太久，隐藏得太好了……睢安？睢安！”

柏清说了很多话，但睢安好像根本听不进去，周身的灵力不安地躁动着，隐隐有要失格的迹象。柏清着急地扶着睢安的肩膀，提高声音说道：“睢安！冷静下来！”

“上次的心魔你还没有度化尽，这样下去你会失格的！你要冷静啊！”

这场景似曾相识，睢安第一次接受试炼险些失格时，师父说过类似的话。

睢安愣了愣，然后无可奈何地闭上眼睛，捂住脸庞，周身动荡的灵气开始收敛。疲惫的声音随即从他细瘦的指缝间传出：“你出去吧。”

睢安慢慢地、一字一顿地说道：“让我静静，师兄。”

柏清看着睢安，嘴张了又张，最后还是选择了沉默。他慢慢地站起来，转身离开冰窖。他走出冰窖的那一刻，门被睢安从里面封上了。

就像此前一样，在所有令人痛苦的秘密面前，睢安都会将别人拒之门外。

随着门被封上，纸人也被“请”了出来，掉落在地。柏清惊诧地看着掉在地上的纸人，又看了看站在冰窖外的即熙，生气地道：“师母，你偷听我们说话？”

“这事儿重要吗？什么才是最重要的？！”即熙反而比柏清更生气，大声说道，“该听的、不该听的，我都听了；该知道的、不该知道的，我都知道了。你现在去处理宫里的事情，我在这里守着睢安。”

柏清犹豫片刻，向即熙行礼道：“今日之事万望保密，一会儿我会让思薇来替您，我先去处理封星礼的事。”

说罢他便急匆匆地离去。即熙走到冰窖门口，转过身靠着门坐下来。在这里她能够及时察觉睢安的灵力波动，若他真要失格，她就能第一时间冲进去。

即熙很清楚，现在她同样是被睢安拒之门外的人，不能再像以前一样，随心所欲地闯进睢安的房间，出现在他面前。

她只能在这里等他。

即熙想，睢安这么伤心是因为受了欺骗，还是因为她“死”了呢？睢安会相信是她咒死了他们的师父吗？她可是被问命箭准确无误地诛杀了。

虽然他之前说过，就算世人都容她不得，他亦会容她，可那时候他还不知道她是臭名昭著的禾枷，更不知道自己从一开始就上当受骗了。

即熙靠在门上，绞紧了手指。

关系越是亲近，欺骗就越是伤人，她很清楚这一点。所以当年那坦白的话语在她心里过了千遍，终究难以启齿，以至于她不告而别。

在这世上，她最不想面对睢安的失望，最不愿被睢安讨厌。

不过……睢安信她是凶手也好。她是灾星，是邪魔外道，她咒死了星卿宫宫主，睢安杀她是为民除害，而她是咎由自取。这样他应该就不会太难过，毕竟他只是受了一个恶徒的蒙骗。

虽然她欺骗了他，可她毕竟已经付出代价，不得好死。以他这样好的脾气，日子长了总能原谅她，然后释怀吧？

毕竟他们曾经那么亲厚。虽然她欺骗了睢安，但绝大多数时候她都是真心的。

◇◇◇

一片黑暗里，睢安坐在那口棺木旁边，上好的木料中躺着他等待已久、刚刚与之重逢的故人。

睢安拉着那姑娘已经冰冷、僵硬的手，执拗地捏着她的脉搏。仿佛他这样捏着她的脉搏，终有一刻那毫无动静的脉搏就会出现微弱的跳动，寂寂无声的姑娘会醒过来，笑着握住他的手，说道："上当了吧？我逗你玩的。"

她有一双明亮的丹凤眼，鼻梁小巧、挺拔，乌发如丝。她总戴着俗气的金步摇，也从不好好穿宫服，结果却穿出一种富贵又桀骜的气质。

那才是这个姑娘该有的样子，是天地之间、万物之中一望无际的自由，是炽烈燃烧的热情，是永不止息的风。

似乎是感知到了睢安的情绪起伏，他身体里那长久被压制的、还未度化尽的心魔开始骚动起来。它们如往常一般喧哗，并且声音越来越大，如同千万人包围着他，争先恐后地贴着他的耳朵絮语。

"这就是你的报偿，你这般宽容隐忍、兢兢业业，命运却如此戏弄你！"

"善良有何用？正义有何用？"

"你一定很愤怒吧？你一定很恨吧？索性要这世界陪葬吧！"

"杀了他们！毁了那些仙门！毁了星卿宫！"

睢安听着这包裹着他的凄厉、怨恨的万千恶语，感受着这从他第一次引渡心魔以来就萦绕不去、纠缠了他无数个日夜，在他平静、安宁的表象下沸腾的喧嚣恶意。

多年以来，它们不眠不休地盯着他，怂恿他，把这世上最深沉的歹毒泼向他，一遍遍地试图将他拉入深渊。

而他总是要抓住那些拉扯他的手，慢慢地、一步步地把它们从深渊里拉出来。他不可以动摇，不可以畏惧，不可以退缩，十年如一日。

此刻，面对那些嘈杂的声音，他慢慢地说道："你们说完了吗？说完了就闭嘴。"

睢安额上的南斗星图光芒大盛，那些声音惊叫着暂时消退，睢安随之吐出一口血来。他擦去嘴角的鲜血，然后转过身去，坐在了潮湿、冰凉的地面上。

睢安靠着冰冷的棺木，眼睫上起了一层薄霜，仿佛刚从一场落雪中走出来似的。

他沉默了片刻，然后抬起手以指节敲了敲棺木，仿佛想把她叫醒。

"想喝酒吗？你种的山楂树结了七年的果子，存不住，就让师傅酿了酒。够你喝三四个月的。"

睢安的声音很温柔，就像多年前他面对即熙时那样。

"你想不想冰糖？它的身量没变，就是沉了些，和你一样喜欢打架。我罚了它好几次，它怕是更要讨厌我，只盼着你回来了。

"冰糖很想你。其实思薇也很想你，只是她不肯说罢了。你失踪这么多年不愿意回来，我还想着你或许是厌烦了星卿宫的规矩，也厌烦了受我管束。原本等你十八岁之后，我就不会再管束你。如果早点告诉你就好了。

"我没想到你就是禾枷，原来这就是你七年杳无音信的原因。你是怕我怪罪你吗？所以如今索性躺在这里，一句话也不肯说了？"

睢安又敲敲身侧的棺木，就像从前敲她的脑袋一样："我早就知道你经常骗我。我能发现七成，有三成没发现也很正常。我什么时候真的怪过你？每次你闯了祸回来求我帮忙，我什么时候拒绝过你？

"关于你的身份和身世，不管别人如何议论，我只想听你告诉我。"

柏清说他偏私。柏清说错了，但也没错。睢安自认大多数时候是个无私的人，但即熙是他的私心。

他毫无理由地、坚定不移地、始终如一地偏爱她。

睢安的絮语停了。他慢慢地站起身，转身摸索着把那个姑娘从棺材里扶起来，然后抱住她的肩膀，收紧手臂。

她的身体冰凉，他的世界还是一片寂静无声的黑暗。他轻轻笑了一声，说道："这个噩梦怎么还不醒？"

他怀里的姑娘曾在每次他试炼结束时向他奔来，喊着他的名字将他唤醒，跨越山水万重接他回家。

她也曾因为一个赌局而红着脸期期艾艾地骗他说喜欢他，却不知他因此而动心。

他一直以为，他生来便属于天地万民，属于神明星宿。遇见她，他才知道他也可以属于他自己。

他可以凭自己的意志爱一个人。

而现在，睢安在等她的脉搏重新跳动，等这场噩梦醒来。不知道为什么，凡是关于她的事情，他总是在等待。

某天梨花纷飞，他动心之后等待她长大；某天明月皎皎，她失踪之后，他等她归来。此前漫长的七年里，命运一遍遍不厌其烦地告诉他“不可深究”，他却一意孤行地等候机缘。

其实他们之间没有承诺，没有约定，没有超出师友以上的关系。他们之间的关联就像一根纤细的棉线。他攥着这头，却不知那头有没有人牵着，不知道这线有没有断于半途。

最后一次试炼，他没有再遇见人间疾苦，他遇见了自己的疾苦。

那三个月里，他失去记忆，身患重病，躺在床上动弹不得，每天从疼痛中醒来，疼累了再睡着。他饥饿、疲惫、痛苦，不知道自己是谁、从何而来、将要去往哪里，更不知道在这种煎熬中活下去的意义何在。

他曾无数次想到放弃，想到死亡。

某一天他睁开眼睛，汗水流进他疼痛的眼睛中，他眼前的天空蓝得像画，云朵白得像梨花瓣。他突然模模糊糊地想起了什么。某些细碎的画面一闪而过，似乎有一个笑起来调皮又古灵精怪的姑娘，她总有一天会雀跃地叫着他的名字来接他回家。

遗忘了所有的他，突然毫无理由地确信有这样一个人存在。

只要活下去，他就能见到她。这就是活下去的意义。

命运在最后一次试炼中叩问他的内心：若你一无所有，只能躺在病床上，对你周围的人没有任何价值……你并非天机星君，你并非睢安，你是蝼蚁，是尘土，你百无一用……那你为何而活？为何而活？！

为她，为再见她一面。

所以，清醒的那一刻，他明白了：虽然等待是他决定开始的，却无法由他结束，只能由她来终结。

如果她此生都不再出现，那么他就只能攥着棉线的这头，茕茕孑立，一生等候。

现在这等候终于以她的死迎来终结，他可以不用再等了。

她不会再回来了。

“是我射出的箭。你最后一眼看到我，该有多难过？”他低声对怀里的姑娘说道。

“对不起。”

他的心一片荒芜，仿佛经年累月荒置的庭院，疯狂地生长出杂草、藤蔓，沿着他的四肢百骸蔓延开来。

他本能地想克制这种荒芜。

就像许多年来他所做的那样，如人们所期望的那样，断绝所有微弱的失控可能。

可是他觉得很累。

放任这种荒芜、寒冷蔓延之后，他蓦然发现，它们早已在他的身体里生长多年，根深蒂固。

从前是孤独，如今是绝望。

即熙打发走了要来替她的思薇，终于在黄昏时分等到了雎安。他披着落日余晖从冰窖里走出，带着一身冷冽冰霜。即熙立刻站起来，没忍住打了个喷嚏。雎安转过头来，身形略微一顿，随即向她行礼。

“师母。”他的语气平静如常。

寻常到即熙怀疑自己通过纸人看见的那个流泪的雎安只是幻觉。

即熙有些手足无措，结结巴巴地道：“雎安，我都听说了……你怎么样啊？”

雎安起身，淡然地说道：“多谢师母关心，我在您封星之时离开封星殿，并非对您当选有异议，请您见谅。”

“这个我知道。”

“还有，我这段时间对您有些误会。”雎安很浅地笑了一下，说，“若言谈举止有逾矩，还请包涵，以后不会了。”

即熙对他所说的“误会”“逾矩”完全摸不着头脑，只好支支吾吾地答应下来。她刚说完没关系，雎安便再次行礼，转身离开，动作从容、流畅。

他看起来太冷静、太正常了。

即熙困惑地看着雎安的背影，心想：“是我杞人忧天了吗？或许雎安根本没我想的那么难过。”

毕竟已过去了七年，再怎么深的感情也是会变淡的吧？

那个黄昏，从冰窖里走出的睢安似乎把悲伤全留在了冰窖里。他不仅言谈举止如常，还出席了封星礼之后的各种会面和宴席，并为封星那天的失态向前来观礼的仙门百家道歉，言行得体，令人信服。

柏清不禁长长地舒了一口气，他还怕睢安会像第一次试炼时那样，挣扎半个多月才恢复。看来是他想得太严重了。

毕竟这么多年过去，睢安已经不再是那个会因为人间苦难或者自己的困厄而动摇的少年了。

星卿宫平日很少接待宾客，三年一次的封星礼因而显得珍贵万分。诸门派的使者很快就忘记了封星礼上的这个小插曲，开始拜见各位新任星君，完成各种礼节事宜，同时为新弟子入宫的事暗中较劲。这一向是最令星卿宫宫主焦头烂额的事情，既不能戳破，又不能放任，必须在各家之间掌握好平衡。

睢安非常忙碌。虽然即熙把能推的事情推了大半，但仍有些逃不过的清谈或宴席。她只能在各种间隙里暗自观察睢安。他看起来似乎瘦了些，笑容也更少了一点。除此之外，他处理各项事情游刃有余，看起来一切正常。

不知为何，他越正常，她越害怕。

他就像一根被拉得过于紧的弦，她总害怕有一天他会猝然断裂。

第八章

◇◇◇

失格

“谢谢你，这样锲而不舍地来救我。”

眼看着封星礼结束，新入门弟子的名单也确定下来，诸门派之间的明争暗斗终于消停。虽然睢安是新任星卿宫宫主，但这次他很镇得住场子，仙门百家的弟子只占了不足三成的新弟子名额，其余的均出身平民，都是各位星君这三年间在各地游历时挑出来的。

按理说，年满十八岁退籍离宫的弟子本该拜别诸位星君，下山去寻自己的前程。然而，有即熙这个“老当益壮”的罕见例子在前，今年有不少年满十八的弟子不愿离开，希望能像苏寄汐这样二十四岁受封。

即熙心说：“像我这样作为星君起死回生的，千百年来能有几个？你们与其在这里空耗岁月，不如转而去修道，说不定日后还能飞升。”

柏清在殿上劝导那些想留下的弟子时，即熙坐在桌边支着脑袋笑道：“我是你们的师母，当然想留多久就留多久。你们就不一样了，难道还指望星卿宫养你们一辈子吗？我这是第一次参加大考就进了封星礼，你们考过多少次了？再考下去有何意义？知难而退，不失为智者。”

她这番找打的话果然惹来无数怨愤的目光，要不是碍着她的辈分，柏清估计会让她闭嘴。

即熙迎着那些目光无所谓地说：“天赋有别，这没什么好避讳的。不过，换个思路想，再好的脑子，死了也是不会转的。人这一辈子，临了都一样。有道是‘智者多伤神，愚者多悦心’，只要活得开心，做愚者也很不错。”

虽然她这番话出自真心，但“愚者”们并不觉得这是安慰，她还是被柏清客客气气地请了出去。即熙出门的时候和思薇打了个照面。她大约是听见了即熙刚刚的高谈阔论，敷衍地向即熙行了礼，然后神色复杂地看着即熙，说道：“师母，你为什么要这样说？”

即熙觉得莫名其妙，答道：“什么为什么？我说的可是真心话。”

“你可知真心话也是会伤人的？”思薇面色不悦地看着即熙。

即熙看着思薇的神情觉得十分熟悉，问道：“我伤到你了吗？”

思薇怔了怔。她沉默了一下，然后摇摇头，说道：“我有个认识的人，也喜欢像你这样说话。她可能是无心的，但听来就像是在嘲讽，好像天赋有差别就该认命，好像努力不值一提。”

“……我觉得，这就是‘说者无心，听者有意’了。”即熙清清嗓子，为自己辩解道。

思薇静默不语，然后低下了头，白里透红的面颊像是易碎的白瓷。她低声说：“反正现在……也永远不会知道了。”

即熙见思薇这样，又有点摸不着头脑了。她还在星卿宫的时候，这丫头跟她针锋相对，多看她一眼都嫌糟心；吵起架来说她没教养，说她恶心，说希望她去死。平日里端庄、骄傲的大小姐，可能这辈子说过的最恶毒的话，都是针对她的。思薇讨厌她到这个地步，如今看起来居然有点怅然若失？

这是什么道理？她真看不明白。

这年头她看不明白的事情真是越来越多了。她上次去析木堂找雎安，居然撞见阿海不客气地冲雎安鸣叫，然后气鼓鼓地飞走。

她一向觉得雎安专治天不怕、地不怕的家伙，比如阿海，比如不周剑，比如她。眼高于顶的阿海从小和雎安一起长大，对其他人的态度都是爱搭不理、“你算老几”。在雎安面前，它却非常乖顺，一向是雎安说什么，它便做什么，从无异议。

这样的阿海居然会跟雎安生气？这是匪夷所思啊。即熙问雎安发生了什么，雎安只是浅浅地笑笑便岔开了话题。

贺忆城来找思薇汇报行踪时又溜去找即熙，恭喜她得封星君，离自由更近一步。听即熙说了封星礼那天睢安的失态后，贺忆城沉默了片刻，然后手指敲着桌面说道：“你要不要告诉睢安你还活着？”

即熙不假思索地摇摇头，说道：“对睢安乃至于星卿宫来说，我死了，大家皆大欢喜，我活着才是大问题。”

人死了，尘归尘，土归土。按世上的规矩，恩怨、罪责一笔勾销，欺骗可得原谅，仇恨可得宽恕。

若她还活着，那恩怨、罪责又会回到她身上。

“若睢安知道我还活着，他应该不会包庇我。你知道的，虽然我受了许多冤屈，可也不算清白。这么多年来我做过不少生意，咒死过很多人。你还记得三年前我是怎么被设计，差点死掉的吗？若世人知道我还活着，这样的事情就会源源不断，不止找我，还会找上睢安。”

她是个恶人，名声本来就不好，用什么手段就更无所谓了。虽然悬命楼的规矩是不报私仇，但她可以吓唬、威胁那些人，保证他们不再来烦她。

但是睢安呢？星卿宫呢？他们做得了这些事情吗？难道也要让他们承担那些理不清的烂账、根本辩白不完的指责吗？

“我这样的身份，和睢安最好的关系就是没有关系。这事儿我七年前回悬命楼的时候就已经想明白了。”

贺忆城跟着即熙长长地叹了一口气，苦笑着说道：“这可真是死结。”

封星礼的事宜尘埃落定，众仙家陆续离开星卿宫。星卿宫正式封门的那一天，睢安、柏清和思薇给“禾枷”办了一场隐秘的葬礼，将“禾枷”下葬。睢安不知道从哪里弄来了许多坛山楂酒，埋了几坛给她陪葬，其余的浇在了坟墓上。

即熙作为为数不多的知情者之一，硬着头皮参与了这场给自己办的葬礼。他们四人站在坟墓前行礼时，即熙想，躺在里面的是她，站在外面的也是她，这真是天下独一份儿的体验。试问世上谁能自己给自己送葬？

“禾枷”下葬之后，睢安站在墓前吹了一曲埙曲，温和、悠长的安魂曲在山野间飘荡。阿海在他们头顶盘旋，冰糖坐在坟前号叫，引得山间群狼纷纷跟着号叫。在一片血色残阳里，在绿意盈盈的春日中，场面壮阔又悲伤。

即熙想，这真是个挺不错的葬礼。封棺时，她偷回了自己的金锁。

对于坟里躺着的这个叫“禾枷”的人，世人大多不知其名，只知其姓。于是，这个姓氏就代表了她的所有，跟随她一生——她在世人眼里纸醉金迷、臭名昭著的一生。

即熙拍了拍那坟堆，心想：“没关系，智者如何，愚者又如何？圣人如何，小人又如何？世人嘴里千百个你，只有我知道真正的你。

“就算你真的死在二十四岁那年，我也觉得你活得相当自在、逍遥，遇到过这世上最好的人，享过这世上最大的福，不枉此生。”

其间，所有人都很安静。雎安也是，他没有说什么话，也没有表现得太过悲伤。他只是蹲在那坟墓前，就像多年以前他蹲在十岁的即熙面前那样。他静静地待了一会儿，然后笑道：“即熙，欢迎回来。”

仿佛这句话他已经暗自准备了很久，想等她归来的那天说给她听。可他终究没有等到她归来。

说完之后，雎安沉默了一会儿，然后站起身来，说：“我们走吧。”

夕阳西下，在漫山遍野的青草和格桑花中间，无名坟墓寂寂无声地伫立着，标志着某种告别。即熙最后忍不住回头看了一眼，然后转头离去。

这个死去的人曾经是星卿宫的贪狼星君、前太阴星君的女儿、巨门星君同母异父的姐姐。她是雎安最关照的师妹，是柏清最头疼的学生，是星卿宫里放荡不羁的传奇。

她还是荧惑灾星，是悬命楼楼主，手下冤魂无数，前星卿宫宫主因她而死。

但大家似乎都不想去追究什么了。即熙想，大概这件事就会这样翻篇儿。等过几个月，她就申请下山游历，把冰糖带走，此后一两年回来一次，或者索性不回来，如此便好。

即熙原本还很担心雎安，但从这些日子和今天的情况看，或许雎安并不需要她担心，他并不是什么绷紧的弦，他还可以从容地过一生。

即熙没想到，这根弦断得毫无预兆。

就在葬礼这天晚上，睢安失格了。

冰糖急吼吼地来叫即熙。听了冰糖的话，她连鞋都没穿好就跟着它跑了出去，一路跌跌撞撞地奔到静思室。

静思室一贯是用来关出现失格征兆的星君的，屋里布满了各种约束力量的符咒。即便如此，不稳定的灵力还是一圈一圈地动荡开来。屋内灯光摇曳，一个修长的身影映在纸门之上，那人正是睢安。

即熙的心漏跳了一拍，立刻就要冲进去，却被不知从哪里伸出的一只手拦住。即熙挣扎着怒视过去，看到的是神色悲伤的柏清。

她这才发现，院子里站着思薇、七羽、奉涯，还有文曲、天巫等许多星君。阿海站在一边的松树上，颓然地缩着脖子，无精打采地盯着地面。

柏清声音喑哑地说："睢安刚刚说了，要我们别进去。"

"他那是怕他的灵力四散，化为煞气伤到你们。他不让你们进去，你们就不进去吗？你们不救他吗？"即熙怒道。

"你以为我不想救吗？你以为只有你一个人着急吗？"柏清突然爆发，极少见地冲即熙大吼。

即熙丝毫不退让，也提高声音："那你站在这里干吗？阿海，你在干什么？我们进去找睢安！"

阿海瞥了一眼即熙，沉默不语。如果鸟会哭的话，看它现在的神情，应该已经哭了。

即熙突然想起前几天她撞到的阿海和睢安吵架、阿海悲愤而走的场景。

阿海怎么会跟睢安吵架呢？它那么听睢安的话，从不反驳，什么样的事情会让阿海生睢安的气？

睢安……是不是已经知道自己要失格而死？那天他是在告知阿海这件事，所以阿海才生气？

即熙慢慢地把目光转到柏清脸上。柏清眼里含着泪，嘴唇颤抖着轻声说："你劝不动他的。"

就在几个时辰之前，睢安突然约他在静思室见面。他们聊了很久公事，最后睢安微笑着目视前方，语气平淡地说："师兄，这十几年里，我有没有什么地方做得不好，让你失望过？"

柏清怔了怔，斩钉截铁地答道："从来没有。"

睢安于是继续说："那我有没有因为一己私欲，辜负过我肩上天机星君的责任？"

他看着睢安，开始感到不安。

"从来没有，你是最好的天机星君。"

"那我有没有求过你什么事情？"

"没有……"

睢安点点头，如往常一般温柔又坚定地笑着，高挺的鼻梁将烛光分割出明暗界限。他的眼睛就像看不见底的湖水，映出柏清不安的神情。

睢安平静地慢慢说道："师兄，这是我第一次求你，也是最后一次。过会儿，无论发生什么，都别费心救我。

"师兄，求你了，我想死。"

◇◇◇

封星礼后的这几天里，和所有人一样，在柏清眼里，除了封星礼上的失态，睢安一切正常。

无论是待人接物、处理封星礼的后续事宜、挑选新弟子，还是给即熙办隐秘葬礼，睢安做事都井井有条，细致而妥帖，就如他这十几年来的每一天一样，完美无缺。

所以从葬礼回来之后，虽然睢安请他到静思室见面时他产生过疑惑，却也没有多想。

静思室的布置十分简单，唯有一张无雕花的木桌摆在中央，四周放着四个蒲团，桌上的香炉里飘出袅袅的白烟。睢安端正地跪坐在木桌之后，听见柏清走近的声音，便淡淡一笑，说道："师兄，请坐。"

柏清感觉有些奇怪，盘腿坐在睢安面前，问道："睢安，你要我来此处说什么？”

睢安给柏清倒了一杯茶。袅袅茶香间，隔着蒸腾的热气，柏清看不清他的表情。

“前些日子收到了泽林的来信，他已经把渡厄灯放回南方大阵中，我已撤回元婴。南方大阵可以正常运转了。”

柏清松了一口气，答道：“这就好。”

睢安闻言笑笑，继续说：“上次不周剑被盗，我查看了封印，确实存在漏洞。此番加强之后，至少十年间应该很难有人能再破。新任星君及弟子已经入籍在册，也入住居所，下个月会举行拜师仪式。”

一旦聊起公事，柏清很快就抛却疑虑，全神贯注起来。他疑惑地道：“下个月才举行拜师仪式？时间为何如此之晚？弟子已经入宫，按理说，过几天就可以举行。”

睢安沉默了一会儿，抬起眼眸，眼中映照出柏清的脸庞。他以平静、沉稳的语气问柏清，自己可曾让他失望过、可曾辜负过肩上责任、可曾有过何事相求。得到柏清全数否认的回答之后，睢安说出了那句石破天惊之语。

“师兄，求你了，我想死。”

柏清一时间不能相信自己的耳朵，他猝然站起来，低头看着面前这个仍然平静如常的师弟。他只觉得混乱而难以置信，断断续续地说：“你……你在说什么……你……为什么？”

睢安并不意外，也不急着解释。他安静地喝了一口茶，眼眸低垂，像个玉做的人一般，冷静得不真实。

他这样子，像极了平日里说“我没事”时的样子。但凡睢安说没事，就是真的不需要别人帮忙，可以自己妥善解决。

如今他以同样的神情说“想死”，柏清生出一种无法劝说他的慌张，他打落了睢安手里的茶杯。伴着茶杯碎裂的清脆声响，柏清一巴掌拍在木桌上。

“你为什么想死？你为什么要死？睢安，你说清楚，这是大事，你不要儿戏！”柏清慌乱地搜罗着自己能想到的理由，说道，“是因为即熙吗？她骗了我们这么多年，我们谁都没想到她会是禾枷。我知道你曾尽心尽力地教导她，并且对她寄予厚望，可她毕竟出身于那样恶劣的环境，后来又回去做了七年的悬命楼楼主。

“雎安，七年是很长的时间，人是会变的，她所作的恶和害死的人，那都不是你的责任。你铲除她，也算是她为自己作的恶付出了代价，你不要太苛责自己。”

雎安听着柏清的话，平静的表情终于出现一点变化。他有些无奈地笑起来，眼睫颤动，然后微微抬起头，面向柏清的方向。

“你在说什么啊，师兄？”

顿了顿，雎安叹了口气。他似乎觉得很难和柏清讲清这件事，于是提起另一个话题：“师兄，你不是一直很想知道我为什么会失明吗？”

柏清愣了愣，这确实是他多年来的疑惑，他还以为雎安会永远对此事闭口不言。

“你为什么会失明？”

“你应该也很奇怪，为什么我刚发现即熙已死，就认定禾枷就是即熙吧？”

那日雎安径直走到冰窖掀开即熙的棺木，确认了她的身份。因为太过慌张，柏清一度忽略了这个问题。

这两件看似毫无关联的事情被雎安提起，柏清蓦然想到一种可能。他的瞳孔放大，站起身揪住雎安的领口。雎安被他生生地提了起来。柏清气急地质问道：“你对即熙用了守生祝符？你……你怎么能这么胡闹？！”

守生祝符是只有星君之间才能赐予的祝符。授符者相当于被护者的第二条命，但凡被护者受到重大伤害濒死，那伤害便会转移到授符者身上。

以授符者之命，救被护者之命，唯有授符者亲自杀死被护者，方可解此祝符。

雎安浅浅一笑，坦然地点点头。

“三年前即熙应该遭遇过不测，那伤转到了我身上，我以失明为代价抵过。我是授符者，她是被护者。这世上我还活着、她却死了的唯一可能，就是我……亲手将她杀害。”顿了顿，睢安说，“所以那时我立刻就意识到，唯一对得上年龄和性别的人，就是禾枷。她是禾枷。”

柏清惊诧地说不出话来，用守生祝符，这怎么会是睢安做出来的事情?

睢安无法看到他的反应，了然地笑笑。他的眉眼生得柔和，眨眼间时整时缺的银色星图如晨光般闪烁。

“我知道我身负天机星命，只要我活着，天下就能统一、安定，少有人祸、乱世。我的命不是我自己的命，我的人生不是我自己的人生，我从出生开始就要作为天机星君活着。

“我是这个世上最不得自由、不能任性的人。我知道，我不应该把这样至关重要的命系在她身上。

“但我毕竟也是凡人，我也有私心，我也有极限。”

柏清怔怔地看着眼前这个从不让人担心，强大到无论遭遇怎样的灾难都会笑着说没事，然后安然化解的师弟。

他说：“师兄，我到极限了。”

他说：“我为了天下万民，为了世间正义、良知，为了天机星命而活，我可不可以为了自己而死?

“我想作为睢安这个人而死。”

柏清无言以对。他忽然想起很多很多年之前，睢安第一次试着引渡心魔时还是翩翩少年，刚刚被封星君。突然有一天，睢安对他说：“师兄，我可以不做天机星君吗？”

他以为睢安遇到了什么困难，想退缩。那时睢安已经显现出极为惊人的天赋，被所有人寄予厚望。于是柏清端起作为师兄的架子，训导他道：“你怎么可以有这种想法？你是被星命书选中的人，不会有人比你更适合做天机星君了。天下安危系于你一身，你有这样的能力，就要承担起这个责任。”

那时睢安好像看了他很久，彼时的少年还有一双明亮、清澈的眼睛。他安静地望着柏清，好像要确认什么似的。最后少年轻轻一笑，轻描淡写地道：“我明白了，师兄。”

他并没有想起问睢安："你为什么不想做天机星君？你遇到了什么麻烦？你为何感到不安？"

此时此刻，柏清看着睢安，恍然思索，如果睢安说不想做天机星君，难道自己真的肯让他放弃吗？

睢安是几百年来最长寿、最优秀的天机星君，没人比得上他，他不可替代。于是，在他们所有人心中，睢安首先是天机星君，之后才是睢安，历来如此。

他还记得，在睢安差点被烧死的那场试炼结束后，即熙站在睢安休养的房屋门外，死也不让求助的百姓进去，甚至连他一起骂。

她说："如果睢安死在了试炼里怎么办？凭什么他当天机星君就要这么予取予求，全世界都仰仗他的牺牲？"

他当时只觉得即熙孩子气。

或许这就是即熙对睢安意义非凡的原因，而他们则不以为然。这么多年里，每次柏清责怪睢安不肯敞开心扉、难以让人接近时，睢安从未反驳什么，只是笑着接受他的责难。

睢安也从未抱怨或责怪过他们。

柏清松开睢安的衣襟，颓然地坐在地上。他红着眼睛看向睢安，说道："即熙……对你就这么重要？"

睢安沉默了一会儿，微笑着点点头："她大抵是我在这世上最重要的人。你现在是不是觉得，这些年看走了眼，没看出来自己的师弟是个疯子？

"拜师仪式就交给你了，你会是比我更好的宫主、比我更好的师父。若星命书有意，我死之后，它自然会寻找下一位天机星君。

"我会带着它们一起死的。"睢安指指自己额上的星图，淡然地道，"那些心魔，我会与它们同归于尽，不会放出来一丝一毫。虽然你的师弟是疯子，但所幸是个很强的疯子。"

柏清惶惶道："我并不是……"

他并不是只担心天机星命的着落，担心心魔被放出。可这样的话，此时说出来，未免显得太过苍白。

"我明白。"睢安笑了笑，平静地回答。

他越淡然、越温柔，越让柏清感到一种无以复加的绝望。

如果睢安愤怒，痛哭流涕，甚至怨恨他们，他都会觉得尚有转圜的余地。但睢安很好地控制住了自己，压抑痛苦，把前事、后事都安排得妥妥帖帖的，不给他们添任何麻烦。

这样周到的求死，可能是除了给即熙守生祝符外，睢安这辈子最任性的举动。

他总觉得睢安温和、心软，但此刻他发现，睢安其实悲悯又决绝。

他知道自己劝不回睢安了。

谈话结束之后，柏清站在静思室外，眼睁睁地看着静思室周围涌动起不安的灵力。透过纸门，他看到睢安的身影颤了颤，然后伸出手撑在桌子上。

察觉到不对的星君们纷纷赶来，向柏清询问睢安为何突然出现失格征兆，柏清却无法回答。他们问如何才能救睢安，他更无法回答。

他掐指算了下，睢安这一劫乃大凶之兆。

静思室里的符咒已经全数被触发，将睢安身上泄出的力量封在房间内，不大的屋里充斥着睢安混乱的灵力。睢安端坐在蒲团上，额上的星图沿着银色的脉络裂开，鲜血沿着他的脸颊一路向下流淌，流进他的脖颈，慢慢染红他的衣襟。

他闭上眼睛，被心中兴奋、疯狂的心魔包围。在那能把人逼疯的混乱中，睢安轻轻一笑，道："既然已经来了，何不现身相谈？"

在静思室的一角，空气凝滞了片刻，一团看不分明的黑雾慢慢显露，依稀有个男子的身影出现在团团黑雾中。那人开口，声音嘶哑、语速缓慢："此时此刻还能察觉到我，不愧是天机星君。"

"过奖了，魔主大人。"

◇◇◇

"命运如此苛待你，令你亲手杀死挚爱之人，可你连失格都要万般克制，不肯放出心魔，不肯让灵力化为煞气。你被命运戏耍，为什么还要如此回报它？”那黑雾中的人影冷冷地嘲讽道。

雎安心中那些心魔随着他的话而躁动，喧嚣声达到顶峰。雎安忍不住伏在桌上，吐出一口血来。

“你都要死了，何必费心压制那些心魔？”

雎安擦去唇边的血，揉着太阳穴笑道：“魔主一句话，它们便强大不少，果然厉害。不过，在下有些疑惑。”

他又吐出一口血，咳了几声，唇边皆是艳烈的殷红。

“师父如何而死，即熙如何与之扯上关系，仙门百家缘何讨伐她，她又为何恰好被我所杀；南方大阵的渡厄灯怎会突然损坏，不周剑又为何失窃，挑起心魔。如今这结局，究竟是命运苛待我，还是魔主您在推波助澜呢？”

黑雾中的人沉默了。

雎安闭着眼睛在一片喧嚣的黑暗里笑了笑，说道：“您埋下因果，用南方大阵损耗我的灵力，以引渡心魔增加我身上的煞气。阁下这般用心良苦，皆为在此刻狩猎我，我实在受宠若惊。”

那黑影终于出声，冷冷道：“所以你现在失格，是真的失格，还是为了要我现身？”

“阁下不妨猜猜。”雎安笑了笑。

魔主此时出现在这里，无非是在等他失控，等他身上的灵力全数转化为煞气，在星命书杀死他之前，吞食他的力量，得以壮大自己。

一位星君失格而死产生的煞气，可抵千万人的生祭，更别说镇压天下心魔的天机星君，魔主这狩猎星君的想法着实高明。

雎安的声音非常冷静，光看表面，完全看不出他身体里有沸腾的煞气和心魔。他淡淡地道：“不过，您生于十四年前的招魔台，如此年轻为何不韬光养晦，反而如此急于壮大力量，甚至主动招惹星君？”

黑雾中的人冷冷一笑，说道：“事已至此，你居然还能分析这些事？”

雎安直起身来，对着那声音所在的方向笑了笑：“阁下为此费尽周章，我怎能令阁下失望？”

那人似乎想说什么，在他出声之前，静思室的门突然被破开，黑雾包裹着人影迅速消失。雎安察觉到魔主离去，刚刚那淡然的表象终究是撑不下去了，脱力趴在桌子上，再呕出一口血。

一个激愤至极、以至于颤抖的声音由远而近地响起来，来人迅速坐到他身边，撑住他的身体，怒骂道：“你……你是不是疯了？你究竟想干吗？我还是第一次听说有人能预料到失格并好好交代后事的，你既然能控制住，为何故意被心魔反噬？！”

这熟悉的声音来自师母大人。

即熙捂着睢安额头上不断流血的伤口，却只是徒劳地沾了满手鲜血，她慌得六神无主。

从来纤尘不染、翩翩有礼的睢安此时闭着双眼，半边脸颊血流如注，衣衫上、桌上全是他的鲜血，衬得他苍白的脸越发刺目。

她从来没有见过这般艳烈、如同烈火灼烧的睢安，仿佛这把大火很快就会烧尽，徒留绝望的灰烬。

睢安低声笑了笑，把她捂着他额头的手挪开，说道：“我很清醒。我会用灵力与它们相抵，星命书杀死我之前，我是不会失控的。”

即熙不明白他在说什么。

都这个时候了，还说这些废话，是不是有病？

即熙几乎是吼出来的：“你在胡扯些什么？你快给我停下来！”

“人总会死的，天机星君也会死。我死之后，星命书会找到更好的天机星君。”睢安淡淡地回答。

“谁管什么新的天机星君，就算马上冒出来一百个、一千个新的天机星君，个个比你厉害，又有什么用？！他们都不是你！我要你睢安活着！”即熙听见自己的声音在空空的房间里回荡，好像恨不能钻进睢安心里，让他乖乖听她的话。

她当然知道人都会死，她从小就知道自己会早亡，而且她已死过一次了。但是睢安不一样，像他这样笑容里有春风、胸中有丘壑、影子里都能开出花朵的金子一般的人，他活该平安喜乐、长命百岁。

再不济，再不济，也不能是因为她而死啊！

“你不是说就算世人都不能容她，你也会容她的吗？就算她骗了你，但她对你也是有真心的啊，你就这么失望吗？你就不能原谅她，也放过自己吗？”

即熙说着说着眼睛就红了。

她噌地站起来，掏出一把匕首架在自己脖子上，大声喊道：“你听好了！今天你要是非不听劝，那我告诉你，我就得被你害死！”

她激烈的言辞穿过心魔的哀号，钻进雎安的脑海。他一边低咳，一边无奈地道：“师母……您这是干什么？您死了也不能救我……”

“你甭管！我……”即熙的话还没说完，雎安突然起身，衣袖翻飞间已夺走她手里的刀。

他将拿刀的手背在身后，他的上衫已经完全被鲜血染红，右额之下是一片淋漓血迹。他闭着眼睛稳住身形，忍着被心魔反噬的剧痛，低声说道：“师母，您不要闹了。”

即熙咬着唇，眼睫颤抖，终于哭出声来：“是谁在闹？是谁在闹啊？！你别死好不好？我真的从来不求人的，但我求你好好活着，行不行？”

她往前走，雎安就往后退，她总是说不过他。从小到大多少年里，一直只有她被说服的份，她从来没能说服过雎安。

但是，能不能有一次，这辈子她只求这一次，让她劝服雎安。她现在慌到什么道理都想不到，不知道还有什么事情能让他留在这个世间，她只能这样一边发怒一边恳求。

她知道，虽然他待人温柔、脾气好，却也是最固执、最决绝的人。

“这世上就没有什么让你留恋的吗？宫里的山楂树、橘子树怎么办？冰糖怎么办？海哥怎么办？你不能种了它们、捡了它们，又不管它们啊？！”

即熙靠近雎安，去抢他手里的刀。

雎安听了即熙刚刚那一番话，不知怎么突然愣住了。待即熙来抢他手中的刀时，他猝不及防没有站稳，被她的冲力带着摔倒在地。

即熙跟着倒在他身上。她揪着他的衣襟，眼泪一滴滴地落在他衣襟间的血迹上，冲淡了血痕。

她哽咽着，仿佛祈求般说道：“你收了我的红包，你答应过我要好好的，不受伤的，你不能这样，你不可以骗我。

“你答应过我绝对不会辜负我，你承诺过……”

即熙还没说完这句话，雎安忽然伸出手抱住她，慢慢地收紧手臂，手紧紧地攥着她的衣服。即熙被他这样抱住，无法抬头看雎安额上的伤，只能慌张地问道：“你怎么了？哪里很疼吗？”

雎安没有说话。他沉默着，长久地沉默着，直到即熙开始不安地挣扎。他突然低声说：“我在想……”

“嗯？”即熙疑惑地出声。

“心脏被箭射中是不是很疼？”

“啊，这个不疼……我猜应该不疼吧？立刻就死了，哪来得及疼。不过，可能会有点冷吧。”即熙不明白他突然说这个干什么，犹豫着回答道。

“会很冷吗？”

“我猜……也不会太冷吧？”

那就好，她一向很怕冷。

即熙终于挣扎着抬起头，看向雎安。他微微睁着眼睛，也不知是不是因为眼睛里进了血，他的眼眸被染得一片鲜红，脆弱得好像要碎了。那低垂的眼眸里翻涌着惊心动魄的情绪，即熙不明白那是什么含义。

然后，她蓦然发现他额上的伤口好像不再流血了，房间内动荡不安的灵力也慢慢平静下来。

四下里安静得让人害怕。如果不是他身上浸透着血迹，刚刚那些混乱、愤怒和祈求，都好像梦境似的。

她怔怔地看着雎安，小声说：“你……你停下来了？你……不会再失格了吧？”

雎安轻轻地点点头。

即熙怔了半晌，然后浑身脱力一般伏在他身上，号啕大哭起来，肩膀一耸一耸的。她揪着他的衣襟，哭道：“你刚才是不是在玩儿我？你存心要吓死我，是不是？你这个混账东西！”

可能全天下只有她会叫天机星君“混账东西”。

雎安伸出手去拍她的后背。他的下巴抵着她的头，说道：“对不起。”

“你……你还钱！把我的红包还给我！”即熙大哭着胡言乱语，抽着鼻子说道，“你额头上的伤要是留疤了可怎么办？你长得这么好看，破相了怎么办？”

雎安沉默了一瞬，终于忍不住轻轻地笑了一声。

“即熙……”

“叫什么寄汐，寄汐也是你叫的？叫师母！”即熙抹着眼泪吼道。

“……师母。”

“你要干什么？”

“我有点累。”雎安如叹息般说完这句话，胳膊随即“咚”的一声轻轻垂落在地。

即熙还没反应过来，他就合上了眼睛。

那一刻，即熙的世界却轰然作响。她整个人颤得不行，她去捏他的脉搏，试了好几次才勉强捏住。

那里传来坚实、沉稳的脉搏跳动。

他还活着，他只是晕过去了。

即熙松了一口气，只觉得心脏跳得太厉害，以至于几乎喘不上气来。她中箭而死的时候都没这么难受过。再看着他满脸是血的样子，即熙可能真得心梗了。于是她一边喊冰糖带人进来，一边用衣袖擦去雎安脸上的血。他流了太多血，她擦得很小心。

他还活着，雎安还活着，太好了。

她被他搞得差点再死一次。

◇◇◇

雎安从久违的静默中醒过来的时候，感到周围出现一阵骚动，似乎有许多人围着他。

“师弟……”柏清犹豫的声音响起，他似乎很小心，不知道该说什么好。

雎安还没来得及安抚他，伴随着一声轻响，他感到脸上传来一阵疼痛。

“你……你还知道醒？！”

那人的语气恶狠狠的，但声音分明在颤抖。

周围传来更大的骚动声，椅子落地，脚步纷乱。奉涯的声音响起：“师母，快把花瓶放下，使不得啊，他才刚刚醒。”

“师母，您冷静，您冷静！”

他听见了思薇的惊呼，她气愤地说道：“睢安师兄好歹是星卿宫的宫主，你就算仗着自己辈分高，也不能这样造次……”

“说一万句，我也是你们的师母，你们起开！”

春日温暖的风带着花香，她激愤、清脆的声音在嘈杂声里依然突出，像是噼里啪啦燃烧的柴火。

做起长辈，脾气也变大了。

睢安的嘴角慢慢扬起来。他微微偏过头去，说道：“师母，我知错了。”

嘈杂声停了下来，那个刚刚打了他一巴掌的姑娘色厉内荏地质问他道：“你真的知错？”

“知道了，以后不会了。”

即熙沉默一瞬，再开口时声音中带了一点咬牙切齿的哭腔：“知道就好！你给我好好养身体！”

“好。”

睢安笑出声来，顺从地回答道。

这一番混乱之后，柏清把守着睢安醒来的星君们都打发走，关上房门，走到睢安床前。

睢安的额头和眼睛上系着白色纱布，血丝渗了出来，他的脸苍白得不像话，整个人看起来虚弱极了，偏偏笑容还是沉稳的。

曾经只有在睢安试炼结束的时候，柏清才会看见他的一点脆弱。恢复记忆的瞬间，他会立刻坚强起来，就像数九寒天里的水，即刻结冰，软弱消失得无影无踪，重新变回无往不利的天机星君。

直到前段时间睢安得知即熙的死讯时，他才第一次在睢安清醒的时刻看见他的脆弱。

柏清长长地叹息一声，坐在他床边："我还以为你不会回心转意了。"

睢安笑笑，并未答复。

"你……你还想活着就好……如今感觉好些了吗？"柏清犹豫地问。

"嗯，我想通了一些事情，你放心。"睢安回答得平静、简单，声音带笑。

柏清暗自松了一口气。

睢安的声音顿了顿，笑意渐渐淡下去，神情严肃起来："师兄，我见到了魔主。"

柏清愣了愣，惊愕道："魔主？魔主出现了？"

"气息很新，应该是十四年前豫州招魔台养出来的魔主。他能瞒过星卿宫的诸多符咒阵法，实力深不可测。师母冲进来之前，他就在静思室里，等待吸收我失控灵力化为的煞气。你赶紧给泽林写一封信，让他在外千万当心，魔主很可能找上他。"睢安神色凝重地说，"魔主似乎在狩猎星君。"

柏清怔了怔，一下子从椅子上站起来，震惊地道："他竟敢狩猎星君，还敢进星卿宫，进静思室？他就相信自己能全身而退？如若这不是狂妄，那就是……"

"那就是他选择依附的那个人有个很不错的身份，能自由进出星卿宫，不会被怀疑。"睢安冷静地回答。

一时间屋内安静，这段时间星卿宫正值往来之人最多的时节，既有宾客，又有新弟子入宫，是混入星卿宫最好的时候。

柏清神色凝重，正欲追问下去，却见睢安的脸色越发苍白，便说道："我先嘱咐星君们多加注意，你先把身体养好，待你恢复之后，我们从长计议。"

睢安点了点头。

柏清离去之前突然想起了什么，对睢安说："虽说星卿宫内事必躬亲，绝无奴仆，但你如今身体虚弱，需要人照顾，我找几个弟子轮流照看你。"

睢安微微笑起来，神情居然可以称得上明朗。他说道："这件事师兄不必挂心。"

自然会有人来的。

第二天天刚蒙蒙亮，即熙就带着冰糖推开了析木堂的门。

析木堂的封门符是睢安设的，即熙解不开，但因为冰糖曾经住在析木堂，所以睢安的封门符对冰糖自动解封。冰糖如今归即熙所有，她仗着有冰糖在前面开路，就这么大摇大摆地进了析木堂。

冰糖知道睢安受伤了，走进析木堂后没有叫。即熙拍拍它的头，它就乖乖地跑出去了。即熙轻手轻脚地把门打开，室内一片昏暗，桌上的香炉里幽幽地飘出一丝烟雾，书架上的摆设和书册都看不分明。她提着步子刚绕过木制屏风，就看见床帏之间的人影已经起身，靠着床边坐着。

一只十指细长的手从容地把床帏掀起，以青色细绳将其绑在床侧的柱子上，床上之人的面容清晰起来。睢安并未束发，黑如夜幕的长发披散在肩头和床上。他穿着白色单衣，右额及右眼上缠着白色纱布，纱布上透出一点血色。

他露在外面的左眼眨了眨，然后微微弯起来，虽然目光无所着落，但笑意分明。

"师母？"

被发现的即熙清了清嗓子，挺起腰板，说道："是，师母来探望一下你。"

"这么早？"

"怎么，师母来见你也要专门挑时间？"即熙做出理直气壮的样子。

她走到睢安的床边，居高临下地看着他，说道："你是不是正好要起床？我看你受伤了，行动不方便。我这么善良、疼人的长辈，就照顾一下你吧。"

睢安的嘴角勾起来，像是想尽力忍住笑意，但是没忍住。他知道再这么笑下去，即熙就要恼了，于是伸出手道："那就有劳师母了。"

即熙低头看着他伸出的手，掌心向下，指节分明。他常常会用这双手捧着埙，吹出好听的曲子，也会拿着不周剑所向披靡。

世上差一点就没有这双手，没有他了。

即熙心下一酸，忍不住吸吸鼻子，伸出手紧紧握住他的手，闷闷地道：“你欠我人情，可要记好了。”

雎安借着即熙的力量站起来，顺着她的意思笑道：“好，我记得。”

嘴上“勉为其难”地照顾雎安的即熙，做起事来却难得地体贴、细致，帮他接水擦脸、换衣服，最后把他摁在镜子前，给他梳头发。

雎安的头发很柔软，即熙听说有这样头发的人脾气也是极好的，大概传言不虚。她认真地梳着他的长发，想着他既然不用出门去见弟子或议事，那就梳得简单点，半束发，不加冠，只用根发带系着。

“你看不见，平时自己怎么束发的啊？还做得那么整齐。”即熙边梳边问。

铜镜里的雎安笑笑，说道：“刚开始费了一番力气，时间一长，自然就熟练了。倒是师母，怎么很习惯照顾人的样子？”

“咳……我不是跟你说过我爱逛青楼吗？这种穿衣、擦脸、梳头发的活儿呢，说来事小，做来却很亲密。你做了，她们就很开心。我还会梳很多复杂的发髻呢！”即熙有点得意地说道。

她这边得意着，雎安却沉默了。即熙想起雎安似乎不喜欢她提关于青楼的事情，立刻扯开话题：“发带绑好了！吃早饭吧！”

雎安的早饭是清淡的粥和点心。虽然即熙嫌饭太清淡，但也乖乖地跟着他一起吃了。吃完饭雎安想看书，即熙却把他手里的竹简拿走，不给他看。

雎安的竹简是雕刻了阴文的竹简，可以摸读。这种特制的竹简沉甸甸的，即熙拿着背到身后，坚定地道：“不行，你要休息，不能读书！”

雎安去抽笔，即熙又把他的笔架拿走：“也不许写字。”

见雎安又去抽摆在桌边的宣纸，即熙一巴掌拍在宣纸上，威胁道：“你要是再不听话，我就把这房间里的陈设都换个位置，让你啥也找不到！”

雎安无奈地笑了，眨了眨左眼，抬起头朝向即熙的方向：“那我做什么？躺在床上躺一天吗？”

即熙想了想，这样似乎也太无聊了。于是她盘腿坐在雎安面前，撑着下巴说道："要不我陪你聊聊天，聊累了你就去休息，怎么样？"

雎安笑起来，说："冰糖呢？"

"去山里找它的狼朋友们玩了吧……是我要它带我进析木堂的，你别怪它啊！"即熙维护冰糖道。

雎安点点头，又道："师母已获封贪狼星君，之后会有州府归在你的辖内，你需要常去游历、巡查。那些州府的仙门世家会通过你和星卿宫往来。"

即熙有些心虚地答应下来。当年她在分配州府之前就跑了，所以这些责任都没有落在她头上。

也不知道这些年是哪个倒霉蛋在帮她负责。

"之前贪狼星君的州府是我帮忙管辖的，日后就要交给你了。"雎安说道。

"……"

原来这倒霉蛋就是雎安。

即熙撑着下巴看了雎安一会儿。她心里有个盘亘许久的问题，终究忍不住问出了口："雎安，你是怎么看待悬命楼、看待禾枷的呢？他们以诅咒为业……你觉得他们是恶人吗？"

"你觉得呢？"雎安反问道。

即熙含糊地说："我……我又不太了解他们……"

"这个问题有些复杂，不过世事原本就很复杂。"雎安想了想，回答道，"在我看来，荧惑灾星就像一把刀，之所以会有今天这种境遇，是因为太过锋利，没有刀鞘。"

即熙直起身来，认真地问道："刀？"

"荧惑灾星能力强悍而无约束，可以随心所欲地诅咒这世上的任何生灵，就连星君也不能抵抗。有传言说，灾星会因为诅咒他人而折寿，这可能是唯一的代价。"雎安慢慢地说。

即熙想，的确是这样。不过按照他们祖上流传下来的说法，有位先祖一辈子没下过诅咒，结果仍四十出头便死了。可见荧惑灾星天生短命，就算不诅咒别人也活不长。

于是后辈们达成了一致意见，不如赚他个富甲天下，舒舒服服地活三十几年。

◇◇◇

“这是一把强者见了觊觎、弱者见了恐惧的利刃，所以荧惑灾星几乎别无选择地必须处在非议的中心。其实，有了悬命楼，荧惑灾星的境遇反而好了一些。虽是恶名，但他们终究享有盛名。活在世人的眼皮子底下，明码标价出卖自己的能力，觊觎者和恐惧者互相角力，反而避开了许多暗流涌动和利益纠葛。”睢安分析道，语气冷静。

他对悬命楼和灾星的态度一直很中立，发现即熙的身份之前就是如此。

“可世人都说，有能力者应当承担起责任。若荧惑灾星是一把这么锋利的刀，按世人所愿，不是更应当匡扶正义、为万世开太平吗？”

即熙撑着下巴看着睢安。他分析得十分在理，她却穷追不舍，就像小时候和他争辩强者、弱者时一般。

“愿望是一回事，现实则常常不然，没有人必须按照别人的愿望活着。”睢安眨了眨眼睛，露出无奈又习惯的笑容，说道，“再说，匡扶正义的愿望未必能带来真的正义。若要禾枷惩恶扬善，那么善、恶如何判定？杀百人而救千人，是善，是恶？该生，该死？她既然是生杀大权在握的刀，就更不该主导善、恶的评判，更不能被居心不良者掌控。我听说禾枷天性崇尚自由，不属于任何人，同一个主顾的生意只做一次，这已然是不错的结果了。”

即熙默默地看了睢安一会儿。她心里有种说不清的滋味，有些酸涩，也有些释然。她故作轻松地答道：“我觉得你把她想得太好了，她就是贪财而已。”

睢安笑起来，摇摇头坚定地说：“不，我知道她不大喜欢担责任，但这些事情她一定都考虑过，心中也明白。”

“嘁，你骗人。你对她那么失望，甚至差点因此失格！”

“……我失格不是因为对她失望。”

“那是因为什么？”

“我没想过她死了、我却活着的结局。”

睢安这句话说得轻描淡写，搞得即熙有些迷茫。她挠挠头道：“什么？这是什么意思？因为天机星君惯常早早失格而死，所以你总觉得自己会死在她前头？”

睢安笑了笑，从旁边抽出一个竹简递给即熙，说：“既然不肯让我看书，那烦请师母读给我听吧，听完这册我就去休息。”

即熙一面腹诽睢安在岔开话题，一面又觉得他受了伤，还是要顺着他的意思来。于是她乖乖地接过睢安手里的竹简，只见是一册《淮南子·天文训》。她立马有种登上九层高楼的晕眩感，这不是她最讨厌的星象书吗？

一阵安静之后，睢安听到即熙咬牙切齿地读道：“天地未形，冯冯翼翼……”

他微微笑起来，把这早已烂熟于心的内容再次收入耳中。熏香的味道可以安神静心，随着书的内容逐渐深入，即熙的声音慢慢变小，逐渐模糊，声如蚊蚋。

随着竹简掉地的一声清响，睢安感到一个温暖的东西抵在了他肩膀上——即熙的额头。

她本来面对着他读书，说是读完他就去休息，如今她却先睡着，还倒在了他身上。这结果也在睢安的意料之中，毕竟她上这门课的时候就很爱打瞌睡。

睢安微微低头便闻到了她身上的气息。她身上有一种甜甜的香气，微弱的、温柔的。像什么呢？

山楂的香气吗？倒是挺像的。

他拍了拍她的肩膀。她还是没有醒，只敷衍地挪了挪身子，又安静地不动了。

他没想到，让他确定她身份的，居然是阿海。只有她会喊阿海“海哥”，也只有她能这么理直气壮地要求他不能死。

他差一点又阴差阳错地和她阴阳两隔。

按这样说来，他们确实如卦象所说：缘浅。

“谢谢你，这样锲而不舍地来救我。”

睢安笑着轻轻地扶住即熙的肩膀，将她平放在地板上，然后去拿枕头给她垫在脑后，又拿毯子盖在她身上。

他这番行动受到了不少阻力。她果然践行诺言，弄乱了他屋里的许多布置。他走两步就能踢到陌生的物件，再蹲下来确认是什么，放归原处。即熙向来爱乱扔东西，从前只要她来析木堂补课，她走之后，他就得重新收拾一遍房间。

睢安给她盖好被子后在原地站了片刻，然后隔着被子比了比她的脚和头的位置，又从她的脚边慢慢地走到她的头侧，来回走了几次。

而后他淡淡地笑了一下，蹲下身子摸索着掖掖她的被角，走到一边打坐休息。

当睢安凝心静气之后，身体里那些终日聒噪的声音离他越来越近，如同有人群自黑暗的远处奔涌而来，穿过他的身体，“窸窸窣窣”地絮语。

随之而来的还有光明，黑暗终于一寸寸地消失。睢安置身于一片星海之中，夜幕极黑，而星辰极亮，广阔无垠、无边无际。这是他的元婴内境，他唯一能“看见”的世界。

耀眼的星光下，数十道黑色的雾气在星宿间穿梭，时而汇聚，时而四散，发出凄厉、哀怨的怒号和恶语，像不祥的诅咒。

睢安一出现，那些黑雾就朝他奔过来，纠缠、围绕着他喋喋不休，像是饥饿的狼群终于看见一块肥肉。

不过，睢安并非肥肉，他是难啃的骨头。

“你们别吵了。”睢安语气平淡地说道，“你们以为，如果那天不是我有意退让，你们真能反噬得了我吗？”

他的话如同水入油锅，那些黑雾沸腾起来，恶语声越发喧嚣。

睢安神色不变地坐于星海之间，身披星辉，安然地听了一会儿它们的怨语，然后说道：“我听你们说了这么久，你们要不也听我说说话？

“听我说说我的姑娘，可好？

“七年不见，她长高了。”睢安抬起手，用食指和拇指比了大约两个指节的宽度，“她长高了这么多，不过也可能是换了一个身体的缘故。”

“性格没怎么变。他们都说现在的她很好看，可惜我看不见。

“我的姑娘终于回来了。”

有一道黑雾从群体中分离出来，在他身边游走了一圈，然后以晦涩、尖酸的语气说道：“可是她不肯告诉你她的身份，她根本没想留下来，她还是要抛弃你！”

“所以呢？”

黑雾慢慢地贴近睢安的耳朵，在他耳边低语道：“你知道，对她来说你意义重大。只要你说喜欢她，你没有她不能活，不管她喜不喜欢你，她都一定会乖乖地留在你身边。就算日后她爱上别人，以她对你的信任，你略施手段就能拆散他们。

“她这么看重你，又听你的话，只要你愿意，她一辈子都不会离开你。”

睢安笑了笑。他在耳边挥了挥手，那黑雾便散开了。他淡淡地说道：“提议令人心动，但恕我拒绝。”

“为什么？”

“你也知道，我生来便是笼中鸟，又怎么能折断她的翅膀？她不是被随意操纵的木偶，她有选择所爱的权利。”

睢安抬眼，看着刚刚在他耳边絮语的那道黑雾归入黑雾群中，目光微沉：“那么谁来告诉我，你们对魔主知道多少，之前可与他联系过？”

那些黑雾发出窸窸窣窣的响声，然后后退一段距离，不肯说话了。

“我跟诸位说了几个月的话，也算有些交情，如今诸位却连这点消息都吝啬透露于我吗？”

睢安也不着急，气定神闲地与它们僵持。片刻后那些黑雾又开始不安地躁动，一些轻微的声音被他捕捉到。

“魔主从不显露真身。”

“但不周剑失窃那天，魔主曾在星卿宫内出现。”

它们的絮语渐渐变得不可闻。睢安笑了笑，说道：“多谢诸位，我会好好将诸位度为灵气，不让你们落入魔主手里。”

他温言致谢，仿佛面前这些不是心魔，只是不大好相处的老朋友。

思薇最近事务繁多。她负责监察、巡视梁州，此次梁州的三大仙门派了不少人参加封星礼，诸多事宜都需要与她确认、探讨。大约半个月之后，她要动身去梁州巡查，现在就需要开始做准备。

偏偏在这个关头，睢安突然险些失格，所幸最后被师母救回。柏清封锁了消息，只有几位星君知晓，他们对外只说睢安是被引渡的心魔反噬而受伤的。宫里的事情乱作一团，她分担了不少原本属于睢安的事务。

至于睢安差点失格的原因，柏清师兄更是讳莫如深。思薇想，她大概能猜到是什么原因。

她只是没有想到，当时面对父亲身死、即熙被诛这一连串事情，她那么震惊、郁结都坚持了下来，强悍、冷静的睢安竟会失控。

她从前觉得睢安像是山里那汪一年四季涌水的泉眼，清澈、透明，永不止息，仿佛已经这样安稳地流淌了千年，还将不可撼动地继续流淌下一个千年。

原来睢安也会被撼动。

谁让他们遇见了即熙。即熙最擅长搅乱一池静水，更擅长搅乱静水后潇洒地抽身而去。

正巧这时候贺忆城给思薇递了帖子，请她三日后日落酉时到红仙楼小聚。思薇本忙得想拒绝，转念一想还是答应了。

贺忆城就像一条滑溜的鱼，抓也抓不住，摸也摸不透，说话真真假假，难以分辨。他说他在奉先城替人做点小活儿为生，思薇倒是很想看看他究竟在做什么活儿。

奉先城属于青州辖内，位于太昭山脚下，因为离星卿宫很近，被传为福地。加上此处为交通要塞，商旅繁多，因而十分繁华，街道宽敞，屋舍林立。思薇比约定时间提早了半天到达奉先城。她穿着一身常服沉默地在人流中穿行，无意惊动百姓。

她先到了奉先城内最热闹的茶馆，台上的说书人说书说得不亦乐乎。小厮上前给她倒茶，思薇喝了一口茶后问小厮："你可知奉先城里有位姓何名羿的公子？"

小厮看起来是个消息灵通的人，扯了个笑脸，道："哟，您是说何爷啊。”

思薇被茶水呛了一下：“何爷？你们叫他何爷？”

“那是，何爷的赌技出神入化，现在可是奉先城里炙手可热的人物。您要是找他，白日里就去百喜赌坊，晚上就去红仙楼，准没错。”

思薇额上的青筋跳了跳。

贺忆城说的“替人做点小活儿”，就是去赌？

第九章

◇◇◇

生辰

他这一生深渊在侧，不可后退，不可转身，亦不可回望。

小厮还绘声绘色地跟思薇描述了贺忆城在红仙楼的各种风流韵事，说何爷真是风月场上的一把好手。红仙楼的顾琴姑娘是方圆十里最有名的才女，弹曲、吟诗，青州之内莫有能敌者，平日里最是高傲，不轻易接客。遇见何爷，不过三日，她就完全被迷住了，日日盼着何爷去找她，还为此和楼里的宋仙仙姑娘争风吃醋。宋仙仙姑娘以歌舞出名，是个泼辣、直率的性子，更是放出话来，直言何爷是她心中最爱。

红仙楼的双璧都栽在何爷身上，真叫人艳羡。

思薇听了直皱眉头，喝完茶就拎着剑直奔百喜赌坊而去。

百喜赌坊位于奉先城最繁华的街道上，金碧辉煌，一看就是个销金窟，进赌坊就得先交一笔叩门费。思薇一进百喜赌坊，就发现青天白日里赌坊内却不见日光，而是灯火通明。若长时间置身此处，怕是要不辨日夜、不计时日，沉溺赌局，不可自拔。

她在诸多衣着华丽的人中穿梭，各个赌局上都人声鼎沸，好不热闹。思薇找了半天，才在人群中发现贺忆城的身影。

他易了容，保持着“何羿”的样貌，身着红衣，坐在一张赌桌之前。在赌坊里炫目的灯火之下，他微微眯着眼睛，像是有些困倦，托着下巴漫不经心地望着眼前的牌局。思薇悄悄走近，听见身边之人窃窃私语：“陆少爷跟何爷玩六博，居然敢出老千？此番陆少爷押了陆家小半个身家做赌注，何爷背后又是百喜赌坊坊主，这下可有好戏看了。”

贺忆城敲着桌子微微一笑：“我早说过这座城内玩六博应当没人能赢我，少爷偏不信邪，押这么多身家，眼见着要输了又出老千，何必弄得这么难看呢？”

那陆少爷看起来是个二十多岁的年轻人，大约是常年出入赌坊、不见天日的原因，看起来气色不好，身子瘦弱。他面上一阵红一阵白，站起来咬牙道：“你说得倒轻巧，大家都说你何羿赌技高超，手气极好。自打来了百喜赌坊，你便只赢不输，甚至得了赌坊坊主的青睐。可赌桌之上哪里有只赢不输的，你手上就没猫儿腻，你就没出老千？”

贺忆城悠然自得地喝了一口酒，抬眼笑眯眯地看着陆少爷。

“我没有啊，陆少爷空口白牙就想给我安个作弊的罪名？您刚刚可是被我逮住在众目睽睽之下出老千，在场所有人都能证明。您还想抵赖不成？我听说按百喜赌坊的规矩，出老千可是要赔十倍的。”

陆少爷面色一僵，索性破罐破摔，道：“我不服。在座各位就真的信他何羿只是赌技高超，没有出老千作弊吗？他这般来历不明的人，怎可相信？”

在场众人窃窃私语，坊主雇佣的小厮、打手们已经悄无声息地围了过来。贺忆城似笑非笑，道：“陆少爷，你这样输不起，可是我最讨厌的。幸而我如今因为某些缘故要修身养性，就不与你计较了。这一局的赌资是坊主给我的，那后续诸事就交给坊主来收拾吧。”

说罢贺忆城站起来整理衣服，还伸了个懒腰。然后他拍拍身边打手的肩膀，露出近乎天真无邪的笑容，说道：“替我带句话，不管陆家怎么赔，若是十倍少一个子儿，以后百喜赌坊的门我就不会再进了。”

思薇感觉体内传来一阵轻微的刺痛，近来她偶尔会有这种刺痛感，因为非常微弱，而且转瞬即逝，百忙之中她就没怎么注意。

如今看来，这刺痛居然是因为与贺忆城相连的祝符而产生的。思薇见贺忆城摆一摆袖子准备离开赌坊，便远远地跟上去，想看看除了赌坊里的事，他成天都干些什么。

百喜赌坊外是奉先城最热闹的街道，贺忆城背着手在人流中优哉游哉地走着，一路上不断有人跟他打招呼，似乎不少人都认识他。他问一个买瓦罐的大爷："这个时候奉先城什么地方最热闹啊？"

"那自然是百喜赌坊了。"大爷不假思索地回答。

贺忆城摇摇头，似乎觉得颇为可惜："我刚刚从那里出来，还有什么别的热闹地方？"

大爷想了想，伸手一指不远处的红仙楼，说道："不是赌坊，那就是红仙楼了，奉先城最有名的两个热闹地方嘛。"

"唉，我最近都在这两个地方待着，着实有些腻了，不过还是多谢大爷了。"贺忆城笑笑，从袖子里掏出一块银锭放在大爷的摊子上，说道，"给您的酬劳。"

大爷摊子上的瓦罐全卖了估计也抵不上这块银锭，他喜出望外，连连道谢。思薇在不远处吃惊地看着这一幕，别人不过是随口回答了个问题，贺忆城居然就给他一块银锭。这般挥金如土，怪不得那么多人都认识他。

这人总是向她哭穷，一面哭穷，一面挥霍，真是让人火冒三丈。

思薇远远地跟着贺忆城。到了他所说的红仙楼下，他挥一挥袖子就走了进去，思薇的身影却僵住了。

因为尚在午后，青楼前人流并不多。思薇面色红白变换地看了这座红绸装点、雕梁画栋的销金窟一会儿，然后果断地转身，准备离开。

"思薇！"

听到有人喊自己的名字，思薇转过头，朝声音的来处看去。只见红仙楼三楼精致的小木窗不知何时被推开，那个系着红色发带、身着红衣的男人正扒在窗口，撑着下巴笑眯眯地看着她，露出两个貌似天真的酒窝。

"都跟着我走到楼下了，怎么不上来？是因为我没亲自在门口相迎，怠慢了姑娘吗？"贺忆城笑意明朗。

他发现她跟踪他了。

"我不进这样的地方。"思薇皱着眉头说。

贺忆城早料到思薇会有这种反应，他故作惊讶地道："我听说你们是要体察人间疾苦的。这青楼也是人间，你却不肯来此处体察吗？原来你这么挑三拣四啊？”

思薇咬着牙抬头，与他对视了半晌，然后以一种大义凛然的架势走进了红仙楼。贺忆城在窗边笑得前仰后合，险些翻下窗台去。

思薇头上戴着纱笠，手里提着剑。她气势汹汹地走进红仙楼时，着实吓了小厮一跳。小厮盯着思薇手里那柄剑，心说这又是哪个来楼里寻自己夫君的虎娘子，赶紧赔笑说道：“姑娘……姑娘来找谁？”

“我找何羿。”思薇看着堂中翩翩起舞的美人和纵情声色的客人，语气硬邦邦地回答，仿佛说出来的不是话，而是掉在地上的石头。

小厮忙不迭地把思薇带到贺忆城所在的房间。那房间内纱帐织金、垂穗及地，华丽的波斯地毯铺了满地，布置得富贵又旖旎。贺忆城亲自倒了一杯酒，递到思薇面前，笑道：“我约的是酉时，没想到你这么想见我，这么早就来了。”

思薇坐在桌边，咬牙冷冷地道：“你别总是嬉皮笑脸的，也别给自己脸上贴金。我且问你，你说的‘替别人做点小活儿’就是去赌？”

贺忆城坦然地点点头，无辜地道：“我说得没错啊，百喜坊主要我在赌坊里坐庄，赌资分成。我这就是替坊主招徕生意，靠他赚钱嘛。”

“可我刚刚被祝符刺痛了，这是怎么回事？”

“啊，那可能是因为我出老千了。”贺忆城微微靠近思薇，以手遮面，小声地说，“赌场之中，一靠运气，二靠出老千，第三才靠赌技。出老千是常事。”

贺忆城说，从前他这怪病是靠着即熙的祝符克制的。他那时候脾气比较大，做事狠，即熙每次被反噬痛得要死，就会跑过来把他狠狠地揍一顿。

于是他们就仔细研究了一番，做什么样的事情祝符会有反应、会有多大反应。多年来，他们摸索出了一套不断在祝符边缘试探，但又不至于反应太大的策略。

贺忆城端起酒杯指了指百喜赌坊所在的方向，笑道：“比方说刚刚的陆家少爷。他其实是咎由自取，不栽在我手里，也会栽在别人手里。

归根结底，他是好赌之心难戒。是他想诈我在先，我坑他，祝符的反应非常微弱。不过，终究还是会刺痛你，抱歉抱歉。你可还受得了？”

思薇抿着唇，直直地看着贺忆城的眼睛，握紧了手中的剑。

刺痛并不算什么，微弱地痛一下便过去了，不至于真的危害她的身体。但问题的关键并不在于刺痛，而在于贺忆城本人。他明明知道赌博不好，出老千更是欺骗之道，却沉溺于这种不劳而获的快乐，一点也没想过改变。

“贺忆城，你觉得我给你祝符，让你醒来，就是为了询问即熙的消息吗？倘若如此，我何不问完就收回祝符，让你自生自灭？却要你留在我身边，定期向我汇报你的行踪，我难不成是太闲了吗？”

祝符对于星君来说意味着一同承担责任，这是多大的期盼啊。她是主是非的星君，她觉得，他或许并非传闻中那样无可救药的坏人，给他祝符本是希望庇护他明辨是非。

贺忆城愣了愣。思薇一贯骄傲，爱发脾气，但大多时候都不是真的生气。此刻眼前的姑娘紧紧抿着唇，眸色深沉，仿佛山雨欲来。

于是他正襟危坐，给思薇倒酒，赔笑道：“当然是因为您善良、大度，不忍心看我不省人事。来来来，别气别气，喝茶啊。”

思薇见他仍然嬉皮笑脸，扬手就把贺忆城的酒杯打翻在地，生气地道：“你有手有脚，为什么非得做这种骗人的事情，不能自食其力吗？你一口一个‘大小姐’地喊我，但我告诉你，每年我去游历、巡查，从没拿过星卿宫一分钱。我的盘缠都是我沿途替人写信、走镖挣的。你不觉得你赌博、出老千挣的这些钱脏吗？你沉溺于声色犬马，一掷千金，和这些青楼女子厮混，不觉得自己脏吗？”

贺忆城眸色微沉。他沉默了一会儿，然后托着下巴露出似笑非笑的表情：“我不觉得啊，反正我也不在乎名声，坐享其成没什么不好的。人生得意须尽欢，既然有舒舒服服的活法，何必非得去吃那般苦？你活得那么较真干吗？”

“我不觉得认真过活、全力以赴有什么错。坑蒙拐骗自然舒服。可你不想想，即熙和你为何会落到今天的局面？”思薇心中的激愤一股脑儿冒了出来，“我真的不明白，你和即熙为什么都这样？撒谎骗人，张口就来，假话一句接一句，完全不当一回事。你们这样，谁还敢相信你们？你们心里只想着享乐，看不起认真、努力的人，一点责任也不想承担。这么自私，不思悔改，不辨是非，无可救药！”

◇◇◇

思薇站着，贺忆城坐着，他们之间隔着一张梨花木圆桌，目光交织。

贺忆城慢慢眯起眼睛，像是开玩笑一般说：“你有没有想过，究竟是因为我们谎话连篇才没人相信我们，还是因为无论如何别人都不会相信我们，所以我们才索性谎话连篇的？”

他慢慢地站起身来，居高临下地看着思薇，说道：“你从小在星卿宫长大，去巡查州府不过是粗浅地体验民生，你不知道这世界有多复杂。思薇，实际上你骄傲又天真，你凭什么觉得你能改变我？一个祝符能抵得过二十几年的人生吗？”

“可没有祝符你就无法生活，而我既然给了你祝符，就有责任改变你。”思薇咬着唇，雪白的脸因为激动而泛红。

“哈哈哈，祝符你想收回去收了便是。你有改变别人的能力吗？你甚至没法儿改变你自己。即熙曾跟我说过，你希望她去死，你方才又对我大加挞伐。你对外人总是客气得体，面对亲近的人反而越发尖酸刻薄、口无遮拦。这么多年了，你一点也没变。”

贺忆城靠近思薇，看着她闪着亮光的倔强眼睛，微微一笑：“你可知说话要留下让对方原谅的余地。就算知道你的脾气，知道你在说气话，伤害依然会产生，对方可以选择不原谅。”

思薇的眸子颤了颤，变得有些茫然，但她仍然没有回避贺忆城的目光。

“就算不原谅……我也……”

“别逞强了，思薇，看在今天日子特殊的份儿上，这次便算了，下次你要是再说我脏，你可就要失去我喽。”

思薇还想说什么，贺忆城将食指放在她的唇上，制止了她的话，笑道："别以为我不知道，你要是再失去我，就真的一个朋友也没有了。"

看着贺忆城笑意盈盈的眼睛，她第一次觉得，有人笑着说话也可以称得上残忍。

思薇在奉先城街头漫无目的地走着，贺忆城那些讽刺之语一阵一阵地在她脑海中回荡，比祝符的反噬还要难受几倍。那个当下她很想反驳，想大声说"并非如此"。

可她确实没法儿反驳，一句都不能。

她没什么朋友。或许不知不觉中，她已经把贺忆城当成了朋友，可她又不觉得能和这样的人做朋友，于是急切地希望他按照她的想法改变。

她与即熙争斗多年，样样都想比她强，说过不知多少难听的话。第一次通过大考进入封星礼那年，她是第三名，而即熙是四十多名。她本以为自己赢了，可那年星命书封了即熙，没有封她。

她还是输了。

她悲愤又不可置信，封星归来便和即熙大吵了一架。她都说了些什么来着？

"你假惺惺地对我好，以为这样我就会感恩戴德吗？一想到我身体里流着和你同样的血，我就觉得恶心！

"为什么非得你和我血脉相关？我一辈子都不会认你的，永远都不会！

"你为什么要来星卿宫？你为什么非要和我过不去？这个世界上，我最讨厌、最不想看见的人就是你！"

后来即熙真的走了，许多年里，她再也没有看见过她。

即熙走后第三年，她又进了一次封星礼，并在那个封星礼上得封巨门星君。多年夙愿终于达成，得到父亲不咸不淡、一视同仁的祝贺之后，她却想，如果即熙还在，会是什么样的呢？

即熙一定会调侃她，说书呆子终于得偿夙愿了。可即熙一定会很开心。

即熙会由衷地为她开心。

其实她心里明白，虽然即熙一直不理解她的努力、执着，也时常嘲笑她，但仍在尽心尽力地帮她实现愿望。

其实她都知道，其实她心中有愧。

最后一年她生辰的时候，即熙问她有什么愿望。那时她们刚刚吵完架，她对即熙满心愤怒、厌烦，便恶狠狠地说希望即熙去死。

后来即熙就消失了。

这并不是她的愿望，她那时候说的只是气话，但她没有解释的机会，并且再也无法知道自己是否会得到谅解。

后来，她发现自己被即熙骗了七年；后来，她心里最在乎的父亲去世；后来，即熙真的死了。

所有猝不及防的“后来”之后，她已经不知道该对即熙抱有怎样的情绪。这个人，她注定要铭记一辈子，或许直到进了坟墓也不能释怀。

思薇走在街上，有些恍惚地想着这一切。突然，有个扎着双髻的小姑娘蹦蹦跳跳地走过来，站在她面前。小姑娘抬起头看她，眼睛亮亮的。

思薇怔了怔，问道：“你是谁？有什么事吗？”

小姑娘笑起来，眼睛眯成一条线。她从身后掏出一个竹篾编的小筐，双手拿着，高高举起来递给思薇。因为在换牙，她说话漏风。

“姐姐，送你的发篮，森辰快乐！”

“姐姐，送你的花篮，生辰快乐！”

思薇意识到她话里的含义时，小姑娘已经把花篮塞到她手里，然后牵着她的手沿街往前走。

就像某种咒语生效了似的，小姑娘拉着她的手在街上走时，他们遇见的所有人几乎都在对她们微笑。卖糕点的奶奶包了两块发糕放进思薇的篮子里；卖莲蓬的折了两支莲蓬放进篮子里……所有人都对思薇说着“生辰快乐”。

仿佛大家都爱戴她，并且准备了满满当当的心意，赶在这一天来到她的面前，给予祝福。一条街走下来，思薇的怀里塞满了东西，她有些无措地看向小姑娘。

这是谁的安排，不言而喻。

她想起这段时间贺忆城每次来找她汇报行踪，总是不正面回答她的问题，而是惹人生气地东拉西扯。

他说奉先城内最繁华的玉前街西边有个卖竹制品的小铺子，铺主编的竹筐特别精巧、好看。铺主的小女儿尤其伶俐可爱、落落大方。

他说街上卖梅花糕的奶奶手艺堪称一绝，刚出炉的糕点尤其软糯香甜。

他说有时候他会遇到卖莲蓬的王叔，他家的莲子最是新鲜、好吃，还会特意给他留几个最好的。

“是何羿安排你们送我东西的吗？”思薇问那个拉着她的手不放的小姑娘。如果她没猜错，这就是竹制品铺主的小女儿。

小姑娘抬起头来，脆生生地说道：“何哥哥一直很照顾我们的生意，买一点东西就给很多钱。他说他这样做是为了给一个朋友结善缘，等她生辰那天，希望我们都能祝福她。

“昨天哥哥说，今天是姐姐的生辰，你会来奉先城。他给我看了姐姐的画像，让我今天来找你。我牵着你的手，大家就都知道你是他的那位朋友啦！”

小姑娘拉着思薇的手开心地转了一个小圈，直白地道：“我没想到姐姐这么好看，像仙女！”

听了小姑娘的话，思薇忍不住笑了笑，继而又沉默了。她抱着沉甸甸的礼物，心中五味杂陈。

“姐姐，你怎么不开心啊？”小姑娘仰起脸，有些担忧地看着思薇。

思薇想了想，简单地说：“我很少过生辰。”

因为没什么值得庆贺的，她的生辰就是她母亲的忌日。而且，进星卿宫要断绝亲缘关系，她也不曾特意去祭奠母亲。

即熙听说她不过生日的时候大吃了一惊，明白理由之后更为吃惊。思薇那时觉得，即熙肯定很讨厌她，因为母亲是在生她时难产去世的。即熙也因此失去了母亲。

即熙却大手一摆，说道：“是母亲选择把你生下来的，而你是别无选择地来到世上的。凭什么无法选择的人要替做决定的人负责呢？

你上赶着内疚什么？”

即熙执拗地扳正她的想法，不断地告诉她，她的生日是值得庆贺的日子，半强迫式地帮她过了七年生日。

如今物换星移，却是即熙的朋友拾起这荒废多年的仪式，来给她庆贺生日。

思薇想，贺忆城大概没料到今天会和她发生激烈争执，不欢而散，甚至来不及取消这些准备。

牵着她的小姑娘叫小燕，一双水灵灵的大眼睛扑闪扑闪的。无论她说什么，思薇都不忍心拒绝。她在等贺忆城出现终止这些安排，但她始终没有等到。

小燕对奉先城的街巷很熟悉，哪里有好吃的、好玩的，她如数家珍。在她的带领下，思薇好好地逛了一遍奉先城，又收了许多礼物，心情慢慢好了一些。

入夜之后，小燕把思薇领回红仙楼吃晚饭。楼里的头牌顾琴姑娘直接将思薇带到顶楼雅间，说道：“何爷嘱咐过，姑娘眼浅，不能在大堂里被污糟了眼睛，楼上这雅间专属于姑娘。”

下人接过思薇手上的东西放好。小燕拉着思薇的手让她坐下来，雀跃地说：“听说红仙楼的食物特别好吃。”思薇原本有些犹豫，看见小燕这样开心，便坐了下来。

顾琴在边上看着，微微一笑：“何爷说，你一定没法儿拒绝像小燕这样的姑娘。果然如此。”

听见顾琴提起贺忆城，思薇瞬间因被人拿捏住而有些气恼，加上原本就对青楼有所抵触，当即想走。站起身的刹那，她看见栏杆外的夜空中突然亮起一片灯火。

思薇怔了怔，快步走到廊上，扶着栏杆向下看去，大半个奉先城尽收眼底。

无数百姓正在城中各处放孔明灯。夜幕之下，一盏盏飘忽的明灯如同从人间升起的星辰，慢慢与夜空融为一体。明灯之上皆为祝语，“平安喜乐”“万事如意”“长命百岁”，诸如此类。祝语被柔和、温暖的黄色灯火映出来，像是活物，仿佛有心跳。

城中还有放鞭炮的、舞狮的，一片欢乐、热闹之象，宛如庆典。

思薇的眼里映着万千灯火，她因为惊讶已经不能言语，只能呆呆地看着这壮阔、美丽的景象。

顾琴站在她身边，想起了那个风流倜傥、心思玲珑的男人，他为这个姑娘的生辰费心费力地布置了半个多月。

为此她吃了很久的醋。何羿待她自然是千宠万好，但也不曾如此用心。何羿便说，这个姑娘是他的恩人，他想为她做点什么。

"他说他承了你很大的恩情，可你什么都不缺，只是太孤单，所以想像庆贺节日般为你庆祝生辰。"

思薇转过头，看向身边这个流落风尘却依然温婉、文雅的姑娘。她沉默了一会儿，慢慢开口："他人在哪里？"

"我也不知道。"顾琴叹息一声。

奉先城外的小山丘上一片安静。夜色深沉，在城外打猎的阿虎背着个背篓，里面装着两只野兔，开心地准备下山回家。不知怎的，平日里走过无数次的山路今日却变得无比漫长，他绕来绕去又回到了原点。他隐约听见不远处有私语之声，回头看去却没有人影。阿虎不免毛骨悚然，步伐越来越快，急得满头大汗，只觉得那些诡异的絮语就要追上他。

他小时候听过下山来的星君讲道，说世间煞气与灵气此消彼长，活人心生煞气成魔，死人心生煞气为厉鬼，均要害人心智、取人性命。眼见着山里黑漆漆一片，倒真像是煞气凝聚一般。

阿虎正惶惶不安时，眼前的路突然全黑了，有凄厉之声响起，也不知是风声还是人语。黑暗中出现一个不可名状的物体。

阿虎吓得大喊一声："啊啊，怪物啊！"然后他脚一软便瘫倒在地。待那物体渐渐靠近，他才看清那是个人。

还是最近城里有名的何爷——何羿。

何羿背着手，低垂着眼睛，看着瘫倒在地的阿虎说道："你在干什么？"

阿虎稍稍安心，勉勉强强地站起来，哆嗦着说："何爷……我在山里好像遇到鬼打墙了……找不到出去的路了。"

他的话音刚落，无数明灯从山边飞出，星星点点照亮了这一片山林。原本隐匿在黑暗里的何羿神情变得清晰起来。他淡淡一笑，露出两个酒窝。

"现在明亮了许多，你下山该不会迷路了。对了，你背篓里背的是什么？"

"啊，是打猎猎到的兔子。"

"还活着吗？"

"活着呢。"

贺忆城从怀里掏出一张银票递给他，笑着说道："把你的兔子卖给我吧。"

◇◇◇

阿虎早就听说何爷出手阔绰，见了银票不禁两眼放光，立刻接了过去，然后把背篓交给贺忆城，赔着笑道："何爷果然爽快、大方，要不我为您引路，我们一同下山？"

"你先走吧，我还有点事。"

"这样啊，何爷您今天可要早点回，这山有点邪性。"阿虎把银票揣在怀里，喜滋滋地下山去了。

贺忆城从他给的背篓里捞出一只兔子，抱在怀里抚摩，然后抬头看向天空中缓缓上升的灿烂明灯。他半个身子隐没在黑暗中，灯火在他脸上明明灭灭。

"钱可真是个好东西。"贺忆城悠悠地自言自语。

那猎户之前分明说他是怪物，见了钱便一口一个何爷。在这世上，富贵者即便是怪物，依然有人趋之若鹜，贫穷者皆面目可憎。

这种世道哪里值得人认真过活？

突然云破月出，原本黑暗的夜幕顿时大亮。贺忆城眯起眼睛，抬头看了看圆月，心中算了算日子，然后抱着兔子悠悠地走到一旁的水潭边，蹲下来朝水潭里看去。

黑漆漆的水面被月光照亮，一轮硕大的满月仿佛沉在水底似的，落在贺忆城倒影的头顶。

除了他的倒影，水面上渐渐出现许多奇怪的倒影，惨白的面孔、枯枝一般的手臂、凌乱的长发、鲜血淋漓的躯干，都幽幽地飘在他身后。

熟悉的阴暗、潮湿的感觉和浓重的煞气顺着贺忆城的脊背而上。

满月之夜，山阴之水，污秽之显。

贺忆城怀里的兔子浑身紧绷，惊慌得想逃窜，却被贺忆城摁在了怀里。他抚摩着它战栗的绒毛，漫不经心地说："怕什么？它们那么低级，只会互相吞食罢了。等力量强了，也只是去吃人，才不会吃你！"

"不过是真脏，也太丑了。"贺忆城看着水面上那些倒影，开玩笑地说道，"人家不愧是明辨是非的星君，随口一说就说中了。是不是啊，兔子？"

兔子跑也跑不掉，只好认命地缩在贺忆城怀里，不敢动弹。

贺忆城看了那些扭曲的倒影片刻，站起身来背上背篓，抱着兔子走下山去，路上还轻轻地哼起歌来。

"月亮爬上了树梢梢，海棠花也睡着，风吹得树叶沙沙响，梦里落雪了。"

这首安眠小调硬是让贺忆城唱出了风流、浪荡的感觉，不知道的会以为他是在温柔乡唱旖旎小曲，而不是在赶夜路，身后还尾随着令人毛骨悚然的污秽之物。

他没有回头看，也不曾减缓脚步，好像并不知道自己身后有数量庞大的怪物。

走到奉先城外时，他看到宽阔的土路边站着一个小姑娘。贺忆城有些意外，不由得停下了脚步。

小燕提着一盏灯在踢路边的石子，看样子是在等他。看见贺忆城，她扬起小脸，先是开心地笑起来，突然又睁大眼睛震惊地指着他说道："妖怪！"

贺忆城抱着兔子僵立在原地。他看着小燕，眼里的笑意慢慢淡下去。却见小燕提着灯向他跑过来，拉着他的袖子说道："何哥哥快跑啊，你身后有妖怪！"

贺忆城愣了愣。小燕以为他不相信，着急地说："哥哥，你回头看，你快回头看看，特别可怕，满身是血的鬼，还有黑乎乎的……"

贺忆城笑了起来。他没有再让小燕说下去，而是扶着小燕的肩膀让她转过身去，然后一手抱着兔子，一手拉着她，语气轻松地道："好呀，我们走。"

小燕有些不安，想回头看。贺忆城把手放在她的后脑上，阻止了她的动作。

"别回头看，我们往前走。"贺忆城目不斜视地看着前方的路，步子迈得有点快，但还不至于像逃命。

小燕不解地问道："不回头看，怎么知道那些东西还在不在啊？"

"不回头，你就看不见它们，"贺忆城笑着低头，看向小燕，"那它们就不存在了。"

小燕迷惑地看着贺忆城。

贺忆城抬起头看着通向城门的路，四下无人，道路空阔。他说道："我母亲在世的时候常对我说，人的眼睛长在前面，就是为了让我们时时刻刻都向前看，把黑暗留在后面，不要回头。"

"可是前面有什么呢？"

前面有什么？他也不知道前面有什么。大概和他从前度过的声色犬马、挥金如土的日子没什么分别吧。

他这一生深渊在侧，不可后退，不可转身，亦不可回望，于是只好急急忙忙地往前走。

"往前走就是了。"

小燕似懂非懂地思索了一阵，突然想起了自己的职责，说道："是思薇姐姐让我来找你的，她说宫里有门禁，她先回去了。"

"嗯。"

"她说，何哥哥给她庆贺生辰，她很感激，也很开心，礼物她都带走了。但她不会因为你给她过生辰，就觉得你赌博骗钱是对的。"小燕凭着惊人的记忆力转述着思薇的话。

贺忆城笑出声来，摇着头啧啧感叹。

“果然是她的风格。”

“思薇姐姐还说，她不该那么说你，她确实不了解你，也不可能把你变成她想要的样子。所以她决定不再管束你了，以后你不用每半个月去找她汇报行踪了，也可以离开奉先城。她说，既然她把祝符给了你，就不会再收回去，希望你以后好自为之。”

贺忆城的脚步顿了顿。他低下头看向小燕，低声说：“她是这么说的？”

“嗯，我一句话都没有漏！”小燕笃定地道。

贺忆城轻笑一声，眯起眼睛：“我还没道歉，她居然先道歉了。”

即熙以前说过，思薇最不肯低头认错。如今他却收到了思薇的道歉。或许他的指责有失公允，这么多年里，思薇也曾试图改变自己。

“所以，何哥哥，你今晚怎么没来呢？”小燕的话拉回了贺忆城的思绪。

“我想一个人静静。”

这个答案显然让小燕惊诧不已。她抬头看向贺忆城，说道：“何哥哥不是最喜欢热闹吗，怎么又想安静了啊？”

“谁说我喜欢热闹的？”

“你不是每天都要待在最热闹的地方吗？几乎从来不离开玉前街。”

贺忆城沉默了片刻，然后笑了笑。

“我没那么喜欢热闹，不过热闹的地方看不见怪物，这就很好。”贺忆城偏过头，遥望着城门和城门后灯火通明的楼阁，淡淡说道，“说起来，相比于赌坊和青楼，我近来最喜欢的是一个衣柜。”

污浊的脏东西不敢进去，也没有狂热、喧嚣的人群，只有一个衣柜、一个种满蔷薇花的院子和一位脾气不好的姑娘。

那姑娘敏感、骄傲，说话很不好听，是个眼里容不得沙子的人，而他浑身是沙子。

思薇给他的祝符不是贝壳，他不会因此被孕育成珍珠，他永远是硌人的沙子。而只要他是沙子，无论他如何克制自己的行为和念头，他都会刺痛思薇。

他没有办法按照她的期望而活，她也不可能理解他的生存方式。

正所谓道不同，不相为谋。

待贺忆城拉着小燕的手踏进奉先城，街上熙熙攘攘的人流立刻将他们淹没。贺忆城对小燕说：“你现在可以回头看了。那些东西不见了吧？”

小燕小心翼翼地回头看去，只见灯火通明的街道上，贺忆城的背后什么也没有。她捂嘴，惊讶地道：“真的消失了！”

“它们怕旺盛的人气，所以你以后不要独自去人烟稀少的地方。你年纪小，能看到更多脏东西，也就更加危险。”贺忆城蹲下来，从腰间拿出一锭银子递给小燕，笑道，“今天看到的，要替哥哥保守秘密。”

小燕有点迷惑地点点头。

“啊，还有……如果你朋友身边一直有脏东西，你就离他远一点，但不要欺侮他。”

贺忆城摸摸她的头，微笑着叹道：“这不是他能控制的。”

小燕依旧没有听懂，但是乖巧地点了点头。

即熙收到了贺忆城的飞鸽传书，问她封了星君、得到了冰糖，打算什么时候离开。

即熙思索片刻，提笔写道：“先不急，你帮我查一个人，她的名字叫苏寄云。”

现在应该叫她“寄云”了。从名字上看，显而易见，她是苏寄汐的堂妹，也是新入宫的弟子之一。

即熙某天准备去照顾雎安的时候，看见一个大概十五岁的丫头站在她的房门外，穿着青色宫服，端庄、秀丽的容颜和她有几分相似。

那丫头见了她便神情激动、喜出望外地上前，拉住她的手说道：“堂姐，堂姐，我是寄云啊。听说你从树上掉下来伤了头，记不清从前的事了。你还记得我吗？从前我们可是最要好的。”

即熙露出同样激动、喜悦的神情，说道：“是吗？那我喜欢什么颜色？喜欢吃什么水果、什么糕点、什么菜？喜欢画什么眉、梳什么发髻？”

她这般疾风骤雨似的将问题抛出来，苏寄云的笑容直接僵在脸上，尴尬地站在原地。半晌，她皮笑肉不笑地说：“堂姐，你不是记不清事情了吗？”

即熙和蔼可亲地笑着抚摩苏寄云的手，看着这个十五岁的稚嫩小姑娘，以一种过来人的语气温言相劝：“我只是记不清了，又不是傻了？你下次想跟谁套近乎，记得演得像一点，提前多了解了解。”

“还有，别‘堂姐、堂姐’地叫我。星卿宫内不讲究亲缘，你以后是雎安的弟子，如今还是叫我师婆吧！”

寄云眉清目秀的脸皱在了一起。她咬着牙不情不愿地行礼，道：“师婆。”

当时即熙心想，这小姑娘长得倒是挺好看的，按照自己对美人的一贯宽容，如果她不要这些小心眼儿，自己应该挺喜欢她的。

但这个姑娘不是奔着她来的，而是奔着雎安来的。

第二天即熙就在析木堂前看见了寄云。她给即熙行了个礼，然后有些得意地仰着头说道：“师婆一个人照顾宫主大人多有不便，我跟柏清师伯说过来帮忙，柏清师伯同意了。现在，柏清师伯暂代宫主之职，宫里的大小事宜都应该听他的。”

哟嗬，狐假虎威来了！

即熙笑得慈祥、和蔼。

她大概要看到雎安第四十四次拒绝别人了，她拭目以待。

◇◇◇

寄云说要来帮忙照顾雎安。即熙看了她半晌，最后微笑着落落大方地答应了她，还和蔼地替她解开了封门符，说道：“请进。”

她这么多年常跟着贺忆城在青楼游乐，也算见过各种性情的姑娘，心知像寄云这样的，多半不撞南墙不会回头。

即熙可不想让寄云以为，她不能和雎安在一起，是受了自己的阻挠。

看着寄云满怀期待、欢欣地走进析木堂，然后提着裙子、花容失色地冲出来，即熙有些困惑地伸头向院子里看去。

冰糖正站在院子里，银白色的毛在阳光下泛着光，英姿飒爽。它露出同样迷惑的神情，和即熙对视。即熙转头看向站在门口平复呼吸的姑娘，问道："难不成你怕狼？"

"……你快把它弄走啊！"寄云贴在墙边，浑身打战。

即熙抱着胳膊看着她，笑道："你叫我什么？"

"……师婆！"

"唉，徒孙真乖！"

即熙招招手把冰糖喊到身边，摸摸它的头，让它去找海哥玩。冰糖瞥了浑身颤抖的寄云一眼，颇有几分看傻子般的神情，舔舔即熙的手就跑走了。

寄云脸上没了最初的欢快神情，面色苍白，抚着胸口慢慢地走到睢安的房门前。即熙生出几分怜爱之情，帮她把门打开，轻车熟路地给她倒了一杯茶，说道："你先喝口茶缓缓，我去看看睢安起床没。我瞧着你这样子可能没法儿照顾睢安，你先好好遣词造句，想想一会儿怎么表白情意吧。"

寄云刚喝下去的一口茶直接呛在了嗓子眼儿里，咳得小脸通红。即熙拍拍她的背，笑道："你今天可真是诸事不顺，要不改个黄道吉日来表衷情？"

然后，她潇洒地转身，撩开帘子，绕过屏风，走到内室，喊道："睢安，起床啦，起床啦！来了个漂亮的小妹妹，你要不抽个空见见她？"

睢安的声音从屏风后传出来，和寄云记忆中的温柔声音如出一辙，但分明又有什么地方不一样。

他说道："哦，你说什么？"

寄云有些不安地放下茶杯，走到屏风旁边，便见室内有些昏暗的光线下，即熙熟练地给睢安披上外衣。睢安额上裹着白色纱布，脸色、唇色都有些苍白，眼神如空谷镜湖，但微微含笑。寄云一时看得入了神。即熙看见寄云站在屏风边，自然地说道："桌上那个玉冠，你帮我拿过来吧。既然要见弟子，还是要打扮得正式点的。"

睢安察觉到有第三个人在，点头致意，说道："请问您是？"

"我是……我是苏世杰家的二女儿、师婆的堂妹，我……您四年前到苏家的时候见过我，您还记得吗？”伶牙俐齿的寄云说话突然开始不流畅，脸颊微微泛红。

雎安想了想，微微笑道：“啊……是寄云小姐。”

寄云的眼睛立刻变亮，即熙在兰茵眼里看到过的小火苗再度出现。

说起兰茵，本来她也想来照顾雎安，但她觉得自己和雎安朝夕相处，肯定会再次重燃爱慕之情。为了让自己死心，兰茵忍痛放弃了这个和雎安接触的大好机会。

即熙不得不称赞，这是多么难得的清醒的好姑娘。要是从前喜欢贺忆城的姑娘都像兰茵这样清醒，她能少收拾多少烂摊子啊！

不过话说回来，雎安喊出了寄云的名字，寄云怕是要以为自己在雎安心中留下了深刻的印象。但实际上是雎安的记性太好，见过面、说过话的人，他都能记住，实在不是她有多特别。

如此残酷的事实，即熙忍着没有说出来。

她把雎安拉到镜子前面坐下，寄云亦步亦趋地跟着他们，说道：“我来替宫主大人束发吧。”

即熙直接拿过寄云手上的玉冠，说道：“你不是要跟雎安说话吗？我来束发，你们说话，别分心了。”

雎安微微皱眉。寄云不知即熙如此是有心还是无心，咬牙看了她一眼。她对雎安轻声说道：“宫主大人，您可还记得当时我尚且年幼，和家人走散，被恶犬追赶，小腿和臂膀被咬伤。是您帮我驱散恶犬，把我背回家的。这么多年里，我……一直念着您的恩情。”

寄云眼中闪着亮光，满怀憧憬，看来这件事情她记了许多年。即熙想起了她在招魔台上初见雎安时的情景。无论是谁，只要见他一次，确实永远不会忘记。

雎安沉默了一下，继而笑道：“只是件小事，你不必在意。”

“不！对宫主大人来说是一件小事，对我来说却不是。听闻宫主大人意外受伤，我就想来照顾宫主大人，以报答恩情。”寄云深深弯腰行礼，语气真挚。

雎安转过身来，伸手将寄云扶起：“入宫筛选严格，你能成长得如此出类拔萃，成为新弟子，已然报答了恩情。你初入星卿宫，诸多事宜需要适应，功课也繁重，还是不要花时间在我身上了。若你早日得封星君，我更加为你开心。”

即熙不禁感叹，雎安这一手太极打得是真好，言辞委婉、真挚，句句在理，俨然是多年经历打磨出的成果。

寄云却咬了咬唇，抬起眼看着雎安，眼里的坚定一点没变：“我不会耽误功课的。宫主大人，报恩并非负担，不报才是。您这样一再拒绝，我就会一直放不下。”

“你这样，我有些为难。”

“那师婆照顾你，你就不为难吗？”

即熙揉了揉太阳穴，眼见这姑娘撞了南墙还不死心，还要把她当成敌人拉入战局，便和稀泥道：“行了行了，我这个长辈来拿个主意。之前雎安帮我温习功课，我才得以通过大考，因此我要报这份恩。寄云小时候被雎安救过，也要报恩。那雎安的饮食起居由我照顾，析木堂的屋子、庭院打扫由寄云来做，怎么样？”

这显然没有达到寄云原本的要求，但也是一个不错的折中选择。寄云有些不情愿地同意了。雎安笑了笑，说听师母的。

即熙拍拍寄云的肩膀，亲切地道：“你学符咒了吗？要不要我教你几道打扫用的符咒？用在扫帚上，可好用了。”

寄云咬牙切齿地道：“不用。”

待寄云去院子里后，即熙弯下腰，对雎安附耳说道：“按我的经验啊，寄云这么执着，你就先耗一耗她的热情吧。”她还叫雎安放心，她不会让寄云为难他的。

雎安微微偏过头来，水光潋滟的眼里含着淡淡笑意。他似乎想说什么，但最终只是抿唇笑笑，点点头，说道：“好。”

之后的几天，即熙和寄云斗得不亦乐乎，好像在无聊的生活中发现了新乐子。

寄云做了糕点，说要请雎安吃。即熙赶在最前面尝了一个，发现是甜的，便告诉寄云，雎安并不是很喜欢吃甜食，但是她喜欢吃。于是那盒糕点睢安只吃了一个，其他的都进了即熙的肚子。

即熙吃完舔着手指上的糕点碎屑，笑着说道："你做得真好吃，师婆很喜欢。以后每周都做一次给师婆吃，好不好呀？"

寄云气得小脸发白，说不出话来。

寄云从山下摘了新开的海棠花，放在花瓶里装点房间。见睢安出来，她便期期艾艾地问他有没有闻到香气。

睢安回答之前，即熙走进房间，大大咧咧地说道："哟，这是谁摘的海棠花呀？"她从花瓶里拿出一枝花，回身走了几步，直接插在睢安的鬓边。寄云惊得僵立在原地。

即熙笑道："你放那么远，他哪里能闻到香气？这样才能闻到啊！繁花配美人，红色真适合睢安。"

睢安愣了愣，然后低头无奈地笑起来，花瓣便在他的发边颤抖起来。他甚至没有伸手把花摘下，只是偏过头说："师母别闹了。"

即熙耸耸肩，把花拿下来往自己的发髻上一插，像个青楼头牌花魁似的，摇曳生姿地转着圈走到寄云身边，说："徒孙这花挑得真是好看，有心了。"

"……我不是挑给师婆的。"

"没事，不妨碍我喜欢。"

寄云又气得七窍生烟，拂袖而去。即熙看着她的背影，笑得趴在桌子上直不起腰来。她抬起头，双手撑着下巴，看着桌后坐着的睢安，说道："我以前有个风流的朋友，到处留情，完了还要我给他收拾烂摊子。为了让那些姑娘死心，我可是多气人的事情都做过，没想到今天派上了用场。"

"怎么样？我是不是破坏气氛的一把好手？你觉得她还能撑多久？"

睢安摸摸她的头，说道："就那么喜欢欺负人家？"

"你都说了为难，她却还要来，我不喜欢她这样。"即熙摇摇头，认真地道，"寄云这姑娘，除了有些娇纵、任性，没什么太大的错处，但她配不上你。"

"那谁配得上我？"

"嗯……我至今还没见到与你相配的姑娘。"即熙用手指在桌上画圈，说道，“你太好了，要是你的道侣不够好，总觉得折辱了你。”

她很难想象什么样的人能与他并肩而立。

睢安沉默了片刻。他好像专注地想了一会儿什么，然后说道：“在你心里，我好像太完美了。”

即熙摇头，郑重地说道：“一个不会喝酒、不喜甜食的人，怎么可能是完美的？”

说完两个人一起笑了起来。

原本即熙只是觉得捉弄寄云好玩，并没有想调查她。但有一天她在路上遇到思薇时，思薇突然问她苏家人是不是要来看望她。

即熙十分迷惑。思薇便说，前几天她去奉先城时无意中看见苏章和寄云在酒楼里吃饭。她当时还想，为何苏家来人只找寄云，不找师母？

苏章可不就是苏寄汐那倒人胃口，还得了她一个诅咒的哥哥吗？

即熙想，当时她给苏章下了诅咒，虽然苏章不会告诉寄云她的身份，但大概会有些嘱托。所以，对于她完全不一样的性格，寄云并未感到意外。

当时苏章可是希望苏寄汐偷星命书的。现在他来找寄云，寄云又这么积极地来找睢安，这其中会不会有什么问题？

即熙这才大笔一挥，在给贺忆城的回信中让他调查一下寄云。

如果有人要威胁睢安，她不介意再多下几个诅咒。

第十章

◇◇◇

是非

她希望他不要喜欢她，他可以静默一生，不让她知晓他的心意。

即熙的信寄出去没几天，便传来一个令人震惊的消息：廉贞星君泽林死了。

他为南方大阵的事情奔波了大半年，却在修复好南方大阵即将回宫的时候，在太昭山脚下的奉先城里失格而死。此事蹊跷得很。虽然泽林的性子有些激进，但素来可靠，未曾出现过什么失格的迹象。

此前柏清曾向他们交代过魔主出世，正狩猎星君的消息。此时泽林的死讯传来，宫里星君颇有些人人自危的形势。若是神兵利器倒也不怕，可那是魔，是心魔。谁敢说自己能战胜心魔？

贺忆城很快给即熙回了信，说他查探到一些消息，信中不方便详说，请她到奉先城走一趟。第二天宫门刚解禁，即熙便立刻动身，打马下山去了。她让寄云先照顾睢安。

她知道自己这位发小儿的习性，到了奉先城直接问青楼在哪里，打马直奔而去。贺忆城也早就吩咐过小厮，要是早上来了一个美貌却剽悍的女子，就直接把她带到顶楼。

即熙在软纱罗帐间看到了打着哈欠的妖冶男子，他身着红色单衣，撑着头跟她打了个招呼：“早啊。”

即熙摘下头上纱笠，在桌边坐下。一位秀美的女子奉上酒水，即熙对那姑娘笑了笑，那姑娘回礼退开。

“又是新的红颜知己？”即熙喝了一口酒，酒味勉强凑合。她问贺忆城道："思薇生辰那天，我看见奉先城内有上千盏明灯升空，她抱了一堆礼物回来。你这么用心为她庆贺，怕不是动了什么歪心思吧？"

"哎哟，可是你让我帮忙给她庆贺生辰的。"

"你别推给我，我就提前两天说的，你弄这么大阵仗，我没说之前，你肯定已经在准备了。这么用心，事出反常必有妖。"即熙目光锐利地看着贺忆城，颇有种要严刑逼供的架势。

贺忆城立刻转移话题，开始聊苏章和泽林的事情。

苏章似乎是来奉先城找好友的，至于具体是哪位好友却不知道。或许是因为离星卿宫很近，苏章便找了几位入宫的苏家弟子一同吃饭，其中就包括苏寄云。

"酒楼的小厮说，隐隐约约听见他们提到'师母''夫人'和'贪狼星君'之类的词，倒是没有听见雎安的名字。其间，他们还聊到了星命书，但具体内容十分模糊，小厮并不知晓。"贺忆城撑着下颌悠悠地道，"我瞧着苏章对你比对雎安感兴趣，毕竟他的小命还捏在你手里呢。"

即熙点点头。星命书平时关在封星殿中，用历来最强悍的星君们的符咒结界保护着，别说偷取了，连接近都很困难。她不觉得苏章能有什么好办法。

"至于泽林，他出事的情况就更蹊跷了。客栈老板说，他入住时已经是亥时，或许是因为赶不上星卿宫门禁，他才在客栈临时落脚的。入住时泽林一切正常，交谈时脸上还有笑意。半夜，老板突然听到楼上房间内传出一阵嘶喊，然后整座客栈被震得摇晃起来，泽林的房间不知被什么封死了，就是进不去。待老板和伙计两个时辰后终于推开房门进去，看到的就是泽林的尸体。他手臂上的北斗星图完全开裂，是死于失格无疑。昨日已有星卿宫弟子来调查过，你回去可以听听他们调查到了什么。"

贺忆城敲着桌子把情况基本交代清楚了。

即熙结合之前柏清说的魔主狩猎星君一事，马上就明白过来："泽林失格而死时不在静思室，周围没有重重符咒保护，按理说会煞气四溢，使得恶鬼作祟、人心躁动。别说那座客栈了，估计整座奉先城，乃至山上的星卿宫，都会受到影响。但他失格失得悄无声息，怕是魔主把所有煞气都收走了……该是魔主故意引他失格的。但这事儿也没那么简单。魔主得知道泽林心中难平之事、执念所在，才可引诱出他的心魔。魔主或许认识泽林，或者暗中调查过他。"

睢安曾跟她说过，荧惑灾星身死的一系列事情大约都是魔主设计的，以配合南方大阵和不周剑失窃事件来引诱他失格。天机星君失格时若失控，散出的煞气是其他星君的数倍之多。更何况他一旦身死，便相当于定海神针倒塌，天下心魔再无压制，尽可归于魔主麾下。

听完即熙觉得自己真是太冤了，被坑得这么惨，居然还只是个被捎带的。

"居然敢拿我为难睢安？这不知道是啥玩意儿的魔主可别落在我手里，我与他不共戴天。"即熙冷笑一声，放下酒杯。

贺忆城挑挑眉毛："拿你为难睢安？"

即熙便说了魔主拿她布局，迫使睢安失格的事情。贺忆城听着听着凤目里就有了探究的笑意。他给即熙杯中倒满酒，笑道："我说……即熙，睢安是不是喜欢你啊？"

即熙瞪他一眼，吐出了那个多年来未曾改变的回答："你放屁。"

"我怎么就放屁了？睢安因为你的死而心绪起伏，甚至差点失格。他是那般以天下为重的人，而你甚至重过了天下。他难道不是喜欢你喜欢到骨子里了？"

"……你能不能改改你那肉麻的形容方式？什么骨子里，让人鸡皮疙瘩掉一地。"即熙皱着眉头说道，"他那么用心地照顾我、教导我，到头来却发现我从最初就在说谎，一直骗了他七年，心绪能不起伏才怪！退一万步说，我从前跟他表过情意，被他拒绝了。"

贺忆城揉揉太阳穴。他这位发小儿从小就不解风情，偏偏长得好，性格又豪爽，更是贪狼星君桃花主，从来不缺爱慕者。她混迹青楼多年，有过几段糊涂情史，便以为自己经验丰富，把一切都看透彻了。

他坚持道："你跟他表情意那都是哪年的老皇历了？假如他改变了想法呢？假如他喜欢你呢？你就没有想过，你当初不告而别，又因为误会死在他手里，这才是让他失格的真正原因吗？"

即熙的脸色有点发白，说："不可能。"

"为何不可能？你不会因为宁钦那朵烂桃花，到现在还怀疑别人的真心吧？"贺忆城翻起即熙不欢而散的旧情。

"和宁钦有个屁关系！"

雎安从没喜欢过什么姑娘，怎么会喜欢她呢？再说，如果他喜欢她，那她的欺骗、隐瞒和逃离就更加罪大恶极了。

这世上伤害雎安的人都该死，即便是她也一样。

即熙在奉先城的红仙楼里待了一天，欣赏了一遍楼里的美人，还观赏了歌舞，吃了酒食。贺忆城把招待她的费用明明白白地记了下来，抵了他的部分利钱。

不知怎的，即熙不太想回去面对雎安。一直磨到再不回去宫门就关闭了时，她才打马上路。她走到一半时突然下起了雨，那种春末夏初的疾风骤雨。即熙戴着斗笠、穿着蓑衣，还不算狼狈，紧赶慢赶才在宫门关闭前一刻到达。

她刚刚把马交给值夜弟子，就看见宫门后站着一个人。

宫门昏黄的灯光下，雎安穿着浅青色宫服，身上的兰花绣纹似有还无，星宿纹饰从肩膀蔓延至看不见的后背。他眼上缠着白色纱布，头发半束半披，撑着一把灰白色油纸伞。漫天雨幕喧哗、急躁地落下，可他站在那里便是静谧、安定。

即熙怔了怔，飞快地跑过去，跑到他的伞下，说道："这么大的雨，你怎么在这里？寄云呢？"

雎安笑起来，摇摇头："我让她早点回去歇息了，我来接你。"

即熙见他半边臂膀都湿了，心疼起来："你又不知道我什么时候回来？我要是明天才回来呢？你就在门口一直等着吗？"

雎安仍旧笑着说道："若你愿意回来，我总是要来接你的。"

"什么愿不愿意的，我还能跑了不成？快快快，我们快点回去。"即熙抢过雎安手里的伞，替他们二人撑起来。

她满心想着不要让雎安受寒，一时忘了她确实跑过。

不告而别，一去七年，杳无音讯。

以至于她的每一次离去，他都不知道还有没有归期。

睢安没说什么，任由她撑着伞靠在他身边，在雨里开辟出一块净地，缓缓向前走。

即熙有些犹豫地跟睢安说起苏章的企图，并再三声明，她严词拒绝了苏章要她偷星命书的要求。她让睢安防着点寄云，看好星命书。睢安一一点头答应。

话题告一段落，两人之间一时很安静。在雨声和睢安身上禁步铃铛的清脆响声中，即熙想起了那个致命的问题。她咬咬唇，有些紧张地转过脸去，向睢安确认道："睢安，我问你件事儿啊，你……喜欢禾枷即熙吗？你不喜欢她，对吧？"

睢安的呼吸似乎有瞬间的停滞，他沉默了一会儿。在这短暂的安静中，即熙的心提到了嗓子眼儿。她目不转睛地看着睢安，但因为他眼上缠着白色纱布，她看不清他的神情。

即熙因为这安静感到不安，又问道："你不喜欢她吧？"

"你好像不希望我喜欢她？"睢安淡淡地说。

"那是当然。师母觉得啊，她是灾星，你是善星，你们俩完全不般配，她还不如寄云配你呢……不不，她们俩都不配你。而且，她欺骗你又离开，你要是喜欢她……那真的不值当啊。"即熙站在长辈的角度解释了一番，然后紧张地又问了一句，"所以，你不喜欢她，对吧？"

睢安沉默了片刻。雨滴敲击伞面发出沙沙的声响，直至两人心房。

"嗯。"他淡淡地笑了一下，简短地回复道，像是一滴水落在地上的轻响。

即熙长长地松了一口气，说道："那就好，那就好。"她并没注意到睢安脸上的笑转瞬即逝。

◇◇◇

两人在雨中沿着依山而建的石阶慢慢而上，穿过外宫到达内宫，再走到实沉堂——即熙的新住处。她被封为贪狼星君后便另立新居，住到了实沉堂。此处依山势而建，在析木堂之下，两地距离颇远。

即熙走入实沉堂的屋檐下，而睢安撑着伞站在雨中。即熙回头看时，便见雨滴从他的伞檐淅淅沥沥地落下，他隔着雨帘微微抬起下颌。若不是他眼上蒙着白布，这样的角度应该是在看她的眼睛。

睢安轻轻一笑，突然说道："师母，你是不是想离开星卿宫？"

他的声音很平静，像是不经意提起的话题。

即熙怔了怔，心想睢安怎么会知道她的打算？她的脑子转得飞快，道："啊……要走？这个……每个星君不是都有负责的州府吗？我听说思薇要去梁州，我也该去看看我的州府了。等你身体好了，我就打算动身，带上冰糖一起去见见世面。"

"那你打算什么时候回来？"睢安淡淡地问道。

再一次被戳中心事，即熙僵硬地笑了几声。她在睢安面前一向没有骗人的本事，此刻又不能说真话。

于是，她委婉地说道："咳，各个星君品性不同，有常年在外的，也有总是坐镇宫中的。我生性散漫，喜欢在外头待着，抽空会回来坐坐。你不要太伤感，缘分譬如朝露，来去匆匆，离别才是世间常态。"

离别才是世间常态。

正所谓"不可深究，等候机缘"。

听着她洒脱、轻松的声音，睢安沉默了片刻，然后淡淡一笑，无奈却也纵容。

"好，以后无论发生什么，若是你想回来，便不用有顾虑。只要你想回来，我就会去迎接你。"

即熙笑起来，雀跃地说："好啊好啊。"

待即熙走进房间，木门合上，发出闷闷的撞击声，像是在敲打沾满灰尘的破鼓。睢安的眼睫在白色纱布下微微颤动。

一个熟悉的声音自睢安元婴内响起："第一次她不告而别，独自远走；第二次她找好了理由，只想带走冰糖。这种坦诚未免太过伤人，她到底拿你当什么？"

睢安浅浅地笑了一下。他转过身去，撑着伞在湿滑的石子路上慢慢地走着。

“她希望我是什么，我便是什么。”

她希望他是友人，他便是友人；她希望他是师长，他就做师长。

她希望他不要喜欢她，他可以静默一生，不让她知晓他的心意。

若她计划的人生里没有他的位置，那他就好好过自己的日子，等她某天想起他时回头看看他。

他这一生已经如此，无论如何不会改变心意，那就顺着她的意思，让她来决定他们的关系。

“可你不会伤心吗？”

睢安站在析木堂的屋檐下收伞时，那个沉郁的声音这样说道。睢安沉默了一瞬，将伞斜靠在墙上，拉开门走进房间。

“自然……会伤心。”

他喜欢这个姑娘，他想让她永远自由、肆意地做她想做的事情，过她喜欢的人生，做这世上独一无二的即熙。

若她能如此，他愿意伤心。

三四天后，睢安的伤慢慢好了起来。拆纱布那天，即熙紧张得不行。见没有留疤，她才长长地舒了一口气。

思薇这些日子去看望睢安，总能见到师母在捉弄她的堂妹寄云。思薇一面奇怪于师母对睢安的过度维护，一面疑惑于睢安居然从不责备师母。

这种情形总是让她想起即熙。

不仅师母的性子和即熙相似，就连睢安对待师母的态度，都与对待即熙相似。

若不是亲眼见过即熙的尸体，她都要怀疑师母和即熙是同一个人。

再过几日，她就要启程去梁州了。这天思薇吃完晚饭回到昭阳堂时，推开门不期然地看见一个红色的身影，来人正坐在她的梨花木椅子上喝她珍藏的明前龙井。见她回来了，他啧啧笑道：“你这包茶是上品，不比从前我们悬命楼的茶差。”

这场景太过熟悉，思薇恍惚间以为回到了半年前自己刚刚把他救醒的时候。

“你……”思薇慢慢回过神来，两步走上去，急道，“你是怎么进来的？你为何不易容？你这张脸有太多人认识，若被人看见，你就出不去了！”

贺忆城摸摸自己的脸，笑道：“自然是我来的时候易了容，守门的弟子认得我，知道我是你的客人，于是我就大摇大摆地走了进来。你的封门符没变，我又堂堂正正地进了你的房间。”

思薇竟有些无言以对。

“至于我现在换回真容，是因为我要来同你道别。若最后以一张假面皮对着你，我怕以后你忘了我真正的样子。”贺忆城用手撑着头，笑意盈盈地看着她，酒窝浅浅。

思薇怔了怔，问道：“你要走了？”

“嗯，你不是说我可以离开奉先城吗？我准备去别的地方游山玩水，估计以后不会回来了。”

思薇看着贺忆城微微皱起眉头，好像想说什么，但又什么都没有说。

她不知道该说什么，想来不好听的话她都说过了，好听的话她也说不出口。

贺忆城打了个响指，道：“正好你的生辰礼物还差一样，我给你送来了。”

只见贺忆城从袖子里慢慢地、珍而重之地掏出一只雪白的小兔子。小兔子有点慌乱地趴在他怀里，红色的眼睛滴溜溜地看着思薇。

“和你颇有缘分的一只兔子。”

思薇坐在旁边的凳子上，疑惑地看着那只小兔子：“它和我有什么缘分？”

“它是我在你生日那天救下的，我救它一命，恩同再造。所以那天也算是它的生辰，这样它和你就是同一天生日了。再者，你看它多像你啊。你也是皮肤雪白，但一激动脸也红，眼睛也红，就跟兔子似的。这么深的缘分，你不认它做妹妹都对不起它。”贺忆城胡言乱语一番后，出其不意地把兔子塞进思薇怀里，“快把你的妹妹抱好。”

思薇有些僵硬地抱住它。感受到兔子温热的体温，她慢慢地放松下来，有些犹豫地抬眼看向贺忆城。

“这兔子好像是公兔子。”

“那就是你弟弟。”

“……”

贺忆城稍微收敛了笑容，一只手敲着梨木桌，一只手撑着下巴，说道：“其实我来是想跟你道歉的。那天我说的话并非有意，对不起。”

思薇微微低下头，摸着兔子身上的绒毛低声说：“你不过是说了实话。”

灯火下，她神情黯淡，没了平时尖锐、骄傲的样子。贺忆城觉得，他这次见到的思薇好像比之前任何一次见过的都沉郁。

贺忆城的眼睛转了转，说道：“别不开心嘛，我给你唱首歌吧。喀喀喀，你听好了啊。

“我是个普天下郎君领袖，盖世界浪子班头。愿朱颜不改常依旧，花中消遣，酒内忘忧。分茶攧竹，打马藏阄；通五音六律滑熟，甚闲愁到我心头？伴的是银筝女银台前理银筝笑倚银屏，伴的是玉天仙携玉手并玉肩同登玉楼，伴的是金钗客歌金缕捧金樽满泛金瓯。你道我老也，暂休。占排场风月功名首，更玲珑又剔透。我是个锦阵花营都帅头，曾玩府游州。”

贺忆城一首小曲儿唱下来，声音极好听，也句句在调子上，就是内容太过放荡不羁。思薇听着听着眼睛就瞪了起来，捉了他打拍子的手掰起来，掰得贺忆城“哎哟哎哟”地喊疼。

“你能不能要点脸面？”

“要什么脸面，我要半生来折柳攀花，一世里眠花卧柳。”贺忆城笑眯眯地说。

思薇咬牙切齿：“你真是……俗不可耐！”

“非也非也。”贺忆城揉着被掰红的手，看着眼前一扫沉郁之气、重新精神起来的姑娘，笑道，“你可听过‘生有热烈，藏于俗常’？那便是我。”

生有热烈，藏于俗常——对于他这种自我吹捧、拼命往自己脸上贴金的行为，思薇早已习以为常，见怪不怪。她抚摩着怀里的小兔子，看他没心没肺地笑。半晌，她突然想到这可能是他们这辈子最后一次见面了。

虽然不知道他有几分真心实意、几分戏弄，但他确实给她准备了一场很好的生辰礼。

“谢……谢你。”思薇磕磕巴巴地说。

贺忆城愣了愣。他看着思薇的脸慢慢红透，她明显不擅长说这种话，但她居然也不躲避，就红着脸直直地看着他的眼睛。

“你别突然这么可爱，我可是会动心的。”贺忆城似笑非笑地说。

思薇柳眉倒竖，瞪起眼睛。她还没来得及说什么，就听见了院门被打开的声音，屋外传来一声呼喊：“思薇啊，我有个事儿想找你帮忙！”

这声音的主人不是她那位行事无法预料的师母，还能是谁？

听着脚步声越走越近，思薇噌一下从凳子上站起来，慌张地把贺忆城推进她那大衣柜里，警告道：“千万别出声。”

然后，她把兔子塞进贺忆城怀里：“你先拿着兔子。”

说罢她就关上了衣柜门，也不给贺忆城再说什么的机会。贺忆城抱着兔子环顾熟悉、狭窄的衣柜，对兔子叹道：“我和衣柜可真是有缘。”

即熙走进思薇房间的时候，看见她有些不自然地站在房间中，紧张地看着自己。即熙想，这又是怎么了？

“我准备睡了，你回去吧，有什么事明天再说。”思薇紧绷着一张脸说道。

即熙不信：“这才刚吃完晚饭，这么早你就要睡？不可能，你听我讲完我的事再睡。”

她十分自然地坐在了桌边的凳子上，给自己和思薇都倒了茶，反客为主地道：“站着干吗？坐啊……哎，你今天泡的茶味道很不错。”

思薇瞥了一眼衣柜，僵硬地走过来坐在桌边，心不在焉地看着即熙从袖子里拿出个布袋子放在桌上。

“我问柏清借了乾坤盘。星卿宫里，卜卦推命最厉害的是柏清，其次是雎安，再次是你。你帮我用乾坤盘算个事儿吧。”

“好……乾坤盘？柏清师兄肯借你乾坤盘？”思薇刚想敷衍过去，

定睛一看那布袋，惊讶万分。

乾坤盘是辅助卜卦的灵器，一直以来都归柏清掌管。对于卜卦者而言，每个人都想得知天机，而乾坤盘可帮助卜卦者无限接近天机。

但天机不可随意被勘破，否则会招致灾祸。所以柏清小心地掌握着其中的界限，对乾坤盘的使用一向谨慎，只有涉及天下大事，他才会使用乾坤盘进行占卜。

“咳，这个不重要，我就想让你占一占睢安的姻缘。”

“睢安师兄的姻缘？师母，乾坤盘是占卜天下大事时才使用的，你这……”

“睢安的姻缘怎么不是天下大事了？他对天下多重要，他夫人对天下也很重要啊。”即熙振振有词地说道。

思薇揉揉太阳穴，刚想说什么就听到屋外又有声音传来。有人温和地喊了一声：“思薇？”

随后又有一个声音响起：“思薇，你怎么没关门？你看见师母了吗？”

也不知今天是什么日子，昭阳堂出奇地热闹，继贺忆城和即熙之后，睢安和柏清也来登门造访。

这次换即熙噌一下从座位上站了起来。她拿过乾坤盘放进袖子里，急急地对思薇道：“就说你没看见我啊。”

说罢直奔思薇的衣柜而去，思薇还来不及阻止，她已拉开门藏了进去。

即熙在衣柜里和抱着兔子的贺忆城大眼瞪小眼。她震惊地道：“你怎么在这里？”

◇◇◇

贺忆城笑容灿烂地表示自己是来道别的。即熙揪住他的领子，低声让他老实交代是不是想勾引思薇。

衣柜外传来说话声，即熙和贺忆城停下话头，保持静默。

柏清的声音响起，语气有点着急：“有弟子说看见师母朝这个方向来了，她来找过你吗？”

衣柜外，思薇沉默了片刻，答道："我……没看见她，发生什么事了？"

"师母问我借乾坤盘，却不肯说所为何事，我就没答应。不久乾坤盘就不翼而飞了。我猜是被师母拿走了。"

贺忆城的目光转到即熙的袖子上，即熙立刻捂住自己袖子里的乾坤盘。

衣柜外，思薇的眼皮跳了跳，她的目光飘到衣柜上又转回来，说道："师兄，你们去别处找找吧，我并没有看见师母。"

雎安站在柏清身后。不同于柏清的焦躁，他笑了笑，气定神闲地说："师兄不必太过着急，乾坤盘若是真的被师母拿走了，反而无碍。以她的卜卦能力，根本无法催动它，她只能找我们三个人帮忙卜算。"

衣柜里的即熙咬了咬后槽牙，不得不承认雎安说的一句没错。

片刻后，雎安的声音又响起："我来找你是为了巡查之事。柏清师兄去年起甲子大卦，算出穷凶之灾，时在冬至，位于南方，灾源未明。我过几天准备去南方查看情况。思薇，你负责的梁州在西南，师母负责的扬州在东南，我们可以同行至豫州再分开。"

雎安要去解决南方大灾？

即熙一听就着急了。柏清每年都起卦，却是第一次算出穷凶之灾，其中凶险可想而知。雎安双目失明，重伤才愈，魔主不知正在哪里虎视眈眈地想要他的命，他居然还要去南方巡查？他不想活了？

贺忆城看见即熙的表情不好，担心她生气之下冲出衣柜，赶忙拉住她的袖子，低声道："冷静，冷静。"

正在这衣柜内、衣柜外都十分热闹的时刻，昭阳堂外又传来寄云的声音，她大声喊道："宫主大人？宫主大人？"

柏清皱起眉头，只觉得头疼。他对雎安说："都怪我多嘴，说了你想去南方。今天你去哪里，她就跟到哪里，这怕又是来请求同行的。她太会闹腾，你还是先避一避吧。"

衣柜里的即熙和贺忆城听见"避一避"这个词，不禁心下一惊，面面相觑。屋外传来一阵走动声，伴着思薇急切的喊声："师兄不可……"

她像是被什么拦住了，赶不及阻止，声音因为焦急甚至变了调。

思薇的衣柜有左、右两扇可以拉开的门，即熙和贺忆城站在衣柜的右侧。只见左侧衣柜门被打开，光落在他们身前，思薇惊恐的眼神和即熙的对上。所幸柏清的视线正好被右边柜门挡住，并没有看到他们。

然后，睢安进了衣柜。他今天换了夏季宫服，白色丝质面料上织着深浅不一的红莲与红色星图，整个人的气色看起来比从前好了很多。随着衣柜门合上，他的身影隐没在黑暗中。

即熙僵硬地看着眼前的睢安，一时间不知道该如何反应。

她第一次见到这衣柜的时候还想，这衣柜大得藏三个人都绰绰有余。真是一语成谶！思薇没事用这么大的衣柜干什么！她的衣服又不多，空着衣柜落灰啊！

这算是个什么情形？前有狼，后有虎，她该怎么办？

正在即熙暗自焦灼的时候，黑暗里响起一声低笑。睢安低声说："师母？你为什么在这里？"

即熙一个激灵差点跳起来。睢安不是看不见吗？他……他就算察觉到有人在，怎么会一下子就知道是她？！

"我……我躲一下柏清……哈哈……哈哈……"即熙尴尬地低声回答道。她偷眼瞥了一下身后的贺忆城。贺忆城抱着兔子屏住呼吸，表情僵硬得仿佛要心梗。

睢安点点头，继而带着笑意说："那您身后那位是谁呢？"

即熙和贺忆城对视一眼，后者闭上眼睛又睁开，认命地笑起来。他换上平时游刃有余的公子哥做派，笑道："我是巨门星君的朋友，因为某些原因入夜才来拜访。黑灯瞎火、孤男寡女，怕你们见了误会，就先避一避。"

睢安沉默了一会儿。衣柜内光线暗淡，即熙看不见他的表情。片刻之后，他微微弯腰行礼："何公子。"

见睢安分辨出了自己的声音，贺忆城也十分得体地微微弯腰回礼："宫主大人客气。"

即熙站在二人之间，整个人高度紧张地观察着形势。两个人每说一句话，她都胆战心惊。贺忆城和睢安在衣柜里隔着她相互寒暄，这场景未免太过荒诞，以至于她想掐一下自己，看是不是在做梦。

正在她陷入紧张又尴尬到无以复加的境地、恨不能打个洞把自己埋了时，左右两侧的衣柜门突然全部被打开。光芒大盛，照亮了衣柜里的三个人。

“寄云走了，小戚说他想——”柏清的声音顿时停住。即熙不太想转头看柏清的表情。那个瞬间，她脑子里闪过不知道多少乱七八糟的想法，最后归于一片平静。

她大彻大悟了，或者说破罐破摔了。

即熙转过头来，只见思薇阻止柏清的手还搭在他的胳膊上，柏清师兄的眼睛瞪得让她担心眼珠子是否还能妥当地待在眼眶里，而不知什么时候加入这场乱局的戚风早站在门边，尚且保持着他万年不变的冷静表情。

她露出个灿烂的笑容，拍着手道：“嗨，这么巧，今天思薇的房间这么热闹啊！”

柏清的目光只在即熙身上停了一瞬，随即转到她身侧的贺忆城身上，眼神从震惊转为愤怒。他咬牙切齿地道：“贺忆城？”

即熙的身体抖了抖，只觉得头疼欲裂。贺忆城总是代表悬命楼抛头露面，仙门百家大都对他这张脸很熟悉。

灯火摇曳、万籁俱寂中，贺忆城的目光从房间里每个人的脸上一一扫过。他微微眯起眼睛，然后笑起来，抚摩着兔子慢慢地从衣柜里走出来，说道：“不好意思，我是不是吓到各位了？是这样的，我很用心地养了一只兔子。悬命楼这不是散了嘛，我就和这兔子相依为命。前些日子它走丢了，我心急如焚，四处寻找，刚在巨门星君的院子里找到它。既然兔子已经找到，我就不打扰了。”

他笑意盈盈地一边说，一边向门边退去。戚风早却用一道符把房间的门窗全封了起来。柏清拔剑出鞘，指向贺忆城。因为愤怒，剑气涌动，直奔贺忆城而去。贺忆城胸口受了剑气，吐出一口血来。他跪坐在地上，手里的兔子一溜烟跑到了思薇身边。

柏清用剑尖指着贺忆城的喉咙。贺忆城抬起头来，唇边溢出鲜血，笑容却灿烂：“咯咯……星卿宫不是禁止私斗吗？天梁星君这是干什么？”

“你明知星卿宫是什么地方，居然敢来这里造次，还敢潜入巨门星君的房间？”

面对柏清的质问，贺忆城并不回答，也不去看思薇，只是捂着心口笑道：“所以呢，天梁星君不想放我走，你想杀我？”

“你敢进星卿宫，以为我不敢杀你吗？”

即熙有点着急，刚想上前说什么，却被雎安拉住胳膊。他微微地摇摇头。

贺忆城说道：“这便好笑了，天梁星君以什么理由杀我？”

“你是悬命楼的副楼主，这些年助纣为虐、作恶多端，多少人死在悬命楼的诅咒之下，你难道不是人人得而诛之？”

“哈哈哈，没有证据，没有苦主，没有主审官，仅凭一句‘人人得而诛之’就可以判我的罪？我竟不知星卿宫就是世间法度，可以空口无凭地判人生死？”贺忆城当即把柏清的话噎了回去。

柏清被贺忆城的话激怒，剑气一时高涨。突然，剑与贺忆城之间出现一道身影。思薇咬着唇，眼睛眨也不眨地站在贺忆城身前。她看着柏清说道：“柏清师兄，他不会武功，你不控制剑气会杀了他的。”

柏清怔了怔，看向思薇。

贺忆城的笑意有点挂不住了。他在思薇身后低声说：“你没必要……”

“做了就是做了，我不说谎。”思薇没有回头看贺忆城。她深吸了一口气，伸出手臂把贺忆城挡在身后，对柏清说道：“他就是何羿。半年前讨伐悬命楼的时候，我救了他的命，把他留在了星卿宫，还给了他祝符和客居的身份。今天晚上他是来找我的，也是我让他藏进衣柜的。”

柏清像是不认识思薇一般看着她，万分不理解地说：“你……为什么？你为什么要救他？他是悬命楼的副楼主，死于禾枷诅咒下的人，哪个和他没有关系？师父也死在禾枷的诅咒之下。”

说到这里，柏清仿佛想到了什么，目光一凝，看向贺忆城："我如何不能判你的罪？禾枷咒死了我们的师父，我星卿宫为苦主，问命箭为证，难道不能向你索命，讨回公道？"

贺忆城的目光往即熙那里瞟了一下，随即不由得苦笑起来。

"你凭什么说即熙咒死了师父？"

说这句话的不是贺忆城，而是思薇。

众人吃惊地看向思薇。思薇咬着牙看着柏清，一字一顿地问："你有什么证据？"

柏清不可置信地说道："诅咒原本就不会留下证据，更何况她被问命箭诛杀……"

"问命箭就不会出错吗？你们为什么不问问她缘由？！你们凭什么直接杀了她？！"思薇心中像是积攒了太多愤怒和痛苦，突然一股脑儿全爆发出来，她几乎是声嘶力竭地喊出来的。

她的眼睛红得不成样子，眼泪簌簌地落下，落在她衣服上的红莲上。思薇哭道："即熙在星卿宫待了七年……她确实爱说谎，散漫、自大，离经叛道，但她绝不歹毒，绝不残忍，她不会无缘无故地杀害师父！这其中一定有什么缘由……你们为什么不给她说话的机会？你们为什么不问问她？你们为什么要杀她……"

她去讨伐悬命楼那天，从来没想过要救贺忆城。

她是去救即熙的。她想，若是仙门百家真的抓住了即熙，她就闹个乱子，或者直接做即熙的人质，帮即熙逃走，然后再找机会向即熙问清原委。

可是她没来得及，她眼睁睁地看着即熙被问命箭一箭穿心。即便雎安射出问命箭的时候，她也不觉得即熙会被杀死。

在问命箭射杀即熙之前，她从不相信师父死于即熙的诅咒。在问命箭射杀即熙之后，她浑浑噩噩了很久，在怀疑和信任之间反复纠缠，可是到了最后，她还是不能相信。

就算问命箭认定即熙是杀死师父的凶手，她也不认。

所以她救了贺忆城。在他昏迷的无数个夜晚，她从噩梦中惊醒时都会打开衣柜看他。她害怕他死去，就像即熙一样，猝然离世，毫无征兆。

她怕她再没有证实的机会。

说到底，她只是想听贺忆城告诉她："星卿宫的前宫主、你的师父、你的父亲，他的死和即熙一点关系都没有。"

她想知道，她的姐姐和她的父亲——这世上她曾仅有的两个亲人——并非死于自相残杀。

第十一章

◇◇◇

即熙

“这七年里，你是不是受了很多委屈？”

“即熙她知道……师父对我有多重要……不是万不得已，她不会伤害师父。”思薇低声说。

柏清放下了手里的剑。他似有不忍，皱着眉头说道：“她一走七年，无人管束。人心善变，就算她在宫中时算得上纯良，谁知她在悬命楼如何？”

“我见过她，一年半以前我见过她。”思薇倔强地看着柏清，声音颤抖地说，“我一年半之前在梁州见过她。那时我发现她是荧惑灾星，和她大吵了一架，一直追她追到悬命楼下。

“若我回星卿宫禀明她的身份，她就会被清理门户，招致杀身之祸。她明知如此，也没有阻拦我，更没有伤我分毫。她没变，师兄，我敢担保，她还是七年前的即熙，她真的没变。”

那时思薇发现自己受骗，愤怒至极，不眠不休地追赶即熙。即熙却只是逃，从来骂不还口，打不还手。

被逼急了，即熙也只是说一句：“你不是本来就很讨厌我吗？怎么搞得我跟个负心汉，你跟个痴心错付的小姑娘似的？”

思薇被即熙说得愣住了。她想，她似乎确实没什么立场指责即熙。虽说即熙欺骗了她，可她也从来没向即熙表露过信任或敬爱，哪里谈得上辜负？

她从来没有表露过。

可是当她被噩梦吓醒，即熙拼床安慰她时，她也会在半夜醒过来时帮即熙把踢掉的被子盖好。

发现即熙不知天高地厚地准备破门禁离宫时，她慌得鞋没穿好就跑去叫雎安师兄救即熙。

看到即熙上天象纪年课痛苦不堪的样子，她故意把笔记记得详细、周全，等她来借。

发现即熙是禾枷时，她怕即熙被讨伐、被清理门户，所以对星卿宫众人隐瞒了她的身份。

她讨厌即熙，嫉妒即熙，伤害即熙，因为即熙是她同母异父的姐姐，她永远要和即熙比较。

可她也信任即熙，敬佩即熙，爱护即熙，因为即熙是她的姐姐，是这世上唯一一个给予过她温暖的亲人。

然而，她对即熙说出的最后一句话是指责，是由被骗而生的愤怒，是伤人的刀子，她到最后都没有叫即熙“姐姐”。

“我就是想知道真相……我不信是她……我要听她说话。她是……她是我姐姐啊……”

思薇逐渐泣不成声。

“其实，我最想说的……不是指责，也不是愤怒，我想心平气和地好好问问她……当年她为什么一声不吭地走了……是不是因为我说了很难听的话……我一直在找她，这七年里她杳无音讯，是不是记恨我？她会不会……想念……”

可最终她没来得及让即熙知道，对于自己出口伤人的恶言，她感到愧疚，她想说“对不起”。她已经学会说“对不起”和“感谢”了，就像对贺忆城说的那样。她最早是为了有朝一日能心平气和地面对即熙，才试着去改变的。

可还是太晚了。

她听不到即熙的解释了，也无法向即熙解释了。

即熙远远地看着思薇，满目震惊，神色复杂。

柏清看着泣不成声的思薇，一时间有些茫然，不知道该说什么好。一直站在柏清身后没有说话的睢安叹息一声，走上前几步，拍拍柏清的胳膊，像是宽慰，又像是制止。然后，他对思薇说："既然思薇想知道真相，那么我有一个猜想，还请贺公子帮我证实。"

贺忆城的目光从思薇脸上移到睢安身上。睢安略一停顿，然后说道："此前魔主曾布局，设计让我失格。若不是已经尝过逼迫星君失格、收集煞气的甜头，他应当不会如此大费周章。我猜，师父很可能是被魔主所害，被勾起心魔才导致失格而死的。"

那日，当魔主出现在静思室时，睢安察觉到了他的气息，刹那间这半年多来令他困惑的所有蛛丝马迹、所有线索都串在了一起。他蓦然明白了接踵而至的不幸的根源。

而一切悲剧的源头——师父的死亡——想来也是魔主所为。

"至于为何问命箭会认即熙为凶手，我想了很久，想到一个可能的答案。贺公子，星君失格时，惩戒我们的力量是否来自荧惑灾星？"

此前他引渡心魔时，即熙怕他失格，一直守着他。他说守着他也无用，却被即熙含糊了过去。他濒临失格那天，即熙闯进静思室后，以为无法劝说他时居然想自杀。

仿佛若她死了，就算他一心失格，也不会被星命书夺走性命。

"星命书和荧惑灾星之间或许有某种约定，一旦星君失格，即以灾星之力咒杀星君。师父虽是失格而死，但实质上是被即熙的力量所杀，所以问命箭认她为凶手。"

思薇怔了怔。她回过头看向贺忆城，满屋人的目光都集中在贺忆城身上。

贺忆城沉默地看了即熙一眼，然后慢悠悠地笑道："即熙生前总说，不是所有真相都一定要大白于天下的。有些事情还是不要知道或者装作不知道，活着的人才能过得舒服。"

即熙低下眼眸，无奈地轻叹一声，没注意到睢安袖子里的手慢慢握紧。

"你是说……睢安说的是真的？你有何凭据？"柏清急道。

"随口一说，无凭无据，反正即熙已死。若她是被冤枉的，你们难道能昭告天下，说你们错杀了她，然后再讲明前宫主如何而死？荧惑灾星是邪，你们是正，星命书是正中之正，却要借用邪物的力量维护正道。让人听了，该觉得多么可笑啊？！”贺忆城笑着流畅地吐露出讥讽之词。柏清脸上一阵红白交替，说不出话来。

在这僵持、对峙的气氛中，一直站在门边沉默不语的戚风早向前走了两步，站在思薇和贺忆城面前。少年眼眸漆黑，微微皱眉，说道：“虽然我不是很明白你们在说什么……但是，我有其他的疑问。思薇师姐，我和星君们下山调查廉贞星君的死因时，发觉贺公子也在查探此事。此前贺公子身边偶有邪祟游魂跟随，而不周剑失窃那晚他不知去向，廉贞星君死时他也在奉先城，我怀疑他便是魔主。”

听完戚风早的话，柏清的眼神慢慢暗下来。他认真地观察着贺忆城的神情，问道：“你身边为何会积聚煞气，吸引邪祟游魂？”

“这个我不是早答过阁下了？我从小体弱，进出过好几次鬼门关，阴气太重……”贺忆城不假思索、游刃有余的对答被思薇打断。她转过身去，抬起头看向贺忆城的眼睛。

她的眼睛因为哭过还是红的，眼神却倔强又坚定。四目相交时，贺忆城不自觉地停下了话头。

“你曾经告诉过我，你和即熙喜欢说谎，是因为就算你们说实话，也不会有人相信。”思薇声音沙哑，顿了顿，她慢慢地、一字一顿地道，“我相信你，你要对我说实话。”

贺忆城的眸光微微闪动。

“你可是魔主？”

“不是。”

“师父的死、不周剑的失窃以及泽林的失格，可有哪一件事与你有关？”

“没有。”

“那你为何吸引邪祟？”

贺忆城沉默了片刻，然后苦笑起来：“我曾以我母亲的名义向一个难缠的家伙承诺，不会让任何人知道和这件事相关的任何信息。所以我不能说。”

思薇看着他，眼睛闪着亮光："那这件事和魔主有没有关系？"

"绝无半点儿关系。"

思薇点了点头。她转过身去，面对柏清，说道："我信他。"

柏清有种恨铁不成钢的无奈，生气地道："就凭他几句话？他甚至没有解释他身上的疑点，你怎么能就这样相信他？"

"这个人身上有我给的祝符，我会对他负责。在我们找到并消灭魔主之前，我会好好看着他的。若他真是魔主，我会亲手杀他。"思薇站在贺忆城身前，迎着柏清的目光寸步不让，一字一句说得掷地有声。

她从来是个倔脾气的姑娘，撞了南墙也不一定回头，努力读书考学时是这样，和即熙针锋相对的时候是这样，不相信是即熙杀害师父时也是这样。

决定要庇护一个人时，她也是这样。

贺忆城看着身前这个姑娘纤细的胳膊，满目感动，默然无语。

柏清看了思薇半天，似乎很生气，又拿她没办法。

雎安拍拍柏清的肩膀，说道："师兄，相信思薇的判断吧。不过，思薇，你既然要做贺公子的庇护者，就要想好后果，承担起责任。"

思薇低眸应道："我会的，多谢师兄们包涵。"

这场纷乱的大戏结束之后，原本来道别的贺忆城反倒被锁在了思薇身边，短时间内不能离开。

从头到尾，即熙一直沉默地看着这个乱局。她看到了太多出乎意料的场景，心情太过复杂，以至于一句话都不想说。

从昭阳堂出来之后，即熙卡着门禁出宫，直奔奉先城而去。她一路打马，风驰电掣，心情这才略微舒爽了些。她到达奉先城时已经很晚了，街上一片宁静，商铺都早已关门。除了打更人，清清冷冷的街上再无什么清醒的人。

即熙凭着记忆摸到了从前卖糖葫芦的李伯家，翻进院子才发现这里早已不住人了。院子似乎已荒废很久，杂草丛生。

她愣了愣，因为心不在焉，翻墙出去的时候甚至崴了脚，只好一瘸一拐地走在洒满月光、悄无声音的街上。

原来她真的离开太久了。

即熙正这么想着，突然看见洒满月光的街道尽头站着个白衣男子，额上以交缠的金线绑了一副银白色的面具，遮挡住右眼与右额。男子身上的禁步铃铛叮当作响，脸上笑意浅淡。

“李伯前年去世了。如今奉先城里糖葫芦做得最好的是王叔。”睢安从身后拿出一串晶莹剔透的糖葫芦，微微笑道，“我去他院子里拿了一串，已把钱留下了。”

即熙一瘸一拐地走到睢安面前，接过他手里的糖葫芦。她怔怔地说：“你怎么知道我要找糖葫芦？”

“我还想说你怎么总长不大，还像小时候一样，心情不好就想吃糖葫芦。”睢安的笑意温柔。

即熙愣住了。她拿着糖葫芦僵在原地，看向睢安。

睢安淡淡一笑，伸出手摸了摸即熙的头。

“我早知道你是谁了，即熙。”

◇◇◇

“你喊我什么？”

“即熙。”

那一刻，如雪的月光落在他们身上，仿佛万籁俱寂，光阴停滞。即熙恍惚间想到，他上次喊她“即熙”已经是遥远的上辈子的事情，又像是昨天的事。

事实上，岁月如梭，他们之间隔了七年零两百六十三天，隔了一道生死界限。连她从前最喜欢的做糖葫芦的师傅都已去世，院子里无人居住，长满杂草。

她并不恋旧，她向来不喜欢怀旧。

但是，睢安喊出她名字的时候，她蓦然发现，虽然这思念并不强烈，但多年来她从生到死，再到死而复生，始终念念不忘。

她一直想念睢安，想念思薇，想念她不怎么喜欢的柏清和星卿宫。

听不到即熙那边的回应，睢安微微皱起眉头。他有些犹豫地说道："其实，一个月前，我差点失格时才……"

还没说完，他就猝不及防地被抱住了。即熙的头正好到他的耳际，她的头发摩擦着他的侧脸，痒痒的。她只用一只胳膊抱着他。可以想见，她的另一只胳膊正举在一边，拿着她的糖葫芦。

"我以为我这辈子都听不到你喊我'即熙'了。"

她没有问他是怎么察觉的，又是何时察觉的，仿佛那些都不重要。

仿佛只有他喊了她"即熙"这件事是重要的。

雎安怔了怔，继而低声笑起来："那你为何不告诉我你的身份呢？"

"我们原本就不是一路人，而且我从前骗了你，我怕你生气。"

"……那你因我而死，就不生气吗？"

她能死而复生是天大的奇迹。按照世间常理，她多半会这样冤死在他手中。

即熙抬起头看着雎安。他沉静的眼里映着月光，像琉璃珠子般闪烁着荧光。他说这句话的时候语气有点不安，好像怕听见什么不好的回答一样。

"实际上，这七年里我偶尔会想，如果你知道了我是灾星，会不会来杀我？"即熙低声说道，甚至笑了一下，"我能想象到你对我会有多失望，会因为被背叛和辜负而愤怒，大概也会非常难过。所以我一直觉得，若你要杀我，我就认了，束手就擒，引颈受戮，绝无怨言。"

"其实，以苏寄汐的身份复生之后，我发现你并不是因为憎恶我而杀我的，还觉得挺开心的。在这一点上，我从来没有生你的气，你可别胡乱内疚，跟思薇似的。"

雎安轻轻地笑了笑，说："你也是，不要胡乱臆测我会如何失望、如何愤怒，我没有生你的气。"

即熙如释重负地笑起来。不过刚笑一会儿她就想起了什么，嘴角又耷拉下去。她松开抱着雎安的胳膊，舔了一口糖葫芦，醇厚的甜味在她嘴里弥漫开来，却没能甜到心里。

"说起来，看到思薇这样，我怪不好受的。"

"嗯？"

即熙不知道该怎么表述心里的感受。她慢慢地向前走着，雎安走在她身侧。月光皎洁，街道空旷，她觉得心底惆怅又难受。

实际上，她很少会心情低落，她总是有一千种方法让自己开心起来。对她而言，活着最重要的就是要潇洒、畅快，就算是死亡，也没什么可怕的。

但今天例外。

即熙慢悠悠地说："我总觉得这世上的事情，最好的结局就是好聚好散。大家相聚的时候好好珍惜，全心全意地对待彼此，到了该散的时候就散，没什么可遗憾的。昨日种种譬如昨日死，不应该太执着，抓着不放。"

雎安安静地听着她的话，嘴角的笑意淡下去，眼眸微微低垂，并没有应答。

"我以为大家都像我一样，到了路口各自分离，开心地去过自己的日子。我没想过思薇一直在找我，这么多年来一直愧疚、难过，等我回来。"

原来，只有她一个人继续往前走了，思薇则被她抛在了分离的路口。想到思薇刚刚泣不成声的样子，想到思薇这么多年来一直在寻找她，她就觉得心里堵得慌。

那是她的亲妹妹。虽然她一直和思薇吵架，却总是想保护她，不想让她受伤。

"雎安，你也像思薇那样，从来没有忘记我，一直在等我回来吗？"即熙转过头去，望向雎安。

雎安的脚步顿了顿，禁步上的铃铛撞在一起叮当作响。

这个问题该如何作答？

鱼不会时常想起自己在水里，人也总意识不到自己在呼吸。他有时也这样，不会时时想起即熙。因为这种思念太过自然，持久而悄无声息，以至于变成了不可知的习惯。

最终，雎安只是笑笑，温和又淡然地说道："我自然不会时时记得你，但是像你这样的姑娘，要完全忘记也很困难。"

即熙似乎松了一口气。

雎安想，即熙应该也希望与他好聚好散。或许在她眼里，他们早已是分散的结局。

他思念的这个姑娘并不需要谁一辈子与她同行。对她来说，来者皆为缘，去者皆由命。未来和过去，她都不计较，生命只有当下。

他喜欢她的洒脱和自由，也因为这洒脱被遗弃。虽然喜欢她只是他自己的事情，但他偶尔也希望她能回头看看他。

他这么想着，发觉身边姑娘的脚步声一轻一重的，十分别扭。于是，雎安朝她伸出手："你的脚崴了吗？我背你吧。"

"不用，你的伤刚好。"

"奉先城的路我不熟，你帮我看路，我来背你，如何？"

对方沉默了一会儿，随后一只手搭上了他的胳膊，温热隔着袖子传递过来。那个姑娘说道："你怎么连崴脚都能听出来？幸好苏寄汐比较轻，换作我原来的身体，你可能背不动我。"

雎安忍俊不禁。

即熙环住雎安的脖子，趴在他的肩头，慢悠悠地吃着糖葫芦。雎安的肩膀很宽阔，衣服的料子很光滑，带着点凉意。他的步子很稳。

这让她想起了她私自闯门禁离宫的那个夜晚。那时雎安救了她，然后背着受伤的她走了很长很长一段路，一路都有萤火虫相伴。

"你原本很重吗？"

"也没有啦。多年习武，总比苏寄汐结实一点。我十七岁之后又长高不少，骨架也变大了。"

"这七年里，你过得开心吗？"

"那是当然。悬命楼的钱多到花不完，生意我可以挑着做。全梁州最好的美酒、美食，我都吃过；最美的美人、美景，我都看过。自然是开心的。"

即熙的双腿得意地晃悠着，和小时候一模一样。雎安不禁笑起来。

"如同悟机的庇护咒、师父之死加诸你身上的误解，应该还有许多我不知道的事。这七年里，你是不是受了很多委屈？"

睢安的声音低低的，平静又柔和，像冬日里温暖的泉水，出其不意地落在即熙的耳边、心上。

“你是不是受了很多委屈？”

即熙不由得怔了怔，举着糖葫芦的手僵在半空。

“委屈”这个词平时会被她归为矫情，强者如她，并不需要讨好谁，何来委屈一说？

她早就知道世人如何看待她，善恶正邪是如此分明。她有时候也觉得，或许真相没那么重要。

无数和她有仇的、没仇的人，都排着队嫁祸给她，受了她恩惠的人也不会领情。对此她已经波澜不惊，甚至如同看戏一般谈笑评说。

恶名远扬如何？被唾弃又如何？那些都不妨碍她活得自在、快活。

她总是想，她大概是这个世上最潇洒、最豁达的人。

有什么好介意的？

没什么好介意的。

反正她也解释不清，反正也没人听她说话，没人会相信她。

不知为何，即熙此时却觉得眼睛发热。她慢慢地把头埋在睢安的颈间，低声说道：“睢安，你有没有见过弱者对强者的欺凌？他们都说那是正义。”

这般堪称世间第一的潇洒、豁达，此刻却被睢安的一句“你是不是受了很多委屈”击溃。

即熙突然觉得，这七年来她经受了太多误解，担了无数不属于她的罪名和莫名其妙的仇恨。它们一重一重地堆叠起来，压得她喘不过气。

是啊，她才不在乎别人怎么议论她、揣测她。

可是，她也不喜欢这个只要知道她的身份，就人人都想讨伐她的世界。

睢安颈间的衣服渐渐被泪水湿透。他背上的姑娘咬着牙，像是委屈得不行，如同孩子一般说道：“他们欺负我！睢安，他们欺负我……这个世上没人听我说话，我也不知道……要说给谁听。”

“你说，我听。”

得到睢安这样温柔又坚定的回复之后，即熙却沉默了。

她抱着睢安的肩膀，好久没吭声，然后吸着鼻子说道："算了，我不想说。现在抱怨这些东西，太矫情。"

"好。"

"……我是声名狼藉、恶行累累的灾星。关于我的那些事情……如果我不解释，你很难相信我吧？"

那些关于她恶劣行径的传闻，翔实、丰富到旁人一听就觉得那肯定是真相。

睢安摇摇头。他的语气坚定又淡然，仿佛在说世间公理一般："就算你什么都不说，我也会相信你。

"我永远相信你，相信我所认识的即熙。"

即熙愣了愣，然后搂住睢安的脖子，把下巴搁在他的肩膀上。她卸去浑身的力气，依靠着他，低声说道："死而复生能重新遇见你，真是太好了。"

向使当初身便死，一生真伪复谁知？

◇◇◇

他们走到城外的时候，即熙看见自己的马边拴着另一匹马，阿海正在那马的背上百无聊赖地啄羽毛。

她大概知道睢安是怎么来到奉先城，又怎么找到她的了。原来，离开星卿宫之后，阿海就是睢安的眼睛。

睢安把即熙扶上马背。即熙勒了勒缰绳，转眼问他道："你说实话，你去南方是不是想拿自己做饵，引魔主现身？"

睢安笑了笑，也翻身上马："你在衣柜里都听到了？"

"南方无非是思薇负责的梁州和我负责的扬州，你去哪里？"

"离灾祸发生时间越近，柏清师兄越能算出具体的地点。我出青州后先到豫州，然后跟着柏清师兄的指引走。你要与我同行吗？"

即熙没好气地说："那当然！"睢安以身做饵，她难道能袖手旁观？她自然要在他身边保护他，直到灾祸事了。

反正现在因为门禁进不了星卿宫，即熙和雎安索性放松缰绳，慢悠悠地往回走。即熙拿起架子，嘱咐雎安道：“虽然你现在知道了我的真实身份，但我到底还占着苏寄汐的身体，你得继续喊我师母。”

雎安忍不住笑起来。他微微偏过头去，说道：“好啊，麻烦师母再多陪我一程。”

“再多陪我一程，也再让我多陪你一程。”雎安心想。

即熙十分受用地点点头，马蹄声“嗒嗒”。她说道：“既然叫师母，师母自然要疼爱你的。”

“……哈哈哈哈……”雎安终于忍不住笑出声来。

他好像已经很多年很多年没有这么笑了。

他的姑娘实在太过可爱。

此番离开星卿宫的人有些多，颇有种浩浩荡荡的架势。

思薇早定了去梁州。由于她在柏清和雎安面前为贺忆城作保，如今贺忆城算是受她监管，她去哪里，贺忆城便得跟去哪里。

而那天莫名其妙卷入乱局的戚风早，也是来找柏清辞行的。他在外待了太久，要回戚家了，正好与他们同路。

至于即熙和雎安，一个去巡查扬州，一个去灭灾祸。

于是，这一行五人带上阿海、冰糖，趁着五月中旬尚不算太热的时候，告别星卿宫众人下山去了。宫中暂时由柏清坐镇，柏清把他们一路送到山脚下，有些不放心雎安。

“之前你引渡的心魔都已经度化尽了吗？”柏清问道。

雎安略一沉默。即熙的声音自远处传来，她应该是在前面和思薇、戚风早说话。

“嗯。”他答道。

柏清突然想起了什么，有些犹豫地说：“对了，你还记得你十三岁第一次引渡心魔后，曾说过不想做天机星君吗？那时你怎么了？”

提及这样遥远的往事，柏清有些尴尬，雎安也很惊讶。不过，他很快就从柏清语气里的不安愧疚察觉到因果，便平静、淡然地道：“哦？我记不太清了，想来不是什么要紧事，不值得师兄记这么多年。”

“真的吗？”

“真的。”

有时候，柏清分不清睢安是真的不介意，还是为了让他安心在配合他。他看了睢安半天，说了句：“那就好。”

听到柏清放下心来的回答，睢安微微一笑。此时那个熟悉的声音又自元婴内响起，语气里满是讥诮：“又骗你师兄！世人怎能想到，天机星君居然这样擅长说谎？说什么心魔都度化尽了，那我算什么？”

“你十三岁时应该是我们第一次见面吧？那时候你原本打算对你师兄说什么？

“告诉他，以此身镇天下心魔的天机星君居然自己有了心魔？”

睢安并不回应那声音，只是云淡风轻地笑着和柏清道别。即熙的声音由远及近地传来，她来到他身侧，小声问苏寄云应该不会和他们同行吧。睢安点点头。

睢安说他已经和寄云聊过，无论是苏章的事，还是同行的事，他都已说开，寄云会继续留在星卿宫。即熙在他身边“啧啧”感叹，说他真是拒绝别人情意的一把好手，乾坤盘被柏清拿了回去，算不了他的姻缘真是可惜。

她说完又跑到前面跟思薇说话了。最近她很关照思薇，大概是被思薇那天的情绪崩溃吓到了。

阿海落在睢安的肩膀上，“啁啁”叫了两声。睢安竖起手指放于唇上：“是她，你要保守秘密。”

他对元婴里那个灵识说道：“师兄太喜欢操心，有些事还是不让他知道比较好。”

“只是他吗？这世上的人就算受你庇佑，承你恩情，也不能接受一个有心魔的天机星君。”

睢安眯起眼睛想了一会儿，淡淡地说道：“或许吧。”

“你怎么走得这么慢，是不是阿海没好好给你指路？来来来，我拉你。”即熙的声音又在近处响起，他的袖子随即被即熙牵起来。这个姑娘欢快地哼起曲子，带着他往前走。

他闻到了她身上微甜的香气，就像她喜欢的山楂的香气。今天的阳光应该很好，因为青草散发出只有阳光灿烂时才会有的干燥、清冽的气息，而他感受到了皮肤因光线太强而生的刺痛。他能想象自己在这种晴朗天气的样子，大约看起来温和、强大，满身光明。

是世人所期望的天机星君的样子。

实际上，他的世界一片黑暗，而黑暗里有深不见底的深渊，在所有他松懈的时刻等着他坠落。

多年来，他自己抓住沉甸甸的自己，倒也这么过来了。如果她知道的话，牵着他袖子的这只手也会沉重地垂下去吧。

寄云站在授学殿旁边的阁楼上，凭着山势远远地眺望星卿宫的宫门口。夏日耀眼的阳光下，那五个人越走越远，沿着山路消失在绿树掩映间。他们都没有穿宫服。睢安身着一袭白衣，背着不周剑，由苏寄汐牵着往前走，背影挺拔而沉稳，慢慢远去。

她真心实意地憧憬了这背影很多年，堂兄苏章让她接近睢安打探消息，这其实正合了她的心意。

那天睢安单独找她谈话，第一次没有那惹人厌烦的师婆在场。他坐在她面前，心平气和地说他知道苏章与她有联系，却并没有怪罪她进了星卿宫还和家族里的人交往密切，只说希望她能够考虑清楚自己想要什么样的生活，以及是非轻重。

她急切地发誓，她什么都没有对苏章说，答应苏章只是敷衍。她说自己是真的喜欢睢安。若睢安现在还没这个心思，她愿意等他。

那时睢安沉默了片刻，然后微微笑起来。他笑起来真的非常好看，眼尾微微低垂，温柔得不像话。

“我也在等一个人。我认为自己最大的长处就是善于等待，在这一点上，你是等不过我的。”

寄云当即愣住了。她无法想象睢安也会有求而不得的人，她不甘心地追问睢安那个人是谁、为什么不喜欢他。

睢安却说，问题的症结恰恰在于那个人太喜欢他，喜欢到不会拒绝他的任何请求，但那个人不爱他。

而他太爱她，以至于害怕耽误她真正的爱情。

“被我喜欢上不是什么好事。”睢安说出的这句话让寄云始料不及。

他拍了拍自己的肩膀，平静地说道：“我是一个不得自由的人，只要我还在这世上活一刻，我的肩上就担着星卿宫的威严与声誉、天机星君的职责、修仙者的道德标准，担着世间良善、天下万民。若被我喜欢上，若真的成为我的妻子，这些沉重的责任也会压在她的身上。若她是个喜欢自由的人，说不定会就此被毁掉。

“而且，实际上，我并没有你们想象的那么完美。对于我喜欢的人，我或许不会为她而活，也不会要她成为我的妻子，但我可以为她做一切能做的事情，可以为她奋不顾身。虽然我知道她不需要，不喜欢，也不会接受。就算有一天她知晓这些，觉得难过和沉重，就算她拒绝，我也永远不会停下来。”

寄云看着微笑着以平静的语气说出这些话的睢安，震惊到仿佛不认识他。她从小爱着的是那个温柔、强大、永远理性的睢安，而此刻她有些怀疑那些是不是只是睢安的壳子。

天机星君睢安到底是个什么样的人？

“在爱情这件事上，我确实是有点疯的。”

睢安坦然地承认了这一点，然后说道：“所以我觉得，寄云，你放弃吧。”

她没有想过自己会以这样的方式被拒绝。

寄云靠着栏杆，看着睢安的身影完全消失，宫门口又变得空旷。宫中的钟声响起，下一节课就要开始了，她却不想动身，只是盯着那无人的路发呆。

他用自己偏执、深沉的爱情拒绝了她的爱意。只寥寥数语，她就明白自己等不过他，也疯不过他。

她后知后觉地想起，她从来没有觉得睢安有什么不对劲，但那天她和睢安单独相处时，她隐约感受到了他身上强大、深重的孤独。

似乎是因为此前她看见睢安时总有贪狼星君在场，而只要那位星君在睢安身边，他看起来总是心情很好，没有那么孤独。

可那是他的师母啊。

寄云咬咬唇转身离去，沿着台阶走下楼去。

她不管了，不猜了。睢安想怎样就怎样吧，要离经叛道、惊世骇俗也和她没关系了。

最好他的疯狂能有个圆满的结局。

希望他的孤独能有终点。

第十二章

◇◇◇

神仙

翡兰城瘟疫……乃是荧惑灾星身上背的三大恶事之首。

豫州占据了大半个中原，乃九州里最富裕、最繁华、最热闹的所在。舜河城是豫州第二大城，以盛产粟米和中药材闻名于世。

接近正午时分，舜河城的街头好不热闹，人流聚集在一处。人头攒动间，只听得有人敲响锣鼓，喊道：“十两银子一位，各位父老乡亲都可以来挑战这位壮士，只要打赢了他，便可得十两黄金！童叟无欺！”

“十两黄金！”不知从哪里传来一个雀跃、清脆的女声，接着一个杏红色的身影大喊着“借过，借过”，硬生生地在拥挤的人潮中开辟出一条路来，走到场子前面。

只见地上垒起个到小腿肚般高的台子，长、宽各七步左右，台上站着个大汉，身体不算魁梧，但看起来是结实的。壮汉背着手，一双眼睛凶狠地扫视着台下众人。一个头破血流的中年男人被扶下台去，一路血流不止，滴滴答答。

那女子手里拿着一串还没吃完的糖葫芦，对这场景似乎丝毫不畏惧。她咬了一口糖葫芦，含糊不清地说道：“怎么，打赢了他就能拿十两黄金？”

在一边敲锣的中年男子身材矮瘦，满脸堆笑地道：“是啊，小姐是要让家仆来试试吗？”

“家仆？我看起来像是有家仆的人？”姑娘咬下最后一颗糖葫芦，掏出手绢擦了擦那串糖葫芦的竹签，然后用竹签把长发盘起来，笑道，“我自己来。来吧，打架吧。”

她轻盈地跳上台子，站在大汉面前。这姑娘长得极好看，闭口不言时娇弱如水，一开口说话仿佛换了个人。

大汉先是被她的美貌震得一愣，继而抱起胳膊，嘲笑道：“你这样的小姑娘也敢挑战我？这么想要钱，不如我给你金子，小姑娘陪我快活快活？”

女子活动着筋骨，笑得灿烂：“那是一定的，包管叫你快活，快活得叫不出小姑，只能叫娘！”

大汉神色一沉，决定出手给她几分颜色看看。

只听街头传来一声又一声雄浑的呼喊：“嗞！”“哎哟！”“啊！”

围观的人跟着发出感叹：“娘唉……”“我的老天爷啊……”“这是谁家姑娘？”

不消片刻，着杏红衣服的姑娘就坐在了大汉的背上，而大汉鼻青脸肿地趴在地上，直喊饶命。

姑娘压制着他，拎起他的手，拆掉他手上绑的带子，观察了一阵，十分嫌弃地道：“本来我就想拿点金子，谁知道你居然偷袭我。你手心这三脚猫的符咒是谁给你画的？画得这么复杂，威力就跟挠痒痒似的？”

她边说边举起大汉的手心，向大家展示。围观的人恍然大悟，爆发出震怒，大喊着“要诈赔钱”。敲锣的矮瘦男人看形势不妙就想跑，刚走两步就被什么东西扯住了裤腿，一个跟头栽下去，然后被一路拖到台子边。他气急地抬头看去，顿时吓得失魂落魄——咬着他裤腿的居然是一只浑身银白的大狼。

“冰糖干得好，给我看着他。”姑娘拍手鼓励道。大狼一龇牙，矮瘦男人吓得大气不敢出。

即熙说罢转过头去，掰着大汉的手，笑眯眯地说：“这位大哥说说看啊，你尚未筑基，根本不可能画符，这符咒是谁给你画的？”

大汉早没了最初的气势，脸色苍白，看看即熙，又看看冰糖，哆嗦着唇不敢说话。他不知道看见了什么，眼睛蓦然一亮，向人群中喊道："大师！大师救我啊！"

"大师？"

即熙顺着大汉呼喊的方向看去，在人群中捕捉到一个飞快离开的身影。她还没出声，只见一只巨大的海东青从天而降，拎着那想离开之人的肩膀升高，然后不客气地把他扔到了即熙身边。

那人落地的时候还勉强保持了仪态，是双脚落地的。他三十多岁，身形高大、清癯，留着长胡子，穿着修士常穿的道袍，看起来确实像个仙风道骨的大师。

即熙从大汉身上站起来，和阿海一起前后盯着这位"大师"看。即熙笑道："大师，他的符咒是您给的？"

人群中传来窸窸窣窣的窃窃私语声，看来很多人认识这位"大师"。

修士站在擂台上清了清嗓子，抚摩着胡子义正词严地对大汉说道："阁下说立志行侠仗义、匡扶良善，我才给阁下符咒的。谁知你却拿它坑骗他人，我对你太失望了。我此刻就收回符咒，不让你再祸害他人！"

即熙看着这位大义凛然的大师，忍不住笑着摆摆手，戏谑道："大师，咱也别磨叽了，我请教一下您的尊姓大名？师出何门？"

修士抬眼看了一下即熙，又看了一眼周围越聚越多的围观者，皱着眉威严地道："我乃星卿宫天机星君。"

即熙愣了愣，一口唾沫差点喷到这位修士的脸上。她呛得直咳嗽，笑得腰都直不起来了。

"不是……天机星君是远近闻名的美男子，而且容颜不老。你又老又难看，想假扮别人，也得有点自知之明吧？"

"姑娘为何出口伤人？！我便是天机星君，绝非作假。"修士皱着眉沉声道。

"你怎么证明？"

"我在此处云游，除恶扬善，帮扶贫弱，父老乡亲都是知道的。姑娘又怎么证明我不是天机星君？"

围观的人群里传来附和的声音。看来这位大师在此处行骗已有些时日，得了一部分信徒。即熙想了想，以手指天道："那大师敢不敢对天发誓，说自己是天机星君？"

大师冷冷地说道："我们星君便是天，何来对天发誓？"

"对荧惑星发誓啊，它主管灾祸、恶咒。虽然您灭了禾枷，但荧惑星还挂在天上。您喊它，它还是会应的。"即熙笑眯眯地把指天的手转向大师，指着他说，"您不会怕了吧？"

大师似乎有一瞬的犹豫。大概是想到荧惑灾星已死，他挺了挺腰板，看向即熙，答应道："我句句属实，没什么好怕的。"

他举起手掌，说道："荧惑星在上，我乃星卿宫天机星君，若有虚言，天打雷劈。"

大师话音刚落，晴天里惊雷响起，一道霹雳劈云贯日，从空中直直落下，打在大师身上。电光石火之间，围观人群中飞出一张保护符，抵了大半雷电。大师被劈得面色焦黑，吓得瘫倒在地。

"天打雷劈倒也不必，您对自己下手太狠了吧？"即熙看着一脸焦黑的大师，啧啧感叹。

隔着十万八千里，在她听不到的地方发誓也就算了。这可是当着她荧惑灾星的面发誓，十成十会应咒啊。要不是刚刚那道保护符，他现在早已没命。

保护符的主人从人群中走了出来。他背着长剑，身穿翩然白衣，衣上绣着墨色流云，额上戴着一副银白色面具，面具正好遮住他的右额和右眼，外人看不清其面容。但这种卓然脱俗的气质，寻常人是不会有的。

不过，他的目光没有落处，虚空得很。旁边看热闹的人小声地说："他好像看不见。"

男子走到瘫倒在地的大师身边蹲下，身子与他的齐平。男子微微笑起来，和气地说道："大师，不知道您方不方便将这段时间受您欺骗的人及其住所列一张单子给我？"

好久没见雎安这种充满威慑、能把人气死的礼貌了，即熙顿时觉得十分怀念。她拍拍大师的肩膀，笑道："冒牌大师，方便吗？"

"方……方便……马上就写！"面色焦黑的大师忙不迭地说。

待大师写好，即熙拿了那作为彩头的金子，将其揣在怀里，又取下盘发的竹签随手丢掉。然后，她捧着纸看了半天，皱着眉对身侧的雎安道：“这家伙还真能骗，洋洋洒洒写了这么多。”

雎安轻笑一声，道：“过几日师兄的信就该来了，他会告诉我们下一站去哪里，得趁这几天把这些事解决掉。”

“嗐，早知道我就不来打这个擂台了，平白无故给自己找事……”

围观的人自动让道，目送白衣男子和杏红衣裳的姑娘聊着天并肩而去，身边还跟着一只银白色的大狼和一只海东青。

他们看起来着实不像什么好人，但又好像确实是好人。

贺忆城撑着脑袋看向思薇，她正在路边支摊子给人写书信。她的字迹工整又好看，便是不识字的人，也能看出其娟秀，一时间生意红火。

“我听说你师母在东边打了个擂台，一会儿工夫十两黄金就到手了。你写信挣钱，什么时候才能挣到十两黄金？”贺忆城撑着脑袋漫不经心地问。

思薇冷冷地瞧了他一眼，说道：“我又不是缺钱才来写信的。”

“是是是，您是来体验民间疾苦的，可就您这毫无后顾之忧、完全不被生活所迫的状态，能体验到多少疾苦？”贺忆城说着打了个哈欠。思薇重重地拍了下他的后背，说道：“你呢，我们离宫也有半个多月了，你可赚了一钱银子？”

“你又不让我去赌？”

“除了赌，你就没别的法子挣钱了？”

贺忆城往桌子上一趴，赖皮兮兮地说道：“我懒嘛，你都在师兄们面前说要对我负责了，可不能这时候嫌弃我，始乱终弃啊。”

站在摊子最前面等着思薇写信的两个大娘交换了一下目光，再看向他们的时候神情中多了几分心照不宣。

思薇气得要拿砚台砸他的头，手刚举到一半，贺忆城就嚷道：“女侠饶命。”

思薇不想惊动更多的人，狠狠地瞪了他一眼，说道：“你别痴心妄想了。我才不会喜欢一个打不过我的男人。”

贺忆城笑起来，不怕死地说："那要是有一天我能打败你，你是不是就会喜欢我？就会嫁给我喽？"

思薇没好气地哼了一声，轻蔑地道："等你先能打过我再说。"

"一言为定，你可别赖账。"

贺忆城眉眼弯弯，笑容灿烂。

◇◇◇

"咚咚咚！"

木门上传来叩门声。昏暗光线下，农户汉子匆匆走到门边打开门扉，随着屋外光线流泻而入，他看清了门外身披晨光的两人——一人身着白衣，半束发，右额戴着一副面具；一人身穿杏红色衣裙，鬓边插着金光闪闪的步摇。

身穿杏红色衣裙的姑娘放下手里的信纸，对他笑道："你可是李丰年？"

男人愣了半天才应下来。他的妻子从他身后探出头来，不安地问："这是怎么了？"

即熙把纸折好塞进怀里，对他们说道："你们前段时间找的那个天机星君，是个假冒星君骗人的家伙，你们别指望他了。"

雎安微微颔首行礼，说道："不知你们对天机星君有何诉求？可说与我听。"

"您是？"

"真正的天机星君，雎安。"

夫妻俩对视一眼，眼前这个男子的气度显然比之前的大师看起来不凡多了。他们赶紧把雎安和即熙迎进房间。这是个破旧、狭窄的房子，但是收拾得很干净，屋内窄小的床上躺着个咳嗽不止的孩子。女人红着眼睛把孩子扶起来，对他说道："真的神仙来了，你有救了。"

"我家幺儿一向聪明活泼，这段时间却不知怎的生了怪病，咳嗽不止，甚至咳血。大夫都说他已经病入膏肓，无药可医。神仙，您发发慈悲，救救我家幺儿吧！"

即熙拉着睢安的手，让他坐在床边。睢安握住了孩子的手。昏暗的光线下，即熙看到那孩子睁着又大又圆的眼睛好奇地看着他们。

有浅浅的光芒从睢安面具的缝隙里露出，如同点点星光。

那对农户夫妻看着这一幕，眼里露出希望。待光芒暗下去之后，睢安沉默了一会儿，然后抬起头来，目光低低地落在地面上。他轻声说道："他身上并无邪祟。他是病得很重，阳寿将尽。"

"神仙，你救救他吧！我给你磕头了！"那妇人立刻扑在地上要磕头，被即熙一把拉住。

睢安摇摇头："你们需要的是高明的大夫。我并非医者，并不能治病。若你们缺少看病的钱，我可以帮你们。"

"翡兰城的名医都说我家幺儿没救了……您是神仙，神仙怎么会有办不到的事情呢？"妇人哭道。

睢安低下眼眸，轻声道："我并非神仙，能力有所不及，抱歉。"

即熙搀着几乎哭倒在地的妇人，不知道该说什么好。其实她很反感这种所谓的神仙无所不能的说法，但看妇人哭得如此撕心裂肺，也实在没什么余地责怪她。

一直神色黯淡、沉默不语的男人突然抬起头来，说道："我听说城中富商生病，您治好了，我们为何就不行？是因为我们没钱吗？最善良的天机星君都这样，这世道真是豺狼当道！"语气里的愤怒和不甘溢于言表。

即熙听到这话气得不行，睢安却拍了拍她的手。他沉默了一瞬，然后仰起头对那高大、愤怒的汉子说："如果你说的是城中孙家，孙老板是因为邪祟缠身才疯癫病重的，我可以驱邪祟。但是，您的孩子是生病，我不会治病。"

"我没什么想要的，我只想让您的孩子好起来。关于这一点，我和您一样无能为力。"

睢安身上总有种让人安定的力量，能够安抚痛苦，浇熄愤怒。他这样平静又认真地说着，似乎在这世上什么事情都是可以接受的。

那汉子终于也红了眼睛。他抱着地上痛哭不止的妇人，悲恸地道："什么神仙！你还不如那个假的！不如不要来！"

在尘土飞扬的狭小房间里，夫妻俩因为绝望和痛苦肆意指责睢安。睢安什么也没说，只是握着孩子的手，低眸听着。

当他们留下一些银子，走出那扇摇摇欲坠的木门后，即熙长长地叹了一口气。

阿海从空中飞来，落在睢安肩头。睢安笑了笑，说道："走吧。"

即熙转头看向睢安。她想起有次试炼结束时，她接睢安回星卿宫，路上睢安总是在出神，也不说话，她就问他在想什么。

"世间万万，人心复杂，生民疾苦，可度几人？"

他沉默了一会儿，低声说道。

她有些记不清那次是睢安差点被他所救的百姓烧死，还是他眼睁睁地看着海啸里千人溺亡，还是待他极好的那户善心人家招来强盗灭门的试炼。

即熙只记得，在她茫然无措、不知如何回答时，睢安径自说道："不过我想明白了，左不过以一灯传诸灯，至万灯皆明。"

"以一灯传诸灯，至万灯皆明。"这句话她记了十几年。

平日里，按即熙的性子，大约要骂这对夫妻不讲道理。不过这次她什么也没有说，只是从怀里拿出那张纸，划掉李丰年的名字，语调再次恢复轻快。

"这是二十七户里头一个不领情的，已然不错了。让我来看看下一户是谁，东桥坊马家？"

即熙边说边跟着睢安往下一家走去。

这边，贺忆城和思薇摆了好几天的摊子，他百无聊赖，向即熙借钱买了把二胡，真就当街卖起艺来。他在青楼、乐坊混迹多年，对时兴的曲子十分熟稔，技艺娴熟，曲风撩人，一时间生意红火，隐隐有"红透勾栏瓦舍"的迹象。

卖艺挣到钱后，贺忆城恢复了大手大脚花钱的习惯，连思薇都拦不住。他赚多少花多少，一文钱都不剩下。按贺忆城的话说，这种花法比起从前他在悬命楼的时候已经节省得可怜了。

气得思薇不想跟他说话。

被思薇从她的摊子上赶出来之后，贺忆城背着手在街上闲逛。突然，街边传来一个老者中气十足的声音："这位贵人请留步。"

贺忆城转过头去。一看，街边立了个小摊子，摊子边戳着根棍子，棍子上挂着一面破破烂烂的大旗，上书简朴的"算命"二字。

那面破烂的大旗下坐着一个衣着破烂的老者。他正抚摩着自己的胡须看着贺忆城，一双眼睛炯炯有神。

贺忆城想，这老人怕不是在看他，而是在看一块行走的银锭？

见老人穿得着实寒酸，贺忆城又没别的事情要做，就决定给他个赚银锭的机会。他在老人的桌前坐下，漫不经心地道："先生要给我算一卦？"

老人抚摩着胡须高深莫测地道："公子最近可是因为一个女子而烦心？"

"是啊，我就指着一个朋友赶快攒起万贯家财，带我脱离苦海。奈何她最近一心行侠仗义，居然都不爱钱了！"贺忆城用手撑着下巴，摇头感叹。

"……"

老者清了清嗓子，说道："她是你的好友，却不是让你烦心之人。让你烦心的，是与你门不当户不对，却让你念念不忘的另一位。"

贺忆城闻言眯起眼睛，笑而不语。

"你和与你关系紧密的三人，其实便是'风花雪月'四字。那位多年好友是风，来去自由，无影无踪。她受人庇护，那庇护她之人是雪，清雅、高洁，不染俗尘。令你烦心的姑娘是花，梅花傲骨，明艳、热烈。而阁下是月。"

"月？何解？"

"寂寂寒光，孤夜长明。"

贺忆城不置可否地笑了一下。他抱着胳膊看向老者："别人那里都说得直白，怎么到我这里就卖起关子来了？这些天我们四个总是同行，你看到过我们，能胡诌出一两句并不稀奇。"

老者气定神闲地说："阁下若不信，可将生辰八字给我，我来给阁下细细算一卦。"

贺忆城的目光微微闪烁。沉默片刻后，他悠然地报了个日子：“庚子年十二月初三子时三刻。”

“阁下贵姓？”

“贺。”

老人口中念念有词，掐指算了一会儿，面露疑惑之色，继而愤怒地说：“阁下为何戏耍于我，把旁人的生辰八字说成自己的？这个时刻出生的贺姓之人，根本没有阳寿，出生便死。”

贺忆城哈哈大笑起来，扔了一块银锭到桌上，站起身来说道：“便是逗你玩又如何？银子给你不就成了？看你算命过得这么穷酸，还是趁早换个行当吧。”

说罢他便转身离开，眼里的笑意淡下去。

老家伙居然还真有两下子。

贺忆城不知道，他走后不久，便有人坐在了老者对面。来人身披黑袍，看不清眉目。老者立刻满脸带笑，对来人说：“我按您的吩咐，原本想骗他的生辰八字，可是他没对我说实话，给了我一个死人的生辰八字。您看这怎么办？”

来人接过老者手里的纸，看着那生辰八字推演了一遍。

“你怎知他说的就不是实话呢？”

“这怎么可能？！”

来人在老者的桌子上放了一锭金子，折起纸条，幽幽地道：“出生便死之人，半生半死，半人半鬼，不死之躯。看来我所料不错。”

下午思薇收摊时，贺忆城踩着点去找她。市场里熙熙攘攘的人流这个时候开始散去，一个青衣少年走到他们二人身边。

思薇最近被贺忆城气得不行，见了少年只草草地打了声招呼就继续前行。贺忆城走在少年身边，笑道：“让你受了无妄之灾。不过，小戚你怎么不回戚家啊，天天跟着我们瞎晃悠？”

一向冷峻、少言的少年抬起黑色的眸子看了贺忆城一眼，简短地回答道：“本来是要回家的。”

“结果受天梁星君所托来监视我，是吧？”

贺忆城了然地笑着拍拍少年的肩膀。思薇相信他的话，雎安大约也是信的，但柏清是万万不信的。戚风早本该在青州回戚家，接了柏清的几封信后，就说要跟着他们一同巡查。

这哪里是巡查，是在查他。

“你怎么就那么听天梁星君的话？”贺忆城感慨道。

戚风早看着他说：“天梁星君是我的恩人。”

“是是是……”贺忆城应付道，心想这个十五岁的小屁孩活得跟个五十岁的老人家似的，无趣得很。

他们一同回到了下榻的客栈。贺忆城大手一挥，要小二把他们店里最贵、最好的菜端上来，说完把自己今天挣的一半银子丢了出去，眼睛眨都不眨。

思薇额上的青筋跳了跳。她一下子站了起来，说不吃贺忆城点的菜，要换张桌子坐。贺忆城油嘴滑舌地劝说，素来话少的戚风早没有劝架的本事，看着他们俩你来我往。

正在这时，不知从哪里冒出来一个黄衣少年，十六七岁的样子，英俊、挺拔。少年背着剑，看起来是名修士。他惊喜地拉着戚风早说道：“小戚！你怎么在这里？”

戚风早看向少年，有些惊讶地说：“赵元嘉？”

思薇和贺忆城因为这突然冒出来的人暂时停止了争吵。戚风早站起身来，向少年介绍巨门星君思薇和她的友人何羿公子，又介绍了下这位少年。

这是豫州第一修仙门派明世阁的五弟子赵元嘉。

赵元嘉一到就解决了个大问题。他对戚风早一行人说，既然他们到了豫州，他要略尽地主之谊，所以这顿饭他请了。

思薇和贺忆城的争执这才结束。贺忆城坐在桌边，望着赵元嘉似笑非笑地说：“赵公子破费了。”

思薇无端觉得贺忆城的笑容假得厉害，语气也有些让人不舒服，他似乎不太喜欢赵元嘉。

赵元嘉却没想那么多。寒暄过后，他们坐在一桌吃饭。赵元嘉说他要去翡兰城，只是途经此处，这才遇到他们。

“我听说天机星君也来此处了。最近正是翡兰城的大好时节，满城的翡兰鸟刚刚换羽毛，新羽如翡翠般明亮、璀璨，整座城都熠熠生辉呢。诸位不一起去翡兰城看看盛景吗？”赵元嘉热情地邀请道。

翡兰城原本是豫州一座名不见经传的小镇，几十年前一群全身碧绿、荧光闪烁的鸟降落此处。世人啧啧称奇，视之为祥瑞，皇上亲自赐名“翡兰鸟”。

后来翡兰城的人经过精心培育，留下了这群翡兰鸟。翡兰鸟在此繁衍子嗣，数量日多，这座小镇因此被提成了城，索性以翡兰为城名——以“翡兰祥瑞”闻名于世的翡兰城。

思薇婉言谢绝了赵元嘉的邀请，说他们如今在巡查，并非游玩，要等天梁星君的卜算结果出来，再去往下一个地点。

他们正说着，一只白鸽从窗外飞了进来，落在他们的桌上——柏清来信了。思薇拆下鸽子腿上绑的信笺，信上写着“位在西南”。

柏清至今仍不能卜出灾祸的具体地点，只能循序渐进地卜算方向。“位在西南”的意思是，下一步往西南走。

赵元嘉看了纸条上的内容，笑道：“若是要往西南走，那正好可以去一趟翡兰城，翡兰城就在西南。”

思薇尚在犹豫，贺忆城却已抱着胳膊笑意盈盈地说道：“赵公子如此热情，那好啊，我们去吧。”

◇◇◇

待睢安和即熙回到客栈与思薇他们会合时，等候在此的赵元嘉远远看见睢安白色的身影就站了起来，眼睛发亮，脸上流露出激动的神色。

对于年轻修士来说，天机星君大抵就是传说中的完美人物，是世间最接近于神仙的存在，是他们心中仰慕的对象。

他走到睢安面前，恭恭敬敬地行礼、自我介绍，并盛情邀请睢安和他们一起去翡兰城。

“刚刚何公子已经答应了，巨门星君和小戚也都没有异议。既然要往西南走，宫主您真的莫要错过翡兰盛景。”

从看见赵元嘉的那一刻起，即熙便皱起了眉头。听说贺忆城答应去翡兰城，即熙不禁把目光转向他。

贺忆城露出一副无所谓的笑颜。

雎安微微偏过头，朝向即熙的方向：“师母的意思呢？”

即熙沉默了一瞬，然后行礼，笑道：“幸会幸会。既然赵公子如此盛情邀请，那我们便去吧。”

他们在五日之后才离开舜河，前往翡兰城。离开前，雎安和即熙走访了被假星君欺骗的所有五十二户人家，满足了绝大多数人的求助。他们走时，不知是谁传出了消息，小半座城的人都来送他们，街边站满了人。他们往前走着，那些受过帮助的人家沿路叩拜。

雎安于是伸手摘去面具，在城门口吹了一首埙曲作为还礼。那是豫州的古曲，含义为各自珍重。

他吹完曲子时，一对夫妻从旁边的人群中挤了出来。他们挎着一篮鸡蛋，有些犹豫地走到雎安面前。那男人开口道：“星君大人。”

雎安认出了他的声音，浅笑道：“李丰年，李先生？”

即熙闻声看去，来人正是那天指责雎安见死不救的那对夫妻。这几天，雎安常常去他们家看望病重的孩子。这对夫妻的态度逐渐软下来，今天已然有了几分愧疚的神色。

“星君大人，最开始的时候我们随意揣测您……对不起，您别往心里去。我们没什么能给的，您不嫌弃的话就收下这篮鸡蛋吧。”李丰年用篮子碰了碰雎安的手。

刚刚百姓一路送的东西，雎安都拒绝了。此时他略一沉默，收下了鸡蛋：“那不是什么大事。我终究救不了你们的孩子，并非你们心中无所不能的神仙，抱歉。”

那对夫妻立刻摇手说“不是，不是”。因为常年劳作，他们的手黝黑、皴裂，长着厚厚的茧子。妻子眼里有莹莹泪光，她哽咽着道：“您陪幺儿聊天，哄他喝药，幺儿很开心，他喜欢星君大人……可能神仙也不是无所不能的，我觉得您是神仙。”

睢安沉默了片刻，然后向他们行礼，道："谢谢。"

他们一群人终于走出城门，与城中相送的人告别。即熙走在睢安身侧，拿过他手里的篮子替他数了数，里面一共有二十二个鸡蛋。在豫州传统里，二十二是最吉祥的数字。

吉祥好运？祝掌管运势的星君好运？有些好笑，又质朴得可爱。

即熙长长地舒了一口气，觉得这几天心中的憋闷一扫而空。她把鸡蛋还给了睢安，笑道："以心换心，恭喜你换到了。"

听到这熟悉的话语，睢安会意地轻轻一笑。

"我十几年前说的话，你还记得这么清楚？"

"我这不是想等着什么时候你言行不一了，好拿你的话嘲笑你吗？结果，这么多年硬是没等到机会……"

两个人慢悠悠地走在队伍的最后面，跟着其他人走到驿站，上马往翡兰城的方向奔去。

翡兰城离舜河并不远，一路官道平坦，两边尽是望不到头的田地、原野。临近黄昏时，他们离翡兰城还有十里地，却看见官道两边站着许多百姓。站在前排的五个人身着红衣，手臂上停着翠绿如玉的翡兰鸟。后面的人有手捧绸缎的，有敲锣打鼓、吹唢呐的，还有舞狮子的。一眼望去，看不到人群的尽头。一时间，鸟鸣声、锣鼓声和唢呐声一齐响起来，喜庆、热闹得不行。

一行人见状勒马慢行。思薇看着这阵仗，惊诧道："这么大排场，是城中有人迎娶新妇吗？"

身侧的贺忆城摇摇头，似乎对这场景十分熟悉。他说道："以五只翡兰鸟开路，这是在欢迎贵客到来，是翡兰城最高规格的迎宾仪式。"

"所以，他们已经得到消息，来欢迎睢安师兄了？"

"……依我看，不见得吧？"贺忆城似笑非笑。

到了人群前，他们下马，捧红绸的老者走到队伍的最前面——不是迎向睢安的，而是迎向赵元嘉的。

老者把红绸系在赵元嘉的手臂上，深深地弯腰行礼，道："得知恩人来此，我等代表满城百姓前来迎接。"

赵元嘉不好意思地回头看了看面色惊诧的朋友，一边扶起老者，一边小声说："贺伯快起。我不是说过以后别准备这么隆重的仪式了吗？"

贺伯起身，朗声说道："翡兰城人最重恩情。您救了满城百姓的命，让我们免受恶人蛊惑，翡兰城记您一辈子恩。"

赵元嘉挠了挠头，少年的脸上到底还是退不去的羞赧。他向贺伯介绍身后的朋友。贺伯一一拜过，并没有因为他们的星君名头而大加赞叹，只说既然他们是赵公子的朋友，那就都是翡兰城的贵客。

于是有人帮他们牵马，有人帮他们拿行李。他们在一片锣鼓喧天中被众人簇拥着往前走，场面一时非常热闹。即熙背着手看着这情景，眼里慢慢现出几分嘲笑的神色。她漫不经心地问身边牵马的翡兰年轻人："赵公子怎么就成了你们的大恩人了？"

"星君尊上有所不知。"年轻人憨厚地笑起来，继而正色道，"五年前，翡兰城闹了一场大瘟疫，凡得病者都高烧不退，呼吸渐弱，最后窒息而死。当时怎么都查不出病因，也没有对症的药方，城里死了七百余人，如人间地狱般。

"当时赵公子来城中帮忙查明病因，却发现荧惑灾星居然在城中！那灾星伙同副楼主等一群恶徒假扮医者，嘴上说在救人，实则将病人开膛破腹，不知下了什么恶咒。城里的瘟疫这么邪性，定然是灾星给翡兰城降灾所致！后来赵公子与我们拼死才将那灾星驱逐。您说赵公子是不是我们的大恩人？"

即熙皮笑肉不笑地点头，道："果然是大恩人。那后来呢？"

"翡兰鸟通神性，不忍我们再受苦受难，便舍身与恶咒相抵。一夜之间，凡身殒灭，满城再无翡兰鸟，瘟疫也跟着渐渐平息。这几年，城中百姓祈求供奉，翡兰鸟才又回来，这翡兰盛景才能重现。您可真是赶上好时节了！"年轻人越说越激动，脸上满是骄傲。

即熙沉默了一会儿，拍手道："哇，这真是……好有想象力，好精彩的故事。"

年轻人说得太过激动，思薇和雎安都听见了他的话。雎安微微侧脸，朝向即熙的方向，而思薇则看着贺忆城——故事里的两个大恶人看起来则一副事不关己、高高挂起的样子。贺忆城甚至笑容灿烂地附和道："是啊，我们可真是赶上了好时节。"

五年前走的时候，他们被丢石头、扔火把，还被骂得狗血淋头。这次回来，居然被夹道欢迎，可不是赶上了好时候？英雄和改头换面的恶人一同接受翡兰城的最高礼遇，可真是万分讽刺。

翡兰城瘟疫，死者七百余人，病者数千，乃是荧惑灾星身上背的三大恶事之首。

走到城门口，众人看见城墙上的翡兰鸟在阳光下熠熠生辉，镶嵌翡翠的御赐牌匾挂在城门上，牌匾上正是苍劲有力的"翡兰"二字。

贺忆城抬头看着这块牌匾，想起自己小时候觉得它是整座翡兰城中最好看的牌匾。看来那时候他就很识货，有挥金如土的潜质。

他在翡兰城长到六岁。

他的母亲是翡兰城人，也死在这里。

要是单他自己一个人，大概他一辈子都不会再回到这个地方。不过若要回来，他也不怕。

他们不欠这座城什么。

走到城里，赵元嘉好说歹说，欢迎的队伍才散去。贺伯说，已经为他准备了家中最好的房间。赵元嘉推辞不过，便答应去住。睢安一行人则表示想住客栈，不麻烦贺伯了。

到了客栈，客栈的伙计们早得到消息，知道这些人是赵元嘉的朋友，也知道他们是赫赫有名的星君，殷勤得不得了。不需要他们发话，就已准备好最好的房间。贺忆城手里有银子都没法儿花，他要什么伙计就给什么，完全不收钱。

贺伯似乎是翡兰城很有名望的人，晚上摆了宴席招待赵元嘉，也一起请了睢安等人。

即熙笑着说："好啊好啊。"她拉着睢安的袖子，小声对他说："不吃白不吃，反正是他们请客。"

"宴席上免不了提起旧事，你不生气吗？"睢安低声问道。

"不，我想通了。等哪天他们知道自己殷勤招待的是他们嗤之以鼻的大恶人，看不硌硬死他们。”即熙恶狠狠地说。

雎安哑然失笑。他沉默了一下，摸摸即熙的头，说道：“那便好好吃一顿。”

“好。”

于是雎安一行人也去赴宴。思薇没来得及细问贺忆城其中原委，一直小心地观察着他的情绪，完全忘记了自己前段时间还在和他生气。

赵元嘉在贺伯家门口迎接他们。他们到的时候，正巧有一顶轿子停在门口，一个婷婷袅袅的纤瘦身影从轿中走出。那姑娘不过十五六岁的模样，长得清雅、秀丽，眉眼之间神色淡淡的，十分冷峻。

赵元嘉一见她眼睛就亮了，忍不住雀跃地喊她：“傅灯姑娘！你也来了！”

傅灯抬起眼帘淡淡地看了赵元嘉一眼，目光随即转向走近的雎安一行人。

她身边的小丫鬟声音清脆地道：“我家小姐听说天机星君来了，这才肯来的，才不是要见你！”

赵元嘉有些尴尬地笑笑，对雎安介绍道：“这位是翡兰城的神医，傅灯姑娘。”

第二卷

翡兰

“以一灯传诸灯，至万灯皆明。”

第十三章

◇◇◇

傅灯

“她死在了她最信任、最喜欢的人手里，您不会知晓的。”

赵元嘉向傅灯介绍了星卿宫宫主睢安。睢安向傅灯行礼，傅灯专注地审视了他片刻，低头回礼。

她并不像大多数初见睢安的人般满眼憧憬，眼神反倒冷得像燃不起火花的石头，半点儿不像是专程来见睢安的。行完礼，她没有多说什么，转身提着裙角和丫鬟走进府里。

傅灯一出现，赵元嘉的眼里再没有别人，就连他崇拜的睢安也被抛诸脑后。与睢安一行人匆匆寒暄后，他转身去追傅灯，和她并肩而行，低头说着什么，神采飞扬，仿佛整张脸都亮了起来。不过，傅灯的神情依然十分冷淡。

少年的心事就是这样，藏也藏不住。

在门口为睢安一行人引路的家仆不禁感叹道：“这都两年多了吧，只要傅灯姑娘点头，赵公子立刻就会上门提亲。怎么傅灯姑娘就是不肯同意呢？”

贺忆城不置可否地笑了笑。他转着手里的玉佩，道：“依我看，阿灯……傅灯姑娘永远不可能喜欢赵公子，还是劝赵公子另觅良缘吧。”

这番话显得他和傅灯似乎有些交情。思薇警觉地看向贺忆城，由于他之前的风流盛名，她合理地质问道：“你认识她？不会和她有过些什么吧？”

“有过什么？情缘？她一个十五六岁的小丫头，我可不好这一

口。”贺忆城哈哈大笑着摇摇头，然后凑近思薇，低声说，“我喜欢二十二岁的姑娘。”

二十二岁的思薇瞪了他一眼，拂袖而去，走在前面不再理他。

他们一群人在席间相继落座。赵元嘉邀请傅灯坐在他旁边，傅灯摇了摇头。她的小丫鬟说道：“您是今天宴席的主宾，我们小姐只是来凑个热闹，就不占主宾身边的位置了。”

丫鬟说罢，傅灯转过身走到宴席的宾客末位，正好在戚风早的席位旁边。戚风早身着一袭苍松般的深青衣衫，起身行礼。傅灯低眸还礼，然后坐下。他们二人的气质倒是相近，如寒雾与清霜，一点没被酒席的热烈气氛所感染。

傅灯清瘦而高挑，衣着素雅、干净，鬓间插着一支简单的白玉发簪，气质清冷出尘。这种姑娘历来少见，怨不得赵元嘉的目光一直往傅灯那里飘，对她念念不忘。

睢安因为看不见，听觉十分敏锐，以至于在宴席这种嘈杂的环境里待久了便会感到不适。加上宴席的主宾是赵元嘉而非他，宴席进行到一半时，睢安离席去庭院中散步、休息。

睢安在阿海的指引下刚绕过一座假山，就遇上了也在此处散步的傅灯和她的丫鬟。

她们像是有意在等他。

阿海在睢安耳边低鸣了两声。睢安停下脚步，微笑着问道：“傅灯姑娘有事找我？”

傅灯身边的小丫鬟上前两步，仰起头，声音清脆地说道：“我家小姐口不能言，还请天机星君见谅。小姐以前常听一位故人提起您，这次听说您来了翡兰城，便想看看您是什么样子，也有几个问题想问问您。”

睢安点点头。庭院内灯火阑珊，他的白衣上映着昏黄的灯光，整个人看上去温润如玉，又带着一点疏离，一如傅灯那位故人口中所描述的样子。

傅灯从上到下仔细地打量了睢安一遍，目光不经意间落在睢安腰

间的禁步上。傅灯略微怔了一瞬，然后伸手指向那件禁步，嘴唇微张，无声默念着什么。

丫鬟念念看着傅灯的举动，说道："您身上的禁步十分别致，我家小姐觉得很好看。"

"是我的一位朋友送的生辰贺礼，她的手很巧。"睢安浅浅一笑。

傅灯闻言，低眸沉默了片刻，然后用手指在念念手心画出只有她们二人知道的符号。念念说道："您是天机星君，以此身镇天下心魔，是世间良善之首。可这世上与您敌对的，便都是坏人吗？倘若您犯了错，又该如何？"

"应当尽力弥补。"

傅灯无声叹息。

"你已经无法弥补她了。她最信任你，你却和所有人一样冤枉她。不过，她应该也不会和你计较，她不喜欢计较，更别说对象是你。"

傅灯在心里说道，然后微微垂下眼帘。她抿了抿唇，继续在念念的掌心比画。

"不知道这些年您遭遇了什么，为什么会双目失明？我的那位故人若是知道了，大概会很伤心吧。"

念念准确地传达了傅灯的意思。

睢安略一沉默，问道："傅灯小姐的故人是谁？"

"小姐说，是这世上仰慕您的千万女子中很平常的一个。她死在了她最信任、最喜欢的人手里，您不会知晓的。"

睢安和傅灯是一同回到席间的，然后分别坐回了自己的位置。即熙摇着酒杯观察了一阵，发现睢安的情绪有些不对，于是凑到他身边，问道："你刚刚遇见阿灯了？她跟你说什么了？"

"替她的某位故人，准确地说应该是替你，替你打抱不平。"

睢安在心里这样想，面上却只是笑笑，低声问道："傅灯是悬命楼的人？"

即熙想，这该怎么说呢？说是也是，说不是也不是。

悬命楼的人身上都有案底，除了悬命楼，无处可去。但傅灯不

是，她是孤儿，身家清白，三四岁的时候被贺大娘捡到，带回楼里养了差不多十年。傅灯在医学上天赋极高，贺大娘便收她做了徒弟。后来贺大娘去世，傅灯立志行医救人，就离开了悬命楼。

即熙将这一番来龙去脉告诉了雎安，还贴心地补充道："贺大娘就是贺忆城的母亲，她在世时是我爹的副楼主。不过，我爹爱抛头露面，贺大娘却非常低调，情形基本上跟我和贺忆城正好相反。"

"原来如此。"雎安点点头。

即熙宽慰道："我们楼里的规矩是不报私仇。你放心，阿灯不会找你麻烦的。"

雎安微微一笑，说道："嗯，我明白。"

他听她讲着他所不知道的七年里，她身上发生的些许故事片段。那段日子即熙身边似乎来来去去过很多人，属于他不知道的即熙的另一部分。他总是觉得，归来后的即熙和从前一样，没什么变化。但此时他突然意识到，这七年的分别是实实在在的。

他错过了她七年的时间，其间种种遭遇她不愿意言说，他只能慢慢发掘。

雎安轻轻叹息一声，然后对即熙说道："明天我要出去一趟，大概三天后回来。这几天你帮我在城中看看有没有什么可疑的迹象。"

即熙听雎安说要单独出门，不禁有些担心，问他去哪里，还要陪他一起去。雎安哑然失笑。从他离开星卿宫到现在，即熙似乎一直把他当成易碎的瓷器，非得亲眼看着他才放心。

"魔主对我势在必得，你又不能看护我一辈子？该来的总是会来，无须杯弓蛇影，更何况……"雎安指了指身侧的不周剑，轻轻一笑，"我可是很强的。"

即熙这才勉勉强强地同意了。

席间，宴会家主起身向宾客们一一敬酒。敬到傅灯时，家主说了许多溢美之词。傅灯淡淡地点头，她伶牙俐齿的小丫鬟念念帮她回应、答谢。

即熙询问身后站立的家仆道："傅灯姑娘年纪轻轻，怎么这么受

你家主人尊敬？”

“星君莫看傅灯姑娘年轻，她可是大名鼎鼎的神医。两年前老爷病重，别人都说无药可医。那时傅灯姑娘恰好游历到翡兰城，她开了几副药方，老爷药到病除，真是神了！这些年傅灯姑娘在翡兰城坐诊，别的大夫口中的绝症，到了她手里，十有八九都能治好。方圆百里的病人都来翡兰城求姑娘救命。姑娘医者仁心，每七天组织一次免费看诊、送药。翡兰城人最念恩情，傅灯姑娘在我们翡兰城的地位，不比赵公子的差多少！”家仆热情地赞颂着傅灯，说得眉飞色舞，就跟寻常翡兰城人提起翡兰鸟时的情形似的。

即熙不禁笑起来。她吃了一口桌上的桂花糕，说道：“真好啊。”

这世上没几个人知道傅灯和悬命楼的关系，如今看来，她过得很好，如她小时候希望的那样，成了悬壶济世的名医。

宴会散场的时候，即熙正好和傅灯打了个照面。她想了想，笑容灿烂地说道：“姑娘瞧着让人心生欢喜。”

傅灯和她的小丫鬟各看了即熙一眼，点头谢过，然后离开。她们大概会觉得即熙是个怪人。

纵使相逢应不识，果然如此。

即熙笑着目送她们远去。她已经不再是原来的样貌，傅灯不知道她还活着，也不会认出她来，但他乡遇故人的感觉还是非常好的。

第二天一早，雎安便离开了。他一路打马向西，在日落时分赶到了翡兰城西边的兰祁山。豫州西南以酿酒工艺闻名天下，其中最为有名的就是兰祁山。兰祁山上有几处泉眼，所流泉水甘甜、清冽，拿来酿酒最是美妙。故而兰祁山脚下有无数酒庄，每日都有无数闻名天下的好酒开窖。

雎安没有在那些酒庄停留。他循着小路上山，穿过迷宫一般的山路，绕过瘴气和阵法，在星辰初降时登上了山顶。一个白须白发的老者正抱着酒坛站在山顶的一栋小木屋旁，看见雎安和他肩上的阿海，老者淡淡地说道：“我还以为你今年要放弃了呢。”

雎安微微一笑，眸子里映着星芒。他走到老者面前，行礼道：

“一年未见，阁下别来无恙。”

老者放下手里的酒坛，坐在了石凳上。他身材精瘦，一双眼睛炯炯有神。他看着睢安说道：“这十年里你年年来此，年年无功而返，难不成要试一辈子吗？我不管你是天下闻名的天机星君，还是别的什么，我的千日醉，你是拿不走的。”

玄石饮酒，一醉千日。整个兰祁山最有名的，不是那些酒庄，而是睢安面前这位老者。

没人知道老者叫什么名字。他称自己为酒叟，大家也只喊他酒叟。他当年来兰祁山的时候还是个年轻人，带着自己酿的酒打败了所有酒庄的佳酿，大胜之后却上山隐居起来。每年都有无数人来此，以万金求买他酿的酒。他偶尔会卖一两坛，但当年一骑绝尘、打败所有佳酿的“千日醉”，他却再不肯出售。

酒叟说，谁喝酒能胜过他，把他喝倒，他就把千日醉送给谁。可是几十年来，没有一个人能够将他喝倒。

即熙的上一个身体有千杯不醉的好酒量，谁也不输，偏偏输给了这位酒叟。

◇◇◇

虽然酒叟说不会把千日醉给睢安，倒也没赶他走。他打开桌子上那坛酒，给睢安倒了一小杯，说：“坐吧。”

睢安摘去额上的面具，走到桌边坐下。他伸手碰了下那只酒杯，微笑着说道：“多谢。”

酒叟摸摸胡子，从坛中舀了一大碗酒，望着月光下的松林悠悠地喝起来。

这位名声斐然的天机星君十年前第一次出现时，便笑着坦承自己并不会喝酒，酒量只有浅浅的一杯。

不过，这个年轻人也从来没有试图赢他，只是每年这个时候都会来跟他喝上这浅浅的一杯酒，漫无边际地聊聊天，然后离去。

他问过睢安很多次，他到底想要什么。睢安的答案始终是千日醉。

“你这样，我是不会给你千日醉的。”

“那我明年再来。”

这样的对话不知发生过多少次了。

来找他要千日醉的人可谓络绎不绝，但没有一个像睢安这样执拗又奇怪。不过，倒也不至于令人反感。他对睢安生了几分好奇之心，不知不觉间就多聊了几句。

他因此知道，睢安想要千日醉，是为了十年前那个令人印象深刻的姑娘。她性格张扬、直率，酒量极好，却在一个月内连输给他三次。

“你还在等她？这十年她再也没来过。那个姑娘拿得起放得下，试过不行就算了，不像你——执迷不悟。”酒叟慢悠悠地说道。

睢安低眸一笑，拿起酒杯微微抿了一口酒，说道：“她回来了。”

“回来了？不走了？”

“还是要走的。”

酒叟有些惊讶，继而说道：“哦，所以你要拿我的千日醉去留住她？”

“我并未做这种打算。如您所说，她拿得起放得下，很少执着于什么。但千日醉是她为数不多的愿望之一，我希望她的愿望能得偿。”

“仅此而已？”

“仅此而已。”

酒叟看了睢安半天，仿佛怎么也看不明白他，只能摇摇头。

这果然是个怪人——有所求，尽全力，却不强求。

大概这人就算跨过刀山火海、穷尽心血走到那姑娘面前，姑娘转身要走，他也不会拉住她。就像他年年长途跋涉来此，每次被拒绝的时候并不会申辩、纠缠，不过是明年再来罢了。

“你还这么年轻，就处处克制自己，这般小心翼翼地生活，不觉得憋闷吗？你要一辈子为她来讨我的酒？”

酒叟疑惑地道。他如今是个脾气古怪的老头，年轻时更是锐利得像把刀，刀尖指向前路的一切人和事，谁都瞧不上。

睢安淡淡地笑了笑，一双漆黑的眼睛仿佛镜子，安静地映着星辰。他说：“人各有不同，大抵我原本就是这样的人，而且这件事对我来说并不勉强。”

酒叟摇着头感叹，再三声明自己并不会因为可怜雎安而给他千日醉，惹得雎安忍俊不禁，低声称是。

“你怎么就这么喜欢那个小丫头呢？”

“人之常情罢了。阁下就没有深爱之人吗？”

酒叟愣了愣。他沉默地灌了几碗好酒，苦笑一声。他这辈子已然错过了爱人、朋友和家人，唯一在身边的深爱之物便只有酒了。

虽然他很不想承认，但有时候他确实会感到寂寞。

当年他的妻子与他决裂时说：“你就守着你的酒过一辈子吧！”那时候他年轻气盛，觉得妻子不可理喻，走就走吧，没什么了不起。后来，他真的守着自己的酒过了半辈子。

雎安听完酒叟的话沉默了片刻，然后从怀里拿出一封叠得整齐的信，沿着石桌的台面推到酒叟的酒坛边。

“这些年我私自查了您的名字，拜访了您的家乡。这般冒犯，非常抱歉。去年我遇见了您的夫人，她托我带这封信给您。”

酒叟怔了怔，拿着酒碗的手僵在半空。他盯着桌上那封折叠的信笺看了好久，像是不敢打开看一般。

在这种安静的氛围里，雎安敏锐地捕捉到酒叟的不安与畏惧。他淡淡一笑，说道：“您的妻子并未改嫁，您的儿子也一直冠以您的姓氏。她与我聊起您的时候说，她始终不能原谅当年您沉溺于酿酒，对她的忽视和不闻不问。”

酒叟的目光闪了闪，然后他低下眼眸，把酒碗放在了桌上。

“不过她说，如果您去找她，跟她道歉，她或许会考虑原谅您。”雎安笑起来，手指在那封信笺上点了点，“信里写了她现在的住址，并不太远。”

当时那位两鬓斑白的夫人无奈又高傲地对雎安说：“我输给了他的酒，输了一辈子。最后我想看看，能不能赢一次。”

酒叟双手从桌上拿起那封信，有些颤抖地打开。看见熟悉的字迹，他瞬间泪眼蒙眬。短短的几行字，他看了很久，像是初识书文的稚子般，费力地一个字一个字地看下去。

窸窸窣窣翻弄纸张的声音响了很久，雎安安静地等待着。对面的人

终于低声说道："你觉得你做这些事，我就会把千日醉给你吗？"

"我做我能做的事情，您来决定是否接受。我做这件事只是因为我隐约觉得，您虽隐居避世，独孤求败，但心中似乎有悔。我希望能帮上一点小忙。"

睢安将他那一小杯酒饮尽，轻轻笑道。

兰祁山上星河烂漫，酒香四溢。不过，今年的酒香好像比之前任何一年的都要浓些。

大约是因为三位星君来到了翡兰城，近来翡兰城的宗祠庙宇香火不断。有人赶着告诉列祖列宗这一盛事，有人借着星君在此求神拜佛，因为他们觉得此时最为灵验。

傅灯也去祠堂拜了拜。她是孤儿，父母不详，只立了两块无字牌位。由于她在翡兰的名望，这两块牌位被请进了最大的祠堂，接受香火供奉。

她捧着三炷香举过头顶，安静地行完礼，将香插入香炉中，起身离去。在前来祭拜先人的人中，她可谓动作最利索的一个。

走出祠堂时，她却放慢了脚步，站在屋檐下远远地望着前方。前面是翡兰城的大街，街中心有座翡兰鸟石像，做得纤毫毕现、栩栩如生。石像上落了许多真的翡兰鸟，像是镶嵌在石像上的宝石。

傅灯站在屋檐下的阴影里，冷冷地看着阳光下满城飞舞的翡兰鸟，看着在街边叩拜翡兰鸟石像的百姓。这几天，来拜祥瑞石像的百姓似乎比之前多了许多。

"傅灯小姐。"

一个年轻的声音传来。傅灯转头看去，却是那天与她临席而坐的戚风早。少年面容清俊，身形挺拔，正拎着剑向她行礼。

戚风早也望向街上叩拜的人群，片刻后目光又转回傅灯身上，问道："傅灯小姐在看什么？"

傅灯沉默了一会儿，然后用手指在念念手里轻轻画了什么。写完，她神情冷淡地抬眼看向戚风早。念念按照傅灯的意思慢慢地说："看这人世荒唐。"

戚风早站在原地看着她，两人一时无言。正在此时，人群中响起惊呼声，二人不约而同地看过去。原来是正在叩拜石像的一个中年妇人突然晕倒在地，现场一片混乱。有人高声喊道："傅大夫在那边，快请傅大夫来看看！"

傅灯握住念念的手，两人往人群那边走去。戚风早跟着她们，帮忙把妇人背了起来，去往傅灯的医馆。

沿路的人议论纷纷，说最近有许多人莫名病倒，咳嗽不止，呼吸困难，也查不出是什么原因所致。

这情形让人想起五年前的那场瘟疫。

"说什么呢！那场瘟疫是灾星降的诅咒，灾星都死了，那瘟疫不可能重演。"

傅灯抬头看去。人们一边议论，一边叩拜翡兰鸟石像，求祥瑞翡兰鸟保佑。她只淡淡地看了一眼便转过头来。

这人世当真荒唐。

自从来了翡兰城，思薇一直想找机会问问贺忆城当年的瘟疫是怎么回事。既然咒杀师父的事情是误会，那么这一桩事是否也是误会，又是如何成为误会的？

可是自宴席之后，贺忆城一直神出鬼没，她居然没能找到合适的机会，思薇不禁有些气恼。连续扑空三天后，她终于在城门口抓住了从城外回来的贺忆城。

"你现在受我监管。若你下次不跟我说明去向便离开，我就算你潜逃！"思薇皱着眉头沉声道。

贺忆城被她拎着领子，赔着笑说："星君大人！我知道了，我知道了，下次一定说！"

思薇皱了皱鼻子，她似乎闻到了什么味道。她凑近贺忆城闻了闻，疑惑地说："你身上有烧纸的味道。你去干什么了？"

"就是去烧纸啊。"贺忆城笑眯眯地回答。

思薇愣了下。她刚想说什么，视线却越过贺忆城的肩头，冷不丁地对上一双血淋淋的眼睛。

“啊！”

思薇大叫一声，迅速放开贺忆城的领子，转过头去颤巍巍地说：“你……你身后是……是什么？”

“游魂，或者说，是鬼？平常百姓看不见，星君您可真是独具慧眼。”

“你闭嘴！”

贺忆城想起思薇怕鬼。他狡黠地靠近思薇，拍了拍她的肩膀。思薇肩膀一抖，飞快地避开他。

“前些日子一直和睢安同行，游魂邪祟怕他，不敢聚集。这几天他离开了翡兰城，我刚刚又去了一趟阴气重的地方，这些家伙就跟上我了。怎么，数量很多？”

思薇梗着脖子不肯回头看，气道：“你自己不会看吗？”

“不，我不看。”

贺忆城忽然晃到了思薇眼前。思薇惊诧地看着贺忆城，以及他身后交织在一起的扭曲面孔。他的身体仿佛是一道屏障，身前是朗朗乾坤的人世，身后是污秽、黑暗的阴间。

贺忆城看着她，笑着一步步地后退，那些扭曲的面孔也跟着一步步地后退，逐渐远离她。

“你这个驱邪除魔的星君怎么还怕鬼呢？”他啧啧感叹，并宽慰她道，“他们永远在我身后。所以，只要你站在我面前，他们就不能越过我打扰你。你别怕，我就这么倒退着走回去，咱们城里见！”

思薇有些怔然地看着他的笑脸，看着随他逐步退却的鬼魅，一时间竟然忘记了害怕。

他是从什么时候开始吸引鬼魅的？在他很小的时候？他不会害怕吗？

思薇心里突然没来由地有些不是滋味。

◇◇◇

思薇在城门口逮住贺忆城时，睢安回到了翡兰城。

客栈老板在短短的时间内就将其他所有客人都送走了，偌大的客

栈里只住了睢安、即熙、思薇、贺忆城和戚风早五人。所有伙计都围着他们转，随叫随到，盛情得让人有些难以招架。

即熙推开窗户，看着客栈门口渐渐堆积如山的瓜果、花束和铜钱，还有络绎不绝在门口跪拜的百姓，一时觉得自己仿佛是被供在庙里祠堂中的塑像或者牌位。

睢安还托她去查探消息呢。现如今，她不用隐身术都出不了门，但用了隐身术又不能和百姓聊天，着实艰难。

“我们可是大活人啊！这么被祭拜，不会折寿吗？”即熙双手撑着下巴，喃喃道。

一道白色身影背着剑自长街尽头而来，身边围着汹涌的人潮。即熙眼睛一亮，立刻关窗下地，穿鞋推门，沿着台阶向下跑，顾不得伙计的呼喊。

她一口气跑到了门口。门此时正好被人打开，睢安走进客栈，合上门扉。

“睢安，你回来啦！”

今天正好是他走后第三天，之前他说三天归来，这日子真准。

睢安微微一笑。他把面具摘下来揣进袖子里，然后从腰侧拎出两个青瓷酒壶。

“给你的礼物。”

即熙十分意外，欢欣雀跃地收下，说道：“你出去办事，还给我带酒？哎……哇！这酒好香！”

她阅酒无数，刚拔下瓶塞闻到酒味，就被醇厚的酒香所震慑。她晃了晃酒壶，喝了一小口，极致缠绵、辛辣的酒香沿着唇齿一路刺激着她的喉咙、肺腑，仿佛整个身体瞬间被这香气穿透。

那酒香飘散出来，连旁边的伙计都连连惊叹。

即熙愣在原地，难以置信地道：“睢安，你在哪里买的？这酒……酿得太绝了！我敢说，便是兰祁山酒叟拿出千日醉来，也比不上它！”

“友人所赠，若有机会下次我再讨。不过，他以后大概酿得少了，你省着点喝。”睢安笑着说。

兰祁山以后再没有酒叟了。下次找他，得去绍远镇寻一位姓孙名

昭字泽犀的老者了。

即熙如获至宝，抱着酒壶笑得合不拢嘴。她拉着睢安在桌边坐下，把那酒夸到了天上去，还要给他也尝尝。睢安说，友人告诉他这酒性烈，以他的酒量，一杯都勉强。

“喝醉了也无妨嘛！我们照看你就好，为此等美酒一醉，十分值得！”即熙劝道，但睢安摇着头坚持不肯喝。她觉得十分遗憾，最后妥协道：“好吧好吧，那你蘸一筷子品品总行吧？”

她拿起一根桌上的筷子，蘸了酒送到睢安面前。睢安沉默了片刻，然后无奈又纵容地笑了笑，说道：“好吧。”

他微微低头，伸出舌头轻轻地舔了一下筷子尖端，额前长发拂过即熙的手指。

即熙目不转睛地盯着他。从这个角度看，他的皮肤白皙如玉，偏偏唇间舌头呈现一点跳跃的红，难以言说的旖旎。筷子被他的舌尖带动的瞬间，即熙的心也跟着被勾了一下。

“味道确实香醇、霸道。”睢安低声咳嗽了两下。

即熙被他的咳嗽声唤回神志，心道：娘啊，她刚刚是见色起意了吗？差点对睢安动歪心思，罪过罪过，实属鬼迷心窍。

她清了清嗓子，放下筷子，道：“你……你酒力太弱，这么好的酒喝不到，真是太可惜了。”

睢安一面低咳，一面笑道：“你好好品尝就好，只是记得要适度，别又醉了。”

睢安一语成谶。虽然即熙嘴上答应得好听，说一定会适度地喝，有所节制，但奈何这酒太过美妙，她没忍住叫了一桌好菜，遵从了内心“不为这种美酒醉一次，实在是暴殄天物”的念头，一不留神就喝过头了。

贺忆城从烟花柳巷回来的时候，即熙正倒在睢安身上傻笑，看得旁边的伙计惊得合不拢嘴，大概是从没见过这样的“神仙”。贺忆城觉得自己这位发小儿委实丢人，于是帮忙把她架到了睢安背上，让睢安赶快把她带回房间安置。

睢安背着即熙进门的时候突然想起了什么，转头对贺忆城说道：“她给你留了小半壶酒，放在你房间的桌上了。”

贺忆城闻言，笑着点点头：“行，不枉二十几年的交情。”

他催促睢安去安置即熙，转身奔回自己的房间寻美酒，却见一个身穿浅绛色衣裙的姑娘趴在自己的桌上，眼神迷茫地看着他。那不是别人，正是思薇。

贺忆城看看她手边的酒杯，心头升起不祥的预感。

思薇看起来……好像有点醉了？

另一边，睢安走到床边刚把即熙放下，即熙就伸手环住他的脖子不肯撒手，让他无法起身。

睢安无奈地道：“即熙，你先放手。”

“不放！”

即熙笑眯眯地说，语气开心至极。她突然爆发出一阵蛮力，搂着睢安的脖子把他摔在床上，然后一个旋身压住他的身体，制住他的手腕，居高临下地看着睢安的眼睛。

她手中骨骼感分明的手腕先是紧绷着，然后便同他的身体一起慢慢地放松下来，仿佛认命似的让她为所欲为。

即熙拿腔拿调地说：“叫师母！”

睢安的眉目温柔地弯起来。他低声笑了几下，顺从地说：“师母大人，你醉了。”

即熙俯下身去，凑近他的脸：“你说什么？”

隔着那样近的距离，睢安隐约感受到了她脸颊的温度。她的气息落在他的脸上，带着辛辣、清冽的酒香，在每一次吐息之间，一寸寸地侵蚀他的呼吸。

他的呼吸跟着乱了。

“你醉了。”他低声说，也不知道在说给谁听。

“啊？”

那气息再一次靠近，他感觉到她的脸颊蹭了下他的侧脸，她的长发散落在他的脖子上，凉凉的。她的气息贴着他的耳朵，潮湿的气流

顺着她的声音钻了进去。

“你在说什么啊？”她说话时嘴唇碰到了他的耳郭，痒极了。

睢安不说话了。

即熙感觉到手中的手腕再次紧绷起来。她抬起头看向睢安，只见他低着眼睛，目光散落于不知名的地方，眼角微微泛红。

这个人紧张或者激动的时候，眼尾好像总是最先红起来的，真是太好看了。不过，几年里也看不到一次。

即熙凑近他仔细地看着，恶劣而不自知地笑道：“你这样真好看，这世上没有比你更好看的人了，我好喜欢你。”

睢安的眼睫颤了颤。他慢慢地闭上眼睛，整个身体都开始轻微地战栗。他的嘴唇开开合合，似乎在说什么。即熙听不清，于是将自己的耳朵贴近他的唇，才终于听见那似乎从喉咙深处发出的微弱声音。

“你饶了我吧……”

他的声音有点无奈，甚至有一丝悲凉，他在跟她讨饶。

即熙混沌的脑子里闪过一丝难过，她好像不想看到这个人讨饶。于是她直起身体来，说道：“什么饶你？师母我……疼你，你有什么愿望……师母我无有不应！”

睢安睁开眼睛，轻轻地眨了眨。沉默了一会儿，他问道：“真的吗？”

“嗯。”

“那你以后离开的时候，不要突然消失。”

“嗯？”

“我很讨厌你不告而别，或者留下一封书信就走。下次你要走的时候，能不能提前当面告诉我，让我……准备一下，让我好好地跟你道别。你真的要走，我不会拦你。”睢安轻声说道，然后他笑了笑，又道，“如果你能告诉我你打算什么时候回来就更好了。”

“但我要是没按时回来呢？我要是不回来了呢？”

就算喝醉了，即熙也对自己爱扯谎、不守时的特质有自知之明。

睢安沉默了一瞬，然后浅浅一笑，平静地说道：“……至少，你要骗骗我吧？”

即熙认真又专注地看了他一会儿，然后俯身抱住他的脖子，把脸埋在他的颈侧。

雎安感到颈侧传来一阵微凉的湿意，不由得怔住了。她松开了对他双手的束缚。于是他抬起手拍拍她的后背，轻声道："为什么哭了？"

"不知道……就觉得你好像很难过。看你难过，我也难过，就想哭。"她在他的颈侧嘟囔着。

雎安沉默了一下，然后几不可闻地笑了。他试探着伸手抱住她的后背，克制地微微收紧。

"你啊……"他叹道。

"在我面前总像个孩子。"

得知戚风早和傅灯把当街晕倒的病人带回了医馆，赵元嘉立刻赶来帮忙。说是帮忙，其实人都安置好了，他无非就是想见见傅灯。

傅灯照例冷淡而客气地招待了他，然后礼貌地把他们二人请出了医馆。

"我瞧着，傅灯姑娘不太喜欢你。"戚风早十分直白地对赵元嘉说。

赵元嘉不认命，背着手道："她就是那个脾气，对谁都这样。"

戚风早摇摇头，不再说话。客栈里的伙计来接戚风早，说天机星君已经回来，还带了美酒，若他回去得及时，说不定还能喝到。

"美酒？天机星君去兰祁山那一带的酒庄了？"赵元嘉猜测道。

听见他的话，戚风早好像想起了什么。他说："说到兰祁山，从前我在星卿宫的时候，有个师姐特别钟情于美酒。有一次她下山游历，到了兰祁山便去挑战酒叟，结果一个月内连输了三次。"

"哈哈哈，还有这事儿？"

"嗯，后来师姐就气得不再去了。那时候她开玩笑说，若将来有人以千日醉为聘礼，她便嫁给他。"

"你这师姐的脾气真是和寻常星卿宫弟子的大不相同啊。你记得这么清楚，可是喜欢这种脾气？"赵元嘉揶揄道。

戚风早抬起眼眸，淡淡地说道："不，并不喜欢。"

◇◇◇

即熙早上醒过来的时候大大咧咧地躺在自己的床上，身上盖着被子。美酒的好处在于，就算喝醉了，也没有宿醉的痛苦，反而觉得神清气爽。只是醉酒时发生的事情，她记不太清了。

即熙伸着懒腰打哈欠，心想这可真是难得，她很少失去喝醉时的记忆。

她只依稀记得，是雎安把她背回房间的。

她洗漱完毕后推开房门，看到贺忆城正从她屋前走过。贺忆城看四下无人，便倚着栏杆意味深长地看着她，笑着说："昨夜睡得可好？"

即熙被他看得发毛。

"你什么意思啊？"

"你醉酒之后的赫赫战绩还用我一一细数？昨晚你对雎安做了什么？"

俗话说得好，淹死的都是会水的。虽说即熙从前酒量很好，但因为喝酒无节制，她常常喝醉。一旦喝醉，她作为贪狼桃花主的特性就会显露无遗，到处拈花惹草，撩人的情话说起来一套一套的，诱惑之举做起来连贺忆城都自愧不如。

不知多少人曾被她醉酒时短暂的风情摄魂夺魄，鬼迷心窍，经年不忘。她因此招了不少糊涂的桃花，伤了许多人的心。

贺忆城掰着手指都数不过来那一桩桩情债。

正在即熙心虚得想反驳的时候，旁边的房门开了，思薇以一副颇为憔悴的神情走出来，脸色苍白，连常有的红晕都不见了。抬眼看到贺忆城，她的瞳孔微微放大。

然后，她像见了鬼似的扭头就跑。

即熙纳闷儿地看着思薇如避瘟神似的快速跑开，然后将目光转向贺忆城。她眯起眼睛，皮笑肉不笑地道："老实交代，你对思薇做了什么？"

"哈哈哈……"贺忆城干笑着往旁边挪了两步，下一秒就被即熙揪起领子提溜到了房间里。即熙一脚把门踹上，抱着胳膊看着贺忆城。

“你老实交代！”

贺忆城见逃不过，索性一撩衣服在桌边坐下，自己给自己倒了一杯茶，悠悠地说道：“思薇这几天到处逮我，昨天她在我房间里等我，你放我桌上的酒被她喝了。”

“思薇喝醉了？你对她做了什么？”即熙闻言，急得直拍桌子。贺忆城的身体不由得颤了颤。

“嘿，我哪里打得过她？你就不怕她喝醉了跟你一个德行？我可是拼死才保住清白的！”

“你可拉倒吧，你八百年前就没清白了！”

贺忆城的眸光闪了闪。他说道：“你也觉得我不干净吗？”

“……你是不是脑子出了什么问题？要不要我叫阿灯给你看看？”即熙说着坐在了他对面的椅子上。她惊奇了片刻，继而恍然大悟。

“啊……难道思薇说你不干净了？要是大家都干干净净的，不如全出家去，还生什么小孩儿、要什么后代？她这丫头就是太过板正，反正你将来又不娶她，管她怎么说？”即熙宽慰了贺忆城一阵，又觉得不对，摇摇手正色道，“且不管什么干不干净，你们俩到底怎么了？”

贺忆城叹息一声，敲着桌子说：“还能怎么？自然是又吵架了。”

昨天贺忆城归来之时，思薇并未完全喝醉，只能算半醉。她摇摇晃晃地站起来，说有事要问他。他看她站不稳，就上前扶她，她却突然伏在他的肩膀上闻了闻，神色瞬间变得难看至极。

“这么重的脂粉味，你又去青楼了？你走到哪里都得去青楼是吗？”

他知道思薇非常讨厌烟花柳巷，还没来得及辩解就挨了思薇一通谩骂。自上次她生日之事后，她的脾气已经有所收敛，这次或许是喝醉的缘故，她又变得口无遮拦，极尽讽刺之词。

她又说他脏，说他轻贱自己，就像小时候殴打、谩骂他的那些人一样。

因为他没有父亲，因为他吸引鬼魅，因为他流连青楼。

他平时向来油腔滑调，避重就轻，不怎么与人争吵。而且思薇喝醉了，他更不该同一个醉鬼计较。

她只是说出了自己心里的话，这世上绝大多数人都是这么想的。

可他还是心头火起，慢慢地靠近她说："大小姐，你书读得那么好，应该知道人生而有怨，煞气为心魔；死而有怨，煞气凝游魂。游魂相食百年而成恶鬼，恶鬼食人。

"是啊，我脏极了。这些游魂整日跟着我，一旦聚集，几天内数量就会倍增，昼夜相食不停。寻常恶鬼百年才生，可在我身边一年便可生出食人恶鬼。

"游魂昼伏夜出，最怕旺盛人气，我从十三岁起便住在青楼里，靠着旺盛人气阻止他们聚集。若非如此，我现在早就不是人了。你以为我天生就很喜欢这样的生活吗？"

听到这里，即熙若有所思地道："所以，思薇是觉得误会了你，心中有愧，所以避而不见？"

"那倒不是。我说完之后，她愣了一会儿，马上就道歉了，还问我为何会这样。不过当时我还在气头上，不想告诉她，所以……"

"所以？"

贺忆城叹息一声，道："我……亲了她……"

即熙瞪大了眼睛，方才对贺忆城的一点怜悯消失得渣也不剩，拳头捏得咯咯响，活像个被抢了闺女的老母亲。

"……哪里？脸？"

"……唇。"贺忆城说罢立刻站起身来，直退到墙角，"她喝了我的酒，总要分我一点尝尝吧？"

"哈哈哈，尝尝？……你真是出息了啊，你过来，你过来，看在咱俩多年交情的分儿上，我让你选一种体面的死法。"即熙活动着筋骨，皮笑肉不笑地站起来走近贺忆城。走了两步，她突然想起思薇那烈脾气，疑惑地道："不对啊，你干出这事儿，思薇怎么会让你活着站在这里？"

贺忆城整个人贴着墙，笑着说："我跟她说我喜欢她，她可能是被吓到了，忘记要打死我了。"

"你开什么玩笑……"

"我没开玩笑，我是真的喜欢她。"贺忆城认真地说道，眼睛眨也不眨。

从第一次看见思薇那双哭得通红的倔强眼睛开始，他就心动了。后来看到思薇在星卿宫众人面前眼神坚定地说相信他，他的心动便一发不可收拾。

他对思薇说的所有玩笑话、所有调戏，都藏着真心。

他吻了她，然后说他喜欢她。他说："我算不上好人，也不算穷凶极恶。你护我不是功业，你杀我也不算罪孽。还有，我喜欢你，你只需要知道这些就好。我方才轻薄了你，你要杀了我吗？"

思薇被他说得怔住，眼神迷离地看着他，好像不能理解他在说什么。她的脸和耳根慢慢红得不成样子，又羞又气恼，一句话也说不出来。

他看了她一会儿，便知道她不会给出什么好回答。于是，他悠然一笑，轻描淡写地说："你也不需要太放在心上，反正我对一个姑娘的喜欢从来不会超过三个月。或许很快我就不喜欢你了。"

思薇怔了怔，咬咬唇，转身跌跌撞撞地推开门跑了出去，摔得门噼里啪啦地响。

即熙抱着胳膊听贺忆城坦白完，心想他倒是挺坦诚的。

即熙之所以一开始就三令五申地要她这位朋友远离思薇，就是因为贺忆城是个完全没常性的人。他与那些美丽的名妓、名伶爱得再怎么浓情蜜意、如胶似漆，不出三个月就会变得兴致缺缺，不复恩爱。为了帮贺忆城摆脱那些姑娘，即熙当了无数次恶人，深感做这些事缺德透了。

所以，她曾真诚地希望这位朋友有天能大彻大悟，皈依佛门，不要再仗着自己有一副好皮囊、好口才，出来为祸世人。

谁知事与愿违，他还祸害到她妹妹头上来了？

贺忆城眨巴着眼睛，无辜地说道："我真的很喜欢思薇。"

即熙瞪了贺忆城一眼，转过身走到座位上坐下："滚蛋吧，你哪次不真？你认真得过三个月吗？"

看到即熙有放过他的意思，贺忆城终于放松下来，离开了墙。他低眸笑了笑，慢慢地说道："你怕什么？她并不喜欢我。"

“那是现在！就你那风月手段，她能扛得住吗？”即熙气呼呼地说，她指着贺忆城道，“你给我听好了，从现在开始，你给我老老实实的，不许在思薇身上使什么手段，不许勾引她。日后她不喜欢你还好说，她要是喜欢上你，你再敢负她，我真剁了你！”

贺忆城挪到座位上，把自己那杯茶喝完，老老实实地答应下来。

即熙刚和贺忆城谈完，把他赶出房门，就在走廊上看见伙计带着雎安走了过来。她还没来得及为昨晚的事道歉，便听见伙计慌张地说道：“星君，不好了！赵公子请各位赶紧到傅灯姑娘的医馆去！”

即熙愣了愣，看向雎安：“出什么事了？”

雎安微微皱眉，说道：“昨日城里一共晕倒了三个人，都已被送往傅姑娘的医馆。今日一上午，又有五个症状相同的人被送去，看起来……若不是被人投毒，就是瘟疫。”

瘟疫——听到这两个字，即熙微微挑了挑眉毛，并没有觉得非常惊讶。她叹息一声，揉揉太阳穴，无奈地说道：“走吧走吧，我们去看看。何羿，你去不去？”

贺忆城伸了伸懒腰，笑着说：“我一介凡夫俗子，又不是救世主，凑什么热闹？”他边说边摇着手走远。

这话真耳熟，即熙想起当年他们把贺大娘下葬时，贺忆城对着那墓碑也是这么说的。

——你一介凡夫俗子，又不是救世主，凑什么热闹呢？

——最终还是真心喂狗，无人领情。

即熙看着贺忆城离去，然后转身跟着雎安和伙计出门。

贺大娘死在翡兰城的时候说过，瘟疫一定会回来的。

翡兰城终究要为错失真相付出代价。

第十四章

◇◇◇

瘟疫

她是他点燃的灯，她永远为他亮着。

即熙和雎安赶到医馆时，正好遇到今日被送来的第六位病人。傅灯缚着袖子，戴着面纱，在病榻间穿行。见了他们，她也只是微微点头就转身去忙了。

昨日她拒绝了赵元嘉和戚风早来帮忙的要求，今日却不得不接受，不然实在忙不过来。

一同在此的还有之前设宴招待他们的贺伯，他是当地名门望族的家主，在翡兰城内一呼百应，可以统筹全城事务。

戚风早正帮忙端水熬药，跟着傅灯的小丫鬟念念来回穿梭。赵元嘉看见即熙他们，便上前道明原委。说是这段日子城中陆续有人病倒，这几天更是呈激增之势，症状为高烧不退、呼吸渐弱，与五年前那场瘟疫的情况如出一辙。

傅灯经过诊断，已确认这是疫病而非中毒，但她尚未找到治愈的方法，只能尽力缓解。

按傅灯的估计，这病在城中已传播了一阵子，怕是控不住这几日就会大爆发，而他们对此一筹莫展。

贺伯在旁边补充道，他已经关闭城门，暂停了翡兰盛典的一切活动，请城中百姓尽量少出门走动。

此事体大，思薇得到消息很快就赶了过来，顺便把在街上闲逛的贺忆城也一同抓了过来。

几人在傅灯的医馆后院齐聚。贺伯说道："翡兰城再遇此灾，万望诸位星君、公子能够帮助这一城百姓，救苍生于水火！"

他的声音苍老、浑厚，带着掌权者的不容置疑。他弯腰行礼时正好拜在即熙身前。按理说，即熙这时该把贺伯扶起来，再流畅地说一句："您太客气了，我们定当竭尽所能，帮助翡兰城。"

即熙却背着手幽幽地看着贺伯，并未有任何举动。

还是赵元嘉伸手把贺伯扶了起来，说道："不必如此客气，我们一定尽力而为。"

傅灯端了盆水坐在一边，边洗手边对她的小丫鬟示意。她的丫鬟于是说道："小姐说，城中若是有因为相同症状而死去的病人，她要验尸。"

"验尸？傅大夫不是已经确定并非中毒吗？为何还要做这仵作的活儿？"赵元嘉惊讶地问道。

小丫鬟晃着她的双羊髻，朗声说道："见肺腑，知病理。小姐验尸与仵作有所不同，是要开膛破腹，分离脏腑、经络，查看病人发病后脏腑的损伤情况。"

听见"开膛破腹"几个字，赵元嘉和长者皆是一惊。

九州之内，但凡是汉人，丧葬之俗都是求一个全尸安寝。若是尸身不全，便如"五马分尸"般，是残酷的刑罚，据说会打扰亡者安息、轮回。如今傅灯却说要将尸体开膛破腹，这哪里是寻常人能接受的？

赵元嘉犹豫地说道："定要如此才能探明病因吗？病人忍受病痛折磨而死，已然凄惨。若死后仍不得安宁，也太过残忍了。"

贺伯所想却不太相同。他看着傅灯皱起眉头，眼神犀利，探究地说道："傅大夫有所不知，五年前荧惑灾星一行人曾暗中将病人的尸身开膛破腹，城中百姓都认为那是邪术。此时您提出这般相似的方法，虽然是为了查明病情，可我怕会引起百姓猜疑，使人心不稳。"

傅灯将手上的水擦干净，抬眸看向赵元嘉，又看了看那位贺伯，深黑、冷静的眼睛里没有半分动摇。

她无声地说了什么。

“开膛验尸，对症下药，或者由着瘟疫蔓延，继续死人。我只提供方案，你们来做选择。归根结底，我不是翡兰城的人，若你们不信我，就另请高明吧。”丫鬟念念替她说道。

“傅灯，你别说气话。”赵元嘉闻言，立刻劝道。

“我家小姐从不说气话。”

傅灯冷冷地看了赵元嘉一眼。

赵元嘉怔了怔。他向来听说医者仁心，也觉得虽然傅灯平时态度冷淡，但对病人总是尽心尽力。这是他第一次真正感受到她的冷硬。

“我们是星君，并非医者，并不能治病。方才贺伯其实该拜傅灯大夫，她才是在场所有人里唯一一位能救翡兰城的人。”雎安打破了静默。他走到傅灯身边，转身对贺伯和赵元嘉说：“这样的局面，没有多少可以犹豫的时间。”

贺伯犹豫地道：“那我命人去和死者的家人详谈，看他们是否愿意贡献死者的尸身。验尸一事最好暗中进行，还请各位不要声张。”

即熙嗤笑了一声，惹得众人看向她。她大大方方地背起手，悠然地说道：“没什么，只是觉得这话好生熟悉。验尸怎么了？开膛破腹怎么了？良药苦口。若非得哄着骗着，他们永远不会相信这是正常的医学方法。你怕人们猜疑？那没有比现在更好的时候了，三位星君在此，只要我们说傅灯是对的，谁会猜疑？”

她慢慢地踱步到雎安身边，笑着看向贺伯，一字一句地说道：“你若怕你的威望受损，尽管把责任推到我们身上就是，贺伯。”

贺伯沉默地看着即熙。阳光下，外貌秀丽的江南美人抿着唇笑得灿烂，话中却夹枪带棒，绵里藏针。贺伯心生不快，不禁想起从前见过的那个姑娘。

不过，那个姑娘已经死了。

“那我便仰仗傅灯小姐和各位星君了。全听各位安排，我尽力支持。”贺伯不动声色地回应道。

傅灯见他们已达成一致意见，便说她需要在三天内得到一具保存完好、死去不超过两个时辰的病人尸身。她还问坊间有没有刀法精湛

的屠户，要挑一个做助手。

听傅灯的丫鬟描述完各项要求，思薇灵光一闪，指着贺忆城说："他的刀法极其精湛，更是擅长解剖人体，来做助手最合适不过。"

贺忆城漫不经心地转着手里的玉佩穗子，说道："不干，我凭什么帮他们？他们和我又没什么交情？"

说完他转头看向思薇，笑道："不过，要是你命令我去做，那我就做。"

"我不是命令你，我是……是拜托你……"

"拜托啊？那有点诚意呗，你亲我一口，我就做。"贺忆城狡黠地笑道。

即熙的脸黑了，思薇的脸红了，在场的其余几人都露出惊诧又尴尬的神情。思薇瞪圆了眼睛，一把拧住贺忆城的耳朵，拉着他就往门外走，嘴里恶狠狠地念着："你给我过来！"

院门后随即传来一阵惊呼和求饶声。片刻后，思薇气呼呼地大步走到众人中间，贺忆城跟在她身后，揉着泛红的脸颊，笑道："我帮，我帮还不行吗？"

他环视了在场众人一遍，然后从怀里掏出他那把镶着波斯红宝石的匕首，在手里转了两圈，笑道："但愿我的刀法没退步。"

看见贺忆城的匕首，傅灯和贺伯都面露惊诧之色，两道目光直直地看着他。傅灯一贯平静的眼里罕见地出现了情绪起伏，贺伯更是满眼震惊。

贺忆城走向傅灯。与贺伯擦肩而过时，他微微低头，以只有他们两人能听见的声音说道："你终于认出我来了，舅舅？"

贺伯既是翡兰城最有名望的贺家的家主，也是贺大娘的长兄、贺忆城的舅舅，是五年前大义灭亲的那个人。

贺伯的目光暗下来。他转身看着贺忆城走向傅灯，未发一言。

入夜时，贺伯说要先回府中安排城中的诸项事宜。即熙破天荒地提出要送贺伯回去。他们从内室而出，即熙走在贺伯身边，慢慢地说道："贺伯，如今瘟疫卷土重来，可是荧惑灾星已死，不可能下诅咒。

这是否可以说明，当年的瘟疫很可能不是荧惑灾星所为？”

贺伯警觉地抬眼看向即熙。他摆摆手支开身边的家仆，对即熙说道：“星君为何要在这个关头重提旧事？如今救人赈灾才是重中之重，纠缠于旧事并无意义。”

“没什么。我只是听说五年前与荧惑灾星为伍的人里，有一位是您疼爱的幼妹。”即熙偏过头去，看向街上对这场灾难尚无知觉的人们，又看向眼神闪烁不定的贺伯。她轻轻一笑，说：“我还以为，您发现她可能受了冤屈，会急着查明真相呢。”

贺伯沉默了一会儿，说道：“真相重要吗？何公子的身份，星君们不可能不知晓。我不知道他为何会在你们身边，又对你们说过什么。不过星君尊上，我无愧于心。”

虽然贺伯的面容已苍老，但身形并不佝偻，腰板挺得笔直，自有威严的气度。他对即熙说道：“我那妹妹自甘堕落，与灾星为伍，即便当年的灾祸并非因她而起，又能怎样？已然是污水，非要讨论是纯黑还是浅黑，有何意义？

“再者，当年她和灾星被揭露身份，百姓震惊，民怨沸腾，她亦无法自证清白。我若执意相护，贺家的名望便会被动摇。若大家相互猜疑，人心涣散，便无人能领导全城百姓。在一场瘟疫灾难前，这种结果极为危险。她一时任性，我能护着，却不能为她害了全城百姓。”贺伯一字一句说得掷地有声。

话音刚落，他头顶飞过几只翡兰鸟。他直挺挺地站着，仿佛翡兰城的一座丰碑。

即熙看着贺伯坚定的神情，颇为嘲讽地说道：“所以，真相就不重要了吗？”

“或许真相对于死去的人是重要的，但死去的人没有活着的人重要。”贺伯看着即熙意味深长地说，“你们支持傅灯姑娘毁坏尸身查病症，不也是因为更看重生者吗？我作为贺家家主，职责就是守护这一城百姓的安危，而非执着于真相。”

即熙沉默了一会儿，不置可否地笑了笑，不再说什么。她背着手看着街道上的人群。那些高高低低的人见了她和贺伯纷纷行礼让

路，目光中带着憧憬。这一刻，她觉得这憧憬十分嘲讽，仿佛狼看着羊的憧憬。

翡兰城的道义是属于他们的，是属于贺伯的，并不属于她。

啊，这么说起来，其实出了翡兰城，这世上的道义也不属于她。

虽然贺伯如今知道了贺忆城的身份，很可能因为相似的医治手段怀疑傅灯和贺大娘的关系，但他不会在这个关头挑破窗户纸，因为贺忆城此次是与三位星君同行之人，因为傅灯是城中人敬仰的神医，因为翡兰城的英雄赵元嘉喜欢傅灯。

贺伯的道义是息事宁人。他自以为五年前平息了事端，安抚了全城百姓，如今也在尽力维持局面的平稳，自然无愧于心。

将贺伯送回贺府后，即熙站在门口看着贺府的红木金漆大门，看着匾额上大气、庄严的“贺府”二字，长久无言。

所以，她们所经历的黑暗、所做的牺牲、所蒙受的冤屈，在这个世上竟然找不到一颗怀有歉意的心。

◇◇◇

经历过五年前的那场灾难，这次翡兰城人的反应快了许多。

商讨定案后的第二天清早，贺家就在各个坊间张贴告示，言明情况，将街坊一一划分至对应医馆，规定不同症状的病人留在不同的医馆中，最危重的病人送到傅灯的医馆里医治。这告示是傅灯主笔的，是她和城中大夫一夜未眠写出来的，墨迹未干就送给贺家誊抄、分发。

即熙、睢安、思薇、赵元嘉和贺伯一早就来到了贺府门口。按照傅灯的要求，贺伯已经禁止人们聚集，贺府管家对着空空无人的街道宣读告示内容，传声符悬在半空中，将声音传播到全城每一户人家家中。

“……从明日开始，贺家开启粮仓，城中百姓无余粮者，星君会以法术将粮食送至家中，切勿担心……”

贺伯的背仍然挺得很直，拿着告示的手一点也不颤，斩钉截铁地告诉城中百姓，只要贺家还在，就不用担心疫病以外的事情。

睢安走到贺伯身边，开始向百姓说明傅灯提出的验尸方法。睢安

以他惯有的平静而令人信服的声音和逻辑，一点点地为众人理顺这方法的前因后果。末了，他微微一笑，说道："其实这种方法并不新奇，我在星卿宫的古书上看到过，我们宫中的师祖曾以此法辨别病情。"

贺伯说道："愿意贡献家人尸体的人，也是翡兰的英雄。若是贺家有人因疫病而死，一定首先将尸身交由傅灯验尸。"

即熙想，睢安说谎了。

睢安看起来就像一个从来没有、也永远不会说谎的人。这样的人恰恰最适合说谎，说不定也挺会骗人的。

宣读完告示、安排好城中诸事之后，贺伯放下告示，看向街边窗户后的一张张面孔，说道："城门已封，无文牒不可出城，但我知道，诸位乡亲若想出去，总能找到方法。如今病情不明，诸位且想好了，若是出了城门，疫病因此蔓延至整个豫州，翡兰城人从此便会声名狼藉，人人避之不及。翡兰城的声名在大家身上，一朝被毁，可能就再无翻身之日。我代表贺家在此发誓，贺家人决不会在此时逃出翡兰城!

"只要翡兰鸟还在翡兰城上空飞翔，翡兰城就永远不会倒下。"贺伯一字一句掷地有声地说道。

窗户后面的一道道目光集中在贺伯以及他身后的星君和英雄身上。不知是谁说了句"翡兰城永不亡"，然后人们的声音此起彼伏地响起来。

即熙抬头望向窗户后面那些充满期盼和恐惧的目光，看着这种近乎虔诚的崇拜、交付一切的信任，她突然觉得无数人的生命和命运压在她身上。

冷不丁被这样仰仗，她还挺不习惯的。

有贺伯及睢安的名声和信用做担保，很快就有人愿意贡献出家人的尸体。傅灯和贺忆城得到尸体后便迅速开始验尸。原本傅灯是要找一个助手，但贺忆城的刀法实在太过出色，以至于傅灯变成了贺忆城的助手。

虽然傅灯知道了贺忆城的身份，却没有急着相认，两人一贯只聊

公事。思薇天天在验尸房帮忙，都没有发现这两人曾经交情匪浅。

另一边，因为病人数量暴涨，照顾病人的人手很快就不够了。于是，便有许多普通百姓提请来医馆照看病人，他们大多有亲人在医馆里医病。

惠娘也是自愿来医馆照看病人的。她四十来岁，身形矮瘦，所有亲人都在五年前的瘟疫中病故。她说自己孑然一身，死了也不稀罕，就是想来帮点忙。

扩充人手的事一向是赵元嘉和戚风早负责的，即熙从不过问。但看见赵元嘉把惠娘领进门的时候，她还是没忍住问道："没别人了吗？必须是她？"

即熙这样明显的嫌弃，弄得惠娘诚惶诚恐地绞着手指，不知道自己怎么惹这位素未谋面的星君讨厌了。

即熙倒也没有坚持要赶走惠娘。听了赵元嘉的解释，她点点头就转身离开了。惠娘于是便在傅灯的医馆留了下来。她原本就很能干，又格外地勤奋、主动，从不挑活儿，把病人照顾得十分妥帖，把医馆也整理得井井有条。

赵元嘉私下里跟即熙说，惠娘一直很担心即熙还讨厌她，所以想做得更好些。

那时即熙正拿着火符煮着六炉药，便漫不经心地说那天她就是随口一说，无须在意。即熙心里想的是，反正她在药房，惠娘在后院，眼不见心不烦。

谁知，没过几天，戚风早找到即熙说："星君，惠娘生病了，她想见见您。"

即熙怔了怔，问道："生的什么病？"

"傅大夫说是感染了瘟疫。病情发展得很快，没有多少时间了。"

即熙沉默了一会儿，叹息道："好，我去看看她。"

从前都是惠娘在照顾病榻上的病人，现在她自己却躺了上去。她看上去一直很精神，把自己收拾得很干净，如今病了，终于显露出憔悴和凌乱，眼窝深陷、颧骨突出，盖着被子呆呆地看着天空。

即熙在她身边坐下，隔着一道帘子，不远处就是其他病人的床榻。医馆里又来了新的帮手，四周纷乱而嘈杂。

“星君，您来啦……我刚刚在找您的贪狼星，是不是那一颗？”惠娘抬起手指天，她的声音微弱，像是喘不上气似的。

即熙抬头看看天空，说：“没错，是它。”

她没有接着往下说。一下子没了话题，惠娘有些尴尬，不知要说些什么。

“我总觉得……您有点讨厌我。”她低声说道，有点无措。

即熙沉默了一会儿，靠在椅背上淡淡地说道：“你在医馆帮忙很久了，应该知道傅大夫是如何验尸的了。你现在仍然觉得，五年前荧惑灾星一行人剖开尸体，是为了下恶咒吗？”

即熙一眼就认出了惠娘。五年前，惠娘是第一个站出来落井下石的人，她说自己曾看到贺大娘和贺忆城破坏尸身，断言他们肯定在下恶咒。

或许这对惠娘来说并非落井下石，而是伸张正义。

她的丈夫、孩子都因瘟疫而死，家中亲近的长辈也皆因瘟疫病危。因为这场瘟疫，她几乎失去了一切。那时她站在人群前，双眼赤红，近乎疯狂地赌咒、发誓，说他们心肠歹毒，说天道恢恢，他们必遭报应。

即熙始终无法忘记她指着他们的手指，以及她因为激动而不流畅的声音、赤红的眼睛，它们如同带毒的利箭般向他们袭来。而就在一天前，惠娘还在他们的医馆里帮忙，与他们有说有笑。

有那么一刻，即熙竟不能明白“天道恢恢”是什么意思，她是不是真的做错了什么？

惠娘的话一石激起千层浪，原本因为知晓即熙灾星身份而畏惧、恐慌的翡兰城人立刻被愤怒所淹没，喊着“滚出翡兰城”聚集起来，局面迅速恶化，一发不可收拾。

此时的惠娘比那时苍老了许多，她迷惑地眨了眨因为生病而憔悴的眼睛，说道：“她们和傅大夫怎么能一样？傅大夫是为了救我们，灾星救我们有什么好处？”

“那她害你们又有什么好处呢？”

“但是……降灾害人不就是灾星会做的事情吗？”

惠娘回答得小心又迷惑。即熙抱着胳膊看着惠娘，只觉得这种真诚的迷惑尤为讽刺。

惠娘咳了几声，好像有点明白过来。她说道：“您是觉得五年前我们冤枉了灾星吗？您为什么……要在意这种事情？这个时候……这么危急的关头，全翡兰城的人都在努力渡过难关，五年前……翡兰城死了七百多人，这次已经死了三十多人了……就算当年我们错了，对他们那种大人物来说，也只是无关痛痒的小事。但是，对我们来说……是灭顶之灾啊。”

即熙冷冷一笑，不置可否。

“但就像贺家大人所说的那样……只要翡兰鸟还在翡兰城上空飞翔……翡兰城就永远不会倒。”惠娘这样说的时候，眼睛还发着光。

她明明快死了，她也知道自己快死了，可她并不绝望。这些天即熙见到了许多这样的翡兰城人。

他们相信翡兰城是福地，相信翡兰城的命运。

即熙看了惠娘一会儿，问道：“若是翡兰鸟没了呢？”

“只要世上还有一只翡兰鸟在……它们终究还是会回到翡兰城的。”

五年前，满城翡兰鸟一夜之间全部死去，但现在城里的翡兰鸟比从前只多不少。

即熙似乎觉得荒唐，抱着胳膊俯下身去，靠近惠娘，低声道：“你们不应该指望翡兰鸟。它们只是长得好看的鸟，它们救不了你们。”

“你们要指望的是阿灯。

“你们会得救的，因为阿灯会救你们。”

即熙伸手拉住惠娘枯瘦的手，那双手上布满了粗糙的老茧。失去了所有亲人，惠娘这五年来想必过得很苦。

瘟疫发生之前，惠娘也曾是个养尊处优的美妇人。

即熙慢慢地说：“你问我为什么不喜欢你。坦白地说，我不知道该怎么喜欢你，就像我不知道该不该怪罪你们一样。”

惠娘和即熙见过的大部分翡兰城人一样，顽强、坚韧、乐观、

勇敢，可又无知、盲目，黑白不分。

惠娘并不是坏人，她其实是个很善良的人，家道中落也没能改变她的品性。

即熙看着惠娘呼吸越来越艰难。惠娘渐渐说不出话来，手紧紧地抓住即熙的手。她的眼里流出泪来，不知道是太难受了，还是为了什么在哭。

即熙就这么安静地看着她，看着她几番挣扎后慢慢地闭上眼睛，握着即熙的手垂落下去。

五年前贺大娘去世时，即熙也是这样守着她的。

贺大娘当时也感染了瘟疫。在她们被赶出翡兰城三天后，贺大娘握着她的手逐渐窒息而死，被葬在了城外的山里。

她原本是来救她的翡兰城的。

◇◇◇

惠娘的尸体被运走之后，即熙睡不着觉，索性披着衣服坐在窗太上发呆。

惠娘说过，死后要将尸体交给傅灯验尸，如今她应该已经在贺忆城和傅灯的验尸房里了。

明月皎洁，街上空无一人。即熙靠在窗边看着路面的积水倒映着粼粼月光，思绪万千，无以言说。

“你在干什么呢？”

一双靴子踩碎了水面的月光。雎安披着外衣，披散着一头长发，站在她的窗户下面。他微微抬起头，漆黑的眼眸里映着她的身影。

即熙怔了怔，回过神来。

“阿海巡视的时候看到你坐在这里，它很担心你，让我来看看。”雎安笑道。

在天空中盘旋的阿海气急地发出“啁啁”两声，仿佛在说：“老子才没担心她！”

即熙回头看了一眼房间里呼呼大睡的冰糖，深觉自己家的灵兽还

没别人家的体贴。

“你上来吧，陪我坐一会儿。”即熙拍拍身边的位置。

以雎安所接受的教育，君子是不该这样坐在窗台上的。

但他没有犹豫，按着肩上披的外衣，脚一点地便飞跃而上。衣袖翩飞间，他已坐在即熙身边。

即熙瞥了一眼天空中时不时飞过的翡兰鸟，漫不经心地说道：“其实我对我娘太阴星君没什么感情。相比于她，贺大娘更像我的母亲。从我记事起，她就在悬命楼了。她经常和我提起她的家乡。她说那里冬夏短暂，春秋漫长，一年四季绝大多数日子里都阳光明媚。

“城里有许多漂亮的鸟，通体碧蓝，如同玉石。它们在阳光下成群结队地飞舞，在翡兰城上空飞舞，如同金碧辉煌的雨，美极了。

“她很爱她的家乡，而我也因为她的描述喜欢上了翡兰城。所以五年前翡兰城遭遇瘟疫的时候，听说贺大娘要回来救翡兰城，我就跟她一起来了。”

即熙拎起自己的一缕长发，在手里转着圈甩着。

“起初一切都很好，我们隐瞒了身份。贺大娘已有十几年没回翡兰城，贺伯见到她很惊喜，又担心我们染上疫病，让我们赶紧走。”说到这里，即熙感慨道，“贺大娘说，长兄如父，贺伯一直挺疼她的。她惹官司被通缉时，是贺伯帮她逃走的。如今时隔多年她才回来，又正好赶上疫病，已没人有心思抓她了。

“我们于是决定开医馆治病救人。贺大娘几乎不眠不休地研究病情，贺伯不同意贺大娘解剖尸体，她就偷偷做，想找到医治此病的方法。就差一点点，就差一点点，她就能找到方法了。”

即熙的话在此时停了下来，她似乎不想回忆之后发生的事情。她靠着窗框沉默着，苍白的月光穿过她和雎安之间的缝隙落在房间内。她回头看向屋内，月光在地上勾勒出他们的轮廓。黑暗的影子失去了细节，只剩下一个似是而非的轮廓，就如同她身上的所有故事——以她为罪魁祸首的故事。

她还记得赵元嘉那时年轻、柔弱的身形，他站在人群前，以一种

保护的姿态与她对峙。他平时应该是个养尊处优的贵公子，可他的眼神仿佛已经做好了因揭穿她的身份而赴死的准备。

太可笑了，这故事荒唐得离谱。

“小时候我父亲一直跟我说，在悬命楼里，每个人都爱我。但只要我推开悬命楼的门，走到世人面前，每个人都恨我，接近我的人都别有用心。我们是这个世界的仇敌，但凡听见我们的名字，便是世仇人家，也可以同仇敌忾。

“说到底，他们太弱小了，伤不了我们，只能说几句咒骂的话，再不济恨我们一辈子。这样的话，好像也没有什么好计较的。”

或许，除了她，这世上再没有人会去计较这些，人们就算冤枉了她，也只是无关痛痒的小事。

有时候她不知道是这些弱小的民众可怜，还是他们灾星可怜。

有时候她觉得自己走在一条没有尽头的夜路上，所有人、所有事都在对她说：“你认命吧，你就做灾星该做的事情吧。”

幸好，她做事不是为了让别人夸她一句做得好，也不是为了让别人报恩。夜路虽长，只要她乐意一直走下去，也无妨。

但是，她偶尔也会想不明白。

“我不知道谁错了，不知能怪罪谁，又能原谅谁。最后好像也只能这样了，就这样吧。”

睢安安静地听着即熙的故事。当即熙的讲述告一段落后，他沉默了片刻，然后淡淡一笑。

即熙眨眼的瞬间，发现星河降落在她周围，如同金子碎成一场大雨，被冻住凝结在半空，变成闪烁的金色碎片。她置身于银河烂漫、星辰闪耀之中。

这场景和她十岁那年遇见睢安时看见的星海一样。

她当初就是被这场景吸引才进了星卿宫。可是被封为星君之后，她却忘记了，一次也没有尝试过。

即熙的目光越过飘浮的星辰，看向睢安。她说道：“好美啊。你现在还能看得见这些星辰吗？”

“可以，这是我元婴内境的具象化。”

即熙的眼睛一亮。她靠近雎安，在他面前停下，认真地看着他的眼眸：“那你能看见我的样子吗？”

雎安摇摇头。

即熙有些失望：“那现在你眼里的我是什么样的？一片阴影吗？”

雎安浅浅一笑。他抬起右手，手心向上，举到与胸口齐平的位置停下。

“是一颗星星。在我掌心这里，一颗跳动的星星。”

他的眼里有点点闪耀的星光，如同温暖的人间烟火。

即熙看着他空空如也的掌心，她想，她居然是一颗星星。

“我是一颗怎样的星星？”她问道。

“有点难过，善良又明亮的星星。”

即熙眼眸微动，低声说：“这世上，只有你会说我善良。”

她用手指戳戳雎安空空的掌心，仿佛那里真的有一颗明亮的星辰。

“我们被星命书选中，因为是星星，所以生来就要发光，是吗？”即熙说道。

“命运选择了我，我也选择了命运。”雎安浅浅地一笑。他伸出手触碰即熙的额头，然后用掌心轻轻地揉了揉那里。

“你相信我吗，即熙？”

即熙看着雎安，她点了点头。

“那么那个承诺还在，只要你相信我，我就永远不会辜负你。”

她安静地看了雎安一会儿，然后笑了起来，用力地点点头。

五年前，她最愤怒、最迷惑的时候偏偏想起了雎安。

她想起这个人经历过九次共二十七个月的试炼。他被教导生来就是为了救世，但第一次试炼就让他明白，他救不了世人。所谓人间至苦之处，也是人性至恶之处，命运非要他看清他救的都是些懦弱、自私、贪婪的人。

他的信念一次次地被碾碎，他又一次次艰难地拼凑起它们，不断成长，重新变得坚定。

他从来没有放弃在人世寻找微光。若没有，他就自己成为光。

以一灯传诸灯，至万灯皆明。

那时候，遥远的睢安无法给她答案，但想起他，她就觉得不再那么委屈、愤慨了。

贺大娘至死都没后悔，而她也是从来不后悔的。只要不后悔，那她所做的事情就是值得的。

她相信睢安，相信睢安守护的这个世间值得她这样做。

她是他点燃的灯，她永远为他亮着。

医馆里，傅灯熄灭蜡烛，站起来活动僵硬的四肢，然后将桌上的纸张一一收拾好。那些纸上描摹着脏腑的形状，写着密密麻麻的标注。

她已经很接近真相了。这五年来她一直在等待的日子终于要来了。

傅灯收拾好东西推开房门，眼前冷不丁地蹿出一条蛇，从她的脚面爬过去。

“啊！”她刚惊呼出声，那蛇便被一柄剑挑开。

一贯话少、冷峻的少年收剑，抬眼看向她。他的眼眸非常黑，深邃如夜空。

已经这么晚了，戚风早却还没离开医馆。

他冷冷地说：“你能说话。”

傅灯的目光闪了闪，她把身后的房门关好，仿佛没听见一样，径直路过戚风早往前走。

“五年前，灾星一行共有四人，其中有一个结巴的小姑娘。那个小姑娘是不是你？”戚风早的声音在傅灯身后响起。

傅灯停下了脚步。她转身看向戚风早，目光冷如冰雪。

戚风早慢慢地走上前，靠近傅灯，说道：“你装作哑女，是不想让别人发现你结巴，从而怀疑你的身份？”

傅灯盯着他，一言不发。

戚风早通过她的沉默确认了自己的猜想。他后退一步，不再逼迫她，同时说道：“你放心，这件事我不会对任何人说，也不会告诉赵元嘉。”

傅灯挑挑眉毛，仿佛在问他为什么要帮她。

“你好像有必须做的事情。”戚风早说完顿了顿，对上傅灯冷淡的

眼神，说道，“而且，我喜欢你身上不信命的劲儿。”

傅灯探究地看着他。

“你打算永远不说话吗？”戚风早问道。

月光皎洁，翡兰鸟飞翔的身影在地上投下错落的影子。傅灯在光影斑驳间慢慢地说道：“现在……还不到……我说话的时候。”

总有一天，她会好好地、流畅地把她所知晓的真相说给这个世界听。

戚风早问道：“有什么我可以帮忙的吗？”

傅灯偏过头看了他一会儿，想起即熙跟她提起的关于戚风早的寥寥数语。即熙口中那个黏人、沉默的孩子，怎么看起来并不黏人？

“有。”傅灯想了想说道，并不同他客气。

傅灯拿出一个上锁的小盒子，与戚风早在僻静的小亭子里坐下。夜深人静，四周并无他人。她将那盒子打开，只见盒子里无金无银，只有几张纸。

“念念……不识字，需要你……帮我纠正……”傅灯展开那几张纸，纸上密密麻麻地写了许多字。

“我要……流畅地把这些……都说出来。”

戚风早看了一遍那纸上的字，抬眼看向傅灯：“好。”

◇◇◇

没过多久，睢安再次离开翡兰城办事。他回来时给傅灯带回了一具尸体。傅灯验尸房的灯火燃烧了一天一夜。第二天，傅灯擦着手从验尸房走出来。念念走过去扶她，并替她对验尸房外的赵元嘉说道：“我家小姐说，她要借各位星君的传声符对全城百姓说话。”

顿了顿，念念补充道：“在祠堂说。”

赵元嘉有些惊讶，但更多的是欣喜。他走上前几步，说道：“傅灯姑娘，你找到治病的方法了吗？”

傅灯看向赵元嘉，平静地张口。众人一贯只能看到她无声的口形，这次却听到了声音。

“我要……说的，不……止这些。”

赵元嘉愣住了。他呆呆地看着傅灯，突然觉得自己并不认识她。他并不是傻子，将傅灯身上的种种迹象联系在一起，他一下就明白了。他喃喃地说："你是五年前那个……"

她长大了，和五年前大不一样。但是，一旦将两人联系起来，就能从眉目间依稀看出过去的影子。

傅灯没有回答他，目光转向睢安，说道："星君……我们……说好的。"

"走吧。"睢安点点头。

翡兰城的祠堂里站满了人，各宗族耆老、贺伯、赵元嘉、戚风早、睢安、即熙、思薇、贺忆城和傅灯皆聚集于此。睢安扔了一道传声符于空中，传声符灼灼发亮。贺伯皱着眉低声对睢安说道："若傅灯姑娘想说什么，可以先与我们商量，再行通知百姓。就这么广而告之，我怕其中有差错。"

睢安淡淡一笑，说道："不如先听傅姑娘讲话吧。"

傅灯正在给她立的两块无字牌位上香。她跪在蒲团上拜了三拜，然后将香插入香炉里，起身回望堂中众人。

她缓慢而肃穆地说道："今天找各位……来，是要说明一件事情。"

堂上的宗族耆老和贺伯都大吃一惊，众人议论纷纷。

"傅姑娘不是哑巴吗？她会说话？"

"这是怎么回事？"

傅灯沉默了一阵。她站在祠堂中央平静地看着众人交头接耳，议论纷纷，然后看向神色复杂而不安的赵元嘉，就像在看五年前的他。

那时候，她们被人团团围住，赵元嘉和惠娘在人群中慷慨陈词。不过，那时所有人的愤怒都集中在即熙身上，无人关注她。

她看着那些人蜂拥而至，看着他们举着刀枪、火把和石头，疯了一般喊打喊杀。即熙和贺忆城的辩解被人声淹没，他们甚至连反抗都很小心。

即熙怕伤到他们，而他们怕即熙不死。

晨光从祠堂打开的门扉间蔓延进来，混沌的空气里雾气弥漫，翡

兰鸟的影子时不时地掠过，天空中传来它们清脆的鸣叫声。

傅灯眯起眼睛看了一眼屋檐外的天空。这些话她已经排练过千百次，她要好好地说给这世人听。

“到现在为止，我验了十余具尸体，找到了治疗疫病的药方，也证实了……有关疫病源头的猜想。不过，这药方是在我师父的药方基础上完善的。疫病源头的猜想……则来源于一位姐姐。所以，我必须重新介绍自己。”

傅灯环顾众人欣喜又疑惑的目光，短暂地停顿了一瞬，然后慢慢地说道：“我叫傅灯……自幼父母双亡，三岁被悬命楼收留。楼主禾枷给我取名傅灯，我师从时任副楼主的贺知岚学习医术。我是悬命楼的人，五年前曾跟从她们一起来到翡兰城。”

这一番话引得满堂死寂，所有人都被傅灯突如其来的坦白惊得说不出话来。片刻后，有人高声问道：“所以，这次瘟疫是你搞的名堂？！”

“闭嘴！听我们家小姐把话说完，不然你死了都不知道自己是怎么死的！”念念站在傅灯身边，叉着腰骂道。

“验尸的方法是师父教我的。和我一样，当年她验尸只是为了查明病情，对症下药。这件事她与你说过。可一朝事发，你翻脸不认，说从不知此事，害得我师父孤立无援，百口莫辩。”傅灯举起手指着贺伯，冷冷地说道。

贺伯面色一变，对睢安说傅灯心怀叵测，想扰乱视听，请睢安收回传声符。

睢安摇摇头，笑着说道：“整个翡兰城总不能只有你一个人能讲话。”

这边，傅灯已经放下指着贺伯的手。她看着所有畏惧、怀疑的目光，一字一顿地说：“五年前我们来翡兰城是为了救人，我师父为了找药方感染了瘟疫，却被你们赶出城，死在了城外。而被你们咒骂、视作瘟疫源头的禾枷，才是真正把你们从瘟疫里救出来的人。

“你们真的以为是翡兰鸟通神性，与恶咒相抵，平息了瘟疫？根本没有什么恶咒，翡兰鸟就是瘟疫的源头！它们染病之后把病传给了你们，所以五年前整个豫州只有翡兰一座城出现瘟疫！

“禾枷姐姐是最早猜到瘟疫源头的人。她还来不及证实自己的猜

测，就被你们赶出了翡兰城。埋葬了师父后，她下咒咒死了满城的翡兰鸟。她背负了所有骂名，你们却因她而得救。

“五年间，赵元嘉是英雄，翡兰鸟是祥瑞，禾枷姐姐却是罪人。你们都说翡兰城人知恩图报，你们错了，你们大错特错！翡兰城人忘恩负义！

“你们的每一句谩骂、每一次误解，都是插在她身上的刀，她是被你们杀死的，她是被这世上所有的偏见杀死的。你们都是凶手！你们都欠她的，你们永远欠她的！”

傅灯说着眼泛泪光。这可能是傅灯生平第一次这样流畅地、随心所欲地说话。五年前贺大娘死的时候，她就发誓，除非有机会说出真相，否则她将在世人面前闭口不言。

这些词句她排练了多年，重复着读顺了所有可能出现间断的地方。她等了很多年，一直等到今天。

埋葬贺大娘的时候，即熙说自己早晚有一天也会像贺大娘一样，不明不白地死掉，结果一语成谶。

可即熙还是在贺大娘死去七天后，带着她去翡兰城外布下符咒。即熙把那一块块刻着咒文的石头放在她算好的方位上，一共七七四十九块石头，组成笼罩翡兰城的大阵。

阵法被启动的时候，整座翡兰城被红光笼罩，无数翡兰鸟在空中发出哀鸣，然后化为齑粉消失不见。她和即熙站在城外的山上见证了这一切，当时即熙淡淡地说：“你猜他们会编出怎样的故事呢？”

傅灯问她：“为什么要救翡兰城人？”

即熙转头笑着看她，说：“这不该是一个医者问出来的问题。”

“你觉得翡兰城人是坏人吗？”即熙问她。

傅灯想了很久，还是犹豫地摇了摇头。

即熙笑了笑，说道：“是啊，他们不是，我也不是。”

即熙姐姐总是很洒脱，总是做自己想做的事情，不计较得失和声誉。

但是她计较。

她要让世人知道贺大娘、即熙和贺忆城的善良，她要让死者的冤

屈在世人面前得雪。

睢安从震惊而沸腾的人群中走出来，向傅灯行礼，然后转身面向堂内宗族耆老，说道："昨日我带回的乃是舜河城南李家李丰年幼子的尸骨。我在舜河城时常去拜访他们，他儿子的病症与翡兰城感染瘟疫者如出一辙。前几日我想起此事，便去舜河城询问，得知他儿子生病前从没与翡兰城人接触过，但他曾救助过一只受伤的翡兰鸟。

"征得李丰年的同意后，我带回了他儿子的尸体，交由傅大夫验尸，结果与城中因疫病死亡者的情况一致。李丰年和他的妻子贴身照顾了儿子数十日，却不曾染病。此病应当是由翡兰鸟传给人的，而人与人之间并不会传播，所以才会出现整个豫州只有翡兰城遭遇大规模疫病的奇怪情况。"

宗族耆老中有人发出声音，质疑道："尸体是傅灯验的，话也是她说的，我们凭什么信她？五年前可是有很多人亲眼看见灾星下恶咒的！"

睢安偏过头去，身体转向声音的来处。

"亲眼看见灾星下恶咒，谁看到的？"

"惠娘，还有很多人！"

睢安笑了笑。他微微上前一步，向说话的中年男人行礼："听声音，您应当是一位长者，必然见多识广。恕我冒犯相问，您可见过恶咒，或者说符咒？可知道符咒该如何使用？"

那男人神色一僵，声音硬邦邦地回道："不……不知道。"

"符咒只有修士才能使用，而翡兰城并没有修仙门派，平日也很少有修士来此，想必绝大多数人从没见过符咒，也不知符咒该如何使用，更别说恶咒了。惠娘比您年轻得多，又是常年足不出户的妇人，她会知道恶咒是什么样的吗？"

睢安笑着对众人说道："在场各位，谁曾见过真的恶咒？可以举手。"

人群中出现一阵骚动，但无人举手。

"那我想请问各位，你们当年断定禾枷下了恶咒，是否只是诛心之言？"

人群中传来一个年轻的声音，说话者愤怒地质疑道："她原本就

是灾星，就是恶人。您主天下良善，为什么要替她说话？！”

“我们现在只是在分辨事实，就事论事，不到断定善、恶的地步。所谓善人，也会作恶；而所谓恶人，也会做好事。我们之所以需要法理，需要真相，便是因为人性复杂。”

“星君尊上！”贺伯阴沉着脸看向睢安，说道，“如此危急时刻，满城百姓性命岌岌可危，您却执意为一个劣迹斑斑之徒辩驳，是否本末倒置？”

睢安轻轻一笑。他缓慢而掷地有声地说道：“所谓劣迹斑斑，有多少是如同翡兰城瘟疫这般莫须有的劣迹？星卿宫已查实前宫主之死与禾枷毫无关系，不日便会下达召闻令为其平反。

“我们在谈论一个人一生的冤屈与清白。每个人的生命和清白都无比重要，灾星也不例外。

“正因为没人替她说话，我才更要替她说话。善得以生生不息，就是因为善者可得报偿。天下所有人都应当得到自己的道义。”

思薇怔怔地看着这一幕，当她转过头想和身边的人说什么，却蓦然发现身侧的师母眼眶通红，眼里有一层薄薄的水雾。

似乎是觉得不好意思，即熙低下头捂住了眼睛。

思薇想起很久以前好像也出现过这一幕。那时候睢安师兄去试炼，被百姓认作邪祟，差点被烧死。之后睢安师兄撑着病体帮百姓引渡了心魔，并告诉他们那里曾是古战场，埋尸无数，当时恰逢两甲子轮回，煞气爆发，才导致邪祟肆虐。

他当时站在城中的高台上，一一解答所有人关于煞气、邪祟、星君、驱邪的所有疑问，一如今日。后来，他还请附近的仙门常驻那里，传道解惑。

“人面对未知的事情天然会充满恐惧，因无知而生猜疑、怨恨。我们或许比他们理智，但那不过是因为我们占着这世上得天独厚的条件，获得了比他们更多的知识和力量。在更大的未知面前，我们都是蝼蚁。

“所以要救他们，首先要让他们‘知道’。”

睢安师兄这么说时，即熙不知为何就哭了。她抱着睢安哭得像是自己受了委屈似的，就像师母今天一般。

听完雎安这一番陈词，原本质疑傅灯的声音变得越来越小，质疑声最后都变成了惶恐不安和难以置信：翡兰鸟是翡兰城的荣光，翡兰城因它们而闻名于世，它们怎么会一朝之间变成灾难的源头呢？

在人们慌张无措地谈论时，傅灯转过身去，掏出随身的手帕擦拭桌上她立的两块无字牌位。随着她的擦拭，那两块无字牌位上居然渐渐显露出字迹——贺知岚之位，和一串常人看不懂的苗文。

那是贺大娘和即熙的牌位。

"你们……拜了她们两年，治疗疫病的药……我会给你们。但是，只要翡兰鸟还聚集在这里……疫病永远不会消失……这次再没人替你们咒死它们了。你们要自己……做选择。"

说完排练多年的话，傅灯的语速又变得缓慢，声音断断续续。虽然她神情冷淡，说出的话却很有分量。

傅灯离开悬命楼的时候，即熙说她的诅咒只能破坏，不能重建。她救得了翡兰城人一时，救不了他们一世。她说，下次瘟疫到来的时候，傅灯需要做好准备。

然后，即熙给了傅灯祝符。

她保佑傅灯的勇敢和执着。

傅灯珍而重之地擦掉牌位上的灰尘，转过身来看着堂上众人。

"你们常说……只要翡兰鸟还在翡兰城上空飞舞，翡兰城就永远不会倒下……其实你们的命运……与翡兰鸟毫无关联。就算没有翡兰鸟，只要你们活着，翡兰城就不会倒……我师父和禾枷姐姐也是这么认为的。"

大堂内，即熙默默无言地笑了起来。她想，她终于知道雎安看着她时的感受了。应该和她看傅灯时的差不多吧？

阿灯长大了，阿灯没有忘记自己对她说的话。

傅灯是她点燃的灯。

如今这盏灯已经光芒万丈。

即熙突然觉得这几天她反复思索的问题没什么劲儿。世事无常，对错何妨？终会有光明驱散黑暗，薪火相传，这便已足够。

第十五章

◇◇◇

旧人

“因为喜欢你，所以在某种程度上我就是你的仆人。”

人群散去后，空空的祠堂里只剩下即熙和雎安，还有案上安静燃烧的香。

传声符早已被雎安收入怀中。即熙走到供桌前，看着林立的牌位间那个独特的以苗文写就的牌位。她似乎想伸手摸摸它，却又停住，把手背到了身后。

她是坟墓也有，墓碑也有，如今连牌位都接受香火供奉了。作为死人，该有的已齐活了。

翡兰城的人没有把她的牌位挪走。宗族耆老和贺伯都说，若当年真是禾枷救了翡兰城，那禾枷就配得上翡兰的香火供奉。翡兰城人知恩不忘，历来如此。

老天爷偏叫她重活一次，看着这一切发生；要她因冤屈、偏见而死，然后活着看到属于她的道义来临。

这是个什么话本？老天爷可真会排戏。

至于翡兰鸟和翡兰城，整座翡兰城的人都听到了疫情的源头，他们大概会选择人而不是鸟。

“翡兰城土地贫瘠，又非交通要道，全靠翡兰祥瑞发迹，以后该何去何从呢？赵元嘉以后该多尴尬，他本是闻名豫州的英雄啊。”即熙淡淡地说道，然后转过头来看向雎安，“要不是瘟疫又来了，谁有这个闲心去管真相呢？我安安静静地死了最省事。福地还是福地，英

雄还是英雄。”

“睢安，今天的事，是你和阿灯商量好的？”

睢安微微一笑，将双手背到身后，看起来真诚又无辜。

在他和傅灯第一次见面的那场宴席上，她说完那番有关“故人”的模糊言辞后，他叫住了原本想转身离开的傅灯。

他说：“那位故人身上的冤屈，我想帮她洗雪。”

傅灯怔了怔，说：“你都知道了？”

她沉默地看着睢安，好像在确认他的真心。然后，她摇摇头，说不用睢安做什么，她已经做好准备，某天需要的时候，只要他能以天机星君的名声支持她便已足够。只是她没想到这一天来得这么快。

“我只是偶尔和傅大夫讨论病情，以及她那位禾枷姐姐的故事。”睢安这么说道。

“我本来还担心阿灯会讨厌你，没想到你居然和阿灯联手了。”

睢安偏过头，微微笑道：“傅大夫说，我是你最尊敬的人，因此她也尊敬我。”

事实上，他说得十分含蓄。按照傅灯的描述，即熙在悬命楼里每三天必提一次睢安，无论遇到什么事情，即熙都能奇奇怪怪地扯到睢安身上。

“贺大娘去世之后，禾枷姐姐还是下咒救了翡兰。她说如果你在这里，你一定会这么做的。”

即熙浑然不知自己已经被傅灯透了个底儿掉。她点点头，目光又转向那牌位，欣赏工匠并不太熟练的苗文。

“睢安，如果世人知道我还活着的话，事情还会是这样的吗？傅灯还能顺利地为我平反吗？翡兰城的人会承认他们的错误吗？你是否会被质疑与我狼狈为奸？我总觉得，我活着的时候他们很怕我。他们太怕我了，以至于不能够、也不愿意了解我。只有我死之后，他们才会开始相信我。

“我不是第一个，也不会是最后一个遭遇这些事情的人。”

所谓弱者对强者的偏见，被人们认为是“正义的欺凌”。

屋外晨光寂寂，睢安走到即熙身边，抬起手揉揉她的头，说道：

“的确如此。”

人立于经验之上才得以延续思想、获取知识，而偏见则是经验不可避免的产物，没有人可以像第一次来到这个世界一般看待世界。

偏见不会消失，但像即熙、傅灯、贺大娘这样的人，也永远不会消失。

这世界纵然可恶，但也不是没有希望。

“走吧，傅大夫的医馆里还需要人。”说着，雎安转身向门外走去。即熙伸了个懒腰，跟上他的步伐。雎安走得沉稳、缓慢，她也放慢步子，跟他一起走。迈出大门的时候，阳光一瞬间吞没了他们——耀眼的夏日阳光，还有此起彼伏的蝉鸣声和青草的香气。

“好啊。”即熙背着手，笑着眯起眼睛，看着这个耀眼的世界说道，“权且和这个可恶的世间再磨一磨吧。”

在祠堂说完该说的话之后，傅灯就回到自己的医馆继续配药了。她已经把药方发给了城中所有的医馆，满城的大夫都已知道她是悬命楼的人，信不信她，随他们的便。

回医馆时，赵元嘉跟了傅灯一路。她停下脚步，他也停下脚步，始终没有上前跟她说话。他满目混乱、慌张，似乎不知道该说什么好。

最后，傅灯在她的医馆门口站定，回头看向赵元嘉。念念替她说道：“赵公子有什么想说的就说吧。”

赵元嘉不安地摩挲着手里的剑柄，那是一件上好的灵器，是他们明世阁传世的几件珍宝之一。当年因为他带领翡兰城众人赶走灾星、帮助翡兰城平息瘟疫，他在整个豫州声名鹊起，师父特意奖赏了他这件珍宝。

可如今他握着这件珍宝只觉得扎手。

“傅灯……我……当年我真的以为……瘟疫是禾枷降灾……城里百姓受了蒙骗，我不知道……”他说话一贯流畅，此刻却像傅灯一般断断续续。

傅灯摇摇头，说道：“你不是……不知道……你是不相信。”

赵元嘉当时相信自己是正义。她明白他没有坏心，只是在他眼

里，灾星原本就是这世上的极恶罢了。

她没有多恨他，或怪罪他，她只是厌恶他因这荒唐的故事而获得的荣光罢了。

赵元嘉定定地看着傅灯。他心下一片混乱，却在所有的混乱中抓住了最明确的那一点绝望："你不恨我……可是你永远也不会喜欢我。"

傅灯没有回避他的目光，安静地点点头。

她有一双丹凤眼，却偏偏生了细细的剑眉，让人觉得不好靠近。她穿了一身浅青色的衣裙，衣服上只有些最寻常的斜纹，并无其他绣花，长发以木钗盘起，没有落下一缕碎发，干净、素雅，如同光滑的青瓷瓶子。

赵元嘉第一次见傅灯时，她也是这样的打扮。那时贺伯说翡兰城来了一位年轻的神医，随后他便看见了从门边走过的傅灯。她像一只翩翩飞来的青色蝴蝶，目光只在他身上停了一瞬便离开。阳光下的她看起来很冷，但干净极了，好像这世上没有任何东西可以扰乱她的心。

这样的她却瞬间扰乱了他的心，让他一眼钟情，念念不忘，却终究求而不得。

赵元嘉低下了眼眸。他突然不敢再看傅灯，只是说道："我明白了……我以后不会再来找你了……傅姑娘保重。"

说完他便转身，握紧了手里的剑，轻声说道："我明日就回明世阁。姑娘找到了药方，再过一阵，药材就会不够用，我去请师父帮忙调度。"

说完他便离去了，脚步快得像是在逃离。

"其实赵公子人不坏。"念念感慨道。

傅灯目送赵元嘉走远，然后轻轻叹息一声，对念念说："回去吧。"

戚风早仍然在傅灯的医馆里帮忙，他正在按照她的方子称药材。念念提着一个食盒找到他，对他说："戚公子，我们家小姐给你的。"

戚风早闻言，有些诧异地放下手里的秤，站起身接过念念手里的食盒。那食盒朴素得一点花纹也没有，只是一个棕黑色的圆角木盒，很有傅灯的风格。打开的一瞬，便有扑鼻的面食香气。

里面放着六个精巧的白白胖胖的包子，每个包子十八道褶，捏得整整齐齐。

“我家小姐听说，你最喜欢吃三丁包子。正好她也是扬州人，会做三丁包子，就做了一屉给你。”念念抬着下巴颇为骄傲地说，“我家小姐做的包子可好吃了。”

戚风早抬眼看向念念。他还没把问题问出口，念念已经嘴快地抢先回答了：“你帮我家小姐隐瞒身份，前几天又帮她排演今日的讲话。我家小姐不喜欢欠别人的。”

戚风早沉默了一阵，低眸看了食盒好一会儿，才淡淡一笑，说道：“谢谢。”

他平时话很少，笑容就更少了，突然这么笑起来，倒让念念一愣。

平时那么老气横秋的人，笑起来还是很有少年气的嘛，看起来戚公子是真的很喜欢三丁包子。念念这么想着。

午后傅灯行针将一个衰弱的病人从鬼门关拉了回来，完事后她满头大汗地回到后堂洗手。刚刚将手洗净，她就看见一块手帕递了过来，抬眼看见戚风早站在她身边。

“你出了很多汗。”戚风早说道，语气十分平静。

傅灯看了他一会儿，接过他手里的手帕，说道：“多谢。”

“我要感谢姑娘做的包子才对，味道和家乡的一模一样。”戚风早说着把食盒放在了傅灯旁边的桌子上。午后的阳光里，尘埃在他身边缓慢地飞扬，十几岁的少年安静、沉稳，像个三十岁的大人。

顿了顿，他慢慢地说：“我也是孤儿，也是被人捡回去收养的。”

傅灯在悬命楼时听即熙提起过戚风早，于是她问道：“是天梁星君？”

“是，柏清……叔叔。”戚风早的目光落在那食盒上，“我好像原本是大户人家的孩子，不知为何被遗弃了。从记事起，我就流落街头与野狗抢食，没吃过一顿饱饭。天梁星君见到我的时候，我因为偷了两个三丁包子正被店主追打。他救了我，然后把那包子铺里所有的包子都买了下来给我。大概是因为这个缘故，我很喜欢三丁包子。不

过，这件事应该很少有人知道，赵元嘉也不知道。”

不过，即熙是知道的。

傅灯看向戚风早。戚风早没有直接挑明，而是意有所指地说道：“谢谢你，也谢谢你的禾枷姐姐。”

“不……客气。”傅灯沉默片刻，继而淡淡一笑。

戚风早向她行礼，然后转身离开，跨过门槛进入夏日的暖阳中。

“戚风早！”

傅灯喊了他的名字。她喊他的名字时很流畅，没有停顿。戚风早停下脚步，回头看她。她走到门边，望着他说道：“以后……可以一起回扬州。”

戚风早怔了怔。傅灯站在门边淡淡地看着他，他好一会儿才微微笑起来，回答：“好，以后。”

◇◇◇

贺忆城走到翡兰城郊外的山上时停下了脚步，背着手说道：“大小姐要跟我到什么时候啊？”

后面的树林里发出一阵窸窸窣窣声，然后一个身穿绣着蔷薇花纹的浅紫色衣裙的姑娘走了出来。她肤色雪白，面颊上因尴尬而生的红晕格外明显。她走到贺忆城身边，嘟囔道：“你武功那么差，怎么发现我的？”

“你从祠堂出来后跟了我一路，而且我平时总是被一些乱七八糟的东西跟着，早就有经验了。”贺忆城笑嘻嘻地围着思薇转了一圈，顺手把她头发上的树叶拿掉。

思薇吓得跳出去两步远，警惕地看着他：“你……你别碰我！”

自从那夜她喝醉被贺忆城亲吻又表白之后，她就对他的碰触避之不及，仿佛惊弓之鸟。除了上次向傅灯推荐贺忆城验尸，思薇再没有跟他说过别的话。傅灯向众人说明五年前的真相时，思薇听了两三句就转过头看他。那时她似乎思绪万千，却也没有跟他说话。

思薇这样的反应并不是全然的讨厌，但肯定也不是喜欢，十分耐

人寻味，让贺忆城看不明白。

贺忆城举起双手，示意自己不会再做什么。他认真地道："这个地方阴气重，你再跟我一会儿，就会看见游魂聚过来了。你还是尽早回去吧。"

思薇抬起眼盯着他，问道："你来这里做什么？上次你引了一群游魂回来，也是因为来这里吗？"

贺忆城眨眨眼睛笑起来，露出两个酒窝："来给我娘烧纸。我一年来不了几次，怕她老人家在底下穷哭了。"

思薇怔了怔。她低下眼眸又抬起来，似乎有些无措："你……怎么不早说……她的墓在哪里啊？"

贺忆城指了指他们身前的一棵小梧桐树。

"在这棵树下。我娘生前说，等她死后，让我们一把火烧了她，挑一棵好看的树把骨灰埋在树底下当肥料，树就是她的墓碑。这棵树是她生前亲手挑的，她说这棵树长得眉清目秀。我可没看出来它哪里眉清目秀。"贺忆城依然笑着，语气十分轻松地说道。

思薇看了一会儿那棵梧桐树，目光又转回来看向贺忆城，轻声说："你……不难过吗？"

"她老人家都死了这么多年了，难过个什么劲儿啊？"

思薇突然靠近贺忆城。这么多日子里，这还是她头一次主动靠近他。她直直地看着他的眼睛，深深地，仿佛要从他的眼底一直看到心底。贺忆城一时没反应过来，有些僵硬地看着她清澈的眼睛。那双眼睛中慢慢积聚起一丝说不清是恼怒还是心疼的情绪。

"你怎么可能不难过？就算你再不把生死当回事，她毕竟是你母亲，是你最亲近的人。你再也见不到她了，你怎么会不难过？

"大家都说你是好色之徒，之前我也总骂你沉迷于烟花柳巷，你明明就是生气的。为什么只有我喝醉的时候，你才肯对我说出真相呢？你不说我怎么知道？你这样我总觉得自己很……很可恶，我在你面前都不知道该说什么！"

思薇生气地说道，她甚至伸手推了贺忆城一把，推得贺忆城踉跄着后退了两步，有点难以相信她居然会主动碰他。

贺忆城想，这个姑娘居然是因为这个原因不知道在他面前该说什么。

“我以为你介意的事情是，我说喜欢你，还亲……”

“你住嘴！”思薇立刻制止贺忆城说下去。她看了一眼那棵梧桐树，转过头咬牙切齿地看向贺忆城：“我收回刚才的话，你就是个好色之徒！你……你三心二意，喜欢谁都不会超过三个月。反正三个月后你就不喜欢我了，我才不介意这种事情。”

贺忆城有些哭笑不得地叉起手来，一时分不清这姑娘说的是正话还是反话。

“那这三个月……”

“你给我老实点，我就当不知道！”

“好好，遵命。”

贺忆城转过身去，一撩衣摆在那棵梧桐树前跪下，从袖子里掏出纸钱和火石，悠然地打着火，开始烧纸祭拜。他边烧纸边说：“娘，让您老人家见笑了。”

思薇看向那棵梧桐树，怒气瞬间消退了大半。她有些犹豫地转向梧桐树，然后对着它深深地作揖行礼，说道：“贺大娘，您好，我是星卿宫巨门星君思薇，是……即熙的妹妹。”

贺忆城瞥了思薇一眼。认真说来，思薇是他带给他母亲见的唯一一个他喜欢的姑娘。虽然此时他母亲已经在九泉之下，不过他还是能想象出他母亲一定很喜欢思薇这样的姑娘。

他轻轻地叹息一声。虽然他依旧面带笑意，语气却郑重了些。他将这段时间遇见阿灯和揭露五年前瘟疫真相的事情都细细地说了一遍，末了轻轻拍了一下梧桐树。

“我怕您老早投胎了。不过，要是您还在地府等消息，那现在可以安心了。翡兰城和傅灯都没什么需要您担心的了。”

顿了顿，贺忆城笑笑，说道：“我也是，现在一切都好。”

思薇眸光微动。看着融入郁郁葱葱的翠绿山林的梧桐树，思薇突然觉得，这种墓葬方式仿佛换了一种方式活着。

贺大娘是个特立独行又洒脱的人吧？即熙的性格大概就是像她。

“您很了不起，我非常敬佩您。还有，这么多年来，谢谢您照顾即熙。”思薇再次行礼，认真地说道。

贺忆城漫不经心地往火堆里扔着纸钱。他突然问道：“思薇，你就没怀疑过，或许五年前我真的做了翡兰城人所说的那些事？”

“我不怀疑。即熙是星君，你说过，以前是她给你的祝符。你们若真的做了那种事，早就被降罚了。”

“可那时候即熙还没有给我祝符。”

“那我也相信你，我答应过要相信你，便会一直如此。”

贺忆城眸光微动，然后抬眼看向思薇。她认真地对他说着，丝毫不知道她说的这些话会令一个喜欢她的人多么心动。

“即熙是什么时候给你祝符的？”思薇浑然不觉地追问道。

贺忆城皱了皱眉，叹息一声，道：“我娘死了之后……我叛逆了一段时间。那时候年轻嘛，我跑去找我那不负责任的老爹。结果，正室家的哥哥正准备夺家产，把我爹给杀了。我就不自量力地跟我哥干上了，不仅没干过他，还落下了毛病。要不是即熙赶去救我，我人就没了。”

见思薇还想追问，贺忆城指着她身后说：“呀，大小姐，鬼魂聚过来了！”

思薇的身体瞬间变得有点僵硬。她直起腰来向前走了两步，来到贺忆城旁边。腰间的剑随即出鞘，插于地面，她将一道符咒掷于剑柄之上。一时间剑身银光满溢，亮起许多符文。

“这样靠近这里百步之内的游魂都会被驱散。”

贺忆城看了看思薇那把银白色的剑，笑道：“别这样，大小姐。要是驱鬼的符咒、宝器能用，我不是早请你们用了？我本身就体质阴邪，你用这种除邪祟的东西，鬼难受，我也难受。”

思薇皱起眉头，仿佛觉得他太过麻烦，但还是听从他的建议收了剑和符咒，僵硬地与他并肩而坐。她偏过头来看着他，很好地控制着角度，不去看他身后的东西。

“你从小就被它们跟着吗？”思薇问道。

“是啊。但小时候没这么严重，大概十天半个月招几个游魂，形成不了恶鬼。”

小孩子的魂魄弱，能看见游魂。他小时候曾因此被翡兰城的小孩子欺负、孤立，他们都说他是怪物。那时候他常常觉得，这世上要是没人能看到他身后那些游魂就好了。

“后来长大了，吸引的游魂越来越多，我就住青楼里了。不过，那时候没人能看见我身后那些游魂，我反倒觉得有些孤单。”

无数纸醉金迷的夜里，他都曾在觥筹交错、美人笑靥间看见镜子里反映的鬼影，以及血肉模糊的面孔。

“你旁边有个好丑的鬼啊。”

他有时候会开玩笑似的说道。

“讨厌！公子怎么开这种玩笑呢，吓死人了！”

得到的便是美人带笑的嗔怪。

以前除了即熙，没有人能看得到他眼里看到的世界。他和即熙同病相怜，彼此为对方保守秘密。他爱人从来不超过三个月，因为三个月后就到了要戳穿谎言的地步，没人可以带着满身秘密与他人相爱。

贺忆城看着眼前的姑娘，她在认真地听他说话，相比于怜悯，眼里更多的是不忍和心疼。

“……那你还不肯说你有这种体质的原因？你不说，我们怎么帮你啊？”思薇咬了咬唇，说道。

她今天一直跟着他，应该是听了傅灯说的故事心疼他了，怕他难过。可她偏偏又是个不会安慰人的姑娘，说话总是硬邦邦的。

贺忆城摇着头感叹道：“佛曰不可说，不可说啊。”

思薇给了他一个白眼。

不过，她没有强求贺忆城告诉她原因。她瞪了他片刻，看着他无辜的笑颜，她的神色慢慢变柔和。

这几天他不眠不休地帮傅大夫验尸，眼睛里都有血丝了。

虽然他受了冤屈，甚至因此失去了母亲，可他还是在帮忙拯救翡兰城。

“这些天辛苦你了。以后你生气了就说生气，被冤枉了就说委屈，难过了就说难过，不要总是嬉皮笑脸的，什么都不说，行吗？”思薇放软了声音。

“哦。这是命令，还是请求？”

“……你怎么又来了？什么命令？虽然你身上有我的祝符，受我庇护，但你不是我的仆人。”

“我是啊。因为喜欢你，所以在某种程度上我就是你的仆人。”贺忆城靠近思薇，眼睛含笑地看着她，慢慢说道，“验尸是因为你请求我才去做的。我不是那种深明大义的人。我喜欢你，所以你想让我做的事情，只要我做得到，我都会为你做。”

思薇愣了愣，一时间居然忘记因他的调戏而恼怒。

“因为喜欢你，所以在某种程度上我就是你的仆人。”

这男人果然是风流多情的情场高手，情话说得一套一套的，偏偏看起来还很真挚。

正在思薇愣神的时候，不远处的翡兰城中突然冲出一道红光，继而蔓延至整座城。

思薇和贺忆城脸色一变，奔到山路边看向翡兰城。只见在红光笼罩下，城中煞气四起，不停地激荡。

“近来城中死了很多人。有人在布阵挑起全城煞气。”贺忆城猜测道。

思薇还没发话，就见一道更加耀眼的红光从城中冲出，与之前的红光相激，混乱不堪的煞气顿时都朝着两道红光奔去。

“不周剑？雎安师兄拔剑了。”思薇震惊地喃喃道。

城中出大事了。

◇◇◇

不周剑既是神兵，亦是凶器。若不是形势险恶，雎安从不轻易拔剑。

此时雎安他们下榻的客栈已经一片狼藉，伙计、老板都被即熙转移到了别处。她吩咐冰糖保护好大家，有事知会她，又喊戚风早去找贺伯，让城中百姓保持镇定，然后立刻跑回战场——客栈一楼大堂。

只见两道白色身影缠斗在一起，且都被红光所笼罩。不速之客面

缚白纱，看不清眉目。他手握一柄白铁铸就的长剑，剑上刻着密密麻麻的扭曲的黑色符文，就连他的手臂上也有类似的符文刺青。他连同那柄剑，仿佛深不见底的旋涡，满城激荡而起的煞气源源不断地汇入他的体内。他明明身材颀长、身形优美，看起来像是个贵公子，可他双目赤红，仿佛地府来的修罗鬼魅。

这年头刺客都不穿黑衣而改穿白衣了？青天白日的就来行刺了？

不周剑出鞘之后，满城煞气不再只往刺客那里奔去，将近一半煞气开始汇入不周剑中。不周剑透明剑身上那些宛如血脉的经络开始扩张，变得鲜红，且愈加兴奋，而持剑的睢安依然神色冷静，额上星图光芒闪烁。刺客有煞气加持，行动速度极快，出手狠辣，就像不要命了似的。睢安的身形快得只能看见衣袖翻飞的残影，他耐心地与刺客周旋，见招拆招。

即熙想上去帮忙，几次都忍下了。这家伙趁着翡兰城闹瘟疫，众人无暇他顾，在城中布下阵法，汇聚病死者因痛苦而生的煞气。方才他突然出现，指名道姓地说要和睢安单挑，谁要是插手，他就立刻发动阵法，毁了整座翡兰城。

这是哪里蹦出来的缺心眼儿的蠢货？睢安还能有这种仇家？别是什么狂热的崇拜者吧？

阿海被睢安派去寻找刺客在城里布阵法的符文、法器了。没有它，睢安什么也看不见，即熙不禁暗自焦灼。她向来知道睢安武功极好，可是这次明显来者不善。

睢安的剑法如高山飞瀑，水并不伤人，但飞流千尺而下，势不可当。他的剑法并不像刺客那般每一剑都直取要害，但是流畅从容、环环相扣，不知不觉就把对方带入他的招式里，任凭对方如何挣扎都无法挣脱他的节奏定势。睢安逐渐开始压制那白衣刺客。

白衣刺客不甘落败，举剑抵挡的瞬间吹了一声口哨，满城的鸟仿佛受了什么刺激般开始疯狂地鸣叫，汇聚于客栈四周。

睢安皱眉退后。他本是靠着脑中描绘的大堂样子和声音判断来者方位的，此时大堂内一片嘈杂，大大影响了他的判断。刺客趁势而起，连连进攻。睢安的动作稍一延迟，那满是符文的长剑就刺入了他

的肩胛。

血顺着长剑流下，淹没符文，刺客赤红的双目露出欣喜的神色。

看到睢安的血染红了衣袖，即熙一瞬间听不见任何声音，只能听见自己急促的呼吸声。

这人伤了睢安！去他的单挑！老娘宰了他！

即熙撸起袖子，准备上前给那人下咒。电光石火之间，沾了睢安血的不周剑突然剑气暴涨，睢安一个旋身，抬剑将敌方长剑劈成两半。愣神之间，刺客躲避不及，狼狈地抵挡了几下后摔倒在地，不周剑尖直指其咽喉。

睢安神色淡漠地举着剑，因为失明反而有种目空一切的高傲。他用另一只手握住刺入肩胛的那段残剑，慢慢地将其抽出来扔在地上，伤口一时间血流如注。

“扰乱我听觉之时，您本应耐心周旋，这般急着攻击，想取我性命，反而让我确定了你的方位。只刺中我一次便因欣喜而晃神，实在不妥。”他淡淡地说道。

即熙松了一口气，赶紧跑到睢安身边查看他的伤势。睢安低声跟她说无碍。她点了睢安的几个穴位，暂时帮睢安的伤口止了血。

刺客哈哈大笑起来，说道：“你觉得你赢了，还来跟我说教？若是你输了，便只死你一人，现如今却要全城为你陪葬！”

“什么陪葬？你是要发动城中的阵法吗？”

客栈的大门被踢开，思薇和贺忆城匆匆赶到，阿海也从门外飞了进来。阿海爪子里抓着一块石板，落在地上后摔成了三块。思薇和贺忆城刚到城门外就遇到了阿海，然后被它引到了城内的一座破庙中，在石像下发现了这块刻满符文的石板——布下城中阵法的法器。思薇好不容易才破了咒文，和贺忆城、阿海一起赶了过来。

“老娘倒要看看你是个什么品种的疯子！”早就撸好袖子准备打死这刺客的即熙两三步走上去，一把扯下刺客的面纱。

刺客其实相当年轻，面如冠玉、眉目俊俏、神情高傲，如同清冷月辉。

即熙呆立当场，贺忆城抱着胳膊看戏的神色也蓦然变成了大惊失色。

刺客浑然不觉，他看了一眼那石板，冷冷一笑，道："怎么，你们以为阵法破了就结束了？天机星君，我所爱之人死于你手，我必要你血债血偿！"

刺客说着从怀里拿出一张符，以即熙的造诣，一眼就看出那是一种以自身性命为祭的恶咒。她气得举手打了那刺客一巴掌，骂道："你搞什么鬼啊，宁钦！"

刺客愣住了。他呆呆地看着即熙，目不转睛地看着她，眼神慢慢地开始颤抖："这……这不可能……"

眼前的姑娘身着牙绯色衣裙，盘着单螺发髻，发间插着一支金闪闪的凤形步摇，金凤口衔珠滴，精巧的垂穗垂至她耳际。这种打扮和他记忆里的那个人太过相似，可她明明有着完全不同的长相，柳叶眉、杏仁眼，眼含秋水，看起来是温婉的江南闺秀。

贺忆城看了一眼刺客，又看了一眼思薇，直觉即熙的身份要保不住，便和颜悦色地对思薇说道："我看要不我们先去休息一下？也该功成身退……"

"你是即熙？你还活着？"刺客喃喃道。

思薇怔了怔，睁大眼睛看向即熙。贺忆城揉了揉太阳穴，这情况想身退可能都退不了了。

即熙劈手夺下宁钦手里的恶咒，气不打一处来："谁给你的这玩意儿？又来血债血偿这一套，雎安杀了你哪个所爱了？"

宁钦直直地看着即熙，一贯冷淡的眼里翻涌着欣喜和愤怒的波涛，仿佛死了心要看到她自己明白。即熙愣了愣，艰难地抬起手指向自己："难不成是……我？"

宁钦咬着唇看向她，算是默认。

即熙露出迷惑的神情，她后退两步，打量宁钦："我不是你的仇人吗？你不是想杀我报仇吗？雎安杀了我，这不是在帮你吗？"

感觉到宁钦已经没了杀意，雎安放下不周剑，归剑入鞘。他向即

熙的方向转过脸去，问道：“他是谁？”语气非常平静，听不出任何情绪。

于是即熙也没有察觉到雎安的不对，她有些困难地思索着该怎么定义她和宁钦之间的关系，还没发话就听到宁钦说：“我叫宁钦，是即熙的情人。”

这话颇有些挑衅的意思。即熙立刻说道：“是前情人，好吗？而且你……”

“前情人也是情人，更何况，我是你唯一的情人。”宁钦抬起头，他眼睛下方有一颗泪痣，看起来脆弱又高傲。他的话虽然是对着即熙说的，却一直讽刺地看着雎安。

雎安轻轻一笑，淡淡地说道：“我是在问即熙，不是你。”

即熙看看雎安又看看宁钦，觉得这局面怎么如此诡异？

她这七年里招惹的桃花数不胜数，宁钦确实是她唯一给过名分，带回悬命楼的人。不过，她和宁钦真是一段孽缘。

“宁钦他……嗯……咳，曾经我有段时间与他相好。”

◇◇◇

雎安闻言双眸微动，问道：“他刺杀你是什么时候的事情？”

“啊……大概三四年前？”

雎安点点头，并未再发话。即熙于是转头看向倒在地上的宁钦，困惑地道：“你现在是怎么回事？先前要杀我，现在又要给我报仇？我真是看不懂你。”

宁钦低下了眼眸。他沉默了片刻，然后自嘲似的笑道：“你当然不懂，你懂什么？”

“又来了，又来了……”即熙心想，同时无奈地揉了揉太阳穴。

美人只可远观、不可深交的一大原因就是他们个个爱打哑谜，话只说一半，叫你猜来猜去。若你这边摸不着头脑，她们还委屈得很。

“行，你的动机我不懂。但你这把剑是怎么来的？还有你这恶咒、这阵法，这可不是你的能力能做到的。”即熙蹲下来查看地上被劈成

两半、布满符文的剑，还有那以命生祭的符咒，心中啧啧感叹，“这真是好强、好恶毒的符咒。”

宁钦看着她蹲在自己面前认真研究剑的样子，眼里多了些悲戚神色。

她离他那么近，关心的却只有那把剑。

“你不问问我，这些年都去哪里了？你知不知道，我听说你的死讯时是怎样的心情？”他颤声问道。

即熙抬眼看他，认真地说道：“我怕问了我也听不懂，所以先问点我能听懂的。”

这一瞬间，贺忆城看着即熙坦诚的神情，不禁微微同情了宁钦一下。

宁钦怔了怔。他沉默了片刻，然后低声说：“一个陌生人给我的。我不知道他是谁，看不清样子，声音很沙哑。”

“那你也敢拿他的东西？”

“他说用这些可以杀死雎安，为你报仇。”

“……你倒是真好蛊惑，这咒会要了你的命。”

“他说过，我认了。”

即熙只觉得匪夷所思，再看宁钦那一往情深的样子，不禁心想：不会这么多年过去了，他还没出戏吧？

“罢了罢了……你在何时何地遇见的那个人？”

“大概两个多月前，在青州奉先城附近。”

即熙闻言皱眉。她起身走到雎安身边，说道：“大概是魔主，他一直暗中盯着你。他好像很了解我，甚至利用我的故人来行刺，真是奇怪。”

她见雎安面色有些发白，便扶着他道：“先不管这些，我帮你包扎伤口，其他事以后再说。”

一看见她扶着雎安，宁钦的眼眶就发红了。他从地上摇摇晃晃地站起来，大声喊道：“为什么？！”

即熙被他吓了一跳，转头看向宁钦：“什么为什么？”

眼前的白衣男子明明年轻、俊俏，看气质也是高傲的人，此时却

泪眼蒙眬。

“当年……你赶我走的时候……你说你永远不会原谅伤害过你的人……可是他！”宁钦抬起手直指睢安，一字一顿地说道，“他也要杀你！你死在了他手上！你为什么就能原谅他？”

睢安不动声色地站在原地，袖子里的手慢慢握紧。

即熙不假思索地道：“你和睢安能一样吗？”

“有什么不一样？你当初对我青眼有加，不就是因为我像睢安？”宁钦悲愤地大喊道，“我告诉你这些年我去了哪里，我去了奉先城，去了太昭山，去了星卿宫附近。我就是想看看你三句不离口的天下最好的睢安是什么样子。见到他的第一眼我就明白了，我的长相、气质和他的有五分相似，这就是你喜欢我的原因！”

“放屁！”即熙气得放开睢安，两步走到宁钦面前，一把揪住他的领子，将他掀翻在地。

这是什么滑天下之大稽的猜测？睢安要是信了该觉得多恶心？

她不能允许这种污蔑破坏她和睢安的关系。

宁钦却梗着脖子，死死地盯着即熙：“你敢发誓吗？你敢发誓你对他，对天机星君睢安没有一点男女之情？”

即熙冷笑道：“你可闭嘴吧！我有什么不敢的？我发誓，我对睢安没有半点儿男女之情！”

贺忆城“嗞”地吸了口气，偷眼看向睢安，心想这也太狠了，他开始心疼睢安了。

睢安看起来却很平静。

平静得过头了。

他的目光如平时一般不知落在何处，他只是安静地站在那里一动不动。殷红的衣袖下，血顺着他的指尖缓慢地、一滴一滴地落在地砖上，渗入缝隙中。也不知是不是失血的原因，他看起来面色苍白。

宁钦望着怒火中烧的即熙，眼里的愤怒慢慢退却，变成不可名状的脆弱。他低声说：“即熙，我恨你，可我也爱你，我真的爱你。”

即熙松开手站起身，居高临下地看着宁钦，神色复杂。

宁钦抿抿唇，自嘲道："是，当年我是有目的地接近你的。我从小父母双亡，被叔父抚养大，他是我最亲的亲人，他的仇我不可能不报！可是，与你相处不过几个月，我就已情不知所起，一往而深。你不知道，多少个日夜里我辗转反侧，无法入睡，在恩义和爱意间反复挣扎，痛苦万分。我实在不能辜负叔父的恩情，下手伤你的时候甚至想着你死了我就陪你一起死。"

"用不着！我想好好活着！"即熙打断了他，抱着胳膊冷冷地说道，"你爱我爱得死去活来，所以要杀了我？还要我体谅你的痛苦？我还不至于当这个冤大头吧？你说你爱我，可刚刚那一大段话全是你如何如何，怎么都没我什么事儿？"

她俯下身看着宁钦，一字一句地道："宁钦，你错了，你不爱我，你最爱你自己。

"你感动于你自己的痛苦和挣扎，自以为那是伟大的爱情，却不想想我被信任的人刺杀心里是什么滋味？"

宁钦的身体颤了颤。他目不转睛地盯着即熙，好像想说什么，又什么都说不出来。突然，他大笑起来，笑声无比惨烈，然后慢慢转为呜咽。

他俯身撑在地面上，也不去看即熙，只是低声说："你真是绝情，说到最后也是'信任的人'，而非爱人。即熙，我认真地问你，我们在一起的那两年，你究竟有没有爱过我？"

他又开始问她不懂的问题了。

其实，当年宁钦经常问她这个问题，她的回答一律是"当然爱了"。但她隐约感觉到，那和宁钦要求的爱或许不同。

"宁钦，我不知道你要求的爱是什么。但是，至少那两年里我对你是真心的。"即熙长叹一声，慢慢地说，"那时候我觉得，虽然不能再去搜寻美人，但有你陪我饮美酒、享美食也不错。我和你这么游山玩水，抚琴放歌，长长久久地过下去就很好。"

"……如果那时候我不刺杀你，而是说要娶你，你会答应吗？"宁钦的手握成拳，颤声问道。

即熙看了他的脊背半晌，说道："或许会吧。"

睢安低下眼眸。他捂着左肩上的伤，对即熙说道："我先去处理伤口，这里的事情交给你了。"

"我帮你。"即熙立刻转过身来走向睢安。她伸手要扶睢安的胳膊时，他侧身避开了她。

睢安淡淡一笑，轻描淡写地道："不是什么大伤，我自己可以。你先把这边的事情处理完吧。"

说完他后退了两步，然后转身离开，步履平稳，染了血色的背影看不出任何情绪。

即熙有些发怔地看着睢安离开的背影，有点没反应过来。这好像是睢安第一次避开她的触碰。

宁钦看看睢安的背影，又看看即熙，脸上出现悲痛的嘲笑神色，他说："你说你不喜欢睢安，那睢安对你来说是什么？"

即熙转过头，冷冷地看向宁钦，然后她走到宁钦面前，蹲下来直视他的眼睛。

"睢安对我来说是这世上最重要的人，你满意了吗？"

她觉得宁钦以施害者的身份做出一副受害者的姿态，实在是太过可笑。不过相比之下，她更讨厌宁钦用这种尖酸刻薄的语气喊出睢安的名字。

"你觉得你和睢安相似？你以为长得好看些，穿上白衣就像睢安了？他只有下山时才穿白衣，大多时候穿宫服。他温柔、坚韧，你敏感、冷傲，你一点也不像他。"

即熙轻轻一笑："你欺瞒我，又要求我谅解你，还拿这一城百姓的性命要挟睢安。你眼里只能看到自己的痛苦，你是最自私的人，而他是最无私的人，你比不上睢安，没人能比得上睢安。"

贺忆城心想，即熙这一刀又一刀的，睢安和宁钦真是太惨了。宁钦尤其悲惨，这几刀，刀刀直刺他心房。

宁钦沉默了一瞬，突然大笑起来，眼里却含着泪。他嘲笑道："那你呢？即熙，你以为你很了不起吗？你根本不会爱人，你从不知道爱一个人是什么心情，我告诉你即熙，爱原本就是自私的！"

即熙揉揉耳朵，觉得她是吃饱了撑的，才和宁钦废话这么久。

她确实是个绝情的人，对欺瞒和仇恨的容忍度尤其低。大抵是整日和与仇恨相关的生意打交道，一旦有人把仇恨牵扯到她身上，她瞬间就会收回所有温情。

宁钦两者皆占，他在她这里永远没有第二次机会。

第十六章

◇◇◇

心魔

“你是一生被爱无虞，可这对睢安来说也太残忍了吧？”

即熙要了一间空客房，用符咒把宁钦关在了里面。她让他好好冷静一下，别张嘴就是爱不爱的绕话。她打算过会儿再来问魔主的事。

她走出囚禁宁钦的房间，关上房门，一回身吓了一跳——思薇正站在走廊上瞪她，贺忆城则在不远处。

昏暗的烛光下，思薇捏紧了拳头，瞪着眼睛死死地盯着她，恨不能在她身上盯出两个洞来。

即熙心中警铃大作。她僵硬地挤出一个尴尬的笑容，一边暗暗给贺忆城递眼色，一边说道：“思薇啊，这件事情说来话长……”

“你是什么时候变成苏寄汐的？”

思薇开门见山，没一句废话。

“……我死后第七天。”

“从你嫁到星卿宫那天开始？”

“是的，我一睁眼就变成了苏寄汐，我也不知道……”

“所以，已经十个月了？整整十个月，三百多天，你一次也没打算告诉我你还活着？”思薇咬着牙说道，“你看着我因师父之死与你的关联而痛苦，看着我跟柏清和睢安师兄说我多希望你活着，却一句话都没说？”

即熙张了张嘴，却觉得自己百口莫辩，因为好像确实是这么回事儿。

可……这不是因为她本来打算让“禾枷即熙”好好地死掉吗？她

连睢安都没打算告诉，是睢安自己猜出来的。

“好，很好。贺忆城知道，睢安师兄也知道，就我不知道。在你眼里我是什么？傻子吗？好玩吗？”思薇噔噔上前两步，揪住即熙的前襟。

贺忆城抚额叹息，这一天真是不太平，平了一事又来一事。还有，这姐妹俩怎么都喜欢揪人前襟？

他走过来和稀泥：“即熙这不是没找到合适的机会嘛。她之前以为你讨厌她，所以不想拿自己的复生硌硬你。后来，你跟师兄们坦白，说你相信她，若那时即熙跟你说自己复生了，又像是在耍你。你看，这天时地利就是这么不凑巧……”

“你少在这里油嘴滑舌！”思薇骂了贺忆城一句，然后转过头看着即熙，咬牙切齿地道，“我要你的解释。”

即熙眨了眨眼睛。思薇的眼睛、鼻尖和脸颊通红。看着面前这个一贯倔强、骄傲的妹妹，即熙觉得，她就像是风中微微颤抖的粉蕊白蔷薇。

以前思薇面对她的时候也总是这样，很少有心平气和的时候。她们总是针锋相对，温情都隐秘地藏在对峙中。

“贺忆城说的就是原因……若你非想听点其他东西，那我这里还有一条。”即熙想了想，有些谨慎地说，“我不确定你对我的态度变化，以及你的信任和怀念，是不是因为我已经死了。”

人死了，大家总是能多少想起她的好，多加七八分喜爱和九分怀念。可是，人若没死，还又回来了，说不定仍会被厌恶。怀念总是没有成本的，相处却完全不同。

“我们俩真正朝夕相处时，你可是讨厌死我了。”即熙诚恳地说道。

思薇怔了怔，然后慢慢松开即熙的前襟，往后退了两步。她看着即熙，眸光闪烁了半天，从牙缝里挤出一句话：“你这个人……你没有心肝！”

说完，思薇头也不回地走了。经过贺忆城时，她还撞到了他的肩膀，然后“噔噔噔”地下楼，地板替即熙承受了她的怒火。她的脚步声响得似乎恨不得把地板踩穿。

贺忆城看了看思薇远去的身影，回过头看向自己的密友——今天连伤三人、捅刀子从睢安、宁钦一路捅到思薇——忍不住鼓掌，道：“你听听，你说的这是人话吗？我向来知道你没心没肺、善于伤人，但没想到你这么厉害。”

即熙趴在走廊栏杆上，看着思薇怒气冲冲地穿过大堂，走出客栈大门。她颇有些无奈地说道：“是她问我要一个解释的。”

“那你就说实话啊？”

“我想着骗了她那么久，我也有点愧疚，这次就实话实说吧。”

贺忆城哭笑不得：“姑奶奶，你哄她两句多好。你惹了她，现在得我去哄，保不齐我又得挨打。”

顿了顿，他“啧啧”两声，摇头道：“思薇不是大问题，睢安才是大问题。你快去看看睢安吧。”

即熙一听到睢安的名字，立马认真起来。她点点头就要走，却被贺忆城叫住。贺忆城倚着栏杆问她道：“我认真问你，你对睢安真的没有一点男女之情吗？”

他很少以这种严肃的语气对即熙说话。即熙愣了下，刚想点头却听到贺忆城又说：“你知道什么是男女之情吗？”

……怎么连贺忆城都开始问她一些她听不懂的问题了？男女之情不就是男女之情，还有什么别的解释？

贺忆城用手指敲了敲栏杆，慢慢说道：“你曾经对我说，你觉得苏寄云配不上睢安，那你可曾觉得有谁与睢安相配？”

即熙张了张嘴却说不出话来，因为她觉得好像还真没有。

“……那是因为睢安太好了，这世上原本就很少有人能配得上他！”

“你就嘴硬吧！”贺忆城恨铁不成钢，循循善诱地道，“我问你，若有一个倾国倾城的绝世美人，可配睢安？”

“徒有其表，有什么用？”

“她还是人中龙凤，心地善良、技艺超群。关键是，睢安对她倾心相许。可配？”

听到“倾心相许”四个字，即熙愣了愣。原本她可以轻易地说出“不配”，却因为这四个字犹豫了。

“若这人是你，可配？”贺忆城趁热打铁。

“你胡说八道什么，睢安什么时候对我倾心相许了？”

贺忆城直直地看着她，道：“你在怕什么？”

“我怕什么？”

“怕什么你心里清楚。”贺忆城抱着胳膊，一脸看透一切的表情，“我看你心底就是知道，无论你把睢安当作什么，他都会接受，都会像现在这样对你好。所以你一边享受着他对你的偏爱，一边害怕改变你们的关系。你是一生被爱无虞，可这对睢安来说也太残忍了吧？

“除你以外，你有见过第二个人得他偏爱至此吗？你这个榆木脑袋，你好好想想！”

他说完便哀叹着追思薇去了。即熙一个人在原地怔了片刻，然后生气地道：“说谁是榆木脑袋呢？”

她穿过灯光昏暗的走廊，走向睢安的房间，心想：“贺忆城说的都是什么乱七八糟的东西？让人心烦意乱。”她早就跟睢安确认过了，他说他并不喜欢禾枷。

那个雨夜，在伞下她问他是否喜欢禾枷即熙，他很明确地说“不喜欢”。

走到睢安的房门前，准备敲门的刹那，她的手却停住了，脑海里翻涌起贺忆城的话。

“你是一生被爱无虞，可这对睢安来说也太残忍了吧？”

她极为后知后觉地想起那个雨夜睢安说不喜欢禾枷即熙的时候，看起来好像有些难过。

正在即熙出神的时候，睢安的房门开了。睢安站在门后，他背后是暖暖的姜黄色灯火，勾勒出一个泛光的轮廓。

他淡淡地说：“怎么了？出什么事了吗？”

即熙的目光落在他的肩膀上，那里的伤口已经包扎好，他也换了一身干净的衣裳，温和、优雅如常。

不过，他脸上并没有笑容。从前他跟她说话时，总是还没开口就先笑起来，眉眼弯弯。不笑的睢安给人一种疏离感，这让她想起很久

很久以前兰茵等人曾说，就算睢安站在她们面前，她们也不知道他在想什么，感觉他触不可及。

即熙伸出手想看看睢安的伤口，却被他避开了。睢安摇摇头，说道：“不是什么大伤，没事的。”

即熙的手僵在了半空。她突然有些惶恐，凭着直觉问道：“我是不是做错了什么事？”

睢安怔了怔，即熙惶恐的语气好像触动了他。他抿抿唇微微低眸，再抬起眼时又温柔地笑了起来。他如往常一般俯身，眼睛与即熙的齐平，仿佛真的在看她，然后伸出手摸了摸她的头。

他手心温热，力道很轻。

他说道：“不，你没有做错任何事情。我只是有点累，这不是你的错。”

“并非爱一个人就一定能得到回应，没有爱上我并不是你的错。”他在心里说道。

打消即熙的不安，把她哄走之后，睢安关上门，笑容一点点地淡下去。他好像有点头疼地走回床边坐下，摁着额角皱起眉头，低声说：“别吵了。”

微弱的烛火安静地燃烧着，空旷的房间里万籁俱寂，没有风，也没有任何东西发出声响。而睢安坐在床边眉头紧锁，握紧拳头，仿佛周围人声鼎沸。

不知过去了多久，睢安紧绷的身体终于放松下来，他的胸膛上下起伏着，有些疲惫地靠着床边。似乎是注意力太过集中，他后知后觉地感到似乎正有液体缓慢地顺着他的脸颊流下来。

睢安伸手触碰自己的右脸，沾了满手鲜血，伴着血腥气。

这是来自他额上星图的血。

这种场景，他几个月前刚刚经历过。

他安静了片刻，起身去水盆边仔细地洗去脸上的鲜血。

那被他压下去的声音不死心地翻涌上来，丢下一句话：“承认吧，睢安，你嫉妒得要命。我最明白你，我是你丑陋的心魔，我是你。”

睢安擦拭着脸上的血迹，淡淡地说："虽然我说过你可以说话，但今天你太吵了。"

那声音被他推远，归于一片寂寂黑暗中。

听见即熙说她想过要嫁给宁钦时，他的心魔一瞬间沸腾，在他的元婴内呐喊："凭什么他就能得到即熙的爱？凭什么他差点就能和即熙长相厮守？杀了他，杀了这小子！"

曾有一瞬，他竟然因这个提议心动了。

原来嫉妒强烈起来是这种阴暗的感觉。

即熙一晚上没睡好，翻来覆去地想贺忆城说的那些话，还有睢安的表现，仿佛恨不能把一口淡茶咂个千八百遍，咂出不同的滋味来。

要说在她心里的地位，除了她死去的老爹，就数睢安最高了。在她小时候，睢安像朋友又像父辈，像老师又像兄长，他以复杂的角色在她的人生中占据着重要位置，这些角色就像绕在一起的棉线，无法根根分开。

她喜欢这个人，敬佩他，信任他，爱戴他，也心疼他。多少年来都是如此，突然之间要她分清这是哪种喜欢、哪种爱戴，她还真想不明白。

而且，她并不觉得爱情会高于她对睢安的情感。

当她睁着眼睛看到东方破晓、听见此起彼伏的鸡鸣声时，不禁想到这世上怎么会有这么难的事情。宁钦怎么就能笃信自己喜欢她？她真想去问宁钦借三分明白。

◇◇◇

第二天即熙没有出面，由贺忆城审问宁钦。早在悬命楼时，贺忆城就领教过宁钦的疯劲儿，审他很有一手。但凡宁钦激动起来，他总能顺着说一两句话打断宁钦的情绪，再把他引回自己想问的问题上。

审着审着，因为这种熟悉的感觉，宁钦意识到面前的何羿就是易了容的贺忆城。

“你还在她身边，睢安也是，思薇也是，连傅灯也是。”宁钦低声说，神色恍惚。

“啪！”贺忆城突然拍了一下手，笑道，“不好意思，刚刚看见一只蚊子。我们说到哪儿了，城里何处还有你布阵的符咒？”

即熙不好出面，睢安又受伤了，贺忆城以此为理由拉着思薇来旁听。思薇一贯不会拒绝正事，就抱着胳膊板着脸站在一边，看贺忆城游刃有余地审问宁钦。

待他审完宁钦，思薇便去宁钦布咒之处摧毁了符咒，一路上仍然板着脸。贺忆城跟在她旁边，笑道：“大小姐还生气呢？你不是想要即熙活着吗？她还活着，这是好事啊！你刚刚听到宁钦说你的名字了吧？即熙从前在楼里经常提起你，说她的妹妹美丽、可爱、宽容……”

思薇转头狠狠地瞪了贺忆城一眼，手威胁性地放在剑柄上。贺忆城立刻捂住嘴：“我不说话了，大小姐！”

他心想，思薇真是他喜欢过的姑娘中脾气最暴的一个。其实，主要还是她修为高、武功好，他打不过。

经历这次突如其来的混乱之后，翡兰城人重新投入救灾中。赵元嘉回到明世阁禀明情况后，明世阁便协助官府调度草药、粮食，送往翡兰城。而赵元嘉则因为当年武断地误会灾星，导致瘟疫没能根除，如今卷土重来，被剥夺了使用灵剑正则的权利，在阁里禁闭思过。

消息传来时，傅灯正在她的医馆里照顾病人。当时戚风早扶着病人，她在给病人喂药，念念蹦蹦跳跳地从外面带回这个消息。

听到这件事，傅灯的动作顿了顿，轻轻叹息了一声。

念念接过傅灯手里的药碗，帮她给病人喂药。这位病人的情况很不好，之前因为缺药，她停了很长一段时间的药。让她躺下休息之后，念念小声说：“若药早点来……她应该能活下去。这可能就是她的命吧。”

“医者不就是在与天争命吗？”戚风早抬起眼眸看向傅灯。傅灯回应了他的目光，淡淡地说：“你们修士应该比我更懂天命……我只知道治病救人……但凡有一线希望，就要……医治。”

“你说过，当初在乱葬岗捡到念念时，她只剩一口气。若天命算出念念必死无疑，你还救她吗？”

“救。”

傅灯神色淡然，回答得毫不犹豫。旁边的念念大惊小怪道：“小姐怎么连这个都跟戚公子说？”

戚风早便轻轻地笑起来。

“是啊，总要试试才甘心。”

把宁钦在城中布下的符咒全部摧毁后，思薇带着那些失效的符咒回到了客栈。四个人把魔主给宁钦的那些东西往桌上一摊，满桌的符咒和一柄诡异的长剑。

即熙拿起那把长剑来回看，仔细研究长剑上镌刻的黑色符文的气脉走向，在剑柄处看到了剑名。她不由得感叹道：“这把剑原本是把很不错的灵剑，这些符文设计得实在精妙。画符者修为极强，竟然将灵剑的灵力全部逆转，从驱邪变为聚邪，而且可以以煞气为力量。它简直就像……不周剑的翻版，魔主在尝试打造一柄不周剑？

“可惜还是比不上不周剑，一劈就断。宁钦怕是被人利用来试剑的。”

即熙掂起那截断剑，想递给思薇看看。谁知思薇直接忽略她，从桌上拿起另一截断剑，不冷不热地说：“我总觉得这剑有什么地方感觉很熟悉。”

即熙的手僵在半空。她看向贺忆城，贺忆城摇摇头，表示：“要不是讨论正事，思薇都不会跟你坐在一张桌子上。”

即熙又看向雎安，他如往常般戴着面具，遮住额上星图，面色有些苍白，看起来似乎有些心不在焉。

“你怎么了？不舒服吗？”即熙靠近雎安，小声问道。

雎安却在她靠近的瞬间后退，拉开距离，然后轻轻地摇摇头，说道：“我没事。”语气有些疏离。

即熙怔了一瞬，她还没来得及说什么，便听见了思薇的声音。

“这把剑是玄铁剑，但又有些不同。”

思薇一边说一边用手指敲击柄剑，又仔细地端详了剑被斩断的切

面，说道："按照这柄剑的大小和长度，应该会更重一点才对。声音听着也比别的玄铁剑清脆。"

思薇一向是做研究的一把好手。即熙看过去，问道："大概是混了别的什么材料，你听说过类似的工艺吗？"

"我以前巡视梁州的时候，在白帝城见过一种特殊的矿石，可以混入玄铁铸剑，减轻剑身的重量。"

思薇皱皱眉头，说道："正好这次我原本就要去梁州巡视。翡兰城的瘟疫已经找到对策，日益平息。我想先动身去白帝城调查此事。"

她说这番话的时候完全没看即熙，全是对着雎安说的，仿佛即熙不存在一般。即熙郁闷地撑着下巴，跟她一起看向雎安。雎安点点头，说道："也好，你注意安全。等翡兰城的事了结，我就去与你会合。"

思薇要去白帝城，贺忆城死皮赖脸地要跟着去。思薇承诺过会监管贺忆城，虽然她还在生气，仍不情不愿地答应让贺忆城与她同行。

他们收拾了两天就准备出发，出发前雎安破天荒地去找思薇谈了一次心。

在思薇的印象里，雎安很少找她说话。其实她出生后没多久雎安就进了星卿宫，当时师父给他们取名雎安和思薇，原有居安思危之意。她猜测，或许那时候师父有给他们定娃娃亲的意思。

不过她长大之后再没听人提起过这件事，或许是雎安并没有同意。她那时候一门心思扑在学业上，也没有把这件事放在心上。不过，为了避嫌，雎安似乎很少与她独处。

"这几天我看你和即熙似乎闹得有点不开心。"

雎安坐在她对面的凳子上说，开门见山。

说来思薇心里对雎安也多少有点怨气，他明明早就知道了即熙死而复生变成苏寄汐的事情，却一直没有告诉她。

雎安显然很清楚这一点。他告诉思薇即熙并没有向他坦白自己的身份，是他自己猜到，然后去求证的。

"我想，她是怕自己的身份会给我们带来麻烦。"

思薇咬咬唇，恼怒地跟雎安说："师兄，你说的我知道，我就是

想听她解释。但是……你知道她是怎么说的吗？她说，我怀念她全是因为我以为她死了，若我知道她还活着，就不会如此。”

“大概是因为你们总是针锋相对，你对她的好，她并不知情，所以忽然之间听到你说信任她、爱她，不太敢相信吧。”顿了顿，睢安说道，“毕竟她已经习惯面对这世上的恶意，以至于不太能相信甚至不怎么懂得别人的爱意。”

这番话让思薇不由得想起了宁钦，想起了翡兰城的百姓。她的怒气稍稍被心疼冲淡了些，于是沉默不语。

睢安还提醒思薇，她在昭阳堂曾说后悔自己到最后还在对即熙说狠话，从来没告诉过她自己对她的珍重和信任。如今即熙回来了，她却仍然在和即熙生气，来日回想起来，说不定又要后悔。

“这是她的奇迹，也是你的机会。即熙当然有很多缺点，她在感情上相当粗糙，不能体察人心，但她毕竟是即熙，你等了很久、寻了很久的即熙。不要把时间浪费在赌气上。”

睢安轻轻笑着，心平气和、语重心长地说道。

思薇仍咬着唇不说话，这种情形多半是她已经被说动了。

“她于你，你于她，毕竟都是这世上仅存的亲人。以后要好好相处，坦诚些，别留遗憾。”

“……好吧。”

思薇想，睢安师兄总是很擅长劝说别人。

不过，今天他的语气很奇怪，就像以后见不着她们似的。

第二天她和贺忆城去与翡兰城的众人道别，其实主要是贺忆城在道别。

他与傅灯如同相处不久的朋友般客套起来。他道：“傅大夫将来一定是悬壶济世的一代名医。”傅灯笑了笑，跟他说：“我的刀法永远比不过你的。你的刀法已荒废许久，却还是这样精准。”

在悬命楼时，他与傅灯并不算熟悉。他总是流连青楼，而傅灯总是跟着他娘或即熙。

最后他走的时候，傅灯说：“小贺哥哥，你多保重。”

他眉眼弯弯，以长辈的口吻说道："你也是哟，阿灯。"

别了傅灯，下一个要道别的人便是贺伯。

傅灯在祠堂的那一番慷慨陈词着实伤了贺家的脸面和威望，但也不算动摇根基。毕竟如贺伯所说的一般，他所做的一切都是为了翡兰城。

"什么时候扑杀满城的翡兰鸟啊？"贺忆城轻松地问贺伯。

贺伯的脸色不大好，说："就在这几日。"

"哎呀，我们今日就要走了，错过了错过了。"

"……无论真相如何，你把一城人的苦难当成玩笑，这般……"贺伯看见贺忆城的态度不禁生气起来。

"谁把瘟疫当成玩笑了？他不过嘴上说说，无论是五年前，还是五年后，他哪一次不是尽力救灾？这段时间他帮傅姑娘验尸，可曾有一刻懈怠？贺伯，若你曾遭受那般污蔑，这次还能心无芥蒂地帮忙吗？"

贺忆城还没发话，思薇先替他说了。她皱着眉头一句句地反问，把贺伯问得哑口无言，难得地低下头沉默不语。

"贺伯，若不是当年你们误会贺大娘和禾枷，瘟疫根本不会再来。今日我要问你，是非曲直、真相黑白究竟重不重要？你是不是欠他一句道歉？"

思薇掷地有声地说出这句话。贺忆城看向她，心想不愧是主是非的星君，万事都得辩个黑白对错。

贺伯沉默了许久，然后抬起眼睛看向眼前这个容貌改变却依然高挑、俊秀，眼里有着玩世不恭的笑意的外甥，心想这双眼睛可真像他母亲。

她曾是他疼爱的、离经叛道的幼妹——他为了家族和翡兰城牺牲的妹妹。

"我并不后悔自己曾经做过的事情，但我确实……对不起你和你母亲，抱歉。"贺伯微微弓腰，肃穆地说道。

思薇真的为他争到了一句道歉。

贺忆城眼里的笑意浅淡，他想说："我还以为您老永远不会觉得自己错了。"最后却没有说出口。

"再见了，舅舅。"他低声说道。

◇◇◇

即熙很确定，雎安最近不对劲。

思薇跟贺忆城还在的时候并不那么明显。他们两个人一走，只剩她和雎安朝夕相处时，他的疏离变得格外明显。

雎安总是回避她的触碰，回避与她对话，甚至回避与她见面。她这才意识到，从前她触碰甚至捉弄雎安时总能屡屡得手，只是因为他从来不躲。

其实，他要想躲，是可以躲过的。

即熙一开始有点慌乱。过了几天，这种慌乱逐渐演变成愤怒。她终于气势汹汹地把雎安堵在了客栈走廊上，问道："你最近为什么躲我？"

她用一只胳膊撑着雎安身后的墙。虽然她要仰着头看雎安，但气势丝毫不输，活像个调戏姑娘的小流氓。

雎安皱皱眉，有些无奈地笑道："你把手放下来吧，我又不会跑？"

即熙却不听他的，反而"啪"的一声把另一只手也撑在雎安身侧，以一种禁锢的姿态把雎安圈在她的手臂间。她微微靠近雎安："以前你是不会跑，这两天我可不确定。"

果然，她一伏身靠近雎安，雎安立刻向后贴紧墙壁，拉开距离。即熙的动作顿了顿，她眯起眼睛，酝酿起风雨欲来的愤怒。

"你看你！你明明就在躲我！"她踮起脚猝然逼近雎安，眼睛几乎正对着他的眼睛。

或许是因为刚刚她的那句话，这次雎安没有躲避。他安静地由着她靠近，眼睫微微颤动，眼眸里映着她气愤的脸庞，气息轻轻地拂过她的脸颊。

即熙愣了愣，她突然觉得这场景很熟悉，仿佛在哪里遇到过。

这是亲昵的呼吸相闻。

恍惚之际，她看见雎安皱起了眉头。他的脸色越发苍白，呼吸有些急促，似乎在忍耐着什么。

"你哪里不舒服吗？你这几天气色都不太好，是伤还没好吗？"

即熙兴师问罪的气势立刻烟消云散。她与雎安拉开些许距离，有些着急地看向他的肩膀。

在她远离时，雎安似乎松了一口气。

“只是有点累。”

“雎安……”

“我去休息一会儿。”说完，雎安急匆匆地走进自己的房间，把即熙拒之门外。

即熙怔怔地站在门外，心想果然她一放下胳膊，雎安就跑了。

其实，她的一双胳膊哪里能困得住雎安？只是雎安遇到她的时候从来不挣扎罢了。

即熙因为雎安把自己拒绝于他的痛苦之外而感到不安，却不知道在雎安背对着她走进房间的刹那，血就从他面具下开裂的星图中渗出，顺着他的脸庞流下来。

他撑着脸盆边沿俯下身去，那些血一滴滴地落在脸盆里的清水中，慢慢晕染成朵朵红莲。

他这次没能抓住站在深渊边的自己。

心魔这种东西，你只要对它的提议心动哪怕一次，就会一发不可收拾。在这个世界上，它最了解你，它会死死地抓住你的伤口，撕扯、噬咬新鲜的血肉，直到一切都溃烂、腐朽，堕入黑暗。

大多数时候，他并不介意在即熙面前表现出脆弱，但这一次他无法向她解释。

他被自己求而不得的嫉妒所动摇，在深渊边摇摇欲坠。

思薇与贺忆城在去白帝城的路上听到了星卿宫发出召闻令的消息。召闻令是星卿宫最高等级的通令，通常是向天下广而告之星卿宫的大事，比如新宫主上任、卜算出大灾难或重要的奖惩之类。

这次的召闻令却是替荧惑灾星平反的。

思薇与贺忆城在酒楼里吃饭时听到邻桌的人议论纷纷，说召闻令上说星卿宫前宫主并非灾星所害，是仙门百家与星卿宫冤枉了她。召

闻令还说，关于灾星在翡兰城降下瘟疫灾祸的传闻，已被查明不实，灾源实际上为翡兰鸟，而灾星当年下咒咒死翡兰鸟，救了翡兰城人。

路人说："这真是奇了怪了，星卿宫居然会替灾星平反？"

"不过，这灾星也会救人？她究竟是什么样的人呢？"

思薇没想到柏清会同意告知天下睢安冤杀了即熙。如此之后，星卿宫就会受到无穷无尽的质疑。比如，前宫主究竟是如何去世的？而这个问题永远不可能得到解答，因为星命书与灾星的联系是不可为外人所知的秘密。

更何况睢安师兄还没回星卿宫，怎么这么着急发召闻令？

"大概是怕自己回不去了吧。"贺忆城半开玩笑地说道，被思薇瞪了一眼。

他笑而不语，拿起酒杯喝了一口酒，随后他眼里的笑意慢慢淡去，变成若有所思的凝重。

他并没有开玩笑，这是睢安亲口对他说的。

"我最近感觉不太好……可能没有办法再回星卿宫了。但我会趁着我还是星卿宫宫主，发出为即熙平反的召闻令。"

就在他们离开翡兰城的前一天夜里，睢安少见地找到他，说想和他聊聊。

睢安向他问起即熙和宁钦的过往。贺忆城并不感到意外，实际上他以为睢安会更早来问即熙的那些桃花。

"我知道我一定会很嫉妒，所以索性不问。"

"那你今日怎么想起要问我呢？"

"从你这里听到的故事，伤人也好，令人羡慕也好，总是完整的。省得我抑制不住，自己拼凑细节，胡思乱想。"

贺忆城深以为然。看在睢安给他带了两壶好酒的面子上，他毫不犹豫地把即熙卖了。他把即熙和宁钦的前尘往事仔仔细细地讲了一遍，还附赠了即熙的许多情债，以及这些年里即熙经常提到的有关睢安的话题。

正所谓："知己知彼百战不殆。"他觉得，睢安很需要这些知识。

睢安安安静静地听他讲完了即熙离经叛道的故事，淡淡一笑，拒绝了贺忆城给他倒酒的举动。

“我的酒量不好，而且我最近感觉不太好，就更不能醉了。

“我可能没办法再回星卿宫了，但我会趁着我还是星卿宫宫主，发出为即熙平反的召闻令。”

睢安说这话的时候，贺忆城不由得一愣。或许是因为受了伤，睢安的气色并不好。他额上戴着面具，在月光下，面具泛着银光，看起来居然和睢安的肤色别无二致。他低敛的眉目间有一丝疲惫的神色。

他拿起桌上的茶杯喝了口茶，缓缓地说道：“若在世人眼里她是恶，那她做的所有事情都能被编排成合乎情理的罪过。即便铁证如山，也少不了各种流言、揣度。我得改变世人对她的看法，这样对于以往和以后发生的事情，人们才愿意考虑真相。

“毕竟，她将来打算离开星卿宫到外面生活。这样，等哪天她不想做苏寄汐，想做回即熙时，才不至于太艰难。”

见睢安轻轻松松地跳过了最关键的部分，贺忆城不禁发问：“这些过会儿再说，你先说你怎么了？什么叫回不去星卿宫了？”

睢安沉默了片刻，然后抬起眼眸，目光仿佛落在了贺忆城身后洒满月光的窗台上。他指着自己的胸口淡淡地笑道：“我有心魔。”

贺忆城愣住了：“你不是……你不是以身镇天下心魔的天机星君吗？”

“是，我是，但我也有心魔。”

“我听说修士有了心魔，可以请你帮忙度化，那你自己的心魔……”

“我的心魔或许是这世上除了魔主之外最强的心魔。我度化不了，亦无人能度化。”

贺忆城不由得放下手中的酒杯，望向睢安。

便如他母亲说的“医者不可自医”一般，睢安可度千万世人，但不可自度。

“我把他关在了我的身体里，但最近我被他动摇了一次，有些关不住他了。”睢安轻叹一声，语气寻常得好像在说这并非大事。

他从袖子里拿出一张黄底红字的符咒，交给贺忆城，说道：“我

已经将我的性命与这张符相连，若这张符开始变黑，请务必在它完全变黑前催动符咒。这件事我想了想，唯有你来做比较合适。”

贺忆城定定地看着那张符，又抬眸看向睢安，并没有接。

是什么样的符咒，不交给柏清、思薇，唯有他适合催动？这不难猜测。

“如果你失格了，星命书自然会处决你。”贺忆城说道。

“所以请你在星命书杀我之前，用这道索命符先将我杀死。”睢安笑笑，说道，“星命书杀我是用即熙的力量，不要让她做这么残忍的事情。”

贺忆城还记得，那天睢安看起来很镇静，从头到尾都仿佛在谈论天气般神情自然，没有因为自己有心魔而羞愧，对即熙也没有任何怨怼。

如今那符咒正折好放在他的怀里，他揣着这世上最负盛名的一位星君的命，不禁觉得沉甸甸的。

他问睢安为什么不肯将他的感情和心魔告诉即熙。

睢安说，若他说了，即熙一定会非常愧疚，而那是他最不想看到的。无论她是因为他生心魔而愧疚，还是因为她没能爱上他而愧疚。

即熙确实很在乎他，或许是这个世上最在乎他的人，所以她会把他的情感和安好当作自己的责任。她若是知道了，一定会非常努力地爱上他。即便不爱，她也会假装爱上他。

但这不是她的责任。

他不希望这变成她的责任。

◇◇◇

即熙和睢安在翡兰城见证了扑杀翡兰鸟的全过程。

此事经历了颇多波折。之前睢安说要留下来等翡兰城的事了结时，思薇曾说：“瘟疫源头和药方都已经找到，翡兰城还有什么事情要处理？”但事情远没有这么简单。

翡兰祥瑞是御赐的荣光，他们将瘟疫缘由报给豫州知州后，官府

并不愿意张扬，认为此事会使豫州沦为笑柄，更会使皇上龙颜大怒。

所以，上面给的第一道命令是要隐瞒真相，仅用对症的药方医治百姓，而不驱逐翡兰鸟。待日后再秘密扑杀翡兰鸟，明面上制造出祥瑞离开人间、回归神庭的假象。

贺伯在这件事上态度十分强硬。他主动把这件事告知了雎安和即熙，说这番操作下来不知会耽误多少时间，会有多少人因此去世，绝不能如此。

即熙对官府的这种反应早已见怪不怪，全在她意料之中。从小她身边就不乏跟官府对着干的人，她早知这些官员是什么德行。

贺伯好歹是真心为了翡兰城好，看在贺大娘的面子上，即熙宽慰贺伯道："或许它们一夜之间就全死了，倒省得你们扑杀，闹出大动静，官府也没法儿追究。"

雎安偏过头，淡淡地说了一句："你别动这个念头。"

"不然你有什么办法？"

"我自有办法。"

在贺伯找上门后的第五天，盖有星卿宫宫主印和署有雎安姓名的召闻令就发出了。它将翡兰城发生瘟疫的缘由昭告天下，堵住了豫州官府想隐瞒此事的路。不过，即熙没想到召闻令会公布星卿宫冤杀她一事。

"问命箭认我是凶手，你们又说我不是，以后你怎么向世人解释前宫主的死因？"得知召闻令的内容，即熙担忧地跑来问雎安。

当时雎安正在和贺伯讨论城中之事，被即熙火急火燎地拉到角落质问。他笑了笑，说道："很难解释，不过这不是继续冤枉你的理由。"

即熙摆摆手："冤枉我的事情多了去了，债多不压身。"

"你说弱者对强者的欺凌被认作正义，那是错的，欺凌还是欺凌，你有你应得的道义。"雎安微微低头，原本这种时候他都会伸出手来揉揉她的脑袋，不过最近他总是回避她，更少触碰她。

即熙看了雎安一会儿，长长地叹息一声："可翡兰鸟是皇帝自己

认的祥瑞，星卿宫这样做不是折了皇帝的颜面？他同意扑杀翡兰鸟，不是自打耳光？”

其实，这段时间睢安一直信件不断，就是在处理这件事情。朝廷与星卿宫的关系一向微妙，需要谨慎把握，这次皇帝最后算是默许了他们的做法。

即熙不免疑惑，皇帝可是天下最好面子、死不认错的人，居然能吃这个哑巴亏？

“这件事多亏柏清师兄帮忙。”

“柏清师兄？”

“他进星卿宫前姓赵。”

当今皇帝也姓赵。

“柏清师兄是当今皇上的亲侄子。”

听睢安说完这话，即熙目瞪口呆，嘴巴张得能生吞鸡蛋。她万万没想到，古板、唠叨的柏清居然还有这么尊贵的身份。不过她隐约听说书人说过，座上这位皇帝登基前与兄弟们斗得你死我活，除了他，其他皇子已基本死绝。

这么说来，柏清的父亲应该也死在了那场斗争里，而柏清最初或许是为了活命才进星卿宫的。

真叫人唏嘘不已。

翡兰鸟也是，它们曾给这座名不见经传的贫瘠小镇带来荣光和财富，数十年后又带来苦难。即熙见证了曾经最受优待的翡兰鸟在七日内被扑杀干净的全过程。最后她站在空荡荡的街头，看着阳光从翡兰鸟塑像上方洒下，只觉得命运这东西奇怪得很。

风水轮流转，时移世易，沧海桑田。

戚风早拜别他们，回了青州戚家。宁钦消沉了很久，也说要离开。

宁钦问即熙：“你能送送我吗？”

他眼里有许多血丝，眼下一片青色，仿佛许多天没好好休息过了。不过他的情绪已没那么激动了，反倒有些低沉。

当时睢安在贺府还没回来，即熙看着面前清瘦、落寞的青年，叹

息一声，抱着胳膊道："好吧。"

虽然他们之间是段孽缘，但也需好好收尾。

于是他们牵着马出了翡兰城，沿着城外大路慢悠悠地走着。因为瘟疫，路上没什么行人，唯有霜草、野菊，两人相对无言。

"你今后打算去哪儿？"即熙打破了沉默，漫不经心地问道。

宁钦意义不明地说："你终于想起关心我了。"

得，又来了。

即熙想，宁钦这种一往情深不知有几分真、几分假。

宁钦没有在意即熙的反应，他好像陷在自己的情绪里，慢慢地说："我三岁的时候父亲过世，七岁那年母亲改嫁，我就住进了叔父家里。叔母向来厌恶我。小时候，我但凡出一点错，就少不了被责打。堂兄们也跟着排挤我，唯有叔父对我视如己出，处处维护。他是我唯一当亲人看待的长辈。我想，等我长大，一定要报答叔父的恩情。结果，我考中进士那天得到了他死去的噩耗。"

即熙看了他一眼，说道："你也知道，我不是什么生意都接的。你叔父那些敛财的勾当，我不知道你有没有听说……不过，就算他再怎么不是个东西，对你倒是挺好的。"

宁钦沉默了一瞬，轻轻笑了一声。

"你到底喜不喜欢我、你爱不爱我，这个问题我想了千百遍。你不喜欢计较，也不挑剔，万事追求惬意、舒适。你觉得和我在一起既舒服又省心，可是我要忍耐你的脾气，体贴、懂事，不让你厌烦。我就像你养在笼子里的金丝雀。你对我不过就是这种程度的喜欢。"宁钦牵着马的手握紧，情绪还算得上平静。

他这辈子总是孑然一身，先是父亲、母亲、叔父，继而是即熙，每次他想抓住什么的时候，到头来都是徒劳一场。最后，他手里空空如也，什么都没有。

即熙对于这般控诉有些无奈，摊手道："……那还不是因为你装成金丝雀的样子？那时候我可不知道你有这么好的身手，还有这么多小心思。"

"如果我不装，我告诉你我的不安和怀疑，你只会更厌烦我，你

最讨厌麻烦。”

即熙想，宁钦说得倒是没错，在有些方面他还是很了解她的。所以他们在一起愉快相处的两年，实际上是宁钦在曲意逢迎？既然连美好的回忆都是虚假的，她着实不明白宁钦究竟在执着些什么。

不知怎的，宁钦突然提起另一个话题：“仔细想来，我从来没见你哭过，不仅是哭，就连伤心也很少见。比起与你决裂，我背叛你一事似乎让你难过得多。”

“大约是世上糟心事太多了，没工夫一一难过。而且我早就明白，在我这里，没有什么事情是长久的，毕竟我本来就是短命之人。”

即熙淡淡地回应道，心里却在想：“我很少哭吗？前段时间在祠堂里我不是还湿了眼睛吗？”

她再上次哭是离开星卿宫前，雎安问她委不委屈时。

她再再上次哭是雎安失格的时候，再再再上次……奇了怪了，怎么她每次哭都是因为雎安？

她活着的最高信念就是快乐和自由，难过的事情她绝不会记太久，也不需要人安慰。但在雎安面前，她原以为已忘记的那些委屈、心酸像是终于找到了可以托付的地方，纷纷跑了出来。

天大地大，唯有在雎安面前，她像个软弱的孩子。

“你说你以前很信任我，但你从来没想过要依靠我。我陪了你那么久，贺大娘的事情还是听贺忆城说的。”宁钦淡淡地说道。

“我是假的，你也是假的。不过，我原以为自己是假意，却动了真心；而你自以为付出了真心，却一直没有用情。”

他们走到了城外长亭处，这里已有一段时间无人打理，荒草丛生，颇有些凄凉。即熙停下脚步望向宁钦，说道：“昨日种种譬如昨日死，现在说这些都已经没什么意义了。不管当初我们实质上是什么，我们现在就是分道扬镳的陌路人。”

宁钦定定地看着即熙。他这些天急速消瘦，眼睛深陷、神色憔悴，宽大的衣服随风飘扬。即熙却从他平静、悲伤的眼睛里慢慢看出一点孤注一掷的疯狂。

“可我爱你，我真的爱你，我再也不会像爱你一样爱别人。”

“……所以呢？”即熙有种不好的预感，宁钦的这种神情，她好像在哪里见过。

……几年前宁钦差点捅死她时，脸上好像就是这种神情？

宁钦向前一步靠近她，说道：“如果你死了，我拼上命也会为你报仇……但如果你还活着，你就不能爱上别人……”

他在即熙耳边一字一顿地说：“我不会活着看你爱上别人的，所以我们一起死吧，即熙。”

即熙瞬间睁大了眼睛。她想撤步远离的时候，脚下突然出现血红色的阵法。她直接被压得跪倒在地，抬眼便看见宁钦手里拿着一张符，正是之前他行刺雎安时用过的以命生祭的恶咒。

“这符咒，我还有一张。”宁钦淡淡地说。

阵法中出现无数藤蔓一样的红光，将即熙紧紧束缚住。宁钦的脸很快失去血色，身上的生气源源不断地通过恶咒涌入阵法中。

即熙动弹不得，抬眼狠狠地瞪着宁钦：“我知道你的生辰八字，我可以即刻咒死你！”

“就算你现在咒死我，恶咒也停不下来。”

“宁钦，你是不是疯了？！”

“疯了？”鲜血从宁钦的嘴角流下来，他哈哈大笑道，“我早就疯了。”

第十七章

◇◇◇

私心

她是一个无私者的私心。他是一个多情者的钟情。

即熙一看宁钦狂热的眼神就知道，这家伙已听不进任何话了。她怎么就一时心软疏于防备了？她怎么就看走了眼，没发现他是个货真价实的疯子？

他是个把自己活着的意义全押在别人身上的可怜虫。

天命诚不欺她，她不过多活了半年多，还没过二十五岁生日，这辈子就又要结束了。

宁钦跪倒在即熙面前，笑容明艳、决绝。隔着阵法猩红的光芒，他说道："黄泉路上，你总要和我一起走的。你永远没法儿赶我走了。"

即熙恨不得抬起手抽他俩耳光，但阵法压得她根本动弹不得，连抬起一根指头都困难。她并不觉得痛，只是觉得冷，越来越冷，冷得直打战，明显地感觉到自己正在慢慢死去。符咒仍悬在阵法之上。宁钦身上的生气源源不断地流进阵法里，他显然也快死了。

这是在以命取命。这么厉害的阵法、这么恶毒的符咒，魔主究竟是怎么做出来的？不过十四年而已，魔主的力量就已经强大到这种地步，睢安能赢过他吗？

"即熙！"

她刚想到睢安，恍惚间就听到了睢安的声音。她极为艰难地回头看去，在通向城门的那条荒无人烟的路上，睢安正策马而来，衣袂飞舞。然后，他跳下马朝她奔来。隔着阵法的光芒，她看不清睢安的神

情，也听不清他的声音，她突然觉得很害怕。

她不怕死，她和死打过交道，但她不想死在雎安面前。

她从来没为他做过什么，总是给他添麻烦，最后竟还要死在他面前，这岂不是他一辈子的噩梦？

“你为什么把雎安叫过来？！”她对宁钦怒吼。

宁钦脸色苍白，既慌张又气愤。他像被抢食的野兽般指着雎安，道：“你来干什么？这里没你的事，你休想把她抢走……”

“是我喊他来的。”一双修长、苍白，弥漫着黑气的手出现在宁钦的肩膀上。

即熙抬眼看去，宁钦身后不知何时出现了一个被黑雾萦绕、面目模糊的男人。在初秋的落叶间，那男人仿佛来自地府的鬼魅。他淡淡地对宁钦说道：“你只是个小角色，这两位才是今天的主角。”

他的话音刚落，踏上长亭台阶的雎安突然跪倒在地，吐出一大口鲜血。他撑着地面似乎想站起来，却又摇晃着跌倒，呕出更多血，地上一片鲜红。

“果然，你给她下了守生祝符。”黑衣人笑起来。

守生祝符？

即熙怔住了，她的脑子瞬间空白得如析木堂桌上经年不变的纸张，完全不能思考，只听见耳边传来奄奄一息的宁钦的微弱声音。

“你怎么还没死……”

宁钦喃喃道。他已经力不能支地倒在地上，脸色灰白，七窍流血，双眼无神。

“是啊，我为什么……我为什么……”即熙看着地面上的阵法，她刚刚还觉得冷极了，此刻身体却又慢慢变暖，好像有什么在替她与恶咒相抵。

她甚至没有像宁钦那样流血。

黑衣人低下身来，在宁钦耳边说：“有人会替她死，黄泉路上或许有点拥挤，辛苦你了。”

宁钦死死地抓住黑衣人的手，然后渐渐松开，死不瞑目地咽了气。

在宁钦咽气的瞬间，阵法突然光芒大盛。睢安仿佛被某种尖锐的疼痛击中，弯腰蜷缩着上身，用力地捂着心口，牙齿把嘴唇咬出血来，根本无法开口说话。

他身前有一摊鲜红的血迹，红白相映，尤为刺目。

相比于睢安的痛苦，即熙毫发无损，安然无恙。看着痛苦的睢安，即熙突然爆发出惊人的力量，一下子跳起来扑向阵法边缘，但立刻被阵中血一般鲜红的藤蔓缠住。

“你放开我！你要对睢安做什么？你放开睢安！”即熙声嘶力竭地冲黑衣男人吼道。

淹没在一片黑雾里的男人似乎笑了笑，说：“是我对睢安做了什么，还是你对睢安做了什么？守生祝符，你应该听过吧？不如你好好想想，你被宁钦刺杀却奇迹般生还的同时，睢安身上发生了什么？”

即熙瞬间僵住，她愣愣地看着魔主，张了张嘴却没有发出声音。她看着魔主一步步地走近她，在阵法边缘说道：“他突然离奇地双目失明。他用一双眼睛换了你一条命，倒也划算。不过这次，他要拿什么来换呢？”

“你……你胡说，你住口！”

“不愿意相信？你害他失明，害得他差点失格，而这次……他能被这阵法耗死，也是拜你所赐。”

“即熙……”睢安低吟一声，撑在地上的手紧紧握成拳头。

即熙恍然回头看向睢安，她脑子里已经是一团乱麻、毫无头绪，而那乱麻上仿佛又生了荆棘。一旦她尝试去理清，就被扎得生疼，扎得流出血来。

当年她能活下来，并不是她运气好，而是睢安替她承担了后果。

睢安的眼睛是因为这样才看不见的。

“师兄刚刚失明时，日常活动很不适应，总是跌倒。他怕把这禁步摔坏，才将其收起来的。

“师母别看睢安师兄现在举止自然、行动自如，那不知是练习了多少日子之后的结果。

“不过说来奇怪，我觉得刚刚失明那阵子，睢安师兄其实挺开心

的，一点也不难过。”

他的眼中总是带着一层水汽，眼角微微泛红，像是飘着落花的三月流水。跟她说话的时候，他总是专注地看着她，能从她满篇的蝇头小楷里找到错别字，能远远地看到穿云而过的白鸟。

那么好看的一双眼睛如今却无所着落。

理清这一切的刹那，她被那藤蔓上的荆棘扎得痛哭出声。与此同时，她脖颈下的星图突然热得发烫，钻心地疼起来。

“这就受不住了？你可知道他现在为什么会这么虚弱，这样没有还手之力？因为他有心魔，关住心魔消耗了他太多力量。”

魔主笑着说道。他一挥衣袖，雎安脸上的面具瞬间碎裂，掉落在地上。即熙一眼就看见了他额上正血流不止的星图。

“他本是心魔的死敌，却有了强大到要吞噬他自己的心魔。他的心魔……”魔主蹲下来，在即熙身边幽幽地说道，“……是你。”

“他的心魔就是你。

“他爱你却求而不得，遂生心魔。是你把他逼到今天这个地步的，是你害死他的。”

即熙的身体颤了颤。雎安紧紧闭着的右眼渗满了血，他抬起脸来与她相对，另一只眼睛仿佛正看着她，可以望进她的魂魄里。

他身上流泻出极为强烈的煞气，围绕在他四周，越来越浓重，仿佛黑色的羽翼，令人窒息。那羽翼间传来嘈杂而放肆的笑声和咆哮，时而清晰，时而混沌，疯狂、可怖。

“只是会有点吵。”

即熙想起他好像这样说过。

这就是他长久以来生活的地狱。

“你不要听他说，他在诱导你失格。”雎安的声音有些颤抖，但依然冷静，好像从他身体里流泻而出的疯狂煞气只是幻觉。

“你到这个时候还想否认吗？”

雎安完全不理会魔主的话，坚定地说道：“即熙，即熙！”

“我……在。”即熙颤声回答道。

“你闭上眼睛，不要看我。”

“……”

“你可信我？即熙。”

“……我相信。”

“听话，闭眼。”

雎安的声音很温柔。从前在星卿宫，每一次她跟先生或其他弟子吵架，他被叫来管教她时，也常常让她先闭目冷静一会儿。

奇怪的是，当她闭上眼睛，她就能在黑暗之中很快平静下来。

雎安说：“因为你睁开双目时，目光所及都是别人的错，但闭上眼睛时便只能看见自己。”

即熙慢慢地闭上眼睛。时间大概只过了一瞬，或者更短，但对她来说则像千年一般漫长。

她猝然睁开眼睛，跪坐在地，割破手指，回忆着刚刚看到的宁钦的那张恶咒，依照着脚下阵法的气脉画符。

她染了血的手指在阵中画出一道又一道血印，在万分险恶中小心地改变着阵法的走向。一根手指的血流尽了，就换另一根手指。因为用力过大，她的指甲甚至已劈开，十指鲜血淋漓。

这是不死不休的阵法，她之所以还没死，是因为这个阵法耗的是雎安的命。

消耗越大，雎安就越压不住心魔。他要么被耗死，要么失格，甚至都不用魔主亲自动手。

对魔主来说，他自然想让雎安失格，将雎安的力量尽数收归己用，最好她也跟着一起失格。

她不能上当，她不能崩溃。

即熙不知道时间过去了多久，也不知道周围发生了什么。她只是疯狂地破坏着这个索命的阵法，穷尽她毕生的天赋和能力。

有人来拉她，被她一把挣脱开。她扑在地上继续画，那个人从后面一把抱住她的腰，他的血滴在她身上，她听见了他的声音。

“即熙，冷静点，阵法已经被你破了。”

即熙怔了怔。

这是睢安的声音，是睢安。

她突然没了力气，开始不可抑制地颤抖起来。她转过身去，抱住身后之人的脖子号啕大哭。

“睢安！睢安……”

她锁骨之上的星图渗出的血迹已经染红她肩膀上的衣服。睢安拍着她的后背，轻声说：“听我说，即熙，好好听我说，我接下来说的每一句话都是真心的。

“我喜欢你，即熙，我爱你。不是师友之爱，也不是兄长之爱，而是恋慕。

“守生祝符是我私自决定给你的。这只能证明，若我爱上一个人，便愿意为她而死，而你只是恰好成为我所爱之人。如宁钦要与你殉情并不是你的错一般，我的决定，你也不需要负责。

“我的心魔不是你，即熙，我的心魔是我自己。”

即熙抬起头看向睢安，他的衣服已经被鲜血浸透，脸色苍白如纸。

这是她的师兄，是她的老师，是她的灯，是她的命。

也是她的神明。

她的神明此刻浑身浴血，却说他爱她。

◇◇◇

睢安先于即熙醒过来，他仿佛做了一场混乱、可怖的梦。睁开眼睛时，他在熟悉又陌生的黑暗里恍惚了很久。

他知道自己醒了，因为梦里的世界光怪陆离，醒来后世界才会是一片寂静的黑暗。

“星君！天机星君大人醒了！”念念的声音在他耳边响起，傅灯随即嘱咐她小声一点。

破阵后他强撑着安抚了激动的即熙，之后便不省人事。想来他是被傅灯和念念发现并救了回来。

“我家师母呢？”

“还在睡。你放心，她受的伤比你的轻多啦，只是不知为何睡了

这么久。”念念听话地压低了声音。

“多谢。”

“不必，你们……发生什么事了？”

听傅灯的语气，大概当时鲜血淋漓的场面吓到了她们。

睢安沉默了一下，没有直接回答这个问题，而是说：“我一直带在身边的那把剑，你们看到了吗？”

“没有呀。”念念说道。

魔主果然把不周剑拿走了。

那时魔主用阵法困住即熙，耐心地等他失格。他能感觉到自己身上的煞气流向了魔主，成为他的一部分力量。

才降世十四年的魔主不仅狩猎了前宫主与泽林，现在又等着他这个猎物落网。显然，他并不是魔主的最终目标，只是他达成目标的手段。

“你总是这么冷静，我真想知道你的极限在哪里。”

那时，似乎是因为即熙听了他的劝告，不再理会魔主的话，魔主便走到他身边，刻意压低沙哑的声音，带着几分戏谑之意如是说道。

睢安轻轻地笑了一声，道：“你不是很清楚，而且利用得很好吗？”

“你的极限是她，可是你借给她一条命，又把这极限转回了自己身上。睢安啊睢安，你不觉得你担着天下和自己的担子，其实很可笑吗？”

魔主走向他，拍了拍他的肩膀：“你应该已经察觉天机星君为何总是早夭，以及为何天机星君在世时几乎从不会出现魔主。”

睢安想，看来魔主很认真地研究过天机星君。

关于这些问题，他十几岁的时候就已经明白，因为他之前的天机星君就是魔主。

这听上去荒唐又骇人听闻。

他十三岁时第一次察觉到自己有心魔。普通人的心魔多半是无意识的煞气凝结而成的。若想培育出有意识的心魔，除非用千万人生祭。

可他的心魔从产生的那天开始就有自己的意识，天然就是魔主的雏形。

那时他不知道这是他的问题，还是每一位天机星君都是如此。他感到非常恐惧，因为他从小到大接受的教育都是要成为至纯至善、为万人表率的天机星君，而他则有了心魔，稍有不慎就会坠入深渊，万劫不复。

在后来的岁月里，他查阅了许多关于前任天机星君的书籍，开始猜测正因为天机星君的心魔几乎无可避免地会成为魔主，所以天机星君在世时这世上才不会产生魔主。

天机星君最后的善，或许就是在从天机星君变成魔主的那一刻，与魔主同归于尽。

这或许才是那句“以此身镇天下心魔”的真正含义。

“若不是我的力量增长得太快，取代你的心魔成为魔主，你早就失格了。你不该感谢我吗？”

黑暗里，魔主用低沉的声音悠悠地说着，与睢安元婴内心魔的声音混杂在一起。

“这是星命书的骗局，它看似给了你荣光和力量，其实只是把你当成平衡世间煞气的工具。

“而你就像庙里供奉的那些土偶，是活在天机星君这个土偶里的人，从出生开始就活在壳子里，按壳子的形状生长。就算发现了这一点，你还是承担起了这可笑的、毫无道理的壳子。就像长期关在笼子里的鸟，就算有人把门打开，也不会飞走。”

魔主的声音顿了顿。他似乎很怜悯睢安，同时语气中又满是嘲讽。

“我真讨厌你对命运卑躬屈膝的样子。”

睢安笑了笑，他忍耐着从即熙身上转移而来的尖锐疼痛，呕出一口血来，继而说道：“你刚刚说得没错，我确实要谢谢你。”

他背上的不周剑突然出鞘，仿佛有灵魂一般自行劈向魔主。他听见了慌忙的脚步声。不周剑沾了他的血本就兴奋，又因为得了他的心魔的煞气而力量大盛，几乎狂热地想取魔主的性命。

从混乱的脚步声听来，魔主应该没料到会发生这种事情。

“怎么可能……你的心魔怎么会进入不周剑……他怎么会帮你？”

睢安擦着唇边的血，低声说道：“你不该把即熙扯进来。”

方才，他的心魔趁他的力量流失之际兴风作浪，惹得他濒临失格。这些天他的心魔一直在闹腾，他其实很清楚他的心魔究竟在执着什么。

实际上，睢安只用了几句话便与心魔达成共识。

“你再这样下去，即熙也会死。

“是的，我嫉妒宁钦，我憎恨宁钦，或许我心底也埋怨过即熙。但无论如何，即熙不可以死在这里。

“我误以为她已经死了的时候，你不是也非常难过吗？”

他的心魔也是他，他有多喜欢即熙，他的心魔就有多喜欢即熙，甚至比他自己更在乎即熙的安危。

基于这一点共识，他的心魔第一次答应了他的求助，暂时离开了他的身体，去催动不周剑。

睢安没有把这复杂的故事告诉念念和傅灯。

“后来发生了什么？”

睢安问道。

元婴里那个陪伴他多年的老朋友半晌后才没好气地说：“我用不周剑伤了魔主，他应该伤得不轻。催动不周剑对我消耗太大，我很快就离开剑身回来了，他把不周剑拿走了。”

“我该宰了他的。”心魔阴鸷地说，并且警告睢安，“不要以为我帮了你一次就会站在你这边。”

看来这位老朋友元气大伤，暂时无法折腾他了。

睢安轻轻一笑。

看着面前面色苍白、容颜俊秀的星君，傅灯沉默许久后笑了起来，笑容很浅，好像有点无奈。

这时，隔壁房间传出一声惊呼，仿佛有人从噩梦中骤然惊醒。那个声音喊道：“睢安！睢安！”然后，伴着错乱的脚步声，睢安的房门被人大力推开。

突然流泻而入的日光让傅灯眯起了眼睛，她刚想说病人受伤了，不好受风，就看见那逆光的身影风一般地跑过来扑进睢安怀里，肩膀

颤抖不止。

念念的眼睛瞪成了圆形，她捂着嘴看着他们，又看向傅灯。傅灯摇摇头，拉着她走出了房间，并且贴心地帮病人把房门关好。

睢安轻轻拍着姑娘的后背，说道："怎么了？"

"我醒来的时候没有看到你，还以为你丢下我走了。"

她回道，声音发颤，好像再说几句就会哭出来。

"我为什么会走？"

"我不知道……"即熙抬起头看向睢安。

她醒过来时满脑子都是那天他跟她说的话，她之前从未听睢安这样坦露过心意，他总是把所有情绪都藏在淡淡的笑意里。

这让她想起了她父亲。他一辈子都在捉弄她，死前才跟她说，他非常爱她，并且以她为傲。

她爱的人总是在说完爱她之后就离她而去，她害怕睢安也会这样。

睢安额上缠着纱布，正低着头，仿佛在看她。那双眼睛里映着模糊的日光，清澈得甚至能看见她的影子。

她情不自禁地伸出手，手指落在他的眼尾。他的眼睛颤了颤，但他没有躲避。

除了之前刻意避开她的那几天，从以前到现在，他都不曾躲避她的触碰，不管这触碰多么大胆、无礼。

"你的眼睛……"即熙说了一半突然不知要如何继续。

睢安笑了笑。他握住她的手指，将它们从他眼角移开，说道："对我来说，你的命比一双眼睛重要得多，这样的交易是我赚了。"

"你并没有要求我做什么，所以你也不必为此内疚。还记得我说过的话吗？这不是你的错。"

睢安这么说时，即熙静默了一瞬。世界安静得可怕，连他的心魔都默然不语，像是在等待接受审判。

突然，一股大力推了下他的肩膀，他栽倒在床上，继而感觉到了即熙压在他身上的重量。

即熙的胳膊撑在睢安头侧，她居高临下地看着面露困惑之色的睢安，一字一句、咬牙切齿地说："为什么要把你做的事情说得这么理

所当然？你想说那些都是举手之劳，不必再提？就算我不知晓、不回应，也毫无关系？那你的心魔从何而来？睢安，我问你，你的心魔从何而来？！如果我不想接受，要你把守生祝符收回去，你怎么办？”

“……守生祝符一般并无解法。不过，如果你想让我收回的话，我会想想办法。”

即熙笑了一声，然后俯身抓住了睢安的前襟。

“你会不会在没解的情况下骗我说已经解了？或者真的解了之后，再偷偷重新给我？”

睢安的眼睫颤了颤。他低下了眼眸，再抬起时脸色苍白得不像话。

“会。”他这样答道。

“如果我说，我再也不想看到你，让你从此以后离开我呢？”

“……可以。”

“你会不会去找我，在我看不到的地方偷偷地看我？”

日光透过窗户射进来，照耀着屋内飞舞的尘埃，如同金色的细雨。

“会。”睢安认命般浅浅一笑。

即熙咬牙切齿地道：“所以，你什么都会做，区别只是我知不知道罢了。你为什么不肯告诉我？你说啊！你说你想要什么？”

睢安沉默了一会儿，然后慢慢地说道：“我想要……你平安喜乐，自由自在。”

即熙轻轻一笑，突然俯身吻他。唇齿相依间，她近乎霸道地与他交缠，甚至咬破了他的舌尖，带来血腥气息。

她疯狂地、强硬地、不顾一切地亲吻他。

睢安睁大了眼睛，他举起手似乎想推开她，但纤长的手指在半空中停了一瞬，然后像是认命般慢慢地落在了她的后背上，将她抱紧。

他一点点地抱紧她，仿佛要把她融入自己的骨血。

即熙的吻慢慢变得轻柔，她的手抚上睢安的胸膛，那颗心脏正剧烈地跳动着。

她放开他，在他耳边慢慢地说：“还有呢？你想要什么？你回答我，你想要什么？”

“我想……”

睢安怔了怔，然后无奈地闭上了眼睛。

“你永远……”

“嗯？”

“留在我身边……在我触手可及的地方。”

“永远不要不告而别，不要生死不明，好好地在我身边。”

他想要的并不多，他不敢想太多。

贪婪会助长心魔，终有一日会伤害到即熙。他这么多年来费力地与自己周旋，只为了不因过于爱她而发疯。

◇◇◇

即熙的怒气渐渐消散，她低头环住睢安的脖子，轻声说：“好，我答应你。”

“睢安，你听好了，我和那些仰仗你，求你付出、牺牲的人不一样。在我面前你永远可以理直气壮，不要牺牲自己。你想要什么我都可以给。”

即熙在睢安的颈侧低声说道。她的身体压在他身上有些沉，但他觉得很安心，这样实在的重量和他抱着她这件事本身就能带来安慰。

“你能不能骂骂我？你骂我，我还能好受一点。”她抱紧他的脖子，长发摩挲着他的脸颊，咬着牙道，“你说我没错，我就没错了吗？从我离开到现在，可是八年啊！伤害你的人都不是东西，我害你这么难过，我也不是个东西！”

睢安轻柔地拍着她的后背。

其实是十年，他已经喜欢她十年了。

两年的暗恋与七年的杳无音讯，还有她归来后再次重复的暗恋。他没有认真计算过时日，这才发现居然已经这么久了。

他笑着低声说：“既往不咎。可你如今若是为了哄我开心才假装说爱我，就真的不是东西了。”

他说这话时语气淡淡的，有种深藏不露的落寞。

即熙撑起身体，认真地看着睢安苍白的脸、明亮却空洞的眼睛和

刚刚被她咬破的殷红的唇。

她仿佛受到了某种蛊惑，她又低下头亲了他。他的唇湿润、柔软，带着血腥气，但是吻起来很甜，让人着迷。

雎安安静地躺在她的身下，任她亲吻。

这一事实让她的心剧烈地跳动起来。

“我以前从来不敢想……总觉得这样想是对你的不敬，而且你肯定会厌恶。虽然你对大家很好，但你拒绝了所有人的爱意。我总想着你心怀天下，没有私心，所以更加心疼你。”即熙慢慢地说道。

她的语气有些茫然，好像边说边在脑海中打捞飘过的句子，捞起哪句就说哪句。

“你可以是我的吗？雎安，你可以是我一个人的吗？

“贺忆城说，我害怕改变我们之间的关系。或许真的是这样。我总觉得相爱是一种很脆弱的联系。雎安，我的父母曾经也很相爱。”

即熙低下了眼睛。她停顿了一下，然后有些艰难地说：“我爹说，他们那时只恨不能将对方融入骨血、刻入心扉。但是，后来我母亲发现自己被欺骗，他们开始争吵、互相伤害，对彼此失望，以至于决裂。我们会不会也这样？相爱这种事情是不是总是这样？”

或许真如宁钦所言，她没有动过真心，因为她不觉得失去谁是难以忍受的事，以至于她身边人来人往，她却从未为谁伤心。

可她绝不能失去雎安，而她所定义的失去，就是有一天雎安对她失望、厌恶。

雎安安静地听她茫然又真诚地说着自己的疑虑。他抬起手，试探着触摸她的脸颊，小心地擦去她脸上的泪水。

“天机星君是天下人的天机星君，但雎安只是你一个人的雎安，从来如此，以后也将如此。

“就算以后我们会争吵，就算你离开我，我也永远不会改变。一生并不太长，我很擅长等待。”

雎安轻轻地笑着说，坚定的语气震颤着即熙的心。

她怔怔地看着雎安。其实，她对爱意的了解远远不及对恶意的。她想，这就是世间爱意的极致了吧？这个世上不会有谁的爱意能超过

睢安的。

她以为睢安无私，可她正是一个无私者的私心。

睢安收回手，笑意淡了些。他说道："这件事不着急，你还是要想清楚，确定你的心意，我不需要怜悯。再者，我终究还是天机星君，我肩上永远有星卿宫，有天下的担子，这对你来说太过沉重，会让你失去自由。"

即熙闻言觉得可笑，她趴在睢安怀里长叹一声，道："我早就没有自由了，从我十岁遇到你那天开始就没了。"

她为什么偏要遇见他这样温柔又坚韧的人呢？

为什么他偏要教她辨善恶、明强弱、知苦难、察人心？为什么他偏要教她不狠心、不忍心、不放心？

让她一个背负天下骂名的灾星做生意的时候还要挑挑拣拣，怕杀了良善之人！让她被冤枉时气得半死也不愿报复！

这一切只因为她在这个世上有不想辜负的人。她不想辜负他对自己的温柔和耐心教导，不想辜负他的善意。

也想证明他的心血没有白费，他一手教导的姑娘成长了一个很不错的人。

就算遥远的他并不会知晓。

"现在说怕我不自由也太晚了吧？我这一生早就打上了你的烙印，去不掉了。睢安，我好像比我想象的更爱你，我好像已经爱你很多年了。是真心实意地恋慕你，是男女之间、伴侣之间的那种恋慕。"

睢安怔了怔，片刻后，他突然翻身而起。即熙猝不及防地落在床榻上，睢安的臂膀撑在她的头侧，他们之间的位置一时掉转。

"哎哎……你的伤！"即熙急道，但受伤的人似乎毫不在意。

睢安的长发落在了她的脖子上，他轻声说："你不要骗我。"

"我没骗你。"

"到昨天为止，你都没有爱上我。"

"到昨天为止，我都不敢想。但我刚刚认真地想了一遍，我对你早有鬼迷心窍的非分之想，只要你在我身边，我眼里就只有你。你开心，

我也开心；你难过，我也难过。我总是暗自觉得，这世上谁也配不上你。”即熙伸出手搂住雎安的脖子，在他唇上蜻蜓点水地吻了一下。

“从前我觉得我也配不上你。不过，既然你这么喜欢我，我就信心大增了。我觉得我们是天造地设的一对，我决定把自己许配给你。你看，你收不收？”

雎安低下眼眸，沉默了一会儿，道：“这样的话，你和几个人说过？”

即熙一时没反应过来。半晌，她有些惊讶地问道：“你……你是不是在吃醋？”

“嗯。”

这可真是太新奇了，雎安居然会吃醋？

“我可不像贺忆城那样，满嘴花言巧语，我这还是第一次把自己许配给别人呢。”即熙认真地解释，仿佛自己是一个从良的花花公子。

良家少男雎安认真地判断了一下她这句话的真假。他的眼眸颤了颤，神情仿佛有些茫然，像沙漠行者突然看见了苦苦寻找的水源，像饥肠辘辘的旅人突然看见了山珍海味。

他梦想了太久、执着了太久的人，此刻就在他的臂弯间，他反而不敢相信了。

“你收不收啊？虽然我这个人挺麻烦的，是个灾星，又比较粗俗……”面对长久的安静，即熙感到非常紧张，她开玩笑般地说着，声音却有点发抖。

她还没说完，雎安便俯身堵住了她的嘴。

这是他第一次主动亲吻她，仍然是一个轻柔的、克制的吻。

雎安总觉得，如果有一天即熙说爱他，他应该能很明确地分辨出真伪。若是假的，他也能好好地拒绝她。

他高估了自己。

从即熙说爱他那一刻开始，他就失去了理智，无法思考，不辨真伪。十年间的种种涌上心头，一瞬间将他淹没，他无法拒绝她，如同溺在水里无法呼吸般。

他太想相信她了。

他在她耳边说道：“收，我求之不得。”

顿了顿，他说道："你不要骗我，不要后悔。"

如果她后悔的话，他不确定还能否控制得住自己的心魔。

"我不后悔，你知道我的，我从不后悔。"

睢安长长地舒了一口气，就像拉扯到极限的线，终于慢慢松弛下来。

日光懒懒地照进来，经历这一番情绪起伏后，他们太累了，相拥而眠。即熙抱着睢安的腰，把脸埋在他怀里，而睢安的手臂环着她的后背。

睢安的怀抱舒服而温暖。即熙身边全是睢安的气息，这种感觉非常微妙，她心里痒痒的，但又很欢喜。即熙想，完了，她总嫌弃贺忆城肉麻，她也要成为一个肉麻的人了。

"你吃什么醋啊？我可是见你拒绝了女孩四十四次表白呢。"即熙翻起旧账来。

"没有四十四次，只有四十三次。"

"啊？"

"你的表白，我接受了。"

"你明明说等我长大再说。"

睢安紧了紧抱住即熙后背的胳膊，用下巴抵着即熙的头，说道："你终于长大了。"

即熙笑了起来，也抱紧睢安。她想，原来爱情是这么一回事。

她拥有了她的神明，原来她的神明也有所求，而她便是神明所求。

她是一个无私者的私心。

他是一个多情者的钟情。

这次受伤，睢安在翡兰城好生休养了一阵。其间，照顾他饮食起居的事情，即熙一并承担了。

他们一起用餐时，即熙总是拼命地给睢安夹菜，睢安的碗里不一会儿就堆起一座小山丘。如此这般三天后，睢安终于端着他沉甸甸的饭碗无奈地叹息了一声。

"十几年前我第一次试炼完回来的时候，你好像也是这样，一直

给我夹菜，我不吃你便难过得要哭出来。”顿了顿，睢安浅浅地笑起来，温婉地说，“其实那时候我一直吃得有些积食。”

即熙“啊”了一声，她之前似乎完全没意识到这一点，提着筷子说道：“我就是觉得，只要吃到好吃的东西，人就会想活下去，心情也会变好……没想到都让你吃积食了。来来来，你快拨给我点。”

她从睢安的碗里拨了一大半菜到自己碗里。睢安又从剩下的食物里夹了几片即熙喜欢的腊肉，把筷子移过去，道：“这个也给你，把碗移过来。”

即熙懒得再拿碗去接，直接侧过脸，就着睢安的筷子把腊肉给吃了。

睢安怔了怔，傅灯和念念更是僵了一瞬。即熙十分自然地继续吃她的午饭，含糊不清地说：“快吃啊。”

睢安闻言，忍不住低眸笑起来，收回了悬在半空的手。

这顿饭过后，念念越想越觉得不对劲。她对傅灯说：“天机星君怎么还喂贪狼星君吃东西呢？这贪狼星君不是天机星君的师母吗？他们……好奇怪啊！”

傅灯一边写信，一边悠然地道：“很般配。”

“般配？”念念大惊失色，但转念一想，两人确实很般配，除了身份。她家小姐这么说，大概是让她不要嚼人口舌。

不过，她家小姐最近总是给戚公子写信，都不搭理她了！

睢安差不多养好伤，准备去白帝城时，即熙收到了贺忆城离开之后的第三封飞鸽传书。他总是隔十天左右给她写一封信，汇报近况。

这封信的发信时间应当在睢安受伤几天之后。贺忆城在信里焦急地询问睢安的情况，并且坦白了睢安给他符咒的事情。

“符咒前几日突然开始变黑，我一直胆战心惊地守着它。符咒只剩一个角没变色时，我差点就要催动它了。幸而后来黑色褪去，符咒恢复如常。”

“这差点要了我的老命，杀睢安这种事情我真的做不来。这事我跟你坦白了，你赶紧去跟睢安好好聊聊吧。”

贺忆城痛心疾首、心有余悸的样子跃然纸上。

看了这封信，即熙立刻怒从心起，一蹦三尺高，把旁边的念念吓了一跳。她气冲冲地去找雎安要解释。走着走着，眼看雎安的房间越来越近，她却不由得放慢脚步。

她去质问他，想得到什么样的回应呢？

其实她知道雎安会如何回答。

他大约只会笑笑，然后轻描淡写地说："没什么，只是倘若注定逃不过，我不想让你成为那个杀我的人。"

他总是有种近乎残忍的体贴，便如他给她守生祝符一样，周全得令人愤怒。

即熙长长地叹息了一声。她走进雎安的房间时，他正坐在椅子上掂量他新买的那柄剑，阳光落在他的脸上，干净得如同雪花。

温暖里隐约带着寒意。

听见脚步声，他似乎辨别了片刻来人是谁，继而笑了起来。那若有若无的疏离纷纷退却，如春雪消融般只余温柔。

"即熙，怎么了？"

即熙说不出来心里是什么滋味。她看了他半晌，然后默默地蹲下来牵住他的手，与他十指相扣。

"我知道你给贺忆城符咒的事了。"即熙仰头看向雎安。

雎安怔了怔，他似乎想解释："那是……"

"我觉得，我们至少得有爱人之间最基本的坦诚吧？守生祝符、你的心魔、给贺忆城的符咒，你还有多少事情瞒着我？你老实交代！"即熙握紧雎安的手，语气中有些威胁的意味。

"……你这样突然问，我一时想不起来。"

"你少来！那就从最近的说起！"

雎安沉默地想了一会儿，说道："刚到翡兰城时，我给你带回来的酒是千日醉。"

"什么酒……"

即熙睁大了眼睛，一下子站起来："千日醉？！"

她就说雎安怎么随随便便就能找到这世上绝无仅有的好酒！那么

甘甜的香气、醇厚的口感，可谓举世无双的佳酿！

“你是怎么赢酒叟的？你的酒量那么差！”

雎安想起即熙一个月内三次输给酒叟的惨剧，不由得笑起来：“我坦白了自己不会喝酒，也从没赢过他。只是每次路过兰祁山，我都会去找他讨酒，缠了他许多年，缠得他没办法了，就把千日醉给了我。”

即熙有些傻眼：“就这样？你跟他说你不会喝酒，但是你就要千日醉？”

“嗯，是这样。”

“你这不是耍赖皮吗？”

雎安似乎想了一下，笑着深以为然地点点头：“确实如此。”

即熙为雎安的理直气壮而惊讶，不过雎安从来都不是爱面子、放不下身段的人，这种做法倒也符合他的风格。

即熙思索了一阵，摩拳擦掌，跃跃欲试：“好，既然酒叟吃这一套，那我以后也去缠他，问他要酒喝！”

雎安笑了笑，说酒叟如今已经离开兰祁山回家乡了。不过他和酒叟的交情还可以，若她还想喝，他可以再试着去讨一点。

他的话还没说完，就听见了即熙雀跃的声音。她开心地喊道：“真的吗？雎安你太好了！”

她在他的脸颊上猛地亲了一口，然后搂住了他的脖子，有些得意忘形。雎安愣了愣，有些生疏地抱住她的后背，觉得热意从她亲吻的地方蔓延开来，烧灼了他的脸颊和耳朵。

第三卷

白帝

“你是我最金光闪闪的星辰。”

第十八章

◇◇◇

机缘

“怎么这时候来找我？”

“来同你睡觉，污你清白。”

即熙和雎安终于启程前往梁州。梁州位于从前的巴蜀之地，周围群山环绕。这里物产丰富，且神巫之风盛行，以至于和豫州、青州这些中原腹地的修道之风大不一样。在这里，几乎每换一个山头，人们尊崇的神仙就不一样，修仙的门派也比较少，不怎么成气候，对星卿宫的崇敬也相对较少。

也只有在这样的地方，悬命楼才能存在长达百年，放在中原腹地，早被群起而攻之了。

天下九州，偏偏巨门星君负责这梁州，需要定期来此巡视。即熙觉得，这着实是为难思薇，也难为她。过去的七年里，她每次都要打听思薇什么时候来，好及时躲避。

她和雎安一路行至白帝城附近的小镇。此前贺忆城曾经在信里提起过这镇上有座郁楼，说郁楼里的小二消息灵通，有什么事情可以问他。

即熙和雎安很轻松地找到了郁楼，正是小镇上最大的酒家兼客栈。虽说这客栈规模极大，生意却不太好，只有稀稀拉拉的几位客人。即熙进门便报了贺忆城的名字，小二恭敬地把他们引至最好的两间厢房。

“何爷与巨门星君半个多月前进了白帝城。何爷走前说，每五天

会给楼里来一封信，让小的寄出，但他已有快十天没给小的来信了。”小二是个近二十岁的年轻人，人机灵，说话快。

即熙算了算，她收到的那封信应该是贺忆城进白帝城后第一次寄出的。他说好每五天寄一次信，如今却逾期未寄，这不是什么好兆头。

“何爷还让我跟两位详细介绍一下白帝城的情况。”小二引雎安和即熙坐下，给他们倒好茶水，说道，“这白帝城三面环山，只有咱这边一个出口，周围环境挺封闭的。白帝城有铁矿、铜矿，冶铁、铸剑工艺一流。虽说交通不便，但也有修仙门派、江湖人士来此求剑。”

即熙点了点头。她知道这个地方也是因为听说白帝城产好剑，只可惜她擅长的是设符咒，对剑没什么要求，所以从来没来过白帝城。

“我们这周围，不同的地方信奉的神各不一样，南边的人信奉太阳神，东边的人信奉山神，白帝城人信目神。本来大家的日子过得好好的，从我爷爷那一辈就这么过了。谁知前些年地震时白帝城突然出现一位白衣神仙，从天而降。他静坐一日后，地震便停了。据说这位神仙目生重瞳，气度非凡，是白帝再世。”

小二滔滔不绝地说着。即熙面露疑惑之色：“白帝再世？白帝是哪位？”

“白帝是千年之前的古蜀国开明氏第六位皇帝，白帝城与古蜀国的范围大致如此……”一直安静聆听的雎安喝了一口茶，手指在木桌上画出白帝城和古蜀国的边界，白帝城正是古蜀国的腹地。

“白帝城四周交通相对封闭，所以古蜀习俗在这里遗留得最多，影响深远。比方说刚刚这位先生提到的目神，据说开明一世蜀侯蚕丛便是重瞳，因此古蜀人崇拜眼睛，认为双目可通神明。古蜀文字里民众的“民”字，其图形含义便是盲眼之人，意为卑贱。”

小二见雎安徒手画出了准确的地形，惊得目瞪口呆，又听到自己被他称作先生，立刻有几分羞赧。他竖起拇指道：“尊上真是厉害，巨门星君也是这么说的，星卿宫里果然都是无所不知的神仙。”

“所以呢？”即熙敲着桌子道，“这位突然‘神仙下凡’的白帝尊上，他闹什么幺蛾子了？”

小二一听这话立刻露出慌张神色，竖起手指，同时走到门边查看

是否有人。见四下无人，他才放松下来，回身对即熙道：“这话尊上在这里说说也就罢了，出去可不能乱说啊。”

他说这位白帝尊上现在已然是白帝城百姓心中不容侵犯的信仰，凡是从白帝城出来的人，几乎句句不离他们的白帝尊上。

他们的白帝容貌绝世，遗世独立，博施济众。他原本早已飞升成仙，见上天意欲用地震毁灭白帝城，他不忍白帝城子民受此磨难，所以下界阻止。因白帝此举有违天道，地震刚止，上天便雷霆震怒。白帝一人扛下所有责罚，被剥夺神力，并被囚禁于白帝城内的储光殿中，不能再返天庭。

白帝城的子民对他感念至深，竭尽全力供奉白帝，希望能感动上苍，令他重返天庭。

如今白帝便是白帝城人不容侵犯的真神，白帝城人听不得一句冒犯白帝的话。方才即熙说的话已然是非常不敬了。

即熙无所谓地笑起来，道：“就算白帝城人听见了又如何？翻脸又如何？他们还能冲上来跟我和雎安打一架？”

小二见即熙满摆出一副不在乎的样子，有些着急，凑近即熙和雎安，小声说道：“两位星君千万不要大意，如今周围的城镇都战战兢兢的，不敢提一句白帝的是非，就怕被白帝城人听见。白帝城人的口音、穿着都和我们差不多，混在人群里根本分不出来。”

白帝城人维护白帝本是件合情合理的事情，后来却逐渐变了味道。白帝城人为了能给白帝争取更多信众，令他恢复神力，重返天庭，开始到周围的城镇、村庄传教，希望那里的人也信奉白帝。

周围的百姓自古以宗族和信仰聚居，和白帝城人的信仰大不相同，只有零星十几人被说服信了白帝，更多的人则反感甚至厌恶白帝。大家相互攻讦，以致上升到短兵相接的地步。这些年白帝城和周围城镇的关系极差，但白帝城人善造兵器，打架从来没输过。

“谁说了白帝的坏话被听见，整个村子都要遭殃，要不了几天就会遭‘山贼’洗劫。死者过半不说，财物也会全数被抢走。那些山贼都蒙着面，手里拿着白帝城出产的武器。白帝城人却说他们的兵刃被四方来客贩卖，早不知去往何处，不承认这些蒙面的黑衣山贼是他们

白帝城的人。”

“更有甚者，前几日附近的一个村子直接被山贼屠了村，男女老少一个不留。”

即熙惊讶地看着小二，又看向雎安。雎安微微皱着眉头。

这真是白帝城人做的吗？

那白帝究竟是何方神圣？自古以来只有凡人飞升，从未听说过有神仙下凡的。

人世间活着的，最接近神明的就是星君了。

即熙感叹：“怪事怪事。”

雎安说道：“去一趟白帝城自然就知道是怎么回事了。”

贺忆城之前在信里曾提到，思薇是以巡视为名进入白帝城的，算是明察。这边即熙和雎安则准备乔装暗访。

自从“白帝”再世，白帝城便有了不成文的规定，以白色为最尊贵的颜色，除了白帝，其余人等不可着白衣。

即熙看着雎安那几件白衣连连摇头，立刻拉着他去了镇上的绸布庄，亲自选布料给他做了四五套衣服。

说起来，她很久以前就想打扮雎安了。

“戴面具太明显，我懂一些易容手法，帮你把星图遮一遮就看不见了。”即熙拿着画笔凑近雎安，笑道。

雎安已经换上她给他新做的红色衣裳，斜纹绸布上绣着金色的银杏叶花纹，头上则系着金、红两色的发带，完全符合即熙大富大贵的审美。

雎安就这样坐在初秋的阳光里。他轻轻笑着，发丝、眼睫都镀上了金色的光芒，配着一身红衣，明艳得勾魂夺魄。

即熙的呼吸因此停滞了片刻。她想，雎安这样的容颜和气质，撑得起她所有俗气的审美。

嘴上说着要给雎安遮星图，她却蘸着朱砂在雎安眼尾画了一抹红。他抬眼无奈地笑时，眼尾仿佛开了一朵凤凰花。

“你这几天就由着我随意打扮你啊，你不怕我胡闹吗？你可知道

你现在是什么模样？”即熙调笑他道。

这几天雎安完全配合她，从无异议。

“不胡闹一下你是不会甘心的，所以由你去吧。”

雎安淡淡一笑，笑容温和而宽容。

他是光风霁月、温文尔雅的星卿宫宫主，受万人爱戴、仰望，却向来任她胡作非为，毫不反抗。

从她小时候开始就是这样，他比这世上任何一个人都更宠爱她。

即熙的心颤了颤。阳光下，雎安的眼神空洞却含笑，一双眼睛清澈见底，眼角有一抹红色。

他永远看不见她，也看不见他自己的样子。

即熙长久的沉默让雎安微微皱起眉头，他问道：“即熙，你怎么了？”

他的手突然被即熙握住，然后被她抬了起来，触摸她脸上温热的肌肤。即熙的声音响起来：“这是我的脸……应该算是鹅蛋脸吧？”

然后，他的手指碰到了柔软的绒毛。

“我的眉毛是柳叶眉，细细的。眼睛是杏眼，比我之前的眼睛更圆、更大一些。”

然后，他摸到了硬硬的骨头。

“这是我的鼻子，不算高，也不算低，比较小。”

然后是她湿润的唇。

“嘴唇嘛，我也说不上算不算樱桃小口。这江南女子嘛，五官中除了眼睛大，剩下的都很小巧。”

她说话时嘴唇扫了下他的手指。在一片黑暗中，他手指的触感尤为明显，那感觉令人心颤。

“我今天穿的是紫色衣衫，上面绣着百蝶穿花纹，发型是堕马髻，插了两支金步摇。你能……想象出我的样子吗？”

雎安笑着点点头。这种打扮是她历来喜欢的风格，他几乎能看见这样一个她坐在他面前。

“一定很美。”他这么说道。

然后他忽然被即熙抱住，她搂住他的肩膀，在他耳边说：“雎安，你才是最好看的。

“我是一个非常俗气的人，喜欢美酒，喜欢美人，喜欢钱，喜欢所有金光闪闪的东西。在所有这些事物里，我最喜欢你。

“你是我最金光闪闪的星辰。”

这种情话也只有她能说得出口。无往不利的荧惑灾星，此刻就像个抱着糖罐的孩子。

睢安沉默了一会儿，然后伸出手拍了拍怀里姑娘的后背，轻轻笑道：“怎么又难过了？要不要去买糖葫芦？”

即熙在他颈窝里摇摇头，像小猫一样蹭着他的脖子。过了一会儿，她闷声说道：“这时候说什么糖葫芦，当我是猪吗？”

睢安听了这话，没忍住低声笑了起来。即熙伸手掐他的脸，警告他不准笑。

他们就这样闹腾了一天。入夜之后，两人原本在讨论进入白帝城后的种种打算，即熙说着说着就趴在桌子上睡着了。

睢安轻声喊了几次她的名字，见她没有回应，便了然地开始收拾桌上的东西。

阿海从外面飞了回来，落在睢安的肩头。它上上下下打量了睢安一阵，然后“啁啁”叫了两声。即熙在睡梦中应声嘟囔道：“海哥饶命……”

睢安捂着嘴无声地笑起来，阿海十分诧异地瞥了即熙一眼。

“我以前是没这么穿过，好看吗？”睢安小声回应阿海的问题。

“啁啁。”

“不好看？”

“啁啁。”

即熙翻了个身，迷迷糊糊地嘟囔：“没关系，人长得好看就行了……”

睢安闻言点点头，抚摩着阿海的翅膀道：“说得在理。”

阿海不屑地偏过头去，飞到旁边专为它布置的小窝里准备休息。

睢安把白帝城的地图卷好收了起来。想了想，他从怀里拿出三枚铜钱，掷于特制的玉盘上。他掷了六次，得六爻。

这一卦是为思薇而算的，她和贺忆城如今下落不明，不知遇到了

什么事情。

睢安的手指一一摸过那几枚铜钱，然后他不自觉地皱起眉头，心中一沉。

这是大凶卦象。思薇目前尚且安好，但近日将有血光之灾。

待即熙醒来，得把这事儿告诉她，不过她应该会很担心思薇。她们姐妹俩明明相互关心，可直到思薇离开翡兰前往白帝时，她们都没和好。

在这世上，有个家人其实是非常幸福的事情啊。

睢安正欲把铜钱一一收回去，动作却突然顿住。随后，他再次把铜钱撒了出去，铜钱与瓷盘相撞时发出清脆的声响。

然后，他有点犹豫地逐一摸过桌上的铜钱，仔细地摩挲着铜钱上的纹路。

如此六次后，他得到一卦。

他又问了已经纠缠他七年的那个问题，那个每一次的答案都是“等待机缘，不可深究”的问题。

最后一爻他摸了三遍才终于确认，然后将铜钱收回衣袖中。

他走到桌边，摸索着找到即熙的脑袋，然后将左手放在她的头下，双手将她抱起。即熙乖乖地伏在他的怀里。

睢安走了几步，把她放在了床榻上。沉默片刻后，他轻轻地笑起来，俯身吻了她的额头。

卦象变了。

七年以来第一次，他卜到了不同的卦象——泰卦。

机缘已至，应时而变。

◇◇◇

机缘已至。

若把七年的时间拆成零碎的一个个时辰，他仿佛已经等了漫长的一辈子。

他经常会做一些不好的梦，但几乎不会觉得害怕，因为他知道它

们是假的。

可是唯有一次他感到害怕，那次他梦见自己白发苍苍，坐在屋檐下和冰糖、阿海一起看雪。

他并非害怕衰老，星君是不会变老的。这是个多么虚假的梦。

但他莫名地想到，如果他好好地活到了白发苍苍的岁数，说明即熙也在这个世界的某处好好地活着，一生无灾无忧，并不需要他的庇佑。

他们两个都活得很好，却再也没有见过面，甚至没有产生过任何联系，结局是不可深究的“缘浅”。

在那个梦里，他第一次因为恐惧而落泪。

他恐惧这与她失去关联的漫长一生。

虽然他很擅长等待，但也时常会觉得，他或许再也等不到她了。

但她终究归来了，她说她爱他。

虽然只是不确定的机缘，只是“应时而变”，也足够让人欢喜。

“她真的爱你吗？她真的懂得爱情吗？她只是太在乎你了，知道你爱她，便自以为对你的在乎就是爱。你其实不信她，不是吗？”

雎安心底那个声音懒洋洋地嘲讽道。

这位老朋友总是看不得他开心，当然也看不得他太伤心。

雎安淡淡地笑笑。其实，除去那令宁钦动了杀意的嫉妒，他很能理解宁钦的不安。

或许因为早就知道自己生命短暂，即熙永远活在当下。她的洒脱也意味着她把世上的事情看得很轻，并随时做好了失去一切的准备，包括生命。

意味着每个出现在她生命里的人，对她而言似乎都无足轻重，无须执着。她不会仔细计划她的未来，所以没有人一定会被她规划在她的未来里。

比起爱情，她拥有的更多是热情，短暂而炽烈的热情。

即熙突然翻了个身，头正好压住雎安的胳膊，让他无法动弹。雎安尝试着抽了一下，没有成功，便趴在床边，任她枕着他的胳膊入睡。

“我想相信她。”雎安这么回答，顿了顿又说道，“至少此刻。”

第二天，被崇山峻岭环抱的白帝城城门前出现了一主一仆，还有一只雪狼。

即熙到底还是没让睢安穿那身招摇的红衣。她给他换了一身稳重的墨蓝色斜纹衣衫，如水墨丹青般飘逸，又帮他仔细地遮了额头和眼角的星图。

白帝城人崇拜目神，便顺带着贬低盲者，认为失明者是被神灵厌恶、降罪之人。所以，在白帝城里，盲者只能做下等人的活计。

听到这个消息时，睢安便主动提出入乡随俗，说要暂时扮作即熙的侍卫。

此时即熙正咬着糖葫芦偏过头看守门人，发间的金穗随之摇晃。她嘴里含着糖葫芦，口齿不清地说道："什么？狼是凶兽，不能入城？谁告诉你它是狼了？"

即熙揉了揉正坐在地上打哈欠的冰糖，笑道："冰糖，来，叫两声。"

冰糖有些委屈地看了即熙一眼，喉咙里发出"咕噜咕噜"的声音，然后不情愿地"汪汪"叫了两声。

这实在有损它的狼格。

即熙又揉了揉它的头："学得真像，进城了，奖励你吃肘子。"

守门人弯腰惊讶地看着这只浑身银白的大……大狗，这怎么看也不像是狗，但狼居然会这么乖顺？

见守门人有所动摇，但还是不肯相信，即熙便让冰糖表演了一遍顶毽子、钻圈，甚至算算数。这些都是她和冰糖平时玩的小游戏，当冰糖准确地在地上划拉出即熙让它算的数字后，守门人的眼睛都直了。

"我家冰糖和普通的犬只不一样，它可是天狗！"即熙拿出了她一本正经说瞎话的能力，煞有介事地说，"就像这白帝城的白帝尊上，人家是神仙下凡，神通广大，那是天人。我的冰糖也是神仙下凡，聪明非凡，所以是天狗。这白帝城的大门走过这么多凡人，想必拉低了大门的门槛，正需要我们家冰糖这样的天狗来撑撑场面。"

守门人被即熙这一番话绕糊涂了，嘟囔道："什么天狗……"

"难道你在别的地方见过这么聪明的狗吗？"即熙说得理直气壮。

守门人愣了半天，摇摇头。

在即熙准备一鼓作气说服守门人时，一个清脆、婉转的女声传来。

“师兄？”

即熙转头看去，只见一位娇小、美丽的蓝衣女子正惊讶地望着雎安，眼里满是惊喜。她看上去二十多岁，背着行李站在城门边，似乎也要进城。

在即熙努力思索这位眼熟的姑娘是谁时，雎安已经喊出了她的名字。

“想容？”

姑娘面色微红，点头道：“是的，我现在叫韩想容。”

听到这个名字，即熙立刻想起这是想容师姐。

想容师姐大她三岁，她刚刚进星卿宫时，想容师姐是有名的美人和才女。后来想容师姐得知生母亡故的消息，痛不欲生，深感无法与父母断绝亲缘关系，无法作为天下人的星君，便自请退籍离宫了。

对此，整个星卿宫的人都感到十分惋惜，因为她当时很有希望被封为星君。

没想到她的家乡居然是白帝城。

“小李，你认识她？”即熙把手放在雎安的肩膀上，装作惊讶地说道。

听见即熙叫雎安小李，想容愣了愣，继而意识到他们不想暴露身份。她转向守门人，递上自己的文牒：“孙大哥，这是我的文牒，这两位是我的朋友。”

显然，守门人认识韩想容。他大手一挥，道：“你的文牒我还用看吗？既然是想容的朋友，来来来，进来吧。”

借着韩想容的光，即熙和雎安带着冰糖顺利地进入了白帝城。阿海早已飞进城中，见他们进来，便飞过来落在雎安的肩膀上。

白帝城位于山谷之中，周围青山环绕，碧水东流，城中有许多依山而建的吊脚小楼，风景秀丽。韩想容同他们一起在街上走着，目光始终追随着雎安，很久之后才好不容易移到即熙脸上，好像终于想起

来这里还有个陌生人。

“这位姑娘是？”她问雎安道。

即熙背着手微笑道：“我是苏寄汐。”

这显然已经是无人不晓的名字了。韩想容愣了一瞬，随即想行礼：“原来是师母……”

“别别别，你已经离开星卿宫了，不必叫我师母。而且，我现在假扮的身份是个未婚的小姐，你就喊我苏小姐吧。”即熙拉住韩想容，制止了她的行礼。

顿了顿，她指指雎安说：“你也别叫他师兄，一喊就暴露了。现如今他扮作我的侍卫小李，你随意些。”

韩想容看看即熙，又看看雎安，有些艰难地说：“小……李大哥，我喊你李大哥吧？”

雎安笑着点点头。

韩想容说，她如今同兄嫂一起生活，她兄长是开客栈的。若是雎安和即熙没有定下住处，可以随她一起到她兄长的客栈歇息几天。即熙和雎安来此处正需要向当地人打听消息，便欣然应允。

韩想容在前面带路，雎安和即熙在后面跟着。即熙眯着眼看着韩想容的背影，觉得自己不太欢喜她。

她历来喜欢美人，像韩想容这般的美女，她见了通常会心情舒畅、喜笑颜开，但不巧她刚刚想起了一桩事。

这位想容师姐正是她见到的第一位向雎安表白情意的姑娘。

那是她入星卿宫第二年的事，雎安那时还是十七岁的少年。某天晚上，她偷偷去宫里比屋檐还高的老梨树上摘梨吃，吃着吃着却看见旁边的屋顶上坐了两个人。借着月光，她发现正是雎安和想容师姐。她叼着梨蹑手蹑脚地爬近，抱着树干偷听二人说话。

想容师姐在哭，泪珠一簌簌地从她脸边滑落，让即熙想起文曲星君刚刚教过的“沧海月明珠有泪”。月光下的想容师姐仿佛真的泣泪成珠了。她说她年幼时母亲如何疼爱她，如今母亲死了，她却不能去奔丧，也没能见母亲最后一面。

“师兄，亲缘在我心里分量太重了，我没法儿像你和柏清师兄那么无私，我无法成为一个好星君，辜负了星卿宫多年的教导。”

想容师姐抽泣着说道。

睢安专注地看着想容师姐。即熙想，她很少看到睢安这么专注地看着一个人。他给想容师姐递上手帕，说道：“别这么说，你并没有辜负什么，挂念家人不是错事。

“我们都很喜欢你，只是不舍得你离开罢了，并不是怪罪你。”

想容师姐接过睢安的手帕。她怔了怔，小心地握紧那绣了一个“安”字的手帕，抬眼看向睢安。

“师兄，我已经自请退籍离宫，过两天就要走了，但我有件事情一直想跟你说。

“我们一起长大……我喜欢你……我一直都喜欢你……你知道的吧？”

睢安沉默地看着想容。想容咬着唇笑起来，说：“没关系，你不用答复我。反正我要走了，这辈子可能再也见不到你了。我就是……想让你知道而已。”

说完她起身抱住睢安的肩膀，颤声道：“再见了，师兄。”

“以后多保重，想容。”睢安拍拍她的后背，这样说道。

当时即熙对睢安的了解还不深，还没有这世上谁都配不上他的觉悟，只是靠着梨树叼着梨子，远远地看着这一幕，觉得他们是话本里才有的举世无双的一对璧人，般配极了。

想容师姐大概是唯一一位她认可的与睢安相配的人。

嗐，她那时候竟然会产生这种错觉！

“你还记不记得，想容说过喜欢你？她抱你时你都没有拒绝她。你是不是也喜欢过她？”即熙靠近睢安，在嘴边竖起手掌遮掩，小声逼问道。

睢安挑挑眉毛，笑道：“你怎么知道她说过喜欢我，还抱过我？”

“……你甭管我是怎么知道的，你老实交代！谁还没有过去，我很大度的。”即熙做出一副宽和、大度的样子，却暗暗捏紧他的手臂。

“嘶。”睢安轻轻地吸了一口气。

即熙立刻松了手，有点着急："手臂现在还痛吗？你怎么就让我枕着你的胳膊睡了一夜呢？胳膊肯定会被我压麻的啊，你就把我叫醒嘛！而且，你还趴在床边睡，着凉了怎么办？你就上榻跟我一起睡啊，我们都这个关系了，有什么好介意的……"

"小姐。"雎安抓住她的手腕，简单的两个字里却有制止的意思。

即熙忽然意识到自己的声音有点大。她慢慢地转过脸去，看见韩想容一脸震惊地看着他们俩。显然，关于雎安胳膊的那一番讨论，她听见了。

即熙哈哈一笑，装作什么都没发生一般，指着旁边的客栈说道："想容姑娘，这就是你兄长的客栈？"

韩想容怔了怔，她看看客栈的匾额，像是堪堪反应过来似的，有点磕巴地说道："是……是这家。"

◇◇◇

韩想容的兄长名叫韩云，是白帝城里少见的身形魁梧的男人，剑眉星目，很是俊朗。看来美人的家人也不会差到哪里去。不过，韩云见了韩想容似乎并不开心，对着她劈头盖脸一顿数落，说她这些年出门在外的时间远远超过在家的时间，这次更是一走半年才回来，也不知待几天就又要走，还说她已经是二十七岁的姑娘了，却仍不肯议亲嫁人，成何体统。

韩想容似乎已经很习惯她兄长的数落，也不反驳什么，只在韩云说话的间隙介绍了她的两位朋友——苏小姐和她的侍卫李大哥。

韩云看见雎安，脸色便更不好了，眼里带着白帝城人对瞎子固有的鄙夷。他似乎对韩想容的交友标准颇有微词，不知怎的就怪到了星卿宫头上："依我看，你就是被那星卿宫教坏了。

"当时说什么你有天分要带你走，还得与父母断绝亲缘关系，结果又把你赶回来，真是无情无义。最近那个巨门星君来此处，更是大放厥词，诋毁白帝尊上，不就是嫉妒我们这里不供奉星君却供奉白帝吗？那星卿宫指不定是什么糟污地方。"

“我早就说过，是我自己要回来的——”

韩想容的话还没说完，即熙便两步上前，问道：“那巨门星君现如今在何处？”

睢安跟她说了他为思薇卜的卦象，她如今很是担心思薇的情况。

“她和她那个跟班早被我们赶出了城，谁知道现在在哪里。”韩云不耐烦地说道。

即熙咬咬唇，若有所思。

思薇和贺忆城被赶出城了？白帝城只有一个出入口，可城外的小二说，从没见思薇和贺忆城出去过，而且他们的书信来往也断了。

他们到底去哪里了？

在即熙思索的时候，韩想容终于忍不住反驳她兄长：“兄长，你别这么说星卿宫，巨门星君的为人我知道。这其中一定有误会，她绝不是你们说的那种人。”

“那巨门星君诋毁白帝尊上，看不起我们白帝城人，我如何说不得？韩想容，你可掂量清楚，你答应过我会做白帝的信徒。”

韩想容被噎了一下，争辩道：“我敬仰白帝尊上，也敬重星卿宫。”

韩云一拍桌子：“哪有这种道理？你既然信仰白帝，心里怎能还有星卿宫？”

韩云和韩想容的争吵有愈演愈烈的趋势，客栈大堂里的客人时不时地望向这边。即熙将胳膊肘撑在柜台上，颇有种看热闹不嫌事儿大的架势。她以一种好奇的语气道：“韩掌柜的，我这外乡人倒是好奇，有一事想问问。我们来之前，听说附近的村庄近来常遭山贼洗劫，更有甚者全村被屠。外面都说那山贼是白帝城人扮的，可我见了韩姑娘，觉得白帝城人善良、可亲，并不会如此。想请韩先生解个惑，这是怎么回事？”

听了即熙这番话，韩云怒气更盛，许久才有所平息。他道：“这位小姐倒是明事理的，这都是因为附近许多城镇的百姓受到感召信仰了白帝，那些异教之人就不乐意了。他们编造事实，什么污水都往我们身上泼，好让外人认为我们都是毒蛇猛兽，防止他们的信徒被我们吸引过来。”

即熙恍然大悟似的点头，笑道："原来是这样。"

她说想在韩云这里住下，说韩想容一路上夸韩云的客栈不仅位置和环境好，价钱还公道，说她这位哥哥做生意很是正派，童叟无欺，她亲眼见了果然如此。

"这世上的事情大多说不清，你们何必争吵呢？和气生财啊。"即熙从容不迫地和稀泥。

韩云似乎也有些后悔在外人面前和妹妹吵起来，带着笑脸看向即熙，说道："那我给姑娘准备一间上房。"

"要两间上房，我和我的侍卫一人一间。"

"不行，姑娘的侍卫是瞎子，要是让别的客人知道这房间住过瞎子，之后我们这房间还怎么住人？"韩云立刻拒绝，指着门外说，"这位小姐，不是我为难你，你出了门在街上随便挑一家店问问看，我打包票，没有一家会同意让瞎子住客房。"

即熙说道："我出双倍银子。"

"那也不行！这是冒犯神灵的事情，不能干。"

即熙眯起眼睛，冷笑着撸起了袖子。雎安拍拍即熙的肩膀，对店家笑道："那一般像我这样的失明之人该住哪里？"

"柴房、马房之类的。"

雎安花了好大力气才阻止刚刚口口声声说"和气生财"的即熙动武，没让她砸了韩掌柜的柜台。

韩想容说让雎安住她的房间，她去住客房。雎安婉言谢绝了韩想容的提议。最后他们勉强达成了共识：韩云打扫出一间下人住的通铺，给雎安一个人住。

即熙余怒未消。韩想容十分愧疚，请他们到城里最好的酒楼吃饭，点了一桌好菜赔罪。

"入乡随俗，没什么好抱怨的。"雎安轻描淡写地笑道。

韩想容面露不忍之色，叹息着说："我方才一直想问，师兄怎么会失明？"

即熙拿着酒杯的手不由得握紧。雎安不动声色地岔开话题："是

我自己不小心导致的。我们这次来白帝，想到这里有名的剑坊转转，还要麻烦你帮忙推荐。”

“师兄太客气了，有什么用得着我的地方，我责无旁贷。”

睢安笑了笑，然后向韩想容问起白帝的事情。

韩想容说，白帝城人一向信仰目神。储光殿乃古蜀的宫殿，是供奉白帝之处。据说它是白帝飞升之前的居所，殿内的墙壁上绘有白帝的画像。

三年前白帝降临时韩想容也在白帝城，目睹了白帝从天而降平息地震，被上天降罚的过程。现在的白帝长得和储光殿内壁画中的人物一样，目生重瞳，俊秀、高挑。除了一句“我愿以神力为代价被囚于人间，以抵一城百姓性命”，白帝再没说过别的话。

后来，白帝便被囚禁在储光殿中，百姓都进不去。白帝一年只能离开储光殿三次，每次不过百步便返回。

“你觉得，他真是白帝下凡吗？”

韩想容想了想，点点头，道：“我去看过储光殿的结界，强悍至极。普天之下，我想不到有谁能做出来，或许真是上天所设。此前之所以从没有神仙下凡的先例，或许就是因为神仙不能插手人间事务，不然就会像白帝一样受罚吧。”

飞升的修士们从未回来过，所以谁也不知道天界的法则如何。

即熙给睢安夹了一块排骨，悠悠地道：“原来展示一下自己的力量，再讲几段悲惨经历，就可以收获这么多信徒啊。我之前怎么就没发现被爱是件这么简单的事情呢？”

韩想容有些尴尬地清了清嗓子。即熙抬眼笑道：“咳，我是开玩笑的，你别介意！”

韩想容看着即熙帮睢安剥虾、挑鱼刺、夹菜，忙得不亦乐乎，几番欲言又止，终究没说什么。

即熙察觉到了，心想：“很好，不知当讲不当讲，那就别讲了。”

第二天韩想容带即熙和睢安去了附近几家有名的剑坊。思薇和贺忆城也来过这些剑坊，询问和铸剑工艺相关的问题。这里有一种特殊

的银白色矿石，名为天珞，常被混入玄铁中铸剑，以减轻剑的重量，增加强度。贺忆城此前在信中说，思薇已经仔细看过，确认魔主那把邪性的剑正是出自此处。

他们连走了几家剑坊，即熙在其中一家郑氏剑坊中找到了贺忆城和思薇留下的记号，大概他们调查时觉得这个剑坊有问题。

即熙便以买剑为由和这家剑坊的主人攀谈起来，才知道剑坊的原主人和他的儿子不久前都死于一场失火意外，如今的剑坊主人是原来那位的弟弟。

剑坊主人感叹："那本是场酒席，许多有名的铸剑师傅都去了，谁知中途诡异地烧起大火。天干物燥，火势迅速蔓延，席上一片火海，无人生还，是最近的一桩大灾。

"外头总把山贼的帽子扣在我们头上，这场莫名的火灾肯定是外面那些家伙为了报复搞的鬼。就因为怕白帝下凡抢了他们的信徒，他们不仅加害我们，还想害白帝尊上。尊上是多么好的神仙啊，以为我们都是好欺负的吗？我去旁边镇上的时候，还听到别人在说风凉话，说火灾是我们白帝城人图财害命受到的惩罚。我呸！他们这些狼心狗肺的家伙才必得惩罚，死不足惜！"

剑坊老板提起这件事便滔滔不绝地骂起来，看来是真的气愤至极。

即熙配合着露出愤怒的表情，点头附和，心想这和她在外面听到的真是两码事。两方都没有确凿的证据，只有由怀疑而生的仇恨是确凿的，两边俨然已经水火不容。

真是糟心啊。

他们在别的剑坊询问铸剑情况时，顺带问了火灾的事情，得到的回答出奇地一致，就连卖糖葫芦的师傅也是这么说的。

即熙拿着糖葫芦一口一个，对身边的睢安说道："就这架势，这两边发生什么破事儿都能怪到对方身上，马上就要成世仇宿敌了。"

"这不太对劲。"睢安低声说道。

"怎么？"

睢安分析道，他们这一路走下来，所有人对白帝、山贼身份和火灾的看法都一模一样——完美无缺的白帝、因遭嫉妒被污蔑的山贼身

份、因污蔑而被报复的火灾。

“在正常环境下，每个人的想法多少都会有些出入，不应该一致到这种地步。如此一致，千百人异口同声……”

即熙的眼神严肃起来，接上雎安的话头：“简直就像有人刻意让他们这么想的，或者说，训练他们这么想。”

顿了顿，即熙说：“在郑氏剑坊我查出来一点问题，明日我再去看看。”

“我与你同去。”

“好。”

晚上回到客栈里，大家各自回房休息。即熙刚点上灯火，便听见自己的房门被敲响。

“咚咚咚。”

她回头望去，门上映着一个女子婀娜的身影。即熙走过去把门打开，门外站着的果然是韩想容。

美人眼含秋水，笑起来的时候尤为动人，只是眼神有些犹豫。

“我有些事情想跟苏小姐聊聊。”

即熙心下了然，侧身道：“别客气，进来聊啊。”

即熙让韩想容坐下，然后给她倒了一杯茶水，微笑着等她说话。

“苏小姐……来白帝，饮食还习惯吗？”

“咳，这里的食物口味偏辛辣，以前我就好这口，但如今这个身体受不了。想来还要适应一阵。”

“啊，这样……那这里住着如何？”

即熙忍不住笑起来。这画面她十分熟悉，从前她替贺忆城解决他的烂桃花时，那些找上门来的姑娘无不是如此。开头言辞委婉，后面搞不好就要哭哭啼啼、破口大骂，甚至赌咒发誓。

这活儿她做来委实轻车熟路，决定直接跳过前面的铺垫阶段。她摆摆手，道：“想容，你也别拐弯抹角了，想问什么就直接问吧。不过，我可不保证一定会回答。”

韩想容咬咬唇，似乎她要说的内容过于惊世骇俗，需要些勇气才

能说出口："苏小姐，你……对睢安师兄是不是……是不是……"

"心存爱慕？"即熙看她一副犹豫不决的样子，索性替她说了。

◇◇◇

韩想容怔了怔："果真如此？"

"是又如何，不是又如何？"即熙气定神闲地喝了一口茶。

"苏小姐……怎么能这么说？是又如何？你难道不知道会如何吗？你和睢安师兄是师母和徒弟的关系。虽然前宫主已经去世，但这关系不会更改。你对他存了这种心思，完全是罔顾伦理纲常，会让星卿宫沦为笑柄的！若传出什么闲话，你让睢安师兄如何自处？"韩想容立刻急了，声音也大了起来。

即熙端详着韩想容的神色，笑道："你觉得是我痴心妄想，一厢情愿？"

"……我知道睢安师兄待人一向和善、温柔，可能让苏小姐误会了什么。但睢安师兄是断不可能喜欢你、同你在一起的。他是天机星君，更是星卿宫宫主，他心怀天下，不会做这种为世人不齿之事，更不会让儿女私情影响自己和星卿宫的声誉。你们两个没有未来！"

"好有道理，听起来他和星卿宫的名声比他幸不幸福要重要得多。"即熙用手撑着下巴，眼里映着烛火，明亮地笑着，"我已经二十四岁了，确实没太多未来可言。不过看眼下的形势，若我没有未来，睢安也不会有未来。我之前不想他如此，可若我死之后世上只剩你们这样的人，那还不如让他来寻我。毕竟我娘死了之后，我爹也不过是行尸走肉罢了。"

韩想容面露疑惑之色。她握紧拳头，回答道："我不知道苏小姐所言是什么意思，但星卿宫和他自己的声誉也是睢安的幸福。我不信他若因此失了他和星卿宫的声誉，失了星君的威信，他还能觉得幸福。"

"你说得有道理啊……"即熙面露恍然大悟之色，若有所思地道，"我最早也是这么想的，我对他来说就是个大麻烦，无论是之前的身

份，还是现在的身份。总之，我和他就不是一路人，若跟他在一起肯定会让他为难。”

韩想容松了一口气，以为自己终于劝说成功，说：“是啊……”

“他这么为难却还要和我在一起，该有多么喜欢我啊。”

“是……什么？？？”

即熙没有理会震惊的韩想容。她突然回忆起她和睢安在一起这事儿好像是她提的，睢安只是接受了而已。此前那么多年，他一直默默无言，无论做什么都不告诉她，即便她复生归来也一样。该不会，他其实从没想过要和她在一起吧？

或许喜欢是真喜欢，但由于世俗的眼光和肩上责任，他其实没想过要和她在一起？睢安难不成是叶公好龙？

韩想容还在为即熙的发言而震惊，愤愤地道：“苏小姐不必拿这种话激我，我是不会相信的。你之前说的那些话，我也一概不信。”

即熙回过神来，有些疑惑：“哪些话？”

“枕着胳膊……同床共枕那种话……睢安师兄洁身自好，绝不会做这种事，无论你说什么，我都不会信的。”

即熙面露怜惜之色。她看了韩想容一会儿，然后哈哈一笑，拍拍她的肩膀道：“不信就对了，那都是我开玩笑的。今天我说的这些话都是逗你玩的。我这人有个毛病，有时候喜欢说点过分的玩笑话。你看我追求前宫主那劲头，就该知道我有点疯，对不对？”

韩想容怔怔地看着即熙。即熙站起身来，对她道：“不过这些事和你实在没什么关系，我会看着办的。时间不早了，早点休息吧。”

说罢，即熙不顾韩想容仍有话想说，打开门把她推了出去。

然后，不过半炷香的时间，即熙就抱着枕头、被子出现在睢安的房门外。夜深人静，四下无人，她敲响了睢安的房门。不一会儿睢安就打开了门，他穿着一件浅蓝色单衣，看来正准备睡了。

暗黄的灯光围绕着他，他微微偏头：“是即熙吗？”

“是我。”

“怎么这时候来找我？”

“来同你睡觉，污你清白。”

“……”

睢安面露困惑之色。即熙有些赌气地看着他，也不解释。没过多久，睢安浅笑一下，侧过身道：“小姐之命，莫敢不从。”

睢安住的房间有张很大的通铺，眼下只有睢安一个人住，宽敞得过分。即熙把枕头放在睢安的枕头旁边，大大咧咧地在他的床铺旁边躺下，盖好被子。睢安坐在通铺边，说道：“这里的床铺很硬，你怕是睡不惯。”

“那你就睡得惯吗？”

“我试炼时住过比这更差的。”

“……那我也能睡。你再说，我就跑到你被窝里去！”即熙威胁道。

睢安笑着摇摇头。他上床掀开被子，躺在即熙身边，然后侧过身子面对即熙，揉揉她的脑袋，道：“怎么啦？”

即熙想，她爱揉别人脑袋的习惯绝对是跟睢安学的。

她沉默了一会儿，凑近睢安，说道：“睢安，我喜欢谁都是光明正大的，才不会偷偷摸摸。在这里是这样，以后回到星卿宫也是这样。而且，我这个人懒得解释，别人爱怎么看就怎么看。但是，这可能会让你为难。”

睢安挑挑眉毛，说道：“所以？你要我放弃吗？”

“我是要你做好心理准备！你要是敢后悔，我就和你同归于尽！”即熙拎着睢安的领子前后摇晃。

“哈哈哈……”睢安被她摇着也不反抗，低声笑起来，“你放心，我不会连这点心理准备都没有。”

即熙突然扯着睢安的领子把他拉近，看着他的眼眸说道：“睢安，你就不想同我睡觉吗？”

“你是指……”

“对。你该不会是叶公好龙吧？”即熙质疑道。

“……”

睢安无奈地笑笑，突然翻身压在了即熙身上。他将左手垫在即熙的脖颈下，右手撑在她脸侧，慢慢俯身靠近她。

从来都是即熙压制别人，她被人这样压着，莫名有些心慌。

雎安微笑着慢慢靠近即熙，她从他敞开的领口里看见了他白皙、精瘦的胸膛。他的长发从他后背滑落至她脸侧，他的眼睛里映着炽热的灯火。

即熙觉得自己的身体不可抑制地颤抖起来。雎安握住她的手，与她十指相扣，然后吻了她的额头。

“明明害怕，干吗要逞强？”

听见耳边这句低语，即熙怔了怔，然后就见雎安吹灭了灯，在一片漆黑里抱住她，拍拍她的后背：“睡吧。”

管她害不害怕干什么？！这时候就要一鼓作气啊！

……算了，同床共枕也行吧。

即熙于是扯了扯身上的被子，好盖住雎安的胳膊，然后在他温暖的怀里慢慢地睡着了。

第二天即熙醒得很早，一睁眼就看见了雎安衣领里的白皙皮肤，简直被亮迷了眼睛。她抬头看雎安的睡颜，阳光落在他的脸上，明亮而干净，他的眼睫泛着金色，与眉骨、鼻骨一道投下小小的阴影。他美得让人觉得触不可及。

这是她的爱人。

即熙没忍住吻了雎安，蜻蜓点水的一个吻，雎安于是悠悠醒转。即熙说道：“我要先回房了。”

“你不是来污我清白的吗？”

“已经污过了，没必要让大家都知道。”

雎安低声笑起来。

即熙抱着她的枕头、被子溜回了房间。几乎同时，雎安提着一桶水敲响了她的房门，让她梳洗收拾。

即熙于是用雎安打来的水洗漱起来。雎安在她的房间里每走两步就会踢到东西，即熙在刷牙、洗脸之余，不忘含糊不清地提醒他地上有什么。

她弄乱屋子的能力还是一样出类拔萃。

睢安吹了一声口哨，阿海很快降落在即熙房间的窗台上。睢安便开始整理屋子，把散落在地上、床上的东西都整整齐齐地收拾好，将衣服、被子逐一叠好，将椅子归拢整齐。

即熙洗漱好回头的时候，房间已经焕然一新，跟她住进来的时候别无二致。她吃惊地看着叠得四四方方的被子和衣服，心想相比于睢安，她可能更像个瞎子。

睢安拉开所有的窗帘，金色的阳光瞬间洒满房间。即熙看着阳光下睢安的脸庞，突然跑过去抱住了他的腰。

睢安低头，脸转向她的方向。

“小李啊。”她慢悠悠地说道。

“嗯？”睢安笑意浅浅。

“你教我叠衣服吧，我总叠不好。”

他的姑娘从小就讨厌叠衣服，总是攒成一团乱丢，怎么突然转性了？

“你不喜欢叠衣服的。”

“我想跟你一起叠衣服，叠一辈子也有趣。”

睢安怔了怔。他含笑低下眼眸，说道：“你说的，可记好了，别反悔。”

这天白天，他们照例跟着韩想容在白帝城中熟悉环境，与各路铸剑师傅交谈。到了晚上，他们趁夜幕深沉，潜入了郑氏剑坊。

梁州平时总是云雾缭绕，少见日光。这两天好不容易出了太阳，家家户户都打开窗户通风、晒东西，大街上到处是晒太阳的人。可昨日他们去郑氏剑坊时，发现楼上的房间几乎都开着窗户，唯有一间房的窗户紧闭着。而且，按白帝城房屋的一贯制式和这间房屋所处的位置，它应当是一间主屋。

即熙和睢安是从窗户进去的。即熙轻车熟路地撬开窗户，和睢安悄无声息地跳进那个房间。

这里确实是一间不小的主屋。虽然灯火已经熄灭，但有个人正坐在桌边就着茶水吃糕点。

即熙和睢安正是在他眼皮子底下跳进房间的，可是这个人什么反应都没有。借着月光，即熙看见那人是个相当年轻的男子，十四五岁的样子，只是脸上有骇人的烧伤疤痕，眼神空寂，没有落点。

他也是个盲人。

即熙愣了一瞬，随即猜到了他是谁。看岁数和伤情，这应该是郑氏剑坊原主人的儿子。传言都说他和他父亲一起死在了火海里，没想到他还活着。

她低声跟睢安说了自己的猜想。少年这才发现他们，有些慌张地站起来，问道："是谁？"

"在下乃天机星君。"

睢安走近他，拉住他的手腕，额上星图的光亮划破黑暗。少年似乎想挣扎，却一瞬间愣住了。

他应该看见了睢安的元婴内境——那浩瀚星辰。

"你年纪轻轻怎么会有心魔？"睢安皱眉，低声说道。

即熙听闻此言不禁十分诧异。普通人自然会有诸多求而不得，会有邪念、执念，心中会有煞气郁结，但也只是煞气罢了。若非修士，极少有人会有心魔。

黑气从少年身上涌进睢安的身体里，少年逐渐露出迷茫的神色，有些无力地瘫坐在椅子上。睢安坐在他对面，闭上眼睛静思了一会儿。再次睁开眼睛时，睢安额上星图的光芒暗淡下去，少年立刻趴在桌上沉沉睡去。

"你怎么让他睡了，不问问他吗？"

"不必了，我在他的心魔里看见了。"

睢安神色凝重，对即熙说道："他曾参与铸造那把邪剑。准确地说，在火灾里死去的所有人都曾参与邪剑的铸造，那场火其实是为了杀人灭口。"

"谁让他们造的？"

"……是他们自己。"

这少年某天从他父亲那里听说只要铸造一把神剑，便可助白帝尊上重获灵力，重返天庭。于是他立刻加入铸造神剑的阵营，同他父亲

和许多铸剑师一起秘密研究如何制成神剑。古蜀国一直有用活人祭祀的习俗，储光殿的壁画上不乏此类记载。有人对他们说，可以用符咒凝聚活人祭祀产生的力量，将其封于剑上，以制成一把威力无穷的剑。

于是，除了铸剑师，又有一批人被聚了起来，他们负责扮成山贼去屠杀异教之人，并随身携带符咒吸收力量，再献给神剑。

最初他曾感到不安，但大家都说异教之人说尽白帝和白帝城人的坏话，原本就该死。

白帝必定要带着白帝城人的期望和未来重回天界，继续庇佑白帝城。

一切都是为了白帝的荣光。

第十九章

◇◇◇

商白虞

那些鲜红的，炽烈的，不知道是爱他之人捧出的心脏，
还是蟒蛇张开的血盆大口。

后来，那把神剑被奉给了白帝尊上，参与这件事的人则全部闭口不提此事。然而，对于这个少年来说，心魔已生。

一切都是为了白帝的荣光。

为此，杀人放火只是不值一提的牺牲。

在不久前的那场火灾里，他死里逃生，昏迷了许久才醒来。或许是因为家人嫌弃他眼睛瞎了，传出去名声不好，又或许他家人觉得火灾是外城人刻意为之，害怕他再被加害，于是隐瞒了他还活着的事情。

加害他的未必是外城之人，但他确实因为这隐瞒保住了性命。

“可是，显然这把剑是失败的剑，不能取代不周剑对魔主的意义，因此沦为他试探我的工具。”

在走回客栈的路上，即熙疑惑地问雎安：“魔主要不周剑到底想干什么呢？”

“不周剑极少认主，更何况我还活着。魔主如今的力量还不足以让不周剑向他低头。他很清楚这一点，所以一开始并没有急于拿走不周剑，而是尝试自己造一把剑，以代替不周剑。”

雎安分析道。他微微皱着眉头，神色凝重：“其实我一直觉得，不周剑并不只是凶剑那么简单。我曾查过有关不周剑的古籍，它并

非人为铸造，而是千年以前从天而降，直插于不周山上，引得人间大乱，故而被称作不周剑。”

即熙灵光一闪，一些古老的故事突然在她的脑海中浮现。

“我们家族……流传着一些古老的故事。”即熙一边回忆她爹按家族惯例要她背的那些句子，一边说道，“混沌初开，万物混生，而后分天地。天者神居，地者人居，有路于其间。阴极弑万人，阳极救万人，两极合而天门开，过门可为神。

“若这故事是真的，这不周剑又是从天而降，它会不会就是阴极？按照故事所言，魔主是不是想用它打开去天界的路，他想成神？”

此时，在遥远的青州，赵元嘉正趴在桌上，人已喝得半醉。他此番从英雄台跌落，又明白自己和傅灯再无可能，心中难过得很，便跑来青州散心，拜访戚风早，同他借酒浇愁。

他拿着酒杯凄苦地说：“果然世事轮回。当年明明是你认出灾星告知于我的，只因你家里有急事要匆忙赶回，我便贪了你的功劳。这么多年来，你从未拆穿此事，我一人享尽荣光，终于得到了报应。”

他抬起蒙眬的醉眼看向酒桌对面的人，有些疑惑地说：“不过今日伯母同我说……你那时并未回家。你去哪里了啊，小戚？”

戚风早身穿一袭黑衣，眼睛如夜幕一般深不见底，脸色苍白，看着有些虚弱，好像受了伤般。

闻言他沉默了一瞬，一贯冷若冰霜的脸上出现罕见的浅浅的笑容：“这件事，你可同傅灯说过？”

赵元嘉看见友人露出笑容，愣了愣，继而摇摇头。

“天梁星君呢？旁人呢？”

赵元嘉再次摇摇头。

戚风早拿起桌上的酒杯晃了晃，沉默了一会儿，然后语气平静地说：“好，那你死便可以了。”

赵元嘉睁大了眼睛，不明白戚风早在说什么。戚风早淡淡地与他对视，身上慢慢地流泻出极为强烈的煞气，悄无声息地将他们二人包围。

他这个单纯的朋友赵元嘉总是不明白。

不明白他为何将荣光拱手让出。

不明白为何惠娘出现得那么及时，帮他指证灾星。

不明白翡兰城瘟疫中那些死者、生者的强大煞气最终成了谁的力量。

“你起初以为自己是英雄，后来以为自己是失误的英雄。其实都不是，你是我造出来的英雄。

“如今，英雄该退场了。”

那煞气源源不断地汇入赵元嘉体内。他本就已半醉，现如今更是无法挣扎，僵硬地感到自己的元婴被煞气包围，慢慢地被吞噬。

“我以为……我们是好朋友……你是从什么时候开始变了的……”赵元嘉以手臂撑着桌子，勉强地看着戚风早。

他不到十岁就认识戚风早了。在他眼里，戚风早一直是性情冷淡、品行端正的天才。多年来，他自以为和戚风早是极好的朋友，以至于发现他与傅灯走近时，他虽心下难过，却劝说自己释怀。

他怎么也想不到会有今天。

戚风早抬起眼帘，淡漠地说：“既然你自认为是我的好友，怎么连我是什么时候变的都没察觉呢？”

“小戚！小戚……你为什么？！你为什么？！”赵元嘉悲愤地吼道。

戚风早沉默了片刻，然后他喝了一口酒，慢慢地说：“我这里有两个故事，可以说给你听。”

“第一个故事是，有一个孩子是孤儿，终日在街头与野狗抢食，差点饿死。有一天，一个路过的修士救了他。那修士将他带回了自家门派，后来又将其交给当地有名望的大族抚养，那孩子从孤儿摇身一变成了公子。他很有天赋，被誉为不世的天才，但偏偏修士算出他是不祥之身，且活不过十八岁。他们于是都很怜悯这个孩子，并且以为他不知道这一切。其实，这个孩子什么都知道。”

赵元嘉怔了怔，说：“这是你？你……活不过十八岁？”

戚风早并未回答他，继续说下去：“还有第二个故事。在这个故事里，有一位修士四处云游，遇险时被当地的一个大户人家所救。这

家是书香门第、官宦世家，对自家尚在襁褓中的长子寄予厚望，便请以神算著称的修士替这个孩子算了一卦。谁知修士算出这孩子命带不祥且注定早夭，活不过十八岁。他诚实地将这不幸的消息告知孩子的父母，随后告辞离去。几年后，修士故地重游，发现这户人家因为他的预言丢弃了这个不祥的孩子。孩子沦落街头，奄奄一息。于是他心生愧疚，便把孩子带回自己所在的门派，交由名门望族抚养。修士以为这个孩子不知道这一切，其实他什么都知道。”

赵元嘉愣愣地看着戚风早。

戚风早淡淡一笑：“这个孩子刚刚出生，还没来得及做对任何事，也没来得及做错任何事，他的一生就已经被确定，同时也被毁灭。你说这是为什么呢？凭什么人命天定？”

他伸出手拍了拍赵元嘉的肩膀，深黑的瞳孔里没有任何情绪。

“所谓神明，所谓命运，不过是强权罢了，就像我对你做的一样。只要有力量，我也可以成为神明。

“我要把那些随意摆弄我的神踩在脚下。

“再见了，元嘉。”

白帝城储光殿地下的地宫幽暗、潮湿，石壁上有一层薄薄的水汽，墙壁上的夜明珠散发出幽暗的光亮，终日如此，以至于无法计算时日。

圆形石室里，几个大汉面色惊恐地看着石室中间那个双手、双脚都戴着镣铐，被绑在架子上无法动弹的家伙。他浑身布满各种各样的刀伤、烧伤和剑伤，鲜血顺着架子一滴滴地淌下来，胸前还插着一把穿胸而过的剑。只要是个人，在这种状况下早就死透了。

然而，这个家伙慢慢地抬起头来，一道鲜血从他的额顶流下。与狼狈的外表相反，他看上去气定神闲，说道：“跟你们说了多少次了，你们杀不死我，世上根本没人能杀死我。”

“你……你……你！”

那几个大汉连连惊叫，仿佛活见鬼似的。他们这几天用尽了所有办法，可这个家伙就是死不了，他们已经从惊恐变成绝望。

贺忆城翻了个白眼。他其实并没有表面看起来那么气定神闲。虽然他不会死，可他会疼。这些天这群家伙变着法儿地折腾他，他疼晕过去好几次，每次醒过来还得继续忍受他们的摧残和刺耳的尖叫，好像被刀砍、火烧的人不是他，而是他们似的。

“各位白帝城乡亲、大爷、祖宗，你们能不能给我个痛快话，你们想干什么？我是肯定死不了的，别的事兴许我们还能商量。”贺忆城歪过头，认真地说道。

那几个大汉面面相觑，无人作声。

“如果你们不是话事人，可否请你们老大出来跟我聊聊啊？”

贺忆城的话音刚落，就见一个身影从黑暗中慢慢走出来。那人看装扮是个道童，但动作有些僵硬，一看就是被操纵的纸人。

“你们退下吧。”纸人说道。

那几个大汉立刻忙不迭地离开，跟躲瘟神似的。

贺忆城端详了那纸人一阵，笑道：“你可终于露面了，魔主大人。”

“本来想早点见你的，不过刚刚有些事情要处理，耽搁了。”

“别这么客气啊，不然我会以为我们很熟。你只敢假托纸人之身与我见面，我就更怀疑我们认识了。”贺忆城眯起眼睛，笑意盈盈。

那纸人并不会做出表情，只是上前几步，说道：“你不担心巨门星君此刻的状况吗？她和你可不一样，没有你的不死之躯。”

贺忆城眼神一凝，笑容淡下去。

纸人满意地瞧了贺忆城一眼，淡淡地说道：“你该感谢我把你们分开囚禁，不然她就会看到你现在这副样子。”

顿了顿，纸人恶毒地补充道：“这副怪物的样子。”

贺忆城沉默了一下，笑起来：“她早知道我是不同常人的怪物了，有什么好稀奇的？”

“哦？那她知道你在玉周城做的事情吗？悬命楼楼主身上背的三大恶行之一——诅咒玉周城，使其沦为恶鬼之域的真相，她知道吗？”

贺忆城皱起眉头，沉默地看着纸人。

“她早晚会知晓你究竟是怎样的怪物。她会抛弃你，而灾星活不长久，你终究会被所有人抛弃。你还要坚持什么呢？”

纸人靠近贺忆城，淡淡地说道："你不会武功，也没什么修为，从前全靠悬命楼楼主保护你。如今她已护不了你，你想从这里出去，便只有一个方法。

"召鬼。贺忆城，就像你在玉周城做的那样。"

贺忆城的瞳孔剧烈地收缩。他盯着纸人看了片刻，继而大声笑起来："魔主大人应当知道，我身负巨门星君的祝符，比寻常人更明辨是非，所以同样的错误我绝不会犯第二次。

"我此生绝对不会再召鬼。"

纸人握住他胸前的长剑，一下将其全部抽出，带出淋漓的鲜血和贺忆城的痛呼。

"这件事可由不得你。"

◇◇◇

即熙和雎安到达白帝城的第五天，正好赶上白帝城一年一度的庆典。这庆典在古蜀时期就是用来祭祀目神白帝的，如今这位白帝降世后，庆典的排场变得越发壮观。

白帝城里热闹非凡，整座城的人这天都不做别的事情，纷纷点燃爆竹，奏响喜乐。家家户户都为白帝准备了礼物，沿着红毯浩浩荡荡地送进储光殿。

人们摩肩接踵，拥挤在道路两侧，即熙与雎安站在人群之中。即熙抬头看向八十一级台阶的尽头，高耸、恢宏的棕色储光殿沐浴着晨光，晨光之中站着一个面目模糊的白衣男子，长身玉立，衣袂飘飘，被完美地笼罩在结界中。

能在这里穿白衣的，只有白帝。

储光殿内走出许多身着青衫、气度不凡的童男、童女，他们走出结界，站在台阶前清点贺礼，有些礼物收下，有些拒绝。

礼物被收下的那些人家立刻欢呼起来，甚至喜极而泣；被拒绝的人家则面露伤心、失望的神色，全城人的喜怒哀乐都系在道童们身上。

即熙也很紧张。

她家冰糖正懒洋洋地站在一堆礼物中间。待仙童叫到冰糖的时候，冰糖抬起眼皮看了那仙童一眼，不情不愿地抬腿走到他们面前，一屁股坐下。

“你摇摇尾巴！”

冰糖摆头，严正拒绝。

即熙心中哀叹。俗话说，舍不得狼套不着孩子。听说庆典之时白帝城百姓会给白帝准备贺礼，有些礼物会被收进结界里。正好冰糖是只雪白的“天狗”，这几天在白帝城到处跑，小有名气，她便打算让冰糖作为礼物，进入结界做内应。

白帝似乎远远地看了冰糖一眼，然后他点了点头。仙童便在冰糖身上点了一下，冰糖就和那仙童一道走进了结界。

即熙松了一口气。

方才那些道童经过的时候，她仔细辨认了一下。若她没猜错，这些道童都不是真人，应该是被符咒操纵的纸人。

待所有礼物清点完毕，白帝终于从八十一级台阶上的储光殿缓缓走下来。人们纷纷跪拜，人群中响起呼喊白帝的声音。有人说：“为了白帝尊上的荣光！”

“为了白帝尊上的荣光！”

“白帝尊上万岁！”

人群中爆发出此起彼伏的宣誓，场面热闹非凡。即熙环顾四周的民众，他们挥舞着双手声嘶力竭地呼喊，有些声音中甚至带着激动的哭腔。他们的眼里闪烁着喜悦而疯狂的光芒，仿佛熊熊燃烧的火焰，即将化为灰烬而不自知。

即熙抱着胳膊“啧啧”摇头。

这大概是没救了。

白帝沿着台阶走下来，走过人们铺的红毯，身着月白长袍，衣头插白羽。他的衣服是价值不菲的丝质面料，上面绣着栩栩如生的仙鹤与云朵，广袖长袍，仿佛可以乘风归去。白帝的眉目渐渐清晰起来，平静、深邃。他好看得不似凡人，便是画，也是绝世佳作。

那重瞳双目更是美得摄人心魄。

即熙突然愣住了。她瞠目结舌地看着这位白帝尊上，然后快步上前，在人们的惊呼声中走向白帝，却被结界挡了回来。

即熙甩着被结界刺痛的手指，惊讶地道："商老板，你是商白虞对吧？"

听说白帝目生重瞳时，她脑子里曾闪过这位故人的脸庞，但心中的怀疑瞬间就被打消了，因为她知道那位故人的性子是多么懦弱。

谁承想今日一见，这可不就是她曾见过的在春梨班唱戏的武生商白虞商老板吗？

春梨班是个名不见经传的草台班子。若干年前，他们正好在贺忆城流连的青楼附近搭台子唱戏，即熙闲着没事就去听了几次。

不得不说，戏唱得是真不怎么样，即熙那双饱经名曲熏陶的耳朵受尽了摧残。不过，凡事都有"但是"。虽然唱得不好，但商白虞商老板长得是真好看。

他身高八尺，身材修长、板正，落灰的戏服也遮不住他那股英姿飒爽的劲儿，眉眼更是精致得像是用工笔画出来的。更为奇异的是，他有重瞳，远看虽看不出来，但近看则有种摄人心魄的感觉。

若光看容貌，不论气质，商白虞怕是比雎安更胜一筹。奈何他唱戏实在是水平有限，即熙冲着这张脸去听了两天，最后实在忍不下去，就给了班主一笔钱，让他们专门来给她和贺忆城演戏，只演不唱。

其间，贺忆城曾因忍受不了那种诡异的场景，让他们唱起来。结果，他们刚一开嗓，贺忆城就收了扇子，诚心诚意地说："咱还是演吧，别唱了。"

那段日子，他们和春梨班的各位，尤其是商白虞，处得还挺熟，也曾真诚地建议他们换个行当。后来班子去了别的地方，他们就再没见过。

合着商老板是真听劝，改行当神仙了？

这世间的事竟然如此奇诡！

白帝怔怔地看着即熙，眼里流露出惊恐的神色。即熙想起他应该

不认得自己这副面容，便贴心地解释道："我是你的戏迷，特别喜欢你的戏，我可是找了你好久！"

白帝的眸光颤了颤，眼里的茫然有一瞬让即熙怀疑她是不是真的认错人了。他双唇颤抖，仿佛想说什么，却突然环顾了下周围的百姓，然后转过身去，快步拾级而上，走回储光殿。

"商老板！商老板！商白虞！"

结界外的呼喊一声声地传进他的耳朵，慌得他险些摔倒。

白帝——或者说商白虞——一离开百姓的视线就奔跑起来。他跑进以楠木建造的储光殿，这里以白石铺地，被打扫得纤尘不染，庭院里的池塘中央漂着白色莲花，颇有仙境之感。

他显然无暇欣赏美景，大惊失色地跑到一个小道童面前，蹲下来猛摇他的肩膀："大人，大人！我被认出来了，有人知道我的身份了，怎么办啊，大人？"

那纸人神情麻木，双眼无神地僵立在原地。商白虞怔了怔，松开握住道童肩膀的手，喃喃地道："他没在看我。"他的语气听起来既有因变故而生的恐惧，又仿佛松了一口气。

这位方才还在接受万人敬仰的白帝尊上垂头丧气地叹息一声，转过脸去却吓了一跳——一只雪白的大狼正站在他旁边，似乎在上下打量他。

这是他收到的礼物。

爱戴他的百姓总会送他一些昂贵或者稀奇的东西。

"你是狼吧？他们怎么说你是什么……天狗？他们看错了吧。"商白虞出神地看了冰糖好久，然后自嘲地一笑，"就跟看我一样。"

他伸出手去，似乎想摸摸冰糖的头。冰糖避开了他的手，且龇起了牙，眼神凶狠地看着商白虞。

"开玩笑，老子的头也是你能摸的？"

商白虞愣了愣，然后收回手放在膝盖上，目光变得有些恍惚。他喃喃地道："这座宫殿里已经很久没有除我以外的活物了。"

冰糖偏过头去，它有些看不明白商白虞为什么突然情绪低落。

"你一天没吃东西了吧？你饿不饿？"

冰糖心想：废话，知道老子一天没吃东西，还不快拿点吃的来。

“你会不会……把我吃了？”商白虞低声说，语气里居然没有一丝畏惧。

“……”

冰糖抬起后退搔痒，心想这个家伙是不是脑子有什么问题，它可不好吃人这一口。

商白虞的眼里浮现出某种类似喜悦的情绪：“是啊，你是狼，狼是会吃人的。你饿了的话，就把我吃了吧。”

“你吃了我吧。”

他再次伸出手想摸冰糖，被冰糖一嗓子低吼吓了回去。他原本含着喜悦的眼睛里慢慢积起忧伤，最后居然抱着膝盖哭了起来。

“我受够了，我装不下去了！反正他们马上就会知道我根本不是神仙！

“我就是个窝囊废！除了皮囊，什么都没有，唱戏唱不好，装神仙也装不下去，干什么都不行。永远都是失败再失败，最终让所有人都失望。我活着一点意义都没有……可又不敢死。

“你吃了我吧。我不敢死，你帮帮我吧。你就咬了我的脖子，把我吃个干净好了。”

冰糖上下打量面前这个被满城百姓爱戴，方才站在储光殿前高贵矜持、衣袂飘飘，供万人崇拜的白帝。此刻他蹲在它面前哭得肩膀一颤一颤的，丝毫没有神仙的气度。

这还是它第一次听见有人求它吃了自己。

冰糖想，按即熙和雎安的说法，这家伙应该不是什么好人，可他怎么看起来怪可怜的？

冰糖犹豫着伸出前腿，搭在商白虞的肩膀上。商白虞的身体颤了颤，他突然抱住它的脖子放声大哭起来。

“我不想活了！你吃了我吧！呜呜呜……”

冰糖任由他抱着自己的脖子号哭，心中纳闷儿，不知道这男人究竟在想什么。

情绪稍平复后，他低头发了一会儿呆，然后似乎突然想起了什

么，以一种难以置信的语气说：“我居然有戏迷吗？”

“我是你的戏迷，特别喜欢你的戏，我可是找了你好久！”

想起那位姑娘笃定的语气和激动的神情，商白虞脸上不由得恢复了几丝血色，弯曲的后背也挺直了些。他浅笑着喃喃地道：“原来我也是有戏迷的。这世上也不是没人记得商白虞。”

他好像凭空获得了某种力量，从地上站起来，脸上闪烁着得到肯定和即将解脱的喜悦，似乎被戳破身份或者死亡都不再是令人畏惧的事情。

他在大殿中来回踱步了一阵，喃喃道：“巨门星君的食物应该吃完了，我得给她再送一点。”

冰糖瞬间支棱起耳朵，跟着商白虞穿过殿门。商白虞从他堆积如山的礼物中拿了一篮子苹果和几盒糕点，返回庭院中的池塘边。他把那些食物用荷叶包好放入水中，水面上随即呈现出符咒的纹路，食物飞快地下沉，然后消失不见。

“巨门星君！星君尊上！”商白虞冲着池塘喊道，语气里甚至带着几分讨好。

水面慢慢荡起涟漪，如镜子一般呈现出一间密室里的情形。画面中，密室的地上出现商白虞刚刚送下去的食物，浅杏色衣衫的姑娘抬起头，皱着眉看向这边。

思薇已经烦透了商白虞的反复无常。

他们到白帝城不久，贺忆城就发现了白帝的真实身份。一开始商白虞怕他们怕得不行，求他们别张扬，又奉承，又巴结。结果，没过几天他就翻脸了，把他们骗进储光殿囚禁起来。到这一步该杀人灭口了，他偏偏又下不去手，居然还在石室里准备了水和干粮。

思薇不知道自己被关在储光殿地宫中多久了，贺忆城被带走依稀是三天前的事情。这间密室四四方方，布满了威力强大的古蜀符咒，不知是千百年前哪位高人留下的，连解法都失传了。她尝试了许久都无法破解。

储光殿周围那强大如神迹的结界大概和这间密室内的古蜀符咒同

宗同源。魔主确实是个使用符咒的高手，能够参透这些古老符咒并且收为己用。

“商白虞，你究竟想干什么？贺忆城被你带到哪里去了？”思薇的声音从水中传出。

商白虞瑟缩了一下，摇着头忙不迭地说：“贺忆城不是我带走的，是……是大人把他带走的，我也不知道他在哪里，我发誓！”

顿了顿，商白虞俯下身，低声对着水面说道：“星君大人，我今天是要跟你说件事情。就是……我马上就要遭殃了，可能会被赶出去，也可能活不成了。我走之前会把解咒方法写在纸条里，用平时送食物的方法给你。等我出去之后，你就自己出来吧。”

画面里的姑娘面露疑惑之色。她沉默了一会儿，然后问道：“商白虞，你为你那位大人做事，是被胁迫的吗？”

◇◇◇

商白虞愣了愣，面露羞愧之色，继而摇了摇头。

“那你为什么要帮他做事？”

“我……”

商白虞还没来得及回答，就听见旁边传来一个轻描淡写的声音：“荣华富贵，万人敬仰，世人所求，莫过于此。巨门星君养尊处优惯了，自然不知道这些对于寻常百姓的重要。”

商白虞顿时吓得面色发白，转头便看见先前全无反应的道童不知何时被催动，神色淡淡地朝池塘走来，手里抱着一把长剑。

道童没有理会商白虞，纵身一跃跳入池塘，被池水淹没。

思薇看到密室顶部呈现出复杂的符咒纹路，然后那道童便自符咒中缓缓落下，站在她面前。

思薇后退两步，手按住剑，警惕地看着道童。

那纸人僵硬地偏过头看向她，说道：“其实我是来好意提醒你的。收回贺忆城身上的祝符吧，巨门星君。”

思薇目光一凝。

“你把他带到哪里去了？你要对他做什么？”

见纸人并不答话，思薇心中更加担忧，咬咬牙，道：“他不是星君，不会武功，也没有修为，你为难他干什么？你不是想要力量吗？你要我的力量就拿去，你放了他！”

“看来巨门星君很担心他，可你真的了解他吗？”纸人嘲讽地说道，然后将那把长剑从剑鞘里抽了出来，剑身上沾满了已凝结的鲜血，一片殷红。

他看着那剑身漫不经心地说：“这把剑曾经刺入他的心脏，一直穿透他的脊背。”

咣当一声，那把剑被丢在了思薇脚下。思薇怔怔地看着那把剑，像是不明白纸人话里的意思。她想弯腰去捡，却被那满目鲜红刺得头晕目眩，手指颤抖得不像话。

“可惜，都这样了，他还是没死。”

听见这句话，思薇猛地抬起头来，一双布满血丝的眼睛盯着纸人。

纸人接着说道：“无论什么样的神兵利器都杀不了他。他不能像正常人一样活着，也不会像正常人一样死去。你知道他是这样的怪物吗？”

思薇眸光闪烁，沉默而怀疑地看着纸人。

“啊，还有玉周城那桩血案，你应该不相信是荧惑灾星所为吧？一夜之间，上千恶鬼齐聚玉周城，活人或逃或死，玉周城沦为恶鬼之域。你猜猜这是谁做的呢？”

纸人话里的意思再明显不过。思薇震惊了一瞬，却又立刻摇头。

“我不信。”

纸人仿佛看戏一般戏谑地说道：“没关系，你很快就会明白你护错人了。你庇护的这个家伙曾手染鲜血，害死过成百上千无辜的人。他不仅是个怪物，还是个罪人。巨门星君，你自以为主是非，却大错特错了。”

顿了顿，他背着手微微扬起下巴，似乎有些怜悯思薇：“你看看你在乎的那些人，你的父亲、母亲、姐姐和师兄们，还有贺忆城，他们每一个人都骗你、瞒你，却又要你明辨是非，这星命便是如此将你玩弄于股掌之中的。

“它给你设下既定的痛苦，让你遭受它准备的磨难，就为了把你塑造成它希望的巨门星君的样子……”

纸人走近思薇两步，仰着头，以一副孩子的面容天真无邪地看着她：“就像在训练一条狗。”

思薇攥紧拳头，拔出剑指着纸人：“你给我闭嘴。”

纸人僵硬地笑出声来，他悠然地迎着思薇的剑，慢慢地说道：“狗并没有察觉自己被驯化了，它把看家护院当成天性，却不知道它其实是狼。

“看看你们，天机星君、荧惑灾星，还有你，你们明明是狼，为什么要像狗一样活着？”

思薇气愤地抬手将那纸人拦腰斩断，他僵硬的笑声却仍在空中不断回荡，戏谑而疯狂。

此时，储光殿外的白帝城中却是一片灯火通明，人们紧张地对峙着。

雎安站在即熙身前，他们二人被白帝城众人团团围住。白帝城百姓拿着火把、刀剑，虎视眈眈地看着他们。

即熙扒着雎安的肩膀探出头来，说道：“都跟你们说了八百遍了，这人不是白帝，更不是神仙，他就是个普通人，是个在戏班里唱戏的。”

“住嘴！你冲撞白帝，还敢在此大放厥词！”一个举剑的汉子嚷道。

民众纷纷附和，此起彼伏的叫骂包围了即熙和雎安，熊熊怒火呈燎原之势。即熙发出一声叹息。

这场景她可真是太熟悉了。怎么她换了个身体和身份，遇到的破事儿却一点没变呢？

韩想容站在两边人中间，神色为难而犹豫。她说道：“这其中一定有什么误会……”

她的兄长站在白帝城百姓中，气急地叫嚷：“韩想容！你在干什么，你快给我过来！”

韩想容皱紧眉头，无奈而愤怒地喊道：“哥！”

“想容。”雎安平静而温和地说道，“多谢，你不必护着我们。你

和你兄长以后还要在白帝城生活。”

韩想容转头看向睢安，眼中流露出犹豫和困惑。她说：“师兄，你相信她的说辞吗？她说白帝出身于梁州的一个小戏班。可她是江南人，从小就是有名的大家闺秀。我从未听说她离开江南，千里迢迢来过梁州。那她究竟是怎么见到那个所谓的梁州戏班的？”

即熙心想，这事她还真没法儿解释。

韩想容一时没注意，喊了睢安“师兄”。她兄长听见后立刻反应过来，高声喊道：“想容的师兄……他们两个是星卿宫的人！”

人群中传来恍然大悟的声音，愤怒之情越发炽烈，有人突然提起之前来过白帝城的巨门星君，说他们必定是因看不过白帝城百姓不尊星卿宫而尊白帝，于是串通一气，趁着白帝神力受损，一明一暗中伤白帝。

即熙挖挖耳朵，漫不经心地道：“依我看，我们在这里也吵不出个结果，不如我这就去储光殿，闯入那所谓白帝尊上的结界，把他揪出来当面对质？”

她此言一出，人群便炸了锅。

“你居然如此放肆！”

“储光殿是什么地方！我们绝不允许你踏入半步！”

“滚出白帝城！这里不欢迎你们！”

人们纷纷叫骂着围过来，颇有刀剑相加的架势。睢安额际的星图穿透遮盖它的粉膏，光芒大盛。他将剑举在身前，剑并未出鞘，但已经随着星图荡起强烈的灵气，剑身散发出远超过灯火的明亮光芒。

剑穗随风飘荡，如同荡漾在一片银白的灵气湖泊中。

这样的架势就足以震慑住大多数普通百姓，若是有点修为的人就更应该明白眼前这个人功力之深厚，不可招惹。

周围的百姓一时间有些畏惧、退缩。

即熙有恃无恐地站出来活动筋骨，微微一笑，道：“说得好像你们拦得住我似的。”

说罢，她一个箭步冲入人海，借着几个人的肩膀跃起，笑道：“我来让你们把白帝尊上看个分明。”

雎安身上的灵气奔向即熙，莹莹发亮，为她开出一条路。眼看她就要踏着那条路向储光殿飞去，人群中突然传来一个苍老的声音。

“你们要伤害白帝尊上，就踏着我的尸体去吧！”

那年逾古稀的老人满头白发，颤颤巍巍地夺过旁边小伙儿手里的刀，朝自己的脖子挥去。

雎安微微皱眉，老人手里的刀被灵气震落。

众人似乎都突然反应了过来，纷纷把手中的刀剑指向自己。

“就算你们杀害白帝，我们也不会信你们的！”

“你们得不到人心的！”

“你们要伤他，就先从我们的尸体上踩过去！就算这里变成空城，我们也不会背弃目神白帝！”

那些火光和剑光交相辉映，那些剑光指着无数脆弱的肚腹、脖颈，人们被光芒照亮的眼睛愤怒得发红，如同一片灼灼的直刺人心的海洋。

雎安缓缓放下举着剑的手，唤道：“即熙，回来吧。”

早已停下脚步的即熙默默地凝视着人群，回到雎安身边，落在方才那个想自尽的老人面前。

她冷冷地看着那老人，看向他苍老、混浊，似有激愤泪水的眼睛。即熙轻轻一笑，捡起落在地上的刀塞进老人手里。老人拿不住，她便帮他握好。

“好一个以命相胁，就你们有命，就你们会死怎么着？是不是只要你们死了就是有理，我就得让着你们？这就是你们最喜欢的伎俩，装成弱者，再把自己当成英雄，把愚蠢当成牺牲？”即熙笑眯眯地拍拍那老者的肩膀，把他手里的刀对准自己。

“就算你们杀了我，就算你们把全天下不信白帝的人和说白帝坏话的人都杀了，他依然是个冒牌货，是个伪神！是你们一厢情愿的心魔！

“你们若继续执迷不悟，还要信他，就从我的尸体上踏过去吧！”

即熙把他们的话全数还了回去，然后扶着老人的肩膀上前一步，老人猝不及防地看着自己的刀穿透即熙的肚腹，鲜血染红了他的手。

老人惊叫一声，松开刀柄，连连后退，最后摔倒在地。周围所有举着刀剑的百姓都惊呆了，四下里死一样安静，只有火把还在熊熊燃烧。

即熙腹部插着刀向后倒去，落在雎安的怀里。她仿佛感觉不到疼似的，笑容明艳，目光从围观的百姓脸上一一扫过。

“怎么样，逼死人的感觉很不错吧？这就是你们的神一直教你们做的事情。他是恶神，你们就是恶徒。”

她抬起手指，指向惊恐不安的人群：“你们每一个人都是。”

然后，她收回高悬的手指，将头转向雎安的怀抱，再无声息。

雎安一直沉默着，他将左手放在即熙的头下，双手将她抱起。她被他圈在怀里，胳膊无力地垂落。

他背着剑抱着即熙往城外走去，刚刚还喊打喊杀的人群默默让出道路，他们面面相觑，不能理解刚刚发生了什么。

雎安就这样抱着即熙，在众人的注视下一路走出了城，消失在人们的视线里。

“他们都这样了……白帝不会真的……”

“别瞎说！别被他们骗了！”

人群中依稀传来这样的对话声。

待走到城外空阔无人的郊野时，一直在雎安怀里寂静无声的姑娘突然伸出手抱住了他的脖子，嘻嘻笑道：“我刚刚要是再吐一口血，会不会更逼真？这可真是出了一口恶气！非要做个绝的，才能让他们醒一醒。”

她从怀里拿出一个被刺破的纸人，那截断刀随即落在地上，她的肚腹安然无恙，没有任何伤口。

雎安长长地叹息一声，抵着她的额头说道：“你刚刚吓到我了。”

有那么一瞬间，他被她吓住了，随后才意识到她在演戏。

即熙哈哈笑起来，她搂着雎安的脖子不放手，晃着腿道：“不会吧？虽然我是个短命鬼，但也不至于被这种老家伙手里的破铜烂铁杀死呀？！”

雎安微微皱眉。他把她放下来，眼眸中映着月光。

“不要这么说。”

即熙愣了愣。她回想自己的话，难不成是因为她说自己是短命

鬼？于是她有些小心地说："但我确实……"

"走吧，我们得去储光殿，冰糖还在等我们。"睢安少见地打断了即熙的话，转身向城里走去。

即熙应下。她走上前去，走在睢安身边。正在她犹豫该不该道歉讨饶的时候，她的手突然被睢安握住。

他修长的手指因为常年用剑有了薄茧，触感温暖而粗糙，把她的手握得很紧很紧，仿佛怕她丢了一般。

即熙笑起来，心知不用讨饶了，也紧紧地握住睢安的手。

有句老话怎么说来着："执子之手，与子偕老。"

说得真不错。

◇◇◇

纸人被思薇拦腰斩断后，池塘水面上的密室画面便消失不见了。商白虞有些不安地等待了一会儿，然后试探着小声喊道："大人？魔主大人？星君尊上？"

皆无回音。

商白虞更加忧虑了。他不知道魔主大人听见了多少，有没有听见他说自己打算偷偷把巨门星君放出来。

又或者魔主大人并不关心此事？这些年他总是来无影去无踪，商白虞完全无法揣测他的心思。

他在原地发了一会儿呆，依稀听见宫殿外传来吵吵嚷嚷的声音，似乎是在讨伐什么。商白虞回过神来，心想大概是人们知道了他的真实身份，来找他算账了。

他们进不了结界……但一个失去威信的假神对魔主大人来说已没有利用价值了。他会被如何处置呢？

商白虞看了一眼不知道什么时候跑到他身边的白狼，抱住它的脖子，说："谢谢你，你也走吧。"

说完他站起身来，理好身上华丽的衣服，梳好头发，戴上发冠，然后慢慢地走出宫殿大门，走到八十一级台阶的边缘，往下看去。

台阶上还铺着红毯，他今天便是沿着红毯走到结界的边缘时遇见了那个戳穿他身份的人——他的戏迷。

商白虞肃穆而苍白的脸上浮现一丝幸福的笑容。他看着台下举着火把、手里拿着刀剑的人们，整整衣领，平静地向下走去，清傲高洁，遗世独立，就像他这些年伪装的那样。

随着他走下台阶，百姓纷纷拜倒，呼喊着“白帝尊上”，声音竟然是喜悦的。

“白帝尊上知道那些人说的全是谎话，于是现身让我们安心！”

依稀有人这么说道。

商白虞愣了愣，停住了往下走的步子。

“白帝尊上不要担心！污蔑您的贼子已经被我们就地正法！”

“我们绝不会让任何人伤害您！”

跪倒在殿外的百姓中传来这样的声音。商白虞呆立在原地，脑海里一片空白，仿佛听不懂百姓们在说什么。

就地正法？

他的身份没有被戳穿，可他的戏迷被杀了。

从来没有过的、第一次出现的、他仅有的一个戏迷，一个记得商白虞的人，被杀了。

在商白虞眼中，那些火把的火光、人们喜悦的眼神和白帝城中的万家灯火渐渐变得模糊，无法分辨。那些鲜红的、炽烈的，不知道是爱他之人捧出的心脏，还是蟒蛇张开的血盆大口。

他往后退了两步，然后转身没命地沿着台阶朝储光殿跑去。他觉得恐惧，恐惧到浑身颤抖，却不知道自己在恐惧什么。

他是被深爱、被铭记、被需要的，这就是他一直渴望的。魔主找到他时，他毫不犹豫就答应了。为何他现在会如此恐惧，甚至于绝望？

商白虞急促地喘息着停下脚步，抬起头看向自己面前巍峨的宫殿和仙境一般美丽的花园，以及堆积如山的礼物。

他蓦然拿起一个包装精美的玉像，不管不顾地将其砸在地上，玉像碎了一地。他疯狂地把那些礼物摔坏、毁掉。待白石铺就的地面上

满是礼物碎片时，他捂住自己的头，慢慢地蹲在地上，痛哭流涕。

白帝城尊贵的神倒在一地碎片上，如最软弱无力的凡人一般号啕大哭。

夜深人静，街上拥挤的人群渐渐散去，从白天持续到夜幕降临的那场骚乱已经平息。今天对于白帝城人来说是个好日子。虽然有些不愉快的插曲，但白帝尊上曾两次走出储光殿来到人们面前，这实在是少见的盛事。

即熙和雎安用隐身术隐匿了身形，在白帝城安静的街道上走着，往储光殿走去。这次再没人阻挡他们了。

“就算商白虞承认他是假的，这里的人会不会说是我们胁迫他的？”即熙拉着雎安的手，转过头看向他。

雎安想了想，回答道：“很有可能。”

即熙长长地叹息一声，刚转过头就冷不丁地看见了韩想容。她站在街边愣愣地看着他们，目光落在他们相握的手上。

像韩想容这样修为不错的人，不仅能看出来刚刚那场闹剧中即熙只是在演戏，也能看穿此刻他们身上简单的隐身术。

她难以理解地盯着他们交缠的手指，眼神迷茫。直到她的兄长带着怒气喊道：“韩想容！你穿得那么少，还站在风口，是要上赶着生病吗？你在看什么？”

那个高大的汉子从屋里跑了出来。韩想容回过神来，立刻转身对她兄长说：“没什么，我这就回去。”

说罢，她便推着兄长走回客栈。踏入房门时，她的脚步顿了下，似乎想回头看看即熙和雎安，最终却没有回头。

即熙想，对于想容师姐来说，家人终归是最重要的。虽然她兄长嘴上没一句好话，但他心里有她这个妹妹。

这样也挺好的。

待雎安和即熙来到储光殿的偏僻角落时，冰糖已经在结界里等他们了。它十分无聊地用爪子在地上拍虫子，看见他们走过来，喉咙里

发出呼噜呼噜的不满声。

睢安微微一笑，向结界走近两步，唤道："冰糖。"

冰糖低声回应了他。

睢安抬起右手，中指、食指并拢，放于眉间。他额头上的星图开始闪烁亮光，如同星辰。

与此同时，他早些时候留在冰糖身上的符咒开始闪烁银色的亮光。

只见睢安额上的亮光与冰糖身上的互相吸引，渐渐靠近，继而触到结界，悄无声息地在结界上破出一个可过一人的洞。

即熙感慨地对睢安肩上的阿海说："你看看睢安和我家冰糖，我和你什么时候能有这样的默契？"

阿海高傲地看着即熙，颇为不屑。

即熙一边穿过那洞，一边回头对阿海说："嘿呦喂，海哥，你可要对我好点，我是你主母哟！"

阿海扑棱着翅膀气急地叫唤了两声，睢安忍不住笑了出来。

他们进入之后，那结界又自动合上，风平浪静，并没有惊动白帝城人。

即熙拉住睢安的手，跟着他往储光殿走去，笑道："今天动手的事儿你干，动口的事儿我干，看我一会儿怎么骂醒那个商老板。"

他们跟着冰糖的指引穿过偏门前往储光殿，路上时不时遇到些道童，但他们只是在沿既定路线来来回回无意义地走，并无意识。

为了防止魔主操纵他们，睢安封了所有纸人的七窍，将他们全部定住。

待他们走到殿中，只见庭院里贺礼堆积如山，地上却一片狼藉，到处是被摔碎的瓷器和珍宝。商白虞正在这一地碎片中练功，白衣翩翩，手中的枪舞得煞是好看。

他从前唱戏的时候是武生，学了许多招式，虽然多半是花架子，但在台上还是很像那么回事的。

即熙站在他身后看了一会儿，鼓掌道："白帝尊上的身段是真不错。"

这声音吓得商白虞一激灵，仓皇转身看过来，手里的枪瞬间落地。

即熙“扑哧”一声笑了出来：“不过是花架子，怎么还能被吓掉兵器。”

商白虞看见即熙的时候目光中是惊喜，甚至可以说是大喜过望。他跌跌撞撞地跑过来，高兴地说道：“你没死！你还活着！”

话音未落他就被地上的一个盒子绊倒，摔倒在即熙面前，手被地上的碎片扎出血来。这疼痛似乎让他清醒了些，他怔怔地抬起头看着即熙：“不对……你们是怎么进来的？”

即熙笑而不语。商白虞看着即熙和雎安，还有他们身边的冰糖，恍然大悟。他低声说道：“你……你是来抓我的，你根本不是我的戏迷。”

即熙叹了口气，她蹲下来看着商白虞，微微一笑：“这个问题过会儿再说，我有几个问题想问问白帝尊上。

“白帝城人曾经秘密造了一把剑献给你，你可知那把剑是怎么造的？”

商白虞的脸色立刻变得惨白，他摇摇头，说道：“我……我不知道……”

即熙仔细观察着他的神情，然后从怀里拿出一张符：“商老板，这张符你可眼熟？为了给你锻造神剑，白帝城人伪装成山贼去杀人，并随身携带这种符，以收集怨煞之气。这些年死于祭剑者成百上千，你知道吗？”

商白虞的身体开始哆嗦起来，他颤巍巍地抬头看了即熙一眼，很快又低下眼睛。

“我……我不知道它们是用来做这种事情的……我……我一向是魔主大人让我做什么，我就去做……他让我锻剑……给我符咒……我从来不敢问缘由……”

即熙偏过头端详了他一会儿，轻轻一笑：“是吗？这么说来，你什么都不知道？好可怜，真是无辜啊。”

即熙站起来走到那堆成山的礼物旁，随手拿起几个打开看了看，啧啧称赞道：“好东西，真是好东西，品相极佳的玉、足金的塑像。看这满地的宝贝残片，可惜了他们为你尽心尽力地准备，扮作山贼杀人的时候也不忘搜刮珍宝献给你。

“对了，你不知道，你不知道当然就没有错啦。毕竟那只是他们一厢情愿的疯狂，谁叫他们那么蠢，相信了一个假神，为他恶事做尽，掏心掏肺，结果只是工具罢了。”即熙的眼神移过来，她面上笑着，眼里却没有一丝笑意，冷冷地说道，“你是不是想听我这么说啊，商老板？”

商白虞慌乱地转过头去，向后挪着身体。他有些崩溃，说：“我只是个普通人……我什么也不会做……魔主大人那么强……就算我知道又能做什么？”

“知道又能做什么？对，你什么都没做！你当什么神仙！”即熙终于爆发，她扯过商白虞的衣领，一字一顿地说，“我已经说得那么清楚了，到现在你还只急着撇清自己吗？你为什么什么都不做？你为什么不说话？你明知他们曾经为你做过什么，将来还会犯下更大的错，你为什么始终一言不发？他们那么爱戴你，无论你说什么，他们都会相信你，都会照做，你为什么不阻止他们？你知不知道……

“你知不知道，有人想在这个世界上发出一点自己的声音都举步维艰。

“没有人倾听，不被任何人相信。

“明明有这么多人爱你，这么多人相信你，你发出的声音会被放大数万倍，成为金科玉律，你为什么不说话？！”

即熙咬着牙看着商白虞。商白虞被她看得崩溃，号啕大哭起来：“我不敢说……我不敢忤逆魔主大人，我怕他们对我失望……要是他们不爱我了怎么办……那这个世上就再没人需要我了！”

很久以前那个人找到他，那个人强大又神秘，笼罩在黑雾之中，不辨眉目。他说要帮助他成为受万人爱戴、锦衣玉食的神明。他心动不已，却也迷惑：像他这么懦弱的人，也能成为神明吗？

那个人却说懦弱很好，他正需要一个懦弱的神明，以承担失控的爱戴，酝酿一座城的心魔。

帮他当上“白帝尊上”之后，那个人很少来此，除了要求他不许说话，其余的事都放任不管。

那时候商白虞不太明白，若是爱意，再失控又能如何？

最近他已经懂了。

爱意与恶意的界限如此模糊，失控的爱意甚至比恶意更加可怕。

第二十章

◇◇◇

召鬼

他的心魔是孤独，一个人面对与生俱来的强悍
命运的孤独、悄无声息地等待爱人的孤独。

即熙松开商白虞的衣襟，看着他长长地叹息一声，说道："关于你的第一个问题，前半句话对了，我确实是来抓你的。但后半句话错了，我确实是你的戏迷。

"至少你演的那出《斗五魁》，还是很不错的。"

商白虞像是被什么尖锐的东西刺中，浑身瑟缩了一下，哭得更加厉害。

冰糖叫了两声，即熙点点头，对雎安道："冰糖说他把思薇关起来了，带上商白虞，我们先去救思薇。"

雎安和即熙押着颓丧的商白虞来到庭院里的池塘前。即熙上下观察了一阵，对雎安说："冰糖说有个地宫，在池水之下。"

雎安扔出一张符，池水自动分为两半，露出看起来平平无奇的池底。

即熙跳下去探了探，起手画符，触动池底的阵法。她吸了一口气，道："这阵法古老得很，还挺强。商老板，我们就不要浪费时间了吧？"

商白虞怔忡了一阵，然后慢慢地走过去，按他所知道的方式启动了阵法。

他原本就打算放巨门星君走的。

地宫缓缓打开，月光落在地下的石室里。即熙蹲在池塘边缘低头

看去，正对上思薇惊讶的目光。思薇瘦了些，但看起来还算安好。即熙于是笑嘻嘻地说道：“瞧我这傻妹妹，怎么掉洞里去了？还不麻溜地上来？”

“……”

思薇咬唇看着她，没有上来，也没有说话。即熙琢磨，思薇不会还在生她的气吧？从翡兰到现在，这都过去多久了，她的气性可真够大的。

即熙伸出手，对她说：“好啦，姐姐来救你啦。”

“姐姐来救你啦”。

思薇怔了怔，眼眸微颤。她盯着即熙，看着月光从她身后倾泻而下，明亮、灿烂。即熙换了一副容颜，但还是总这样没心没肺地笑。

“你看看你在乎的那些人，你的父亲、母亲、姐姐和师兄们，还有贺忆城，他们每一个人都骗你、瞒你……”

“姐姐来救你啦。”

即熙偶尔会这样自称姐姐，虽然她知道思薇绝不会叫她姐姐。

即熙永远会这样向她伸出手，不管她们如何生气、争吵，她都不会收回去。

思薇慢慢地伸出手，有些生疏地握住即熙的手，借着即熙的力量出了地宫。

“贺忆城被魔主带走了。魔主似乎要对他不利，我们得赶紧去找他！”刚在地面上站稳，思薇立即说道。

即熙连连应下。她转过头仔细地打量思薇，问道：“你可有受伤？”

“不曾。”

“咦，奇怪……”即熙回头看看雎安，再看看思薇，“雎安算出你有血光之灾，如今看来却还安好，难道被困于地宫就算灾祸了？”

思薇有些意外，刚想说什么，就见白帝城上空突然天光大亮，继而迅速暗淡下去，取而代之的是冲天煞气和血气，如旋涡般旋转着摧枯拉朽地涌入白帝城。

即熙率先反应过来，怒火中烧，道：“贺忆城在想什么？！”

“是贺忆城？他在做什么？”思薇惊诧道。

“他在召鬼！他明明保证过再也不会召鬼了！”

即熙一边往外走，一边匆忙地解释：“平时贺忆城若不去人气旺盛之地驱散游魂，不出三个月，他身边聚集的游魂就会变成恶鬼。倘若他有意召鬼，不消半个时辰，身边就能产生成百上千的食人恶鬼，凶猛可怖！他大爷的，又让我收拾烂摊子！”

两个时辰之前，当纸人被气愤的思薇挥剑斩断后，贺忆城面前的纸人醒了过来。

贺忆城漫不经心地看着那纸人，嗤笑一声：“操纵这个纸人、那个纸人，也不嫌累得慌。”

原本在地上打坐的道童站了起来，呆滞的眼里有了神采，淡淡地说：“我刚刚去见了巨门星君。”

贺忆城的目光沉下去。

“你说，她若看见你召鬼，该有多么震惊、多么厌恶，多么后悔保护你呢？一旦失去她的祝符，你又会如何呢？”

贺忆城握紧了拳头，尽管他努力挣扎，但还是被绑在架子上动弹不得。他冷笑一声，道：“跟你说过多少遍了，我不会召鬼的。你如今是打算拿思薇来威胁我？”

纸人从怀里拿出一个瓷瓶子，摇摇头，说：“要你自己召鬼才行，我不能总是坏人，而你们总是被坏人胁迫的好人吧？你也是恶人，这本就是你自己做出的选择，再来一次，你还能骗得了自己吗？”

纸人拿着瓷瓶子一步步地走近贺忆城。贺忆城警惕地看着纸人，低声道：“对我用毒是没有用的。”

“这可不是毒，这是曼陀罗花汤，能让人迷失在幻觉和现实之间的好东西。”

贺忆城睁大了眼睛。纸人掐住他的下巴，强迫他张开嘴，把药灌进他嘴里。贺忆城拼命挣扎，药洒了一多半。纸人看了他一眼，挥挥手叫之前的下人抱进来数个坛子。

“幸好我多准备了些。”

贺忆城一边咳嗽，一边对那些下人喊道：“他在利用你们！我若

是召鬼，你们都得死！”

那些人恍若未闻，围上来固定住贺忆城的头，将坛口抵着他的嘴，往他的喉咙里灌药。贺忆城只能徒劳地在绳索之间挣扎，手腕、脚腕都磨出鲜血淋漓的伤痕。

这些人已经被心魔蒙蔽了眼睛，对纸人言听计从，并不会相信贺忆城。

“不死之躯真好，直接灌就行，不用担心呛死你。”纸人淡淡地说。

待下人们放开贺忆城的时候，他的嘴角已然磨破。他拼命地咳嗽着，可是眼神已经涣散，迷茫地落在地面上，不知道在想些什么。

纸人遣散了下人，从容不迫地走到贺忆城面前，在他低垂的头侧轻声说：“你现在在哪里？”

“……在哪里……”贺忆城愣了很久，然后无意识地重复纸人的话。

他的语气和眼神是天真的，可脸上、身上都是血，红衣多处破裂，露出衣服下的伤口。

纸人的手贴上贺忆城的额头，他的手心画了咒文，光芒从他指间和贺忆城的额头间散发出来。

“你在玉周城。”

“……玉周城？”

“你不记得了吗？你的母亲去世，你伤心又迷茫，于是去找你父亲——玉周城城主。你久未谋面的父亲待你很好，可惜……”纸人凑近贺忆城的耳朵，低声道，“你同父异母的哥哥起了嫉恨之心，将你的父亲杀害，取而代之。”

贺忆城怔了怔，流露出痛苦和愤恨的神色，无意识地攥紧拳头。

“你想起来了吗？”

贺忆城慢慢地点点头。

“你的兄长太强了，你根本无法阻止他，更不能惩罚他，只能被他踩在脚下。就这么算了吗？让这个家伙春风得意，就这样夺走你最后的亲人吗？”

贺忆城仿佛跟着纸人的话回到了记忆里的场景中。他牙齿打战，眼底逐渐发红。

纸人收回放在贺忆城额头上的手，拍拍他的肩膀，蛊惑道：“所以你要怎么让他付出代价呢？”

贺忆城的嘴唇张了又闭，那两个字就在嘴边，却又不愿意说出来。他艰难地说：“我……”

“嗯？”

“我……”

“说啊，继续说。”

“……召鬼。”贺忆城终于吐出这两个字，盘踞在他眼里的红血丝开始慢慢变黑。

纸人满意地点点头，伸手解开贺忆城身上的枷锁：“戏台交给你了，去换身好衣服上台吧。做你想做的事情，让使你痛苦的人付出代价，其他的都不用想。

“让白帝城变成第二个玉周城。

“让恐惧、死亡和仇恨汇聚于此，成为我的力量。”

即熙、雎安和思薇押着商白虞匆忙地离开储光殿，隐身走在白帝城的街道上。浓重的煞气已经聚集起来，游魂从四面八方呼啸而来，疯狂地相互吞噬，看样子不消片刻就将产生恶鬼。

“贺公子能控制住他召来的恶鬼吗？”雎安感觉到了不可阻挡的浓重煞气，停下脚步问道。

“他要是能控制得住，我至于这么生气吗？！”即熙气得直跺脚。

雎安皱起眉头。

“那我们必须在城外设立结界，防止贺公子再召游魂，并阻止这里的恶鬼出去食人。”

“你们先去设结界，我去找贺忆城。”思薇面露焦急之色，说完就朝街道另一头跑去。即熙在她身后喊道：“你一定要阻止他！阻止不了他，你一定要马上收回祝符！不然你会被他害死的！”

思薇摆摆手作为回应。

即熙忧心忡忡地看着思薇的背影，雎安拍了拍她的肩，说：“你先去找韩想容，请她立刻疏散百姓，让大家离开白帝城，然后去城外

设结界。你可以吗？”

“可以。”即熙话音刚落，就见睢安的长剑出鞘，回身将一只漆黑、庞大的恶鬼拦腰斩断。

睢安提着剑回身，对她说：“注意安全。”

即熙看着城里已经开始三三两两出现的恶鬼，明白睢安要留下来救人，便凝重地点点头：“你也是。”

此刻白帝城已经被浓浓的血气笼罩，惨白的月光照耀着小镇尸体横陈的街巷，无数游魂如旷野之风呼啸而至，疯狂聚集，互相吞噬，须臾之间便生出恶鬼。

原本早已安眠的百姓从睡梦中惊醒，慌忙地从家中奔出，哭号着逃跑。满城的恶鬼凄厉地嘶吼着扑向活人，噬咬其血肉，使其沦为它们的盘中餐，整座城如同人间地狱。

随着恶鬼撕碎第一个人的身体，思薇脖颈上的星图处传来一阵阵剧烈的刺痛，令她几乎不能行走。

她被这疼痛折磨得跪倒在堆满尸体的长街中央，身边是奔走惊号的百姓。她头痛欲裂，越来越剧烈的疼痛如山呼海啸般席卷而来，令她无暇他顾。

这是祝符在反噬，她给贺忆城的祝符正在强烈地反噬她，令她痛不欲生。

极度混乱中，她看见一双染着血污的鞋踏过地上的尸体，从她身边走过。她抬头看去，正是贺忆城。

那些游魂恶鬼围绕着他，喧嚣震天，而他似乎一无所觉，慢慢地往前走着。

他穿着一身红衣，衣上绣着华丽的金色牡丹，雍容华贵，红衣上深深浅浅的痕迹不知是水渍还是血迹。血从他的手腕流下，落在地上，一滴、两滴，连成一片。

月光照亮他的脸时，她发觉他的一只眼睛已经不见眼白，完全变成了黑色。

便如他身边的恶鬼一般。

他好像根本没看见她。

思薇最怕鬼，此刻她全身打战，却无法从他身上移开目光。她伸出手攥住他的衣角，勉力喊道："贺忆城！"

贺忆城的行动受阻，回过头来看向她，眼神空洞，似乎并不认识她。

她想再喊他的名字，脖子上却突然传来钻心的疼痛。她捂着星图，感觉到湿热的液体顺着她的指缝流下来。

贺忆城茫然地看着面前的姑娘，她睁大眼睛痛呼出声，鲜血从她脖颈处涌出，流进衣襟下看不见的地方。她好像想说什么，甚至向他伸出了手，但她的目光渐渐涣散，手随之垂了下去。

贺忆城怔了怔，然后他那只尚且黑白分明的眼睛刹那间恢复清明，手里的匕首"咣当"落在地上。他在思薇倒地之时抱住了她，将她搂在怀里。

贺忆城捂着思薇血流不止的脖子，看着她痛苦地蜷缩成一团。

"怎么回事……我……我做了什么……"他低声重复着，惊慌失措，像个做错事的孩子。

◇◇◇

思薇的脸和脖颈处一片血红，刻骨蚀心的疼痛一阵阵地袭来，每疼一次她都仿佛死了一遍。她望着贺忆城，艰难地说道："你不知道自己……在做什么吗？"

"我……"贺忆城紧紧地抱住她，慌张地抬头看去。

惨白而明亮的月光下，地上横陈着来不及逃走的白帝城人的尸体，一具挨着一具，直到长街尽头。

周围尽是哭声、惊叫，孩子恐惧地喊着母亲，母亲慌乱地寻找孩子，长街被鲜血染尽。

贺忆城的眸子颤了颤，他茫然地低声说："我……又召鬼了……"

他恍惚间好像回到了在玉周城的时候，他愤怒、无力，又冲动，

心中充满了毁灭一切的恶意。那个时候，他并不知道他会控制不住他召来的鬼，不知道自己会造成多大的灾难。

他以为他此生再不会重蹈覆辙。

一滴泪落在思薇脸上，然后越来越多，落在她的鼻梁、眼睛和额头上，凉凉的。

“对不起……对不起……我不是故意的……”

这是她第一次看见贺忆城哭。

从来笑意盈盈、漫不经心的贺忆城哭红了眼睛，抱着她浑身颤抖，无数次地重复着“对不起”。

“你可还记得玉周城那桩血债？一夜之间上千恶鬼齐聚玉周城，活人或逃或死，玉周城沦为恶鬼之域。你猜猜那是谁做的呢？

“你很快就会明白，你护错人了。你庇护的这个家伙手染鲜血，害死过成百上千无辜的人。他不仅是个怪物，还是个罪人。巨门星君，你自以为主是非，却大错特错了。”

思薇注视着贺忆城的眼睛，虚弱地问道：“玉周城变成恶鬼之域……也是你做的吗？”

贺忆城的身体僵了一瞬。他想说什么，却又闭上了嘴，沉默地点了点头。

他承认了。

恶鬼仍围绕在贺忆城身边。思薇勉力睁大眼睛，看到那些恶鬼附在贺忆城耳边说着什么，拉扯着他摇摇欲坠的魂魄，似乎想将他的魂魄拽出体外。

贺忆城的另一只眼睛正在慢慢变黑。他惊惶地拉着思薇的手，张开嘴吐出一个字：“救……”

“救我，我不想变成恶鬼。”

“我想做人。

“我想做人。

“我想做人啊。”但他没有说出后面这些话。

吐出第一个字的瞬间，他突然看清了思薇的眼神，难以置信、失望的眼神。

他怔了怔。

思薇躺在他怀里，因为反噬的疼痛瑟瑟发抖，鲜血浸透了她的衣裳。

再不放开他，她就会被祝符的反噬杀死。他控制不了这些恶鬼，只有将这里的活人全部杀光，恶鬼才会停下来。

所以，那句话贺忆城没有说下去。他低声道："你快收回祝符，放开我吧。"

思薇将目光移到他身后那些青面獠牙、面容扭曲的恶鬼身上。

"我……我收回祝符……你会……怎么样？你会不会……变成恶鬼？"

贺忆城沉默了一瞬，突然自嘲地一笑："已经够了，思薇，你做的已经够了……没必要为了救我这样的人……赔上性命。"

"快救你自己吧。"他在心里喊道。

"对不起……辜负了你的信任……让你失望了。"

说着，泪水从他漆黑的眼里涌出，连绵不绝地落在她的脸上。

恶鬼攀附在贺忆城肩上，兴奋地等待着新同伴的加入。

他看起来绝望而认命。

思薇沉默地看着贺忆城逐渐变黑的眼眸，然后她积攒起一点力气，咬着牙抬起手，指着贺忆城身后的恶鬼说道："这是我……庇护的人……你们休想……动他一根汗毛！

"太昭在上……巨门星君思薇愿以星君之位为祭……换此人身上之祝符与身长存……终其一生……不入鬼道！"

思薇的话音刚落，贺忆城的身体里便发出极亮的光芒。它穿破血气与煞气，直达天际，与满天星辰融为一体。

她颈侧鲜血淋漓的星图刺目地闪着亮光，然后慢慢消失不见，只留下伤痕。天空中的巨门星随之大亮，继而暗淡下去。

那光芒如燃烧到极致的烟花，摧枯拉朽地吞噬贺忆城身边的恶鬼，逼退他眼里的黑色，驱散正侵蚀他的森森鬼气。

贺忆城怔怔地望着思薇，无措地眨着眼睛，他那双眼睛一如他的星君大人——黑白分明。

他被庇护他的星君救回了人间。

思薇的脸和脖颈上满是鲜血。她瞪着恶鬼的狠厉眼神放松下来，甚至开心地笑了一下。

“……有我在……你绝不会变成恶鬼。”

她力竭地闭上眼睛，高高举着的手如断了线的风筝般落下。贺忆城紧紧地抱住她，手抚着她的头发，头贴着她的额头。他愣了很久才呜咽道：“对不起……对不起……”

远处的山上，一直遥遥眺望这一幕的人因为刺目的光芒眯起了眼睛，喃喃道：“都这样了，她居然还要救他。

“可惜。若他的魂魄离体，我就能拿到那副不死之躯了。”

他抬起头看向头顶的星河，手背在身后快速地掐算了两下，轻轻笑道：“没关系，躲得过一次躲不过第二次，很快就是我的了。”

眼眸冷淡、长相俊秀的少年转身没入黑暗的山林中，他要去参加一场葬礼，这是他离开青州名义上的理由。

他的好友赵元嘉前些日子郁结于内，酒后走火入魔而死，灵柩已从青州运回豫州。

他去送他一程。

思薇祭出星君之位时，即熙刚在城外设好结界，将煞气困在白帝城中。韩想容把她带出来的人都安置在了结界外的山腰上，就在即熙身边。还有人源源不断地从城里逃出来，韩想容不停地往返于结界内外，把幸存的百姓接出来。

那些人都说是个脸上有发亮星图的男子救了他们，让他们往这个方向逃的。

即熙正打算和韩想容交代什么，突然看见城中射出亮若白昼的光芒。她愣了一会儿，继而双目发红：“我……那是那丫头一辈子心心念念、拼了命也要当的星君啊！”

即熙把画结界的朱砂笔往头上一插，就想往城里奔。冷不丁地，一句话蹿进她的耳朵里。

"救我们的那个人肯定是白帝尊上派来的。怎么会莫名其妙地出现这么多怪物？肯定是外面那些异教之人搞的鬼！"

即熙停下脚步，回头看去。

夜色深沉，四下一片黑暗，她不知是谁说的这句话。有应和的声音响起，带着愤恨的哭腔："除了他们，谁能这么恨我们？专挑庆典这一天，这些杀千刀的家伙，我们一定要让他们血债血偿！"

即熙沉默了片刻，转身看向不远处被冰糖看着的商白虞。她给自己和他都用了隐身符，故而幸存的百姓们并不能看见他们狼狈的神明。

她一把拎起商白虞，往白帝城里奔去，任商白虞如何挣扎、哀求都不松手。

虽然即熙早有心理准备，但带着商白虞进入城里时，她仍被满街的尸体惊得怔住，不由得停下脚步。

城门口横着一具身穿黑衣的尸体，已经被恶鬼噬咬得血肉模糊、不辨容貌。他的拇指上戴着一个即熙眼熟的扳指，她蹲下来拎起那根手指。

这扳指是那个捅了她一刀的老人的，他差一点就逃出来了。

即熙转眼看向商白虞，他已经被吓得面无人色，惊慌地攥着即熙的衣角。

"我问你，魔主是谁，现在在哪里？"即熙一字一顿地问道。

商白虞摇摇头，绝望地悲泣道："我不知道……我不知道啊……他要么在一片黑雾里……要么在操纵纸人……我什么都不知道……"

又是什么都不知道！

即熙扯过商白虞的衣襟，一把将他拽在地上。她指着满地的尸骸说道："你不知道？你的信徒，这世上完全相信你、爱你的人，就是因为你的不知道稀里糊涂地惨死的。剩下的人还要在你的一无所知里继续心怀仇恨，继续杀戮。商白虞，你有没有哪怕一次为了这些人鼓起勇气，真正为他们着想一次、反抗一次？"

商白虞缩在墙角，绝望地看着周围逼近的恶鬼和满地的尸体，抱着头哭道："我错了……我真的错了……你们……你们杀了我吧！"

一道白光袭来，刺穿商白虞身边那个恶鬼的身体。那狰狞的恶鬼

慢慢地倒下去，睢安出现在恶鬼身后，收回剑。

他额上的星图亮若星辰，蓝色的衣衫上满是血迹，殷红的血顺着银白色长剑滴落。

“睢安！”即熙唤道，跑到睢安身边。

睢安点点头，说：“幸存的百姓都已离开白帝城，贺公子已经停止召鬼，将城中的恶鬼除尽便好。思薇她……”

睢安和即熙一样，察觉到思薇做了什么，便拍拍即熙的肩膀，让她先去找思薇，把这里交给他。

晨光初现，长夜将明。

昏暗的光线照亮了被鲜血染尽的长街，睢安慢慢地走向商白虞，跨过地上的臂膀、躯干，在商白虞的面前站定，然后蹲下身来。

他与人说话的时候习惯平视对方。虽然他现在已经看不见，但他仍会尽量如此。

商白虞坐在地上抽泣，迷惑地看着面前的睢安。相比于那位愤怒的姑娘，这个气质不凡的男人一直很少说话，商白虞有些畏惧他。

睢安沉默了一会儿，淡淡地说道：“你希望我们杀了你？”

“我知道我罪孽深重……你们杀了我吧……”商白虞低声说。

“到最后你仍然要放弃你的信徒，独自逃跑吗？”睢安平静地说道，“你想死到底是因为羞愧，还是因为恐惧？”

商白虞怔了怔。

“死亡并不是终点。”睢安举起手指向城外，“那里还有幸存的你的信徒，他们不明真相且心怀仇恨，可能已经是凶手，可能即将成为凶手，可能会像这般惨烈地死去。能救他们的只有你，你是他们的神明。”

商白虞慌张地摇头，嗫嚅道：“我不是……我是假的神……我做不到……”

睢安眼中没有鄙夷或者厌恶。他安静地听着商白虞的分辩，然后伸出手按住了他的肩膀。

他手下的肩膀在微微颤动，正如它懦弱的主人。

“神明并非自己成为神明的。法力高强的人只能成为大师、大能。因为人们的信任和信仰，才会有神明。你是白帝城人信仰的神明，所

以你要承担起作为神明的责任。”

“可是我……我什么都不会……我不能呼风唤雨……不能点石成金……我不是修士……我就是个凡人。”

“我是天机星君睢安，你或许听说过我的名字，我也是凡人。”

顿了顿，睢安浅浅一笑。

“天上真正的神明又如何呢？修仙、修道的修士动辄呼风唤雨、御剑而行，辟谷、饮露，长寿不衰，但他们离神仙越近，便离人间越远。等他们终于飞升成仙，怕是早已忘记凡人的喜怒哀乐。

“而人世间因受到尊敬和信任被称作神的你，或者我们，以双脚行走于世间，吃五谷，识悲欢，生老病死一一尝遍。

“我们永远不会成为神明，但我们的存在代表着神与人之间的联系。即便我们对于天界神明来说只是蝼蚁或朝生夕死的蜉蝣，我们也要在他们面前彰显凡人的力量。”

◇◇◇

商白虞怔怔地看着睢安。睢安慢慢地说道：“你确实罪孽深重，所以从今以后你要承担起责任，引导百姓化解心中戾气。然后，最重要的是，最终让他们不再需要你。等到了那个时候，你就会发现，你不需要别人夸奖或者需要你，也可以有独立于世的力量。”

太阳已经升起，阳光照着商白虞沾着血的苍白面孔，他眼里的泪水不知什么时候已经干涸。他睁大眼睛看着面前沉稳的男人，眼睛因为许久未眨而疼痛。

商白虞想：“我可以吗？”

他一辈子胆小、懦弱，总是不停地逃跑，从戏班子到白帝城，浑浑噩噩，一事无成。

他一直渴望被需要、被爱，渴望不再让人们失望。他短暂地得到过它们，却无法回报。

他总是这么想，不断地否定自己。此刻他突然发现，如果不死在这里，他还有很长的一辈子。他先前以为的一辈子，不过是二十

几年光景。

他或许还有机会，可以不成为他厌恶的那种人。

商白虞拉住睢安的手，用他那双沾满血污的颤抖的手紧紧地握住睢安的，几乎语不成声：“我可以……我想试试……不不……我会拼命的……我会学的……我不想……

“……这次我不想逃了……我会努力的……我不想到死……都是懦夫……”

睢安点点头，淡淡一笑：“好。”

他伸出手点了下商白虞的眉心，说道：“你的善良，由我负责。”

他将天机星君的祝符给予了这个懦弱而挣扎的人。

梁州白帝城白帝尊上降世三年后，庆典之日忽降大灾，千百恶鬼齐聚白帝，食人为祸，白帝城伤亡过半，一如当年的玉周城。

第二日忽降大雪，恶鬼散尽，白帝自储光殿出，双眸泣血，立于白帝城城门前，百姓叩拜。

白帝凡三年始发声，语曰：“白帝城人犯有杀戮、劫掠之罪，遭上天降罚，此罪亦是我之罪责。自今而后，我永为凡人，亦无须信徒供奉。万物有灵，信仰实多，并无唯一，更无高下。信者得神，仁者得佑，万望铭记。”

是日起，白帝城偿其四邻，止干戈。

“只让韩想容看着商老板，我觉得不够。我清楚商老板是什么样的人。虽然他这次鼓起勇气照你教的做了，但过后他肯定会打退堂鼓。你得喊几个星卿宫的人来这里常驻。”即熙坐在储光殿里，一边喝茶一边分析道。

她的气还没消，对商白虞充满鄙夷。

他们消除了殿外的结界，撤掉了所有的纸人，暂时借住在储光殿中。即熙想直接跟白帝城人说明所有真相，却被睢安阻止了。

睢安说，魔主铸剑召鬼的事情对百姓来说太复杂，他们目前很难理解这些。更何况他们笃信白帝太久，信念若是一瞬崩塌，后果可能

更可怕。

“他们因为太过痛苦，既需要获得安慰的对象，也需要发泄仇恨的对象。这需要商白虞出面引导，毕竟这里的人最相信他，也只相信他。”

听雎安这么说，即熙勉强同意暂时不戳穿商白虞的身份。

“商老板需要一个坚定、勇敢的人帮助，想容只能帮他一时。其实，我心里有个人选。”

“你是说……阿灯？”

“不知傅灯姑娘是否会愿意？”

“让贺忆城去找阿灯，她肯定会答应。不过我之前听阿灯说，她过段时间想回扬州。”

雎安还没回应，便听见门外传来慌张的脚步声，门随即被大力推开。贺忆城身穿一袭红衣站在门外，脸色有些憔悴。他说道：“思薇醒过来了。”

即熙腾地一下站起来，径直飞奔到思薇休息的房间。只见床帘之后，思薇有些艰难地慢慢坐起来。她的脖子上裹着纱布，气色极差，看起来虚弱又疲惫。

即熙找到她和贺忆城的时候，她差点因失血过多而亡。

即熙立刻坐到思薇旁边，让她乖乖躺着养伤。思薇难得乖顺地听话躺了回去——或许也是因为没有力气反抗了。

她似乎有些恍惚，还没完全意识到发生了什么。她问道：“贺忆城怎么样了？”

即熙回头看去，发现贺忆城并没有跟进来，便回答道：“他好好活着呢，没变成恶鬼。”

思薇似乎松了口气，点了点头。她摸了摸自己的脖子，喃喃道：“我是不是差点死了？”

“呸呸呸！你胡说什么呢？有我在，就算阎王爷召你，我也会把你抢回来的。”即熙皱着眉连“呸”了三下。

看着即熙含着恼怒和心疼的眼神，思薇突然轻轻地笑了一下，露出有点忧伤又很纯真的笑容。她喊道：“我问你，你还有没有什么事

情瞒着我？”

“我……重要的都告诉你了！你有什么问题就问我，我绝不隐瞒！”即熙有些摸不着头脑。

“那好，以后不要总是瞒我、骗我了，姐姐。”

即熙怔了怔。她有些不能相信自己的耳朵，有点结巴地问道：“你叫我什么？”

“姐姐。”

思薇的声音不大，但将这两个字说得格外清晰。

快失去意识的时候她突然想到，如果她死了怎么办？她还没有叫过即熙姐姐，还没有告诉即熙自己已经不生她的气了，也没有告诉即熙，看到即熙来救她，她其实很开心。

从即熙离开星卿宫，又被她找到，然后死去又复生，这么多的分分合合，她全部错过了。

她也不知道为什么，她这辈子一直在错过，一出生就与她的母亲错过，后来又一直与她的姐姐错过。

所以她当时就在想，如果能醒过来，她一定马上把想说的都说出来，再也不留遗憾、悔恨。

虽然即熙确实如魔主所言总是骗她，也有很多事情瞒着她，可是那又有什么办法？谁让她是自己的姐姐。

“姐姐，其实我一直……”

思薇还没说完，即熙就眼眶发红地抱住了她。思薇怔了怔，也抬起手抱住即熙，把她的话继续说下去。

“……一直很爱你。讨厌过你是真的，嫉妒你也是真的，但我现在更爱你。”

现在她已经不是星君了。

她只是个普通人，感觉不到自己的元婴，更没有一丝修为。

那纠缠她多年、让她无法心平气和地面对即熙的焦虑和攀比之心终于消失，她不用再处处拿自己和即熙比较了。

她可以坦然地承认自己的想念和在乎了。

这样也……挺好的，做一个普通人。

思薇这么想着，泪水如断了线似的落下来，打湿了即熙的后背。

她好像有很多话要说，却又不知道要说什么，只是抱着即熙哭得像个小孩子。

贺忆城站在房门外，低着眼眸咬着唇，手慢慢握紧。

晚上，贺忆城拿了熬好的肉粥过来。他走进思薇的房间时步子有点犹豫，走过屏风之后，目光和思薇对上。

思薇不知什么时候自己坐了起来，正抱着被子发呆，看见贺忆城进来，便转过头望向他。

“你的眼睛恢复了。”她低声说道。

她还记得那晚贺忆城漆黑如鬼魅的眼睛，如今已经是正常的黑白分明，与他人的无异。

“……嗯。”贺忆城点点头。他移开目光，从食盒里拿出肉粥吹凉，一口一口地喂思薇。

思薇乖乖地吃了两勺，然后说：“刚刚雎安师兄来找我，说待魔主这件事结束，他便渡我一半修为，帮我重新筑基，还要我不要告诉即熙。

“我拒绝了。他长年镇压天下心魔，比我更需要修为。更何况我也不是有了修为就能重新做星君的。

“雎安师兄和即熙的关系这么好，还会有所隐瞒，你有事瞒着我好像也很正常。”

思薇像是闲话家常一样慢慢地说着，贺忆城却少见地沉默着。平时他总是非常聒噪，爱插科打诨，如今却出奇地安静。

思薇如平时习惯的那样打了一下贺忆城的肩膀，说道：“你说句话啊。”

这一拳打在贺忆城的肩膀上，思薇也愣住了。虽然她没有使太大力气，但这一拳的虚弱还是超出了她的预料。

她低头看着自己的手，握紧再张开，轻声说：“没了修为，力气都比以前小了很多。”

然后她抬头看向贺忆城，淡淡地道：“可能真的要打不过你了。”

“那要是有一天我能打败你了，你是不是就会喜欢我？就会嫁给我喽？”

“等你先能打过我再说吧。”

几个月前，他们之间似乎曾有过这样的戏言。

若在平时，贺忆城肯定会揪住这句戏言大开思薇的玩笑，多半会厚着脸皮闹着让思薇嫁给他。

但此时贺忆城只是放下举着的粥，抬眼看向思薇。

他眼里深藏着复杂的感情，低声问道：“你为什么要救我？你知道我之前做过的事情……这已经是第二次了。我害了那么多人，你为什么要救我？”

思薇面色苍白，神情平静，仿佛知道他会这么问一样。她回答道：“所以我在等你的解释。”

“解释重要吗？！”贺忆城突然爆发。他一向带笑的脸此时染上了痛苦，一身红衣如同深秋覆着寒霜的枫叶。

他声音颤抖地说道：“你怎么可以拿你的星命救我……你怎么能够忍受做一个普通人……得封星君是你二十年来全力以赴的梦想，不是吗？”

她是一个多么自律、多么骄傲的姑娘啊。

她怎么可以失去如此重要的星命？！

“我值得吗？我值得吗？你会后悔的。我跟你说过我不是什么好人，如果魔主又来了怎么办？如果我又召鬼了怎么办？你已经对我失望了，就抛弃我啊！”

“啪！”

清脆的巴掌声打断了贺忆城激动的质问。思薇仍举着手，贺忆城的脸颊上逐渐显出红色印迹。

贺忆城被打得偏过头去。

思薇的声音里带了一点颤抖的哭腔：“我当然很伤心，很难过……自我疏解已经很困难了，所以别这样让我放心不下你。

“我确实非常非常努力才得到星君之位，但若是为了保住它而不做我认为正确的事情，那这个星位还有什么意义？”

贺忆城没有转过脸来，只低声说道：“这是正确的吗？”

“我相信你。”

“在我做了这种事情之后？”

“是。更何况，你向我求救了。”

贺忆城感觉自己的手被拉了过去。他转过头来，看见思薇正在翻他的衣袖。

他手腕上有捆绑留下的瘀痕，严重到已呈现紫黑色，大大小小的伤一路蔓延到手臂深处。

思薇眸光微动。她突然伸手探向贺忆城的衣襟，在贺忆城惊诧得来不及反应时，她已经扒开他的衣服，看到他的胸膛。

他的左胸上有一道深深的刀伤，新结的痂还没脱落，一片棕红。

思薇伸手触碰那道伤痕，似乎心有余悸。

“魔主说，他在你的心脏上刺了一剑，这是真的。”

贺忆城拉好自己的衣襟，垂下眼眸：“别看了，像我这样的怪物没什么可看的。”

思薇捧着他的脸让他直视自己。平日里总说男女授受不亲，对他退避三舍的姑娘，毫不避讳地看着他的眼睛，认真地说：“你不是怪物。”

顿了顿，她又说道：“对不起，我没有好好保护你。一定很疼吧？”

贺忆城的眸光颤了颤，他一把抱住思薇，揽着她的肩膀，把头埋在她的脖颈处，忍不住泪流满面。

“我不是故意的……魔主给我灌了迷药，他诱导我，让我以为自己回到了玉周城，他刻意让我再次召鬼……”

“之前在玉周城……我父亲是玉周城城主，正室家的哥哥把我父亲杀了，我非常生气，却没有别的方法，就试着召鬼……我不知道我会召来那么多鬼……也不知道我会控制不住……那次即熙帮我疏散了大部分百姓，可是……还是有很多人死了……”

思薇慢慢抱住贺忆城，她听到了他的哭声和解释，感觉到了他温热的眼泪。

他总说自己不是好人，也不算坏人，原来是因为这件事。

他还活着。真好。

思薇想，她是这么相信这个人，这么希望他活着，连牺牲星命也觉得值得。

◇◇◇

听到房间内贺忆城的呜咽声，即熙长长地松了一口气，转身悄悄地离开。自从她找到贺忆城，他一直情绪低落，不怎么说话，满身骇人的伤口，也不解释什么。

如今他终于把一切都说开了。

重色轻友的贺忆城！对着思薇，他就让她收回祝符！

当年在玉周城，是哪个没皮没脸的家伙跪在地上哭着求她救他的？是谁口口声声、声嘶力竭地说不要做鬼、想做人的？她给贺忆城祝符救他，被反噬时痛得死去活来，也没见他叫她收回去呀！

她算是看透贺忆城这家伙了！

不过她见过这位贺郎流连花丛，伤了无数姑娘的心，还没心没肺地逍遥自在，这还是头一次见他这么消沉。

贺忆城明明占了天大的便宜，得了永久的庇护，若放到平时，他大概要鸣锣敲鼓、大宴八方。

即熙仰头看向天上的星星，喃喃道："这声称皇帝嫁女儿给他，他也要掂量嫁妆的家伙，居然会觉得自己配不上思薇？这可是见了鬼了。"

世上的人是不是都是这样，一旦喜欢上谁，就会突然没了自信，小心翼翼地掂量是否般配？

她之前不也是这样吗？

如今思薇对贺忆城来说足够特别吗？他对思薇的爱有多深？不会辜负思薇吧？

即熙一边活动筋骨，一边走回自己的房间，心想看眼下还可以，日后他要是敢辜负思薇，她不介意真让他去见鬼。这件事以后再说，她得先去找雎安算账。

即熙于是拎上两瓶酒，拉上雎安到房顶对酌。

“怎么在这里喝酒？”睢安坐在漆黑的瓦片上，有些不解地问道，墨蓝色的衣衫和发带随风飘扬。即熙哼了一声，道：“你都和想容师姐一起坐过房顶，却没和我一起坐过。”

睢安闻言忍俊不禁，说道：“当时你果然偷看了。”

“谁偷看了？我那是光明正大地看，好不好？我是去采果子的，谁让你和想容师姐闯进我眼里……那些不重要，你当时看她的眼神就不对劲，她抱你，你也不拒绝，你是不是喜欢过她？！”即熙一拍放酒的小桌，怒气冲冲地道。

睢安的笑声变得更大了。他摇摇头，道：“我没喜欢过想容，只是她那时候提起家人，让我很羡慕。”

即熙面色稍霁，她抱着胳膊开始掰扯她找睢安算账的正事。

“我听说你要渡一半修为给思薇，你怎么不告诉我？她是我妹妹，要渡也是我渡啊！”

睢安似乎思索了一会儿，道：“你又去偷听了？”

“……你老实回答我！”

“你的修为比我的低不少。”

“……我不接受这个理由。”

即熙撑着身体靠近睢安，以一种威逼的姿态看着他的脸，一字一顿地道：“你总是背着我做些牺牲自己的事。”

从给她守生祝符到贺忆城手上的索命符咒，再到给思薇渡修为，她真是怕了他了。

幸好贺忆城在被绑走前就察觉到不对，烧了睢安的索命符，若落在魔主手里则后患无穷。

她这句谴责并不是疑问句，而是在陈述事实。睢安并不能反驳这个事实，只能笑笑，不说话。

即熙一把捞过旁边的酒壶，塞进睢安手里：“你别想蒙混过关！我们今天一定要把你这恶习聊明白了！”

睢安晃了晃手里的酒壶，惊讶地道：“这是酒吗？你要我喝酒吗？”

“有道是酒后吐真言，你平时口风太紧了！”即熙盯着睢安思索了一会儿，继而说道，“你是不是从没有喝醉过？”

“我不喜欢不受控制的感觉。”睢安点点头。

“非要控制自己干什么？！你在我面前不需要这样！”

即熙想，从她认识睢安开始，睢安一直在学着控制自己。她还记得，当初他差点失格时，师父曾抓住他的前襟要他冷静、要他克制。

那时睢安看起来非常痛苦。

睢安从没有肆意地活过。

“睢安，你醉一次吧，一个晚上也好。有我在你身边，不要担心。”即熙放软了语气。

睢安沉默了一下，然后侧过脸转向即熙。

“我不知道我喝醉了是什么样子。”睢安轻声说道。他微微皱着眉头，有些犹豫。

“你会害怕吗？”

“有点。”

“就这一次，你试一次。”

睢安向来很难拒绝即熙的请求，这次也不例外。即熙摇着他的手臂恳求片刻，睢安就渐渐松了皱着的眉头，叹息一声，将手里酒壶中的酒一饮而尽。

“但愿我不会像你那样耍酒疯。”睢安无奈地擦了擦嘴角，含笑揶揄她道。

睢安的酒量不多不少，正好一壶。那壶酒喝下去后，他的目光变得有些茫然，反应也迟缓起来。

即熙喊他的名字：“睢安？”

他愣了好一会儿才转过头来，他的脸上透出一点红，连带着眼角的红晕，说不出地惑人。他露出一种天真、无辜的神情，说：“怎么了？”

这样的睢安美得惊心动魄，即熙的一颗心怦怦乱跳。

她勉强止住了自己满脑子的旖旎场景，对睢安道：“你为什么做什么事情都不想让我知道呢？”

睢安低眸，沉默不语。即熙心想，别人都是酒后吐真言，睢安却

是酒后不吐言了？

一阵夜风吹来，即熙缩了缩脖子。现在已经是冬日，这料峭寒风她实在有些扛不住。她琢磨着，睢安喝醉了，这样吹风似乎不太好，还是拿条毯子给他披一下吧。

“你在这里等我一下啊。”即熙嘱咐睢安道。

她正欲从房顶上下去，手腕突然被睢安攥住。一向温柔、冷静的睢安以戏谑的语气说：“你又想丢下我去哪里？”

即熙吃惊地回头，便看见了笑意盈盈的睢安。他穿着一身优雅蓝衣，还是一样俊美的面容，整个人的感觉却和平时大不一样，身上隐隐有煞气外露，看起来阴狠又狷狂。

她从来没想过睢安会和“阴狠”“狷狂”这两个词联系在一起。

即熙几乎立刻反应了过来，不由得严肃起来，仔细地端详着面前这个睢安，说道：“你不是睢安。”

睢安扬起下巴，冷冷一笑：“我是睢安。”

“也是，你是睢安的心魔吧？幸会幸会……”

招呼还没打完，即熙就被睢安的心魔一把拽了过去，被他推倒在屋顶的瓦片上。

即熙还没反应过来，他就欺身压了上来，把她困住。睢安的心魔笑了起来，眼神里透着疯狂。

睢安从来没这样笑过，笑容充满邪气，又令人痛心。

“你又想去哪里？”

即熙想，百闻不如一见，睢安的心魔居然是这样的。不过，睢安的心魔也是睢安，她不怕他。

“我就是想去拿条毯子，又不是不回来，你没必要想得那么严重。”

睢安的心魔低低地笑了两声，冷冷地道：“反正你哪天兴致来了，还不是说走就走？我真想打断你的腿把你关起来，谁也不让你见，把你留在我身边，一刻也不让你离开。”

即熙任他攥着自己的手腕，由于他用力过大，攥得她的手腕生疼。要动起真格来，她果然不是睢安的对手，只有被他压制的份儿。

可她仍然笑着，抬起头靠近他。

“不，你才不会。你想拥有我，又不是想毁了我。倘若我真的断了双腿，整日闭门不出、以泪洗面，你就开心了？你想拥有的是现在这个天不怕地不怕、活泼张扬的我吧？”

心魔被即熙说得一僵，咬牙道：“你就不怕我杀了你，让你同我殉情？”

“好啊，来啊！”即熙仰起脖子对着他，笑道，“你下得了手吗？你舍得吗？怕是我受个伤，你都要心疼半天吧？”

心魔沉默了很久，明亮的眼眸里翻涌着愤怒与不甘，眼神近乎凶狠。末了，他低下头轻声笑起来，笑声里满是嘲讽。

他一字一句地说：“是，你是对的。雎安这么爱你，他下不了手，我也一样。你知道为什么吗？

“雎安从出生开始就没有自己，世上有无数双眼睛在盯着他。他永远要活得谨慎又克制，不能有一点失控，他要活成人们所期待的至善的模样。其实，他很清楚，这个世上没人需要雎安，他们只需要一个完美的天机星君。”

他的手抚摩着即熙的脸庞：“只有你说过想陪他做一辈子普通人。谁都不需要雎安，只有你需要雎安，所以雎安只把自己给了你。从你喊他李雎安的那天开始，雎安便只属于你一个人了。

“他可以承受任何事情，可以宽容所有失望，可以永远不放弃责任和善念，他就像是个没有极限的人。可是他把他的极限放在了你身上，你是他身上唯一一点任性、一点自私，是只属于雎安的不被世人所期待的部分。他把他命运的终点交付于你，除此之外，他无所畏惧。

“可你是怎么回报他的？”

雎安的心魔把手放在了即熙的脖子上，他似乎很想掐死她，却没有用力。

“你说走就走，一走就是七年，音讯全无。你有没有想过，你走的时候他还有四次试炼没完成？他在那四次试炼中生不如死、万念俱灰的时候，你在哪里？他每次清醒过来，下意识寻你的时候，你在哪里？他一遍遍地卜算你会不会归来时，你在哪里？你在你的悬命楼逍

遥快活，和宁钦出双入对，你哪里想起过他？

“你有没有想过，你走之后他年年都去问酒叟要千日醉，为什么？因为他想着，如果你知道他有千日醉，肯定会来找他讨，这样他就能再见你一面。就为了这么一点微薄的联系和希望，他坚持了这么多年。

“我告诉你，睢安心底根本不相信你爱他，我也不相信你爱他。你总是这样，热情来得快，消失得也快。或许很快你就对他没了兴趣。或许你根本就是在骗他，你只是为了让他安心，你怕我变强后吞噬他。他已经失望太久了，他已经做好随时失去你的准备了。但凡你表现出一点难过，他都会放你离开。

“你有什么好？！你恃宠而骄、肆无忌惮，他不过就是……不过就是……太过爱你，无可奈何。”

即熙安静地听着心魔近乎歇斯底里的指责，他以睢安的脸庞展现出一种极为脆弱的痛苦、不甘和愤怒，一些睢安从来不会表现出来的情绪。

即熙突然起身抱住他，紧紧地抱住他，几乎挂在他的身上，她的眼泪逐渐浸湿了他肩膀上的衣服。

“对啊，骂我吧，你早就该骂我了。心里明明有这么多委屈，为什么每次都说没事儿？你痛痛快快地把那些委屈都说出来吧！就是我的错，是我开窍太晚了，是我太随心所欲了。”

她在他耳边郑重地说道：“我会用我的一辈子慢慢爱你，慢慢让你相信我，绝不再令你失望。”

睢安的心魔没有挣开她，他安静了一会儿，低声说：“你总有一天会厌倦的，你会嫌我束缚了你。”

“不会的。”

“你早晚还会离开我。”

“不会的。”

“我不想再等你了，一年一年地、一天一天地等。”

“那换我来等你好不好？我等你相信我。”即熙拍着他的后背轻声说道，“睢安这么温柔、宽容，是因为你承受了他的委屈和愤怒吧？这么多年里，只有你陪着他、心疼他，辛苦你了。”

“辛苦你了。”

睢安的身体颤了颤，心魔咬着牙低声说：“我才不心疼他，这种家伙死了最好，省得活着受罪。”

他说着说着忍不住哭了出来。

他紧紧地抱住即熙，浑身颤抖，泣不成声。

世人的心魔多种多样，嫉妒、贪婪、愤怒、傲慢、仇恨，交织在一起，不可分离。

睢安的心魔却很简单。

他的心魔是孤独，一个人面对与生俱来的强悍命运的孤独、悄无声息地等待爱人的孤独。

孤独到他最好的朋友就是他的心魔。

第二十一章

◇◇◇

玉周

“万古长空，一朝风月，今生有幸，得与君识。”

雎安醒来的时候躺在房间里温暖、柔软的床榻上，他不知道自己是什么时候从屋顶上下来的。

即熙躺在他怀里，手紧紧地抱着他的腰，身上带着微弱的山楂甜味儿。他下意识地回抱住她，手触摸到她的脸，一片潮湿。

“你怎么了？怎么哭了？”

“你是……雎安？”

“是……”话音未落，雎安就被她吻住。

她的手挪到他的脖子后面紧紧地搂住他，加深这个吻。雎安愣了愣，便托着她的后脑认真地回应她。

她的气息拂过他的鼻尖，如同春日和煦温暖的风，一寸寸地侵袭他的呼吸。

半晌，即熙终于放开了雎安。她把头埋在他怀里，低声说：“我见过你的心魔了。”

雎安怔了怔，抚摩着她的脸问：“他伤你了？”

“他怎么舍得？”

即熙想，雎安一直很安静很小心地爱着她，连他的心魔都不忍心对她做什么。

人们总说他是个温柔的人，但人们所见的温柔不及他在这份感情里倾注的万分之一。

“我被骂了，但我觉得他骂得真好，你可以偶尔把他放出来骂骂我。”即熙认真地说道。

雎安沉默了片刻，他有点摸不准这位老朋友会告诉即熙什么。他摸索着擦去她脸上的泪水，道：“他都说什么了？”

即熙没有回答这个问题，她突然拉着雎安坐起来，手环着他的后颈靠近他，低声说：“我想向你讨个礼物。”

“你想要什么？”

“我想要你。”即熙吻了雎安一下，她伸手拉住他身前的衣带，诱惑地说，“想让你以身相许。”

即熙这豪气冲天的发言让雎安怔了怔。他握住即熙的手，笑着说道：“你的手指在抖。”

“……”

“你若是害怕，没有必要一定……”

即熙捂住雎安的嘴，没好气地说：“停停停，你该不会又在想什么我可能不是真的爱你，同你睡觉只是我一时冲动的想法吧？”

雎安的眼睛眨了眨，看来他是真的想过。

雎安的心魔果然很诚实，以后有必要多找他的心魔聊一聊。

“老实告诉你，我确实有点害怕床第之事，但那……那是因为我小时候留下的阴影。”

她小时候眼见着贺大娘救一个孕妇没救成，孕妇难产而死，一尸两命，身下流了好多好多血。那是她第一次见那么多血，吓得三四天没睡好觉。后来又听说她娘也是这么死的，就对怀孕生子甚至于床笫之事分外畏惧。虽然她混迹风月场所多年，却始终停留在叶公好龙的阶段。

她给雎安好好地解释了一番，然后拉着他的手触碰自己的脸庞。

他手心温暖，薄茧拂过她的脸颊时有点痒痒的。

“我连这种糗事都告诉你了，你以后不能总是瞒着我做这做那的，你要让我知道。我是你的爱人，你的喜怒哀乐、你的付出和牺牲，全部与我有关，不再是你自己一个人的事情。”

雎安眸光闪烁。他浅浅地笑起来，郑重地点头：“好。”

即熙满意地亲了下他的手心，他的手颤了颤。

“你的身体也是我的。虽然我之前害怕床第之事，但我想要你，我刚刚甚至想……”即熙靠近雎安，感觉到他全身紧绷，她便笑着贴着他的耳朵说，“想生一个我们的孩子。这样你就不用羡慕别人了，你有我们做家人。”

雎安低下眼眸，轻声说道：“孩子？”

“是啊，男孩、女孩都好，最好长得像你，虽然孩子怪麻烦的，小时候要喂他、照顾他，大了还要教育他。我小时候差点把我爹气死。我方才还在想，虽然我是光明正大地喜欢你、和你在一起的，但被人指指点点的感觉还是很差，我该怎么脱掉师母这个壳子——可是没想出来，我真不擅长计划这个……”

即熙正说得兴起，雎安突然伸手抱住她，托着她的后脑亲吻她脸侧的碎发。隔着一层衣服和薄薄的皮肤，即熙感觉到雎安的心脏正在剧烈地跳动。

“你能这么想，我就很开心了。”

“啊？”

“因为你想要的未来里有我。”

一个随性而活、从不认真计划未来的姑娘，在仔细地把他放进自己的未来里。

即熙在天光乍亮时迷迷糊糊地睡去，日上三竿时才醒过来。她是在雎安怀里醒来的，雎安抱着她，一只手搭在她脑后，一只手搂着她的肩膀。

他还没有醒，却抱她抱得很紧，仿佛怕丢了一样。

即熙笑着亲了一下他的脸颊。雎安微微皱了皱眉头，然后慢慢地睁开眼睛，渐渐清醒。

“早啊，我家郎君。”即熙的声音有些哑。

雎安怔了怔，他的耳朵有点红，低声说道：“早。”

“真是神奇，一点也不可怕，完全是世间极乐呀！”即熙伸了个懒腰，蹭着他的下巴道，“大约是因为对象是你。”

即熙的字典里果然没有“害臊”两个字。

雎安微微垂下眼帘，笑着说：“那你以后便要对我负责了。”

“负责，我负责到底。”即熙信誓旦旦地举手发誓。

雎安低声笑起来，他似乎猜到了即熙会做出这样的举动，摸索着握住她举起的手，与她十指相扣。

“我爱你。”他说道，“万古长空，一朝风月，今生有幸，得与君识。”

即熙握着他的手，眼睛眨了眨就有了泪光。她自己才是如此：“今生有幸，得与君识。”

他们之间建立起了另外一种相互归属的关系，她想让雎安相信，慢慢地、一点点地相信，他们之间的联系会持续一生。

过去是师友，现在是爱人，以后还会是家人。

他不会再孑然一身。

雎安安静地抚摩着即熙的后背，说道：“我昨天去看商老板了。”

“他怎么样了？”

“一天说了十次‘我干不了的’，祝符反噬，刺痛了我四次。”

“……倒是商老板的风格。”

“虽然如此，但他一次也没逃跑，嘴里这么嚷嚷着，心里的小念头也不断，可他还是咬牙坚持了下来。”

雎安抚摩着即熙的长发，淡淡地道：“他还是个二十几岁的年轻人，他需要时间成长为一个更好的人。”

即熙抬起头看向雎安，然后伸出手搂着他的脖子晃了晃：“当年你是不是也是这么跟柏清师兄说我的？”

无论多么恶劣、在旁人眼里无可救药的人，在雎安这里都有成长的机会，所欠缺的只是时间。

他出奇地有耐心。

雎安偏过头，微微一笑：“你吗？我总是跟柏清说，你本来就很好，是他看错了你。”

即熙“哼”了一声，耳朵难得地有些发红。

“清理城中尸体时，我发现城中有吸收煞气的阵法，便沿着阵法

的气脉追寻到了旁边的山中，发现山中亦有相同的阵法。那日魔主应该来过白帝城，召鬼而生的煞气全数通过阵法化作他的力量。”

这座城里多半的百姓有心魔。召鬼之后，百姓死伤过半，城内怨气深重，整座城成为魔主培养力量、仿造不周剑的蛊毒之坛。

这样的城，九州大地上不知还有多少，所以魔主才会在短短的时间内变得如此强大。

即熙皱眉，她看着雎安不无忧虑地说道：“魔主究竟是谁，我们如何才能抓住他呢？”

“你真的要杀魔主吗？他若是死了，你怎么办？”

雎安的心魔突然发出声音，在雎安一派平和的元婴内激起涟漪。

雎安微微蹙眉。

“你所言何意？”

心魔安静了好一会儿，似乎犹豫再三才极不情愿地开口：“水流只往最低处汇聚，心魔也是如此。魔主现如今是世间最低处，因此所有心魔才都向他那里汇聚，他能掌控除我之外的所有心魔。若他死去，我就是最强的有意识的心魔，是世间最低处，这样所有心魔便会汇聚到你身上。我会变得比现在疯狂无数倍，而你不可避免地会变成下一个魔主。

“星命书不会饶你，世人亦不会饶你。”

他的心魔总是愤怒、阴郁且激动，很少像这样平静地对他长篇大论。

雎安沉默了片刻，他似乎并没感到多么震惊或者难过。

“你为什么现在告诉我这个呢？”

心魔沉默了，不再应答。

雎安再没得到心魔的回复。他叹息一声，下巴抵着即熙的头顶，轻声说道：“我刚刚答应过以后不会瞒你任何事。”

“嗯？”即熙有些疑惑地在他怀里动了动。

“有件事我要告诉你。”

在遥远的豫州，第一大仙门明世阁里这段时间正是一片素白。

不过，大约是因为死因不太光彩，赵元嘉的葬礼办得很简单。不过，他生前性情疏朗，很得阁主喜欢，好友又众多，所以前来吊唁者络绎不绝，显得像是大人物过世一般。

戚风早以玉冠束发，身穿一袭黑衣，上面绣着银云纹。他身形高大，眉眼冷淡、锋利，拾级而上走入灵堂时犹如一阵黑色的风。

他朝着赵元嘉的灵柩行礼，然后起身。元嘉的师兄见了他，面色悲伤地拍了拍他的肩膀："多谢你送元嘉回来。他一向很喜欢你，这一路上有你陪着，他应当十分欣慰。"

戚风早淡淡地摇摇头，抬眼看着面前的人，没什么情绪地说道："理应如此。"

"小戚！"

听到这熟悉的声音，戚风早少见地愣了一瞬，然后转头看去，便见柏清从内室中走出来。他衣着朴素，看起来也是来吊唁的，但以赵元嘉的身份，还远不用柏清亲自来吊唁。

"我最近来拜访明世阁阁主，与他商谈事情，原本待两天便要回去，谁知却得知了此等噩耗。"柏清叹息着解释道。

他与戚风早离开灵堂，在庭院中漫步。现在是初冬时节，树木凋敝，万物被寒霜覆盖，入目已显萧条，再加上庭院中遍布白色的灯笼、蜡烛，看着便令人心生悲戚。

柏清背着手，低眸长长地叹息："元嘉还如此年轻，真是太可惜了。"

戚风早安静地点点头。

"小戚。"

"嗯？"

"你们年轻人要多看开些。虽然元嘉有错，但他并无坏心，不应当苛责自己到这个地步。你素来少言，什么事情都喜欢憋在心里，可千万别像他一般走了死路。"柏清有些忧虑地拍拍戚风早的肩膀。

戚风早看向柏清。

柏清是个相当斯文有礼、眉眼干净又好看的人，加之穿着素色的衣服，挺拔、俊朗得如同北方的白桦树。因为不会衰老的缘故，外人从容貌上看不出他的年纪，但按天梁星君受封的时间算，他应当已年

过五十，与前任星卿宫宫主大约是同龄人。

所以他时常有种长者的架子和说教口气，以及与容貌不符的沧桑感，又时不时地显露出一种久未入世的天真和执拗。

戚风早默默地看着他，淡淡一笑："我知道了，柏清叔叔。"

柏清又拍了拍他的肩膀，笑着从怀里拿出一对玉镇纸——小巧玲珑的圆形青玉上刻着竹子，竹身微微倾斜，竹叶稍显凌乱，像是裹着一阵清风。

"我见你在星卿宫时好像很喜欢这一对镇纸，这次出宫就带了出来，准备送你，没想到正好在这里遇见了。"柏清拉过戚风早的手，把镇纸放在他手里，微微一笑，"再过些日子就是你的生辰了，十七岁生辰快乐，小戚。"

戚风早想，按照预言，这该是他的最后一个生辰了。

戚风早看了那对镇纸片刻，然后抬眼看向柏清，淡淡地说道："自小我想要什么东西，不用开口你就会送给我。是不是我想要什么，你都会给我？"

柏清稍微板起脸来，说道："你也不可太过任性……但只要不过分，就没什么问题。"

戚风早知道，虽然柏清这么说，但他向来最宠他，这个"过分"的界限在他这里怕是非常之低。

可惜，低不过他曾经做过并且将要做的事情。

戚风早微微偏过头去，说道："柏清叔叔，倘若有一天我做了令你失望的事情，你会不会厌恶我？"

"年轻人总是难免犯错嘛，又不是谁都像雎安那样……不过近来我觉得他这些年大约也很辛苦。人还是需要偶尔犯犯错的。"柏清不知道想起了什么，面露不忍之色。

戚风早微微眯起眼睛，轻轻一笑，在心里说道："不，你一定会后悔的。"

◇◇◇

“柏清叔叔，你当初为什么把我从街上捡回来？”戚风早问道。

柏清有些诧异，不知是不是好友亡故的原因，今日的戚风早看起来有些不同寻常，但他也说不出哪里不寻常。

“这种事情……大概就是命运吧。”

他还是没有说实话。

戚风早重复了一遍“命运”二字，然后抬眼看向萧瑟的初冬庭院，问道：“柏清叔叔，你是普天之下最擅长卜算命运之人，在你看来命运是什么？”

戚风早的语气很平静，听不出来有什么情绪。

“嗯……大约是机缘和种种因果造成的定数。我们囿于狭窄的视野，而上天能看到世间所有的机缘和因果，故而可知命运。我只是向上天借了一点灵光，才得以窥见天机。”柏清想了想，说出的答案真诚而谦逊。

戚风早笑了笑，意义不明地说：“听起来真是个了不起的东西。”

他们说着说着就走到了大门口，看见一个披着青色披风的姑娘站在门边。明世阁的大弟子正与她对峙，悲伤又愤怒地说道：“你还有脸来吊唁我师弟？”

那姑娘皮肤白皙，乌发如丝，全身上下唯有发间一朵细瘦的白色绢花，再无别的装饰。她看着明世阁的大弟子平静地说：“我既无错，为何不来？”

戚风早的步子停住了，唤道：“傅灯姑娘。”

傅灯转过头来看向他，继而低头行礼：“戚公子。”

柏清有些诧异，心想这就是傅灯啊。

他在睢安的信里听说过傅灯，一个出身悬命楼却志在济世救人，蛰伏数年为即熙洗雪污名的姑娘。虽说他对悬命楼仍有不满，但这个姑娘还是令他欣赏的。

当下柏清便去劝说那阻拦傅灯的明世阁弟子。弟子见柏清来了，算是给星卿宫面子，虽心有不甘，仍将傅灯放了进去。

傅灯向柏清行礼道谢。戚风早微微皱眉，说道：“你没说你要来。”

“事出突然。”傅灯简短地解释了下。她的口吃似乎比之前轻了一

些，说短句时几乎不怎么停顿。

柏清见两人似乎有话要说，便了然地笑笑，找借口回避了。

目送柏清离去后，戚风早的目光转回傅灯身上，她神态平静，看不出多少悲伤。

“你不必介意，他们拦你只是迁怒。”

傅灯点了点头，她看着庭院里的白色灯笼慢慢地说道：“我听说了……他死前……在喊我的名字。”

赵元嘉死的时候在戚家闹出了很大动静，走火入魔后他四处挥剑砍杀，幸而并未伤及人命。

他那时七窍流血，浑浑噩噩地喊着傅灯的名字，直到声嘶力竭，以至于这段时间所有人都在打听傅灯是谁。

傅灯没想到自己会这样出名，不是因为妙手回春的医术，也不是因为替灾星洗雪冤屈的勇气。

傅灯和戚风早穿过院门后并未走进灵堂，只是远远地看着灵堂里的棺木。

一阵寒风吹来，她略微瑟缩了一下，眯起眼睛。

“戚公子。”

“嗯。”

“你说……他最后……想跟我说什么呢？”

戚风早摇了摇头。

傅灯转过头来看向他。她拢了拢披风，说道：“你和赵公子……是朋友？”

“是的。”

“你觉得他……如何？”

“单纯、真诚、正直，有些虚荣。”

“……我觉得……他不会因为……失去英雄的头衔……还有我而走火入魔。”顿了顿，傅灯坚定地说，“他没有那么脆弱。”

戚风早沉默了。他远远地看着灵堂内那黑漆漆的棺木，仿佛透过棺木可以看见那位年轻的友人。

“你觉得，他为什么？”傅灯的问话很简短，但戚风早听懂了。

“我不知道。”

“你们是……朋友。”

“不是那么亲密的朋友。”

傅灯沉默了片刻，然后轻轻一笑，不再言语。她低头的时候，发间的白色绢花显得格外扎眼。

“第一次见你戴绢花。”戚风早说着伸出手去，他似乎想触碰她发间的白花，却又在半途收了回去，背在身后。

傅灯点点头，平静地说：“我为他服丧三年。”

戚风早有些惊讶，微微蹙眉：“你与他非亲非故，你不欠他的，没必要为他服丧。”

“我知道。”顿了顿，傅灯说道，“只是我想做。”

她要做什么事，似乎从来不需要理由。但凡她下了决心，便不会回头。

傅灯笑了一下，她这样素净的一个人，连笑容都很浅。她淡淡地说道：“扬州，我要失约了。”

戚风早低下了眼眸，没什么情绪地点了点头：“我知道了。”

傅灯转过头来看向他，一双冷冽、明亮的眼睛望着他漆黑、深邃的眼睛。安静地看了他一会儿后，她淡笑着说道：“说实话，你真的想过要和我一起……回扬州吗？”

戚风早沉默地看着她的眼睛。

没有得到戚风早的回答，傅灯浅浅地笑了一下。她突然踮起脚亲了戚风早，笨拙而执拗地咬破了他的嘴唇。戚风早有些发怔地看着傅灯。傅灯舔舔嘴角沾的他的血，说道：“再见，小戚公子。”

傅灯离去后，戚风早仍然有些心不在焉。明世阁的小弟子领他去用晚饭，他在那孩子背后走着走着突然问道：“如果人能掌握自己的命运，想要什么就有什么，能让喜欢的人也喜欢自己，还会如此心动吗？”

小弟子有些摸不着头脑，回头看向戚风早，问道：“戚公子在说什么？”

戚风早看了那小弟子一会儿，摇摇头道：“没什么。”

因为思薇需要休养身体，睢安和即熙一行人暂时住在了白帝城的储光殿中。魔主似乎抛弃了商白虞，再也没出现过。睢安无法度尽一城百姓的心魔，只度了十岁以下孩童的心魔。其余百姓的心魔由商白虞引导着慢慢化解，恐怕要用数十年甚至一代人的时间。

这或许就是魔主对他们放任不管的原因。心魔一旦培育成，便会成为他的力量，而且难以根除。

最近思薇经常做噩梦。她不太能记得噩梦的内容，只是会突然从噩梦中醒来，吓出一身冷汗，心悸发抖，难过得想流泪。

这天，她在噩梦中隐约听见耳边响起忽高忽低的歌声。她稍微放松下来，感觉有人拉住了她的手，轻轻地拍着她的肩膀。

思薇慢慢地醒转，看见贺忆城坐在地上，上身趴在她的床边，下巴搁在床褥上，拍着她轻轻地哼着歌。

"月亮爬上了树梢梢，海棠花也睡着，风吹得树叶沙沙响，梦里落雪了。"

他含糊地唱着这些美丽的词，看到她醒过来便笑起来，露出两个酒窝。

"大小姐，别怕啊。"

他的衣服穿得很规整，看起来像是不曾睡过。月光落在他红色的发带上，鲜活、明亮。

果然是红衣贺郎，他非常好看。这样想着，思薇说："我还以为你只会唱花中消遣、酒内忘忧那种放浪之词呢。"

"那词怕你听了会气醒过来。这首是小时候我娘给我唱的安眠曲。以前我害怕或者难过的时候，她就会唱给我听。"贺忆城眨巴眨巴眼睛，看着思薇说道。

思薇笑了起来。她现在气色仍不好，但笑起来时眼睛会发亮。她有点羡慕地说："真好啊，我从来没听过这些。"

她刚一出生母亲就去世了，从没有为她唱过歌。

她转身面向贺忆城，握着他的手看了他很久，然后轻声问道："黎将是谁啊？"

贺忆城怔了怔，有些犹豫地说："你从哪里听到这个名字的？"

“太阴星君的手很巧，爱做些小玩意儿。她有一把沉香木的镂空雕花扇子，是她最心爱的宝贝，从不离身。扇柄上刻着‘黎将’二字。她说那是她下山游历时用的化名。”

思薇眨了眨眼睛，轻轻一笑：“我猜她说谎了，黎将是不是……即熙父亲的名字？”

贺忆城沉默了一下，叹息着点点头。

“黎将确实是……老楼主的名字”

“果然，即熙的父亲才是她这一生最爱的男人。师父和她青梅竹马，若她真的喜欢师父，他们应该早就订婚了。”思薇对这个事实的反应称得上平静。

她仍然习惯称呼她的母亲“太阴星君”，称呼她的父亲“师父”。目前她唯一熟悉的亲昵称呼只有“姐姐”。

“我一直在想，师父那样一板一眼、克己复礼的人，怎么会失格而死呢？他的心魔会是什么呢？想来想去，想起他死时紧紧攥着太阴星君的遗物，也就是那把扇子，大约也只有太阴星君能成为他的心魔吧。或许他是知道了黎将是谁，知道太阴星君一直深爱着别人，无法接受才失格的。”

贺忆城抓紧思薇的手。思薇摇摇头，表示自己没事。

“太阴星君没留下什么东西。我好歹有把完全属于我的金锁，师父却什么都没有。虽然他一直精心保存着那把沉香扇，那却并不是给他的。”思薇从衣襟里拉出那把用红线绑着的金锁，笑道，“我出生前母亲就给我打好了金锁，不过金锁上的字是我出生后师父刻的。”

吾女思薇，平安聪慧。

“这大约是他唯一一次以父亲的身份为我做什么事，至少在刻这些字的时候，他是爱我的吧。”

思薇摩挲着那金锁。

“小时候我就总是什么都想做到最好，让他看见我，让他更喜欢我，可就算我被封为星君，他也没多看我几眼。后来他去世，我又一门心思地想弄清楚即熙和这件事的关系。如今即熙回来了，事情都弄清楚了，我突然不知道以后要做什么了。”

曾经驱赶她奔跑的目标都已经消失了。

思薇认真地想了想，然后笑起来："也好，反正修道我是修不过即熙的。日子还长着呢，倒不如学点别的什么，说不定就比即熙强呢。"

贺忆城一直拉着她的手，安静地听她说话。此时他收回拍着她肩膀的那只手，把她的碎发撩到了耳后。

"你现在有想做的事情或者梦想吗？"

"嗯……坚守自己心里的道义，能够一辈子做正确的事情，维护世间正义，大抵如此。"思薇思考了一会儿才回答，顿了顿，她问道，"你呢？"

"我这二十几年一直浑浑噩噩的，最大的愿望就是可以不用担惊受怕，稳妥地做一个人。你实现了我的愿望，所以我现在有了新的梦想。"

贺忆城将她的手拉到唇边，轻轻一吻，眼里带笑。

"你的梦想就是我新的梦想。"

他也想做一个坚守本心、能够保护别人的人。

就像她保护他那样。

◇◇◇

夜风吹拂下，贺忆城眼中闪着亮光，眼神真诚，然后他有些调皮地笑起来。

"你救我，一定是稳赚不赔的买卖。"

思薇被他逗笑了。她伸出手搂住贺忆城的肩膀，没有说什么，只是把他抱得很紧。

贺忆城起初有些惊讶，继而笑起来，悠悠地哼着安眠曲，拍着思薇的背。思薇被他哄着慢慢地睡着了。这次她睡得很好，再没有做什么噩梦。

在白帝城休养了一段时间后，思薇的身体渐渐恢复。雎安和即熙让她先回星卿宫，思薇却不肯，她说她要看看这个设计害贺忆城和她的魔主到底要做什么。

就在这个时候雎安和即熙收到了柏清寄来的信，他这次终于卜算

到了穷凶之灾的确切地点——扬州玉周城。

有名的恶鬼之城，生人勿进。

柏清说他已经通知了扬州的仙门，让他们找机会进入玉周城。即熙看到信上写的“玉周城”三个字时，忍不住揉了揉太阳穴，说道：“我真是八字和这个地方犯冲……这魔主是怎么回事？怎么搞得像跟我过不去似的？”

世人都说玉周城被恶鬼占据，是因为灾星杀了玉周城城主并降下诅咒，引得恶鬼在此集聚，杀死城中所有百姓。这其实纯粹是贺忆城召鬼惹的祸，即熙赶到后给了贺忆城祝符救了他，还现身大肆宣扬自己的灾星身份，半吓半赶地把玉周城的百姓转移了出去。

最后，玉周城几乎已成一座空城，并不像传说中那样死伤惨重。不过，从那之后玉周城确实变成了恶鬼盘踞之地。

但是，最后人们只记得三件事：玉周城城主死了，灾星出现在玉周城，玉周城被恶鬼占据。

于是，故事就变成了灾星诅咒玉周城城主和玉周城，致使城主身死，玉周城沦为恶鬼之域。

行吧，这种情节即熙十分熟悉，无话可说。

她当即把贺忆城和思薇喊了过来。贺忆城看了柏清的信，皱了皱眉，摇头道：“人有人的规矩，鬼有鬼的法则，这些仙门进不去玉周城。”

“我听说自玉周城被恶鬼占据之后，活人进玉周城必须找恶鬼引路。”雎安道。

“有资格引路的恶鬼，数量不过了了。”顿了顿，即熙面向贺忆城，笑起来道，“将功赎罪的机会来了，你肯定能找到有资格带我们入城的恶鬼。”

贺忆城想了一会儿，打了个响指：“可以，她应该还在那里，正好在我们去玉周城的路上。”

于是他们四人便收拾行装准备离开白帝城，前往扬州。对于来白帝城的邀请，傅灯还未回信，雎安便喊了几个在附近游历的星卿宫弟子进入白帝城协助商白虞，并细细地嘱咐了他们一番。

贺忆城收拾好行装去找思薇时，她正撑着下巴发呆，一双圆润、明亮的眼睛望着桌上收拾好的行李。她束着高高的马尾，戴着紫玉发冠，浅粉色的衣衫如同春日的蔷薇花。

“我帮你拿吧。”贺忆城敲敲桌子把她唤醒，随手拎起她的行李，又伸手去拿她的剑。

那把有着银色剑柄、雪白剑鞘的长剑却在桌上纹丝不动，好像和桌子长在了一起般。看到贺忆城怎么都拿不动那把剑，思薇忍不住笑了起来。

她拍拍他的手：“算了吧，这是我的灵剑‘如是’，你没有修为，拿不起来的。”

思薇伸出手握住剑身，然后又松开：“现在我也拿不起来了，正发愁呢。”

贺忆城眸光微颤。思薇抬眼看向他，笑着问：“即熙没有佩剑，你觉得我把如是送给即熙怎样？如是脾气很倔，但我相信它会认即熙的。”

贺忆城摸了摸思薇的头发，思薇任他触碰自己，丝毫没有躲避。

最近她不再像以前那样，他稍微靠近，她就警觉地避开，稍有身体接触就气恼地警告他。他像之前那样拉她的手，像现在这样摸她的头发，她都不会反抗。

“思薇。”贺忆城喊她的名字。

“嗯？”

他弯下腰来，看着她的眼睛说：“三个月已经过去了。”

思薇怔了怔，然后眨着眼睛看向他。她似乎意识到了什么，流露出不安和无措的神情。

贺忆城微微一笑，说道：“可我还是喜欢你，不仅喜欢你，我还爱上你了，思薇。”

他轻轻地亲了下思薇的脸颊。

“你不用现在答复我，我等你。”

说罢，不等思薇回应，贺忆城便走出去帮思薇把即熙喊了过来。即熙听思薇说要把剑给她，咬着唇流露出心疼的神色，转身踹了贺忆

城两脚。她拿起思薇的如是剑，告诉思薇这是她暂时替思薇保管的，等以后思薇再修为有成，她就还给思薇。

思薇笑着点点头。

“即熙，出发吗？”睢安的声音远远地传来。

思薇脸上的笑意还没褪去，就惊得睁圆了眼睛——她看到即熙一路小跑着扑进睢安怀里，说道：“思薇把她的佩剑给我了。”

在即熙扑进睢安怀里之前，睢安已经站定，甚至微微张开了胳膊，像是料到了她接下来要做什么。

“这这这……他们……即熙和睢安师兄……”思薇的舌头像打了结似的，话都说不利索了。

虽然她早觉得睢安对即熙有种不同寻常的关爱，但她总以为那是师友之爱，怎么也没料到会这样发展。

贺忆城抱着胳膊，摇着头啧啧感叹道：“这可真是不容易，他们俩终于说开了。”

“他们……这是……什么时候的事情？”

思薇仍然处在巨大的冲击中，没能反应过来。她转眼看向贺忆城，看到的是贺忆城眼里无奈的神色。他俯下身靠近她，说道：“你们姐妹俩在这方面的迟钝真是一脉相承。”

“可是……即熙的身份……”

“连生死都过来了，还有什么过不来的？”

“……也是。”思薇其实并没有想明白，只是蒙蒙地点点头。

贺忆城没想到，他这游刃有余的一句“连生死都过来了，还有什么过不来的？”有一天会在他自己身上应验。他和思薇也算经历过生死了，他以为他们还有很长的时间可以慢慢相处，有很长的路可以走。

他为此准备了他此生难得一见的耐心。

或许是对他从前漫不经心、朝三暮四的惩罚，这次他的耐心并没有用上。

睢安、即熙、贺忆城和思薇一行四人离开了白帝城，直奔扬州玉周城而去。他们一路没怎么停，只在刚刚进入扬州地界后，在姜艾城

停下了脚步。

姜艾是扬州有名的赌城，整座城里赌坊林立，几乎所有的产业都围绕着“赌”展开，常有富贾、贵族不远万里来此处豪掷千金。城中建筑的外部都贴着金箔，整座城仿佛用金子打造的，金碧辉煌。

即熙一踏进这座城眼睛就直了。她拉着雎安的袖子，指着那些房屋说道：“雎安，雎安，你快看，一座金子做的城！哇……那边贴了榜文，今日赌绩最好的人可以得到一架纯金马车！快快快，我们去看看在哪里入场！”

她有时会忘记雎安看不见这件事。雎安听着她雀跃的声音不由得笑起来，伸出手挡在她眼前。即熙眼前突然变成一片黑暗，话就停了下来。

“即熙，冷静点，我们可不是来赌钱的。”他轻笑道。

即熙放下抓着他袖子的手，强迫自己把目光从那些金光闪闪的房屋上收回来：“我知道啦……咳！贺忆城的赌技特别好，真是可惜！”

走在他们身后的贺忆城闻言笑出声来，他指指城中最高的那座名为“万贯”的楼，说道：“我要是跟这赌坊背后那位老板赌，怕是要输得连裤子都不剩了，那位才是世上最厉害的赌徒。”

贺忆城带着他们走进了那座高耸、阔气的赌坊。伙计走上前来，他仪表堂堂，且不算殷勤，只是客客气气地道：“我们这‘万贯’楼只有受邀的熟客才能进，瞧着几位面生，你们还是去别处玩吧。”

贺忆城从怀里拿出他的宝贝匕首，说道：“你拿着这匕首去见你家主人，她自然会让我们进去。”

伙计接过匕首后请他们稍等，转身沿着大厅中的红木旋转楼梯往上走。即熙看着这大堂里的地毯、花瓶、纱幔和木柜，小声对雎安说道：“虽然这里不像外面那般金碧辉煌，但所有物件都是古物，价值连城，比外面那些还要贵上几倍。”

没过多久，伙计就捧着匕首下来了，这次他迈着小碎步走得很快。他把匕首还给贺忆城，弯腰行礼道：“我家主人说了，虽然是贵客临门，但规矩是不能破的，还请各位进楼赌赢一局天字局，再与她相见。”

贺忆城揉揉额头，叹息道："她也真是的……"

伙计侧身，恭敬地道："四位客人请进。"

他们跟着伙计沿着楼梯往上走，第二层往上便是喧闹的赌场，更有美人、歌舞作陪。按照赌注大小及玩法，赌局分为天、地、玄、黄四个等级，天字局为最高等级的赌局，位于赌坊的第五层。楼主便是要他们赢下这种赌局，才会与他们相见。

第五层没有下面几层那么喧闹。这一层装点得相当雅致，甚至有许多包厢，下注之人都坐在包厢中，以竹帘遮挡，互相看不清面目。他们刚进来就听见一阵惋惜声，其间夹杂着喝彩声，正是一局赌局刚结束。几个伙计抬着一个架子走出来，架子上似乎躺着个人，身上披着华丽的织金布。

贺忆城问这是怎么回事，伙计只说这是输了赌局的人。

思薇看着包厢帘子外挂着的天字赌局赌注，惊得说不出话来。她小声地跟贺忆城说道："我们根本没有本金，这怕是要让星卿宫送钱过来了。"

即熙啧啧感叹道："要是我的悬命楼还在，钱这种事情都是小意思。"

下一局即将开始，侍者站在台上准备宣读下一局的玩法。那衣着华丽、不卑不亢的少年依次对着四面行礼，然后说道："我这里有两杯酒，一杯有毒，一杯无毒，色、香、味完全一致。待会儿将有甲、乙两方分别拿一杯酒饮下，大家尽可以下注，赌谁生谁死。所赢之钱，饮酒生者可得四分。"

贺忆城轻声一笑。他懒懒地撩起竹帘，说道："有钱者押钱，有命者押命，是这个意思对吧？"

侍者行礼道："正是。今日甲方为赵公子，赵公子已经连赢四场，乃从未有过的幸运之人，另一位……"

"我来！"贺忆城走出包厢，笑意盈盈，"我们囊中羞涩，只好出命了。"

第二十二章

◇◇◇

鬼王

鬼王灰飞烟灭。群鬼无首，鬼臣争王，必生大乱。

侍者上下打量了贺忆城一阵，说这饮酒者也不是谁都能当的，虽不要本钱，却必须是才貌无双之人。

侍者说罢便请甲方赵公子从台后出来。已经连赢四局的赵公子果然气度不凡，身着一袭紫色华服，头戴玉冠，长身玉立。他出来之后便向四方行礼，请诸位客人出题，他可当场吟诗作赋。

贺忆城抱着胳膊，笑眯眯地看着这位赵公子洋洋洒洒地作了一首长诗，文采斐然；而后他又当场拿起画笔作了一幅泼墨写意画，也是一幅佳作。

思薇看得十分迷惑，她低声问旁边的即熙，这样的人为何还要拿命做赌注。即熙煞有介事地回复道："我觉得……当然是为了钱。你看看这些赌注，他要是赢了能得四成！"

她指向竹帘后包厢里的那些人，继续说道："你看，这赌命之前还要给各位下注的老爷展示才华。看来赌死一个美丽又有才华的人，会让他们很有快感。就跟去屠户那里挑一只最好看的小羊羔宰了似的。"

"……"思薇皱皱眉头，要不是现在有求于人，这个赌坊她是真待不下去。

待赵公子展示完才艺，贺忆城笑着走上台去。他学着赵公子的样子向四方行礼，然后请诸位客人点乐器。凡是客人点到的乐器，他都能立即用其演奏乐曲，琴、箫、笙、笛都不在话下。末了，他又蒙上

眼睛，用他那把匕首将一块豆腐雕出花来。

包厢里的客人纷纷鼓掌叫好，侍者于是对贺忆城说道：“公子可做饮酒者，请吧。”

贺忆城朝雎安、即熙他们摆摆手，坐在了赵公子对面。

紫檀木桌上摆了两只一模一样的酒杯，里面的酒看起来也别无二致。赵公子向贺忆城低头行礼，说道：“公子先挑吧。”

贺忆城也没挑，随便拿了一杯酒。拿酒的瞬间，他察觉到赵公子流露出怜悯的神色。

赌场上哪有幸运可言，不过是善于出老千罢了。对面这位出老千高手恐怕已看出他拿的是毒酒，觉得他肯定是个不懂赌术的蠢货，故而心生怜悯。

贺忆城无所谓地举杯，虚虚地相邀了一下，然后一饮而尽。对面的赵公子也喝下了酒，向众人展示空杯。

然后，贺忆城用手撑着脑袋，看着赵公子慢慢露出惊讶的神情，上下打量他。

“奇怪，我们俩都活着，看来是有人出老千啊。”贺忆城微笑，懒懒地说道。

包厢内众人一片哗然，侍者向各位行礼，说这一局无人死亡，并不作数。他再次从后台捧出两杯酒，这次贺忆城和赵公子走到了台前，在所有宾客都能看见的地方，在众目睽睽之下，两人各拿起一杯酒饮下。

这一次仍然无人死亡。

赵公子惊讶地看着贺忆城，贺忆城则笑意盈盈地看着他，走过他身边的时候低声说道：“赵公子认为自己的出老千技术是最好的吗？两轮过去了，第三轮我可不会手软了。”

侍者奉上第三轮毒酒的时候，赵公子看贺忆城的目光谨慎而怀疑。这次他先挑了酒，然后仔细地盯着贺忆城。待贺忆城准备喝下酒的时候，他走过去说道：“不如我们碰一下杯，也算不枉相识一场。”

贺忆城点点头，举起酒杯和赵公子的相碰。那个瞬间，他感觉到自己手里的杯子有些异常，不禁笑了起来。

他举杯饮下手中的酒，赵公子也举杯饮下。赵公子笑着看向贺忆城，颇有些势在必得的样子，却突然睁大眼睛吐出一口血来。他指着贺忆城说："你……你！"

贺忆城偏过头去，无辜地道："明明自己拿的是无毒的酒，为什么偏偏要与我换呢？

"并不是每个人赌赢都是靠出老千的。"贺忆城指指自己，笑起来说，"玩这个游戏，我就是靠运气。"

赵公子倒在地上咽了气。他换了那么多杯毒酒给别人，最后却在疑心中把毒酒换给了自己。包厢里的客人或鼓掌，或惊呼。贺忆城象征性地行了个礼，对旁边的侍者说："我赢了，可以见你们主人了吧？"

侍者笑了笑，对贺忆城道："请公子和公子的朋友们随我来。"

在伙计的带领下，贺忆城一行四人来到赌坊的第七层。侍者停下脚步，对着一间没有窗户、仅凭烛火就亮如白昼的房间说："主人，贵客们到了。"

"请进。"门内传出年轻女子的声音。

他们刚走进门，便看见一个身材窈窕、眉间点着殷红花钿、举手投足间风情万种的美人撩开珠帘。她美眸含笑，上前几步抱住贺忆城，道："小贺，真是好久没见了。你怎么挑了个这么简单的赌局，我还想看看你的技术有没有长进呢？！"

思薇皱起眉头。她这一神情立刻被美人注意到，美人松开贺忆城，笑道："哎呀，这是你这个月的新欢？我觉得还没我好看呢。"

贺忆城苦笑着推开美人，摇头道："魑姨，别开我的玩笑了。"

美人偏过头去，笑道："还是喜欢你叫我姜艾姨。"

魑，空耗财物之鬼，鬼王座下二十四鬼之一。

姜艾施施然地坐到了一边的雕花木椅上，跷起腿问道："无事不登三宝殿。小贺，你来找我是为了什么事情啊？"

"鬼域可能会有叛乱，就在这几天。"

姜艾神色一凝，稍微正了下坐姿："为什么这么说？"

贺忆城看向睢安。睢安于是走上前来，说道："星卿宫天梁星君

柏清近日算出穷凶之灾，位在玉周城，时值冬至日前后。星君起卦，只关心人世。此次灾祸虽是对于人世而言的，却起于鬼域。自古以来，由鬼域而生波及人世的大灾，无非是鬼众叛乱。"

猎人和猎物的关系历来微妙，存在于世千百年的恶鬼们自然不会犯杀鸡取卵、竭泽而渔的错误。所以，由恶鬼引起的大规模灾祸实在少见。

唯有恶鬼叛乱、抢夺鬼王之位时，为了获取力量战胜对方，恶鬼及其部下才会大量吞食活人，为祸人世。

姜艾偏过头去，有些难以置信地笑道："现在的鬼王殿下十分厉害，我瞧着包括我在内的二十四鬼臣都挺乖顺，怎么会这么突然就有叛乱？不过，若是天梁星君的卦……他从不出错，我也是有所耳闻的。"

这一任鬼王刚上任没多久，位子坐得还不太稳，可他有前任鬼王的血脉，实力强悍，又有雷霆手段，了解鬼域的人都说这位鬼王很快就能站稳脚跟。

姜艾若有所思地抱着胳膊，目光在贺忆城身边的三人脸上打了个转，突然上前几步，靠近睢安。

现在已然是冬日，她却穿得很单薄，行动间小腿在开衩的衣裙中若隐若现。

"这位先生看着很是面熟，方便把面具拿下来让老身瞧瞧吗？"

睢安便伸出手解开脑后的绳结，摘下面具。看到睢安的面容，姜艾意味深长地笑起来。她转头对贺忆城说："小贺，你真是越发长进了，死了个灾星朋友，又多了个天机星君做朋友。"

说罢她又转向睢安，笑道："不知天机星君是否还记得，多年前，有一次我去豫州，正打算享用些当地美食，你却破门而入抢走了我的食物。要不是我逃得快，怕是也会死在你的剑下。"

在室内明亮的烛火之下，睢安微微一笑，气定神闲地道："还有这等事情？"

"你记不得了？"

"若您说的当地美食是指豫州人，我似乎有些印象，但我并非破门而入。"睢安微微偏头，脸上笑意浅淡，"我应该有敲门。"

姜艾想了想，啧啧道："还真是，你居然敲门了。你那把好厉害的剑呢？"

"丢了。"

"多年不见，你丢了剑，又成了瞎子，真是好生可怜，这旧怨倒让我不好追究了。"姜艾掩唇轻笑，伸出手想挑睢安的下巴，却被他不着痕迹地避开了。

"还是这么拒人于千里之外。当时我便在想，要是死在你这么俊俏的郎君手下，倒也不错。可以借着你的剑摸到你的脸……"

即熙默默地插进二人之间，面对姜艾，皮笑肉不笑地说道："既然不管旧债了，咱也别在这里追忆了。"

姜艾看看即熙，又看看睢安，掩唇了然地笑了起来，笑得无比放肆，道："有趣，真有趣。"

姜艾转过身去，赤着脚走在波斯地毯上，她的指甲涂成了鲜艳的红色，踩在洁白的地毯上风情十足。

"你们想进玉周城倒不是什么难事。不过，鬼王殿下如今正在玉周城里，他素来不喜欢你们这些修士，近来心情又不好，你们此时拜访，怕是会被他赶出来。"

"鬼王怎么了？"贺忆城问道。

姜艾摆摆手，似乎不胜其烦："有道是英雄难过美人关。鬼王殿下最近把一个活人小姑娘带进了玉周城，看样子是动真心了，可惜那小姑娘特别怕他。"

鬼王和其他恶鬼的最大不同便在于鬼王可以延续血脉。

寻常恶鬼即便是强大的死魂，也无法轮回转世，更无法孕育后代，天大地大，孑然一身。鬼王却可以借活人女子的身体诞下新的恶鬼，得以延续血脉。但是，对于鬼王来说，活人女子一般都只是孕育后代的工具，鬼王几乎不会对她们付出真情。

姜艾坐在披着虎皮的软榻上，手玩弄着自己的长发，回眸巧笑，道："我们这些恶鬼怎么着也得过个千八百年才会灰飞烟灭。活人算什么？朝生夕死的小东西。对他们动心，岂不是自讨苦吃？鬼王殿下的心情怕是好不起来了。

“你们要是不怕被他轰出城去，我便带你们进城。”顿了顿，姜艾爽快地笑道。

思薇因姜艾的爽快产生几分怀疑，问道：“阁下不要什么吗？”

“嗯……下次我去吃当地土特产的时候，各位星君可否放我一马？”姜艾哈哈大笑，发间的金穗跟着颤动，她摆摆手，“算啦，道不同不相为谋，难不成要你们捏着鼻子不情不愿地跟我交易？我这次帮你们，全看在小贺的面子上。

“不过，按你们的说法，若真生了叛乱，你们要站在鬼王这边助他平叛吗？你们这些正道的良善星君要与鬼王合作？”

睢安闻言淡淡一笑，神情平和。

“世间没有永远的敌人。对我而言，事情能尽快平息，鬼众少食人，便是好的。”

姜艾似笑非笑，叹道：“天机星君也太不爱惜羽毛了。”

“和百万百姓的性命相比，我的羽毛确实轻如鸿毛。”

◇◇◇

姜艾和贺忆城的私交似乎很好。这边说定之后，她便毫不含糊地准备启程去玉周城。她毫不顾忌地笑说，幸好前段时间她大快朵颐，填了填肚子，不然这时候去没一个活人的玉周城，肯定要饿着自己。

姜艾城里的赌徒若赌红了眼，常常有人签下死契，拿自己的命做赌注的。听说若输了命，便会被万贯楼的楼主收去，卖去偏远之地为奴。

实际上，这些输了命的家伙基本都成了姜艾的美食。

听了她的话，睢安倒是面不改色，思薇则一直皱着眉头。虽说姜艾的脾气不错，又很讲义气，但若不是暂时有求于她，他们肯定是敌对关系。

思薇小声嘱咐贺忆城，这次欠姜艾的，他们之后一定会还上，不需要他一个人背。

贺忆城颇为无奈地笑着应下。

姜艾出行的排场十分隆重。她说她不喜欢穿鞋，怕脏了脚，所以出门在外从不下地。出发当日，地毯从七楼沿着楼梯一直铺到门外的轿子下面，她赤着脚一路踩着地毯走下来，走上轿子。

她有一顶从一边走到另一边足有七步远、容纳十人也不嫌窄的大轿子，轿身用的是最好的楠木，雕龙画凤，轿帘的用料则是苏州府制造的锦绣绸缎，整顶轿子要三十二人才能抬起。若不是为了减轻些重量，她定要贴上金箔。

看到这顶轿子，即熙马上跟姜艾讨论起这轿子是怎么造的、要多少钱、材料从哪里拉的，满眼都是“好东西啊，好东西”的赞叹。

思薇翻身上马，对贺忆城说：“姜艾若不是恶鬼，大概会和即熙成为很好的朋友吧。”

“是啊，但这世上的事情便是这样。你总不能强迫狼去吃草，是吧，冰糖？”贺忆城摸摸旁边冰糖的头，冰糖深表赞同。

起轿时姜艾甚至喊人放了鞭炮，隆重至极，直到走出姜艾城才终于清静下来。雎安、即熙、贺忆城和思薇骑马走在轿子左右，姜艾推开窗户，趴在窗框上看着旁边骑马的贺忆城，笑着轻声说：“小贺啊，知道你姜艾姨为什么要帮你吧？”

贺忆城微微一笑，装傻道：“不知道。”

“我是个赌徒，我可是在你身上押了注。”

“你放弃吧，姜艾姨。你应该感觉到了，我身上现在有很强的祝符，我不会成恶鬼的。”

姜艾上下看了一阵贺忆城，叹息道：“你怎么就不愿意做恶鬼，非要做个手无缚鸡之力的人呢？”

“姜艾姨，你还记得冷、热是什么感觉吗？春日蔷薇花开、秋日桂花开时是什么香气吗？红烧狮子头和宫保鸡丁是什么滋味？女儿红和花雕酒是什么味道？亲情是什么感觉？爱人是什么感觉？”

姜艾眼眸微动，偏过头去，发髻上的金色流苏跟着倾斜。

“你留恋的就是这些吗？”

“对我来说，这就是存在于世的意义，是我决不能失去的，只有

‘活着’才能拥有的东西。”贺忆城微微笑着，露出两个酒窝。

“……还有那个姑娘，你一路替她拿包的那个？我听说她叫思薇。睢安、思薇，居安思危，她和天机星君很般配啊。”姜艾指向远处的思薇。

贺忆城勒着缰绳皱眉道：“怎么就般配了啊？我叫忆城，她叫思薇，正好对仗。这就不般配吗？”

姜艾“哈哈”大笑起来。她双手支着下巴，道：“你是真喜欢那丫头。真好啊。”

她笑着叹息，似真似假地伤心道：“我早已不知道爱是什么感觉了。”

虽说姜艾的轿子耽搁了些时间，他们还是在七日内到达了玉周城外。睢安一行下马，进了姜艾的轿子。姜艾没让她的轿夫们进玉周城做恶鬼的点心，而是从玉周城里喊了三十二个恶鬼出来给她抬轿。

进城前，她划破手掌，让除贺忆城之外的人喝下她的血，掩盖活人的生气，以免哪个不长眼的恶鬼闻到活人气息来袭。

进入城门时，她撩起窗帘，大大方方地报了自己那几位客人的名字。守门的恶鬼听见天机星君、贪狼星君的名字惊诧不已，但到底没敢拦着，由着姜艾把他们带了进去。

玉周城从前十分富裕，这里的建筑精致、华丽，气势恢宏，可以想象曾经的繁华。现如今因为煞气集聚，玉周城上方的天空中总是阴云密布，路上布满飘浮的游魂和脚步匆匆的恶鬼。这里的恶鬼比贺忆城召鬼时出现的那些浑身黑气、身形扭曲的疯狂家伙体面许多，大多像姜艾一样，看起来和凡人别无二致，想来应该是高等恶鬼。

姜艾撩起窗帘，对他们介绍道：“如今玉周城里没有活人，常在这里的都是不用亲自觅食的，比如像我这样的甲等恶鬼。二十四鬼大都长住此处，我们的家臣也有许多住在此处。大家都是千八百年的老鬼了，和人世的界限分得很清，我实在想不出哪个家伙会吃饱了撑的，搞个穷凶之灾出来。”

睢安点点头，说道：“多谢前辈引路。”

他的话音未落，便听见轿子外传来声音：“听闻星卿宫尊上们前

来玉周城，鬼王殿下特此召见。”

姜艾掩唇笑了起来。她指着帘外做了一个请的手势：“看来殿下迫不及待地要见你们。我猜他是想问清你们来此的目的，然后——把你们赶出去。你们好自为之，我只负责把你们带进来哟。”

睢安笑着应下，走下轿子。他身穿一袭白衣，以玉冠束发，身形挺拔，站在阴沉的街道上如同一朵落在地面上的云。

即熙和思薇跟着他下了轿子。她们身穿彩衣，一紫一粉，如开在路边的两朵花。贺忆城似乎有些头疼，他揉揉太阳穴，跟着她们走了下去。

这玉周城的街道上总算有了些活人的气息。

玉周城阴云密布、鬼气森森，城主府却恢宏、阔气，这里已经换了人住——应该说是换了鬼住。足有成人合抱般粗的柱子刷以红漆，雕以草木花兽，支撑着高耸的屋舍。

睢安一行四人跟着鬼仆的指引穿过一道道殿门。每穿过一道门，层叠的屋檐下挂着的铃铛就发出一声轻响，预示他们离鬼王又近了一步。

一切看起来都很顺利、正常。

在他们穿过第三道门时，一束强烈的红光突然从大殿内射出，一时间整个玉周城上空一片血红，如同火海。

思薇、贺忆城、即熙和睢安都愣在当场。

“不……不……”贺忆城喃喃道，向大殿奔去。

几人纷纷推开鬼仆，径直朝大殿奔去。即熙一脚把殿门踹开，只见大殿里的帷帐、地毯皆以红色为主，且是极为艳烈的红色，举目望去，整座大殿仿佛燃着熊熊烈焰。

大殿上站着一个面目年轻的男子，身穿一袭红黑相间的衣服。或许是黑色和红色过于纯粹，衬得他原本就没有血色的脸更加苍白。他生了一张刀刻斧凿般棱角分明的脸庞，眉毛微微皱着，低头看着他怀里的姑娘。

他怀里的姑娘大约十七八岁，穿着豆绿色的衣衫，仿佛无间地狱

长出的一株嫩芽。她双颊粉红，美丽而朝气蓬勃，有种和整座玉周城格格不入的气质——“活着”的气质。

姑娘手里拿着一把刀，刀的另一端深深地插在鬼王的心脏处。他们离得很近，鬼王的姿势仿佛想拥抱她。

她在他的怀里，把刀捅进他的心脏，整个人瑟瑟发抖。

鬼王吐了一口血。他微微抬起眼睛，看向怀里的姑娘，又看向她插在自己身体里的刀。他静默了片刻，突然笑道：“我还以为你是来见你心心念念的神仙的，没想到你是来杀我的。

“你终于找到我的命门所在了？你这次怎么就这么勇敢了？”

他伸出手拽住那姑娘的头发，强迫她抬头看着自己。他的身体已经开始慢慢消散，如同燃尽的香火，慢慢地变成细碎的灰烬。他说：“我不懂你。”

顿了顿，他又说：“也不懂我自己。”

从头到尾，那姑娘只是呆呆地看着他，身体颤抖，并没感到畅快或开心，脸上只有迷茫。鬼王似乎也不需要她的回答。他松开了抓着她头发的苍白手指，冷峻的面孔渐渐化为细灰，消失于空中。

鬼王的面容在姑娘面前消失时，她才颤着声音说：“你说的话……我一句都不相信……你原本就该死……”

她不懂他为什么要把她留在身边。

她的激烈反抗常常触动他身上的保护咒，为此他甚至撤去了保护咒对她的防御，以免她受伤。

他总是居高临下地看着她，像对待宠物一样逗弄她。他一定觉得，她这么弱小，无论如何都不可能真正伤到他，抑或觉得她不敢伤他。

她有什么不敢的？她没什么不敢的。

可是她没有想到，她真就这么得手了，她让他灰飞烟灭了。

他真的对她全无防备。

这是为什么？

他说，她知道他不会防着她。其实她不知道，因为他说的那些话，她从来没有相信过。

即熙看着殿上那个姑娘捂着眼睛大哭起来，不由得揉了揉太阳

穴，只觉得头疼。他们来晚了一步，只差一步。她不信这事和魔主没关系，简直就像他算计好的一样。

鬼王灰飞烟灭。

群鬼无首，鬼臣争王，必生大乱。

虽然知道这事多半是魔主算计好的，即熙还是气不打一处来。她三两步走过去，来到那姑娘面前，气道："你疯了，你为什么让鬼王灰飞烟灭？！鬼众争王对人间是多大的灾难，你知道吗？！"

即熙揪着姑娘的前襟来回拉扯，气得牙痒痒。

姑娘的神志被即熙唤了回来。她幽幽地看着即熙，说道："我父母是被恶鬼吃掉的。

"在我十岁的时候，就在我眼前。"

即熙拉扯她衣襟的手停了下来。

"恶鬼都该死。他也吃人，他纵容他的部下吃人，他们罪大恶极，都是一丘之貉！我蒙受灾难的时候无人救我，谁都靠不住，我只能靠自己。我又为什么要管别人？"她吼道，说着眼泪就簌簌地流了下来，沿着脸颊落在地上。

◇◇◇

"啪。"

即熙抬手给了那姑娘一巴掌。她冷声道："没有父母有什么了不起？我也没有。你不小了，别像个无理取闹的孩子。"

雎安神色凝重地走到即熙身后，拍了拍她的肩膀："带上她，我们先离开这里。"

那姑娘被即熙的巴掌打蒙了，怔怔地低着头。即熙愤恨地瞪了她一眼，拎着她的衣襟生生地把她从地上提了起来，然后拉着她往前走。

"愣在这里等着做疯鬼的点心啊？靠不住？我呸，还不是得靠我们。"她骂骂咧咧地拉着那姑娘，跟着雎安、思薇和贺忆城离开。

整个玉周城上空已经是一片血红，涌动着疯狂的煞气。贺忆城走出宫殿的时候抬头看了一眼天空，又回头看了一眼高阶之上的一地灰

烬。在红色宫殿里，它们如同大火燃烧后的灰烬。

人死不入轮回则成鬼，鬼灭为灰，天地之间再无所在。

即便鬼王也是这样。

“快走啊。”

他的手被思薇拉住。她似乎是着急之下没有注意到，于是贺忆城握紧了思薇的手，沉重的神色里微微带了一点笑意。

“来了。”

行宫里的鬼仆见到他们如疯了一般扑上来，即熙把杀了鬼王的小姑娘丢给思薇和贺忆城，与睢安在乌泱乌泱的恶鬼里开出一条道路。他们身上的人气已经被姜艾的血掩盖了大半，若是在平时，定然不会引得鬼仆这样大胆冒犯。但此刻他们身上微弱的活人气息就像滴水进了沸腾的油锅，炸得玉周城这锅油四处乱溅，毫无章法。

这些鬼确实像是疯了。

他们刚刚杀出行宫，便看见姜艾的轿子停在宫门口。她撩起轿帘看向他们，她的眼白里掺了墨色的黑，眼睛有完全变黑的趋势，如这一路所有疯狂的恶鬼似的。

但她尚且保持着一丝理智，拿出一支骨笛，吹出一段尖锐的曲调。那些鬼众便如得了什么指令般，动作慢下来。

“快跑！快离开玉周城！”姜艾冲他们喊道。她从那轿子里下来，赤脚踏在地上，带着他们往城门奔去。几个人快速穿过阴森的街道，身形如风。

姜艾也顾不得脚被地面染脏了，生气地道：“你们搞什么玩意儿？鬼王怎么会突然灰飞烟灭？鬼王是鬼域的秩序，鬼王死了，所有的鬼都会陷入疯狂，食人、相互残杀，直至下个鬼王产生。我怕是也撑不了多久。现在你们在城里，身上这点活人气息就已经引起这么大的骚乱了。我告诉你们，做好三天之内这方圆百里内活人全死的准备。”

“就是你说的鬼王喜欢的那个小姑娘做的。我们还没见到鬼王的面，她就把鬼王给杀了！”即熙嚷道。

姜艾吃惊地看向那个面色苍白的小姑娘，半晌后拍拍手道：“你可是……不知该说你是勇敢还是愚蠢。”

雎安一边奔跑，一边念咒，迅速在刺杀鬼王的姑娘额头点了一下，道："她也有心魔，应该是被操控了。"

"我去，魔主这个小兔崽子无处不在啊！"即熙骂道。

贺忆城沉默了一瞬，然后加快脚步靠近雎安，轻声说道："你的心魔可曾和魔主有过联系？"

雎安摇摇头："我的心魔太强，魔主并不能控制。"

"魔主对我们非常了解，我之前一直觉得是因为他能控制生了心魔的人，便也能知道他们所知的事情。但从上次见过魔主到今日，我越来越觉得，他对我们了如指掌，应该是我们熟识的人。不仅熟悉你，也熟悉我。"

"你有怀疑的人。"

"有，但是没有依据。"

贺忆城在雎安耳边吐出那个人的名字。雎安并没有露出惊讶的神情，只是点点头。

"你也猜到了？"

"我前段时间写信问过他的情况。他去参加了一场葬礼，然后失踪了。"

"果然！"

他们边说边跑到了玉周城城门处。玉周城外已经升起荧荧发亮的巨大结界，无数修士正在结界外念咒，将满城恶鬼关在城中。恶鬼们被城外活人的气息吸引，拼命地往结界上撞，结界一阵阵地颤动。

姜艾抬头看了一眼，摆摆手，让他们出去。

"万鬼厮杀，我是避不开的。不过，所幸我很强，想来厮杀到下一任鬼王诞生时，我尚不至于灰飞烟灭。"

她的双目已经完全变黑。她抱着胳膊，因为抑制着自己吃掉面前五人的欲望而绞紧手指，骨骼咯咯作响。姜艾笑道："不过，这城里还有二十几个像我这么强的鬼，还有无数的家臣和鬼仆。你们这结界能关我们多久？这世上还没有什么结界能关得住我们。

"虽然我挺喜欢你们的，但结界一破，我们就是死敌了。"

城外修士见了雎安一行，如见到救星般向他们连连招手。他们告

别姜艾，穿过修士们暂时放开的小口，出了结界。

“小贺，我在你身上押了赌注哟！”

贺忆城看向身后闭合的结界，姜艾的声音淹没在一片黑色的鬼气中。

姜艾每次见他都会说这样的话，好像笃定了什么似的。

她是绝好的赌徒，几乎从来不输。

贺忆城刚刚转过头来，还没看清结界外的形势，一柄剑就横在了他的脖颈间。他挑眉看去，拿剑的是一位长袖飘飘的道长，大约是结界外那些修士的领头人。

“贺忆城！你这贼子为何在此？！这次的穷凶之灾便是你搞的鬼吧？！”道长义正词严，出奇地愤怒。

贺忆城摸了摸自己的脸，这次面见鬼王，他好像忘记易容了。

思薇看见这情景，立刻挡在贺忆城身前。她盯着那位道长，一字一句地说：“放下你的剑，他是我庇护之人。”

早在进入玉周城之前，他们就已经察觉到周围隐藏着许多修为高深的修士，大概是收到了柏清的消息，为防灾祸早早做好了准备。所以，鬼王一死，玉周城一乱，他们就快速地建立起结界。

但正如姜艾所说，这结界撑不了多久。

“我与尊上有过几面之缘，知道您主是非。可您说他是您庇护之人，是非公理何在？他助纣为虐，害人无数，玉周城沦为恶鬼之域，便是他所为！如今他又在此引发更大的灾祸，您却要庇护他？死者何以瞑目？我们这些救灾之人何以服气？！”

那道长看向思薇，声音洪亮而清晰，每个字都带着怒气。

他身后那些做法、念咒维持结界的修士正严阵以待，准备斩杀恶鬼的修士则齐刷刷地将目光投过来，落在思薇身上。

天地一片阴云惨淡，血红如火，他们的目光犹如利刃。

睢安穿过那些利刃似的目光，走到道长身边。他把手放在道长举剑的胳膊上，轻笑着按下剑，说道：“贺公子是与我们一同来阻止灾祸的。司乾真人，您是扬州仙门的首领，当务之急是要防止满城恶鬼

散出，而非在此追究旧事。”

司乾真人勉强放下了剑，转眼看向雎安，行礼道：“宫主大人，我们半个月前收到天梁星君的消息后便在此守候，暗自疏散附近民众。此番鬼王突然灰飞烟灭，大乱之前我们便建起结界，勉强将他们关在城中……可这绝非长久之计。”

他的话音刚落，天上的结界就被撕开了一道口子，几十只恶鬼争先恐后地跑出来。站在结界前念咒的修士还没来得及拔剑就被咬去了半个脑袋。

那些恶鬼飞速扩散，抓住来不及逃跑的活人便大快朵颐，人们奔走哭号。修士们立刻上去补好漏洞，斩杀恶鬼，一时间兵荒马乱，煞气冲天。

贺忆城安静地看着那些疯狂的恶鬼和奔走哭号的人，血淋淋的地面和血红的天空交相辉映。

这样的场景他已经是第三次见到了，前两次都是因他而起，由别人帮他收场。那些道士说得倒也没错，玉周城一开始会变成恶鬼之域，就是因为他。

姜艾说得也没错，所谓人，真是手无缚鸡之力的弱者。

可是，他这么多年一直拼了命地想作为人活下去。

“这任鬼王太过年轻，并无血脉。如今鬼王血脉已绝，二十四鬼臣实力相当，相互争斗，何时才能产生新鬼王？”

贺忆城突然笑出声来。他看着满面忧虑的司乾真人，摇着头轻浮地说道：“你们可真是奇怪，鬼王在世是你们的敌人，可他没了又是你们的灾难，不觉得有点可笑吗？”

司乾真人气得面色发红，抬手指着他道：“你这贼子居然还有心嘲笑？”

贺忆城并不理会司乾真人，他回头看向岌岌可危的结界里黑云密布的玉周城。他想起自己刚刚在大殿里看到的面目苍白的男人，多年不见，他未曾有丝毫改变，高傲又挑剔。这位鬼王在还未成为鬼王时总是抬着下巴居高临下地看他，和他说过的话应该不超过五句。贺忆城不知道他为什么会这么讨厌自己。

曾经强悍到让他绝望的家伙，就这样轻易地死去了，化为一地冰冷的灰烬。

虽然那男人是个不怎么样的家伙，虽然那男人从来不曾善待过他，但他好歹放了贺忆城一条生路。

这家伙如今却死了，最该长命百岁的家伙死了。从此之后，他贺忆城在这个世上就真的没有亲人了。

贺忆城淡淡地笑起来，说道："你让我向你发誓，终生不得向他人透露我的身世，结果你自己先死了。想来我也不必遵守这诺言了。

"当初你怕我跟你争王，连父亲也要杀，如今却连个血脉都没有，我倒霉的哥哥。"

除了即熙，在场的所有人都露出震惊的神色。

贺忆城回过头来，红色的衣衫在萧瑟寒风中随风飘扬，衣服上绣着华丽的金色牡丹。他迎着所有人的目光微微一笑，露出两个天真无邪的酒窝："谁说鬼王的血脉断绝了？前鬼王的私生子不是正站在这里吗？"

◇◇◇

思薇怔怔地看着贺忆城，他说过的所有关于他身世的话在她脑海里来回翻涌。

"我是私生子。我娘是通缉犯，我六岁时她就带着我投奔悬命楼了。现如今她早已去世，我爹不巧也已亡故，正室家的哥哥横竖看我不顺眼，没要我的命已经很好了。

"我跑去找我那不负责任的老爹。结果，正室家的哥哥正好准备夺家产，把我爹给杀了。我就不自量力地跟我哥干上了，不仅没干过他，还落下了毛病。要不是即熙赶去救我，我人就没了。

"我父亲是玉周城的城主。

"我是怪物。"

"你父亲……不是玉周城的……城主吗？"她与他挨得很近，看着他的眼睛低声问道。

贺忆城轻轻一笑，回应道：“是啊，他伪装的身份多得很，玉周城城主只是其中之一。”

他的母亲就是被前鬼王伪装的一个身份所骗，于是有了他。

鬼王的血脉一般出生即为恶鬼，可他出生时并未完全变成恶鬼，而是处于半人半鬼的混沌状态。在鬼王的眼里，他大约就是个先天残疾者，于是他得以留在母亲身边，以一个人的方式长大。

对于这一点，他万分庆幸。

刚刚愤怒不已的修士此时纷纷惊疑不定，窃窃私语。司乾真人警惕地看着贺忆城，说道：“你是前鬼王的私生子？你怎么证明？你此刻说这些想做什么？”

贺忆城从思薇身后走出来，面对这些修士，漫不经心地道：“那你们呢？你们想让我做什么？”

司乾真人咬咬牙，看看结界，又看看贺忆城，说道：“若你真是鬼王血脉，那我们就给你一个将功赎罪的机会……”

“哈哈哈……”贺忆城的笑声打断了司乾真人的话，他笑得弯下腰去，又抬眼看向那真人，“将功赎罪？让我变成恶鬼来将功赎罪？于我而言，和死有什么分别？瞧瞧你们那高高在上的姿态，你们有这么好的名声，百姓都仰仗你们，痛骂我，到头来为什么要我来救世？”

猎猎寒风中，玉周城上空的黑云间落下雪花，穿过殷红血气，浩荡地席卷天空和大地，融化在地上的血泊中。

贺忆城的红衣上落了白色的雪花，他一边灿烂地笑着，一边摇头，笑容慢慢变得凄凉而无奈。

为什么要让他来救世？他二十几年来这么努力地作为人活着，他不想做鬼，他大可以转身而去，任他身后血流成河、尸横遍野。

为什么要让他来救世？

为什么……要让他来救世？

或许他知道理由。

“我的母亲是个医者，她一生以救人为使命，爱管闲事。我是她的儿子，大概是随了她。”

贺忆城的目光转向思薇，那个姑娘的脸颊和鼻尖都泛着红色，混乱而懵懂地看着他。

他笑了笑，说："还有……玉周城的事情确实因我而起，虽然我不是有意的，但也难辞其咎……不能总让别人来帮我收拾烂摊子吧？"

恰好他最近有了新的梦想，只是没想到付诸实现的机会来得这么快。

贺忆城伸手指向远处奔逃的百姓，然后移向思薇、睢安和即熙，对司乾真人说道："我做这些事情是为了他们，而不是你和你口中的将功赎罪。

"我不在乎你们怎么看我，你们永远不会知道我是怎样的人。不过，那不重要了。"

司乾真人和一众修士鸦雀无声，紧张地看着贺忆城。

他笑了笑，慢慢地从怀里掏出那把从不离身的名叫"鬼见"的匕首，目光落在思薇脸上又离开，然后将匕首交给了即熙。

"你来动手吧，利落点，别弄疼我。"

即熙掂了掂那匕首，柄上的红宝石发出诡异而璀璨的光。她神情复杂地说："凭着思薇祭星位给你的祝符，你可以做一辈子人。

"这不是你一直以来的愿望吗？

"不会再有游魂、恶鬼缠着你，你可以痛痛快快地做个自由的人。"

"嗯。"

"你若变成恶鬼……就没有回头路了。"

贺忆城低下眼眸，笑了笑。

"嗯。"

思薇奔过来拉住即熙的胳膊。她慌乱而急切地说道："先不要……我们再想想别的办法……"

睢安说，就算贺忆城身上有鬼王血脉，变成恶鬼后力量极强，但一时半会儿并不能解决叛乱。这结界还是撑不住。

贺忆城微微一笑，对即熙说道："那便要靠你了。"

即熙眯起眼睛："我也撑不了太久，最多十天。"

"好，我给你十天。"

睢安沉默了一瞬，露出了然的神情。

思薇想问他们在说什么，却被贺忆城拉过去抱在怀里。

他的肩头落了一层薄薄的雪花，怀抱却很温暖。他在她耳边说：“思薇……再见了……”

然后他松开思薇，轻轻地把她推到一边。

即熙走上前去，扶着贺忆城的肩膀笑起来，就像平时他们嬉笑打闹时一样，然后一刀捅进他的心脏。

精准、利落，没有让他疼。

“再见，我的发小儿，我的狐朋狗友。”

即熙抽出匕首。贺忆城闭上眼睛，身体向后倒去，跌落在地面薄薄的积雪中，红色的发带与衣角随风飞扬。与鬼王灰飞烟灭时相同的光芒再次闪耀于玉周城上空，城内疯狂骚动的鬼众瞬间静默，唯天地浩荡，风雪呼啸。

鬼王血脉重现。

贺忆城的魂魄逐渐挣脱那静默无声的躯体，在纷飞落雪中，恶鬼贺忆城睁开了眼睛，双眸漆黑，不见眼白。

“我的狐朋狗友……我的生死之交。”即熙的声音低低的，眼睛泛红。

恶鬼贺忆城回头看了一会儿自己倒在地上的躯体，漆黑的眼眸里看不出什么情绪。

他转头看向即熙他们，又看了看那些戒备而警惕的修士，淡淡一笑，转身朝结界走去。

“贺忆城！你……”思薇喊着他的名字跑到他身后。恶鬼回头看她，漆黑的眼眸里映着她的身影。

她的脸已被冻红，鼻尖也是红的，失去修为之后她变得非常怕冷。

刚刚他也觉得很冷，但现在他已经感觉不到了。

他想伸出手碰碰她，最后却什么都没做。

“你还是贺忆城，我们还会再见面的，对不对？”

她的眼睛很红，像他送给她的那只兔子的一样红。

贺忆城看着她闪着亮光的眼睛，轻轻地笑了笑。他指了指自己，

说道："思薇，我是什么？"

思薇的眼睛颤了颤，说道："……恶鬼。"

"我吃什么？"

"……活人。"

贺忆城浅浅地笑起来，背着手说道："所以，以后我们还是不要见面为好。"

"你是为了苍生……你是所有人的恩人。"她仍然倔强地道。

"是啊，我是英雄。"贺忆城偏过头，笑道，"仅在今日。"

明日开始，便只有食人恶鬼，再无英雄。

顿了顿，贺忆城叹息道："幸好你还没有喜欢上我。"

思薇怔了怔，眼眶再也承受不住泪水，眨眼之时眼泪连串地落下来。她的声音颤抖了："其实我……"

"嘘，别说。思薇，别说。"贺忆城将手指放在唇上，笑着一步步地倒退，向结界走去，就像很久以前他在她面前挡着身后游魂离开时一样。

她明明一直非常怕鬼，目光却不肯从他身上移开。

"贺忆城，我……"

"别说了，求你。"

结界上出现一条缝隙，贺忆城的身影消失于缝隙后，消失于混沌、阴森的鬼气中。

他最后仍在笑，甚至向他们挥手告别，就像以前的每一天一样，嬉皮笑脸、油腔滑调。

他总是带着这样的笑容，一声声地喊她"大小姐"。

他说，他喜欢她，所以心甘情愿做她的仆人。

他说，她的梦想是他新的梦想。

他说，他爱上她了，等她的答复。

然后他说，再也不要见面了。

他求她别说话，从今以后，他不再需要她的答案。

结界合上，贺忆城的身影彻底消失。思薇慢慢捂住自己的脸，蹲

在地上号啕大哭，身体颤抖不已，仿佛秋天将死之蝉。

即熙深深地吸了一口气，看着那再次被撕开口子的结界，转头对雎安说道：“我可能又要闯祸了。”

“我想我很擅长并且乐于帮你兜底。”雎安淡淡一笑。

即熙于是也笑了起来。她看向聚集起来的那些修士，又看了看司乾真人和他身边的其他扬州名士，然后走到结界边，以手触摸结界。

“即刻起，十日之内，以此结界为界，出界之鬼必化为灰烬。灾祸之主是为荧惑，厄运之令皆由我出，接令！”

结界应声大亮。企图撕裂结界逃出的恶鬼纷纷发出哀号，灰烬和落雪交杂而下，壮烈而肃穆。

诅咒达成，为玉周城的恶鬼降下十日拘禁之灾。

修士们骚动起来，纷纷拔剑，惊呼声混在一起，人声鼎沸。

“荧惑灾星？！”

“荧惑灾星怎么会活着？她不是早被星卿宫宫主杀死了吗？”

“苏寄汐是荧惑灾星？她不是贪狼星君吗？”

质疑的声音一时间乱成一片，就连带头的司乾真人和几位有名望的道长都大吃一惊，所有质疑和目光都汇聚在即熙身上。

那些目光着实不大友好，即便即熙刚刚帮他们解决了一个大麻烦。

即熙看着这久违的熟悉的敌意，嘲讽地一笑。时移世易，有些东西倒是亘古不变。

雎安走到她身边，和她并肩而立。

“别担心。”他轻声说，“我在这里。”

第四卷

终卷

从他强大的、不可违逆的命运中拯救他。

第二十三章

◇◇◇

小戚

从未目睹过恶的善良，大多只是浅薄的天真与怜悯。

就在众修士议论纷纷时，突然平地刮起一阵大风，飞沙走石裹挟着血气和黑烟席卷而来，继而消散，速度之快令人来不及反应。即熙和雎安抬手挡住眼前的大风，放下胳膊时却发现所有人都好端端的，唯有地上贺忆城的身体不见了。

远处，戚风早正在客栈房间里喝茶，悠然地看着床榻之上卷起一阵黑风，一个红衣男子从黑风中落下。

这男子十分奇怪，仿佛受了重伤，胸膛前的血已经凝固，呼吸平稳，却不省人事。

戚风早站起来走到那男子旁边，细细打量一番之后，轻声道："不错。"

他终于得到了贺忆城的不死之躯。

戚风早满意地看了一会儿那具身体，然后推门离开屋子，走到隔壁房间前。他敲了好几下门，见没人回应，便直接推开了房门。里面那个老和尚果然已经醉得不省人事，嘴里喃喃说道："灾星误我……"

这便是一年前在诛杀灾星的庆功宴上被揭穿身负灾星诅咒的僧人悟机。那次庆功会后，他就一蹶不振，无心恪守佛法戒律，终日以酒为伴。

十几天前戚风早找到悟机时，他正烂醉如泥地倒在街边，又哭又笑。街边店家想赶他走，却被旁人提醒说这个人身上有灾星的诅咒，

谁伤他、辱他，必遭灾祸。

悟机气得跳起来，大骂着让他们闭嘴。

对于这样一个人，培养心魔再容易不过。

戚风早的眼里荡起黑色的煞气，他低声说道："悟机。"

悟机浑身一僵，坐直了身体，目光中的迷离变成阴郁。

"我这两天会带你去星卿宫。去了星卿宫，你要帮我做一件事情。"

悟机眼中露出愤恨之色："我要去封星殿把星命书拿出来。"

"没错。"戚风早淡笑着点点头。他晃了晃桌上的酒瓶，然后把酒全部倒在了地上："灾星下了保护你的诅咒，你该好好利用才是。"

他在星卿宫多年，仔细研究过封星殿中的保护结界。若他所料不错，那结界的力量也来自灾星。

诅咒之力确实强大，但是一个被诅咒保护的人去闯一个同样被诅咒保护的宫殿，便会两两抵消，如入无人之境。

此时傅灯正坐在颠簸的马车上，她掀起窗帘向外看去，冬日寒风凛冽，万物萧条，虽然阳光明亮，但寒意不减。

念念穿着桃红色的棉袄坐在马车里，抱着一个琉璃罐子，罐子里有三只银白色的翩翩飞舞的蝴蝶。

"小姐，我们这是要去哪里啊，为什么这么急着赶路？"

"去星卿宫……找天机星君。"

念念似乎不太明白，她低下头看了一眼手里的罐子，又问道："小姐怎么突然养起蝴蝶来了？而且都到冬天了，这些蝴蝶居然还活着？"

傅灯终于收回目光。她放下帘子，看向念念手里的琉璃罐子，轻声说道："这不是蝶，是蛊。"

"啊？"

傅灯从念念的怀里接过那个罐子，捧在眼前，透过琉璃罐子仔细端详那些蝴蝶。她突然说道："念念，如果有一天……我做了错事，去害人、杀人，你会……怎么办？"

念念怔了怔，然后腾地从座位上站起来，不小心撞了头。她疼得直吸气，捂着额头无措地道："不可能！小姐是全天下最好的医者，

小姐只会救人，怎么会害人、杀人？！”

傅灯淡淡一笑，揉着念念被撞到的额头：“假如呢？”

“……念念的命是小姐救的，假如小姐做了坏事，念念只能以死相劝，求小姐走回正途！”念念说着说着就眼泪汪汪了。

傅灯有些无奈地擦去念念脸上的泪水。她的目光转回那琉璃罐子上，另一只手慢慢地抚摩着罐身：“你死做什么？该死的是做错事的人。”

太昭山星卿宫从来是清静之地，难得在非封星的时刻如此热闹。各路仙门济济一堂，九州每州各出一位代表坐在堂下，身后还站着许多弟子。上章殿上正坐的那个姑娘便是他们讨论的焦点。

只见那姑娘穿着星卿宫的冬季宫服，黑衣银水纹，秀发里插着金底红珊瑚的簪子，金穗在鬓边摇曳。

她生了柳眉杏目，有着如春水秋月般婉约的江南美人相貌，此时却跷着二郎腿往嘴里扔山楂果子，就差把放荡不羁四个字贴在额上了。

“我都说了八百遍了，我也不知道我是怎么死而复生的。你们也拿法器验过我了，这个身体上没我什么邪咒吧？这世上离奇的事儿多了去了，大家要学会接受新事物。这点虚心都没有，怎么飞升呢？”即熙在衣服上擦了擦手指上沾的糖衣，漫不经心地对堂下众位仙门来使说道。

她刚给玉周城下完咒，就被扬州各仙门监督着，借着他们的灵宝一夜之间回到星卿宫——没想到星卿宫里已经挤满了人，都在等她。

原来就在她进入玉周城之时，苏寄汐那倒胃口的哥哥苏章不知发了什么疯，突然召集了各路仙门，当众宣布苏寄汐已经被灾星的魂魄占据身体，而后当众应咒，七窍流血，疯癫而亡。

当时扬州仙门因为应对大灾没有去，不过看来结果都差不多，反正是全天下的仙门都知道荧惑灾星死而复生，变成星卿宫的师母大人了。

现在在上章殿上，当着柏清、雎安、七羽等星君的面，这些仙门

分为两拨：亲眼见到苏章应咒而死的人坚称即熙恶贯满盈、心肠歹毒，定要她魂飞魄散才行；在扬州看到贺忆城自愿为鬼进玉周城，又见她下咒拘禁玉周城众鬼的人则比较犹豫，正猜测她的真实目的和品行如何。

两拨人讨论得十分热闹，即熙就没怎么说话，而是吃着山楂果子旁观形势，吃完才发话。

她站起来，望向铁了心要讨伐她的那一拨仙门，说道："诸位仙家，我要想咒人死，难道不会咒他个谁也看不出问题的死法吗？比如头疼脑热，重病而死？我咒他七窍流血，疯癫而死不就是因为这种死法比较可怕，想吓唬吓唬他，让他别说吗？"

"吓唬？人命关天，你却这般轻描淡写地说只是吓唬？可怜我兄长，便是为了要揭发你这样的歹毒恶徒，才舍生取义！"苏章的弟弟——大约也是苏寄汐的某位哥哥——穿着白色丧服，红着眼睛骂道。

即熙揉了揉太阳穴，她很想说："你哥也不是什么好鸟，不仅想偷星命书，还威胁苏寄汐。她不过是以毒攻毒罢了。"但在这种场合，说这些空口无凭的事情只会让情况更复杂。

真是奇了怪了，人家开鱼塘养鱼，都说了池水深，不会游泳的别玩水，你非不听去玩水，淹死在里面还怪鱼塘主人？

即熙不想再与苏章的弟弟纠缠，朗声对那拨仙家道："诸位，你们想让我死，可得想好了。且不说你们有没有能耐要我的命，如今玉周城的结界已经破了，全靠我的诅咒撑着。我死了，你们谁能补上？到头来尸横遍野算谁的？

"二来，我的副楼主兼好友贺忆城，为了平息鬼域之乱，已经进了玉周城。他是鬼王的血脉，不出意外就是新的鬼王。若你们要了我的命，不就是和百万鬼众为敌吗？"

"三来……说实话，我要当真歹毒，现在就会咒死这殿上除我之外的所有人，哪里轮得到你们来讨论我的死活？"

即熙的话说得直白，因为过于坦诚而不大好听，站在苏家这边的仙门里便有人不忿地道："我们有星卿宫宫主大人做主，宫主大人能杀你一次，就能杀你第二次！"

睢安微微蹙眉，但他并未发言。司乾真人作为扬州仙门的首领，曾亲眼见到睢安与即熙并肩而立，一路上还互相照拂。此时他看了看睢安，又看了看即熙，清清嗓子开始打圆场。

“此前星卿宫宫主大人发了给灾星平反的召闻令，想来已查清灾星身上的许多冤屈。既然大家有误会，就先别忙着喊打喊杀。”

即熙想，这司乾真人对贺忆城那么不客气，如今却帮着她说话，怕不是因为要靠她关着玉周城恶鬼吧？

不过她乐见其成，拍拍手道：“就是，就是。”

“有什么误会？难道她真没杀过人？真没拿人命做生意？”有人质疑道。

即熙闻言，目光从堂下仙门长老和弟子的脸上一一扫过。她似乎觉得荒唐，笑着说道：“我做生意自有我的规矩，多是别人找我帮忙报仇、报怨的，我手上绝没死过无辜之人。

“堂下坐着的各位，许多曾出现在我的生意名簿上，更有许多给我悬命楼递过暗杀的名簿。猎物和猎人，还有……”即熙指着自己，笑得明朗，“还有刀，三者济济一堂，也是一番奇景。”

堂下的仙门长老一时面色不佳。

“放心，我不会透露主顾的信息。不过，大家能和和睦睦地坐在这里，不也说明我不是什么人都杀的吗？”

仙门长老们的声音逐渐小了下去。苏章的弟弟转眼看向睢安，说道：“灾星自然是巧言善辩的，诅咒原本就不会留下证据，谁知道她说的几分真、几分假？宫主大人，你对灾星是什么态度？”

睢安淡淡地说道：“苏先生，若我没猜错，你的兄长应该是被人利用了。即熙亦是受害者，而非凶手。”

苏章的弟弟嘲讽地大笑起来：“我原本不想说出此事，但星卿宫宫主大人如此维护灾星，我就不得不说了。兄长死前曾告诉我，堂堂天机星君，众人眼中镇压天下心魔的善星，其实已生心魔，却隐瞒不说！”

此言一出，除了睢安，殿上的人都面露惊诧之色。即熙更是脸色

大变，三步并作两步走过去，扯过苏章弟弟的领子，说道："你给我闭嘴！"

除了贺忆城、她和睢安，这件事只有魔主知道。

苏章突然不惜应咒而死也要揭发她的身份，更把睢安生了心魔的事情告诉弟弟，这肯定是魔主那个浑蛋安排好的！

苏章的弟弟面对即熙的怒火丝毫不让。他面向睢安，高声喊道："星君可敢当着所有仙门的面，以先师的名义发誓，绝没有生心魔？若星君敢发誓，我便当我兄长的遗言只是疯话。"

"我呸，你凭什么让睢安发誓？"即熙气道。

在所有人或惊讶、或忧虑、或怀疑的目光中，睢安低下眼眸轻轻一笑。见他这样笑，原本震惊的柏清突然明白，刚刚那石破天惊之语所言非虚。他焦急地走近睢安，正想开口说什么，睢安就伸手按住他的肩膀，如平时一样沉稳，安抚地说："总会有这么一天的。"

说罢，他拍拍柏清的肩膀，抬起眼眸，对堂下众仙门说道："苏先生所言不错，我已生心魔，不可自度，十三岁后一直如此。"

十三岁，睢安封星君那一年。

堂下一片哗然，柏清怔怔地看着睢安，不能言语。

苏章的弟弟冷冷一笑，道："枉我们尊敬你，赞颂你为天下表率！你身为善星自己却动邪念、生心魔，不觉得羞愧吗？"

睢安平静地听着堂下众人的质疑和失望。他以银冠束发，身穿绣有银色水纹的黑色宫服，衣袖上的星图一路蔓延，隐没在肩线处，如同披着烂漫星河的夜幕。

他并没有显得失望或羞愧，一如既往地浅浅笑起来，背着手道："不觉得，我并不觉得羞愧。人为何要因自己的天性羞愧？若星命书真的需要完美无缺的神，又何必选凡人承接星命？"

他很早就接受了自己的一切，包括他的心魔。甚至每次引渡别人的心魔时，他都会花时间跟它们聊上两句，就算那些无意识的心魔只有些颠三倒四、反反复复的怨言。

从未目睹过恶的善良，大多只是浅薄的天真与怜悯。或许正是因为他曾深入泥淖之中，才更容易懂得那些困苦的心。

堂下仙门弟子窃窃私语，质疑之声此起彼伏。虽然修仙过程中难免会生心魔，但一来大家或多或少看不起走火入魔之人，二来修士们都认为天机星君是唯一能涤荡污垢、消灭心魔的半神。这些年来，睢安声望太高，以至于这样的落差让人不能接受。

“那天机星君这个位子，您还有资格坐吗？”

苏章的弟弟这样问道。

睢安闻言轻轻一笑，对着苏章弟弟的方向说道：“这话从您嘴里说出来，未免有些本末倒置。您似乎忘了，您并没有资格评论我的善恶功过。”

他慢慢地抬起手，指向远处的封星殿，缓缓地说道：“我们星君的功过自有星命书裁决。若我当真辜负了我的星命，此刻就不会站在这里。换言之，只要我还站在这里，我就是善本身。”

◇◇◇

“即熙身负贪狼星命却没有失格；我信任并维护贪狼与荧惑星君即熙，也没有因此失格。苏先生，既然您觉得被星命书承认便是极善，我想这恰恰说明我是对的，而您错了。”

睢安说完这番话，苏章的弟弟脸色惨白，一时间无话可说。

眼看形势慢慢倒向睢安、即熙这边，站在苏家这边的仙门开始有所动摇。这时，一个老者的叹息声传来。即熙看过去，发声者正是戚家家主戚长峰。青州戚家可谓近百年来修仙一途上最有名望的家族。

“宫主大人说得不错，我们并没有资格妄论星君的功过，星命书自有奖惩。但世间除了法理还有道德，星命书代表的法度维持的是秩序的底线，星君们对自己的要求不应当低至如此地步吧？”

戚长峰坐在堂中的梨花木椅上，身穿黑色大氅。他拿起桌上的茶盏慢慢地喝了一口茶，抬起一双苍老却精神的眼睛。

“我敢问一句，强大到天机星君都不可自度的心魔，可有意识？眼下魔主出世，您的心魔和这位魔主可有关联？”

一时间，所有人的目光都集中在睢安身上，充满疑虑和忌惮，甚

至有人暗自握住了剑。

睢安浅浅一笑，背着手答道："戚老先生怀疑我是魔主？"

"您并未失格，我便当您并非魔主。但若现下的魔主死了，您的心魔又当如何呢？"

戚长峰点到为止，并没有把话说透。顿了顿，他话锋一转："宫主大人，您一出生即为天机星君候选人，十三岁被封为星君，历经九次试炼，引渡过无数心魔，三十岁掌星卿宫，是天下人心中向往的明灯。修仙一途漫长，修士需要持正守心、断绝贪欲，才能免生心魔，这是多么艰辛的过程啊。但是，想到世上还有您的存在，有您这样强大、善良、无畏心魔的天机星君，他们就有了希望，相信自己能抵御心魔，渡过难关。

"若他们知道，即便强大如您也会生心魔，这就意味着心魔不可战胜，令人绝望。信念的崩塌太过可怕，星君尊上。"

堂下的弟子们纷纷流露出赞同与悲戚的神色，传来轻微嘈杂的附和声。

睢安沉默了片刻，然后淡淡地一笑，脸上的星图银光闪烁，与衣服上的银色水纹交相辉映。他一边走下台阶，一边沉稳地问道："那你觉得，我应当如何呢？"

戚家家主喝了一口茶，看向走到他面前的睢安，悠悠地道："天机星君为人间心之所向、长夜明灯，每一任都以性命维护良善及正义，既然为天下善念而生，可否为天下而死呢？"

上章殿一时陷入死一般的寂静，所有人面面相觑。虽然仙门因为睢安隐瞒心魔一事多有不满，甚至愤怒、质疑，但大家并没有想到这一步，或者隐隐约约想到了，却没敢点明。

戚家家主这番话，可是在逼天机星君自尽。

睢安沉默了片刻，然后他站在戚家家主面前，微微俯下身去，如他习惯的那样，眼睛正对着坐在梨花木椅上的戚家家主的视线。

他通透的眼睛里映着门外洒进来的阳光，温和的眉眼带着极浅的笑意。

"这就是你想对我说的吗？想看我是否会像你厌恶的那样，对命

运卑躬屈膝？小戚。”

时间仿佛停滞了一瞬，戚家家主端茶的手停在了半空。睢安接着说道：“或者我该喊你魔主殿下？”

戚家家主眸光微动，随即看向面露震惊的柏清，又极快地移回目光。他好整以暇地笑道：“你们知道了？”

即熙走过来，拔剑指着他说道：“没办法，贺忆城、我与睢安共同的朋友并不太多。”

堂上众人因为这突如其来的变故一时无法反应，议论纷纷。即熙转过头环视众人，露出灿烂的笑容：“怎么，刚刚魔主的提议是不是让你们心动了啊？毕竟是掌握天下心魔的家伙，当然最会冠冕堂皇地蛊惑人心，把谋杀说成奉献。

“睢安要是成魔，自有星命书判他。若你们敢逼迫睢安，我保证从每个州挑一个仙门，咒死所有人。既然是盛大的牺牲，就该有这样的陪葬，不是吗？”即熙目光一凝，微微一笑，“反正我当惯坏人了。”

众仙门一时有畏惧的，有愤怒的，更多的人尚不明白眼前的事态。此时门外突然传来骚乱声，星卿宫的弟子高声喊道：“不好了！有人拿着不周剑闯封星殿！已经破了封星殿的结界！”

这消息瞬间在殿内炸开了锅，七羽立刻跳起来往封星殿奔去。戚风早趁乱抓住睢安的手腕，然后他身上涌出强烈的煞气，一齐沿着睢安的脉搏涌进睢安体内。睢安的心魔立刻被唤醒，在他的元婴内暴躁地冲撞起来，激起煞气。与戚风早短暂地交手两招后，睢安后退了两步，捂住额头，眉头紧锁。

“睢安！”即熙担心地回头看睢安。戚风早出其不意地握住即熙的剑，然后顺势抓住即熙的前襟。一时间，裹挟着黑色烟雾的大风席卷上章殿，将即熙和戚风早包裹在其中。

只一眨眼的工夫，上章殿的家具、摆设大乱。风消失了，即熙和戚风早也一起消失了。

即熙醒来的时候头昏昏沉沉的，疼痛不已。她睁开眼睛，发现自

已置身于一个山洞中。苍白的光线从山洞外照进来，外面正下着铺天盖地的大雪，山洞里却很温暖。这里布置得很好，床铺、桌椅一应俱全，甚至还有个巨大的书架，仿佛是某人常住的房间。

即熙环顾四周，继而睁大了眼睛——“贺忆城”正坐在桌子后面写着什么，桌上的镇纸是青玉所制，雕刻着风中之竹。

他的目光和即熙的对上。那明明是即熙最熟悉的一张脸，此时却流露出她无比陌生的神情。他没什么情绪地说道：“即熙师姐，你醒了。”

是戚风早。

他占据了贺忆城失去魂魄的不死之躯。

即熙目光一凝，一边起手画符，一边冲上前去。戚风早闪身避开了。他们大约是这世上最擅长符咒之道的两个人。在不知名的山洞中，两人身形交错，符咒一重叠一重，刺眼的红光不停闪烁。即熙的符咒凶，而戚风早的符咒邪，两个人棋逢对手难分上下。

符咒对冲抵消后，戚风早突然凝眸，身上随之流泻出强烈的煞气，登时席卷整个山洞。强大的威压一时让即熙跪倒在地。她勉力地抬起头看向戚风早，看见缭绕的黑雾逐渐将他包围起来。从前魔主每次出现时面目都是模糊的，这次她终于看清了黑雾中那张白皙、冷淡的面容，那是贺忆城的面容，眼神却完全是戚风早的。

多么年轻的魔主。

黑雾中响起巨大而嘈杂的悲鸣声。

“我不想死啊……”

“救命啊……”

“凭什么？我好恨，我好恨！”

“我好痛苦……救救我！”

即熙捂住自己的耳朵。那些巨大而嘈杂的悲鸣声一重一重地袭来，几乎要穿破她的耳膜，碾碎她的神经。戚风早在黑雾弥漫中轻轻一笑，说道：“听不下去了？这些睢安应该很熟悉。这便是天下心魔。”

一瞬间，黑雾全部涌入戚风早体内，悲鸣声随之消散，山洞里如无事发生般。戚风早把刚刚在打斗中倒地的椅子扶起来，淡淡地说

道："你打不过我，即熙师姐。"

即熙放下捂着耳朵的手，从地上站起来，盯着戚风早说道："你若动用魔主之力，我自然不是你的对手。可是小戚，你别忘了，我知道你的生辰八字。"

"怎么，师姐要诅咒我吗？"戚风早坐在椅子上悠闲地磨墨，"你还有力量吗？玉周城那个巨大的诅咒已经咒得上千恶鬼灰飞烟灭，你的力量八成都被那个诅咒牵制住了。剩下的两成，远不足以咒死我这个万魔之主。"

"……你算得可真好。"

戚风早没有回应即熙的咬牙切齿，而是指了指旁边的锦盒："师姐要不要再看看这是什么？"

即熙警惕地看着戚风早，同时慢慢地走过去，打开桌上的锦盒，一时间瞳孔紧缩。

锦盒里安然躺着星命书。因为未到封星之时，星命书看起来还是一块石头的样子。

即熙眯起眼睛。她看着盒子里的星命书和放在桌边的不周剑，嘲讽地一笑，道："星命书、不周剑、贺忆城的不死之躯，还有我，你已集齐了所有你需要的吗？你想做什么？"

"该齐的都齐了。"

星命书——人间和神界的媒介。

不周剑和灾星——开门的钥匙。

贺忆城的不死之躯——能承受神界威压的灵魂载体。

还有他自己强大的魔主之力。

原本修士需要苦修百余年，攒下深厚修为和超凡体魄，适逢良机才能飞升成神，如今凭着这几样东西，他也可以成为神。

◇◇◇

"后天我便可打开这道门，进入神界。"戚风早转身看向即熙，笑着说道，"全天下心魔知道的事情，我都能知道。前宫主的心魔告诉

了我不少事情。这些本该是星卿宫宫主代代相传的事情，不过他还没来得及说出来就死了。幸好他没来得及告诉睢安师兄，不然睢安师兄应该很早就能猜到我要做什么。

“即熙师姐，你若是为了睢安师兄好，便更不能杀我。”

戚风早示意即熙坐下。即熙琢磨着她横竖打不过他，看这架势想跑也跑不掉。于是，她拉过椅子，大大咧咧地坐在戚风早面前，抱着胳膊说道：“你说的是，若你死了，睢安的心魔就会变成新的魔主？”

“哦？看来睢安师兄已经告诉你了。”戚风早从桌子后面起身，移开桌上的镇纸，将刚刚写好的纸张夹在书册里，放进身后的书架上。

“睢安师兄的心魔很强，而我年幼之时便被魔主依附。我炼化了魔主，和他的意识合二为一。全天下除我之外，只有睢安师兄的心魔有意识。若我们都死了，至少几百年间世上不会再有魔主产生。”

他转身拎起旁边炭灶上的茶壶，给即熙倒了一杯茶：“我想这世上的人和星命书都希望我和睢安师兄一起消失吧。我只是需要力量，如今我的力量已经足够，便不会再为难睢安师兄。他真正的敌人是他保护的世人和星命书。”

即熙抿着唇，一言不发地看着戚风早。

戚风早看了一眼锦盒里的星命书，轻笑一声。

“即熙师姐不觉得很可笑吗？星命书挑选最善良的人成为天机星君，却又让天机星君成为魔主的种子？因为它知道，天机星君一定会与魔主同归于尽。星命书又给历任荧惑灾星以赤子之心，并让你们注定短命，以牵制你们对灾祸之力的使用。这都是天上的那些神仙通过星命书安排好的戏码，我们只是他们平衡世间各种力量的工具，他们根本不在乎我们的痛苦。他们凭什么这么操纵我们的人生？

“所以即熙师姐，你应该帮我。”戚风早将茶杯推到即熙面前，看着她的眼睛一字一句地说道，“让我成神，去帮你们改命，让睢安师兄不再注定成为魔主，让你不再注定短命，把神明强加给你们的宿命一一打破。”

即熙沉默了一会儿，然后跷着二郎腿拿起戚风早倒给她的茶，慢悠悠地喝起来：“帮你？你要我怎么帮你？”

“开门的钥匙是不周剑和你的血，需要即熙师姐放些血给我，不需要太多。”

原来杀万人的阴极是不周剑和灾星之血。

即熙几乎要为戚风早的博学多才鼓掌了。对于她们家族流传多年的神秘传闻，她自己都搞不清楚，估计星卿宫前宫主也未必知道得很详细，可戚风早这个十七岁的少年愣是把这个歪门邪道研究得清清楚楚的。看来这天下生了心魔的人中不乏见多识广之辈，愣是把戚风早培养成了少年天才。

戚风早这番话说得倒是挺客气。既然现在她打不过他，他又肯定不会放她走，人为刀俎，她为鱼肉，他想放她的血还不是抬抬手的事儿？

即熙单手撑着脑袋，说道：“我饿了，有吃的吗？”

这次轮到戚风早愣住了，他探究地看着她。

即熙笑眯眯地说：“我怕我饿出毛病，搞得这血的品质不好，耽误你开门。”

“你要帮我？”

“我还有别的选择吗？你算好的日子是后天吧？那我今天的干粮，你至少得准备好吧？”

戚风早沉默了片刻，然后指节快速地叩了桌面三下，山洞的地面上缓缓出现一条暗道。他说道：“去拿吧，别想跑。”

“跑什么跑，我不是还指着我们小戚给我改命吗？”即熙笑嘻嘻地沿着暗道跑了下去，不一会儿就揣着一个装了蔬菜和冻鸡、冻羊肉的篮子上来，惊喜地说，“可以啊，小戚，你这个犄角旮旯竟然还有个冰窖！来来来，我今天就让你见识见识我的烤鸡手艺。”

“……”

戚风早看向即熙，这个师姐还是一如既往地不可捉摸。

他有时候很厌恶她这种每时每刻的跳脱与喜悦，仿佛自己是这世上活得最幸福的人。

即熙又抱了一堆干柴上来，自顾自地点火给食物化冻。她一边倒腾一边说：“贺忆城的身体好用吗？你这样灵魂离体可是很危险的，

原本的身体要是被人杀死，你搞不好就会魂飞魄散。”

“所以我的身体在你们绝对找不到的地方，就像此处，睢安师兄也找不到。”

即熙“啧啧”感叹着摇了摇头。她动作娴熟地将那冻鸡解冻，拔毛去皮，放在火上烤得“滋滋”冒油。烤好后，即熙撕下一块肉尝了一口，满意地对戚风早说道：“我的手艺真是绝了，你要不要尝尝？”

戚风早沉默地看着她，并不说话。

“咋，怕我下毒？我跟你说，就贺忆城这身体，你灌一碗鹤顶红也死不了。”

“你为什么总是这么轻松、开心？我可是害了你们一路的人。”戚风早冷冷地说。

即熙撕着鸡腿慢慢地说道：“这不是因为打不过你，现在还算不了账吗？倒是你，这么处心积虑地过了十几年，不累吗？”

从玉周城回来的路上，睢安和她整理了他们已知的所有线索，算来算去，可疑之人只有小戚。当时她猜不出戚风早这一系列举动的动机，这才从睢安那里知道了戚风早的故事，知道了他为何被家人抛弃，也知道了他被预言的命运。

“即熙师姐，你一直都是强者。你有没有忍饥挨饿，在街头被人当畜生一样追赶、殴打的经历？你有没有跪在地上向别人乞求一点食物却被一脚踹翻的经历？你有没有无数次怀疑自己到底做错了什么事情，才会这样悲惨？你有没有满心欢喜地被一个人拯救，想一辈子报答他的恩情，却发现他才是害你至此的罪魁祸首？”

戚风早的语速很快，语气却很平静，仿佛这样的话他曾暗自想过许多遍，以至于早已麻木。

即熙撕鸡肉的手停了一瞬，她看向戚风早，眼眸里映着跳跃的火光。

“没有。”

她干脆利落地说道，然后继续撕她的鸡肉。

“如你所说，我从小就是个强者，从小就很会打架，很会偷东西，很会骗人，就算流落在外，也能混得风生水起。长大以后，我就更了

不得了，可以说是富可敌国，想咒谁死就咒谁死，谁能强过我？”

顿了顿，即熙笑起来，一边吃肉一边说道：“可是这世上的人都讨厌我，我本来就天生短命，大家还都希望我早点死。好不容易遇到一个知道我是灾星还喜欢我的人，结果他却是来杀我的。死而复生后，我参加了诛杀我的庆功宴，那场面可真是普天同庆啊，我活到这份儿上，大概不能更惨了。怎么样，想跟我换换吗？”

即熙擦擦嘴巴从地上站了起来，笑着走到桌子前，胳膊撑着桌子，俯身看向坐着的戚风早。

“小戚，我倒想问问你，若你成了神，能设计自己的命运时，你想成为什么样的人呢？你真的知道哪一种才是完美的人生吗？

“何为不认命？命运要你救人，所以你偏要杀人？命运要你温和，你偏要凶狠？那我问你，你到底是谁？你到底想救人还是想杀人，想温和还是想凶狠，抑或你只是反抗命运的工具，换谁都一样？真假也好，命运也罢，真正重要的是，我有没有做我自己想做的事情，成为我自己想成为的人。如果我觉得快乐和值得，又有谁有资格来否定我？”

戚风早与即熙对视，漆黑的眼眸如同探不到底的深渊，他沉默了半晌，继而幽幽地说道：“你会有这种想法，不也是因为命运这样塑造了你的性格，好让你不去反抗，安心认命吗？你们都被驯化得太好了，连被迫也能变成了心甘情愿。”

即熙深觉她和戚风早完全不能互相理解，只能说：“……你要这么想，我也没办法。”

“你并不想帮我。”

“我也没说要帮你啊。我是说，目前这个形势我没得选，只好先填饱肚子喽。”

即熙已经独享完她的烤鸡，揉着肚子拉过椅子坐下来，无聊地望着山洞外的风雪。

很多年前的某个冬天，太昭山上似乎也下过这么大的雪，红墙、白雪，美不胜收。她一边赏雪，一边在房间里烤地瓜吃，戚风早那时正好来找她。

那时候他还很小，刚被柏清带回星卿宫不久，瘦弱而寡言。

她就拉着他一起吃烤地瓜。他那时候被烫得直吸气，剥皮的时候慢条斯理的，最后把那个地瓜吃得很干净。

她问他喜欢吃什么，他说："扬州的三丁包子。"

她那时候还很有江湖气，看见这种小家伙不禁有些怜惜，便豪气干云地说等开春了带他去扬州大吃一顿，并问他还有什么愿望。

年幼的戚风早想了一会儿，抬起一双黑得纯粹的眼睛，说道："我想活着。"

魔主最初由童男、童女生祭而生，而那些怨气、煞气的最大愿望不过就是"我想活着"。或许正是因为这样，戚风早才成了魔主的宿体，并因为一致的愿望与魔主合二为一。

那时她还没反应过来，就听见柏清在叫戚风早。戚风早便站了起来，跑过去牵住柏清的手，两个人都穿着黑色的冬季宫服，在纷飞的大雪中走远。

柏清对弟子一向严厉，当时在星卿宫，只有戚风早能牵他的手。

那时候戚风早就已经知道一切了吗？

"你还记不记得，你小时候很黏柏清，那时候也是假装的吗？"即熙难得觉得有些伤感。

虽然她常常嫌柏清啰唆，但也知道柏清是爱之深、责之切。柏清对戚风早的喜爱和关心，超过对任何一位内门弟子的。若他知道了这一切，应该会很伤心吧。

戚风早的眸光闪了闪，并未回答。

风雪呼啸，山洞内柴火的火焰跳跃着，回忆仿佛也变得模糊不清。

第二十四章

契约

"因为我会救你，我永远会救你。"

星卿宫此刻一片混乱，那个不明人士混在仙门中来到宫里，趁星君们都聚在上章殿时突然发难，居然轻松地破了封星殿的封印，抢走了星命书，然后迅速消失在黑雾之中。

这是蓄谋已久、精心准备的突袭，一切都发生在须臾之间。

由于戚风早和即熙的消失，关于灾星的议事暂时中止，变成了对魔主和星命书去向的讨论。

柏清仍然有些难以置信，他良久才从怔忡中反应过来，转头对雎安说道："小戚他……真的是魔主？"

雎安并未立刻回答他。他揉着额角微微皱眉，似乎在忍耐什么。柏清立刻反应过来，是雎安的心魔在作祟。

"你怎么样了？"柏清关切地问道。

雎安沉默了一会儿，然后放下揉额角的手，轻声说道："没事儿。"

他的心魔此前元气大伤，安静了很久，但刚刚戚风早强渡给他的煞气刺激了他的心魔。

更重要的是，即熙在他身边消失不见，他的心魔便如疯了般在他元婴内横冲直撞，怒吼着要将所有指责即熙的仙门和带走即熙的戚风早碎尸万段。

他的心魔不能接受即熙又一次消失不见，不知去向。

他的心魔不是天机星君，不管这天下，即熙的事情才是这世上最

要紧的。

“又是没事儿，你到底瞒了我多少……”柏清有些生气，他的话还没说完，便听见堂下有弟子禀告，说宫外来了一位姑娘，想求见宫主大人。

“她说她叫傅灯，有要紧事和宫主商量。”

睢安有些惊讶，继而若有所思地道：“请傅姑娘到殿上来。”

弟子领命而去，不一会儿就领着一位身穿青色衣衫、神情冷淡的姑娘上殿。她看上去风尘仆仆，似乎是匆忙赶路而来的。

她向睢安拜了拜，目光扫过堂上那些赫赫有名的仙家，皱了皱眉头，对睢安说道：“我只信宫主大人，有件事……我只对你说。”

仙门中便有人窃窃私语，问她是谁。有人说她是豫州明世阁弟子赵元嘉倾心之人，他为她走火入魔而死。

睢安点了点头。他站起来走下台阶，来到傅灯面前，行礼道：“傅姑娘因何事来找在下？”

傅灯微微靠近睢安，以只有他们二人能听到的音量说道：“尊上，这件事是……关于戚风早……戚公子的。”

“我们正要找他，他失踪了。”

听到睢安的话，傅灯似乎有些意外。她想了想，拿出那个琉璃罐子，透过半透明的罐身能看见里面翩翩飞舞的白色蝴蝶。

“我在戚公子身上下了银踪蛊，这些银踪蝶能……找到他的去向。他活着……这些蝴蝶就活着；若把这些蝴蝶……杀死，就会驱动他体内的蛊，令他毒发而死。”

睢安有些惊讶，好奇地问道：“傅姑娘什么时候在小戚身上下的蛊？”

“不久前，在赵元嘉的葬礼上……赵元嘉……是戚公子杀的。”

赵元嘉离开翡兰城之前送了她一颗珍珠，那珍珠实际上是件灵器。赵元嘉当时说，他对她师父有亏欠，要将这个人情还给她，若她以后有难，可以通过这颗珍珠联系他。

虽然她并没打算用那颗珍珠，但仍好好地收了起来。

赵元嘉死在遥远的青州时，她的珍珠收到了赵元嘉第一次也是最

后一次给她的消息，只有短短两行字：

戚风早已入邪道
万不可信

这或许是他走火入魔前尚有一丝清醒时偷偷发出的遗言。

她对赵元嘉并没有爱情，甚至并不喜欢他，但她不觉得赵元嘉会说谎。

所以，她奔赴明世阁参加了赵元嘉的葬礼。在那里，戚风早的态度让她基本确定了赵元嘉的遗言是真的，所以她咬破戚风早的唇，以他的血下蛊。之后她便一路赶往星卿宫，来找雎安。

她不像那些能够日行千里的仙门修士，马车行驶了许多天才到达太昭山。

傅灯将这些事告诉雎安后，雎安点点头，十分感激地行礼：“多谢傅姑娘，你帮了大忙。”

“还有一件事……我听说……悬命楼楼主死而复生，这是真的吗？”傅灯盯着雎安问，眼里闪着明亮的光芒。

“是真的。你在翡兰城见到的我的师母便是即熙，不过刚刚戚风早把她掳走了。戚风早在玉周城偷了贺忆城的身体，如今他的魂魄大约已经离体，附在了贺忆城身上。”

傅灯看了看手里的蝴蝶：“他的魂魄不在他的身体里……那它们只能找到他的身体……找不到魂魄所在。”

顿了顿，她又说道：“不过，我在他的衣服上和给他的信上……还有当日天梁星君给他的……镇纸上，都放了可以寻踪的药粉，总能……找到他的。”

修士对符咒、法术十分敏感，但因为身强体壮，他们大多不需要用药，所以对药与毒没有普通人敏锐。

知道戚风早的伪装后，她利用他的疏忽静默无声地掌控了他的踪迹与性命。

雎安面露惊讶之色，似乎没想到傅灯会做到这个地步。傅灯笑了

笑，淡淡地说道："我可是悬命楼出身的。"

他们那里最不缺的就是不顾一切的亡命之徒，她怎么会不勇敢？

山洞外的光线暗淡下去，白日已尽，夜色来袭。即熙正盯着戚风早桌上的翠绿玉镇纸发呆，觉得似乎在哪里见过它们，却又想不起来是在哪里见到的。

就如同她面前的小戚，她既觉得他很陌生，又觉得仿佛能找到一些从前的影子。

他似乎愤恨自己被天命所操控的一生：被父母抛弃，流离失所，又注定会早早地离开人世。可是，当他获得强大的力量后，他所做的第一件事就是操控别人的命运。

他似乎很喜欢这样做，从赵元嘉、宁钦、白帝城人、商白虞、鬼王喜欢的凡人姑娘，再到贺忆城，他从来不出面，只在背后暗中操控、摆弄他们的命运。

若是他不点破，这些人可能永远不会知道自己被利用了。

他终究变成了他所愤恨的一切。

"小戚啊，你走这条路真的能得到你想要的东西吗？"即熙双手撑着下巴，悠悠地说道，"对于普通百姓来说，我们就是神明。但我们自己知道，我们尚且惶惑、无知，有太多身不由己。"

未知之外还有未知，神明之上还有神明。

"就算你真的能凌驾于我们之上，难道就不会面对更强大的未知和神明吗？这条路真的有尽头吗？"

戚风早沉默地挑亮灯火，深黑眼眸里映着火光。

他沉默了很久，久到即熙觉得他大概不会回答她的问题了。突然，戚风早开口说："路总是要走到尽头，才知道对不对的。"

戚风早一夜未合眼。即熙倒是没心没肺地睡了一觉，醒来看到戚风早站在山洞口望风雪的样子，心说他怕不是要提前适应神仙生活，连觉都不睡了？

即熙抱着胳膊靠着墙壁，纳闷儿道："戚公子把我们所有人都耍得团团转，轻易操控别人的命运，而且马上就要得道成仙了，怎么看

起来好生忧愁？”

难不成是要离开人间了，所以生出了离愁别绪？

洞外的风雪落在戚风早的脸上，须臾便化了。他喃喃地说道：“扬州也要下雪了吧？”

“之前听柏清说，江南今年可能有雪灾……啊，你不喜欢柏清，也不喜欢他算卦。”即熙闲来无事，便跟他聊了两句。

戚风早不置可否。他偏过头来看向即熙，说道：“在翡兰城，真正发现你的身份并传出去的人是我。”

“嗯，这几天大概猜到了。”

“指认你们下恶咒的惠娘，也是我有意引她去跟踪你们的。”

“……你安排得真周到啊。”

“你为什么还要救他们？”

“……可能是因为我蠢吧。”

“……”

即熙哈哈大笑起来，摇着头说：“你明明知道答案，为什么还要问我？之前我们已经争执过很多次了，你不是不认同我的观点吗？我可不像睢安那么博爱，更不像柏清那般爱你，反正我不会原谅你所做的一切，何必再劝你？”

说罢，她伸着懒腰走回洞里，嘴里哼着小曲儿：“贤的是他，愚的是我，争什么？”

为什么救他们？黑白不分、忘恩负义的翡兰城人，狂热迷信、排除异己的白帝城人？这世上千千万万听信传言咒骂她、冤枉她的人？

大家都是愚人罢了。

他们也是她，她也是他们，仅此而已。

这天，戚风早很安静，即熙没再同他说什么话。她试图逃了两次，但都失败了。她不得不再次承认，这小子是真的强。

过了夜晚子时，就到了戚风早定下的日子，洞外的风雪停了下来，夜空中不见明月，唯有烂漫星光。

戚风早带着即熙来到山洞外，拿着那看起来平平无奇的石头默念

了一些咒语。只见星命书散发出荧荧光亮，升至戚风早头顶，与星光交相辉映。

然后，戚风早抽出不周剑，拿着剑走向即熙，透明剑身上的红色脉络不停地跳动着。

……还要用不周剑放她的血，可真是隆重啊。

即熙后退两步。考虑到她曾几次三番在争斗中输给戚风早，即熙抬手说道："且慢。"

戚风早停住了步子，用冷峻的眼神看着她。即熙笑道："我自己来，你粗手粗脚的，容易把我伤重了。"

即熙伸手握住不周剑的剑刃，手掌霎时被划破，然后她抬起手来，紧握成拳，血从她的指缝间滴落，染红整个剑身。

不周剑因为染血而兴奋起来，煞气躁动。

戚风早探究地看了眼即熙，然后将染血的不周剑刺向星命书。奇怪的是，明明如石头般坚硬的星命书此时却像柔软的棉花，将不周剑完全吸纳进去，须臾之间只剩剑柄在外。

此时，星命书终于如同封星时一般显露出书册的形态，如星辰般散发出夺目的光芒，不周剑的剑柄插于书页之上。

即熙抱着胳膊握紧拳头，紧张地看着戚风早转动剑柄。

可是星命书毫无反应，安安静静的，并没有出现戚风早设想中的大门。

即熙暗暗地松了一口气，心想不枉她这两天化冻食物时费力攒下鸡血。

鸡血浇在不周剑上果然不行。小戚这么精细的人，也架不住她这种糙方法。

即熙面上却露出惊讶的神色，说道："小戚，这是怎么回事？你找的方法错了吧？"

◇◇◇

戚风早扭头看向她，他的眼里映着星光，冷得仿佛带着冰霜。

即熙背着手，露出无辜的笑容。

他抬手将不周剑从星命书中抽出，带着一道寒光指向即熙，剑尖和即熙的喉咙相距不过一寸。

覆盖着苍茫白雪的山上，雪色和星光照得天地亮如白昼。

“即熙师姐觉得我很好笑吗？”

“你现在才知道吗？”

“我不想伤你。”

“哎哟，说得好像在翡兰城差点弄死我和雎安的人不是你似的。”

“我只是需要力量。”

“那我是不是要感谢白帝城的屠杀和贺忆城的身体，感谢它们补足了你的力量，让你对我们高抬贵手啊？”

戚风早不再说话了。他身上瞬间流泻出极强的煞气，铺天盖地，带着咒怨之声包围即熙。即熙立刻被压得弯下腰去。就在这时，戚风早将不周剑刺入即熙的肩膀，让整个剑身穿透她的身体，只剩剑柄在外。停滞一瞬后，他将剑全部拔出，剑身上鲜血淋漓。

即熙跪倒在地，捂住自己的肩膀，手掌心都是温热的血，在寒冷的雪地里滴滴答答，留下一串鲜红的印记。

她咬着唇抬头看向戚风早。

他冷冷地转过身去，走到光芒璀璨、悬于空中的星命书前。这次不周剑似有感召，闪烁着红光慢慢地升起来。戚风早松开手，不周剑便飞向星命书，如同离弦之箭般深深地没入星命书里。

星命书光芒大盛，有光晕从其中扩散出来，形成一道圆形的门。门的另一端仿佛水域一般，模模糊糊，看不分明是什么。强大的力量从那里流泻出来，很像星命书封星时给人的威压，又比那强上百倍。

即熙的另一只手撑在雪地上，勉力抬头看着这一幕，只觉得行动都很困难。戚风早皱了皱眉头，低下眼眸又抬起，迈向那道门，在雪地上留下深浅不一的脚印。

“你就这么走了吗？你真的问心无愧、毫无眷恋吗？”即熙喊道。

“山洞里的镇纸、砚台、书册，那些东西都是柏清送给你的礼物对不对？从小到大，你从柏清那儿收到的礼物都摆在那里，你跟我打架的

时候还专门用咒护着它们。你都要走了，为什么还害怕它们坏了呢？还有阿灯的信笺，我看到了有她名字的信封。你真的想清楚了吗？”

戚风早的步子停了停，他微微转过头来，看向即熙。

在他开口说话之前，一个熟悉的声音传来。

“小戚。”

戚风早怔了怔。他回身看去，看见柏清站在他身后的雪地上。

天地浩大，星光烂漫，柏清穿着浅蓝色的常服，头发一丝不苟地以白玉冠束起，文雅而整洁。柏清一点没变老，十几年过去，还和当年在扬州街头向他伸出手时一模一样。

柏清的眼神沉痛又不解。他又叫了一遍面前这个人的名字：“戚风早。”

他从来没有叫过戚风早的全名，从小到大，他一直喊他“小戚”，于是周围的人也都跟着喊他“小戚”，这样的称呼总带着些隐秘的偏爱和宠溺。

这是柏清第一次喊他戚风早。

雎安和傅灯站在柏清身后。雎安指着傅灯手里的琉璃瓶，说道：“小戚，你身上有蛊。若此刻发动蛊毒，你的身体便会马上死去，而你离体的魂魄将随之魂飞魄散，你来不及成神的。”

傅灯放出一只蝴蝶，将它碾碎。戚风早立刻眉头紧皱，捂住心口，鲜血从他的嘴角流出来。

还剩两只蝴蝶，蝴蝶死尽，他便也会死。

戚风早盯着傅灯。傅灯完全没躲避他的目光，明亮的眼睛里一片平静。她点点头，简短地承认道：“是我。”

“为什么？”

“你杀了赵元嘉。”

“你又不喜欢他。”

“可是我喜欢你，你不能做这样的事情。”傅灯说得冷静而笃定。

戚风早愣了愣，这是他第一次从傅灯这里听到“喜欢”两个字，她对于喜欢和失望都从不避讳。他看着这个一贯清冷、倔强的秀丽姑

娘，突然大笑起来。

他很少笑，可能这辈子都没这样笑过。从前大家都说，戚家小公子是少年天才，少年老成。没人知道，他心底有这么深的愤恨；也没人知道，他也会这样放声大笑。

“为什么？为什么你们都要来拦我？我不过就是想活着，我不过就是不甘于这种命运，你们为什么非要让我认命？”

他当然眷恋这世间，他当然有太多不愿意放弃的东西、太多没有完成的愿望，所以他才不甘心啊！

这短短的一生，他永远要担惊受怕，不知道何时会失去所有，不知道预言中的命数何时会降临在他身上，唯一能抓住的只有力量。

越来越强大的力量、超过所有人的力量，当他能够操纵别人的命运时，他越来越笃定这世道就是这样的。没有什么不能改变的命运，就像他操控别人一样，他的命运被不知名的神仙操控，只是因为他的弱小。

若他足够强大，若他成神，他就可以改变他的命运，改变所有人的命运。

“你们都害怕，你们都认命，你们都不敢逾越规矩。好啊，那就让我来做这个恶人，让我来做！我就带着这世上所有人的心魔，带着他们的厄运和不甘上去，让我去改变命数。你们被命数奴役也就罢了，为何还要来阻止我？！”

戚风早转向睢安，抬手指着他说道：“你真的敢在此刻杀了我吗？我死了，你就是下一个魔主！你也活不了，你马上就会被星命书杀死！你就甘心如此吗？所谓善良，不就是一种牺牲吗？你要为这天下牺牲到退无可退吗？我跟你说，这些人不会变的，我只要稍加挑拨，他们就不辨黑白、忘恩负义。翡兰城人、白帝城人，全天下的人都一样，你做得再多，他们也不会变。人性永远不会变！”

睢安身穿一袭白衣，立在星光下的雪地里，和天色、雪色融为一体。

他浅浅地笑着说：“我知道，许多年前就已经知道了。人性不会变，但人心会变。”

人心太过善变，一点点墨就能将其染黑，但注入清流也会再次变

澄澈。

令人绝望的善变，又万幸人心这样善变。

即熙从地上站起来，拍拍身上的雪，心想傅灯不愧是她们悬命楼的姑娘，不愧是从未刺痛过她的贪狼祝符的拥有者。她对小戚道："结束了，跟我们回去慢慢聊吧。"

戚风早轻轻一笑。他看向即熙："你们想关着我吗？这样雎安就不会变成魔主，我也不能成神，你们在想这样的好事吗？"

"你们谁来杀死雎安呢？"戚风早笑了笑。他方才一直在后退，如今离那道门只有一步之遥。说罢，黑色的煞气呼啸而来，他转身扑向那道门，那道他倾尽毕生精力打开的门。

突然间，天色一片惨白，那些煞气转变方向，全数朝一个方向汇聚而去。

戚风早看向身后拉住自己手腕的柏清，他为突破煞气受了重伤，拉着戚风早的手一直在颤抖。然后，柏清吐出一口血，鲜血染红了洁白的雪地。

戚风早的身体突然没了力气，如同被射中的鸟一般倒了下去，被柏清抱住。他越过柏清的肩头，看向煞气汇聚的方向。

雎安站在呼啸的寒风中，手里抓着那个关着蝴蝶的琉璃罐子，罐子里的蝴蝶已经尽数死去。

他亲手接过了他的厄运。

"若要做神，得先把人间的债还干净。"雎安淡淡地说。

"你会变成魔主的……你会被你保护的星命书杀死的……"

"这件事，我会自己处理。"

戚风早悲凉至极地笑起来，他的魂魄正在散去，已经看不清远方雎安的样子。感觉到抱着他的柏清在抑制不住地颤抖，戚风早嘲讽地说："你……当初为什么要救我呢？就让我死在街头不是更好……我本来就是不祥之人……你那时候救我……就是为了补偿你那一点点愧疚吗？

"难道你那时候救我……就是为了今天这样杀我吗？

“你既然要阻止我……怎么没有早些发现……你根本就是……虚情假意……”

柏清的手无措地搭在他的后背上。他慌忙地说道：“不是，不是……”

戚风早低头看见柏清的背上渐渐渗出鲜血。他怔了怔，想起那里是柏清的星图所在。

柏清已经怀疑自己，已经混乱到濒临失格。

戚风早沉默了一瞬，然后突然笑了起来，紧接着咳出血来。

“我死了……你这么伤心吗……你不是早知道我会……死……”

“小戚，对不起。”

柏清惶然地喊了他一声“小戚”。

戚风早叹息一声，慢慢地抬起手，虚虚地抱住柏清的后背，慢慢地说道：“我刚刚说的……是气话……你不要相信……

“我在师父的心魔里看到……你曾经想……借五十年寿数给我……但是失败了……我知道……你是真心对我好……”

他永远都没办法忘记，在扬州那个大雪纷飞的街头，柏清伸出手将他从地狱里拉出来的那一刻。

那个强大、优雅的叔叔给他披上棉衣，给他买了他最喜欢的三丁包子，拉着他的手说再也不会有人欺负他了。

此后的年岁里，柏清对他有求必应，送给他所有他喜欢的东西，又对他严格要求，希望他不要辜负他所付出的努力和时间，并且以他为傲。

柏清不知道，他视为骄傲的这个孩子所做的一切黑暗、险恶之事。

“柏清叔叔……我其实早就不怪你了……我原谅你了……所以你也……原谅我吧。”

戚风早从来没有说过对不起，对于他做过的事情，他不后悔。

但是，他想让柏清原谅他。

“不要讨厌我……你和阿灯……不要讨厌我……”

其实，他最舍不得的，是他在这个世上得到的爱意。

柏清怔怔地听着戚风早虚弱的声音。戚风早的身体一沉，抱住柏清后背的手落了下去。

他如柏清多年前算的那一卦一样，死在了十七岁这年。

费尽心机，最终却真的成了不祥之人，仿佛他这短暂一生所做的一切，都是为了奔赴这场宿命。

◇◇◇

一个月前在白帝城，睢安对即熙说，既然他答应再也不会瞒她任何事，便有一事想说给她听。

他说，如今这个魔主死后，他的心魔便会成为下一个魔主。

他说，他并不会因为这样而放过魔主，魔主必须为他所做的事情付出代价。

即熙的心斗争了半天，历经百转千回。由于睢安难得一见的坦诚，她忍住了捶他的冲动，点头同意道："我也不会放过这个浑蛋，可要是一不小心弄死他了怎么办？"

睢安低眸想了一会儿，然后抵着她的额头轻声说："即便我的心魔成了魔主，我也未必会输。"

"你自然不会输。"即熙认真地看着睢安的眼睛，笃定地一笑，"因为我会救你，我永远会救你。"

就像他第一次试炼归来时那样，就像他故意失格、准备赴死时那样，她会救他。

从他强大的、不可违逆的命运中拯救他。

傅灯怔怔地看着睢安手里的琉璃罐子，里面的蝴蝶已经匍匐于罐底，毫无生气。风雪呼啸而来，裹挟着无边无际的煞气，一齐涌向睢安的身体，仿佛永远不会有尽头，他却安静地将琉璃罐子放回傅灯手里，说道："事出突然，未经你同意便催动了蛊毒，抱歉。"

这样一个人，温柔而凛冽。

傅灯有些反应不过来，抱着那琉璃罐子摇了摇头："不……"

她的“不必”还没说完，就看见鲜血从睢安额际流下，顺着他的脸庞滴在他的白色衣襟上，分外刺目。他的身体摇晃了一下，随即向前倒去。傅灯还没来得及扶他，就见一个人影快速地奔来，抱住睢安摇摇欲坠的身体。

是睢安的师母苏寄汐。

不对，是悬命楼楼主——她的即熙姐姐。

睢安弯着腰，长发披散于身后，银白色的发带在风雪中飞舞，与磅礴的煞气交缠在一起。他的头抵在即熙的颈侧，让人看不清神情。他伸出手来，修长、白皙的手慢慢地抱住即熙的后背，抓紧她的衣服。

即熙抱着他的肩膀，手托着他的头。

她抬眼看去，辽阔的空中星河烂漫，便如她十岁那年睢安第一次在她面前摘下面具时她所看到的那个夜空。

“阿灯。”她开口叫了傅灯的名字。傅灯立刻应了：“即熙姐姐。”

她本以为她再也不会见到她的即熙姐姐了。

即熙转头看向傅灯，她的脸上沾着睢安的血，血迹在她苍白的脸颊上极其醒目。她突然笑了起来，笑容很浅，但很美。她说道：“阿灯，让柏清把我们关起来吧，关在静思室里。

“别担心，我们很快就会出来的。”

睁开眼时，睢安被久违的阳光刺痛了眼睛。

这是夏日的阳光，炎热、躁动，生机勃勃，仿佛永不死亡的热情。他站在绚烂的金色日光下，怔怔地看着这个清晰、明亮、色彩艳丽的世界。

这是个大户人家的花园，池塘里开满了荷花，无边无际。翠绿的荷叶与粉红的荷花相互映衬，淡淡的香气随风飘荡，飞檐下的铃铛随着风起而叮当作响。一个十岁左右的男孩从远处的圆形石门中跑过来，跑上池塘上方的石桥，朝着睢安跑来。

他穿着干净的蓝色衣衫，看起来是被娇宠着长大的，长得很好看，笑得天真而烂漫。

“睢安！安儿！”

睢安怔了怔，随后看见一个中年妇人从石门那边走来。她穿着杏色的衣裙，眉心有一点小小的红痣，笑得温柔又无奈。

这个人他只见过一面，但一生也不会忘记。

那男孩听见妇人的呼唤便停下脚步回头看去。妇人一步步地登上石桥，在男孩身边蹲下，笑着拿出手绢给他擦去汗水：“安儿怎么跑得这么快，当心跌跤。”

然后，她站起身来，牵起男孩的手，说道：“来，跟娘亲一起走。”

睢安侧过身，默默地看着妇人牵着那个孩子的手，笑意温柔地从他面前走过，走下石桥。

他跟在他们身后，远远地看着他们的背影。

“安儿，最近功课难不难？”

“还好，先生讲得很有趣。”

“那便好，你的几个哥哥都大了，你不必强求功名利禄，只要做自己喜欢的事情便好。”妇人疼爱地抚摩着孩子的头。

他们穿过花园来到大堂。男孩放开妇人的手，一路奔到堂中那男人身边，大声喊道：“爹！”

男人的眉目看起来有些严肃，但他一见男孩便笑了起来，从桌上拿起一盒糕点：“你是知道爹爹买了荷香居的点心，一溜烟就跑来了？”

男孩笑着说“是”，接过男人手里的糕点道：“谢谢爹爹。”男人摸摸他的头，说他的好友要带女儿来拜访，叮嘱男孩待会儿要和妹妹分享糕点。

睢安站在堂中看着这一家人，非常寻常地相亲相爱的一家人。

“客人来啦！”有人这样喊道。睢安转过头去，便见一个男人牵着一个小姑娘笑着走进堂中。

那个小姑娘与小男孩岁数相当，生得相当可爱，也不怕生，眼睛直勾勾地盯着男孩手里的糕点盒子。男孩走上前去，举起手里的糕点盒子，笑道：“我们一起吃吧！”

小姑娘立刻点头，好看的眼睛笑得眯起来。

他们一起吃完了那盒糕点，然后小姑娘说想收集好看的贝壳，他

们便又一起跑到了海边。

那是长长的看不见边际的金色沙滩和浩瀚的看不见边际的蔚蓝色海洋。夕阳西下，温暖的阳光照耀在海面和沙滩上，把世界染成了热烈的橘红色，两个小小的身影有时聚在一起，有时分开。他们撩起衣服做兜子，里面放满了收集到的美丽贝壳。

睢安站在沙滩上，抬眼看向海天尽头那硕大的落日和它绚烂的光芒。

他已经许多年没见过这样丰富的色彩了。他有时候会觉得，他会遗忘这个世界的样子。

看来他还没有忘记。

他转过头看向身侧蹲在沙滩上的小男孩，也蹲下身来，拨开沙子，拾起一枚洁白的贝壳放进男孩的兜里。

"你现在觉得幸福吗？"

他问十岁时的自己——他的心魔扮演的十岁的他自己。

男孩捡贝壳的手顿住了。他抬起头来，一双稚嫩而倔强的眼睛望向睢安。

睢安笑了笑，说道："你希望这样平凡地长大，有家人相伴，和即熙以这样的缘分相遇，是吗？"

"至少比你现在幸福得多。"

"不，我现在也很幸福。"

"你说谎！"男孩蓦然站起来，兜里的贝壳"哗啦啦"全部落在了沙滩上。

他盯着睢安慢慢地说道："你听到他们怎么说了吗？'天机星君为天下善念而生，可否为天下而死？'他们要逼你去死！明明你一直在保护他们，他们却要你死。这样你还觉得幸福吗？"

小男孩站了起来，视线正好与半蹲着的睢安齐平。

睢安安然地笑起来，心平气和地道："他们说错了，我并非为天下善念而生，我是为我自己而生的，为自己选择向善，为自己选择承担起这些责任。我现在还不想死呢。"

第一次试炼结束后，在如这个幻境一般的滨海小城，在如此刻一般夕阳西下的海边，他想明白了一些事情。

他作为天机星君出生，作为天机星君的候选者长大，他所接受的教育、遇到的事情和拥有的品格，皆是命中注定的。

就连让他意识到“睢安”这个人所有的一切都为“天机星君”而存在的契机，也是命运所设定的。

如此强大而不可违逆的命运。

可就算他不是天机星君，他还是想成为善良而坚定的人，保护他想保护的人。如果这就是他的命运，那么他接受它。

命运选择了他，但这也是他所选择的命运。

“你杀了戚风早，如今我便是魔主。以你的力量，你再也不能压制我，我可以把你永远囚禁在这个幻境里，可以完全占据你的身体。”

“然后你和我会一起被星命书杀死。”

“这样不是很好吗？”男孩笑起来，笑容灿烂，却带着恶意，“我们死在即熙的诅咒之力下，她会痛不欲生。我们将永远占据她心里的所有位置，这辈子无论她走到哪里，都不会忘记我们。

“承认吧，睢安，她是你在这个世上最温柔、最光明的愿望，也是你在这个世上最污浊、最自私的愿望。

“你既希望她好好地活着，自由而快乐，忘记你也没有关系。

“又希望她痛苦地活着，再也不能爱上别人，一生铭记和缅怀你。”

睢安沉默而平静地看着男孩眼中的恶意。他浅浅一笑，拂去男孩脸上的沙子：“你说得没错，可我最希望能和她一起好好地活在这个世上，共度余生。我知道，你一直觉得我活得不痛快，想让我以死解脱。但那时候你动摇了，就在你告诉我魔主死后你将变成新魔主的时候。”

男孩眸光闪烁，狠狠地瞪着睢安。

“因为那时候我已彻底相信即熙是爱我的，你也相信她的爱意。所以你不希望我死，你想和我一起活下去，不是吗？”

男孩还是没有回答，他拍开睢安的手，不让他碰自己的脸。

睢安轻声笑起来，说：“说实话，从我十三岁到现在，已经有十八年了吧。这十八年来，你真的这么讨厌我吗？你不希望我幸福吗？”

男孩抬起头看向睢安，咬牙切齿地说："我讨厌你。"

寻常人对自己的心魔无不否认、畏惧、厌恶。

怎么会有这样的家伙，把心魔当成朋友，与心魔闲聊，还聊了十八年？

怎么会有这样的家伙，对心魔也温柔以待？

完美的幻境出现了裂隙，在裂隙出现的刹那，一个熟悉的声音从远方传来，如同穿越时空、跨越千山万水才来到他身边。

"睢安，我来接你啦！"

一颗星星从裂隙中坠落，落地后变成一个美丽的凡人女子。她穿着紫色的衣衫，戴着金色步摇，眉心有一点红色花钿，巧笑倩兮。即熙向睢安伸出手。睢安弯着眼睛笑起来，起身走向她，一步一步，在沙滩上留下脚印，直到拉住她的手。

即熙看向不远处那个瞪着睢安、神情阴郁的男孩，笑得更加灿烂了："如果睢安活下来……只要睢安活着，我就永远留在他身边，哪里都不去。在这个世界上，我最爱的只有睢安，我的目光永远不会移到别人身上。这个世上绝不会有比睢安更重要的事情。

"可是，如果睢安死了，若他胆敢死了，就算是我杀的他，我也会马上把他忘得一干二净。我会马上离开星卿宫，再也不回来，连他的墓也不去扫。我去喝我的酒，看我的美人，快活一生。

"我以我的父母、祖辈和荧惑、贪狼的名义发誓，我说到做到。"

说罢，她拉着睢安一起走向那个男孩。在温暖、炫目的橙红色余晖里，即熙弯腰向男孩伸出手。

就像许多年以前，睢安说要带她回星卿宫那天一样，即熙向这个年幼的孩子伸出手。

"要不要跟我一起走？"

男孩看了即熙的手很久很久，乌黑、稚嫩的眼里映着夕阳的余晖，不知道在想什么。

最后，他终于握住即熙的手，低声狠狠地说："你休想忘记我。"

睢安浅浅一笑。

他的心魔最早是孤独，后来即熙抚平了他的孤独，又以离开加深了

他的孤独。当她再次回到他身边时，她变成了他的心魔最在乎的人。

是她驯化了他的心魔。

即熙一手拉着雎安，一手拉着那男孩，悠然地道："走吧走吧，我们回家！"

三年后。

寂静的山谷里传来叫骂声和追逐声，梁曲赤着脚在丛林间拼命地奔跑。她的心脏剧烈地跳动着，与急促的喘息声相伴。听着身后越来越近的声音，她绝望地想："完了，跑不动了。"

梁曲终于体力不支，摔倒在地，再也没有力气站起来。

"小崽子往哪里跑！"追逐她的那些大汉围了上来。

梁曲惊惶地回头看去，只见阴森森的树林间，一轮惨白的明月高挂于树梢，追逐她的三个家丁撸起袖子慢慢地走过来，笑得狰狞，仿佛志在必得。

"能给我们夫人祭献，是你这贱坯子的荣幸，居然还想跑？！"

梁曲晃悠悠地站起来，她哭着双手合十，用力地搓着手："各位叔叔、伯伯……老爷……求求你们放了我吧！我还这么年轻……我不想死……我……我给你们磕头了。"

她说着"扑通"跪下，俯身就要磕头。

此时，一双手扶住了她的肩膀，制止了她磕头的举动。

梁曲怔了怔，抬头看去。她的右方不知何时出现一个白衣男子，背上背着一把剑，右额上戴着银白色面具，脖子上缠着一条两指宽的白绢，目视前方。

"你并未做错事情，无须向他们低头。"男子的声音很温柔。

那些家丁愣了愣，他们显然也不知道这个突然出现的人是怎么回事。带头之人面露轻蔑之色，挥着拳头道："这是哪里来的家伙，不知天高地厚，还想英雄救美？！"

他说着便向白衣男子扑过来。男子微微偏头，让过家丁的拳头，摁着他的肩膀将他掀翻在地，"咔嚓"一声利索地转过他的胳膊。

"哎哟，哎哟！胳膊断了！"家丁哀号着奋力挣扎，无意中把男

子脖子上的白绢扯落。

他的两个伙伴见状立刻扑过来帮忙。只听空中传来一阵嘶鸣，一只海东青从天而降，一个爪子提着一个，将那两人吊起，远远地扔了出去。

梁曲震惊地看着这一幕，从那个高度扔下去，恐怕腿要断了。

白衣男子站起身来，那断了胳膊的家丁立刻惊恐地逃走。

梁曲怔了一会儿，从地上站了起来。她哭着拉住男子的袖子，说道："恩人……求您好人做到底，我姐姐也被他们关在府里……求您救救她。"

此时月光大亮，梁曲借着明亮的月光看见男子咽喉下方竟然有一圈红色符文，约莫一指宽，纹路极其纤细，绕着脖子围成闭合的圆。

那纹路像极了她在府里见过的祭坛上的图案。

"你不用担心，府里被关的姑娘，我都会救出来的。"男子笑着说道。

"你……你脖子上的是……你不会和府里那些人是一伙儿的吧？！"梁曲心生绝望，她想逃跑，可是脚下实在没有力气。

睢安摸了摸脖子，然后吹了一声口哨。阿海叼着那条被扯下的白绢飞到睢安肩头，睢安拿过白绢缠在自己的脖子上，遮住那些纹路。

"是符文，也是契约。你在公爵府看到的应该也是符文，不过和这个性质不同。"睢安将白绢的尾部妥帖地压在衣襟下，对梁曲说道，"你若信我，便跟我走；若不信我，便自己逃吧。他们不会再抓你回去了。"

"你要去干吗？"

"去救剩下的姑娘。"

梁曲咬咬牙："我跟你走。"

梁曲跟着白衣男子在丛林里走着，男子的步伐很快，她尽力赶上。他向她询问了许多府里的情况，她一一回答了他。对话多了，她便莫名觉得这似乎是个可靠的人，虽然他脖子上有符文，肩膀上有只鹰，看起来不太像好人。

看着公爵府越来越近，梁曲偏过头看向他。她刚刚发现，这个男人似乎看不见。这真是好可惜。虽然他戴着面具，但她依稀能看出来他有极好的容貌，而且气质不凡。于是，她对白衣男子说道："恩人……若你能救出我姐姐，我无以为报，只能以身相许……"

睢安的脚步顿了顿，然后他摸了摸肩头的阿海。

"这话一会儿你可别告诉即熙。"

"姑娘不必如此，这是我该做的。更何况，我自己的身已许了别人，不能令姑娘托付了。"

他们走近公爵府才发现，府内竟燃着熊熊大火，烧红了半边天，无数人正惊慌逃窜，更有无数百姓在街边围观。梁曲怔了一瞬，然后凄哀地喊道："姐姐！"

"梁曲！"

不期然地，这声呼唤有了回音。梁曲转过头去，看见她姐姐正眼泪汪汪地向她奔过来。她一把将姐姐抱住，哭道："姐姐！姐姐，你没事！你还活着！"

"是……是这位恩人救了我。"她姐姐向身后指去，梁曲这才看到熊熊火光之下，公爵府正门口站在一个穿紫衣的姑娘。她的衣服是用上好的绸缎做的，上面绣着大片金色的海棠花纹。姑娘头上戴着金色发簪，一看就是极其富有的大家闺秀。

她旁边站着一只雪白的大狼，身边围着一圈手持兵器的官兵。姑娘抱着胳膊懒洋洋地说道："都说了那是三昧真火，只烧邪祟，不烧活人。你们火急火燎地往外跑什么跑？"

"府里的姑娘都被救出来了吗？"睢安问道。

梁曲的姐姐点头，回答："方才这位女侠把我们全救出来了。"

睢安笑了笑，穿过人群和围着即熙的士兵，走到即熙身边，轻声道："又弄这么大的排场？"

"这玩意儿不好搞，我烧烧它，耗耗它的力气，一会儿你拿不周剑砍了它。"即熙踮起脚在他耳边说道。

梁曲远远地看到紫衣姑娘伸出手放在嘴边，她的手腕上竟然有一圈和白衣男子脖子上相同的红色符文。

睢安笑了起来。他解下额上的面具，从怀里拿出一个令牌："公爵夫人为求青春不老，供奉邪祟，并以少女之命祭献、饲养它，星卿宫巡查此地，特来除此邪祟。"

他摘下面具时梁曲愣住了，人群中也传出惊叹之声。有人窃窃私语道："他们就是……"

梁曲看到白衣男子拔出了背上那把剑，透明的剑身上布满细密的红色脉络，如同跳动的心脏。他同紫衣姑娘说了些什么，然后便拎着剑走入府中，官兵没敢阻拦他。

没过多久，天光突然亮如白昼，继而大火与光芒一齐平息。等梁曲回过神来的时候，街上的紫衣姑娘和她的狼已消失不见。

梁曲想，她认得那个男子额头上的星图，那是南斗星图。

这是天机星君睢安和他的道侣荧惑灾星、贪狼星君即熙。

这些年他们很出名，即便是她，也从别人那里听过他们的故事。为铲除魔主，天机星君吸收了魔主的煞气。魔主死后，天机星君变成了新的魔主。他和荧惑灾星一道闭关七七四十九天，终于与心魔达成一致，三人签下连命的契约。

从此，主善的天机星君便和灾星、魔主共生共死。他辞去了星卿宫宫主之位，如今的星卿宫由天梁星君执掌。

"是符文，也是契约。"

梁曲想，原来就是这个符文。

"我自己的身也已许了别人，不能令姑娘托付了。"

他们果然如传闻中那样惊世骇俗，形影不离，十分相爱。

远处，即熙、睢安、阿海和冰糖走在月光明亮的夜路上，阿海突然"嗵嗵"叫了两声，睢安立刻制止道："阿海！"

即熙一拍手："海哥干得漂亮！"

她眯着眼靠近睢安，扒着他的肩膀，说道："第六十三次，嗯哼？"

"她只是说说而已。"

即熙腾地一下跳到睢安背上。睢安习惯性地接住她，即熙搂着睢

安的脖子，在他耳边说道："我不管，我不管，反正被我逮到了，你得答应我，下次我想在小树林做！"

"……"睢安叹息一声，碰碰她的脑袋，"好！"

她的手环在他的脖子上，露出手腕上的红色符文。她笑道："明天就是十五，你的心魔就要出来了，每个月的这一天都要提起十二分精神，我可得看好你。我发现他挺喜欢吃的，这次带他去吃个什么好呢……"

两人、一狼、一鹰，就这样在洒满月光的路上慢慢走远。

他们还要这样走完漫长的一生。

同山川河流、四时风物一起永恒。

一起老去。

番外

◇◇◇

御鬼而行

“不过，我们之间也有约定，我要在这个残酷的世道中保护你。”

天正四年，旱魃出没于青州一带，藏身于玉清湖，湖水两日降一尺，有大旱之兆。

旱魃内力深厚，得其内丹炼化可修为大增。众仙家围猎旱魃，约定先杀旱魃者得其内丹。

思薇从睡梦中醒来时天刚刚破晓，她怔怔地看着屋顶，半晌后眼角还有未干的泪水，仿佛还没从噩梦中完全挣脱。

日光渐渐亮起来，她回过神来，翻身下床，穿好衣服推开窗户，趴在窗边看着不远处烟波浩渺的玉清湖。

她已经在这个客栈住了七天，但旱魃仿佛知道外面有天罗地网，躲在水中不肯露面。现在各仙家都铆足了劲，不眠不休地等着旱魃现身，将它一举擒获，用其内丹增进修为。

思薇之前也跟着熬了许多天，昨日实在是熬不住了，才短短地休息了一会儿。

“要是他在，肯定要说我迂腐，不肯请星卿宫同门帮忙。”她喃喃道。

只是这样浅浅的一觉，她又梦到了那个家伙，梦到他像三年前一样，笑着跟她挥手作别，进了玉周城。

和现实不一样的是，梦里的他并没有从此之后对她避而不见。在梦中，她找到了他，气愤地像从前一样打了他几拳，然后哭着说

她想念他。

她非常非常地想念他。

她只有在梦里才能对他说出这样的话，并非因为她还像从前那样骄傲，口是心非，而是因为她再没见过贺忆城。

三年了，他始终不肯见她。

思薇双手撑着下巴，看着波光粼粼的湖面反射着晨光。她轻轻地哼起歌来："月亮爬上了树梢梢，海棠花也睡着，风吹得树叶沙沙响，梦里落雪了。"

这首歌她只听过一遍，如今却已唱得很熟练，并且能在做噩梦后用它安慰自己。

思薇低眸叹息一声，提起剑下楼，快速地吃完早饭，前往玉清湖。

玉清湖周围已有许多仙家在驻守，大家各自为营，选好地方，虎视眈眈地盯着玉清湖。思薇挑了一棵树，抱着剑靠在树边，前段时间她曾起卦占卜，旱魃出现的方位应该就在此处。

如今她重新修道，修为浅薄，也不知道算出来的结果是否精确。

见玉清湖异常平静，几个道友过来与思薇攀谈，她对他们隐瞒了自己的身份。之后有几个小叫花子来讨吃的。眼见着湖水又浅了一些，一天又要过去。

到了黄昏，事态却发生了巨大的变化。铃铛清脆的声响自西方传来，越来越急促、响亮。所有仙家都被这铃声震惊，不由得正襟危坐。森森鬼气自铃铛声的来处涌来，浩浩荡荡的鬼众如同密布的阴云，带来威压极重的煞气。在队伍前端，三十二个鬼仆抬着一顶华丽的轿子，悠然地随着鬼众一起走来。轿子四周围着缥缈的纱幔，里面依稀坐着一个人，手执一盏燃着蓝色火焰的宫灯。

这样的盛景在寻常百姓眼里只是一块阴云移到了玉清湖上，只有修仙、修道之人才能看见这些鬼众。

"鬼火！是鬼王灯！"

"难不成是鬼王亲临？"

玉清湖边的仙家一时间议论纷纷。思薇站直身体，定定地望着那

顶轿子。

一只纤细的手撩开纱幔，熟悉的明艳笑脸于纱幔之后显现，姜艾提着那蓝火宫灯，笑道："鬼王有旨，托魑鬼姜艾前来，替他取旱魃内丹。"

各仙家一时间炸开了锅，议论纷纷，其中有人高声问道："鬼王又不修仙、修道，要旱魃内丹做什么？"

"鬼王想要，便是拿回去做个装饰的摆件，你们又能说什么？"

姜艾招招手，那些恶鬼把她的轿子放下，将红毯一路铺到湖边。姜艾施施然地从轿子里走出来，踩在红毯上，笑着说："各位道长不用担心，我这次带出来的都是酒足饭饱的乖顺恶鬼，取了旱魃内丹便回玉周城，不会祸害沿途的百姓。"

说罢她偏过头去，道："可若是没拿到内丹，恶鬼们不高兴，就不一定能忍到玉周城了。"

"你们！"仙家中有人愤愤不平，但很快就被旁边的人拉住，劝他不要轻易招惹鬼王。

只见姜艾一声令下，她带来的水鬼纷纷跳入玉清湖，四处搜查。旱魃狡猾，善于以吸水隐匿行踪。可旱魃最初是由鬼修成的，姜艾带来了鬼王灯，便给旱魃造成极大威压。不消片刻，水鬼便抓到了旱魃，十几个水鬼将旱魃捆得严严实实的带出水面。

姜艾敲着她手里的鬼王灯，笑道："旱魃如今也是出息了，见了鬼王灯都不跪了吗？"

那旱魃看上去是个着青衣的长发女子，恨恨地看了眼姜艾手里的鬼王灯，慢慢地跪在地上。

"魑大人，求您饶我一命！"

"你这几年四处横行，引发无数旱灾，导致尸横遍野，理应被除——虽然我只是来取你内丹的，但冠冕堂皇的话还是要替各位仙家说说。"姜艾笑眯眯地走到旱魃面前，一只手毫不留情地穿心而过，掏出其内丹。

那是颗发亮的珠子。

旱魃顷刻间灰飞烟灭。仙家看着姜艾手里的内丹虽然眼馋，但不

敢上前。只能看着姜艾将内丹放入怀中，沿着红毯走回轿子，准备像来时那样离去。

“且慢！”思薇从树下的阴影中走出来，走到姜艾面前。姜艾扶着轿子站着，看见思薇，她笑得更灿烂了：“好久不见啊，丫头。”

思薇咬了咬唇，看向姜艾：“贺忆城他……”

“你在说什么？我没听见，贺什么？”姜艾揉了揉耳朵，笑道，“你要是想问他的情况，从我嘴里是问不出一句话的。”

思薇眸色一暗。

这些年她去过玉周城不知多少次，只要她去，便不用引路人，玉周城随时对她开放。可是贺忆城永远不见踪影，仿佛她每次去都能正好赶上贺忆城离开。

她偶尔能碰到姜艾，但姜艾永远是这样，顾左右而言他。

“是他下了命令，不让你们告诉我有关他的事？”

姜艾露出一点怜悯的神色。她扶着轿门走上轿子，说道：“一个字也不许我们透露哟。丫头，你们早就不是一路人了，他也是为了你好。你还是趁早断了念想儿吧。”

思薇低下头，手慢慢地握成拳头。

姜艾带着鬼气森森的鬼众离开了玉清湖。众仙家竹篮打水一场空，纷纷收拾东西走人。思薇站在湖边出神地望着湖水，直到湖边的人都走了，她才回过神来准备离开。

“姐姐！”

突然有人叫她。思薇转头看去，见到了下午从她这里得了几枚铜钱的小叫花子。那个浑身脏兮兮的小男孩捧着个精致的盒子走到思薇面前，对她说：“姐姐，刚刚有个大姐姐让我把这个给你。”

思薇愣了愣，然后接过锦盒打开，盒子里赫然装着一颗散发着幽光的珠子。

“这是……旱魃的内丹？”

小叫花子说道：“那个大姐姐说，她们君上欠你一身修为，要还给你。”

思薇沉默了很久，合上那盒子，苦笑道："他欠我的岂止一身修为？"

小叫花子依然看着思薇，双眸明亮。思薇了然地道："走吧，我带你去吃饭。"

小叫花子立刻一蹦三尺高，欢呼雀跃。思薇不禁笑了起来。她牵着那孩子的手，带他去了她下榻的客栈，点了一桌好菜，看他狼吞虎咽。

思薇双手撑着下巴发呆，没有动筷子，不知道在想什么。

小叫花子说："姐姐，你吃呀，你看你这么瘦。"

他说着给她夹了几片肉。

思薇回过神来，突然问那孩子："你说一个招蜂引蝶、喜欢别人从来不超过三个月的男人，便是爱上了一个姑娘，又能坚持多久呢？"

小叫花子迷惑地啃着鸡腿，含糊地道："应该坚持不了多久吧？"

"是啊，已经三年了，或许他早就不喜欢我了。"思薇淡淡一笑，夹起碗里的肉慢慢地吃起来。

"为了躲我，他连我姐姐、他最好的朋友也不联系。他都做到这份儿上了，我也该有自知之明，早点放弃他了吧？"

小叫花子舔舔手指上的油花，点点头附和道："是啊，是啊。"

"师兄给我介绍了好几个家世、人品都不错的人，要不这次回宫，我就随便挑一个嫁了吧？"

"婚姻大事很重要的，怎么能随便呢？！姐姐，你要找你喜欢、对你好的人呀！"这回小叫花子不赞同她的意见了，甚至放下了手里的红烧肉。

思薇笑了起来。她抬头望向屋顶，似乎在回忆那些她要挑选的对象："他们对我都很好，只是我不喜欢他们罢了。"

"你就这么喜欢之前那个哥哥啊？"

思薇的目光落在了小叫花子的脸上。她看了他许久，淡淡地说道："他是个卑鄙的人，想从我嘴里听到'喜欢'二字，却只敢附身在一个小孩子身上问我。"

小叫花子夹红烧肉的手抖了一下，红烧肉整个掉在了桌上。

他腾地站起来，转身就要跑。思薇哪里肯放过他，出手直取他的咽喉要害，急得小叫花子翻身以术法束缚了她的双手，把她压在桌上。

“这小子还活着呢！你这是要弄死他吗？！”小叫花子生气地道。

食客们看见这一幕纷纷避让。思薇被压制着无法回头看他，从喉咙里一字一句地挤出声音来：“贺忆城！你从他身体里出来！你出来！”

“有什么话，我们今天就在这里说清楚！”

小叫花子沉默了一会儿，最终放开了思薇的手。思薇回过身去看他。只见小叫花子突然瘫倒在地上，一个混沌的魂魄从他瘦弱的小小的身体里挣脱出来，身形慢慢变得清晰，一双纯黑的眼眸慢慢变得黑白分明。

三年不见，贺忆城还是老样子，红衣上绣着金牡丹，华丽又富贵，品味和她姐姐的一样。他笑起来的时候露出两个浅浅的酒窝，天真无邪。

客栈大堂里的人看到凭空出现一个红衣男人，纷纷惊叫着“鬼啊，鬼啊”四处逃窜。掌柜躲在柜台后瑟瑟发抖。贺忆城回头看了那掌柜一眼，微笑道：“您家后院底下有您爷爷埋的金子，他没来得及说就死了，托我给你带个话。你赶紧去挖金子吧，别在这里耽误时间了。”

掌柜将信将疑，几乎是连滚带爬地逃走了。

偌大的大堂里只剩下思薇和贺忆城一人一鬼。

“他们能看见你？”思薇盯着贺忆城，好像怕一眨眼他就会跑了似的。

贺忆城笑起来，抱着胳膊：“我毕竟做鬼做到这个等级了，可为虚，可为实……”

他还没说完，思薇就伸手握住了他的手。贺忆城愣住了。

“是真的，我能摸到你的手，但你的手好冷。”思薇紧紧攥住他的手，低声说道。

贺忆城想，既然思薇这样说，那她的手应该很温暖。不过，他什么都感觉不到，他已经失去了对冷暖、味道和疼痛的感知能力。

虽然从前他死不了，但好歹能感觉到疼痛，现如今他连疼痛也感觉不到了。

他是一只纯粹的鬼了。

贺忆城想抽回自己的手，思薇却紧紧地抓着他的手不放。她抬起眼睛，眼底微微泛红。

“你是不是不喜欢我了？”

她的眼睛就像他很久之前送给她的那几只小兔子的，红红的，眼神倔强。

贺忆城移开目光：“嗯。”

“那你装成别人来找我做什么？！贺忆城，你看着我的眼睛，你看着我的眼睛说，说你不喜欢我，说你厌烦我了，说你一辈子都不想看见我。只要你说出来，我就再也不找你了，再也不会出现在你面前。”思薇的声音发颤。她扭过贺忆城的脸，逼他直视自己。

贺忆城凝视了思薇半晌，苦笑了一下，说道：“思薇，我可是恶鬼，我吃人的。”

他第一次忍受不了饥饿，去死监食人的时候，那种恶心的味道、鲜血淋漓的场面，他至今记忆犹新。他吃下去没多久就吐了出来，他花了很久才对那种味道和场面麻木。思薇怎么可能接受得了？那太恶心了。

做鬼便是这样吧。世间一切都变得索然无味，有滋味的人肉，味道却是那么恶心。

虽然有了强大的力量，但那又有什么意思呢？

“你第一次遇见姜艾的时候说过，如果她不是恶鬼就好了。终究是道不同，不相为谋。”

思薇定定地看着他，问道：“你杀人了吗？”

“我都是去监狱里找死囚……”贺忆城也不知自己为什么会下意识地解释，明明这个情况下让她误会他才是最好的。

他停下话头，转移话题：“不管我怎么做，我手下的百万恶鬼都不可能不吃人，就如同狼和羊……你应该从恶鬼的手中保护你的同类，我们是敌人……”

在贺忆城理智地分析时，思薇突然踮脚吻了他。她紧紧地攥住他的手，闭上眼睛吻他的唇。贺忆城怔怔地看着她近在眼前的睫毛、眼上的小痣。他轻微地挣扎了几下，但思薇半点儿没有松手的意思。贺

忆城便慢慢地回握住她的手，合上眼睛回吻她。

半晌，思薇放开贺忆城，然后伸手紧紧地抱住他，头贴着他的胸膛。

那里寂静无声，并没有跳动的心脏。

“你……为什么……亲我……”贺忆城还没完全反应过来。

思薇是多么正统、保守、笃信男女授受不亲的女子，她居然会主动亲他？

“姐姐说，如果我遇到了你，而你还想逃跑的话，我亲你，你就跑不动了。”思薇抬眼看向贺忆城，慢慢地说道，“她说你很喜欢亲吻，特别是对于喜欢的女孩子。”

贺忆城低头看着思薇，轻声说：“那个家伙……”

思薇这几年好像变了很多，她迅速地成长、成熟，从前那些锋利的棱角和骄傲渐渐被她隐藏。她笑得少了，看起来很寂寞。

他顿时心软下来。

思薇轻声笑起来，说：“你知道我为什么要重新修道，想快点提升修为吗？你们鬼的一生太漫长了，而人的一生太短暂。可能你觉得你只躲避了我很短一段时间，但等你回过神来，我可能已经不在这个世上了。所以我想修道，想活得更久一些，这样才能跟你耗下去。

“你说我应该从恶鬼的手中保护我的同类吗？是这样，没错。不过，我们之间也有约定，我要在这个残酷的世道中保护你。”

“我要在这个残酷的世道中保护你。”

贺忆城沉默了很久。他想，幸好鬼是不会流泪的。

不然，他现在应该已经哭了。

怎么会是很短的一段时间？他躲避她的这三年，对他来说漫长得如同在受刑。她每次去玉周城找他，他都会下令让所有恶鬼不许上街，他怕吓到她。他站在宫殿最高的塔楼上远远地看着她来，再远远地看着她走，一次又一次。

他偷偷地打听关于她的一切消息。每次听到含糊其词的传闻，说她要订婚或有人向她求亲，他都会失魂落魄很久，一面希望她幸福，

一面又希望她不要这么快忘记他。

有时候，他会附身在她周围的陌生人身上，偷偷地看她。

那是漫长的三年。

“你会不会觉得我很恶心？我现在……是真正的怪物……”贺忆城低声说道。

思薇摇摇头，如同她给他祝符、救他时那样，说：“你不是怪物，你是贺忆城，就只是贺忆城而已。

“你还记不记得，你说过如果有一天我打不过你了，就得答应嫁给你？”思薇抱紧贺忆城，笑着说，“现在我真的打不过你了，你娶我吧。贺忆城，我喜欢你，我爱你。”

贺忆城的眸光颤了颤。

他想说什么，却被思薇点住了唇。思薇说道：“你要是敢拒绝我，我就继续亲你。”

她近来学会了不少她姐姐的无赖手段。

贺忆城无奈地笑起来。他的眉眼如画，笑起来天真又肆意。不过，他已经很久没有笑得这样开心了。他蓦然低头吻住思薇，深深地、充满渴求地吻她，仿佛那不只是亲吻，而是某种誓约。

虽然鬼王可以有血脉，但从未有过新娘。

这个惯例在天正五年被打破，这一任鬼王声势浩大地迎娶了他的新娘，从星卿宫一路迎到玉周城，红毯铺路，鲜花漫天。

世人啧啧称奇，这一代星君、魔主、鬼王，皆是惊世骇俗之辈。

或许这便是贪狼星所带来的变革。

◇◇◇

小日常

不过，最近他不再是独自一人了。

睢安这一生最大的敌人是他自己，最好的朋友也是他自己。

他时常要与自己决一死战，又时常要从自己身上汲取温暖，独自一人面对旷日持久、没有尽头的战争。

不过，最近他不再是独自一人了。

即熙在被子里迷迷糊糊地发出声音。睢安伸手摸去，她果然又翻身把额头上的毛巾弄掉了。他抵着她的额头试了试温度，然后给她掖好被角，轻手轻脚地离开房间。

这个夜晚月亮明亮、皎洁，硕大的一轮圆盘悬在空中。睢安解下脖子上的白绢，那纤细的红色符文发出微弱的光芒。他的脸庞在符文的光芒中呈现出一种与他的气质截然相反的妖异。

“叫我做什么？”

他的心魔——如今是天下魔主——漫不经心地说道。自从他变强之后，态度傲慢了不少。

睢安笑了笑，心平气和地说道：“按契约，明天你可以出来，但我想跟你商量一下，换个日子。”

“为什么？”

“即熙发烧了，不能像之前一样带你到处玩了。”

“带我玩？你是担心即熙生病了看不住我，怕我做出什么大逆不道之事吧？”

“她生病了，需要人照顾。”

“我才不管，约好的就是每月初一、十五，换日子便是毁约。那我们所有的约定就都不作数了。”

睢安的心魔寸步不让。睢安沉默了一会儿，摸摸自己脖子上的符文，想着要不他今天去吃点毒药，让魔主明天在床上躺一天？

抱着对这位老朋友的一点信任，睢安到底没这么干。第二日太阳初升，睢安的心魔在即熙床榻边醒来，目光阴鸷、神情畅快。他摸索着穿好衣服，梳洗整齐，喃喃道：“我看这次她还能不能管得住我。”

他心中有种彻底自由的快意，收拾好便准备出门。推门的一刹那，他听见身后传来即熙的呻吟声，蓦然想起自己刚刚起床的时候，即熙的身体好像还很烫。

她病了好几天了。

听说荧惑灾星都天生短命，她不会真有什么事情吧？

他慢慢收回了推门的手，站在原地沉默了半晌，转身走到即熙床边，摸索到床头的脸盆，愤愤不平地去接水。

“怎么照顾伤风的病人？”

元婴里的睢安笑出声来，魔主气愤地道：“要不是我们连着命，她死我也得死，我才懒得管她！”

“我可什么都没说。你去楼下喊掌柜，叫张大夫来看诊，时常接水给她擦汗。她爱踢被子，你得守着她给她盖……”

“知道了！啰唆！”

魔主一个月只有两次出来的机会，这或许是唯一一次不用受即熙监管的机会，他却笨手笨脚、骂骂咧咧地照顾了即熙一天。即熙也算领情，晚上便退烧了，变得生龙活虎。

这件事魔主骄傲了很久，他时常在睢安的元婴里自我吹嘘：“你照顾了她三天，她都没好；我照顾一天，她就好了。都说你会照顾人，依我看，远远不如我。”

睢安很给面子地说：“那是自然。”

如今他已很难想象几年前上任魔主刚死的时候，他、即熙和他的心魔为了控制住汇聚而来的煞气，屡次逼近死亡边缘的黑暗日子。那

圈纤细的符文就是在那段时间一点点地刻下的。

那个时候连他也在想：他会不会失败？他这一生先顺从命运，又忤逆命运，是不是已经走到了尽头？

他也很想知道他的极限在哪里。

命运一次次地把它最残酷、无常的一面展现在他面前，告诉他，他只是它手中的木偶，是微不足道的蝼蚁。

即便如此，他仍然接受了它，他仍然不曾心灰意冷，他仍然觉得即便命运无常，人心依旧伟大。

因为他在试炼中遇见了那些坚毅的人，因为在他面前长大的自由、叛逆、傲视命运的即熙。

最终他把他的软弱、他的执念和他作为平凡、脆弱的人而具有的爱与弱点，都放在了即熙的身上。

他愿意把他命运的终点交付于她，在那之前，他将无所畏惧。

只要她活在这个世上，他就不会输。

所以，多年前的那一场自我对决，他还是赢了。

封了新后，鬼王便不常在玉周城住了。有流言传出，说鬼后怕鬼，惹得仙家和鬼众都嗤之以鼻。鬼后怕鬼，还能嫁给鬼王？

思薇在酒楼里听其他桌的修士聊天，不禁笑起来。她对旁边不动筷子的贺忆城说道："说实在的，你现在露出鬼身的时候，我还是有点怕的。"

贺忆城穿着一身红衣，手撑着脑袋委屈地说："我是多么纯良、正直的鬼啊，现在连饭菜都不能吃了，唉。"

一只信鸽从窗外飞进来，落在思薇的桌上。思薇打开信纸，微微一笑："姐姐、姐夫在扬州巡查，又查出几个罪大恶极之徒，已经下狱了。"

贺忆城的手指在桌上敲着，笑眯眯地道："就是说，我的新食物来了？"

思薇与贺忆城相视一笑。她继续往下看，先愣了愣，然后喜出望外："姐姐有身孕了！"

贺忆城跟着愣住。他凑过去看了一会儿，啧啧称奇道："就即熙那个德行，也能当母亲？她会养出个什么样的孩子啊？不过有雎安在，终归不会养得太歪。"

他抱住思薇的腰，将下巴搁在思薇的肩膀上，笑道："我们要是有了孩子，得给她起个温柔的名字。"

"为什么？"

"你一定是个严厉的母亲，得让你一叫她的名字就舍不得骂她。叫什么呢？贺忆城、思薇，叫贺思慕吧。"

即熙的孩子会是下一任荧惑灾星。

思薇的孩子则会成为下一任鬼王。

传奇之后的传奇，将是另外的故事。

◇◇◇

误终身

虽误终身，然而无憾。

时隔四年，黎将再次见到他那个不肖女的时候，他女儿已经出落成亭亭玉立的大姑娘——亭亭玉立可能谈不上，但终归比十岁时摇头晃脑的小混混儿模样强了不少。

在太昭山脚下的奉先镇里，他那离家出走的女儿即熙漫不经心地跟在一个白衣男子身后，眼神直往旁边的小摊上瞟。她穿着紫色衣衫，梳着简单的发髻，发间插着一支和雅致衣衫不符的金色步摇，金穗随着她的步子摇晃，仿佛非要在优雅与质朴间争出一丝富贵的气质。幸而她生了一副娇俏的面容，勉强掩盖住这不伦不类的打扮。

“雎安……”

他听见他女儿小声嘟囔道，背着剑走在她身前的白衣男子停下步子，似乎有些无奈地转头看向即熙。

男子生了一副柔和、俊美的容貌，气质超然绝尘，一见便知出身不凡。

即熙指着旁边小摊上堆的糖衣山楂：“我想买点这个带回宫里吃。”

被称为“雎安”的男子定定地看着即熙的眼睛，笑而不语。即熙便有些着急，两步上前拉住雎安的衣袖，说道：“上次不周剑那事之后，我再没偷过东西，我发誓！要不是为了遵守约定，我也不至于沦落到问你要钱啊？几个山楂果子，我还不是……”

雎安淡然地把衣袖从她手里抽出来：“出宫的时候，我给了你

一百两银子，这钱足够五十日的花费，而今还不到三十天，你就花完了。”

他指指即熙头上的金步摇：“一小半的银子都花在了这上面，你要不去把这步摇当了，换山楂果子吃？”

即熙心虚地护住头上的步摇，小声反驳：“不！我不要！”

“钱花完之后，你又找我借了三十两银子，如今又花光了？”

即熙低下头，踢了踢脚边的石头。

“你再这样，下次出宫我是不会给你零花钱的。”睢安微笑着说出威胁的话，然后敲敲她的脑门，说道，“走吧。”

即熙心不甘情不愿地看了那山楂摊一会儿，咬咬牙跟了上去，嘴里喊道：“等等我呀！”

在街边看着这一幕的黎将眯起了眼睛。悬命楼最不缺的就是钱，他女儿想买什么，他从没有半个“不”字。如今即熙却连买个山楂果子都要低声下气，实在是天大的委屈。

没过一会儿，那个叫睢安的男人似乎去办事了，即熙独自站在人来人往的热闹路口等他。黎将掂了掂身上的钱袋，在下个路口压低头上的斗笠，从后面撞了即熙一下，然后匆匆跑走，身后传来即熙的呼喊：“你这人不看路啊！”

跑过一个路口后，黎将藏在墙后偷眼看去。果不其然，他那贪财的女儿发现了他掉落的钱袋，欢欣地捡了起来。即熙打开钱袋往里面瞧的时候，两眼都在放光。她来回张望了一阵，然后喜滋滋地掂了掂钱袋，转身却看到了那白衣男子。

白衣男子手里托着一个敞口的纸袋，袋子里全是糖衣山楂，如小山一样堆到袋口。

睢安的目光落在即熙手里的钱袋上，即熙的目光也落在了自己手里的钱袋上。她一个激灵连忙丢了钱袋，仿佛那是烫手的山芋。然后，她提着裙子飞快地跑到睢安面前，慌张地说着什么，甚至举手赌咒发誓。

看样子是在跟他解释那钱袋并不是她偷的，而是她捡的。

睢安听完她的解释并不言语，神色也没变。即熙说着说着，神情

就从慌张变成了愤怒。她后退两步，撸起袖子，以响亮到整条街都能听见的声音喊道："你不相信我是不是？！好啊，你既然不信我，我马上就去偷遍奉先城，我们一拍两散！"

这惊世骇俗的言论一出，整条街瞬间安静了许多。

即熙也不管路人惊诧的眼神，转头就走。她刚走两步，雎安瞬间又出现在她面前。

即熙叉腰瞪着雎安。雎安轻轻地笑了起来，他拉过即熙的手，把装满糖衣山楂的袋子放在她手里，然后把她撸起的袖子放了下来。

"我信你，拿好你的山楂果子。"

即熙捧着山楂果子，眼睛有点红："你刚刚是不是怀疑我了？就算只有一瞬间也算！"

"……"雎安低下头，老老实实地说，"我错了，以后不会怀疑你了，你说什么我便信什么。"

这话倒叫即熙愣了愣。她看着手里的山楂果子，突然有点心虚："那……那也不必……我偶尔……也是会骗人的。"

说罢，她抬手往雎安嘴里塞了个山楂果子，说道："好了好了，我们去把那钱袋捡起来，把它交给官府。"

雎安忍俊不禁，抚摩着她的脑袋说："走吧。"

黎将看着两人的身影渐渐走远，若有所思。

他女儿天生反骨，居然被这个叫雎安的男人制住了。唯有面对最信任、最亲近的人，她才会展露那般委屈的样子。

看起来，这些年她被照顾得很好。

如此他就放心了。

黎将靠着墙望着云雾缭绕的太昭山，阳光沿着斗笠的边沿落在他的脸上。他其实是个俊朗的男子，今年不过才三十三岁，虽有点懒散，倒也潇洒不羁。当年他这个小冤家似的女儿出世时，他还不到二十岁。

他偏过头去，对埋在山里的那个人轻声说："你当年一直说要带我回来见你师父，如今我来了，你却不在了。"

“子奈，你可想我？”

有时候，黎将会想：十几年前他怎么就因为天气好而决定出门晒太阳了？怎么就正好撞上了他那慌张逃窜的手下？怎么就心生好奇，把他的手下拦了下来？

那时，他的手下老孟一见他就跟见了救星似的，喊着“楼主大人救命”，说他正被一个女子追杀。

老孟进悬命楼前是有名的千手神偷，因偷盗钱财被通缉。十七岁的新任悬命楼楼主黎将一看老孟这样子，心里便明白了个大概，说道：“老孟啊老孟，你又偷东西了吧？悬命楼的规矩，你都忘了？”

老孟的脸色一时煞白。

悬命楼有悬命楼的规矩，不问前尘过往，但得了悬命楼的庇护便不可再犯罪。若有再犯者，便会被逐出楼去。老孟多年偷窃，已有偷瘾，一时难以戒掉。他知道老孟仍会忍不住去偷东西，但此前一直没有抓到实证。

眼见着一道紫色身影从街头飞奔而来，他拍拍老孟的肩膀，说道：“这次我替你解围，事了之后，悬命楼可容不了你了。”

他的话音刚落，那姑娘便来到了他们眼前，一把长剑直指老孟的咽喉。他立刻站在老孟的身前，笑道：“小娘子为何……”

那姑娘斜眼看向他，那是个年轻、充满稚气的姑娘，不过十六七岁的样子，穿着一身带暗纹的紫衣，衣服上绣着蔷薇花。她乌发如丝，肤若凝脂，五官秀美，一双含水杏眼气恼地瞪着他。

她就像雨后破土而出的一朵紫色蔷薇花。

他一时间失了言语。直到她的那把剑移到他的脖子边上，他才迟迟回过神来，将他的后半句话接上：“小娘子为何这么凶啊？”

“你让开，你身后那个人偷了我的东西。”

“他偷了你什么东西？”

“我的沉香扇。”

他回头看一眼老孟，说道：“老兄，沉香扇可是金贵的东西，你眼光不错啊，快把扇子还给这位姑娘。”

老孟面露难色，说道：“我已经把扇子转手卖给了扇子铺的李掌

柜，而且我方才问过了，李掌柜已将它卖给南下贩货的商旅。我刚刚说要赔钱给这位姑娘，她死活只要扇子，不要钱。”

紫衣姑娘将牙齿咬得咯咯响，抬起剑说道：“你跟我走，我们去官府，我定要让你下狱坐牢！”

若去了官府，老孟哪里还有命？

他给老孟使了个眼色，老孟突然扭头就跑。姑娘立刻挥剑去追，她武功很好，身手轻灵。黎将一边在心中感叹“好功夫”，一边上前阻拦她。黎将和她过了几招后，老孟便跑得没影儿了。见老孟已消失，黎将立刻束手就擒，对姑娘笑道：“姑娘，我和这老兄有几分交情，他也是可怜人。这样吧，我陪你去把扇子找回来怎么样？”

“与盗贼称兄道弟，你和他定然也是一丘之貉！”秀美的姑娘气得眼睛都圆了。

黎将皱起眉头：“一什么？你在说什么？”

她刚刚说的词显然超过了他少得可怜的文化知识。

“说你也不是什么好人！”

“我就是个普通人，但是我久居梁州，对这里的商贾十分了解，又正好是个浪荡闲人，有大把的时间。我答应姑娘，一定能把扇子找回来。”黎将信誓旦旦地说道。

那姑娘看了他半晌，收回剑，咬牙道：“好，你要是敢骗我，我定要把你打个半死。”

挺漂亮的姑娘，说话却吓人。

黎将笑嘻嘻地说道：“不知姑娘叫什么名字啊？”

姑娘冷冷地斜了他一眼，说道：“星卿宫太阴星君，子奈。”

听到她身份的瞬间，黎将十分后悔替老孟解这个围。他想，搞不好就把自己给搭里头了。

“我叫……黎将，黎明的黎，将来的将。”他掩去了自己的姓氏，这样介绍道。

姑娘默念了一下他的名字，自相遇来第一次露出一丝笑容，明亮的杏目里含着光。她说道：“黎将，没想到，你的名字还挺好听。”

她身穿一身紫衣，英姿飒爽地站在街中，周围人来人往。她微微扬

起下巴，仿佛与这红尘俗世分隔开来，那一刻她脸上的笑意惊艳了他。

后来他曾与她说过，他很喜欢听她叫自己的名字，他第一次动心便是听到她喊他名字那一刻。

子奈便笑起来，说他怎么这么容易动心，便是叫一句名字就动心了。

他问她是什么时候动心的。她微红了脸，顾左右而言他，就是不肯回答。

最终，直到她与他决裂，直到她死去，他也没从她那里听到这个问题的答案。

他陪着她去找那把扇子，一找就是两个多月。当时适逢梁州的会商节，各路商旅都来此交换货品，物品流通得极快。他带着子奈从最初的李掌柜一路问下去，顺藤摸瓜，找了好几个经手人。那些经手人都对那把精致的沉香扇印象深刻，还记得卖给了谁。

这一路上，子奈最初完全不相信他，甚至动不动就拔剑对着他，最后却变得能和颜悦色地从他手上接过会商节上的甜糕吃。虽然他没读过什么书，子奈十分嫌弃他；但在会商节上看见字画，她仍会简单地跟他说两句相关渊源。子奈这是第一次下山，没有什么生活经验，竟然连西瓜是长在地里的都不知道。虽然他嘴上嫌弃子奈，心里却十分高兴，带着她把会商节上的各路精巧玩意儿都看了一遍。

最后的线索在梁州的青故城，他们坐船前去青故城。

子奈站在船边看着滔滔江水，突然对他说："这次如果找不到扇子，就算了吧。"

那沉香木原是她的一位挚友给她的，她将其制作成了扇子，刻了她友人最喜欢的诗。那位挚友没有封上星君，已经退籍离宫。如今人海茫茫，早不知道在何处了。她留着扇子，不过是留个念想儿。

"如今便是缘分已尽了吧？"

黎将看着水雾缭绕中她淡淡的忧伤眼眸，叹息一声，从怀里拿出那把沉香扇："对不起，我早就找到你的扇子了。我怕给了你，我们便会分道扬镳，所以瞒了你。"

子奈愣了愣。她拿回扇子，然后气愤地抬眼瞪他，一字一顿地

说："你骗我。"

黎将举起双手："要打我个半死吗？我认了。"

"你为什么要骗我？"

"你还看不出来吗？我喜欢你啊。"黎将说得十分流畅，他自认这段感情全无可能，说出口也只有被拒绝的份儿。之前他只想能拖一天是一天，今天看着她难过的样子，便不忍心再骗她。

再拖一个月又能如何呢？他们终究是要散的，能好聚好散就算不错了。

子奈看了他半晌，向他走近一步，说："以后决不许再骗我。"

黎将愣了愣，还有以后？他缓慢地点点头，有些迷惑地说："以后……"

"我要去巡视梁州，你之前这般戏耍我，又是无事可做的闲散人士，难道不做我的向导来抵过吗？"子奈瞪着他道。

黎将沉默了一会儿，露出个大大的笑容："做！多久都做！"

他便这样陪着她在梁州各处游历了近半年，在她一声声"黎将"的呼唤中慢慢泥足深陷。有一次她遇险，他本想英雄救美，好好表现一下，没想到还真伤得有些重。待他从昏迷中醒来，就看到子奈抱着他，满面泪痕。

吓得他赶紧说自己没事儿，休息两天就行，死不了。

子奈抽泣着看了他一会儿，说道："跟我回星卿宫见我师父吧。"

"……你说什么？"

"你不是说喜欢我吗？你反悔了？"子奈红着眼睛大声说道。

"没有没有。"他撑着身体坐起来，心情复杂地看着子奈，半晌后苦笑道，"我做梦都想娶你……但是……你师父肯定看不上我这游手好闲的无名之辈吧？之前你也说过，你师父……想让你跟你师兄成婚。我们回去，你师父真能接受我吗？"

真去了星卿宫，他的身份大概就瞒不住了。

子奈皱眉，她思索了一会儿，说道："那我们成亲吧。"

他愣住了，像不能相信自己的耳朵一样，结结巴巴地说："你说什么？"

“我们成亲吧，然后我们再回宫里，这样师父就不能拿我们怎么样了。虽然是先斩后奏……师父大概会很生气，但时间长了，他终归会谅解的。”子奈这么说道。

他心中震动，伸手擦去她脸上的泪，把她抱入怀中。

“你为什么要为我做到这个地步？”

“因为你喜欢我，以性命相护，而我……我也喜欢你。”

黎将想，他那时明明知道，若他答应她，他们便再不可能好聚好散。可是他起了贪念，他没有办法拒绝她。他心怀侥幸地想，或许总有办法解决吧。

他想做子奈的夫君，想让子奈做他的妻子。

是黎将和子奈，不是荧惑灾星与太阴星君。

他们成了婚。很快子奈便有了身孕，这是一个绝好的就地养胎、不回星卿宫的理由。那一年，他们过得非常快乐、幸福。她给孩子打了把金锁，还给孩子起名“即熙”——复杂到让他看不懂的汉字，似乎是专为为难他的。

这快乐的日子在即熙出生后没多久就结束了。当时悬命楼的人来找他被子奈撞见了。

如当年决定嫁给他时一样，子奈决定与他和离时也很干脆，甚至于无情。无论他如何道歉、哀求、解释，子奈都没有让步一分。她说她最讨厌别人骗她，她已经原谅过他一次了。

没有第二次机会了。

那厌恶的眼神刺痛了他，他不明白她离他而去是因为他欺骗她，还是因为他的身份。

那段时间他辗转反侧，无法入睡，总在想如果他早点告诉子奈他是灾星，一切会不会不一样？到底什么时候才是合适的时机呢？

初遇的时候吗？疾恶如仇的她大概会一剑刺死他吧。

在船上时吗？或许她会放他走，不过也是好聚好散，再没有以后。

成婚之前吗？那……便如今日一般。

他仔细思索着他们相处的每一个时刻，想翻找出可以挽救一切的

契机，然而他绝望地发现没有。

这一生，与她相聚的所有时间里，居然没有一个时机可以让他们天长地久地在一起。

灾星与福星，如何善始善终？

子奈走的时候，他对子奈说："反正我们灾星生来短命，而你们星君总是长寿。黄泉路终究是我先走的，我会等你。"

子奈并没有说什么。她微微低眸，然后抬眼看了他一会儿，便头也不回地走了。

谁知世事难料，居然是她走在他前头。

她有了新的夫君、新的孩子，他仿佛被遗留在了他们相处的时间里。他这一生只做过她的夫君，只做过她孩子的父亲。

如今她先走了，黄泉路上，她也一定不会再等他。

不过，或许她会等等即熙呢？等等她生的第二个女儿呢？等等……后来那位与她如天造地设般相配的夫君呢？

黎将想，他终归是要死在这些人前头的，只要子奈在等他们其中的任何一个人，他就还能见到她。

三十六岁那年，他终于如愿以偿奔赴黄泉。在昏暗的地府里，在开满彼岸花的路上，他看到了那个十七年未曾见过的姑娘。

她还像她走时那样年轻，坐在路边出神地望着黄泉。

他慢慢地走到她身边，心里居然有些胆怯。他低头唤道："子奈。"

姑娘抬起头看向他，愣了愣，继而说道："黎将？"

听到她喊他黎将，他心里有一根弦绷不住了。他蹲下来看着她说道："即熙活得很好，怎么看也能再活个十几二十年；你的二女儿和夫君都是星君，活个百年不成问题。你不要等他们来了，太久了，你等不到的。

"子奈，你……跟我走吧，我们往生去吧。"

子奈安静地看着他，虽然已经成了亡灵，可她的眼里还有光。

他沉默了一下，自嘲地一笑："好，那我陪你。你要等谁，我陪你等。"

子奈突然笑起来，似乎有些无奈地站起身来："我不过是觉得……

你居然这么早就死了，所以惊讶而已。你慌什么？”

她向他伸出手：“走吧，我们往生去吧。”

黎将怔怔地看着她，拉住她的手。

“我在等你，黎将。”她慢慢地说，“等下一世，你没骗过我，你不是灾星，我也不是太阴星君。”

黎将突然站起身来，抱住子奈。

“我好想你，子奈。”

“我也是，很想你。”

他想，这居然是最好的时机。

这一辈子，他与子奈相遇的最好时机，竟是在死后的黄泉路上。

虽误终身，然而无憾。

燃灯记

“又有一盏新的灯亮起来了。”

五岁的贺思慕在过生日的时候许了个愿望，她说想看看这世上最好看的人。

她的姨母对此表示很闹心，掰着手指一一细数她姨父睢安、她父亲贺忆城、她母亲思薇和她姨母自己的盛名，极力证明他们四个就是这世上最好看的人，这世上再难有人能超越。

幼小的贺思慕很不满足，声称对这个美好的世界失去了盼头。

她姨母小声对她父亲说：“思慕这方面怎么不随思薇，随了你，喜欢美色。”

她父亲面不改色：“我觉得她说不定是随了她姨母。”

她姨母瞪着眼睛道：“放屁，我们家明泽从来不看漂亮姐姐。”

她父亲嗤笑一声：“那还不是因为明泽随了睢安。”

于是姨母话锋一转，道：“看来还是思薇的影响不够，没扶回来。”

她父亲认同道：“我也这么觉得。”

她母亲在不远处摸着剑道：“我都听见了。”

于是，难得达成一致的父亲和姨母作鸟兽散，姨父低眉敛目，笑得淡然。

最后还是表哥明泽提起来，说之前在白帝城见过的商老板长得挺英俊的，还目生重瞳。于是姨母一拍脑袋，直道：“怎么忘了商老板这个绝色美男子！”年关将至，傅灯也在白帝城，于是姨母第二天就

张罗着启程去白帝城过年。

于是，这两家六口人便浩浩荡荡地奔赴白帝城。姨父似乎提前给商白虞写了信，他们到达城门时，商白虞便站在城门口接他们。

贺思慕想，她姨父应该不至于跟商白虞说他们是来参观他的美色的吧？那可太尴尬了。

那个叫作商白虞的叔叔穿着一身浅灰色的衣服，头上插着一根竹簪子，看起来朴素又干净。但即便穿着这样朴素的衣服，他那如同女娲绝世佳作的脸庞一旦清晰起来，也得让人称一句天人。而且，他的每个眼睛里居然都有两个瞳仁，要离近才能看到，奇异又惑人。

贺思慕想，果然比她爹和姨父还要好看些。

看到他们走近，商白虞的目光落在贺忆城身上，怔了怔，又落在贺思慕身上。仿佛大白天见鬼似的，他一口气哽在喉咙里勉强吞咽了半晌，才强自镇定地道："这……二位的年夜饭……要怎么准备？"

贺忆城闻言哈哈大笑起来。他甩着朱红色的衣袖拍了拍商白虞的肩膀，道："怎么，商老板难不成想招待我们父女吃人？那倒不必，你们吃什么，我们就吃什么。我们两只恶鬼就是来蹭节日喜气的。"

那边即熙道："商老板这些年胆子渐渐大起来了啊，我们来的路上还在打赌，你见了贺忆城和思慕会不会吓得跑掉。现在看，你还是害怕，不过倒是忍住没跑。"

商白虞似乎松了一口气，他有些不好意思地笑笑，道："感谢尊上们相助，这些年我大概有用了些。"

商白虞说自己有用了些，这话在旁人听起来像是谦虚，但即熙知道这应当是商白虞的真心话。他从来都是个没什么自信的人——生了这副容颜，还能没自信成这样，也是稀奇了。

商白虞这些年岂止是有用？他有大用。

经历过恶鬼席卷之灾的白帝城已经恢复欣欣向荣的模样，而商白虞早就脱离了那虚假的"神籍"，成为白帝城中一个有些名望的普通人。

这些年里，他用他的名望和因此获得的财富，在白帝城兴修书院、私塾，找人整理从储光殿里搜罗出来的古蜀典籍，和汉地经典一

并在书院里教授。

白帝城及其周边多雾瘴，百姓常常因此生病。傅灯受即熙之托来到白帝城后，遍访此处群山，找到了治病的药方，并借着商白虞的名望在白帝城推行开。周围别的村落、城池来求药，白帝城一律慷慨施药，这些年与四邻的关系逐渐缓和。

雎安有时跟她聊起商白虞，说这些年他赐给商白虞的祝符再没有刺痛过他，这并非易事。

即熙便将商白虞大夸特夸，眼见着商白虞从羞赧被夸到慌乱，一句话都说不出来。雎安于是了然地在即熙说话的间隙补充道："她说的并非取笑，都是真心话。虽然你曾经犯错，但知错能改，善莫大焉。"

商白虞讷讷地点头，说白帝城能有这番气象，傅灯姑娘的功劳远远超过他。傅灯这半年在扬州行医，现在已经出发回白帝城了，正好今日能到，可和他们相聚。

贺忆城随口道："这么说来，今日你这装扮倒是和阿灯的一个风格，你们待久了，是越来越像了。"

商白虞沉默了，可疑地红了脸。

这种神情便是思薇也能明白是怎么回事，更不要说即熙和贺忆城了。

可惜雎安目不能视，看不见商老板这般脸红的样子。于是，即熙贴心地对雎安说："多年不见，商老板怕是喜欢上阿灯了。"

即熙话音刚落，商白虞的脸红得简直要滴血了。

这一行人安顿在储光殿中，商白虞似乎仍然把他们当成神仙，有问必答，老老实实地交代说他喜欢傅灯很久了，但是一直不敢告诉傅灯，就这么拖拖拉拉地过了三年。

贺忆城听完商白虞的交代，低头对贺思慕感叹道："好看的叔叔已经心有所属了。"

贺思慕眨眨眼睛，道："心有所属之后，叔叔就不好看了吗？"

"那倒不是。"

"那有什么关系？"

贺忆城沉默片刻，给自己的女儿比了个拇指，转头掺合起商白虞

的暗恋来。

商白虞说，这次傅灯去扬州行医，半年里他每七日给她写一封信，却从未得一封回信。

“我想，或许是她没有收到……或许她嫌我烦，所以没有回信吧。”商白虞低下头道，“我也知道我配不上她，我没有什么拿得出手的本事，我……”

即熙摆摆手打断他的自贬，道：“麻烦你先照照镜子，看看你那张绝世的脸，再说这句话。”

商白虞被她噎了回去。即熙转头对贺忆城道：“阿灯会不会是不喜欢写信？”

“肯定不是。她当年和小戚通信，往来频繁得很。”贺忆城直摇头。

“也是啊。”

商白虞怔了怔，迷惑地问道：“小戚是谁？”

这一瞬间殿中有些安静，商白虞觉得自己似乎问了什么不该问的问题，却听雎安平静地道：“是傅姑娘以前喜欢过的人。”

商白虞似乎从没听说过小戚的存在，他有些不知所措地点点头，问道：“那位尊上是……什么样的人？”

“他不是什么尊上。他是个非常聪明、有野心、胆子大又偏执的可怜人。”即熙接过话头。她思索了一会儿，神色稍微变严肃了些，直言不讳道：“你和他完全不同。”

商白虞脸色刷白，却听即熙继续说道：“幸亏你和他不同，不然阿灯一定会离你远远的。说不定现在阿灯吸取教训，不喜欢脑子太聪明的人了。”

这话实在是让人哭笑不得。

贺忆城那边建议，等今晚傅灯回来，商白虞可以先问问她有没有收到信。

“如果她收到信了却没回，那大概是真的对你没意思。如果她没收到信，你还在这里伤怀个什么劲儿呢？”贺忆城拍拍商白虞，冰冷的手指刺得商白虞一哆嗦。

商白虞揉了揉自己的胳膊。他想，这些神仙一样的人居然没有觉

得他与傅灯不相配，还试图帮助他。这让他鼓起了一些勇气。

一听说傅灯回来了，他就立刻去找她。走在白色石头回廊上的时候，他觉得月光有点晃眼，紧紧捏着拳头，好像这样就能不让勇气溜走。

他就这样一阵风似的走到了傅灯的房间。因为太过紧张，他和迎面而来的念念撞了个满怀。念念气愤地道："你不会看路啊？！"

"对不起，对不起。"商白虞连声道歉，转过头就看见了房间里的傅灯。

她还像许多年前刚来白帝城时那样，穿着一身素雅青衫，竹簪盘发，如青竹一般坚韧、清丽，神情安定又疏远。

他知道他已经喜欢傅灯很久了，但他不知道他喜欢上她的确切时间。

第一次见到她的时候，他有些怕她。那时他刚刚犯下大错不久，见谁都自觉低人一等，只是苟活而已。她的婢女念念见了他，惊诧地指着他的眼睛道："怪物！"他便回避地低下了眼睛。

那时候傅灯却弯下腰去看他的眼睛，说："眼睛……好看，不必低头。"

他怔了怔，随着她起身而抬起眼睛。

傅灯有口吃的毛病，她断断续续地让念念道歉。他连连说不用，傅灯却坚持。

"她伤害你了，你需要得到道歉。"

这是傅灯坚持的理由，让他愣了好一会儿。他想，这样的事情他见得很多，从来一半人夸奖他的容貌，一半人辱骂他是怪物。他因此并不喜欢自己的样子，甚至感到恐惧。

他是个没用的家伙，总是生活在恐惧中，任人摆布，被伤害也是理所应当的。这还是头一次，有人说他所受的伤害也是需要得到重视的。

他突然觉得有点难过。

他一辈子都在随波逐流。因为即熙和雎安，他从自己所犯的弥天大错中被拯救出来，然后在傅灯的帮助下学着掌控自己。

他小心地跟傅灯说，他被关在储光殿的时候翻到过许多古蜀典籍，很多东西可能都已经失传了，他觉得很可惜，想请人来整理。

傅灯说："很好，为什么不开一些书院呢？"

他说："开书院太难了，我做不到的。"

傅灯说："你可以的。"

她停下手中研磨的药材，在潮湿、昏暗的空气中认真地望着他的眼睛，说道："你可以的。"

他仿佛得到了某种来自命运的承诺，就真的去做这些事情了。过程果然非常艰难。每次他颓丧地跟傅灯说："果然还是不行，我做不成。"傅灯总是说："不要看轻自己，你可以做到。"

每次他想逃跑的关头，傅灯总是坚定地站在那里，他想跑又不舍得。如果真的逃跑，那就辜负了天机星君给他的祝符，而且以后再也不会有人一直跟他说"你可以做到"了吧？

于是他真的做到了，让白帝城的书院运转了起来，人生中第一次做到了自己想做的事情。

那他可不可以继续做成下一件呢？

他站在傅灯房门前，平复着呼吸。傅灯看他一脸有话要说的样子，便支开了念念，用眼神示意他可以说了。

商白虞沉默了片刻，便听见自己干哑、不自然的声音。

"傅姑娘……你回来啦，荧惑星君他们来了，你见过他们了吗？"

"正……准备去。"

"噢噢，我就是有个问题……很短的问题……你你你……"商白虞发现自己说着说着居然结巴了，他慌乱地道，"我我我……不是要取笑你，我就是想问你……有没有收到我写的信？"

傅灯点了点头。她转过身从还未收拾好的行礼中拿出一个漆木匣子，打开匣子，里面便是厚厚一摞拆封过的信。

她收到了，也都看过了。

商白虞只觉得脑袋嗡嗡的，下意识地问道："那你……为什么不回信呢？"

傅灯想了想，开口道："我……我……"

也不知是说不出来，还是不知道该说什么。

在那个瞬间，商白虞觉得他的问题太愚蠢了。他摸摸自己的鼻子，

笑道："啊……我的信没写什么重要的东西，都是些日常琐碎的事和寒暄，啰啰唆唆的。你看着一定觉得很无聊，不想回是很正常的事情。我……我在这里问东问西，耽误你时间了。对不起，对不起，我走了。"

商白虞几乎是落荒而逃的，傅灯在后面唤他的声音，他都忽略了。

他想回忆他在信里面都写了些什么。该不会是信里有让傅灯反感、讨厌的东西吧？可是他怎么回忆也回忆不起来了。

是他痴心妄想，傅灯又不是殿外那些敬仰他的白帝城人，她最了解他。既然这么了解他，又怎么会喜欢他呢？

他低着头漫无目的地走着，直到被人抓住衣角。

"叔叔，你怎么了？是不是有哪里不舒服？"

他低头看去，是个六七岁的男孩，穿着身蓝色的小袄，抬头望着他。这孩子是明泽——天机星君和荧惑星君的儿子。

商白虞沉默了一会儿，吸吸鼻子，道："没有……没事。"

明泽看了他片刻，牵着他的衣角带他到旁边的花园亭子里坐下，认真地道："叔叔，你休息一会儿吧。"

明泽长得像睢安，脾气也像睢安，小小年纪就有了一派沉稳的气度。商白虞想起方才在殿上的情景：即熙刚跷起二郎腿，明泽就跑了过去，一本正经地对即熙说："娘亲，你这样不礼貌。"

即熙难得吃瘪，咬牙把腿放了下去。

这次见即熙，她好像比从前文雅了许多。

商白虞不由得笑起来，却又觉得连明泽这样的孩子都比他更沉得住气，便更加难过。他轻声说道："如果我也能像你们这样就好了。"

明泽坐在他身边，跷着脚问："什么样啊？"

"这么有能力，又自信。"顿了顿，商白虞道，"我总是把事情搞砸，我喜欢一个姑娘好久了，但是没勇气说出口。"

明泽想了想，一双大眼睛望着商白虞，认真地道："我爹喜欢了我娘十年，最后兜不住了才告诉她的。"

商白虞惊讶地睁圆眼睛："什么？"

"我爹说，在喜欢的人面前，缺少勇气是很正常的事情，那是因

为太喜欢、太想珍惜了。”顿了顿，明泽继续说，“商叔叔，你为什么说自己总把事情搞砸呢？我爹、我娘和姨母都说，这世间能像你一样努力改变自己、变得越来越坚强，又不失善良之心的人，一只手就能数过来。你已经很厉害了。”

商白虞有些不可置信：“是吗……”

那些夸奖之词他从来不敢相信，但从明泽一个六七岁的孩子嘴里说出来，似乎有了一些可信度。

“而且，商叔叔你这么好看，表妹都说你是她见过的最好看的人了。”

商白虞有些不好意思地挠挠头。正在这时，他看见花园口出现一个青色身影，正是捧着匣子的傅灯。他一个激灵站了起来。

她似乎是一路奔跑着寻过来的，呼吸有些急促，目不转睛地望着他。

明泽很有眼力见地从美人靠上跳下来，向傅灯问了一声好，便飞快地溜走了。

“我……我的话没说完，你跑……什么？”傅灯慢慢地说道。

商白虞有些紧张地站在原地，下意识地道歉：“对不起。”

傅灯轻叹一声：“你总是说……对不起。”

这下商白虞就不知道该说些什么了，只能看着傅灯。

傅灯似乎先把想说的话在脑子里过了一遍，才慢慢道：“这些年……我其实没有帮你……什么。你只是需要有人……推你一把……你以为是我……的功劳，其实是你自己的。”

商白虞总是不相信自己，依赖于她的肯定。

明明在外面他能维持一副寡言又威严的样子，做符合白帝城人期望的“前神明”，提出的方案细致又有条理，照顾到每一方的利益和情绪。但是，到了她面前，他就变得惶惶不安，做了好事也不敢接受夸奖，被伤害了也不肯声张，总是睁着一双奇异又美丽的眼睛，满怀期待地望着她。

他并非是因为她说好才好的。

他原本就很好，做所有事情都很认真，唯恐辜负他人。

所以，这半年她离开白帝城去扬州，收到他的来信刻意没有回信，是希望减少她对于他的影响，让他能够正视自己。

她把这番话告诉了商白虞，然后轻轻一笑，道：“这半年……没

有我，你不是也做得……很好吗？”

灯火点点，风吹起她的长发，仿佛她是一随风摇曳的翠竹。

商白虞想，他不是为了得到傅灯的肯定才写信给她的啊，他是想念她。

他很想念她。

顿了顿，傅灯说：“就算我离开了，你也……”

“不行！”商白虞急切地道，“不是……我还没那么好，我还有很多要改正的地方，你不要离开……不是，我是说，如果你想去哪里行医都没关系，只要你最后能回来……或者我跟你走吧，你缺不缺帮忙的？我可以从头学起，我会努力的。”

他说着说着，仿佛这大段大段的话冲破了什么似的，他颤声说道：“傅姑娘……我想和你在一起。”

傅灯似乎被他这番激动的样子逗笑了。她轻声笑着走上前去，把手里的匣子放到商白虞手里：“这是半年来……我的回信，你慢慢看。”

商白虞紧紧地捧着那匣子。匣子里放了厚厚的一沓信，就像他寄出去的那么多。他紧张地小声问：“所以……傅姑娘你……”

“我没打算……要走……”傅灯道，“梁州多山……多病……我在这里还有很多事情。”

商白虞的眼睛亮了。

“你想爱我……要先从喜欢你自己……开始。”她拍拍匣子，笑着转身离去，留下一个意味不明的清瘦背影。

商白虞怔怔地呆在原地。他从匣子里拿出一封信开始看，看着看着先是脸红了，然后唇角不自觉地扬起来，最后眼里慢慢有了泪。他坐在亭子里拿着信，一封一封地认真读起来。

从远处的回廊尽头探出一颗头来，然后又一颗，最后再一颗。

从上到下正是即熙、禾枷明泽和贺思慕。

思慕抬起头问即熙：“姨母，商叔叔和傅姨成了吗？”

“等你商叔叔什么时候有勇气求亲，大概就能成了。”即熙感慨地扒着墙边，低头看着两个孩子，笑道，“又有一盏新的灯亮起来了。”

从雎安到她，再到傅灯和商白虞。

或许有一天，商白虞也会成为一盏坚定的灯火吧。

图书在版编目（CIP）数据

候卿星河上：全2册 / 黎青燃著. -- 北京：北京联合出版公司，2024.4

ISBN 978-7-5596-6254-5

Ⅰ.①候… Ⅱ.①黎… Ⅲ.①长篇小说—中国—当代
Ⅳ.①I247.5

中国版本图书馆CIP数据核字(2022)第121132号

候卿星河上：全2册

作　　者：黎青燃
出 品 人：赵红仕
责任编辑：牛炜征
产品经理：张梦璇 陈隽萱 谢佳卿
出版监制：辛海峰　陈　江
特约监制：穆　晨　殷　希
特约编辑：郭　梅
封面设计：吴思龙@4666啊

北京联合出版公司出版
（北京市西城区德外大街83号楼9层　100088）
北京联合天畅文化传播公司发行
天津中印联印务有限公司印刷　新华书店经销
字数 486千字　710毫米×1000毫米　1/16　35印张
2024年4月第1版　2024年4月第1次印刷
ISBN 978-7-5596-6254-5
定价：69.80元（全2册）